浙 江 社 科 规 划 课 题 研 究 成 果

浙江省哲学社会科学规划办公室　编

从传统到现代

——浙江模式的文化社会学阐释

陈立旭　著

中国社会科学出版社

图书在版编目（CIP）数据

从传统到现代：浙江模式的文化社会学阐释/陈立旭著．—北京：中国社会科学出版社，2007．2
（科学发展观在浙江的实践丛书）
ISBN 978-7-5004-6068-8

Ⅰ．从…　Ⅱ．陈…　Ⅲ．文化社会学－研究－浙江省
Ⅳ．G05

中国版本图书馆 CIP 数据核字（2007）第 008887 号

责任编辑　宫京蕾　周　航
责任校对　安　然
封面设计　王义刚
技术编辑　张汉林

出版发行　中国社会科学出版社
社　　址　北京鼓楼西大街甲 158 号　　邮　编　100720
电　　话　010－84029450（邮购）
网　　址　http：//www.csspw.cn
经　　销　新华书店
印　　刷　北京奥隆印刷厂　　装　订　三河鑫鑫装订厂
版　　次　2007 年 2 月第 1 版　　印　次　2007 年 2 月第 1 次印刷
开　　本　787×1092　1/16
印　　张　26.5　　插　页　2
字　　数　402 千字
定　　价　45.00 元

凡购买中国社会科学出版社图书，如有质量问题请与本社发行部联系调换

浙 江 社 科 规 划 课 题 研 究 成 果

浙江省哲学社会科学规划办公室　编

从传统到现代

——浙江模式的文化社会学阐释

陈立旭　著

中国社会科学出版社

图书在版编目（CIP）数据

从传统到现代：浙江模式的文化社会学阐释/陈立旭著．—北京：中国社会科学出版社，2007.2
（科学发展观在浙江的实践丛书）
ISBN 978-7-5004-6068-8

Ⅰ．从…　Ⅱ．陈…　Ⅲ．文化社会学－研究－浙江省
Ⅳ．G05

中国版本图书馆CIP数据核字（2007）第008887号

责任编辑　宫京蕾　周　航
责任校对　安　然
封面设计　王义刚
技术编辑　张汉林

出版发行　中国社会科学出版社
社　　址　北京鼓楼西大街甲158号　　邮　编　100720
电　　话　010－84029450（邮购）
网　　址　http：//www.csspw.cn
经　　销　新华书店
印　　刷　北京奥隆印刷厂　　装　订　三河鑫鑫装订厂
版　　次　2007年2月第1版　　印　次　2007年2月第1次印刷
开　　本　787×1092　1/16
印　　张　26.5　　插　页　2
字　　数　402千字
定　　价　45.00元

浙江省文化研究工程指导委员会

“浙江文化研究工程成果文库”总序

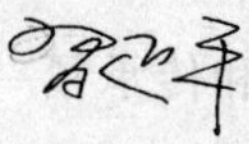

有人将文化比作一条来自老祖宗而又流向未来的河，这是说文化的传统，通过纵向传承和横向传递，生生不息地影响和引领着人们的生存与发展；有人说文化是人类的思想、智慧、信仰、情感和生活的载体、方式和方法，这是将文化作为人们代代相传的生活方式的整体。我们说，文化为群体生活提供规范、方式与环境，文化通过传承为社会进步发挥基础作用，文化会促进或制约经济乃至整个社会的发展。文化的力量，已经深深熔铸在民族的生命力、创造力和凝聚力之中。

在人类文化演化的进程中，各种文化都在其内部生成众多的元素、层次与类型，由此决定了文化的多样性与复杂性。

中国文化的博大精深，来源于其内部生成的多姿多彩；中国文化的历久弥新，取决于其变迁过程中各种元素、层次、类型在内容和结构上通过碰撞、解构、融合而产生的革故鼎新的强大动力。

中国土地广袤、疆域辽阔，不同区域间因自然环境、经济环境、社会环境等诸多方面的差异，建构了不同的区域文化。区域文化如同百川归海，共同汇聚成中国文化的大传统，这种大传统如同春风化雨，渗透于各种区域文化之中。在这个过程中，区域文化如同清溪山泉潺潺不息，在中国文化的共同价值取向下，以自己的独特个性支撑着、引领着本地经济社会的发展。

从区域文化入手，对一地文化的历史与现状展开全面、系统、扎实、有序的研究，一方面可以借此梳理和弘扬当地的历史传统和文化资源，繁荣和丰富当代的先进文化建设活动，规划和指导未来的文化发展蓝图，增强文化软实力，为全面建设小康社会、加快推进社会主义现代化提供思想保证、精神动力、智力支持和舆论力量；另一方面，这也是深入了解中国文化、研究中国文化、发展中国文化、创新中国文化的重要途径之一。如今，区域文化研究日益受到各地重视，成为我国文化研究走向深入的一个重要标志。我们今天实施浙江文化研究工程，其目的和意义也在于此。

千百年来，浙江人民积淀和传承了一个底蕴深厚的文化传统。这种文化传统的独特性，正在于它令人惊叹的富于创造力的智慧和力量。

浙江文化中富于创造力的基因，早早地出现在其历史的源头。在浙江新石器时代最为著名的跨湖桥、河姆渡、马家浜和良渚的考古文化中，浙江先民们都以不同凡响的作为，在中华民族的文明之源留下了创造和进步的印记。

浙江人民在与时俱进的历史轨迹上一路走来，秉承富于创造力的文化传统，这深深地融汇在一代代浙江人民的血液中，体现在浙江人民的行为上，也在浙江历史上众多杰出人物身上得到充分展示。从大禹的因势利导、敬业治水，到勾践的卧薪尝胆、励精图治；从钱氏的保境安民、纳土归宋，到胡则的为官一任、造福一方；从岳飞、于谦的精忠报国、清白一生，到方孝孺、张苍水的刚正不阿、以身殉国；从沈括的博学多识、精研深究，到竺可桢的科学救国、求是一生；无论是陈亮、叶适的经世致用，还是黄宗羲的工商皆本；无论是王充、王阳明的批判、自觉，还是龚自珍、蔡元培的开明、开放，等等，都展示了浙江深厚的文化底蕴，凝聚了浙江人民求真务实的创造精神。

代代相传的文化创造的作为和精神，从观念、态度、行为方式和价值取向上，孕育、形成和发展了渊源有自的浙江地域文化传统和与时俱进的浙江文化精神，它滋育着浙江的生命力、催生着浙江的凝聚力、激发着浙江的创造力、培植着浙江的竞争力，激励着浙江人民永不自满、永不停息，在各个不同的历史时期不断地超越自我、创业奋进。

悠久深厚、意韵丰富的浙江文化传统，是历史赐予我们的宝贵财富，也是我们开拓未来的丰富资源和不竭动力。党的十六大以来推进浙江新发展的实践，使我们越来越深刻地认识到，与国家实施改革开放大政方针相伴随的浙江经济社会持续快速健康发展的深层原因，就在于浙江深厚的文化底蕴和文化传统与当今时代精神的有机结合，就在于发展先进生产力与发展先进文化的有机结合。今后一个时期浙江能否在全面建设小康社会、加快社会主义现代化建设进程中继续走在前列，很大程度上取决于我们对文化力量的深刻认识、对发展先进文化的高度自觉和对加快建设文化大省的工作力度。我们应该看到，文化的力量最终可以转化为物质的力量，文化的软实力最终可以转化为经济的硬实力。文化要素是综合竞争力的核心要素，文化资源是经济社会发展的重要资源，文化素质是领导者和劳动者的首要素质。因此，研究浙江文化的历史与现状，增强文化软实力，为浙江的现代化建设服务，是浙江人民的共同事业，也是浙江各级党委、政府的重要使命和责任。

2005年7月召开的中共浙江省委十一届八次全会，作出《关于加快建设文化大省的决定》，提出要从增强先进文化凝聚力、解放和发展生产力、增强社会公共服务能力入手，大力实施文明素质工程、文化精品工程、文化研究工程、文化保护工程、文化产业促进工程、文化阵地工程、文化传播工程、文化人才工程等"八项工程"，实施科教兴国和人才强国战略，加快建设教育、科技、卫生、体育等"四个强省"。作为文化建设"八项工程"之一的文化研究工程，其任务就是系统研究浙江文化的历史成就和当代发展，深入挖掘浙江文化底蕴、研究浙江现象、总结浙江经验、指导浙江未来的发展。

浙江文化研究工程将重点研究"今、古、人、文"四个方面，即围绕浙江当代发展问题研究、浙江历史文化专题研究、浙江名人研究、浙江历史文献整理四大板块，开展系统研究，出版系列丛书。在研究内容上，深入挖掘浙江文化底蕴，系统梳理和分析浙江历史文化的内部结构、变化规律和地域特色，坚持和发展浙江精神；研究浙江文化与其他地域文化的异同，厘清浙江文化在中国文化中的地位和相互影响的关系；围绕浙江生动的当代实践，深入解读浙江现象，总结浙江经验，指导浙江发展。在研究力量上，通过课题组织、出版资助、重点研究基地建设、加强省内外大院名校合作、整合各地各部门力量等途径，形成上下联动、学界互动的整体合力。在成果运用上，注重研究成果的学术价值和应用价值，充分发挥其认识世界、传承文明、创新理论、咨政育人、服务社会的重要作用。

我们希望通过实施浙江文化研究工程，努力用浙江历史教育浙江人民、用浙江文化熏陶浙江人民、用浙江精神鼓舞浙江人民、用浙江经验引领浙江人民，进一步激发浙江人民的无穷智慧和伟大创造能力，推动浙江实现又快又好发展。

今天，我们踏着来自历史的河流，受着一方百姓的期许，理应负起使命，至诚奉献，让我们的文化绵延不绝，让我们的创造生生不息。

2006年5月30日于杭州

干在实处　走在前列（代序）

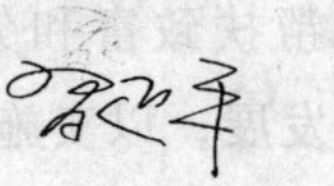

党的十六大以来，我们党坚持以邓小平理论和“三个代表”重要思想为指导，紧密结合新的实践，与时俱进地推进理论创新，形成了科学发展观、构建社会主义和谐社会、加强党的执政能力和先进性建设等一系列重要理论成果，为党和国家事业蓬勃发展提供了有力的理论指导。浙江省委、省政府坚持用科学理论指导新的实践，以科学发展观统领浙江经济社会发展全局，贯彻落实胡锦涛同志对浙江提出的“努力在全面建设小康社会、加快推进社会主义现代化进程中继续走在全国前列”的要求，“干在实处，走在前列”，推动中央提出的经济、政治、文化和社会建设“四位一体”的总体布局在浙江的实践，不断把浙江的改革开放和现代化事业推向前进。

一、深入实施“八八战略”，全面贯彻落实科学发展观

科学发展观是指导发展的世界观和方法论的集中体现，是我们党坚持科学执政、民主执政、依法执政和实现科学发展、统筹发展、和谐发展的行动指南。浙江自觉贯彻落实科学发展观，在历届省委、省政府工作的基础上，提出进一步发挥“八个优势”、推进“八项举措”的“八八战略”，更加注重统筹兼顾，更加注重经济增长的质量和效益，更加注重实现和维护广大人民群众的切身利益，充分体现了以人为本、全面协调可持续发展的要求。这是科学发展观在浙江的具体实践。

把握发展规律，完善体制机制，不断增强发展的动力和活力。强化市场化改革的先发优势，主动变革一切不适应生产力发展要求的生产关系。浙江省委、省政府大力推动体制机制创新，积极促进民营经济新飞跃和国有经济战略性调整，切实推进政府和社会配套改革，为经济发展和社会进步注入新的生机和活力。

丰富发展内涵，坚持统筹兼顾，推动城乡和区域协调发展、可持续发展。省委、省政府坚持统筹兼顾，注重协调发展，正确把握“两个趋向”，跳出“三农”抓“三农”，统筹城乡兴“三农”，促进城乡协调发展；以实施山海协作、百亿帮扶致富和欠发达乡镇奔小康等“三大工程”为载体，促进区域协调发展；以实施百亿基础设施建设、百亿信息化建设、百亿科教文化设施建设、百亿生态环境建设、百亿帮扶致富建设等“五大百亿”工程为重点，改善和优化发展环境；以大力发展循环经济和环境整治活动为抓手，全面推进生态省建设。

拓展发展空间，发挥比较优势，跳出浙江发展浙江。浙江充分利用国内国际两个市场、两种资源，主动接轨上海，积极参与长三角地区的交流与合作，积极参与西部大开发、中部崛起、东北等老工业基地振兴；坚持“引进来”与“走出去”并举，在全球范围内开拓市场、配置资源。

破解发展难题，利用“倒逼机制”，推动经济增长方式转变。浙江在发展中取得成绩的同时，也遇到了许多“成长的烦恼”。针对于此，省委、省政府抓住宏观调控的有利时机，在努力改善要素资源供给的同时，推进“腾笼换鸟”、“凤凰涅槃”，着力提高自主创新能力，加快建设创新型省份，不断推进经济结构的战略性调整和增长方式的根本性转变。

二、全面建设“平安浙江”，努力构建社会主义和谐社会

社会和谐稳定，是广大人民群众的共同愿望，是经济社会协调发展的迫切需要，也是实现党的执政使命的必然要求。2004年，省委作出建设“平安浙江”、促进社会和谐稳定的决定。这一决定充分体现了以人为本的根本宗旨，充分体现了和谐社会的基本特征，是构建社会主义和谐社会在浙江的具体实践。

激发创造活力，协调利益关系，让人民共享改革发展成果。社会主义市场经济的发展为人们争取自身利益提供了更多的机会，同时又使利益关系日益复杂，对兼顾和协调各方利益提出了更高的要求。浙江把激发和保持创造活力、不断把“蛋糕”做大作为处理好利益关系的前提。

同时，随着经济的发展，更加注重协调利益关系，维护社会公平，切实关心和帮助社会困难群体，使全省人民共享经济发展和社会进步的成果。鼓励和支持自主创业，完善市场化就业服务体系，保障就业创业机会平等。构建覆盖城乡的社会保障体系和新型社会救助体系，提高保险基金支付能力和保障水平。整顿和规范市场经济秩序，坚决纠正土地征用拆迁中侵害群众利益、企业重组改制和破产中侵害职工合法权益以及工业污染、环境污染等损害群众利益的突出问题。

加强社会管理，推动社会自治，积极化解社会矛盾。在不断增强社会活力的同时，大力加强社会管理，把加强政府管理和推动社会自治结合起来，建立党委领导、政府负责、社会协同、公众参与的社会管理新格局。强化政府社会管理和公共服务职能，努力形成对全社会进行有效覆盖和全面管理的体系。不断创新发展"枫桥经验"，推行领导下访制度，完善信访工作责任制，探索调处人民内部矛盾的新途径新办法。

加强综合治理，建立应急机制，切实维护社会公共安全。全面做好社会治安综合治理的各项工作，确保公共安全。积极推进社会治安防控体系建设，建立健全社会预警体系和突发事件应急机制，使公共突发事件的应急处置逐步走向规范化、制度化和法制化。开展安全生产"铁网行动"，提高安全生产保障能力。

三、加快建设文化大省，积极发展社会主义先进文化

文化是根，是精神支撑，是构成综合竞争力的软实力。省委把加快建设文化大省作为重要的战略任务，从增强先进文化凝聚力、解放和发展生产力、提高社会公共服务能力入手，重点实施文化建设"八项工程"，认真抓好党管人才和人才强省工作，加快建设教育强省、科技强省、卫生强省和体育强省，形成了文化建设与经济建设、政治建设、社会建设相互促进、共同发展的良好局面。

坚持科学理论武装，在解放思想中统一思想，增强先进文化凝聚力。科学理论是统一思想、指导实践的强大武器，是我们认识和改造世界的思想之"魂"、行动之"灯"和工作之"纲"。以兴起学习贯彻"三个代表"重要思想新高潮为主线，推动各项工作。大力繁荣和发展哲学社会科学，为浙江经济社会发展提供理论支撑。努力提高新闻宣传水平，深化群众性精神文明创建活动，坚持和发展“自强不息、坚韧不拔、勇于创新、讲求实效”的浙江精神，与时俱进地倡导和弘扬“求真务实、诚信和谐、开放图强”的精神，以此激励全省人民“干在实处，走在前列”。

深化文化体制改革，增强文化发展的内在动力和活力，解放和发展生产力。浙江紧紧抓住作为全国文化体制改革综合试点省的契机，扎实有序地推进文化体制改革，初步形成了文化体制改革与文化大省建设相互促进、文化事业与文化产业联动发展的良好局面。探索建立调控适度、运行有序、促进发展的文化宏观管理体制，初步形成了党委领导、政府管理、行业自律、企事业单位依法运营的格局。按照“转出一批、改出一批、放出一批、扶出一批”的思路，培育和重塑文化发展主体。推进文化产业发展，鼓励民间资本进入文化领域，大力发展民营文化企业，着力增强文化发展的竞争能力。

大力发展公益文化事业，满足人民群众的文化需求，提高社会公共服务能力。不断加大公共财政扶持力度，利用社会资源发展教育、科技、文化、卫生、体育等社会事业，形成覆盖全社会的比较完备的公共文化服务体系。统筹城乡文化发展，增加文化投入，发挥财政“四两拨千斤”的作用，多渠道筹措资金，加快文化基础设施建设，推进“面向基层、面向群众”精神文化产品的创作和传播。

四、努力建设“法治浙江”，进一步发展社会主义民主政治

浙江省委、省政府自觉贯彻落实依法治国的基本方略，坚持依法治省，在国家统一法制框架下大力推进地方法治建设，不断提高经济、政治、文化和社会各个领域的法治化水平，稳步加快民主法治建设步伐，有力地维护和促进了改革发展稳定的大局，为全面建设小康社会和构建社会主义和谐社会提供法治保证。这是建设社会主义法治国家在浙江的具体实践。

省委明确，建设“法治浙江”，必须高举邓小平理论和“三个代表”重要思想伟大旗帜，全面落实科学发展观，致力于构建社会主义和谐社会，牢固树立社会主义法治理念，坚持社会主义法治的正确方向，以依法治国为核心内容，以执法为民为本质要求，以公平正义为价值追求，以服务大局为重要使命，以党的领导为根本保证，在浙江全面建设小康社会和社会主义现代化建设进程中，通过扎实有效的工作，不断提高经济、政治、文化和社会各个领域的法治化水平，加快建设社会主义民主更加完善，社会主义法制更加完备，依法治国基本方略得到全面落实，人民的政治、经济和文化权益得到切实尊重和保障的法治社会，使我省法治建设工作整体上走在全国前列。

我们重点抓好十方面的工作，即：提高依法执政水平，巩固党的执政地位；推进社会主义民主的制度化、规范化、程序化，保障人民当家作主；加强地方立法，完善地方性法律法规体系；全面实行依法行政，推进法治政府建设；坚持司法公正，维护社会公平正义；深入开展普法教育，着力提高全民法律意识和法律素质；建立健全监督体系，规范公共权力运作；加强推进科学发展的法制建设，促进经济社会全面协调可持续发展；加强社会建设和管理的法制建设，促进社会和谐稳定；坚持法治与德治并举，在全社会树立社会主义荣辱观。这十个方面所包含的具体工作，有的以前也曾做过，现在需要深入去做；有的以前做得不够，需要加大力度去做；有的现在正在做并且取得了一定的成效，需要总结经验并坚持不懈地去做，以不断取得新的成效。

五、加强党的先进性建设和执政能力建设，全面推进党的建设新的伟大工程

省委坚持以先进性建设和执政能力建设为重点，以增强素质、提高能力为目标，以制度创新和体制改革为保证，大力加强领导班子、干部队伍和基层组织建设，为经济社会各项事业的发展提供坚强有力的保证。

省委把学习贯彻“三个代表”重要思想作为提高思想素质和理论水平的根本途径，明确提出“学在深处、谋在新处、干在实处”，努力在“真学、真懂、真信、真用”上下功夫，不断增强用发展着的马克思主义指导新的实践的本领。同时，着眼于提高领导班子和领导干部的执政能力与执政水平，从培养、选拔、管理、监督等方面加大工作力度，努力建设一支政治上靠得住、工作上有本事、作风上过得硬的高素质干部队伍。在基层组织建设方面，各级党委坚持把这项工作作为党的建设的基础性工作来抓，按照使基层党组织成为贯彻“三个代表”重要思想的组织者、推动者和实践者的要求，不断扩大党的工作覆盖面，努力提高基层党组织的创造力、凝聚力和战斗力。在作风建设方面，各级党委贯彻立党为公、执政为民的本质要求，把作风建设作为党的建设的重要环节来抓，加强廉政文化建设，建立健全与社会主义市场经济相适应的教育、制度、监督并重的惩治和预防腐败体系，努力解决作风上存在的突出问题。省委还坚持从制度体系上保证民主集中制的正确执行，不断完善党的领导制度和工作机制，充分发挥总揽全局、协调各方的作用，努力提高科学执政、民主执政、依法执政的水平。

去年1月以来，在中央的统一部署下，分三批开展了以实践“三个代表”重要思想为主要内容的保持共产党员先进性教育活动。浙江省各级党委按照“提高党员素质、加强基层组织、服务人民群众、促进各项工作”的目标，围绕“群众满意”、“务求实效”、“走在前列”的要求，扎实推进教育活动各项工作，取得了明显成效。实践证明，党要始终成为“三个代表”，始终成为全国人民的主心骨，始终成为建设中国特色社会主义的坚强领导核心，就必须不断加强思想建设、组织建设、作风建设和制度建设，始终保持马克思主义政党的先进性，始终保持与时俱进的品质，始终走在时代的前列。

应该说，浙江按照中央的要求，已经形成了“四位一体”的总体布局。在这个总体布局中，深入实施“八八战略”是落实科学发展观的总抓手，全面建设“平安浙江”是构建社会主义和谐社会的主要载体，加快建设文化大省是发展社会主义先进文化的重要举措，努力建设“法治浙江”是发展社会主义民主政治的有效途径，加强党的执政能力建设和先进性建设为此提供根本保证。这充分体现了党的十六大以来省委贯彻落实中央各项重大决策部署的自觉性和坚定性，体现了省委推动各方面工作的连续性和创新性。

“干在实处，走在前列”是发展的、具体的、实践的，这既是一个很高的要求，也是一项长期的任务。我们要在以胡锦涛同志为总书记的党中央领导下，团结带领全省广大干部群众，进一步营造“干在实处，走在前列”的浓厚氛围，形成“干在实处，走在前列”的强大合力，为加快浙江全面建设小康社会、提前基本实现社会主义现代化而努力奋斗。

2006 年 6 月 20 日于杭州

目　录

导　言

20世纪70年代末80年代初以来，在改革开放春风的吹拂之下，冰雪已经开始逐渐地融化。然而，谁都预料不到此后中国发生的变化，更预料不到此后浙江区域社会所创造的惊天动地的"奇迹"。对于改革开放以来浙江区域社会的变化过程，很难作一个全景式的描述。但是，我们可以用简单的观念模型，将这一变化过程看作一个从传统到现代的过程。毋庸置疑，这一变化过程的动力主要来自于民间。十一届三中全会以来，浙江全省各地专业市场的兴起，个体私营经济、股份合作经济的迅猛发展，一乡一品、一村一品特色经济的崛起，遍布全国各地的"浙江村"、"浙江街"、"温州村"的形成和自筹资金建设城镇（"全国农民第一城"龙港镇是典型代表）、旧城改造资金自我平衡、民办教育，乃至于台州等地的民主恳谈会，等等，都充分地显示了这一点。也就是说，在浙江从传统到现代的转变过程中，市场的力量、民间的力量起着自组织的作用，政府起着促进性、主持性和辅助性的作用。这是一个自下而上和自上而下相结合的过程，它既是政府在政策上给予松动（取消限制性政策）的结果，也是民众在制度不均衡产生的获利机会面前根据预期收益与成本的比较作出主动选择所使然。恰恰是这一特点区别于以政府（尤其是乡镇政府）强干预为特征的苏南模式，也区别于以引进外资和发展外向型经济为经济社会发展起点的广东模式。当代浙江制度创新和经济社会发展过程，不仅显著地体现了新制度经济学所谓"诱致性"的特征，也鲜明地呈示了英国著名经济学家哈耶克所谓"扩展的秩序"的特点。

从传统到现代的转变，不仅局限于经济领域。内森·罗森堡和小伯泽尔指出："关于经济增长是一种变化形式的观念提醒我们，变化从来也不曾局限在经济领域之中，它也延伸到社会与政治领域"，[①] 当然，变化也必然延伸到文化领域。正是在改革开放以来波澜壮阔的经济体制转换、社会转型、全球化等历史场景中，浙江区域文化领域也发生了一系列深刻的嬗变。区域文化的变迁，乃是改革开放以来浙江从传统到现代转变历史足迹的记录。与几千年乡村社会所形成的传统相比较，当代浙江区域文化精神的变化称得上是惊心动魄的。另外，从传统到现代的转变乃是多种因素共同作用的结果。正如艾恺所说："我认为现代化是各种因素的联接，而巧合在一个时间点上。"[②] 影响当代浙江区域经济社会变化的因素，无疑是多方面的，其中，区域文化是一个重要的因素。按照帕森斯的系统论观点，社会系统是由一个社会结构和其他三个子系统组成的。所有这些构成部分在功能上是相互联系的，其中之一便是文化系统。文化系统的作用是目标获取和整合。这意味着文化在保证整个系统的均衡方面起着重要作用。文化为社会行动者提供向导，使他们稳固地实现其目标，也就是说，文化为社会行动者提供一个符号环境，同时文化还维护这些行动者之间的合作和整合。正因如此，一个社会的组织形式有其文化之根，一个国家或地区的社会发展路径、模式反映了一个国家或地区的文化。也是在这一意义上，马克斯·韦伯指出："不是思想，而是利益（物质的和思想的）直接支配人的行为。但是，观念创造出的'世界图像'，时常像扳道夫一样决定着由利益驱动的行为的发展方向。"[③] 浙江区域社会从传统到现代的转变，尽管也呈现出了与全国乃至于全球其他地区的一致性，但区域文化传统正如扳道夫一样，又使其显示了鲜明的区域特征。

我是土生土长的浙江人，可以说，我的成长历程是与当代浙江的经

---

① 〔美〕内森·罗森堡、小伯泽尔著，刘赛力等译：《西方致富之路》，三联书店（香港）有限公司 1989 年版，第3 页。

② 〔美〕艾恺著，唐长庚译：《世界范围内的反现代化思潮——论文化守成主义》，贵州人民出版社 1991 年版，第 3 页。

③ 转引自苏国勋《理性化及其限制——韦伯思想引论》，上海人民出版社 1988 年版，第 84 页。

济社会变化过程相伴随的，从而有幸在经验上一定程度地感知了改革开放前后的浙江区域经济社会现象。我出生于20世纪60年代前期台州天台县。在童年阶段，虽然还缺乏黑格尔所说的那种“以思想的本身为内容，力求思想自觉其为思想”的“反思”精神，但从稍稍懂事开始，就已以一颗童稚之心在浙江土地上耳闻目睹了改革开放以前的社会场景，尤其是“文化大革命”——游行、集会、批斗等。入小学以至初中阶段，又在浙江土地上耳闻目睹甚至亲历了“批林批孔”、“评水浒批宋江”、“批邓反击右倾翻案风”等思想政治运动，也耳闻目睹了计划经济体制下的经济现象——人民公社、国营工厂、国营商店等。当然，在懵懂的小学初期，也当过红小兵，扛过红缨枪，喊过“五保卫”。那时浙江与全国其他地区从表象上看似乎没有多大的区别，也是阶级斗争月月讲天天讲，也面临着似乎难以解决的温饱问题。1979年我考上了北方的一所重点大学，此后在山东、湖北、广东等外省读本科、工作、读硕士研究生共8年整。这期间苏南模式已经声名鹊起，像广东这样的一些地区已经成为备受世人瞩目的中国改革开放前沿区域，而浙江区域还未吸引人们的太多注意力。但是，正如尼采所说，重大事件总像鸽子脚步悄然而至，真正的突变不为众人肉眼所见。1979年9月，我到北方高校报到，有生以来第一次乘汽车从天台到杭州中转火车。那时，天台到杭州每天仅一班车，除春节外平时往往不满员，而且乘客基本上是出公差的人员。但当1980年寒假我回家过年及返校时，天台至杭州的汽车已经增加到每日4班了，当然，乘车者中有一部分仍然是在外地机关国有企事业单位工作的返乡探亲者，但已经有许多外出谋生的手艺人和小生意人了。此后，每次寒暑假往返，遇见外出的浙江手艺人和小生意人可以说是越来越多。这期间每次回家所听到的关于家乡人做生意的事情，可以说是充盈于耳。毋庸置疑，在改革开放政策阳光的普照之下，浙江人的自主谋生意愿和自主创业精神已经开始释放，浙江区域的商业经济大潮已经逐渐地涌动。1987年当我研究生毕业返回浙江省城杭州工作，那些在外闯荡并从事补鞋、弹棉花、裁缝、包沙发、鸡毛换糖、打金、理发的小手艺人和小生意人，很多已经成长为大商人、大企业家，浙江各地的专业市场、家庭工业、民营企业以及全国各地的“浙江村”、“浙江街”等也如雨后春笋般地涌现，而浙江现象也逐渐地闻名于世了。现今即便是像我老家天台这样的浙江省欠发达地区，2005年的财政收入也已经达到了近8亿元，全县56万人口，长年在外经商打工者占了四分之一以上，其中资产在1亿元以上的有50余人，千万元以上者难以计数，发达县市更无需说了。2005年，浙江的人均GDP已经达到3400美元，是全国人均GDP1700美元的1倍。2006年，浙江省GDP预计超过15000亿元，增长13.5%以上，人均GDP接近4000美元。1978年以前浙江的经济总量在全国排名第12—14位，而现在浙江的经济总量已居全国第4位。与此同时，浙江区域的社会、文化、价值观念等也发生了亘古未有的变化。

我们生活在一个如此激变的社会中，这是时代给予我们这一代人的殊荣，因为我们这一代人可以看到许多其他时代人们所不能看到的东西。同时，也使我们这些以社会科学研究为职业的人感到一种沉重的负担和责任，因为时代总是在不断地要求我们回答。即使尚无能力作深入的研究，对一些“谜”还不能回答，将时代的现象尤其是切身体会记述下来，也可能会对后人的研究产生价值。改革开放以来浙江省何以由一个全国经济不太发达的省份，成长为经济社会发展领先于全国的省份？浙江现象是怎么形成的？浙江何以形成了自身独特的区域发展模式？这都是一些像“谜”一样有魅力并极富有挑战性的问题。然而，在这个时代，无论是谁，想要发明一种万能的、一次性将所有问题包容无遗的阐释模式或灵丹妙药，显然都是一种乌托邦式的奢望。因为我们所处的已经不再是一个高度同质化的社会。所以，选取一个有限的视角，对当代浙江经济社会发展现象进行观照，可能更加明智。在本书中，我试图着重从文化社会学的视角出发，就当代浙江区域文化发展与经济社会发展的互动问题进行探讨，以期对浙江区域社会从传统到现代的转变作一尝试性的理解。当然，对于浙江现象之谜的探讨，是一项比较艰难的工作，单纯局限于某一个学科，显然是难以找到令人相对满意的答案的。因此，本书的研究，虽然从文化社会学视角出发，但也尝试性地运用了哲学、经济学、政治学等其他学科一些学科的理论和分析方法。

当代浙江模式是由民间创造的，政府发挥了重要的作用，但如前所述，这种作用是促进性的、主持性的、倡导性的。因此，本书的研究既重视政府的作用，也重视浙江区域文化传统中“内省的少数人的传统”即思想家的大传统，但更重视那些“非内省的多数人的传统”即作为民间生活世界的小传统。“内省的少数人的传统”即思想家的大传统，用胡塞尔的哲学语言表述，就是“我们为生活世界（即在我们的具体的世界生活中不断作为实际的东西给予我们的世界）量体裁一件理念的衣服(Ideenkleid)”。[①] 与此形成对照，“非内省的多数人的传统”即民间小传统，则构成了一个直接明证、不言而喻的世界，即生活世界本身。这个世界是现存的，而且在直接的和自由扩展的经验过程中，是可以直接了解和观察的世界。在没有思想体系阻隔的情况下，生活被作为绝对有意义的和实践验证过的东西来看待。生活世界是任何认识的基础，因为它是起点，是“先被给定的”。当然，“内省的少数人的传统”和“非内省的多数人的传统”并非水火不溶，而是相互影响的。在历史上，大传统对于小传统的作用，无疑是重要的，尤其是在“普天之下，莫非王土；率土之滨，莫非王臣”的中国传统社会背景下，尤其如此。另一方面，小传对于大传统的影响也是重要的。按照葛兰西的文化霸权理论，统治集团的支配权并不是通过操纵群众来取得的，为了取得支配权，统治阶级必须与对立的社会集团、阶级以及他们的价值观进行谈判（negotiation），这种谈判的结果是一种真正的调停。也就是说，霸权并不是通过剪除异己，而是通过将对立一方的利益接纳到自身来维系的。为了说服那些心甘情愿接受其领导的人，统治阶级的政治取向必须有所修正，这就使得意识形态中任何简单的对立，都被这一过程消解了。因此之故，统治的意识形态和大传统或多或少地会吸纳小传统或民间传统的因素。本书的研究力图综合考虑大传统和小传统对当代浙江经济社会发展的交互作用。

我对于当代浙江区域文化发展与经济社会发展的互动问题的理论研究始于 1998 年。我写了与此相关的几篇论文，也主持了浙江省哲学社

① 〔德〕胡塞尔著，张庆熊译：《欧洲科学危机和超验现象学》，上海译文出版社 1988 年，第61 页。

会科学重大课题“改革开放以来浙江经济发展的文化动因”的研究，并与课题组成员合作出了一本专著——《文化与浙江区域经济发展》。一个重要的契机使我的研究能够得以深入下去。2003 年，浙江省哲学社会科学规划领导小组把“浙江区域文化发展与经济社会发展的互动关系研究”列为省哲学社会科学重大招标课题，我有幸中标了。2006 年初，“从传统到现代——浙江模式的文化社会学阐释”又被列为浙江省哲学社会科学重点研究基地——科学发展观与浙江发展研究中心重点课题。经过近三年的努力，现在终于将这项研究成果以专著的形式呈现在读者面前，尽管我对于此问题的探讨，从时间上算已经 8 年多了，但成果仍然是相当初步的，所以恳请批评。本课题的研究始终得到了浙江省委宣传部副部长沈立江，浙江省社联党组书记、副主席陈永昊，副主席蓝蔚青、连晓鸣，秘书长、省哲学社会科学规划办主任曾骅的支持，始终得到了中共浙江省委党校领导以及科研处、社会学文化学教研部的支持，在此一并致以衷心的感谢。尽管我没有用充满激情的言辞，但内心的感激之情是真诚的。

第一章　经济社会发展与当代浙江区域文化变迁

改革开放以来，浙江区域文化领域发生了亘古未有的变化。对这一变化进行描述无疑是一项复杂的系统工程。因为，在最广泛的意义上，文化乃是人们运用的语言以及融合在社会生活中的意义、符号和对现实的解释。文化不仅仅是人们通常所接触的博物馆、画廊和获奖文学，而且也是弥漫于人们日常生活的意义系统——规范、价值、信仰和理念。然而，不管是作为语言，还是作为社会的意识形态、宗教信仰以及人们所生产的文本，文化都充盈于社会之中，不仅作用于社会，而且被社会打上深深的烙印。正因如此，文化领域的嬗变乃是区域经济社会历史足迹的记录。只有置身于改革开放以来波澜壮阔的经济体制转换、社会转型、全球化等历史场景中，才能对当代浙江区域文化精神沧桑巨变现象及其对浙江经济社会发展的影响作出比较深入的解释。

一、经济体制转换与区域文化变迁

经济体制是一个严密的逻辑整体，任何经济体制都暗含着作为其基础和前提的人性假定，而在不同的经济体制及其人性假定前提下会形成不同的资源配置方式、不同的激励机制以及不同的经济、政治和文化模式、精神状态。因此经济体制的转换不仅会引起资源配置方式、激励约束机制的转换，而且也会导致社会精神文化领域的深刻嬗变。1978 年以来，浙江区域文化精神的变迁，首先奠基于十一届三中全会以来计划经济体制向市场经济体制转变的宏观历史场景之中。

1. 从计划到市场的转变

1992年，中共十四大正式确立中国经济体制改革的基本目标，是建立市场经济体制，但是，随着20世纪70年代末80年代初农村经济体制改革拉开序幕，中国从计划经济体制向市场经济体制的转变已悄然开始。1979年4月，中共中央批转了国家农委党组报送的《关于农村工作问题座谈会纪要》，允许实行农村生产承包责任制。1982年到1984年的三个中央1号文件，在群众实践的基础上，全面肯定了农村家庭联产承包责任制。这导致了农村经济体制乃至于整个中国经济体制的全面变革。正是在这一宏观背景下，1980年11月，中共云和县委在浙江省内率先派出工作组，冲破“左”的禁锢，在袭浦村进行农业（林业）家庭联产承包责任制的试点。第二年，该村毛竹立竹量翻番，粮食增产70万斤，为全县之最。试点的成功，有力地推动了家庭联产承包责任制在全县的实施。1981年4月，中共浙江省委召开地市委书记会议，对前段不赞成联产到组和在非“三靠”地区纠正包产到户问题作了自我批评。尽管这次会议对较发达地区实行包产到户仍不松口，但自此以后，农村家庭联产承包责任制这一形式终于在全省推开。

农村家庭联产承包责任制的实施，对于从计划经济体制向市场经济体制转换，无疑具有极其重要的社会意义。一方面，在不改变土地所有权的前提下，大幅度地调整了农村的生产关系。家庭联产承包责任制的实施，使土地的所有权和经营权分离，将原来属于集体所有并统一经营的土地承包给农民分散经营。这样就使作为活的生产要素的农村劳动者从僵化的、低效率的生产组织中解放出来，有了与其他生产要素相对自由结合的可能性。农民有可能从过去生产队支配下的单纯的劳动者，变成有相当的生产、交换自主权的经营者。在家庭联产承包责任制下，农民的利益与农业生产的效益直接挂钩，从而使个人收益率接近于社会收益率。这就极大地调动了农民的生产积极性，激发了农村经济的内部活力，从而有效地提高了农业的生产效益。而对于浙江这样的人多地少的省份而言，农业生产效益的提高（主要表现为农田亩产量的提高），尤其具有特殊的意义。1978年，浙江省人均占有耕地面积0.68亩，1990年为0.615亩，到了1995年为0.57亩，现在已进一步下降到0.55亩。

浙江人均耕地面积不到全国平均水平的一半，仅为世界人均水平的六分之一。在浙江的某些地区，尤其是在作为浙江模式的代表、改革开放以来最具经济活力的台州和温州地区，人均占有耕地面积水平则更低。1978年，温州地区人均耕地面积为0.52亩，永嘉的桥头镇，人均耕地面积则只有0.28亩。另一方面，浙江不仅人均耕地面积少，而且城市化水平也低。1980年，浙江城镇人口占总人口的比重只有14.9%，大大低于全国19.4%的平均水平，而同期浙江农村人口占总人口的比重则达85.1%，大大高于全国80.6%的平均水平。人多地少、农村人口众多，意味着随着农业生产效益的提高，浙江农村大批剩余劳动力将可能从土地的束缚中解放出来投入市场经济活动。在这一意义上可以说，农村家庭联产承包责任制在浙江的全面推开，为浙江提供了从计划经济体制向市场经济体制转变的丰富的人力资源基础。另一方面，农村家庭联产承包责任制的实施，也使农民从僵化的、低效率的人民公社体制中解放出来，获得了更大的经营自主权，从而使农业部门率先脱离计划经济体制的束缚而走向市场，实现对原有社会资源一元化占有和分配体制的突破。尽管土地所有权仍然属于集体，但生产的自主权已经转移到了家庭和个人手中。农民的收入不再取决于生产队的平均主义分配体系，而是取决于自身的经营和产品市场，这就使浙江农业生产的市场取向不断地得以强化，并极大地推进了浙江区域从计划经济体制向市场经济体制的转变。

按照现代经济学的观点，市场化就是市场机制在资源配置活动中发挥的作用持续增大的现象。也就是说，是经济生活对市场的依赖程度不断加深和增强的过程。市场化意味着可以有效地实施资源配置的市场机制从产生、发展到成熟的整个演变过程，是在计划经济下存在造成各级预算约束软化的外部性逐渐"内部化"的过程。历史已经充分地表明，大批从土地束缚中解放出来的浙江农民成为从事乡镇工业、市场经营活动的主力军，从而有力地推进了浙江区域的市场化进程。

首先，是投资主体市场化程度逐渐提高。改革开放以来，浙江投资来源从计划经济体制下的行政垄断逐渐地趋向于多元化。投资来源逐渐地从行政部门向民间经济部门转变，意味着个人或企业可以根据市场因素考虑投资回报率、投资风险，意味着经济主体成为自我发展、自主经营、自我负责的市场交易主体。

其次，是生产市场化程度不断提高。改革开放以来，浙江非国有经济如集体经济、私营经济、个体经济等迅猛发展。浙江许多地方从小产品、简单产品起步，借助邻里效应，逐步扩散，形成了星罗棋布的一村一品、一乡一品的专业化特色产业区。经集聚效应的放大作用，这些专业化特色产业区最终显现出区域分工和区域竞争优势。据浙江省内经济学者的归纳，经过改革开放以来的发展，浙江各地的专业化特色产业区鲜明地呈现了以下两大特点：在企业群体层面，呈四层宝塔形组合结构，即量大面广的众多中小企业群体，优势产品行业群，专业巨人（小行业骨干企业），大集团公司；在区域层面，呈三圈式布局结构：专业镇、专业开发区、特色县，以优势产品行业群和优势业务领域为内涵的基地省。

再次，是商品市场的迅猛发育、发展。改革开放以来，浙江投资来源逐渐地趋向于多元化，浙江专业化特色产业区的发育，与浙江区域商品市场的演化，是相辅相成的。1978 年以来浙江集市贸易逐渐恢复。1985 年浙江省地方政府审时度势明确地提出了允许农民进城、允许农民经商、允许个体户长途贩运、允许竞争等“四个允许”。大批农民带着产品找市场、闯市场、建市场。改革开放以来，浙江人的足迹踏遍了全国30 个省份，在计划与市场的夹缝中寻找着利润的生存空间，“浙江村”、“浙江街”遍布全国各大城市，流动的浙江商人带着技术、资本、商品、经营才能与全国客商进行商品贸易。与此同时，一个以消费品市场为基础，专业批发市场为骨干的商品市场体系在浙江逐渐形成。1978 年以来，浙江市场的发展经历了以下几个阶段：[①] 一是从 1978—1984 年的集市贸易得以恢复和专业市场的萌发阶段。这一阶段，国家相继放开了城乡农副产品和日用小商品交易的有关政策，使得浙江不少地方城乡集贸市场得以恢复并迅速发展。上市商品主要是农产品和副产品，经营

---

① “浙江市场建设”课题组：《浙江市场建设的成功经验和发展趋势》，何福清主编：《纵论浙江》，浙江人民出版社 2003 年版，第175—176 页。

方式大多为农民自产自销，少数地区在集市贸易的基础上，形成了批零兼营的农副产品批发市场。同时，工业日用小商品市场开始起步，出现了温州、义乌、黄岩等一批小商品市场。二是从1985—1990年的专业市场发展阶段。这一阶段，农村商品生产蓬勃发展，乡镇企业异军突起，专业户、专业村、专业乡大批涌现。与此相应，开始出现了像永嘉桥头纽扣市场、湖州织里绣品市场、新昌兔毛市场等一大批富有特色的专业市场。初步形成了以乡镇企业为依托，市场经营户和贩运户为纽带的市场网络。三是20世纪90年代以来的市场全面扩张期。进入20世纪90年代，尤其是1992年邓小平南方谈话以后，全省各地解放思想，市场演化进程迅速，不仅市场数量迅猛增长，而且市场的规模、档次也都有了明显的提高。20世纪90年代末以来浙江专业市场发展的一个突出特点，就是市场结构调整、市场组织重组以及市场交易方式升级。截至2004年底，浙江全省有交易市场4049个；成交额6384亿元，其中2197个农副产品市场成交额1521亿元，547个生产资料市场成交额2299亿元；成交额超亿元市场496个。2004年，义乌中国小商品城成交额266.87亿元，其中外贸出口额73.44亿元，占总成交额的27.52%；绍兴中国轻纺城成交额258.20亿元，其中外贸出口额89.90亿元，占总成交额的34.82%；桐乡濮院羊毛衫市场外贸出口额3.30亿元。100家重点市场总成交额3515亿元，占全省商品交易市场成交额的55.10%。①

2. 经济体制转换与区域文化精神嬗变

经济体制是约束人们行为及其相互关系的一套行为规则。经济体制通过一系列规则界定人们的选择空间，确立社会和经济的激励机制，引导人们采取可预测的因而是有秩序的行为，从而沟通个人利益和集体利益、个人选择和公共选择，减少外部性，降低交易费用，提高资源配置效率，促进经济增长。一个国家或地区经济体制的变迁不仅取决于技术和生产力的状况，而且也取决于经济体制与历史文化遗产、社会文化环

---

① 万斌主编，葛立成执行主编：《浙江蓝皮书：2005年浙江发展报告》，杭州出版社2005年版，第120—121页。

境的相容程度。社会文化环境既是经济体制得以建立的前提，又是经济体制存在和有效运转的根本条件。其一，某些经济体制本身就是在一定的价值观信念、道德观念、风俗习惯等宏观社会文化环境的基础上建立的，是后者定型化的结果。其二，经济体制建立后只有与一定的文化价值观念相容，才能有效地运作。新制度经济学认为，制度变迁总是与文化变迁相伴随的，制度变迁的速度，也取决于文化变迁的速度。“破解”制度变迁的奥秘需要从人类学习文化开始，人类从野蛮、愚昧、落后走向文明、进步，就是不断学习文化的结果。历史已经表明，制度变迁的速度是学习速度的函数，而变迁的方向则取决于获取不同知识的预期回报率。著名经济学家诺斯指出，离开了文化价值观念，即使将西方成功的市场经济制度搬到第三世界，也将不再是取得良好经济实绩的充分条件。国外再好的制度，如果远离了土生土长的价值观念、道德伦理、习惯、生活方式，也可能是“好看而不中用”。在这一意义上也可以说，社会文化环境为经济制度的实施和运行提供了一种社会心理的基础。

另外，经济体制一旦确立又不仅会对技术、生产力的变化产生反作用功能，而且会规定文化发展的方向，对一个社会或地区的文化精神产生导向作用。经济体制最重要的功能，是以一定的方式对参与经济活动的主体进行激励和约束，从而给经济主体的行为风格和精神面貌打上深刻的烙印。毋庸置疑，不同的经济体制会对人（经济主体）形成不同的激励和约束，从而会形成人的不同的行为风格和精神面貌。正因如此，发生在经济领域的从计划经济向市场经济体制转换的这一场轰轰烈烈的变革，必然会给浙江区域文化精神领域带来深刻的影响。换言之，在由计划经济体制到市场经济体制转换的过程中，浙江的区域文化精神也发生了深刻的嬗变。

(1) 自主、自强意识显著增强

强烈的自主谋生、自主创业、自主创新精神，是改革开放以来浙江区域精神的显著特征。正是在这种区域文化精神的作用下，改革开放以来浙江区域经济社会的发展，呈现了哈耶克所谓自然演化的特征。浙江人在资源贫乏、国家投资较少的情况下，实干苦干，白手起家，“想尽千方百计，说尽千言万语，走遍千山万水，历尽千辛万苦”，终于成了

“气候”。浙江人在改善自身生存环境和社会生活条件方面，较少地依赖于政府和行政官员，而更多地诉诸于个人的奋斗与社会个体间的协作；浙江外出经商务工人员较多，但与内地其他地区不同的是，浙江人在外不当打工族，绝大多数自主经营，自担风险，是或大或小的老板族，这些现象都体现了浙江人自主谋生意愿和自主创新的精神。而改革开放以来浙江专业市场的兴起，个体私营经济、股份合作经济的迅猛发展，一乡一品、一村一品特色经济的崛起，全国各地“浙江村”、“浙江街”、“温州村”的形成和自筹资金建设城镇（“全国农民第一城”龙港镇是典型代表）、旧城改造资金自我平衡，乃至于台州温岭等地的民主恳谈会等，也都更充分地显示了浙江民间自主谋生、自主创业、自主创新的精神。

浙江区域的这种文化精神也在改革开放以来相关的社会调查数据中得以充分的显示。据周晓虹对北京“浙江村”的调查，在20世纪90年代中期，处在经济体制转换过程中的浙江农民的依赖意识已经急剧地减弱，而自主、自强意识显著增强，尽管他们对国家政策的稳定性和在像北京这样的大城市里生存还抱有这样那样的顾虑，但他们中的多数人都对离开田地做工、经商、上大学表现出了坚定的意向，其中为数不少的人甚至做好了随时“远征”，另行开辟天地的准备。“浙江村”的问卷发放由于缺乏户籍资料，只能在浙江人聚集最多的邓村、马村和后村按居住门牌间隔选择填答对象，研究对象的选取数量是400人，选取原则是16—65岁的农业人口，但由于外出人口以青壮年为主，故实际的研究对象以18—25岁和26—35岁两个年龄组的人为多。问卷调查显示，在20世纪90年代中期，“浙江村”的绝大多数“村民”都对“农民的孩子应以种田为本”的说法持十分明确的反对态度。“同意”或“比较同意”“父母在，不远游”的说法的只分别占被调查总数的7.1%和15.1%，而“不太赞同”和“很不赞同”的却分别达到34.9%和20.8%（其余选择“说不准”或为未答者）。① “浙江村”的“村民”

① 参见周晓虹《传统与变迁——江浙农民的社会心理及其近代以来的嬗变》，三联书店1998年版，第269—276页。

对“改革会有风险，但比吃大锅饭强”的说法，表示“很赞同”和“很不赞同”的分别高达45.4%和29.2%，“说不准”的只有17.5%，而“不太赞同”和“比较赞同”的总共只有7.6%。[①]

毋庸置疑，计划经济体制的边缘、人多地少的生存压力等，乃是浙江自主谋生、自主创业、自主创新这种区域文化精神形成的一个重要原因。事实上，在计划经济时期，浙江人就已经显示了自主谋生、自主创业、自主创新的意愿。比如，1994年10月，北京有关部门在“浙江村”开展外来人口调查时发现，这里30岁以上的男性业主60%以上在80年代以前就有了出省的流动经历。而另一项对“浙江村”的调查表明，这里年纪在32岁以上的男人80%在改革开放以前有过外出的经历。1994年春节，北京“浙江村”的调查者还向乐清工商局的领导打听有关乐清人口外流的情况。这位领导不容置疑地说：“乐清人嘛，‘文革’的时候就全国到处乱跑!”调查者问：“后来呢?”“后来就越跑越胆大了！跑到北京就有了‘浙江村’。”[②] 费孝通、林白、王春光等许多学者都已经强调温州地区有人口外流的传统。据调查，温州全市的无证摊贩在1970年时有5200人，1974年有6400人，1976年达到11115人。“地下包工队”、“地下运输队”、民间市场和“黑市”也是广泛存在。在1976年的社会商品零售额中，民间市场交易额竟然占了九成。[③] 上述现象不仅限于温州，在计划经济时期浙江其他地方尤其是浙南的台州、金华等地也不同程度地存在，只是温州较为典型。这些在十一届三中全会之前被称为“走资本主义道路”的现象，无疑显示了浙江自主谋生、自主创业、自主创新等自主、自强区域文化精神的萌动。

但是，在计划经济时期，自主谋生、自主创业、自主创新等自主、自强是一种注定要被抑制的文化精神。任何一种经济体制都建立在一定

① 参见周晓虹《传统与变迁——江浙农民的社会心理及其近代以来的嬗变》，三联书店1998年版，第279页。

② 项飚：《跨越边界的社区——北京“浙江村”的生活史》，三联书店2000年版，第91页。

③ 史晋川等：《制度变迁与经济发展：温州模式研究》（修订版），浙江人民出版社2004年版，第65页。

的人性假定的基础上。这种假定可能是外显的，可能是隐含的，可能是人们在理论体系中明确表达的，也可能是日常经验和无意识的。这是因为经济体制的约束、激励、配置资源等功能只有通过人才能发挥作用，经济体制设计首先要考虑的，是实现个人目标和体制目标的“激励相容”问题，经济体制中个人的行为是否会偏离“激励相容”的设计初衷，直接影响到经济体制的效率。完全的社会公有制、完全的集中计划和按劳分配，是完全的计划经济体制的三大基本要素。完全的计划经济体制，实际上暗含着两个极为重要的人性假定。一是计划者具有完全理性。计划者要制定准确的计划，就必须具有无限扩大的认知能力、具有充分的计算能力与信息收集和处理能力。二是经济行为主体的道德人假定。道德人假定相对于市场经济条件下有理性、会计算并追求利益最大化的“经济人”假定。道德人暗含在计划经济体制的逻辑里。计划经济体制的一个重要逻辑，就是“社会经济行为主体之间不存在任何经济利益的差别和冲突，他们是在思想、道德上充分发展和完善的个人，个人也不再是‘经济人’，个人需要与社会的需要完全一致，甚至能够服从社会的需要”。[①] 计划经济的逻辑整体，要求用激发思想觉悟替代利益激励导出经济主体的经济行为，要求其行为主体不计报酬，出于某种高尚情操而无私奉献。按照学者周建漳的看法，义务、奉献在先的道德人行为的普遍与持久化需满足一个十分苛刻的条件，“即合作群体中不允许有任何一个人有任何与公共利益目标不一致的行为。一旦此中出现了一个，甚至仅仅是怀疑有一个混在‘众人拾柴’队伍中的‘搭便车者’，其行为就会很快‘传染’、‘扩散’，人心浮动，直至合作瓦解”。[②]

按照计划经济体制的逻辑所暗含的道德人假定，可以将通过人员外流、“地下包工队”、“地下运输队”、民间市场和“黑市”等现象而表现出来的浙江人的自主谋生、自主创业冲动，看作对计划经济道德人假定的偏离（甚至是严重的偏离）。在某种意义上也可以说，自主谋生、

① 〔美〕道格拉斯·C. 诺斯，陈郁等译：《经济史中的结构与变迁》，上海三联书店1999年版，第207页。

② 周建漳：《“道德人”：计划经济行为主体的制度假设分析》，载《中国社会科学季刊》（香港）1996年夏季卷。

自主创业是在生存压力下所表现出来的，与道德人精神相反的有理性、会计算并追求自身利益最大化的“经济人”的精神。而计划经济体制的逻辑力量和效率，很大程度上来源于其可以在多大程度上将现实中的众多的“经济人”改造、转换成道德人。因此，在计划经济时期，自主谋生、自主创业、自主创新等自主、自强是一种注定要被极“左”意识形态克服的文化精神。尽管十一届三中全会之前，浙江属于国家投资少、国有企业少的计划经济体制的边缘区域，但在计划经济全国一盘棋和极“左”政治势力和思潮泛滥的情况下，浙江人的自主谋生、自主创业冲动，也无例外地受到了严厉的限制。

浙江省江山县勤俭大队的事例就在相当程度上说明了这一点。据1970年8月16日《人民日报》的短评，勤俭大队是被作为“工农兵活学活用毛主席哲学思想群众运动中涌现出来的一个先进单位”，而向全国宣传的。浙江省革命委员会也曾发出通知，要求全省“向江山县勤俭大队学习，进一步掀起活学活用毛主席哲学思想群众运动新高潮”。① 从当时的材料看，人民公社体制下的勤俭大队尽管是政治上的“先进单位”，但社员也面临着较大的生存压力。比如，“1967年秋，一百多天没下雨，粮食严重减产，发生口粮困难”。大家“修水库，挖白田，大种秋菜和小麦，向老天夺粮”。同时，勒紧裤带，“抓紧节约用粮，计划用粮”。据说，1968年“粮食获得了大丰收，每人平均口粮比1967年多95斤”，但是，“到1969年春天，有的社员粮食不够吃，动用了队里六千斤储备粮”。② 在温饱尚成问题的情况下，可以想见，勤俭大队的社员“私心杂念”也是比较严重的。“有些社员原来认为，‘农民嘛，有点私心，搞点小私有，没啥关系’。”“过去集体收了花生、柏子以后，有的妇女、小孩到地里把一些零落的花生粒、柏子粒捡回家去，并且认为这是合理的。”在当时的情况下，这种“私心杂念”自然会成为“扑灭”的对象。勤俭大队独特的“扑灭”方法，就是学哲学。“学了哲学

① 《浙江省革命委员会关于向江山县勤俭大队学习，进一步掀起活学活用毛主席哲学思想群众运动新高潮的通知》，《种田人就是能学好用好哲学——浙江省江山县勤俭大队活学活用毛主席哲学思想的经验》，浙江人民出版社1970年版。

② 江山县勤俭大队社员姜洪宗：《为什么灾年有余?》，《人民日报》1969年11月18日。

以后，大家懂得了量变到质变的道理，认识到对于资产阶级的‘私’字决不能小看。有的贫下中农说‘一块番薯，开始时有一点烂，还是番薯，但是不及时处理，就要越烂越大，大部分烂了，就起了质的变化，变成烂番薯了’”。现在社员“认识到捡回家的不是几颗花生、柏子的问题，而是捡回了自私自利思想。因此，都自觉交回了集体。很多社员在挖荸荠时，捉到了几条泥鳅，也交给集体畜牧场喂猪。”①在计划经济体制以及人民公社低效率的生产组织下，勤俭大队社员迫于生存压力，也曾萌生了试图冲破体制束缚的自主谋生意愿和自主创业冲动。勤俭大队第八生产队“为了抵制资本主义倾向，订立了一系列规定。例如，国家统购的农副产品，不准多留多分，不准自由买卖，不准高价出售，等等。‘大门关得紧，歪风吹不进。’以为这样一来就万事大吉了”。尽管如此，“问题”还是出现了。“生产队买化肥要一笔钱，有个别人就提出把花生拿去卖高价，还说什么‘国家任务一斤不少，集体种子也留足了，余下的多卖点钱，既增加社员收入，又解决买化肥的资金，有什么不好？’”结果，就挑起花生卖高价去了。后来，也“有人用低价柴火向我队换高价鱼”。但是，不久以后，这种符合有理性、会计算并追求利益最大化之“经济人”精神的自主谋生意愿和自主创业冲动，就被上纲上线为“两条路线斗争”问题，而受到了相当严厉的批判。“有的贫下中农说，‘自由买卖’是叛徒、内奸、工贼刘少奇腐蚀我们的迷魂药，如果中了他的毒，钱是多了，路却歪了。有的说：增加的不是钱而是私心，发展的不是社会主义而是资本主义。”②

正如前述，道德人的人性假定是计划体制有效运作的基本前提，但是现实中的个人却是有利益追求的（不排除少数人可能是例外）。因此，与计划经济体制相一致的道德人并非是现成的、大批量的存在，而必然是对于现实中大量自利理性的“经济人”回炉改造的一种结果。回顾新中国成立以来思想文化运动的实际历程，人们不难从中辨认出这样一种

① 江山县勤俭大队党支部：《种田人就是能学好用好哲学》，《人民日报》1970年8月16日。

② 江山县勤俭大队社员姜乾位：《只有破得深才能立得牢》，《红旗》杂志1970年第4期。

抑制和改造自利理性的“经济人”，塑造毫无自利之心的道德人努力的清楚线索。尤其是1957年以来的思想改造过程，乃是一个不断地压抑个人对利益追求的过程。在这种宏观社会背景下，勤俭大队种田人的“学好用好哲学”，可以被看作是将追求自身利益、具有自主谋生和自主创业意愿的农民，改造成与计划经济体制和人民公社组织相一致的道德人的一种尝试。用勤俭大队社员的话来说，就是“革命大批判”可以提高“大家的觉悟，使新制度建立在思想上，落实到行动上”。①其实，这种尝试在改革开放之前的浙江全省范围之内，可以说一直没有停止过，只是勤俭大队采取了让种田人“学好用好哲学”这种特殊的方法并且比较典型罢了。由于国家对浙江投资少以及人多地少等因素所产生的巨大的生存压力，浙江人具有远较全国其他一些省份的人更强烈的自主谋生意愿和自主创新精神，也就是说具有更严重的偏离计划经济的“道德人”精神的倾向。因而，在当时的政策制度和意识形态背景下，浙江区域内像温州这样的一些地区在全国便有“鹤立鸡群”的效应，更容易成为令人瞩目的“出头鸟”。所以，浙江虽然处于计划经济体制的边缘，但是浙江人所受到的极“左”意识形态和政策的限制却不比其他省份的少。这种限制，更多的时候是采取像勤俭大队这样的思想斗争和大批判的形式，有时则甚至采取了更为对抗的形式。比如，在计划经济时期，浙江各地打击体现浙江人自主谋生意愿和自主创新精神的所谓“投机倒把”活动就一直没有停止过。一些人迫于生计从事的小商品交易活动，也遭到严厉的禁止，被当作资本主义尾巴割掉了。人员外流多，“黑市经济”较为发达的温州，在“文化大革命”中一直被作为“走资本主义道路”的典型而受到打击。即使是在改革开放之初，一些政府部门也还在极“左”政策的压力下，试图通过“禁、赌、赶”的方式，取缔浙江一些农村集镇自发形成的“马路市场”。在十一届三中全会召开之前，温州召开了全国性的“新生资产阶级分子问题讨论会”。1981年全国进行“严打”，温州因其个体经营活动多而被列入重点“严打”地区

---

① 江山县勤俭大队社员姜乾位：《只有破得深才能立得牢》，《红旗》杂志1970年第4期。

之一。甚至到了1982年，浙江省委工作组还进驻到柳市镇，由省公安厅负责人亲自带领30多人在此打击了80多天，将经营低压电器的所谓“八大王”作为重大经济犯罪分子逮捕。①

上述表明，在计划经济时期，自主谋生、自主创业、自主创新等是一种注定要被抑制的文化精神。在计划经济边缘和人多地少压力下逐渐形成的自主谋生、自主创业、自主创新等自主、自强精神，只有在改革开放以及从计划向市场转化的过程中才可能得以充分地释放和强化。

首先，改革开放以来路线、方针、政策，为自主、自强的浙江区域文化精神的充分释放提供了合法的通道。改革开放以来浙江人自主、自强精神能量的充分释放，是与国家主流意识形态尤其是中共路线、方针、政策的变化同步的。十一届三中全会以来，中国共产党制定了解放思想、实事求是的思想路线，在政治、经济、文化领域进行了全面的拨乱反正工作，形成了“一个中心，两个基本点”的基本路线。中共实行以建立市场经济体制为目标的经济体制改革；实行以公有制经济为主体，多种所有制共同发展的所有制关系变革；实行以共同富裕为目标，让一部分人通过诚实劳动和合法经营先富起来的富民政策；提倡把发展生产力，增强综合国力和提高人民生活水平作为检验工作的标准，等等。这些都为自主、自强的浙江区域文化精神的充分释放纳入到了合理、合法的轨道，并使之上升为国家主流意识形态所认可的确定的生活准则。

其次，在从计划经济体制到市场经济体制转换的过程中，浙江迅速地成长为市场经济大省，市场秩序逐步完善，这就为自主、自强的区域文化精神的强化提供了制度保障。自主谋生、自主创业精神所体现的，是经济主体依靠自身的力量对于利润最大化的追求。马克斯·韦伯认为，对物质利益的追求并非现代社会所特有，而是贯穿于自私有制产生以来的整个人类历史。古罗马统治者对黄金和金钱的贪婪，并不亚于现代的商人和企业主。在经济领域中活动的人之所以获得“自利”这种

① 中共中央党校浙江经济调研组：《社会主义市场经济的成功实践——浙江经济调查研究报告》，载何福清主编《纵论浙江》，浙江人民出版社2003年版。

"恶的存在物的属性"，只采取那些他们自认为将会给自己带来最大化利益的行动，都是因为他们被迫生活在各种资源稀缺的社会环境中。但是，只有现代市场经济体制，才为个人对利益的追求，从而为个人的自主谋生、自主创业活动，提供了制度保障并获得了合理合法的地位。换言之，只有随着市场经济体制的逐步完善，个人目标和体制目标的"激励相容"问题，才得到相对圆满的解决。市场经济不限制个人对利益的追求，恰恰相反，它激励个人对利益最大化的追求。另外，市场经济是一种自主的经济，为人们自主、自强精神的充分发挥提供了制度的通道。按照经济学家的通常定义，市场是一种物品的买主和卖主相互作用，以决定其价格和数量的过程。市场经济的核心目标和价值取向是经济效益或利润。正如萨缪尔森和诺德豪斯所说："了解利润在引导市场机制方面的作用是很重要的。利润给企业以奖励和惩罚。利润引导企业进入消费者的需求数量较多的领域，离开消费者的需要数量较少的领域，并且使厂商使用最有效率（成本最低）的生产技术。"[①] 因此，正如骑驴的人用胡萝卜和大棒来驱赶驴子前进一样，市场制度用利润和亏损来解决经济系统的三个基本问题，即解决生产什么、如何生产和为谁生产等问题。市场经济主体是独立的、自我决策的，是其经济行为的决定者，其经济活动是自由而自主的活动，通过生产和交易自愿发生的契约关系，以形成对双方都有效的原则与规范。在市场经济体制下，价值规律和价格机制取代了行政命令，成为调节资源配置的杠杆。人的需求的满足，逐步变得不取决于国家的统一分配和个人的政治地位，而是取决于付出的劳动和竞争的能力。这意味着人们具有更大的自主性、主动性和独立性。向市场经济体制的转变还意味着打破实际存在的等级关系，把人们置于平等竞争的地位。在市场交换活动中只有一种身份，即物（商品、货币、资本、劳动力等）的所有者的身份在起作用，客观上不允许有超经济的特权，人们只能在契约关系中实行等价交换。概言之，市场经济的自主性，是人与人之间经济联系和经济交往的基本原

---

① 〔美〕萨缪尔森、诺德豪斯著，高鸿业等译：《经济学》下卷，中国发展出版社 1992 年版，第 74 页。

则。它使人们逐渐地摆脱了传统的等级关系、特权关系，获得了平等的地位。随着人们自主性的增强，浙江人的独立主体意识、自觉自主意识、自主创业精神逐渐得以强化，自立、自强成为当代浙江区域文化精神的显著特征，这种精神既是改革开放以来浙江经济体制转换最基本的社会心理前提，又是改革开放以来浙江人主体地位提高的重要标志。

（2）诚实守信意识逐渐强化

在经济体制转换过程中，不仅浙江人的自主谋生、自主创业的意愿显著增强，而且诚实守信意识也逐渐地得以培育和强化。我所参加的浙江省市场经营者和管理者思想道德建设现状和对策课题组的一项调查，就充分地表明了这一点。① 调查采取抽样问卷与访谈两种形式。课题组在杭州、宁波、温州、嘉兴、金华、台州、绍兴等地的一些专业市场，共向市场经营者和管理者分别发放问卷1000份和400份，分别回收有效问卷718份和341份。由于调查对象基本上是浙江省专业市场的普通经营者和管理者，所以调查结果应该比较具有代表性和普遍意义。调查结果显示，在市场经营者中有12%的人觉得诚实守信在市场交易活动中"有点重要"，4.2%的人认为"相当重要"，45%的人认为"非常重要"，只有1%的人认为"不重要"，其余未回答。分别有31%和49%经营者"非常不赞成"和"不赞成""现在做生意不使用一点如商业欺诈、背信弃义、欠债赖账等手段就赚不到钱"这种说法。这说明"诚实守信"已经逐渐地成为浙江省大多数经营者的共识并被认为应当在经营中恪守的职业道德规范。有10%和45%的市场经营者甚至把"诚实守信"与自己的职业生命联系起来，认为"只有诚实守信才能赚到更多的钱"。

上述调查开展于20世纪90年代末，如果将这一调查结果与20世纪80年代浙江经济领域的现象作一比较，就会发现两者之间存在的巨大差异。80年代的浙江曾经是一个"诚信"问题相对严重的区域。温

① 浙江省市场经营者和管理者思想道德建设现状和对策课题组：《浙江省市场经营者和管理者思想道德建设现状和对策》（上、下），《中共浙江省委党校学报》1998年第6期、1999年第1期。

州皮鞋业的经历，便充分地反映了这一点。改革开放以来温州皮鞋业迅猛发展，质量问题却日益凸现。1985年，南京一位消费者致信《经济日报》称其所购的高跟鞋穿了一天就掉了跟。一时间“一日鞋”、“晨昏鞋”、“星期鞋”等称呼不断地被发明出来形容那些劣质皮鞋，其矛头直指温州皮鞋业。有报社在1986年还做了一个统计，在全国十大主要城市中，温州成为消费者投诉最多的皮鞋生产城市。更有甚者，在20世纪80年代末期中苏（俄）边贸中，大量的劣质温州皮鞋销售到了苏(俄）地区，以至于在俄罗斯街头出现了大量的“反对温州假货”和“把温州人赶出俄罗斯”的标语。事情到1987年夏天达到高潮，当时在温州皮鞋的主要批发和销售地杭州，工商部门查获了5000余双主要是温州生产的劣质皮鞋，在位于市中心的武林广场将之全部烧毁。1988年4月，南京一商场的“温州皮鞋”专柜被因购买劣质皮鞋的消费者一举捣毁。在南京、长沙、哈尔滨、株洲等城市也陆续上演了火烧温州皮鞋的场景。火烧皮鞋深深地影响了消费者对温州皮鞋乃至于所有温州货质量的认识，当时的媒体和一般消费者已经习以为常地将劣质皮鞋归结为温州货的同义语。全国各地城市纷纷禁售温州皮鞋。上海、南京、武汉、大连、长春、石家庄等城市的商业流通部门发布文件明令禁止温州皮鞋的销售。许多商场门口纷纷打出“本店不售温州货”、“温州货免进”等标语，以此表明店家销售货物的质量。事实上，在20世纪80年代乃至于90年代初，浙江产品的假冒伪劣问题，不仅仅限于温州皮鞋，只是温州皮鞋比较典型罢了。比如，1984年柳市的低压电器问题引起了国家有关部门的重视。1984年7月14日，国家经委、机械工业部等部委联合发出了《关于整顿、加强浙江乐清柳市低压电器生产管理的函》。1985年12月，中国低压电器产品检测中心对柳市市场的10个厂家、8个规格、22个品种进行检测，结果全部为不合格产品。在20世纪80年代乃至于90年代初，浙江产品的质量问题也不单单限于温州一地，其他地区如台州、义乌、永康等地也不同程度地存在。20世纪80年代浙江产品质量问题，显然是浙江人在经济领域中存在的诚信问题的一种外在反映。

因此，如果对20世纪80年代浙江的情况稍作了解，便会从我们90

年代末的调查结果中得出一个结论：在改革开放过程中，浙江人诚实守信意识确实强化了。这一结论也得到了事实的充分支持。这里，仍然以温州皮鞋业的发展为例。90年代温州皮鞋业的变化历程，可以说是温州人诚信意识培育和生长过程的鲜明呈现。1992年以来，一批在温州当地知名的皮鞋企业开始出现，皮鞋总体质量有了相当程度的改观。1992年7月，在国家技术质量监督局对28个省市制鞋业的统一检验中，温州皮鞋的合格率达77.4%，高于68%的全国平均水平。在1993年"中国首届鞋业大王博览会"上，共有10家温州皮鞋企业获奖，占获奖总数的21%。1997年，在中国轻工联合会评比中，温州3家制鞋业荣膺"中国十大鞋王"称号。1999年，除了3家企业继续获得"中国十大真皮鞋王"称号外，还有35家企业获佩"真皮标志"，一个皮鞋商标获得国家工商总局的"中国驰名商标"称号。2001年，在国家鞋类质量监督中心公布的全国鞋类检验报告中，温州皮鞋的合格率达到100%，这一年温州4家企业获得"中国十大真皮鞋王"称号。温州皮鞋质量20世纪90年代以来的这种戏剧性的变化，可以被看作是温州乃至于浙江产品质量变化的一个缩影。90年代以来，浙江的名牌产品、消费者信得过产品迅猛增多，一些过去被视为假冒伪劣产品销售和批发地的专业市场，市场美誉度和知名度不断提高，有些已从全国性的市场成长为国际性的商贸市场。这种变化意味着与80年代相比，浙江人诚信意识已经有了显著的增强。这一点无疑是与我们对浙江省市场经营者的调查结果相互印证的。

改革开放以来，浙江人诚信观念的发育和增强，显然与浙江省各级政府部门对诚实守信的大力倡导息息相关。比如，1987年浙江省政府就曾专门下文，要求有关部门"从案到人，顺藤摸瓜，治标与治本双管齐下，把假冒伪劣商品生产的'根子'挖掉，流通的'源头'堵住"。[①]自1998年以来，全省质量监督系统对乐清低压电器、永康电动工具和衡器、温州水泵、慈溪液化石油气调压阀和电热取暖器等比较突出的20

① 1987年11月19日〔浙政（1987）68号〕《浙江省政府关于坚决查处制售假冒伪劣商品的通知》，载《浙江政报》1987年第2期。

余个区域新产品质量问题进行专项整治。自1998年以来，全省共抽查企业20多万家，抽查产品50万批次，年平均抽查76000批次；同时不断加强对不合格产品生产企业的后处理力度。2001年12月，在中共浙江省委十届七次全体（扩大）会议上，省委书记张德江明确提出要继续整顿和规范市场经济秩序，努力建设"信用浙江"。2002年6月12日，中共浙江省委第十一次党代会报告正式提出："要把建设'信用浙江'作为完善社会主义市场经济体制和改善发展环境的重点来抓。通过政府、企业、个人三大信用主体的互促共进，法规、道德、监管三大体系建设的相辅相成，使诚实守信成为浙江人民共同的价值取向和行为规范。严厉打击制售伪劣产品，商业欺诈等扰乱市场经济秩序的违法行为，在全社会营造良好的信用环境。"

与此同时，浙江省各市地县也加大了信用建设的力度。在杭州武林广场火烧温州鞋事件发生后不久，温州市政府和工商、质检等部门也出台了相应政策治理假冒伪劣问题。在皮鞋生产集中的鹿城区，有关部门还举办了个体户质量学习班，近400人参加，为期一周，可谓声势浩大。1994年5月，温州市政府召开万人动员大会，正式提出"质量兴市"战略，随即出台了中国第一部质量立市的地方性法规《温州市质量立市实施办法》。2002年，温州市政府成立了信用信息中心，将全市中小企业、工商经营户的信用信息资料输入"中心"管理，并落实工商、税务、金融、公安、司法、技术监督等部门定期及时输送信用信息责任制，以加强重点人群的信用建设来带动个人信用全面提高；逐步建设个人失信资料档案库。温州市着手开展信用体系建设的规划工作，着手修改《温州市企业信用工程建设管理暂行办法》，对企业信用数据采集方式、信用信息交换与共享模式、信用信息使用范围等作了详细规定。2004年，宁波市出台了《关于进一步推进政府信用建设的意见》，建立政府信用工作投诉机制，向社会发布政务信息；制定了《关于加强中介机构信用建设，促进中介服务业规范发展的意见》，并与实施"企业信用"工程建设相结合；湖州市以打造"三大信用工程"和开展"四大信用活动"为突破口，培育全民"有信则立，无信则亡"的信用观念。金华市开展"让我们积极行动起来，让社会充满诚信，让诚信振兴金华”活动，2003年底，市政府25个部委办局联合发起诚信金华签名倡议活动。台州市在2003年被国家发改委列为全国小企业信用体系建设试点城市，建立健全中小企业信用担保体系。舟山市在全市范围内开展“建立诚信制度、公布诚信承诺”活动。丽水市还在全市高考生中推行承诺诚信考试，在实施“百万农民素质培训工程”中将诚信列入培训内容。浙江省各级政府打假治劣、区域性和行业性产品质量问题整治以及质量监督等工作的有效开展，不仅对促进浙江产品质量总体水平的提高发挥了重要作用，而且也对改革开放以来浙江人诚信观念的发育和增强产生了积极的影响。政府制定鼓励守信、约束失信的政策，形成一套切实可行的信用利益导向机制，使守信者真正得到实惠、失信者付出惨重代价，无疑对浙江人诚信观念的发育和增强产生了极其重要的影响。

需进一步指出的是，除上述因素以外，市场经济体制的逐步完善，也是浙江人诚信观念的发育和增强的一个极其重要的原因。换言之，改革开放以来，浙江人现代诚信观念的形成与市场秩序的自然演化是相辅相成的。市场经济的立命根基乃是自利理性的经济主体对于利益最大化的追求。而自利理性的行为对市场秩序则会产生双重的效应。一方面，它在一定条件下乃是促进市场秩序成长的重要动力源泉。诚如贝克尔所说：“在某种意义上，在既定的机会和资源的条件下，人们都试图使自己的利益最大化。当理性的个人都试图这样做的时候，就形成市场，从而使不同家庭、不同企业、政府及其参与者的资源都由市场价格进行协调。”[①] 但是，另一方面，“自利理性”也可能导致经济主体借助于不正当手段谋取自身利益的“机会主义”行为倾向，从而对市场秩序的有效运作构成危害。“机会主义倾向”表明经济主体会投机取巧，随机应变。诸如，有目的、有策略地利用信息，按个人目标对信息加以筛选，进行欺骗以及违背承诺等。结果，人们将生活于人人为力图攫取别人所需的东西而彼此混乱和争斗的霍布斯式的“原始自然状态”里。每个人的“自私”不一定就“自利”，不择手段的“恶性竞争”的结果，可能使

① 经济学消息报编：《经济学诺贝尔奖得主专访录——评说中国经济与经济学发展》，中国计划出版社1995年版，第125—126页。

人们陷入“两败俱伤”的“囚徒困境”。

温州劣质皮鞋制造和销售的困境，就充分地说明了这一点。在20世纪80年代末，当一般的消费者已经习以为常地将劣质皮鞋当作温州货的代名词时，不仅消费者受到了损害，而且劣质皮鞋的制造者和销售者也难以为继了。由于温州皮鞋在全国市场遭到了驱逐，一些皮鞋厂商曾采取了与上海等地的国有、集体制鞋企业联营上市的方法，即有偿使用这些国有和集体企业的品牌和厂址。一时间大批的温州鞋从市场上“消失”了，取而代之的是大批的“上海鞋”。起初是借用外地企业的良好名声缓解温州本地制鞋业的市场挤压问题，但是到90年代初联营名下的制假售假再度严重起来。大量的关于皮鞋质量问题的投诉信被寄往上海。随后，上海市断然下令，今后凡温州制鞋企业与上海企业联营必须得到上海市工商局和温州市工商局的共同批准，[①] 这实际上等于完全卡断了联营这一条路子。此时，温州皮鞋业陷入了山穷水尽的地步，大量制鞋企业关闭，就连当时温州皮鞋批发零售相当活跃的马鞍池得胜皮鞋商场也悄然关闭。[②]

温州劣质皮鞋制造和销售的困境充分地表明，市场经济的自然秩序会自发地惩罚“无信”的行为，使无信者无利可图，同时，对“诚实守信”行为的孕育产生激励的作用。如富兰克林所说，“一次失信，你的朋友的钱袋则会永远向你关闭。”[③]“信用就是金钱”。[④] 诚实守信是市场经济所内在要求的一种伦理道德原则，对这种原则的遵循会给交易双方带来较为稳定的经济上的预期绩效。对诚实守信的认同是不同经济主体作为节省交易费用的“供给物”而渐渐扩散的。诚实守信规则所以能逐步被市场行为主体遵行，是由于采纳它们的群体强大，有更多的生存机会。反过来，这些群体性的规则又会对个体形成进一步遵从的无形压

① 参见刘学渊、张宗培《惊醒的质量关——温州“质量立市”述评之一》，《温州日报》1994年8月4日。

② 参见胡万清《扬眉吐气在今天——温州鞋业发展启示录（上）》，《温州日报》1994年1月3日。

③ 转引自〔德〕马克斯·韦伯著，于晓、陈维纲等译《新教伦理与资本主义精神》，三联书店1987年版，第34页。

④ 同上书，第33页。

力，不遵从者将会因此而付出高昂的代价。在市场领域中，一个经济主体如果为了短期利益而进行坑蒙拐骗或者制造假冒伪劣或者言而无信违背承诺，等等，必然会声誉扫地，进而会因无信而失去合作伙伴，从而不再可以谋取利益。相反，如果他诚实守信，则会使声誉倍增并因此而获得长期的收益。逆向选择的经济模型通常假设人们不会永远受谎言的蒙蔽。意思是说，如果有人老是向你撒谎，他可以骗你一次、两次，但最终你会明白和他的交往是不可信的。在经济模型中，这个假设等于“理性预期”的另一种说法，尽管在个别具体的情况下，人们的判断会出错，但就大量事件统计的社会平均情况而言，人们能够作出正确的判断。谎言的最后结果，并不是能够系统地一直愚弄他人，而是减弱了或破坏了传递私有信息的社会机制的有效性，使人们不敢互相信任。最终无论是掌握信息的一方，还是缺乏信息的一方，都会因为信息沟通的成本剧增而遭受损失。上述经济模型表明，在市场中，存在着具有相同本性（自利理性）的相互对立的两类市场主体，双方无时无刻不在进行着利益较量。在双方的较量中，市场当事人如果希望和另一方当事人多次打交道，希望能够获取长期利益，就需要有意识地关心他人，在自利的同时把利他也考虑进去。这样，他选择诚实守信，就如他最初选择机会主义行为一样，也是经过成本与收益计算的结果，所不同的是后者基于短期利益的考虑，而前者则基于长期利益的计算。

正是在上述意义上也可以说，市场经济体制的逐步完善，乃是改革开放以来浙江人诚实守信观念发育和逐渐强化的一个极其重要的原因。回顾浙江省改革开放以来的历史，就可以清楚地看到，浙江人诚实守信观念的发育和强化，是与从计划经济到市场经济体制转换的进程相同步的。20 世纪 80 年代，浙江经济领域一定程度上存在的诸如假冒伪劣等“无信”行为，乃是从计划到市场转变初始阶段浙江一些地方市场无序状态的反映，并进一步对市场秩序造成了危害，从而使浙江一些地区付出了高昂的代价。在饱尝“无信”行为的危害以后，众多的浙江人逐渐地认识到，一个经济主体如果为了短期利益而进行或者坑蒙拐骗，或者制造假冒伪劣，或者言而无信违背承诺，等等，必然会声誉扫地，进而会因无信而失去合作伙伴，从而不再可以谋取利益。正如浙江一些地方政府官员所说，对于“失信行为”“不整治不发展，小整治小发展，大整治大发展”。失信行为不仅是不道德的，而且也会导致市场活动的低效率，反之，诚实守信不仅具有伦理性的价值，而且对市场经济活动具有一种功能性的价值。因此，对诚实守信的认同是不同经济主体作为节省交易费用的“供给物”而渐渐在浙江各地扩散的。这一点无疑在“浙江省私营企业主的思想道德状况及其对策”课题组的社会调查数据中，得到了相当程度的印证。2002 年 6 月至 9 月，课题组在杭州、温州、湖州、金华、台州、绍兴等地向私营企业主发放问卷 500 份，回收有效问卷 417 份。问卷调查结果显示，私营企业主重视信用的程度与其拥有的企业资产总值成正比，拥有 1000 万以上企业资产的私营企业主 100% 都认为诚实守信在经营活动中“非常重要”。在问卷调查中，对于“诚实守信在企业经营活动中的作用”这一问题，分别有 53.2%、42.4% 和 3.9% 的私营企业主认为“非常重要”、“重要”和“有点重要”。当问及企业信用在全社会信用体系中的地位时，有 75.3% 的人认为重要，有 12.5% 的人认为居核心地位。有 25.2% 的人认为当企业经营未成规模时“最容易不讲诚信”，而只有 2.6% 的人认为当企业做大时“最容易不讲诚信”。这就意味着企业在未成规模时往往会倾向于急功近利地谋取短期利益，从而容易不讲诚信，而当有了一定规模后，企业会倾向于谋取长期利益，从而会日益注重诚信形象并约束自身的机会主义行为，企业越上规模上档次，信用就会越受重视。

(3) 公平正义观念逐渐强化

在从计划经济体制到市场经济体制转变的过程中，浙江人的公平正义观念也逐渐地得以强化。

按照罗尔斯的观点，公平正义乃是社会制度的首要价值。① 罗尔斯认为，一般的公平正义应当包括：所有的社会基础价值（或者说基本善）——自由和机会，收入和财富，自尊的基础——都要平等地分配，除非对其中一种或所有价值的一种不平等分配合乎每一个人的利益。而

① 〔美〕约翰·罗尔斯著，何怀宏译：《正义论》，中国社会科学出版社 1988 年版，第 1 页。

体现这一正义观的两个正义原则通过几次过渡性的陈述而达到的最后陈述则是，第一正义原则：每个人对与所有人所拥有的最广泛平等的基本自由体系相容的类似自由体系都应有一种平等的权利（平等自由原则）。第二正义原则：社会和经济的不平等应这样安排，使它们：1）在与正义的储存原则一致的情况下，适合于最少受惠者的最大利益（差别原则）；并且，2）依系于在机会公平平等的条件下职务和地位向所有人开放（机会的公正平等原则）。①

上述意义上的公平正义观念，即所有的社会基础价值（或者说基本善），如自由和机会、收入和财富、自尊的基础等平等分配的观念，不可能在自然经济和计划经济的土壤中得以生长。由于自然经济是与生产力发展水平低下和社会分工不发达相联系的，这种情形反映到人们的意志关系上，必然表现为对外部自然力和对氏族共同体内部自然血缘关系的屈服或崇拜。因此，自然经济社会必然是一个以人身依附关系和权利不平等为特征的等级制的社会。在这个等级的、宗法共同体的社会中，具有不平等权利的人群，其中一些人可以凭权势使另一些人从属于自己并无偿占有他人的劳务和产品。建立在自然经济基础上的等级制社会之实质，是在人身依附关系基础上按权分配的等级分化。② 在这个等级制社会里，只有至高无上的家长权，不可能有家庭成员的自由平等，也不可能产生以个人自由、平等为主要内容的契约关系。在计划经济体制下，像全国各地一样，浙江城市居民所需利益的满足，主要依赖单位组织来实现。国家占有和控制的资源，按照行政权力授予关系，分配到各级不同类型和级别的政府和政府部门中，然后由它们再分配到各种单位组织中，不同单位按照授予的管理权限，具有了支配相应资源的合法权利地位。在计划经济体制的城市依赖性结构中，主要存在着两个依赖环节：一是单位组织依赖于国家，二是个人依赖于单位组织。单位组织作为一种城市统治制度或结构，

---

① 〔美〕约翰·罗尔斯著，何怀宏译：《正义论》，中国社会科学出版社 1988 年版，第 292 页。

② 参见秦晖、苏文《田园诗与狂想曲》，中央编译出版社 1996 年版，第141—142 页。

在一定意义上仅仅是计划经济体制下国家实现统治的中介环节，或者是统治的组织化工具、手段，国家统治的真正对象是个人。单位组织通过将政权的性质和经济的性质结合在一起，将经济控制权力和国家行政权力结合在一起，从而像国家对单位组织的统治那样，实现对个人的统治。① 与城市居民有所不同，像全国各地一样，计划经济体制下浙江农民需要的满足，主要依赖人民公社来实现。人民公社既是国家政权在农村的基层单位，又是农民集体经济的基层组织。公社的组织形成是"三级所有，队为基础"，即把公社的管理层次分为公社、生产大队和生产队三级，生产队是基本核算单位。生产队实行"评工计分"制度，社员的劳动和分配都在生产队内进行。因此，社员需要的满足主要依赖于三级所有、队为基础的人民公社组织。计划经济体制下城乡居民的这种依赖，与其说是"依赖"，不如说是"强制"；与其说是一种"交换行为"，不如说是一种本质上对行政权力的"依附"。个人依赖或者服从单位组织或者服从人民公社组织，是出于对强制性命令和惩罚的畏惧，是不存在任何其他选择下的"被迫"选择。② 按照彼得·布劳的解释，交换在严格的意义上主要是指某种自愿行动，即人们期望从别人那儿得到了回报，服从权力"被看作是一种为换取这种服从所带来的利益而作的自愿服务"，而那种肉体强制逼出来的行动不是"自愿的"。③ 在这种情况下，现代意义上的公平正义（所有的社会基础价值，如自由和机会，收入和财富，自尊的基础等平等分配）的诉求和实现，显然缺乏合适的制度通道。

从计划经济体制向市场经济体制的转换，意味着控制资源的权力会更多地存在于市场交易中，而较少地存在于再分配系统中；当劳动力和商品的价格是以买卖双方的相互契约为基础，而不是通过行政手段、政

① 〔美〕彼得·布劳著，孙非、张黎勤译：《社会生活中的交换与权力》，华夏出版社1987年版，第47页。

② 李路路、李汉林：《中国的单位组织——资源、权力与交换》，浙江人民出版社2000年版，第34页。

③ 〔美〕彼得·布劳著，孙非、张黎勤译：《社会生活中的交换与权力》，华夏出版社1987年版，第47页。

府法令而调配，直接生产者对其产品和服务进行交换的权力就会自然而然地扩大。因此，从计划经济体制向市场经济体制的转变，意味着打破自然经济和计划经济下实际存在的等级依附关系，逐渐地把人们置于平等竞争的地位。在市场交换活动中只有一种身份，即物（商品、货币、资本、劳动力等）的所有者的身份在产生作用，客观上不允许有超经济的特权，人们只能在契约关系中实行等价交换。正是在这种背景下，改革开放以来浙江人公平正义的观念逐步地得以强化。

事实上，浙江人公平正义观念的强化，在20世纪90年代中期和后期就已充分显现。1996年4月和5月，课题组曾对浙江省思想道德建设状况作了典型调查。[①] 调查采取抽样问卷与访谈两种形式。调查地点为温州、杭州、宁波以及上虞和义乌。在上述地区中的温州、杭州，调查者共发放400份调查问卷，回收有效问卷330份（回收率为82.5%）。调查结果显示，调查对象中有97.9%的人赞成如下的观点："个人与个人之间、家庭与家庭之间、团体与团体之间在发展经济方面可以进行竞争，但一定要讲公平"；有92.6%的人认为，"发展社会主义市场经济，应大力提倡公道或公平原则"。这表明，公平正义已经成为浙江人较普遍的一种诉求。20世纪90年代末，我们对浙江省市场经营者和管理者思想道德现状的调查结果，[②] 与上述调查结果无疑是相互印证的。在我们的调查问卷中，有10%和45%的市场经营者"非常不赞成"或"不赞成""为了在同行中立于不败之地，应当采取任何一种可以战胜对手的竞争手段"这一说法。这表明，多数市场经营者反对非正常和不公平的因素介入、干扰市场竞争，反对不择手段地参与市场竞争。有12%和41%的市场经营者"非常不赞成"或"不赞成""同行是冤家"这一说法。有91%的市场经营者表示，"即使赚不到钱也要遵守公正竞争这一职业道德规范"。在访谈中，许多经营者还主张对那些以违法乱纪、损

① 浙江省邓小平建设有中国特色社会主义理论研究会课题组：《浙江省思想道德建设现状与对策研究》，《中共浙江省委党校学报》1996年第5期。

② 浙江省市场经营者和管理者思想道德建设现状和对策课题组：《浙江省市场经营者和管理者思想道德建设现状和对策》（上、下），《中共浙江省委党校学报》1998年第6期、1999年第1期。

人利己为竞争手段的个人和企业，必须给予法纪制裁和道德谴责，而对公平合理的竞争行为，则要给予物质的鼓励和道德的褒奖。这种对于公平正义的诉求，其实在80年代末90年代初就已经开始超出了经济领域以外。80年代末，温州乐清等县市开始进行政务公开的尝试并取得初步成效。90年代初，金华市委、市政府在一个地级市的范围之内推行以公开办事程序和办事结果、接受群众监督的“两公开一监督”为主要内容的政务公开制度。经过逐步试点以后，1997年8月以来，又在金华全市市级机关各个部门和事业单位全面推行财务公开制度。90年代以来，台州各地纷纷举办“民主恳谈会”。“民主恳谈会”具有“政策咨询会”的雏形特征，在乡镇一级主要表现为就事关特定乡镇全体或多数人口的某一重大决策问题进行公开说明并征求意见，在村一级主要表现为就有关全村事务的重大问题进行讨论和决策。无论是“政务公开制度”还是“民主恳谈会”制度，目的都在于对权力形成制约和监督，从而营造“公平”的政务氛围。这些制度的创立，地方政府和基层组织的作用无疑是不可低估的，同时也是市场化改革进程中浙江人民主观念、公平正义意识觉醒的必然结果。

在计划经济条件下，像全国其他地区一样，浙江人需求的满足，也主要取决于城市单位组织或农村人民公社组织，因而，浙江也不具备现代意义上的“公平正义”观念孕育和生长的合适土壤。唯本本、唯权威、唯上级的现象，在改革开放以前的浙江，应当说也是相当普遍的。因此，改革开放以来浙江人对公平正义的强烈诉求，无疑是从计划经济体制向市场经济体制转换的必然结果。如马克思所说，公平正义、权力“决不能超出社会的经济结构以及由经济结构制约的社会的文化发展”。① 如果说自然经济和计划经济下的社会是基于特殊主义和人与人不平等基础上的身份社会的话，那么市场经济就是奠基于普遍主义和人与人平等基础上的契约社会。契约乃是双方或多方之间基于各自的利益要求在自主自愿基础上所达成的一种协议。通过协约，双方各自让渡了自己的产品或所有权，得到了各自需求的东西。因此，契约是双方之间的

① 《马克思恩格斯全集》第3卷，人民出版社1995年版，第305页。

一种合意。毋庸置疑，分工并不足以形成契约和合作。约翰·泰勒指出，“分工并没有为经济共同体的契约提供原因。它仅仅描述了需要契约的条件。两个人合力架一根横梁要比一个人单干容易得多，但两个人并不会因此就会一起架梁，除非有一种情况，即每个人都承认对方对于架好的棚屋拥有一部分权利”。“人与人之间的共同契约是由人们对相互联系的认可，由他们对共同契约的成员的需求的尊重来衡量的”，“共同体是由赞同建立的”。① 契约是一种交换，而按照彼得·布劳的上述解释，交换在严格的意义上，主要是指某种自愿行动，即人们期望从别人那儿得到了回报。“自愿行动”必须以人的自由、权利和平等为基础，如果人是不自由和不平等的，“契约”就不是市场经济原初意义上的、令交易双方合意的一种东西，而只可能是一种“不自愿的”被“肉体强制逼出来的”卖身契。市场经济的本质，决定了经济行为主体在从事生产和交换活动时，需要竭力摆脱家长式的干预，力求保持更多的不受政治权力控制的自由活动空间。在本质上，市场经济排斥任何个人或团体享有任何行政宗法特权，这与契约原则的自由平等精神是吻合的。在这一意义上也可以说，公平正义是市场交换活动的一种内在要求，由计划经济到市场经济的转换，必然会强化人们对于公平和正义的诉求。

在从计划经济到市场经济体制的转换过程中，不仅浙江人公平正义的观念得到了强化，而且对公平正义内涵的理解也发生了相当程度的变化。由于缺乏相关的调查数据，20 世纪 70 年代末之前浙江人对公平正义观念的看法，这里已经无法进行准确的考证。可以推断的是，尽管浙江属于国家投资少的计划经济体制的边缘区域，但在计划经济体制单位组织和人民公社组织的特定制度安排下，平均主义、大锅饭的观念对浙江人还是有相当程度的影响的。在计划体制下，人们更多地关心结果的“公平”（依现代市场经济下的公平概念衡量，这种所谓的“公平”其实蕴含着更大的“不公平”），而不是起点和过程的公平。因此，像全国其他地区一样，将公平正义视为平均主义的同义语，也是计划体制下

① 〔美〕奥斯特罗姆等著，王诚等译：《制度分析与发展的反思》，商务印书馆 1992 年版，第287—288 页。

浙江区域占主流的观点。比如，据曹锦清等学者对改革开放以前处于浙江杭嘉湖地区的陈家场生产队的研究，人民公社“社员对每个工分值多少当然是关心的，但远不如对自家的工分数关心。如把集体总收入比作一块蛋糕，蛋糕本身有大有小，但各户份额的相对比例决定了他们蛋糕分配的比例。农户对分配蛋糕的相对大小，远比蛋糕本身的大小更关心”。[①] 在集体化、公社化时期，社员的生活资料大多仰给村社组织。“生产队长在日常生活的农活安排、评工计分、实物分配等方面虽免不了牵涉一些‘关系’和‘人情’的因素，但正因为数十户的村落内部，各农户与生产队长的关系非亲即邻，都是很有‘关系’的，谁都‘碍着人情面子’，所以只能采用平均主义的分配方法。”[②] 需要指出的是，曹锦清等学者将生产队采用平均主义的分配方法仅仅归因于“谁都‘碍着人情面子’”，并不是一种充分合理的解释。事实上，集体化、公社化时期采用平均主义的分配方法，人民公社的特定制度安排应当是更具有决定性的因素。正因如此，像陈家场生产队这样的平均主义和大锅饭的观念和做法，就不是一种例外的现象，而是在普遍实行人民公社制度的改革开放以前的浙江省乃至于全中国都具有一种普遍性。

在从计划经济体制到市场经济体制转换的过程中，浙江人对公平正义的看法已经发生了巨大的变化，不仅对结果的公平和正义有了新的理解，而且也注重起点和过程的公平和正义。有学者曾通过问卷方式对浙江集群式民营企业的现状进行了调查。调查问卷的样本，主要分布在浙江省各地区的集群式民营企业。此次调查共发放问卷 863 份，回收有效问卷 448 份，符合社会调查技术方法的规范要求。这次调查的目的，虽然不是了解浙江集群式民营企业主对公平正义问题的看法，但问卷调查的结果，也在相当程度上透露了改革开放 20 多年以后浙江民营企业主对公平正义尤其是起点和过程之公平和正义的诉

① 曹锦清、张乐天、陈中亚：《当代浙北乡村的社会文化变迁》，上海远东出版社 2001 年版，第176—177 页。

② 同上书，第 521 页。

求和理解。[1] 在问卷中，调查者就企业主对经营环境的评价设计了三个子项，分别为“竞争环境”、“投资环境”、“信用环境”。每个子项下分“满意”、“一般”和“不满意”三个选项。结果显示，集群式民营企业主对经营环境的评价为“一般”的居多，且呈现出总体的一致性，其比例分别为66.8%、53.4%和52.9%。而评价经营环境为“满意”的比例依次为17.5%、35.9%和28.2%。评价经营环境为“不满意”的比例依次为15.7%、10.7%和18.9%。两组数据比较接近。这可以理解为，就总体而言集群式企业主对于其所处的经营环境只是认为尚可，还谈不上满意。

事实上，“竞争环境”、“投资环境”、“信用环境”等，都不同程度地涉及起点、过程和结果是否公平正义的问题。一个令人满意的竞争环境，从本质上讲，必然是排斥非正常因素对竞争的介入、干扰，任何人都不能违背等价交换原则，不同所有制企业，都应在同一条起跑线上竞争，无论哪一种所有制企业在商品质量标准、价格标准、销售方式、经营范围、税收制度上，都应执行统一政策。一个令人满意的投资环境则不仅意味着宽敞整洁的道路、发达的通讯系统、宜人的生态条件等硬件设施，而且也意味着社会群体的公正平等、宽容平和等精神以及大度大气、开明开放的风貌，政府的服务精神、效率意识以及“简化手续、强化质量、诚信有序”的公正平等的服务环境，有利于创业、成事的公平正义的办事程序、政策措施、规章制度等。一个令人满意的信用环境，则意味着能够相当有效地抑制谋取非生产性收益的、不公平的机会主义行为，诸如有目的、有策略地利用信息，按个人目标对信息加以筛选，进行欺骗以及违背承诺等；意味着政府部门能够杜绝雁过拔毛的不公正行为，取信于投资者、取信于民、取信于社会等。正因如此，浙江集群式民营企业主对于“竞争环境”、“投资环境”、“信用环境”等满意程度的回答，事实上就暗含着对其所处经营环境是否“公平正义”的一种评价。而这种评价又暗含着评价者心目中的一种价值尺度，即他们对于

① 程学童、王祖强、李涛：《集群式民营企业成长模式分析》，中国经济出版社2004年版，第61—63页。

公平正义的理解。就总体而言，浙江集群式民营企业主对于其所处的经营环境只是认为尚可，还谈不上满意，这同时也就意味着浙江经营环境，无论就起点、过程还是就结果而言，尚存在着一些不公平的现象。这至少已经表明，在从计划经济到市场经济体制转换的过程中以及参与市场经营活动的实践中，浙江人对公平正义的观念不仅已经充分地觉醒，而且也有了新的理解，即不仅注重结果的公平，而且也更注重起点和过程的公平。事实上，我们对浙江省市场经营者和管理者的调查，已经印证了这一点。如前所述，在我们的问卷统计中，有10%和45%的市场经营者"非常不赞成"或"不赞成""为了在同行中立于不败之地，应当采取任何一种可以战胜对手的竞争手段"这一说法；有91%的市场经营者表示，"即使赚不到钱也要遵守公正竞争这一职业道德规范"。[①] 事实上，这是浙江市场经营者对于竞争的起点和过程公平正义的一种强烈的诉求。这种现象与改革开放以前人们"对分配蛋糕的相对大小，远比蛋糕本身的大小更关心"的平均主义观念和行为，显然已经不可同日而语。

二、社会转型与区域文化变迁

从计划经济体制到市场经济体制转换的影响不仅仅限于经济领域，而且也涉及社会生活的各个领域。像改革开放以来的全国各地一样，经济体制转换也引起了浙江区域社会的全面转型。社会转型是一个极其巨大的系统和复杂的过程。它不是原有社会结构中某些个别安排的局部改变，而是整个社会结构的全面改造，也不是对现行制度安排规则的运行过程作边际上的微调，而是全部社会经济秩序和社会生活的根本变革。社会转型，必然会引起精神文化领域的变革。1978年以来浙江区域文化精神的变迁，不仅奠基于十一届三中全会以来计划经济体制向市场经

① 浙江省市场经营者和管理者思想道德建设现状和对策课题组：《浙江省市场经营者和管理者思想道德建设现状和对策》（上、下），《中共浙江省委党校学报》1998年第6期、1999年第1期。

济体制转变的过程之中，而且也奠基于浙江区域社会转型的波澜壮阔的历史场景之中。

1. 社会转型和现代化理论

按照通常的理解，所谓“传统”就是一种延续了许多世代而正在世界上的大多数国家和地区逝去的文明形式，而“现代”则可以被认为是标志着我们当前历史时期之特征的一种文明形式。按照英格尔斯的看法，“现代”这个术语不仅应用于人，而且可以应用于国家、政治体制、经济、城市，诸如学校和医院这样的机构、房屋建筑、服饰仪表。从字面上说，这个词指的是任何或多或少地代替了过去被接受的行动方式的事物。所谓社会转型，就是社会由传统向现代转变的过程。社会转型不仅仅意味着经济结构的转换，还意味着其他社会结构层面的转换，是一种全面的结构性过渡，是持续发展中的一个阶段性特征，是在持续的结构变动中从一种状态过渡到另一种状态。社会学家瑞格斯用融合的—棱柱的—反射的比喻来说明社会转型这一现象。传统社会像一束射到棱柱的白光，功能还未分化；现代社会则如棱柱的折射光，在那里各种功能分化了。瑞格斯把从传统到现代的转型社会称作“棱柱的社会”，棱柱是原色光向多色光的过渡，棱柱的（或转型的）社会既不同于传统社会又不同于现代社会，而是传统向现代的过渡社会。

迪尔凯姆对社会转型的看法，与瑞格斯的观点相当类似。迪尔凯姆认为，社会整合是最基本的社会事实，它对许多社会事实有着重要的影响。社会整合有两种基本类型：机械整合和有机整合。传统社会是一个机械整合的社会，现代社会则是一个有机整合的社会。社会转型也即社会从传统到现代的变迁，就是从机械整合的社会向有机整合的社会转变。迪尔凯姆认为，机械整合的社会是指在共同信仰和习惯、共同仪式和标志基础上建立起来的社会联系。这种整合之所以是机械的，是因为介入这种整合的人生活在家庭、部族或小村镇中，这些人在主要方面几乎是同一的，他们无意识地联合在一起。机械整合社会的家庭、部族或村镇相对说来是自足的，不依靠其他群体就能使生活需要得到满足。机械整合的社会规模小，社会分工和角色分化较少，家庭是社会最重要的单元，个人之间的或具有感情色彩的初级关系占统治地位，人的行为主要受习俗以及传统所控制，社会的同质性很强，变化缓慢，社会成员被一种具有强大约束力的带有神圣性的集体意识联系起来，社会运用约束性法律惩罚一切越轨行为。与机械整合的社会形成鲜明对照的是，有机整合的社会是以人与人之间的差别为基础的社会秩序状态，它是现代社会、特别是城市的特征。有机整合的社会依赖的是复杂的劳动分工体系。在这种分工体系中，人们从事着各种不同的职业，正如一个有机体一样，人们更多地依靠别人来使自己的需要得到满足。比如，律师要靠餐厅老板提供他所需要的食物，而无需为下顿饭从何而来操心，这样，他就可以专心致志地从事法律活动。同样，餐厅老板大可不必研究法律，他知道哪里有法律专家，需要时他们会招之即来的。在迪尔凯姆看来，这种复杂的劳动分工使所有人获得了更大的自由，他们在生活中能够进行更多的选择。在有机整合的社会中，经济的、政治的、教育的等社会组织取代了家庭的核心地位，在人际交往中占统治地位的是非个人的、不具感情色彩的次级关系，社会异质性强，社会成员之间在分工基础上产生了相互依赖的关系，原有的集体意识被削弱，个性、个人意识发展起来，社会用恢复性法律调整人与人的关系。

从传统到现代的社会转型过程，事实上也就是人们通常所说的现代化的过程。在马克斯·韦伯看来，传统社会和现代社会具有不同的价值观和生活态度，前者是“传统的”和“懒散的”，后者则是“现代的”和“充满进取精神的”。而所谓的现代化，就是社会不断地趋向于合理化。韦伯把对传统社会与现代社会的区分同自己的行动理论结合起来，把行动分为四种类型，即目的合理的行动、价值合理的行动、情感性行动、传统性行动，并认为在这四种行动类型中，前两种行动类型与传统社会相对应，后两种则与现代社会对应。根据韦伯的定义，共同社会关系是由情感性的或传统性的行动形成的社会关系，其特征表现为行动者主观上具有的情感性的或传统性的一体感。韦伯所说的目的合理的行动及价值合理的行动，是与现代社会行动相对应的。在韦伯看来，经济行动尤其是市场中的交换，是现代社会行动的典型。经济行动是一种把为满足需求而选择目的合理性手段，即选择在一定的制约条件下，能够实现效用最大化的手段，当作目标的行动。韦伯也认为，随着市场交换行动的广泛渗透，以传统性行动和情感性行动为基础而形成的社会关系遭到了破坏，共同社会行动及共同社会关系将日趋崩溃。韦伯的现代化理论中的中心概念——“合理化”就反映了他的这种观点。[①] 在韦伯看来，一切对行动的目的、手段、可能产生的后果作出考虑、权衡、选择都是合理性的，一切受神秘的情绪、传统力量支配的行动都是不合理性的。韦伯在新教伦理中发现的理性化过程，实际上有两层含义：一方面是世界的非迷信化的除魔行为，另一方面是目的论的理性主导的禁欲行为。前一个理性与神秘和魔力相对，它与解神秘化的世俗化相关，后一个理性与冲动和激情相对，它与盘算式的目的论相关。韦伯认为，一旦禁欲主义理性“从修道院的斗室中被带入日常生活，并开始统治世俗道德时”，现代的经济和社会秩序就日渐形成。由于新教在相当大的程度上锻造了现代资本主义精神，后者不可避免地染上了禁欲主义的、反感官的、盘算式规划的理性色彩。在《经济与社会》中，韦伯着重讨论了烙上理性痕迹的现代资本主义经济制度和现代国家体制。韦伯认为，出现在西方的现代资本主义的组织方式可以说独一无二，这是个“具有固定资本的理性的资本主义企业”。[②] 按照哈贝马斯的归纳，韦伯所理解的现代资本主义企业具有以下特征，“同家政的脱离；资本核算（合理的簿记）；以货物、资本以及劳动市场的机遇为趋向的投资决策；有效地投入具有形式自由的劳动力；把科学知识应用到技术当中”。同样，韦伯所理解的现代国家制度也是在同传统国家制度的对照中显示出其理性的特征：“行政和司法受立法制约；权威对一切人具有约束力；集中而稳固的税收系统；统一指挥的军事力量；立法和正当使用暴力的垄断化；以专业官僚统治为核心的管理组织。”[③] 显然，现代国家的权威类型同传统型权威、感召型权威相对，属于合理合法型权威。现代国家，就是

---

① 〔日〕富永健一著，严立贤等译：《社会学原理》，社会科学文献出版社 1992 年版，第102—103 页。

② 〔德〕马克斯·韦伯著，林荣远译：《经济与社会》上卷，商务印书馆 1997 年版，第 193 页。

③ 〔德〕哈贝马斯著，曹卫东译：《交往行为理论》，三联书店 2004 年版，第 154 页。

"理性的国家",[①] 而"理性的国家是建立在专业官员制度和理性的法律之上的"。[②] 韦伯认为,从纯粹的技术观点来看,官僚体制可以高度效率达成所欲的工作,也就是说,"官僚是人类所知现存正式权威中最理性的体制。其在准确性、稳定度和纪律的严谨程度上远远超过其他任何形式的组织,籍此组织领导人可以采取相关的行动以达成任何结果。"[③] 上述表明,韦伯将现代社会和理性联系起来,在韦伯那里,所谓现代化的过程,就是一个社会不断地趋向于合理化的过程。

除了上述提到的各家以外,包括滕尼斯、斯宾塞、马克思、帕森斯等在内的众多思想家,都从不同的角度或视野对社会转型和现代化的特征作过研究。亨廷顿曾在《从变化到变化》一文中概括了大部分学者都承认的现代化进程所包含的九种特征:第一,现代化是一种革命的进程。因为这一进程明显地反映出传统社会与现代社会的对比,它包含着人们生活方式的一个急速并且是总体上的变化。第二,现代化是一种复杂进程。它不能被归结为某一因素或某一方面,它所包含的变化实际上包括了人类思想和行为的一切方面。第三,现代化是一种系统进程。因为某一因素的变化总会影响到另外一些因素的变化。第四,现代化是一种全球进程。它始于十五六世纪的欧洲,现在则成为世界范围之内的现象。第五,现代化是一种长期进程。它所包含的变动总量在时间流逝中得到实现,它为传统社会所带来的变化在程度上是革命性的,但产生这些变化所需的时间却是演进性和长期性的。第六,现代化是一种阶段性的进程。因为长期性特征使得区分每个社会现代化的不同阶段或不同水平层次完全可能。第七,现代化是一种匀质进程。这一点主要来自布莱克的观点:现代化包含着双重运动。一方面是各种有组织的政治社会朝向相互依赖的运动,另一方面是所有的社会朝向一个终极融合的运动。现代思想和制度的普遍强制性将使各个社会变得匀质,达到能够建立一

① 〔美〕本迪可斯著,刘北成等译:《马克斯·韦伯:思想肖像》上海人民出版社 2002 年版,第 453 页。

② 〔德〕马克斯·韦伯著,林荣远译:《经济与社会》下卷,商务印书馆 1997 年版,第 719 页。

③ 同上书,第 296 页。

个世界国家的地步。第八，现代化是一种不可逆进程。尽管在现代化进程中某些因素会暂时停顿或偶尔中断，但从整体上来说现代化是具有一种长期发展的趋势。一个社会在几十年中达到了一定的水平，那么它在下一个几十年中就不会降到更低的水平。第九，现代化是一种进步的进程。现代化所带来的创伤是多方面的和深远的，但在长期进程中，现代化不仅是不可避免的，而且也是必要的。按照上述归纳，现代化是一场涉及科技、经济、社会、政治、文化和人的心理诸领域的大变革，它具有革命性、复杂性、系统性、全球性、长期性、阶段性、同质化、不可逆转以及进步性等特征。现代化不仅导致了传统社会到现代社会的系统性的转变，而且也将对人类社会未来的发展产生持久和广泛的影响。

上述诸种社会转型和现代化理论，无疑为我们透视由经济体制转换引起的浙江区域社会的巨大社会变革现象，提供了有效的视角。

2. 区域社会转型与文化精神的嬗变

改革开放以来，像全国各地一样，浙江也经历了波澜壮阔的区域社会转型历程。当代浙江的区域社会转型，既显著地呈现了上述社会学家所揭示的社会转型的普遍性特征，也鲜明地呈现了自身的特殊性。改革开放以来的浙江区域社会转型，无疑肇始于家庭联产承包责任制的普遍实施及其所引起的从计划到市场的经济体制转换。以经济体制转换为契机，浙江区域社会经历了从自然经济到商品经济、从农业社会到工业社会、从乡村社会到城市社会、从伦理社会到法理社会等的转变。这一转变过程，引发了区域社会心理态度、价值观和思想的大变革，它既是一个传统性不断削弱和现代性不断增强的过程，也是一个区域文化在功能上对现代性的要求不断适应的过程。毋庸置疑，区域社会转型的不同方面，都对区域社会心理态度、价值观和思想的嬗变产生了持续而广泛的作用。在此，将着重分析其中两个最重要的方面，即从农业社会到工业社会和从乡村社会到城市社会的转变，对于浙江区域文化精神变迁的影响。

（1）工业化及其对浙江区域文化精神的影响

十一届三中全会以前，浙江基本上属于农业半农业社会，农村人口占全省总人口的86%，人多地少、自然资源贫乏，工业发展水平居全国中游。1978年，浙江国民收入为108亿元，其中农业收入50.6亿元，占总收入的46.9%。由于工农业产品的剪刀差，农产品的价格是低估的，因此实际上农业的比重要高于50%。人多地少，农产品以自给为主，1978年，浙江的农业商品率大约只有32%。在工业方面，相当一部分企业是从小工场、小作坊转变而来的，生产手段简陋，分工水平很低，也带有小农经济色彩。1978年，浙江工业增加值居全国的第15位，占全国的份额为2.9%，工业总产值居全国的第14位，占全国的份额为3.1%。改革开放以来，浙江出现了迅猛的工业化进程。1979—1982年浙江工业增加值年均增长16.6%，比全国平均增长率高出9.5个百分点，增长速度居全国首位，比同期的江苏和广东两省也分别高出6.5个百分点和7.2个百分点。1983—1989年，经过前阶段的工业调整和恢复性发展，从1983年开始，浙江工业进入了新一轮快速增长阶段，尤其是农村工业化进入高潮，成为推动浙江整个工业化的一股重要力量。其中1983—1988年，浙江工业增加值年均增长率达到20.8%，比同期全国增长率高出7.4个百分点。工业增加值相继超过北京、河北、黑龙江和河南，居全国第7位。20世纪90年代初，浙江工业已达相当规模，经济总量位居全国第6位，工业大省目标初步实现。1992年邓小平南方讲话以及之后召开的十四大，明确提出了建立市场经济体制的改革目标，这对浙江工业发展无疑具有推动作用，全省再次掀起了工业化高潮。1992年，全省工业增加值增长了26.6%，1993年增长了35.3%，创下了改革开放以来新的纪录。1993年下半年以后，中央采取了一系列宏观调控的措施。之后，浙江工业也随之“软着陆”，尽管如此，工业增长率仍然不算低。浙江工业增加值增长率1994年为28.0%，1995年为17.8%，1997年为12.8%，1998年为8.45%。省内一些经济学者根据国内外有关研究资料以及工业化各阶段指标断定，20世纪末浙江已处于工业化的中期阶段。①

工业化迅猛发展的一个必然结果，就是导致了浙江区域农业半农业

① 史晋川、罗卫东主编：《浙江现代化道路研究》，浙江人民出版社2000年版，第21页。

社会向工业社会的转变，并引起了浙江区域文化精神的变迁。

费孝通在《乡土中国》一书中指出，农业和游牧或工业不同，它是直接取资于土地的。游牧的人可以逐草而居，飘忽无定；从事工业的人可以择地而居，迁移无碍；而直接靠农业来谋生的人则是黏着在土地上的。“我们很可以相信，以农为生的人，世代定居是常态，迁移是变态。大旱大水，连年兵乱，可以使一部分农民抛井离乡；即使像抗战这样大事件所引起基层人口的流动，我相信还是微乎其微的。”[①] 当然，这并不是说农业社会的人口是固定的。因为人口在增加，一块地上只要几代的繁殖，人口就到了饱和点；过剩的人口自然必须宣泄出外，负起锄头去另辟新地。可是老根是不常动的。这些宣泄出外的人，像是从老树上被风吹出去的种子，找到土地的生存了，又形成一个小小的家族殖民地，找不到土地的也就在各式各样的命运下被淘汰了，或是“发迹了”。费孝通认为，农业社会人和空间的关系上的不流动所导致的一个直接结果，就是人和人在空间的排列即村和村之间关系上的孤立、隔膜和封闭。“孤立和隔膜并不是以个人为单位的，而是以一处住在的集团为单位的。本来，从农业本身看，许多人群居在一处是无需的。耕种活动里分工的程度很浅，至多在男女间有一些分工，好像女的插秧，男的锄地等。这种合作与其说是为了增加效率，不如说是因为在某一时间男的忙不过来，家里人出来帮帮忙罢了。耕种活动中既不向分工专业方面充分发展，农业本身也就没有聚集许多人住在一起的需要了。我们看见乡下有大小不同的聚居社区，也可以想到那是出于农业本身以外的原因了。”[②] 因此，农业社会的生活是富于地方性的。地方性是指他们活动范围存在着地域上的限制，在区域间接触少，不仅生活隔离，各自保持着孤立的社会圈子，而且文化上也互相封闭，鲜有交流和接触的机会。

在此情势下，农业社会在文化观念上，一方面，体现为沃尔夫所说的，“夜郎自大”、“迷恋穷苦”、清心寡欲和“顺从贫困即为美德”。还有就是“集体嫉妒”、喜传隐私、迷信巫术以对付那些来自其他世界的

① 费孝通：《乡土中国》，三联书店 1985 年版，第 3 页。
② 同上书，第 3—4 页。

物欲陷阱和“向上爬”的作风，保持经济平均和传统行为规范。① 另一方面，与封闭、孤立和隔膜的状况相联系，传统农业社会的文化，也具有米德所说的“前喻文化”的特征。在传统的乡村社会，行为受习俗而非法律所支配，社会结构是有层阶性的，个人在社会中的地位通常是传袭的，而非获得的。根据米德的看法，在封闭、孤立和隔膜的条件下，由于和外界缺乏交流，乡村社会的文化必然是一种变化甚微的“前喻文化”，也即“老年文化”。在这个社会中，人数极少的长者对于他们生活于其中的文化了解最深，他们的经历本身就是一种文化，所以，他们是整个农业社会的楷模，当然更是年青一代的行为楷模。由此，虽然同时在世的祖孙三代构成了前喻文化的基础，但是最受尊敬的却是年龄最大的祖辈，公认的生活方式体现在他们的音容笑貌和举手投足之中。在这种以前喻方式为特征的文化传递过程中，老一代传喻给年青一代的不仅是基本的生存技能，还包括他们对生活的理解、公认的生活方式以及简拙的是非观念。为了维系整个文化的绵延不断，每一代长者都会把自己的生活原封不动地传喻给下一代看成是自己最神圣的职责。如此，年青一代的全部社会化都是在老一代的严格控制下进行的，并且完全沿袭着长辈的生活道路，他们当然也就“只能是长辈的肉体和精神的延续，只能是他们赖以生息的土地和传统的产儿”。② 由此，封闭的传统农村聚落文化必然是同质的、单一的，并长期存在着近亲繁殖的倾向，所谓“文化创新”这类事情当然很少发生。

与农业社会形成一种鲜明的对照，在工业社会中，科学知识更多地应用于社会生产，蒸汽机、电力等机械力逐渐代替人力、自然力，由此形成了工业生产方式；出现了复杂的劳动分工体系，越来越多的人口向城市聚集，形成了现代的官僚制度（科层制）和教育、医疗、保险、服务等现代社会机构；业缘的社会关系逐渐取代了血缘和亲属的社会关系，家庭的功能逐渐趋弱；人们社会地位的获得更多的是靠自身成就，

① 〔美〕托马斯·哈定等著，韩建军、商戈令译：《文化与进化》，浙江人民出版社 1987 年版，第 52 页。

② 〔美〕玛格丽特·米德著，周晓虹、周怡译：《文化与承诺——一项有关代沟问题的研究》，河北人民出版社 1987 年版，第 27—50 页。

而不是靠先赋条件。除此以外，工业社会和以前社会的一个重要区别，就是它总是处于急速的社会变革的状态之中。正因如此，从农业半农业社会向工业社会的转变，必然对浙江区域文化精神产生重大的影响。

第一，从事工业的人可以择地而居、迁移无碍的特点，改变了浙江人安土重迁的传统观念。改革开放以前，浙江的一些地区（如温州、台州、金华等地）的农民在生存的压力下已经表现出了离开土地到非农领域谋生的强烈愿望。但是，就总体而言，农业社会安土重迁观念的影响，仍然在相当程度上存在。改革开放以来，这种现象逐渐得以改变。如前所述，有学者于20世纪90年代中期对北京“浙江村”的问卷调查显示，“浙江村”的绝大多数“村民”都对“农民的孩子应以种田为本”的说法持十分明确的反对态度。“同意”或“比较同意”“父母在，不远游”的说法的只分别占被调查总数的7.1%和15.1%，而“不太赞同”和“很不赞同”的却分别达到34.9%和20.8%（其余选择“说不准”或为未答者）。[①]“浙江村人”在调查问卷中所表明的这一态度，显然与改革开放以来浙江农民的实际行动是相一致的。1978年以来，伴随着浙江市场化、工业化的迅猛进程，不同的历史阶段都有大批的浙江农村劳动力从农业中转移出来，从事非农产业。比如，单是1992年和1993年两年中（这两年正是浙江工业高速增长的年份），浙江农业劳动力就转移了143.1万人，农村劳动力非农就业份额由1999年的34.91%迅速地上升到了1993年的41.15%。对浙江农村女性从事工作（劳动）的十年（1990年和2000年）调查和比较结果也表明，从1990—2000年，浙江农村就业妇女中，以农业为主业者大幅度减少，非农劳动者大幅增加。1990年浙江农村就业中妇女以农业为主业者占76.2%，2000年则下降为51.6%；1990年浙江农村就业妇女中以农业为辅和从事非农产业者占23.7%，2000年则上升为48.4%。[②]大批农村劳动力从农业中转移，既是改革开放以来浙江工业化的重要的内在推

---

① 参见周晓虹《传统与变迁——江浙农民的社会心理及其近代以来的嬗变》，三联书店1998年版，第269—276页。

② 王金铃主编：《生存与发展：浙江妇女社会地位研究》，中国妇女出版社2004年版，第51页。

动因素，也是浙江工业化的一种必然结果。同时，需要指出的是，如果没有伴随浙江工业化而来的浙江农民思想观念的变化，大批浙江农村劳动力从农业中转移出来从事非农产业，便仍然是难以想象的。从事工业的人可以择地而居、迁移无碍的特点，无疑是改变浙江农民安土重迁传统观念的极为重要的因素。

第二，工业的生产方式逐渐地培育了浙江人的现代思想观念。工厂本身就是锻造现代思想观念的一个大熔炉。A. 英格尔斯曾通过对阿根廷等六国6000名不同职业的被试者的实证研究，令人信服地证实了工厂体验与人的现代化的互为因果的关系。英格尔斯认为，“素质有可能通过参与像工厂这样的大规模现代的生产企业而取得，也许更重要的是，如果工厂要有效地经营，这些素质可能是工人和职员所必备的。”① 也就是说，一个人在工厂中工作，就意味着他必须具备同时也能够通过这种工作获得一些不同于从事农业的个人素质。改革开放以来，浙江地区的工业组织形式，已逐渐形成高低不一、规范程度不同的多元化格局，如乡镇集体企业、独户经营企业、双层经营企业、承包经营企业、联户经营企业、股份合作制企业、有限责任公司与股份有限公司、企业集团。毋庸置疑，这些不同的工业组织形式，都程度不同地给予大批从农业中转移出来的浙江人以现代性的体验。

一是培育了浙江人的创新精神。传统的农民不太愿意接受新的事物和新的思想。传统农业社会之所以缺乏创新，原因就在于任何一种尝试，都可能导致一种灾难性的后果。小农是十分脆弱的，只要死一头牛就足以让其陷于破产的境地。工业社会和以前社会的一个重要区别，就是它总是处于急速的社会变革的状态之中。工业社会中充满着竞争。在一个优胜劣汰、充满竞争的环境中，一个工厂如果不迅速地实现产品的更新换代就会被竞争对手无情地淘汰。正是在这一意义上可以说，创新是现代工业的灵魂。按照熊彼特的观点，创新就是把从来没有过的关于生产要素和生产条件的“新组合”引入生产体系。新组合包含五个方

① 〔美〕A. 英格尔斯等著，顾昕译：《从传统人到现代人——六个发展中国家中的个人变化》，中国人民大学出版社 1992 年版，第 24 页。

面：引进新产品、引进新技术、开辟新市场、获得新的供应来源、实行新的组织形式。熊彼特把创新视为执行新组合的间断性变化，其内容十分广泛，既包括技术创新，也包括制度创新，并认为制度创新不仅本身重要，而且技术创新往往要通过制度创新（形成新的企业组织）来实现。回顾改革开放以来的历史，可以说，浙江当代工业化的历史，就是一部不断创新的历史，就是一部无数工厂的技术创新和制度创新的历史。而创新活动无疑需要在工厂中工作的人具有创新的意识。M. 罗杰斯认为："创新一发展过程通常始于意识到某种问题或需要的存在，这种意识刺激人们开展研究和开发活动，从而创造一种解决问题或需求的创新措施。"① 不仅如此，创新之所以被采纳，也需要采纳者具有创新的意识，即一种新思想、一种新实践或是一个被个人或其他采纳团体认为是崭新的东西。因此，现代工厂创新的需要，极大地冲击了因循守旧、墨守成规的传统社会心理，要求在工厂工作的浙江人必须具有创新的精神和适应环境的能力。正是在这一意义上可以说，改革开放以来，浙江地区的各种工业组织形式，乃是培育浙江人创新精神和适应环境能力的大学校。

二是培育了浙江人的效率意识。效率是现代工厂的生命。追求利益最大化是现代工业企业的基本目标。正是这种内在的而不是外在的、持久的而不是一时的、自觉的而不是被迫的对利益的追求，才使现代工业企业在社会分工愈来愈细、交换关系愈来愈复杂、需求变化愈来愈纷繁的市场竞争中，能够根据生产和经营活动的变化，进行合理的选择和决策，从而达到合理有效地使用和配置资源的目的——少投入，多产出。正因如此，可以说效率是现代工厂的生命。毋庸置疑，改革开放以来浙江的迅猛的工业化进程，并不单单意味着厂房、机器以及专业化特色产业园区在各地如雨后春笋般地涌现，而且也意味着与凝重慢速的传统农村生活相对立的快节奏的"工业狂想曲"，意味着与"无用时间就是资本"的传统农村居民的自然经济价值观念相对立的"时间就是金钱、效

① 〔美〕M. 罗杰斯著，辛欣译：《创新的扩散》，中央编译出版社 2002 年版，第 119 页。

率就是生命”的工业经济逻辑。换言之，工业化的迅猛进程哺育了浙江人的效率意识。与改革开放以前相比，浙江人具有更强烈的个人效能感，对人和社会的能力更加充满信心，办事更讲求效率。

三是培育了浙江人的相互了解、尊重和自尊意识。传统的农村居民具有较强烈的权威意识、等级意识和求“天然首长”保护的意识。正如秦晖等所说，“导致中世纪神学目的论文化流行的决定力量既不是圣奥古斯丁的忏悔，也不是罗马皇帝的米兰敕令与尼西亚宗教会议，而是古典社会没落后人们（实际上即农民）厌恶自由的‘求庇心态’。儒学之所以能在中国封建时代战胜百家，取代古典时代流行的主张自由放任的黄老学派与以强者取代长者的法家学派而定于一尊，也是因为它更能契合于宗法农民寻求温情与安全感的心理”。① 而现代工厂主要是由制度而不是情感来管理和运作的，因此，从理论上说，应当能够避免或减少因个人好恶而形成的对他人的压制和不尊重。也就是说，现代工厂能使人学会相互了解、尊重和自尊。英格尔斯认为，现代社会里上司与下属之间的关系，工厂中经理与工人之间的关系和相互了解的程度，以及对他人尊严的看重，远胜过最传统的乡村中那些地主、土司对农民和部落人的关系。现代工厂本身可以是一种人与人关系的训练场所，能教诲工作在其中的人们尊重他人和自尊，上司在同雇员打交道时，也明白要约束自己。英格尔斯的这一观点，在“浙江省私营企业主的思想道德状况及其对策”课题组的调查结果中，得到了相当程度的印证。课题组的调查采用问卷与访谈两种形式。2002 年 6—9 月，在杭州、温州、湖州、金华、台州、绍兴等地向私营企业主发放问卷 500 份，回收有效问卷 417 份。问卷调查结果显示，分别有 72% 和 21.8% 的私营企业主“大力提倡”或“有时提倡”“员工要以企业为家”；分别有 40.1% 和 47.6 的私营企业主认为自己与员工的关系“很融洽”或“基本融洽”。对于“成功的企业家最重要的素质”这一问题，有 45.6% 的私营企业主认为是“创新精神”，33.8% 的私营企业主认为是“能干、会经营”，26.6% 的私营企业主则认为是“能尊重人”。许多私营企业主或出于生产经营的

① 秦晖、苏文：《田园诗与狂想曲》，中央编译出版社 1996 年版，第 235 页。

需要（73.4%），或出于塑造企业形象的需要（16.5%），或出于员工自身发展的需要（15.1%），都会考虑给员工以一定的知识技能培训。①这些都表明，改革开放以来浙江工业化的迅猛进程，已经在客观上促进了在工厂中工作的浙江人的相互了解并培育他们的尊重和自尊的意识。

四是培育了浙江人的守时、惜时意识。传统农业社会的时间观念是与季节性的农业生产相联系的，具有笼统和模糊的特征。所谓“日出而作，日落而息”，就比较形象地显示了以太阳作为一天开始及结束标志的农业时间观念。而现代工厂的生产程序和管理制度，要求工作人员严格守时，珍惜时间。“学校、铁路的时刻表和工厂的轮班模式形成了现代时期的一种受到更多控制的、有系统有条理的时间文化。”② 在现代工厂中，工作被系统化为受控制的单元，以周、天、小时、分、秒来衡量。因此，改革开放以来浙江的工业化进程必然动摇着传统的时间文化，它在客观上要求大批从农业中转移出来的劳动力将原先“日出而作，日落而息”的时间观念以及根据季节性的农业生产循环对时间的把握，转变为与工厂生产程序和管理制度相一致的对严格的、有规则的、准确的时间的恪守。“现代工业社会是如此复杂，以至于机械时钟对协调大量必须完成的工作是必不可少的。像医院、商业和政府等大型权力机构缺少它就无法运作。这种时间概念逐渐占据支配地位的历史时期，被称为现代性。”③ 正是在这一意义上可以说，工业化的进程有助于培育浙江人的守时、惜时意识。

（2）城市化及其对浙江区域文化精神的影响

改革开放以来，浙江区域社会也经历了从乡村社会到城市社会的转变，即城市化的过程。城市化是工业化的必然伴随现象，也是现代化的重要标志之一，这不仅是因为城市的聚集经济效益，而且因为城市是现代生产的综合体，同时，城镇工业的大规模兴起，造成了空前广泛的就

① 何建华：《浙江私营企业主思想道德状况及其对策研究》，载浙江省哲学社会科学规划办公室编《浙江新发展思考与对策》（4），浙江人民出版社 2004 年版。

② 〔英〕阿雷恩·鲍尔德温等著，陶东风等译：《文化研究导论》（修订版），高等教育出版社 2004 年版，第 190 页。

③ 同上书，第 188 页。

业机会，吸引了大批移民和农村人口。向城市流动，成为人口流向的主要趋势。城市社会无论在物质生活上还是在文化生活上都与传统的乡村社会形成了鲜明的对照。西美尔认为，城市的本质就是创造了独特的城市个性。

乡村社会和城市社会的本质差异，无疑是由乡村和城市不同的聚落方式所规定的。索罗金（Sorokin）、齐默尔曼（Zimmerman）、盖尔平（Galpin）曾把农村聚落方式和城市聚落方式的差别归纳为以下几个方面：1）职业不同；2）环境不同；3）地域社会的规模不同；4）人口密度不同；5）居民的社会—心理特性中的同质性和异质性不同；6）社会分化、阶层、复杂性不同；7）社会流动不同；8）移居方向性不同；9）社会性互动体系不同。根据富永健一的看法，作为村落的一个重要条件，就是人的社会关系在特定的地域上集聚，而很少有超出这一地域的。这一条件在现代产业社会的城市中通常都得不到满足（农业社会阶段的城市则不一定如此）。城市中的地域内社会关系的集聚不如村落紧密，反之，跨越地域的社会关系的频率则较高。富永健一认为，是村落但不是乡村或农村的例子，如渔村，以及马克斯·韦伯作为非第一产业的事例而提到的工业村（Gewerbedorf），它们毫无疑问属于例外情况。人们通常所说的乡村或农村，是在村落上加上居住者大部分都从事农业这一产业上的条件。作为更一般的规定，村落之所以作为村落有一个条件就是它的规模和人口密度均较小。特别是农村，由于大面积的土地是农业不可缺少的生产资料，因而人口密度不可能大（工业村则不如此，房屋栉比而筑）。在总结上述观点的基础上，富永健一得出了关于村落或乡村社会的基本定义：所谓村落或乡村社会，就是人口密度和人口规模一般比较小，社会关系大部分局限于地域内部，居民大部分从事第一产业的地域社会。① 显而易见，富永健一关于村落或乡村社会的定义，是与他关于在社会内部就可以提供大部分满足成员生活需求的手段的总体社会的定义相一致的。也就是说，传统的乡村社会或村落社会是小总

① 〔日〕富永健一著，严立贤等译：《社会学原理》，社会科学文献出版社 1992 年版，第 200 页。

体社会，其间封闭地累积着提供人们需求满足手段的社会关系。富永健一还认为，可以从上述索罗金、齐默尔曼、盖尔平等所归纳的农村聚落方式和城市聚落方式的九个方面的差别中，抽象出被认为是特别重要的几个方面，把城市社会界定为人口规模和人口密度一般较大，社会关系不是被封闭于地域社会内部，而是向外开放，居民大多从事非第一产业的地域社会。[①] 很明显，这是前面所定义的乡村社会的反定义。

毋庸置疑，与农村型聚落相比较，城市型聚落具有人口总数和非农业人口数量多，人口密度大，居民职业构成、社会构成复杂，以人工景观为主、各种物质和现象高度集聚、生活方式高度现代化和社会化等特征。正是从这些特征出发，铃木荣太郎认为，城市是蕴含着“社会交流的枢纽机关”的地域社会。关于这种蕴含着“社会交流的枢纽机关”的地域社会的特征，铃木列举了以下几方面的内容：商品集散、国民治安、国民统治、技术文化传播、国民信仰、交通、通讯、教育、娱乐。在铃木看来，位于这些从地方聚集到城市或由城市向地方扩散的流动的枢纽点上的机关就叫枢纽机关。与上述诸方面的流动相对应，这种枢纽机关包括：零售商和行会贩卖部；军队、警察；政府机关和公立诸机构；工厂、技术人员和工匠；神社、寺院和教会；车站、旅馆和机场；邮局、电报电话局；学校和其他各种教育机关；电影院和游乐场。在这些枢纽机关中，聚集着许多工作人员以及利用这些机关或光顾这些枢纽机关的人，因此，城市集中了许多人口。铃木认为，村落一旦具有社会交流的枢纽机关也就同样地具备了城市性。[②]

1949 年以来，浙江城市化经历了一个较大的波折。1949 年浙江总人口 2083 万，城镇人口 246.02 万，占总人口的比重为 11.81%，非农业人口 308.07 万，占总人口的比重为 14.79%。20 世纪 50 年代曾是浙江城市人口的快速增长时期，1960 年比 1950 年增长了 69.7%。然而，在 60 年代前期伴随经济调整和压缩就业，城镇人口急剧减少。1965 年

① 〔日〕富永健一著，严立贤等译：《社会学原理》，社会科学文献出版社 1992 年版，第 202 页。

② 同上书，第 203 页。

浙江人口比1960年减少139.2万，低于1950年的水平。此后，浙江城镇人口增长随着政治运动和生产停滞而止步不前。1978年浙江城镇人口占总人口数比重为14.05%，与1949年相比只提高了1.2%；1978年浙江非农业人口占总人口数比重为12.26%，与1949年相比则下降了2.53%。从城市数目看，改革开放以前浙江特大城市只有杭州一座，大城市没有，中等城市只有宁波、温州两座，人口在20万以下的小城市也只有嘉兴、湖州、绍兴、金华、衢州等少数几座。

改革开放以来，伴随着市场化和工业化的迅猛进程，浙江的城市化以前所未有的速度推进。城市化率平均每年提高1.08个百分点；城镇人口平均每年增长5.53%，大大快于同期总人口年均0.81%的增长速度。1997年，浙江农业人口与非农业人口的比重由1978年的87.74：12.26转变为51：49。小城镇由165个增加到993个，城镇建成区人口达1414万，城镇人口比重约占全省总人口的35%。1988年以来，浙江城市化进程进一步加速。自1998—2000年，全省城镇建成区人口增加到1771万，增长了10.9%；面积增加到1899平方公里，增长了9.8%。全省城市经济国内生产总值达4396亿元，占全省国内生产总值的74%。2004年浙江城镇人口比重约占全省总人口的54%，比全国平均的41.8%高12.2个百分点；第一产业从业人员的比重减少到27.6%，非农业人口占全省总人口的72.4%，高于全国平均的20个百分点；全国百强县中浙江占了30个，全国千强镇浙江占268个，总数都排在全国第一位。全省共有11个省辖市，其中9个进入全国综合实力百强城市。改革开放以来，浙江城市化发展道路呈现出了鲜明的区域特色。首先，随着乡镇企业的异军突起、农村工业化步伐的加快，小城镇迅猛发展，成为浙江城市化的一大突破口。其次，工业、商贸、城镇三位一体，与区域块状特色经济的形成与发展相互依存、相互促进。如义乌的“商贸兴市”、路桥的“兴贸建镇”等，乡镇企业和专业市场成为浙江许多城镇发展的“龙头”和启动点。再次，民间推动成为浙江城市化发展的重要动力。乡镇企业和农民为城镇的发展提供了土地、资金、劳动力并直接参与城镇的建设，以农民城龙港镇最为典型。最后，浙江城镇主要集中在东部平原地区和交通干线。初步形成了沪杭甬铁路、高等级公路城市连绵区的雏形，温台沿海城市发展带，浙赣铁路沿线城市发展轴。毋庸置疑，随着浙江在工业化道路上跨过了初期阶段进入中期阶段，浙江在城市化道路上也由始发期跃入高发期。

从乡村社会向城市社会的转变，必然伴随着浙江区域文化精神的嬗变。这是因为乡村和城市的不同的聚落方式，不仅规定了乡村社会和城市社会的本质差异，而且也规定了乡村和城市精神文化生活的不同特征。近代以来的人类历史已经反复地证明，由市场化、工业化而催生出来的现代城市，既是现代性的载体，也是其表征、内容和果实。城市化将松散的人口重新配置，使乡村人口在城市驻扎，并使各种各样的人在这里往来，它不仅颠倒了农业乡村的主宰地位，而且也在一步步地引导和吞噬着乡村的生活方式、思想观念。正如沃斯所说，“城市改造着人性，……城市生活所特有的劳动分工和细密的职业划分，同时带来了全新的思想方法和全新的习俗姿态，这些变化在不多几代人的时间内就会使人们产生巨大改变。”[①] 赫斯利兹甚至将城市化与现代化相提并论，认为，“城市展示出一种不同于乡村的精神，城市是引进新观念和新行事方法的主要力量和主要场所”。[②]

在《时尚的哲学》中，齐奥尔格·西美尔第一次比较系统地考察了城市生活的精神品格。西美尔的主要兴趣，在于研究人类性格如何接受和适应工业化城市的新环境。他将城市社会心理的基本特征概括为个性、理性、缺乏激情、专门化和隔离。西美尔指出：“都会性格的心理基础包含在强烈刺激的紧张之中，这种紧张产生于内部和外部刺激快速而持续的变化。人是一种能够有所辨别的生物。瞬间印象和持续印象之间的差异性会刺激他的心理。永久的印象、彼此间只有细微差异的印象，来自于规则与习惯并显现有规则的与习惯性的对照的印象——所有这些与快速转换的影像、瞬间一瞥的中断或突如其来的意外感相比，可以说较难使人意识到。这些都是大都市所创造的心理状态。街道纵横，

① 〔美〕沃斯：《人性与城市生活》，见 R. E. 帕克等著，宋俊岭等译《城市社会学——芝加哥学派城市研究文集》，华夏出版社 1987 年版，第 277 页。

② 转引自〔美〕A. 英格尔斯著，顾昕译《从传统人到现代人》，中国人民大学出版社 1992 年版，第 321 页。

经济、职业和社会生活发展的速度与多样性，表明了城市在精神生活的感性基础上与小镇、乡村生活有着深刻的对比。”① 在西美尔看来，城市的精神品格之所以不同于乡村，正是由城市和乡村的不同聚落方式所决定的。西美尔认为，城市不同的聚落方式，使城市和乡村在社会心理刺激的数量和类型方面存在巨大的差异。人口低密度的乡村是一个熟人的社会，群体成员间的联系是频繁的，人与人是熟知的。人们在血缘、亲缘、族缘、地缘的关系及宗教信仰等基础上形成特定的社会组织。乡村社会的变化是十分缓慢的，生活节奏相对单调，对社会心理形成刺激的因素较少，居民按习惯生活。而城市生活则不同，城市像一个巨大的万花筒，不断地以景象、声音、气味等刺激物作用于人们的神经。与乡村相比，城市居民数量更多，密度更大，他们每天接触到大量的人以及花样不断翻新、层出不穷的事件。所有这些东西都对个人构成了巨大的刺激。各种刺激的急剧增加，可能会让人“窒息”。西美尔指出，为了防止被“窒息”，城市居民会以成千上万的变体出现，发展出一种特殊的器官，来保护自己不受危险的潮流以及外部环境的威胁。西美尔认为，城市人可以采取两种方式来应付潜在的不可预料的刺激，即“分隔”和“对象化”。“分隔”就是人们把自己的生活划分为若干离散的部分；“对象化”就是个人以职业角色来对事件和他人作出反应，通常这种反应是无感情的。这些方法可以减少额外刺激。迅速成长的城市环境，提供了产生这种社会心理过程的机制。

西美尔所描述的伴随从乡村到城市转变过程中精神领域的变革气象，在改革开放以来浙江的城市化过程中也已初露端倪。城市化对改革开放以来每一个从浙江乡村进入城市的人来说，都是一种全新的社会化力量。城市中庞大的工作机构、社会位置、各种职业角色规范，都会对工作和生活于其间的人提出严格的要求，要求他们适应城市里的一切，要求他们同城市里庞大的陌生人群打交道，并相互适应。因此，当改革开放以来浙江大批农村劳动力像潮水般地涌向城市的工厂、商店和街头

① 〔德〕齐奥尔格·西美尔著，费勇等译：《时尚的哲学》，文化艺术出版社 2001 年版，第186—187 页。

以后，传统的乡村社会的惯例、习俗、生活方式、价值观念便受到了猛烈的冲击，如李维所说，“若说古老的信仰已完全地清除是不然的，但是对整个古老信仰的动摇与松弛则异常明显”。[①] 随着城市化的迅猛推进，一种全新的精神开始逐渐地在浙江区域内孕育和生长。

其一，在从乡村社会到城市社会的转变过程中，浙江人的理性程度显著地增强，区域社会心理中功利性的因素逐渐地增加。如前所述，在韦伯看来，一切对行动的目的、手段、可能产生的后果作出考虑、权衡、选择都是理性的，一切受神秘的情绪、传统力量支配的行动都是不合理性的。不合理性正是传统农村生活的特点，而理性正是现代城市社会的特点。在传统农村社会，亲属关系、邻里关系、朋友关系这种“自然的”社会风俗支配一切。传统的农村社会结构是由一根根私人情感连成的网络，这一点虽然直到目前仍有重要的影响，但正随着城市化进程而日趋消退。如西美尔所说，在城市中货币经济与理性操控一切，并被内在地连接在一起。在对人对事的态度上，理性和货币都显得务实，而且，这种务实态度在事实上呈现为一种形式上的公正与冷酷。在大多数情况下，城市人希望逻辑的、理性的交往，而不是情感的交往。同样，货币（金钱）作为都市人联系的筹码或中介，在人际交往中以异常频繁和冷漠的方式出现。金钱只关心对所有人都共有的事：它要求交换价值，它把所有的品质与个性都转换成这样的问题：多少钱？货币使一切商品呈现出简单的一般属性。不需要进行物物交易，也不需要逐一审查每一种商品或人物的价值，货币可以表示大多数事物的价值，使用货币可以当即判断一切商品的价值，从而也大大地减少了人的脑力劳动。西美尔指出，人与人之间所有的亲密关系，都是建立在个性基础上的，然而，在理性的人际关系中，人被视作如同一个数字、一种与他自身无关的因素一样来考虑。只有客观上可以定量的成就才有利益价值。这样，都市人会和商人、顾客、家庭的仆人，甚至会和经常交往的朋友斤斤计较。这种理性的特征与小圈子的感情特性很不一样，在小圈子里，人们相互了解彼此的个性，因而往往会形成一种温情脉脉的气氛，人与人之

① 转引自金耀基《从传统到现代》，中国人民大学出版社 1999 年版，第 80 页。

间的交往不只是在服务与回报之间作出权衡。在小群体的经济心理学界域，以下一点是十分重要的：在原始状态下，生产者服务于订购货品的顾客，生产者与顾客之间十分熟悉。而现代都市的供应几乎完全来自于市场，也即生产者为着从未进入实际视野的全然不熟悉的购买者而生产。借此种匿名性，每一团体在追求利益过程中都具有理性的和务实的色彩。

西美尔所描述的城市人的理性精神无疑具有典型的意义，可以被视为在充分城市化背景下人的一种精神状态。这种理性的精神在改革开放以来浙江的城市化过程中，已逐步地显现。需要指出的是，与西美尔的描述有所差异，当代浙江正处于从乡村社会到城市社会的转换时期，所以，在精神文化领域也呈现出了转型时期的特征。如金耀基所说，一个处于转型时期的人“既不生活在传统世界里，也不生活在现代世界里”；同时又“既生活在传统的世界里，也生活在现代的世界里”。[①]一方面，在当代浙江城市，亲属关系、地缘关系、朋友关系这些“自然的”社会风俗仍在相当程度上发挥作用。如后文将要分析到的，在当代浙江城市，传统农村社会的亲缘和准亲缘的特殊主义价值观念，仍然在城市的企业关系和其他社会关系、人际关系中产生一种润滑剂的功能。

另一方面，传统农村社会的亲缘和准亲缘的特殊主义价值观念的影响力，正在当代浙江城市中逐渐地趋于弱化。与此同时，西美尔所描述的城市人希望逻辑的、理性的交往，而不是情感的交往的精神因素，也在浙江城市中逐渐地滋生暗长。当代浙江城市社会心理中越来越多地被注入了对成本和收益的权衡，特别是对行动的目的、手段、可能产生的后果的考虑、权衡和选择等“理性”的因素。尤其值得一提的是，当代浙江的城市化进程与市场化、工业化进程是相同步的。因此，尽管亲情、乡里关系仍然在浙江城市中发生作用，但这些关系充其量也只能是在进入城市或纳入城市组织网络之初的一种优先权，纳入网络以后，起主要作用的仍然是利益。也就是说，利益调节机制，对行动的目的、手段、可能产生的后果的理性考量，越来越趋向于超越血缘、姻缘、地缘

① 金耀基：《从传统到现代》，中国人民大学出版社 1999 年版，第78页。

等关系。比如，据朱康对的调查，在改革开放以来新兴的农民城——浙江温州苍南龙港镇，居民多是三省七县的移民，相互之间也不像农村那样有着血缘、亲缘等千丝万缕的联系，彼此之间本来对他人的来历就不甚了了。尤其是在龙港近几年所盖的套间式结构的住房里，由于居住环境的隔离性，人们相互之间碰面的机会很少，有的甚至住了一年多，还不知道隔壁邻居的名字。因此，在人际关系上，即使是盖房子等劳动投入大的项目，也不像过去农村那样利用彼此之间的帮工来解决，而是更多地通过市场化的方式处理。这一变化其实是经济环境变化以后，帮工成本变化的结果。因为过去农村的社会环境里，人们主要从事农业，在农闲季节有很多空余的时间，一旦遇到各种红白喜事，多倾向于利用亲邻无偿帮工，主人则负责招待吃饭。而随着农村工业化和城市化，大家都忙于各种工商事务，彼此帮工的机会成本大大提高。现在，当人们遇到家庭里各种需要帮工的事情时，就转而求助于市场。而同时人情往来也折合成货币，从而提高了彼此的效益。在过去的乡村社会中，人口流动性小，邻里关系稳定，并且相互间还往往带有血缘关系，因此遇到生小孩等喜事，往往一些礼品要分遍全村，当然村里人也同样都会来表示祝贺。龙港建镇后，即使是原住地村的同村居民居住也开始分散化，而且从事第二、第三产业后，大家都比较忙，因此礼品的分送范围有所缩小。过去，同村村民之间谁家有喜事全都知道；现在，由于过去同村的居民都分散到镇区各地，彼此之间如果不通知的话，就不知道了。所以，即使是镇区原住地的村庄，同村的概念已经逐渐地淡化，有的只有过去集体制度所留下来的资产共有关系。过去，邻里之间串门十分随便，现在，由于邻里之间的熟悉程度降低，加上每家都要脱鞋进屋，过于麻烦，彼此之间串门就少多了。[①] 这就使城镇居民在呈现“理性”、“务实”、“功利”精神特征的同时，也呈现出了“冷漠”的心理和行为特征。

其二，在从乡村社会到城市社会的转变过程中，浙江人的职业角色

① 朱康对：《来自底层的变革——龙港城市化个案研究》，浙江人民出版社2003年版，第137—138页。

意识显著地增强，成就取向日益强化。在传统的乡村社会，家庭几乎担负起宗教的、政治的、经济的、教育的所有“功能”，也就是说，传统乡村社会的功能是“高度普化”的。随着从乡村社会到城市社会的转变，社会结构日趋分化。每一种社会的“分结构”都扮演着特殊的角色，担负着特殊的功能。市场化、工业化、技术革命、专业化，已经使现代城市成为高度的劳动分工中心。正如西美尔所说，“以扩展的手段，城市为劳动分工提供了越来越多决定性的条件；它提供了一个区域，在这个区域里能够吸纳高度不同的服务种类。同时，人员的密集和对顾客的争夺驱使人们在功能上专门化，这样他们不容易被别人取代。这是毫无疑问的：城市生活已经将人为了生计而与自然的斗争变成了人为了获利而与其他人的斗争。专门化不仅来自为了获利的竞争，也基于这样一个事实：销售者总是想方设法以新的不同的需要去诱惑顾客。为了找到不会枯竭的利润来源，也为了找到一种不会轻易被取代的功能，服务中的专门化就显得十分必要。这个过程促进了大众需要的差异、精致、丰富，而这明显导致这个社会里个人差异的生长”。① 在现代都市社会，生产组织日益取代家庭成为人们最主要的活动场所，随着人们活动场所的扩大，诸多标志个人在生产组织中身份与地位的职业成了人们最主要的社会地位标志，由职业团体所构成的社会阶层在社会结构中的重要性与日俱增。布劳和邓肯（Blau & Duncan）认为，在社会分工和专业化程度都十分发达的现代社会里，经济和政治权力的划分都以职业分化为基础。罗茨曼甚至认为，仅用职业指标来衡量一个人的阶层地位就已经足够了。这是因为在市场为主要资源配置手段的情况下，劳动力资源的分配依赖于市场机制，劳动力资源的市场回报同职业相联系，人们的绝大部分经济利益通过职业途径实现。

与以血缘、姻缘、地缘等作为人与人之间联系纽带的传统农村社会形成一种鲜明的对照，职业关系正日益成为当代浙江城市居民之间主要的联系纽带。一个社会分工日趋发达的城市社会环境，必然会强化人们

① 〔德〕齐奥尔格·西美尔著，费勇等译：《时尚的哲学》，文化艺术出版社 2001 年版，第 196 页。

的职业角色意识。这种建立于社会分工基础上的职业角色意识与建立于血缘、邻里、朋友等关系上的社会角色意识，无疑截然有别。西美尔认为，在现代城市中，“职业角色”关系是非个人的、特殊的和无情感作用的交往形式。例如，在一个你从未去过的饭馆，你充当顾客的角色，有人充当女招待的角色。在这种情况下，行为是常规性的，双方彼此理解，个人与个人之间只有细节上的差别。一切顾客和一切女招待的举止行为大致相同。职业角色使得人们对交往作出的反应只针对职业而不针对个人，使现代都市的“非个人化的、专门化的、没有感情牵连的”交往形式应运而生。职业角色关系和当事人的举止行为的交叉综合减少了交往所必需的个人知识，因此也就减少了刺激。因为职业角色不要求对个人的情感吸引力，交往所要求的情感能量也随之减少。现代都市社会关系的契约性，使人们不是以个人被认识，而是作为一个体系中的角色和特殊化的功能而存在并被认识的。在现代城市社会，如果我们回答这样一个问题：“我是谁?”那么，答案通常就是列出一个我们所担当的角色的名单，诸如“母亲”、“姐姐”、“电工”、“学生”以及姓名，等等。

社会分工日趋发达的城市社会，不仅增强了浙江人的职业角色意识，而且也强化了浙江人的成就取向。

毋庸置疑，在现实生活中，“特殊—关系取向”仍在浙江区域社会的各个领域发挥作用。在浙江的一些机关企事业单位的选人用人方面，人情关系的影响仍未完全根绝，办事过程也处处可见人情关系的痕迹，请客送礼现象仍然相当风行。如后文将要表明的那样，在当代浙江，真正脱离亲缘和准亲缘社会网络即“以关系为取向”而建立起来的浙江私营企业，可以说几乎没有。即使企业最初是由纯经济联系组成，企业要获得发展，也要逐渐发展出一组社会网络。更经常的现象是先发展一种社会关系，然后在此基础上建立经济联系，或者两者同时进行。因此，在当代浙江城市中，传统农村社会的“特殊—关系取向”，仍然在相当程度上发挥作用。但是，与此同时，在市场化、工业化、城市化的背景下，“普遍的成就取向”无疑也在日渐凸显。比如，“浙江省私营企业主的思想道德状况及其对策”课题组对杭州、温州、湖州、金华、台州、绍兴等地私营企业主的问卷调查显示，对于“成功的企业家最重要的素质”这一问题，有45.6%的私营企业主认为是“创新精神”，33.8%的私营企业主认为是“能干、会经营”，26.6%的私营企业主则认为是“能尊重人”。其实，不同私营企业主的三种不同的答案，都表明了注重成就的同一种价值取向。1999年浙江工商联对浙江私营企业的调查结果也显示，虽然有约61.3%的企业管理人员是与企业主关系密切或企业主信得过的人，而技术人员中则只有18.8%为上类人员，79.2%是具有较适应的专业技术人员。[①] 这表明在众多的浙江私营企业中，对管理人员的录用在很大程度上是以“特殊—关系为取向”的，或者更准确地说，是同时以“特殊—关系”和“成就”为取向的，即这些企业管理人员，既是与企业主关系密切或企业主信得过的，同时也可以想象，面对激烈的市场竞争，如果他们完全是没有管理才能的“扶不起来的阿斗”，也不太可能被私营企业主录用。另外，私营企业主对技术人员的录用则基本上是以成就为取向的（占79.2%），即使是与企业主关系密切或企业主信得过的技术人员（占18.8%），其被录用的首要条件，也应当是必须掌握专门的技术，其次才是与企业主的关系。一个以利益最大化为目标的私营企业主在主观上必然会拒斥滥竽充数者。如金耀基所说，“在现代社会中，‘身份取向’之为‘契约取向’所取代乃必然的事。一个规模庞大的现代企业必不能靠家属来包办，而必须网罗具有企业才具的人来经营，欧美许多大公司老板不请自己的小舅子来管理，倒不是无爱于小舅子，而是小舅子未必具有管理的知识与才具耳。”[②] 这种与“特殊—关系取向”并存的以普遍成就为取向的现象，事实上不单单局限于浙江的私营企业，而是比较广泛地存在于诸如政府机关、企事业单位等当代浙江城市社会的其他领域。比如，中学、高校对教师的录用，“特殊—关系取向”虽然仍在发生作用，但在当代浙江的作用范围显然已经受到了限制。比较准确地说，就是在众多具有同等

① 浙江省工商联：《浙江省1999年私营企业抽样调查数据及分析》，《浙江学刊》2000年第5期。

② 金耀基：《从传统到现代》，中国人民大学出版社1999年版，第104页。

能力、知识才具的候选人之间，那个与录用者有“关系”的人，往往享有优先权而已。

从乡村社会到城市社会的转变，往往会强化人们的成就动机或成就欲望。改革开放以来浙江城市化过程中的众多事例表明，当一个农村劳动力向城市转移，他常常会成为一个只能进不能退的过河之卒，不管他过去出身于什么，他必须在城市中取得成就，才会感到是体面的或至少是不丢脸面的。据朱康对对新兴农民城龙港镇的调查，由于人们进城后已经很少有过去的身份地位的记忆，如今评价其社会地位和能力的唯一标准，就是财富的多寡。由于人们之间信息的不对称性，一个人的货币财富的多少很难表现出来，而房屋、店面等不动产则是判断其财富多少的主要依据。对于周围乡村农民来讲，能够在龙港拥有房产，是值得夸耀的事情，相反，如果无法在龙港立足，最后卖掉了房产，回到了原来的乡村，那是十分丢面子的事情。总之，在龙港，不管你原来出身如何，只要你有钱，有房产，你就是老板。[①]

毋庸置疑，在以“特殊—关系”为取向价值观念尚未完全消失的同时，以成就为取向的价值观念逐渐形成，乃是伴随从传统乡村社会到现代城市社会转变而来的社会分工和职业分化的一种必然结果。传统的乡村社会是一个简单的农业社会，人们用不到特殊的知识。如费孝通所说，“耕种活动里分工的程度很浅，至多在男女间有一些分工，好像女的插秧，男的锄地等。这种合作与其说是为了增加效率，不如说是因为在某一时间男的忙不过来，家里人出来帮帮忙罢了”。[②] 在传统的农业社会中，知识在一定意义上就是经验，经验越丰富就意味着知识也越高，所以老年人总受尊敬。如金耀基所说，“因为‘年岁与智慧俱增’，老农可以观天色而知雨晴，老吏可以凭阅历而断狱。而在一个不需要特殊知识与技术的社会中，人们之用人取才基于‘特殊—关系取向’（Particularistic-ascriptivecrientation）乃是自然不过的事。我的家人与亲友可

① 朱康对：《来自底层的变革——龙港城市化个案研究》，浙江人民出版社 2003 年版，第137 页。

② 费孝通：《乡土中国》，三联书店 1985 年版，第 3—4 页。

以与陌生人做得同样的好，我当然要用亲人。”[①] 然而，市场化、工业化、城市化、技术化所导致的一个必然结果，就是许多工作已不是仅仅凭直觉和经验就可以完成的。这就要求人们采取一种以普遍的成就为取向的价值观。金耀基转引社会学家李维的话说，现代工业、现代城市是不问谁是谁的，“所问的仅是‘他’（她）是否具有专门的技术功能与特殊的技巧……操作机械的结果必系如此，因为对于一辆大卡车或钻孔机，其操作者之为一罪犯或圣人，为国王或凡人，均无丝毫区别……这不像在一手工艺社会，新的工作者常常是与一家之主生活在一块的。而机械则无若此之需要……当手工业之经营像经营现代工业一样，建立在一‘普遍性’的基础上时，虽然是不太可能的，但亦不足为异；但是，一个现代工业如不建立在一普遍性的基础上，则是不可思议的”。[②]

其三，在从乡村社会到城市社会转变的过程中，浙江区域社会的价值观念日趋多样化。

传统的乡村社会是一个相对稳定的社会结构。如费孝通所说，直接靠农业来谋生的人是粘在土地上的。乡村社会个体不仅在空间上缺乏横向的社会流动，而且在纵向上社会流动的频率也很低。与此相应，传统乡村社会的价值观念也是相对单一的。滕尼斯认为，乡村共同社会生活的特征是亲密无间的、与世隔绝的、排外的共同生活。在乡村共同社会中，人们为了共同利益而共同劳动，把人们连接起来的是具有共同利益、共同目标、共同语言和传统以及共同善恶观念的家庭和邻居的纽带。在他们中间存在着“我们”和“我们的”意识。“共同体的生活是互相的占有和享受，是占有和享受共同体的财产。占有和享受的意志就是保护和捍卫的意志。共同的财产——共同的祸害；共同的朋友——共同的敌人。祸害和敌人不是占有和享受的对象，不是正面的意志的对象，而是负面的意志、厌恶和憎恨的对象，即共同意志意欲消灭之对象。愿望和渴望的对象不是敌意的东西，而是处于想象的占有和享受的状态中，哪怕达到占有和享受可能受到敌意行动的制约。占有本身就是

① 金耀基：《从传统到现代》，中国人民大学出版社 1999 年版，第 103 页。
② 同上书，第 103—104 页。

保持的意志；占有本身就是享受，即满足和实现意志，犹如吸入大气层的空气一样。人们相互的占有和分享也是如此。”①

从乡村社会到城市社会的转变，意味着人们将面临一种与传统农村社会完全有别的异质的、万花筒般的城市社会文化环境，意味着社会个体在对待人际关系和社会事务上必须采取一种与乡村社会迥然有别的态度。在这种情况下，传统乡村社会的那种作为连接人与人关系纽带的“共同利益、共同目标、共同语言和传统以及共同善恶观念”，无疑将逐渐地趋于瓦解，单一的乡村社会价值观念日渐地被多样化的城市社会价值观念所取代。正如西美尔所说，“街道纵横，经济、职业和社会生活发展的速度与多样性，表明了城市在精神生活的感性基础上与小镇、乡村生活有着深刻的对比。城市要求人们作为敏锐的生物应当具有多种多样的不同意识，而乡村生活并没有如此的要求”。②

改革开放以来，大批农村劳动力从省内各个村落涌入浙江城镇经商、务工，浙江的城市化率平均每年提高 1.08 个百分点；城镇人口平均每年增长 5.53%，大大快于同期总人口年均 0.81% 的增长速度。与此同时，越来越多的外来人口从全国各省区进入浙江各地的城镇，2003 年，浙江外来流动人口的登记数字为 898 万，实际外来流动人口约 1500 万。正是在这一背景下，浙江各地的许多城镇在相当程度上已成为血缘、地缘、文化传统上大相径庭的各色陌生人聚合的场所，到处都有操着外省口音的人。大量外来人口的涌入，无疑使浙江许多城镇在人际关系和价值观念上呈现出了异质化和多样化的趋势。龙港镇、义乌市，就是这方面的典型。改革开放以来新兴的农民城龙港镇，尽管规模不大，从现有的城市建制制度上看，最多也只是一个小城镇，但是由于其特殊的建城背景所形成的特殊的社会结构，使其更具多样性的特征。据统计，单是每年在龙港的外地民工及商人数量就达到 5 万多人。③ 这些来

① 〔德〕菲迪南·滕尼斯著，林荣远译：《共同体与社会》，商务印书馆 1999 年版，第 76 页。

② 齐奥尔格·西美尔著，费勇等译：《时尚的哲学》，文化艺术出版社 2001 年版，第 187 页。

③ 龙港镇第五次全国人口普查领导小组办公室：《第五次全国人口普查快速汇总简要本》，2001 年 6 月。

自三省七县的居民，不仅相互之间很少有共同的血缘关系，而且操不同的方言，持不同的宗教信仰，有着不同的社会背景。①语言的多样性，无疑是龙港镇血缘、地缘、文化传统多样性的最突出的表现。“各地人口向龙港聚集，由于各操不同的方言，相互之间交流很成问题。结果那些掌握语言能力较强的人，往往能够熟练运用好几种方言，遇到不同的对象就用不同的方言与人家对话；而那些掌握语言能力较弱的，就无法用方言与讲其他方言的人进行顺利的沟通。”②在此情况下，人们不得不采用普通话进行对话和沟通。而从鸡毛换糖开始扩展为国际商贸城的义乌市，则不仅汇聚了全省、全国各地的经商者，而且也汇聚了来自五湖四海并从事国际贸易的外国人。目前常住义乌的外商有8000多人，境外公司在义乌设立商务机构600多家。2005年，来义乌购物旅游人数360万人次，其中外宾20万人次。在义乌，不仅到处可以听到全国各地的方言，而且可以听到阿拉伯语、俄罗斯语、英语、德语、法语等多种不同的语言；不仅到处可以见到外省人，而且也到处可以见到各种不同肤色、不同种族的人。

拥有不同的血缘、地缘、文化传统的人群在浙江各城镇的汇聚的同时，也带来了多种多样价值观念的交融。从乡村社会到城市社会的转变，使各色陌生人可以方便地从事着前所未有的交换和交流。这种大范围的拥有不同的血缘、谱系和文化的人们之间的交融，无疑在相当程度上改变了浙江人的文化性格。诚如芒福德所说，不同种族的世系、不同的文化、不同的技术传统、不同的语言，都聚集在一起，并且相互融合。不论在什么地方，城市的兴起似乎都伴随着大力突破乡村的封闭和自给自足。“这样的流动与混合甚至还会带来特有的生物学方面的有利影响，因为在城市中长期近亲繁殖的危险消除了，广泛的生物学杂交开始了。对于这一极其复杂的过程，我们还知之甚少，还不能对其贡献作出哪怕是很有限的评价；虽然如此，由此类推到植物和动物的繁殖，我

① 朱康对：《来自底层的变革——龙港城市化个案研究》，浙江人民出版社2003年版，第136页。

② 同上书，第134页。

们可以推知，都市的融合作用，可能具有同样的效果。”“至于文化方面相互融合的好处，就不存在多少怀疑了。”① 按照芒福德的看法，在欧洲城市史上，陌生人、外来者、流浪汉、商人、逃亡者、奴隶，甚至入侵之敌，在城市发展的每一阶段上都有过特殊的贡献。荷马在他的史诗《奥德赛》中，列举了各种简单社区中难于找到的陌生人。某种行业的师傅、预言家、江湖医生、建筑工匠，不然就是行吟诗人。同本地的农民和族长们相比较来看，这些人就是城市中的新居民。哪里缺少了这些人，哪里的乡镇就总是一片沉闷而褊狭的乡土气。

芒福德所描述的城市文化的多样性和相融性景象，也在改革开放以来浙江各地的众多城镇中得以呈现。不单是那些来自全省、全国各地的建筑民工、木工、泥水匠、裁缝师傅、保姆、个体经商者，同时还有来自不同地域的人开设的专业市场、商店、宾馆、茶馆、地方特色风味餐馆和他们的特殊的风俗习惯、日用百货。生活在这样一个万花筒般的文化氛围中，任何人都能感知到各种价值观念的存在，见怪不怪，不仅外来移民的视野被大大地拓宽了，而且浙江本地人的胸襟也变得开阔了，宽容意识也逐渐地滋生暗长。改革开放以来浙江人婚恋观的变化，就比较集中地体现了这一点。在改革开放之初，浙江人的婚恋观还是十分传统的。20 世纪 70 年代末一位来自浙江乡村的杭州某大学学生曾提出要与农村的女朋友解除恋爱关系。此事被浙江某报披露后，当时浙江城乡社会舆论可以说是一边倒，大家几乎异口同声地对这位现代“陈世美”进行了谴责。最后，校方毫不宽容地开除了这位大学生。改革开放以来，情况发生了极大的变化。据有课题组对温州、杭州、宁波以及上虞和义乌等城市的问卷调查表明，② 在对“男女青年恋爱结婚是青年人自己的事，父母可以建议，但不应横加干涉或代子女做主”这一观点作判断时，有 61.8% 的被访者对此表示完全赞成。同时对待“离婚”，人们也不再一味地指责为不道德、不光彩的事情，在不同程度上认定“夫妻

① 〔美〕芒福德著，倪文彦译：《城市发展史》，中国建筑工业出版社 1989 年版，第 27 页。

② 浙江省邓小平建设有中国特色社会主义理论研究会课题组：《浙江省思想道德建设现状与对策研究》，《中共浙江省委党校学报》1996 年第 5 期。

因感情破裂而离婚不应受指责”的人占88.5%。当然，对于“婚外恋”现象，人们还是持谨慎态度，有85%被调查者表示不赞成。这无疑是伴随着价值观念多样化，而出现的一种必然的变化。

由城市化引发的浙江区域文化精神的大变革，并不局限于城镇地区，而且也广泛地波及了农村地区。城镇的中心性和集聚性特征所产生的一个结果，是城市文化必然会向以城市为中心的边缘地带辐射和扩散。在希尔斯看来，现代社会中最惊人的变化之一就是中心对边缘的权力和权威的增强，以及边缘对自身社会中心的权力和权威的同时增强。这便缩小了中心和边缘之间的距离。“这种中心与边缘之间距离缩短的表现之一便是传统实质的变化。随着共同文化的形成，某个地区、村庄、城镇、职业、种族或宗教共同体等所特有的某些传统都在这一过程中消失了。乡土性的传统并没有完全消失，但是它们已经削弱了，有时是仅在典礼性的场合才出现，有时则与源自中心或由中心所强加的文化融成了一体。”①

希尔斯的观点，无疑在当代浙江的城市化现实中，得到了充分的验证。一方面，农村“就地城镇化”改变了乡村社会的政治、经济和文化本身。一些原先的村落，现在已经是几万人口的镇；一些原先的镇，现在已经成为具有近十万或十几万人口的中小城市。繁星般的城镇不仅正在日益蚕食着原先阡陌纵横的广阔田野，城镇间的农地不断地被新的工厂、居民点、商业设施和道路所取代。这种“就地城镇化”的独特现象，使农村人口在不向城市迁移的情况下，也逐渐具有城市的生产、生活方式，形成了城市文化的一些元素，与此同时，原先以农业为主的经济以及传统的乡村文化则逐渐地趋于衰退。另一方面，大量人口、资金、技术等涌入了浙江各地的城镇，增强了城镇对于乡村的辐射性功能，不仅使作为边缘的农村在经济上、政治上从属于城市，而且也使作为边缘的农村成为城市文化的输出地。交通的日益完备及其由城镇向乡村的延展，使城镇生产的物质产品和精神产品可以比较方便地输入乡

① 〔美〕E. 希尔斯著，傅铿、吕乐译：《论传统》，上海人民出版社1991年版，第330页。

村，从而大大地削弱了人们对乡土性传统的拥护；由于识字率的提高以及通讯传播的发展，使乡村居民能够阅读由城市所发布的某种全国性的或全国一律的新闻报道；城市工业技术的进步，则导致大量低廉的收音机、录音机和电视机涌入乡村；政治变迁又使城市成为愈益重要的发号施令和服务的机关，以及人们注目的焦点。所有这些，都将农村居民的注意力从乡土性的事情引向城镇，从而削弱了他们对语言、生活方式、习俗和信仰上的乡土性祖先传统的拥护，并强化了他们与城市居民情感上的共鸣以及文化上的和道德上的联系。正如希尔斯所说，"当中心成果卓著地扩张时，它便控制了各种传播机构：学校、教会以及许多再现和解释世界的机关（如果它是一个有文字的社会的话）。所有这些机构都使用中心的语言并代表中心的利益。社会地位的晋升、声望的提高、荣誉的获得，都是通过遵从中心的要求和准则而实现的；这便导致人们接受中心的准则，随后接受维护这些准则的古老传统和关于过去的传统形象。在这些情况下，接受中心的传统会受到激励，而排斥它们将造成损失，从而边缘的传统便愈益式微了"。①

三、全球化与区域文化变迁

十一届三中全会以来，伴随着从计划经济体制到市场经济体制的转换，浙江区域也经历了从封闭、半封闭社会到开放社会的转变。社会从封闭、半封闭走向开放，不仅表现在对外的开放上，而且也表现在内部的开放上。像全国其他地区一样，以"对外开放"为标志，浙江区域也日渐地融入到了全球化的浪潮之中。阿兰·伯努瓦指出："全球化以普遍消除资本的区域性为特征，正在使资本重新组合。'流动空间'正取代'地域空间'，换句话说，地域正被网络取代，而网络不再对应于某一具体区域，而是被纳入世界市场内，不受任何国家

① 〔美〕E. 希尔斯著，傅铿、吕乐译：《论传统》，上海人民出版社 1991 年版，第 333 页。

的政治限制。政治空间和经济空间在历史上第一次不再联系在一起。"[①] 经济区域特征的消除，必然对社会其他领域产生影响。在当代浙江区域文化领域，我们可以看到的一个现象，就是像在经济领域一样，文化的"流动空间"正在取代"地域空间"。也就是说，对外开放与全球化也带来了浙江区域文化领域的变革。

1. 对外开放与全球化

浙江区域的对外开放与全球化进程，是与浙江的市场化、工业化、城市化进程相同步的。当代浙江的对外开放与全球化进程，是由国家对外开放政策的实施以及计划经济体制向市场经济体制的转换所驱动的。中国新时期对外开放的突破，从沿海建立经济特区开始。1979 年 7 月，中共中央和国务院决定对广东、福建两省的对外经济活动实行特殊政策和优惠措施。同时决定在广东的深圳、珠海、汕头和福建的厦门设置经济特区。随后，又逐步开放沿海十几个城市，在长江三角洲、珠江三角洲、闽东南地区、环渤海地区开辟经济开放区，批准海南建省并划定海南岛为经济特区。之后，中央又决定开放浦东，开放沿江、沿边城市和全国各省省会以及一些有条件的城市。目前，全国已经形成沿海、沿边、沿江、内地相结合的多层次、多渠道、全方位的对外开放新格局。

在对外开放这项基本国策指引下，浙江逐渐加强了与全国各省市区和世界各国的联系。自 1979 年 2 月杭州市与日本岐阜市缔结首对友好城市以来，浙江已与美国、德国、法国、英国、俄罗斯、日本、韩国、泰国、巴西、古巴、澳大利亚、南非等 36 个国家的省、市建立了 132 对友好关系，其中友好城市 66 对，友好交流关系 66 对。浙江省人民对外友好协会等民间组织与世界上 50 多个国家和地区开展友好往来，并与 20 多个国家和地区的 80 多个友好组织建立了友好合作关系。与此同时，浙江的国际文化交流活动日趋活跃。独具特色的文化艺术多渠道进入国际文化市场，同时，发达的经济支撑着浙江不断吸纳外国优秀文化艺术成果。据统计，2003 年，全省共实施对外、对港澳台文化交流项

---

① 〔美〕阿兰·伯努瓦：《面向全球化》，载王列、杨雪冬编译《全球化与世界》，中央编译出版社 1998 年版。

目 145 起，2377 人次；其中，派出项目 24 起，542 人次；引进项目 82 起，1689 人次。浙江报业、出版、广播电视界积极与国外媒体进行了友好合作。教育、科技对外交流不断拓展。浙江是中国著名的侨乡，有 100 多万海外侨胞，遍布世界 120 多个国家和地区，其中以欧洲、美、加地区最多。目前，浙江省与 60 多个国家和地区的海外侨界社团、侨界人士保持着密切联系和良好关系。自 1990 年以来，每年举办一次“浙江旅外乡贤聚会”，已成为海内外互动合作，促进共同发展的平台。2003 年，来自世界五大洲 40 个国家和地区的 260 余位侨领参加了在杭州举行的乡贤聚会活动，签署了 13 个项目的合作协议，总投资额达 2.1 亿美元，合同外资 1.74 亿美元。浙江籍海外侨胞不仅积极参与居住国的建设发展，也为浙江省的经济社会发展作出了特殊的贡献。一大批海外侨胞在浙江投资兴业。浙江省留学人员创业园杭州高新基地、湖州南浔开发区华侨投资区等园区为华侨创业发展提供了有效载体。到目前为止，华侨华人专业人士在浙江已创办了 330 家企业，其中 UT 斯达康通讯有限公司等 5 家侨资企业为“全国百家明星侨资企业”。浙江在浙江大学、杭州学军中学、温州师范学院和温州少儿艺术学校，建立了“国务院侨务办公室华文教育基地”，为海外侨胞和社团、华（中）文学校开展华文教育提供服务。

当代浙江对外开放与全球化的进程，既是对外开放政策驱动的结果，也是与浙江区域市场经济秩序的扩展相伴而生的。市场经济作为一种制度本身与交流的国际化存在着不可分割的联系。按照古典经济学理论，商品和服务的自由流通会导致产品体系和生活水平的均衡。激烈的市场竞争会导致资本有机构成不断提高和平均利润率的下降趋势，迫使资本冲破区域市场的狭隘界限而走向全国性的和世界性的市场。换言之，市场经济一开始就是以一种“流浪者”的身份出现的。市场经济不仅有一种把社会各个独立领域的生活要素转化为“普遍有用体系”的内在驱力，而且也有一种突破地域界限的强烈冲动。市场经济溢出区域的和国家民族的界限，就是经济的全球化，即生产要素以空前的规模和速度在全球范围内流动、国际经济联系变量连续变化。一个地区或一个国家的市场同国际市场融合并最终朝着无国界方向转变的一种过程和现实。早在200多年以前由于地理大发现和海外殖民活动的推动，世界市场即已初露端倪。此后，随着区域间、国家间商品交易的日益频繁和交通运输业的进步发达，经济全球化才终成滥觞之势。在当今时代，以市场为纽带，以商品和生产要素流动为媒介，全球各地的经济正日益紧密地连接在一起而成为相互依存的经济体系。全球范围内生产、交换、分配和消费等一系列环节周而复始的国际大循环，使世界各地的经济具有市场的开放性、资源的流动性、经济的关联性、供求信号的敏感性以及经济波动的传导性等特征。在这种情况下，“没有谁可以像孤岛那样，与世隔绝可以独善其身”。[①]

改革开放以来，浙江区域经历了市场经济的逐步演化和扩展的过程。一方面，农村家庭联产承包责任制将浙江农民从土地的束缚中解放出来，随后进行的计划体制、价格体制、流通体制等方面的改革，为内生的制度变迁的迅猛推进构造了最初的市场化环境。此后，经过20多年的自然演化，浙江逐步地成长为市场经济大省，不仅在经济总量方面领先于全国，而且经济总体市场化程度也高于全国平均水平。与此相伴随，浙江对内开放和对外开放的程度也不断提高。像近现代世界经济史已经一再证明的那样，市场经济在当代浙江的演化和扩展，也产生了一种突破地域界限的强烈冲动。随着浙江区域市场化程度的不断提高，浙江对内开放和对外开放的程度也不断提高。改革开放以来，“数百万连普通话都不会讲、讲不好的浙江农民足迹遍布天南海北、长城内外，忍辱负重，从事各种别人瞧不起的艰苦行当。弹棉花的风尘仆仆，一路弹到拉萨；补鞋的四面出击，深入边陲小镇；经商的更是在全国各地聚集成一个个‘浙江村’、‘温州城’，连接起一条条‘义乌路’、‘台州街’”。[②] 在市场化进程中，不仅有大批的浙江人突破了浙江地域的限制，到全国各地闯市场，而且也有大批的外省人源源不断地进入浙江打工和经商。这些无疑都是浙江对内开放程度不断提高的生动写照。

---

① 〔美〕威廉·奥尔森著，王沿译：《国际关系理论与实践》，中国社会科学出版社1989年版，第425页。

② 中共浙江省委宣传部课题组：《活力之源——解读浙江》，何福清主编《纵论浙江》，浙江人民出版社2003年版。

对外开放政策的实施和市场经济秩序的扩展，不仅使浙江区域市场深深地卷入到了全国的市场体系之中，与全国市场的竞争和合作，已经成为浙江区域自身发展的基础和前提，而且也使浙江区域经济日益地融入到了全球化的进程之中。改革开放以来浙江区域经济的国际化程度日渐提高。截至2003年底，浙江与世界上218个国家和地区建立了直接的经济贸易关系。伴随着市场经济的演化和扩展，浙江区域呈现了外贸经营主体多元化，出口市场、出口产品多元化和贸易方式多元化的格局，初步形成了国有及国有控股企业、外商投资企业和民营企业等共同开拓国际市场的局面。2003年，全省进出口额达614.23亿美元，其中，出口额达到416.03亿美元，比上年增长41.5%，进口额达198.20亿美元，增长58.0%。出口商品结构不断调整和优化，机电产品成为浙江第一大类出口产品。2003年，全省新批外商直接投资企业4442家，外商直接投资协议金额120.50亿美元，实际到位54.49亿美元。外商投资集聚效应显著。其中环杭州湾六个城市（杭州、宁波、绍兴、嘉兴、湖州、舟山）合同外资105.39亿美元，实际利用外资48.30亿美元，分别占全省总数的87.5%和88.6%。结构逐步优化，大项目的数量、规模和高新技术比重有所增加。至2003年底，全省累计批准外商投资企业28455家，总投资额达到927.26亿美元，合同外资金额483.16亿美元，实际利用外资金额223.21亿美元。全球500强企业已有61家在浙江投资了147个项目。与此同时，浙江区域的对外投资，对外经济技术合作进程也相当迅猛。2003年，全省新批境外投资项目301个，中方投资额8513万美元，同比分别增长33.2%和65.9%。完成对外经营业额12.51亿美元，同比增长19%，在国内各省市中继续保持第3位。2004年，浙江全年进出口贸易总额852.3亿美元，增长38.8%，企业出口退税老账还清、新账不欠；实际直接利用外资66.8亿美元，增长22.6%；新办境外企业378家，境外投资1.52亿美元，分别增长25.6%和78.3%。在这种情况下，浙江区域的经济无疑已经具有市场的开放性、资源的流动性、经济的关联性、供求信号的敏感性以及经济波动的传导性等全球化的显著征兆。

2. 对外开放与全球化对区域文化精神的影响

对外开放与全球化对浙江区域文化领域产生了广泛的影响。它拓宽了浙江人的文化视野，推动了人们从全球的视角来认识并构造文化活动。如前所述，在当代浙江区域文化领域，我们可以看到的一个现象，就是像在经济领域一样，文化的“流动空间”正在取代“地域空间”。

像全国乃至于全球各地一样，在传统乡村社会浙江区域的一个重要特征，就是文化的地域性。据学者的研究，“大江（钱塘江）以右”的浙西地区自古以来就与苏南地区在行政区划上难分你我，故后世遂以吴、会（稽）或吴越分浙东与浙西。在自然环境上，浙东与浙西相比，浙西河道纵横，一马平川，而浙东除绍兴多水，甬、台、温临海，其他各州均山峦连绵，所谓“其水俱束海为江，犇潮激汛；其山俱崔巍而兀起，城垒峥嵘”。[①] 在浙西和浙东的这种地理差异的基础上，也形成了两种不同的文化类型。就社会风气而言，“浙东地区多山，宗族组织完备，故有敦朴纯善之民风；浙西商品经济发达，政治权益深透，故有繁丽奢靡、浮竞淫侈之民风”。[②] 从学术风格上说，“浙西尚博雅，浙东贵专家。”[③] “贵专家”者注重于某一门学问中的卓然成就，如哲学家王阳明、刘宗周，史学家章学诚、全祖望，经学家万氏兄弟，以至现代大文豪鲁迅及教育家蔡元培等，而“尚博雅”者则崇尚博学，于学无所不窥，不讲究自立门户，从顾炎武到章太炎、王国维，再到当代学术大师钱钟书、钱穆等，都有此特点。“从一定意义上说，浙东的风格是古典的，而浙西的风格是浪漫的；浙东的凝重厚实正好与浙西的时尚博雅形成对照。”[④] 浙东和浙西，不仅在自然环境、政治经济、社会风尚和学问旨趣上存在差异，而且在价值观念上也有很大的不同。“由于浙西的地理环境和交通条件优越，生活较为富庶，故性情平和中庸，温柔敦厚，

① 《杲堂诗文集》，浙江古籍出版社 1988 年版，第 412 页。

② 钱明：《“浙学”的内涵与两浙的并进》，《浙东学派与浙江精神研讨会会议论文》，2005 年 3 月 16—17 日。

③ 《文史通义》卷 5，内篇 5《浙东学术》。

④ 钱明：《“浙学”的内涵与两浙的并进》，《浙东学派与浙江精神研讨会会议论文》，2005 年 3 月 16—17 日。

知足常乐，安土恋家，带有六朝时期吴会地区豪门士族的一些特征；而浙东的生存环境远较浙西恶劣，故在性情上亦相应的具有刚勇进取，敬事鬼神，吃苦耐劳，坚忍不拔的特点，从越王勾践奋发图强，到近代宁波帮在海内外的崛起，直到当代温州人的独创天下，都是这种价值观念的最好诠释。”① 上述归纳是否准确，值得进一步细究，但有一点显然是可以肯定的，在传统社会，浙西文化和浙东文化的地域性特征是十分鲜明的。

在传统社会，不仅浙西和浙东都呈现了各自文化的地域特征，而且在浙西和浙东内部也存在着相当鲜明的地域文化差异。比如，浙东的宁、绍与金、衢、温、台在学术上就有明显的不同，浙西的杭州更显得相对独立，而与周边的嘉、湖、严、绍均有差异。虽然同处浙西，“杭俗之奢靡也，野遍台池，市多浮巧”。②“然苏城及各县富家多有亭馆花木之胜，今杭城无之，是杭俗之俭朴愈于苏也。”③ 各地域语言的差异，无疑是传统社会文化地域差异的最集中的体现。浙江区域内的地方语言可以用“五彩缤纷”来形容，比如，从大的区域而言，有温州话、杭州话、绍兴话、台州话、丽水话，等等。在浙江区域内，即使是同一个地区的不同县域，同一个县域的不同乡域，也往往呈现出方言上的差异。同处台州地域，临海方言与天台方言、黄岩方言、温岭方言、仙居方言之间，就有很大的不同。温州更是一个多方言的地区，据1925年问世的《平阳县志》记载，地处温州的平阳县，“今以言语分别，约有五派：曰瓯语，曰闽语，曰土语（俗称蛮话），曰金乡语，曰畲民语。大别区之，县治及万全区纯粹瓯语，小南区则闽语十一。江南则闽语、土语与瓯语参半，金乡语唯旧卫所而已。北港则闽语六瓯语四，南港蒲门则闽语七八瓯语二三。瓯语本为瓯族，闽语来自闽族，此最易辨。唯土语江南一区有之，其称瓯语为后生语，则似海滨土著，本作是语，反盖化为瓯语也。金乡一卫，前明指挥部属居焉，初自用其乡之语，后与土

① 钱明：《“浙学”的内涵与两浙的并进》，《浙东学派与浙江精神研讨会会议论文》，2005年3月16—17日。

② 《碧里后集·达存》上《陈将军祠记》。

③ 陆容：《菽园杂记》卷13。

著相杂成金乡语”。①

传统社会文化的地域性特征，根源在于传统社会中乡村地域共同体的存在。根据富永健一的归纳，② 乡村或村落社会中地域共同体的存在与以下几个条件有关：起因于地域范围小、地理流动少和缺乏功能分化的社会关系在地域社会内部的封闭化的累积；从经济史观点出发的共同体论所强调的土地公共所有这一物的基础；亲族群体与地缘相重合而使共同体得到强化。由于传统乡村社会缺乏地理流动，亲族关系在地域社会内部累积是很自然的事情，有时它甚至可能使全村都同属一个姓氏。而且，由于亲族共有一个祖先，祭祖祖先这一宗教仪式的纽带又与地缘纽带交织在一起；围绕资源、机会的利益关系的共同性。在那些耕种水稻的农村，地域的接近带来了传统的灌溉管理和农用道路管理上的合作关系，而且在农业作业上有进行共同劳动的习惯。这些由资源、机会方面的共同利害关系所产生的合作关系也是强化地域共同体的重要因素。城市中虽然没有与此相似的合作关系，但在商业街之类的私营者集中的地方，也有许多由资源、机会方面的共同利益所产生的合作关系。正因如此，地域文化是一个与特定时空相联系的概念。费孝通用“乡土中国”这一概念类型来概括中国传统基层社会的特征。正是从乡和村这两个层面着眼的。“乡”是传统意义上的“乡民”，作为生存依托和保障的血缘—地缘共同体，乡民之恋乡是对其终身依靠的家、群体的依恋；而“土”是传统意义上的乡民最主要的谋生手段，在田里讨生活的农民是“黏着在土地上的”，生时的吃用从土地中来，死了也得“入土为安”。在具有几千年恋土情结的乡民眼里，离乡背井从来就是一种悲惨、愁苦的生活。这种“恋土”、“恋乡”的情结，决定了乡村俗民具有某种强烈的对所属血缘、地缘文化的归属感和认同感。

正是由于地域共同体的封闭性和稳定性，在传统乡村社会，各地域文化的区分也具有相对恒常性和稳定性的特征。毋庸置疑，在历史上，

① 民国《平阳县志》。

② 〔日〕富永健一著，严立贤等译：《社会学原理》，社会科学文献出版社 1992 年版，第 278—279 页。

浙江区域文化也受到了其他区域文化的影响，比如，后文将要表明，浙东儒学与中原儒学就存在着明晰的师承关系。浙江区域内的各地域文化也曾以商业贸易、讲学、访学、不同文化人群的杂处、官员的教化等途径，相互影响，相互融合。比如，明时学术中心在浙东，所以常有浙西学者跨江来求学的。因此，“尽管浙西在思想原创性上难以与浙东比肩，但在学术传承上，却仍有与浙东一脉相承的学派源流”。①但是，无论是商业贸易，还是讲学、访学、不同文化人群的杂处、官员的教化等，都只能在一定程度上使各种文化发生相互影响，却难以从本质上削平乡村社会各地域文化之间的差异。吉登斯曾经指出，“在前现代时代，对多数人以及对日常生活的大多平常活动来说，时间和空间基本上通过地点联结在一起。时间的标尺不仅与社会行动的地点相联，而且与这种行动自身的特性相联。”②依据吉登斯的理论，在传统社会，由于“本地生活在场的有效性”，时间和空间与地域性密切联系在一起，所以文化的地域界限当然十分牢固。近代以来，尽管像全国其他地区一样，浙江也经历了外来文化的剧烈冲击，经历了鸦片战争、辛亥革命、抗日战争、解放战争、工商业的社会主义改造运动、人民公社化运动、“文化大革命”等，但是，一直到改革开放以前，浙江文化的区域性特征仍然是十分鲜明的。正因如此，改革开放以来，浙江各地的经济社会发展，自然而然地呈现出了鲜明的地域文化个性。

当浙江区域社会被纳入到了市场化、工业化、城市化、对外开放与全球化轨道以后，这种情况才得以改变。市场化、工业化、城市化、全球化等的一个必然结果，就是地域社会的领域不断地扩大，农业社会关系的封闭性和累积性逐步地趋于弱化，由地域性所产生的共同关心也在日渐减少，“本地生活在场的有效性”日趋消失，空间的距离正在被缩小，地域文化的界限正在被填平。比如，地方戏剧在20世纪70年代末80年代初曾一度在浙江各地复兴，随后就伴随着电视剧、MTV、流行歌

① 钱明：《“浙学”的内涵与两浙的并进》，《浙东学派与浙江精神研讨会会议论文》，2005年3月16—17日。

② 〔英〕安东尼·吉登斯著，赵旭东、方文译：《现代性与自我认同》，三联书店1998年版，第18页。

曲等的兴盛而日渐衰落。地方语言虽然在浙江的相应地域仍然通行，但随着普通话的普及，其重要性已显著下降。在温州苍南龙港，自建镇以后，各地人口不断地聚集，由于彼此间操有不同的方言，相互之间交流很成问题，使得普通话的使用率达到60%左右。甚至存在夫妻双方属不同方言的家庭，家庭内部的沟通也只能依靠普通话。幼儿园和小学中学里提倡普通话，有些家庭的子女竟然不会当地方言，而只会普通话。①由于普通话的迅速普及，在2004年的杭州市人民代表大会上，有代表甚至呼吁政府必须对杭州话采取保护措施。一种在上海、北京、杭州等城市出现的建筑风格，不久之后，也会在宁波、温州、台州等城市见到，甚至会在浙江省的某一个小县城出现。与此同时，在传统社会中逐渐形成的富有地方特色的建筑风格在日趋消退。站在白堤上眺望杭州城，你会产生疑问：这是杭州，还是中国的其他某个港口城市？像皮尔·卡丹时装、可口可乐、麦当劳、肯德基、好莱坞电影、卡拉OK、肥皂剧、流行歌曲、超级女声、爵士乐、摇滚乐等流行文化，开始时可能诞生于中国的某个地方或外国的某个地方，但它们最终也会风靡于浙江的某些城市，甚至于风靡于浙江的某些乡村。北京的烤鸭、湖南菜、东北菜、川菜、鲁菜、陕西风味、兰州风味、清真风味，甚至意大利风味、法国风味、日本风味、美国风味等，在杭州、宁波、温州、嘉兴、湖州、台州、金华、丽水等地随处可以品味。另一方面，越来越多的浙江人的眼光从狭隘的、封闭的视野中摆脱出来，而把更遥远的地域范围作为自身的关注对象，对更遥远的地域出现的文化现象发生兴趣。在世界上某个城市举行的足球赛、篮球赛、排球赛、奥林匹克运动会以及伊拉克战争、阿富岸战争等等，对于众多当代浙江人来说，就如身边发生的事情一样关心。

这些都不仅意味着在当代浙江随着由地域性所产生的共同关心日渐减少，本地的生活在相当程度上已经成了全国性乃至于全球性的生活，远方发生的事情再也不像过去那样与自己完全不相关了，而且也意味着

① 朱康对：《来自底层的变革——龙港城市化个案研究》，浙江人民出版社2003年版，第134页。

浙江人心理空间的拓展。改革开放以来，愈来愈多的浙江人意识到了天地的广阔和世界的多样性，了解到了世界上还有这么多从未见过的“新鲜玩意儿”。数不清的先进产品、先进设备，高效率、快节奏、高工资、高福利的工作和生活方式，严格的科学管理，良好的生态环境，所有这一切，都使人眼花缭乱，也使人看到了天外有天，因而产生了不满足于现状、积极进取的心理。愈来愈多的人开始告别那种“在家千日好，出门一时难”，“金窝银窝不如自家的草窝”，“不见村后山，两眼泪汪汪”的心态，勇敢地闯向陌生的世界。浙江人正以一种博大的胸怀迎接现代化和经济生活国际化的潮流。

对于地域性的共同关心日渐减少，本地的生活在相当程度上已经成了全国性的和全球性的生活这种现代社会新现象，富永健一主要侧重于从城市化的角度予以阐释。他认为，由城市化而引起的地域范围的扩大和地理流动的增加，以及功能分化的进展和家庭与企业的分离，等等，可以被看作是现代社会地域共同体解体的主要原因；现代社会由于地理流动的增加，使重合的社会关系趋于中断，亲族关系的功能随着居住区域的隔离和相互行动频率的减少而减少了；在现代社会，没有地缘性关心的雇工在增加，这种合作关系逐渐地为地域行政组织所代替。这些现象都是与共同体的解体密切结合的。① 富永健一的上述观点，无疑具有坚强而合理的依据。当代浙江的现实，就是对它的最好的诠释。

需进一步说明的是，除了城市化以外，市场经济和经济全球化对地域文化“本地生活在场的有效性”的日趋消失，也扮演了极其重要的作用。在《传播研究》一书中，麦克卢汉提出了“全球村”的概念。按照他的看法，地球村犹如一个村庄，它既统一又矛盾，并经历过种种误解和敌对。世界各国文化在“世界市场”的基础上正在经历巨大的转型。这种转型既表现在各地区各民族经济文化的交流和合作上，也反映在媒介技术上。市场经济不仅是摧毁“一切万里长城”、“打破地方的和民族的自足和闭关自守状态”的力量，而且也是摧毁文化边界的一种

① 〔日〕富永健一著，严立贤等译：《社会学原理》，社会科学文献出版社 1992 年版，第 227—228 页。

无坚不摧的锐利武器。在这一意义上也可以说，当代浙江所出现的本地的生活在相当程度上已经成了全球的生活这种新现象，乃是浙江对外开放以及市场经济逐步扩展并溢出地域和国家界限即经济全球化的一种必然结果。本杰明·R. 巴伯认为，随着全球生产体系的形成，世界市场便不仅充斥着不同地区和不同国家的物质商品，如汽车、日用品等，而且也充斥着不同地区和国家的文化产品，如电影、电视、书籍等。因此，广泛地参与国内和国际经济的合作和交流，不仅意味着浙江区域经济资本超越地域的界限在全国乃至于全球的相互流动，而且也导致浙江各区域不受自然地理限制进行文化方面的自由交流。

在当今世界，经济全球化的过程同时也是一个信息全球化的过程，正如拉兹洛所说，“世界范围内的信息流动已成为公司全球化进程的主要驱动力”。① 而信息全球化正是由广播、电视、互联网等现代大众传媒的发展来推动的。早在20世纪60年代中期，麦克卢汉就以其独具的慧眼敏锐地观察到，大众传媒尤其是电视的广泛应用，将使世界上的每一个人都可以在几乎同一瞬间以同一图像被展示出来，从此，世界真正变成了一个地球村。正因如此，理解全球化对于当代浙江区域文化的影响，除了经济全球化以外，大众传播媒介的发展无疑也是一个必不可少的视角。

改革开放以来，伴随着浙江区域市场经济秩序的扩展，经济的迅猛成长以及日益融入全球经济网络之中，浙江区域大众传播媒介的发展，也迅速地形成了产业化的规模。2004年，浙江全省有省市级广播电台12家，省市级电视台12家，县级广播电视台66家，广播、电视人口覆盖率分别达97.56%和98.25%。近年来，浙江广播电视行业积极实施以网络化、数字化为重点的技术改造和重大基础建设项目。目前全省已建成广播电视网络15.46万公里，90%以上的乡镇和65%以上的行政村已实现光缆联网，立体传输覆盖网络日趋完善。在浙江的一些城市，随着技术的进步，还出现了各类传媒的汇流现象，即互联网与传统广电技术汇流，传媒业与电子信息汇流。比如，杭州网通整合了有线电视

① 〔美〕E. 拉兹洛著，李吟波等译：《决定命运的选择》，三联书店1997年版，第6页。

网，使有线电视节目从原来的25套增加到30多套，画面质量从3级提高到了4级，技术功能均达到了全国领先水平；采用了世界一流的宽带IP技术，开通了全国最大的城域以太网，实现千兆到小区、百兆到楼幢，十兆到家庭，现已将宽带接入网基本覆盖市区90%以上的居民楼，搭建了政府、行业、公共信息、远程教育等多种类型的专用网络。正是在上述背景下，大众传媒已经日益地植入了浙江城乡居民的日常生活之中。其中，最具典型的是电视。在浙江城镇地区，近年来电视机的更新换代大大加快，屏幕尺寸越来越大，几乎每家都有彩色电视机，不少家庭已拥有两台以上彩色电视机。浙江城调队的问卷调查显示，浙江城镇居民看电视的时间为2—3小时的人最多，占30%，看电视时间1—2小时的占28.5%，两者合计占58.5%。[①] 80年代末以来，随着电视的普及，电视已经迅速地占据了人们的文化生活空间。成千上万的浙江城乡居民自愿地聚集在自家的电视机前，毫无吝啬地把自己的闲暇时间，奉献给了这个被视为“侵入圣地的魔盒”的东西，并且无怨无悔地追逐着它，迷恋着它。

大众传播媒介的迅猛发展，无疑是当代浙江经济、社会和文化生活中超越地域局限的“远距作用”所以可能的重要前提。文化生产像其他形式的生产一样，依赖于一定的生产技术，这些技术既是文化生产力的一部分，又给特定时期的文化打上了深深的烙印。在结绳记事的年代，不可能产生微积分；在竹木简牍的年代，不可能诞生长篇小说；在手工作业、小规模生产的自然经济社会，不可能通过工业的方式复制大批量的文化产品。技术的意义有时是决定性的，不同的技术水平和不同的传播媒介将会改变既有文化的形态、风格以及作用于社会现实的方式和范围。正是在此意义上，麦克卢汉指出，“铁路带来的‘信息’，并非它运送的旅客，而是一种世界观、一种新的结合状态，等等。电视带来的‘信息’，并非它传送的画面，而是它造成的新的关系和感知模式、家庭

① 浙江城调队：《浙江省文化消费状况调查报告》，载陈立旭、连晓鸣、姚休《解读文化和文化产业》，浙江人民出版社2003年版。

和集团传统结构的改变。"[①] 与以往媒介（如口语媒介和印刷媒介）相比较，电子媒介这种现代社会的中心媒介具有以下特征：可表达性，它能承载思想和感情；记录的长久性，也即对时间的超越；快速性，即对空间的超越；扩散性，可以达到所有阶层、所有阶层的人群；可复制性，具有形成巨量符号制作规模的能力，这意味着文化艺术品不再是一次性的存在，而是可批量生产的。正因如此，本雅明指出，电子媒介的诞生，是文化的革命和解放，给多数人的文化带来了新天地。现代电子媒介的这些特性，使它成为现代文化扩散的有效载体。按麦克卢汉的说法，在电子媒介粉墨登场的背景下，全球已自我内爆，消除了时间和空间。书本文化所培植的个体化独立感，被人人都"深刻地牵涉每一个他人"的感觉所取代。电子媒介的迅猛发展，使全球公民都回到了一种共同的文化，这种共同的文化与口语社会的文化有许多相似之处。全球村已将等级、统一和个体化的印刷制作文化横扫于一边，取而代之的是一种更可触知的同步文化。"在电速的诸种条件下，学科主权的消失同民族主权的消亡一样快速。沉溺于从中心到边缘的机械而单向的扩张这样一些更陈旧的形式，与我们所处的光电世界已经是格格不入。光电不是使事物集中化，而是使事物非集中化。"[②] 电子媒介的快速便捷特征以及巨量的符号制作、传输功能，终于使文化的跨地域传播具有产业社会的节奏。

从上述意义上可以说，改革开放以来大众传媒的迅猛发展，改变了浙江城乡居民相互作用的时间与空间的参数。当代浙江城乡居民对于地域性的共同关心日渐减少，本地的生活在相当程度上已经成了全国乃至于全球的生活这种现象，在相当程度上是通过一种媒介化的经验而实现的。吉登斯把这种媒介化的经验界说为伴随着人类感官体验在时间上和空间上远距影响的介入。在吉登斯看来，口头文化和文字文化是传统和现代的一个分野。印刷技术带来的文化经验的变化是巨大的，在"全盛

① 〔加〕埃里克·麦克卢汉著，弗兰克·秦格龙编，何道宽译：《麦克卢汉精粹》，南京大学出版社 2000 年版，第 438 页。

② 转引自〔英〕尼克·史蒂文森著，王文斌译《认识媒介文化——社会理论与大众传播》，商务印书馆 2001 年版，第 191 页。

现代性”时期，典型的媒介是电子媒介，它可以把信息传递到世界上的任何一个角落。这就使远处的事件进入日常意识，遥远的事件也许和身边的事情一样熟悉，甚至比身边的事情更熟悉，它们被整合进个人经验的结构之中。电子媒介可以把经过商业化的文化生产机制加以大众化制作、改造之后的“地域文化”，进行远距离的传送，从而引起那些“不在场”地域居民的“共鸣”。广播、电视、电脑网络空间等，不仅向不同地域的人们灌输共同的情绪和情感，唤起不同地域人群的共同的感受性和共同的趣味性，进而扩大了不同地域人群共有的经验领域，而且打破了特定地域的本土文化的限制，使人们的听觉和视觉延展到了不同地域的文化圈之外。因此，毋庸置疑的是，随着大众传播媒介的发展，原先具有“本地生活在场的有效性”的地域文化已经趋于消解，从而地域文化界限逐渐变得模糊。吉登斯所描述的现象，无疑在当代浙江的现实中得到了相当充分的印证。

第二章　区域文化与浙江经济社会发展的精神动力

改革开放以来，伴随着经济体制转换、社会转型以及全球化的进程，浙江区域文化领域也发生了深刻的嬗变。一方面，与几千年的乡村社会以及改革开放以前的计划经济形成的传统相比较，当代浙江区域社会的价值观、人格结构、认知倾向、生活态度、处世哲学、社会动机以及日常行为模式的变化，可称“史无前例”。另一方面，文化不单纯是普遍接受的常识或被动的经验，而是一系列主动的介入，这样的介入不仅可以传递历史，也可能改变历史。浙江区域文化的嬗变，无疑也会对当代浙江经济社会的发展产生了重要的影响。在马克斯·韦伯的社会学体系中，社会生活有三个相互联系甚至相互重叠的层面：权威、物质利益和价值导向。在这三个方面中，价值导向与政治、经济制度之间虽然并不存在直接的决定关系，它与经济社会发展的关系有时是直接的有时是间接的，但价值观念仍然是影响经济社会发展的一个重要因素。按照新制度经济学的观点，包括非正式制度即文化在内的制度选择会强化现存制度的刺激和惯性，因为沿着原有制度变迁和经济发展的路径和既定方向前进，总比另辟蹊径要来得方便一些。道格拉斯·C. 诺斯也指出，我们社会演化到今天，我们的文化传统，我们的信仰体系，这一切都是根本的制约因素。我们仍然要考虑这些制约因素。毋庸置疑，改革开放以来，浙江经济社会的发展打上了深刻的区域文化烙印，呈现出了鲜明的区域文化特色。从本章开始，将对这一问题进行讨论。

一、问题的缘起

改革开放以来，浙江经济社会取得了迅猛的发展，经济总量和综合实力迅速上升，经济社会结构发生了深刻的变化，社会事业全面进步，发展的协调性逐渐增强。经济总量由改革开放以前的全国第14位跃居全国第4位，仅次于广东、江苏和山东。城镇居民人均可支配收入和农村居民人均纯收入分别由1980年的全国第9位和第8位上升到均居全国各省市第3位，其中农村居民人均收入自1985年开始已连续20多年居全国各省区之首。2004年，浙江生产总值突破万亿元大关，达到11243亿元，人均GDP23942元，为全国人均的2.39倍；财政总收入1424亿元，其中地方财政收入806亿元，调整出口退税因素后为1805亿元和901亿元。2005年，全省外贸进出口总额1074亿美元；城镇居民人均可支配收入16294元；农村居民人均纯收入6660元。在收入快速增长的同时，城乡居民恩格尔系数分别从2000年的39.2%和43.5%下降到2005年的33.8%和38.6%；城乡居民居住条件不断改善，2005年，城乡居民人均居住面积分别达到26.1平方米和55平方米。2005年，全省生产总值13340亿元，人均生产总值28160元，超过3400美元；财政总收入越过2000亿元。据瑞士洛桑国际管理学院2005年全球竞争力报告，浙江省在被评价的国家和地区中，名列第20位，被评为效力提升最快的地区之一。

改革开放以前，浙江区域基本上是一个农业人口占大多数的乡村社会。2005年，浙江农村全面小康社会实现程度达到64%，仅次于上海、北京、天津，连续三年居全国省区第一。根据国家发改委和国家统计局公布的2005年全国社会发展水平综合评价指数评估，浙江省社会发展综合水平位列全国第3位，仅居上海、北京之后，超过广东和天津。浙江全国百强县数量2003年、2004年、2005年分别达30个，并连续六年位列全国第一，全省没有一个贫困县。改革开放以来，随着经济的迅猛增长，浙江区域发生了千古未有的社会大变局。从计划经济体制向市场经济体制的转变以及随之而来的工业化、都市化、大众传播的发展，对传统的乡村社会构成了革命性的冲击。浙江区域社会真正地走上了从自然经济社会到商品经济社会、从农业社会到工业社会、从封闭半封闭社会到开放社会、从乡村社会到城市社会、从伦理型社会到法理型社会转变的“转型期”社会。

当代浙江区域经济社会所发生的千古未有的大变局，是在一个并不优越的自然社会环境下起步的。浙江陆域资源贫乏，人均耕地不到全国人均耕地的一半；改革开放以前农业比重大，工业基础薄弱；国家投资和引进外资都不多，改革开放以来也未享受过国家的特殊优惠政策。浙江经济社会现象的“奥妙”究竟在哪里？要回答这个问题当然必须考虑制度变量这一因素，因为当代浙江经济社会发展与体制变迁或制度创新密切相关。改革开放以来的经验现象表明，浙江既是一个富于制度创新冲动的地方，也是一个制度创新的“多发”地区。乡镇企业、个体私营企业、股份合作制企业以及专业市场等经济领域的制度创新体现了这一点，民办教育、自筹资金修路、民主恳谈、“不靠输血，自己造血”的城镇化模式等社会领域的制度创新也体现了这一点。正是改革开放以来制度创新的“多发”性，使浙江区域经济社会发展模式呈现出了自身鲜明的特征。当代浙江的经济社会发展道路，既不同于以发展乡镇企业为主的“苏南模式”，也不同于以引进外资和发展外向型经济为主的“广东模式”。十一届三中全会以来的浙江经济社会发展道路，既显著地体现了新制度经济学所谓“诱致性”的特征，也鲜明地呈示了哈耶克所谓“扩展秩序”的特征，并产生了良好的经济社会绩效。正因如此，从某种意义上说，当代浙江经济社会发展良好绩效，似乎可以归结为制度创新上的成功。然而，需要进一步探究的问题是：为什么浙江是一个制度创新的“多发”地区？

如何对这一问题进行解答？社会学巨子帕森斯曾经指出，在解释经济社会变迁现象时，任何单因论的学说都是幼稚的。他认为任何因素都与其他因素存在着相互依赖的关系。在这一点上，马克斯·韦伯显然要比许多学者更加小心而高明，他就不是一个单因论者。韦伯主张一种多因素的弹性解释体系，即不仅考察各种制度结构、物质因素和文化因素对社会的独立影响，而且从一定时空条件下的价值体系与其他制度化的结构交互作用来看它们的整体社会影响。他对资本主义兴起原因的讨论，就体现了这种研究思路。韦伯并不是仅仅从功能契合的角度来论证“新教伦理”和“资本主义精神”的关系的，而是从发生学的角度——考察了导致资本主义在西方兴起的历史背景。虽然韦伯对于当时的主流学术界仅仅从物质的层面去阐述资本主义起源表示了不满，但同时他又声明：“我们仅仅尝试性地探究了新教的禁欲主义对其他因素产生过影响这一事实和方向；尽管这是非常重要的一点，但我们也应当而且有必要去探究新教的禁欲主义对其他因素产生过影响这一事实和方向；尽管这是非常主要的一点，但我们也应当而且有必要去探究新教的禁欲主义在其发展中及其特征上又怎样反过来受到整个社会条件，特别是经济条件的影响。一般而言，现代人，即使是带着最好的愿望，也不能切实看到宗教思想所具有的文化意义及其对于民族特征形成的重要性。但是，以对文化和历史所作的片面的唯灵论因果解释来替代同样片面的唯物论解释，当然也不是我的宗旨。每一种解释都有同等的可能性，但是如果不是作作准备而已，而是作为一次调查探讨所得出的结论，那么，每一种解释不会揭示历史的真理。”①

毋庸置疑，在自己的研究中，马克斯·韦伯比较彻底地贯彻了多因素的弹性解释方法。在比较宗教研究中，韦伯及后来学者的分析都说明了各种文化均包含着导致经济增长和衰退的种子。在新教、天主教、儒教、佛教、印度教、犹太教及各种穆斯林教的文化中，都可以发现经济迅速增长和完全停滞的例子，这取决于经济制度环境究竟有利于每种文化中哪些特性的发展。针对“制度论”和“文化论”都只是从一个层面上解释了东亚经济社会发展的条件而未能从整体上把握这一地区经济社会发展的原因这种现象，金耀基也指出：“我们在解释经济发展这样复杂的经济现象时，实无须也不应该在‘文化论’与‘制度论’之间强作选择，也即制度论与文化论的观点都是不能偏废的，二者实际上是

---

①〔德〕马克斯·韦伯著，于晓、陈维纲等译：《新教伦理与资本主义精神》，三联书店1987年版，第143—144页。

互为补充，而非互相排斥的。”①

接受韦伯“弹性解释体系”及其他学者观点和方法论的引导，我们也许可以提出一种较为合理的解释：导致浙江成为制度创新的“多发”地区，从而出现经济社会迅猛发展的原因是多方面的，既有政治的、经济的因素，也有文化的因素。近年来，学者已从政治、经济等层面作了大量的考察，这些考察可谓新见迭出。本书欲在已有的理解层面之外增加一个理解层面。也就是说，想在学者已有研究的基础上试图重点探讨：在浙江区域制度创新和独特的经济社会发展道路形成过程中，区域文化因素究竟产生了什么作用？只有将文化的阐释和经济的阐释、政治的阐释以及其他的阐释结合起来，才可能对于浙江区域制度创新的多发性和经济社会的迅猛发展现象，有一种比较全面的理解。这是因为，在现实世界中，文化的重要性难以低估。人们的日常生活，时刻都发生、发展在特定的文化氛围和社会情景之中，每个人的行动事事处处都受到文化的内在指引和制约。从这个意义上可以说，文化是社会生活的内在构成性因素，是任何社会行动不可或缺的条件。因此，如果离开了文化社会学的视野，对于当代浙江区域的制度创新和经济社会现象的阐释，就至少会被认为是不充分的。

毋庸置疑，研究当代浙江制度创新和经济社会发展与区域文化的关系问题，韦伯关于某些民族或地区合理资本主义为什么发生以及另外一些地区或民族合理资本主义为什么不发生的学说，以及后来学者关于儒家伦理与东亚现代化关系的理论，新制度经济学将约束人类经济生活的条件区分为正式制度安排与非正式制度安排、认为正式制度安排只有在社会认可即与非正式制度安排或可以被统称为文化的东西相容的情况下才能发生作用等观点，都可以作为有价值的参照系。除此以外，文化社会学理论、文化人类学理论、经济社会学理论等，也可以提供理论和方法论上的重要启示。

① 参见金耀基《儒家伦理与经济发展：韦伯学说重探》，载张文达、高质慧编《台湾学者论中国文化》，黑龙江教育出版社 1989 年版。

二、当代浙江区域发展模式的特征

改革开放以来，浙江现象的基本特征可以概括为“民间诱致”和“政府增进”的制度创新与经济社会发展模式。“民间诱致”和“政府增进”的制度创新与经济社会发展模式，是一个自下而上和自上而下相结合的过程，既需要政府在政策上给予松动（取消限制性政策），也需要民众在制度不均衡产生的获利机会面前，根据预期收益与成本的比较作出主动的选择。“民间诱致”和“政府增进”的制度创新与经济社会发展模式之核心，是自发和内生的制度创新和经济社会发展，带有强烈的自组织特征，其动力来源于民间力量。也就是说，在浙江，市场的力量、民间的力量起着自组织的作用，政府起着促进性和辅助性的作用。恰恰是这一特点区别于以政府（尤其是乡镇政府）强干预为特征的苏南模式。这种“民间诱致”和“政府增进”的制度创新与经济社会发展特点的形成，无疑是与浙江民间自主谋生和自主创新这种文化精神分不开的。强烈的自主谋生意愿和自主创业意识，是浙江区域文化精神的显著特征。改革开放以来的历史证明，它对于浙江的制度创新和经济社会发展产生了十分积极的作用。如前所述，浙江人较少地依赖于政府和行政长官而更多地诉诸个人的奋斗与社会个体间的协作，来改善自身的生存和生活条件；浙江外出经商务工者众，其中绝大多数自主经营，自担风险，是或大或小的老板族。这些现象，都体现了浙江人自主谋生意愿和自主创业的精神。而改革开放以来浙江专业市场的兴起，个体私营经济、股份合作经济的迅猛发展，一乡一品、一村一品特色经济的崛起，全国各地“浙江村”、“浙江街”、“温州村”的形成和自筹资金建设城镇（“全国农民第一城”龙港镇是典型代表）、旧城改造资金自我平衡，乃至于台州温岭等地的民主恳谈会、民办教育等，也都更充分地显示了浙江民间自主谋生和自主创业的精神。在某种意义上也可以说，自主创业精神乃是当代浙江制度创新和经济社会发展的精神动力。

1. 政府增进与区域制度创新和经济社会发展

毋庸置疑，在浙江的制度创新和经济发展的过程中，“政府增进”

的特征是十分明显的。改革开放以来，浙江各级政府不仅为广大人民群众的制度创新和经济活动提供了相对宽松的政策环境，而且也为他们的制度创新活动和经济活动提供了必要的组织协调和保护。如1979年台州制定了社队企业发展规划，这些着眼于发展集体经济性质的政策在各级政府执行的过程中，并没有过多地强调和限制各类经济主体的性质，从而导致多样化性质的经济主体如雨后春笋般地涌现在台州民间；1979年台州地方政府就开始放宽对农产品的管制，并实行国有、集体、个体一起上的政策；早在1980—1982年，台州地方政府就对国有企业与城镇集体企业进行了扩大自主权的试点。在农村股份合作制度创新过程中，浙江各级政府对这种新的经济形式给予了恰当的扶持。在股份合作制刚刚产生时采取“看一看”（不干预），到发展期“允许试”，发展到推广中“大胆干”。在全国股份合作制萌芽较早的地区——浙江的台州和温州，各级政府解放思想，积极支持股份合作制企业的发展，出台了一系列与之相配套的政策措施。如1986年10月，台州黄岩县委、县府颁发了《关于合股企业的若干政策意见》，这是全国第一个由地方政府颁发的关于股份合作制企业的系统的文件，该文件从政府政策上明确肯定了股份合作制企业集体经济的性质，并给予同集体企业同等的待遇。1987年，在许多人还对股份合作制心存疑虑之时，台州地委召开各县市和地区各部门负责人会议，进一步统一思想，提出了“取宁温之长，走自己之路”，大力发展股份合作经济的政策，并颁发了对股份合作企业实行“鼓励、支持、引导、管理”八字方针以及与之相配套的税收、贷款等一系列政策规定。1987年，温州市政府颁布《关于农村股份合作企业若干重要问题的暂行规定》，开始对股份合作经济进行规范化建设。在台州、温州各级政府的积极支持下，两地的股份合作制企业获得了迅速的发展。

浙江专业市场的发展就更有说服力了。在浙江专业市场制度创新和市场大省成长过程中，一方面，浙江省各级政府对这一新生事物给予了必要的政策支持。尽管最早出现的专业市场大多都是民间自发形成的，但是浙江各地多数的专业市场的成长史表明，如果没有政府部门，主要是地方政府部门的有力支持，专业市场要迅速成长壮大，发展成为有影响力的大规模专业市场是不可能的。绍兴中国轻纺城的发展史证明了这一点。绍兴中国轻纺城的原型最早是由当地乡镇企业自发形成的“布街”，在其发展成现在这样大规模专业市场的过程中，先后进行了四次大规模扩建、改建工程，每次工程都是在市县政府的积极支持下进行的，这些支持包括直接投入地方财政资金和提供银行贷款，也包括在土地的征用、交通设施、通讯设施、电力设施等基础设施的建设和供给方面提供了帮助。[①] 另一方面，在浙江专业市场制度创新和市场大省成长过程中，浙江省各级政府也进行了一定程度的引导和规范。如浙江省较早实行了市场的管办分离，在义乌等很多市场都要求经营者明确标价并设有投诉和仲裁机构。此外诸如行业协会、消费者协会、公证、审计和律师事务所等机构的建立在一定程度上也都起到了创造公平竞争环境、规范市场交易秩序的作用。在1993—1998年五年间，浙江省共制定、批准地方性法律及有关法律问题的决定共157件，其中属于经济方面的法规79件。在这一过程中，各级地方政府也制定了大量适应本地实情的法规，如1994年温州市人大制定的《温州市质量立市实施法》等都是很好的例子。这些地方性法律制度的建立，都为专业市场制度的兴起以及市场经济体制的正常运行提供了根本的制度保障。[②]

2. 民间诱致与区域制度创新和经济社会发展

浙江制度创新和经济发展上的“政府增进”总是以“民间诱致”为基础的。与“政府增进”相比，“民间诱致”显然更能体现浙江模式的特色。与强制性制度变迁是通过政府命令和法律引入与实施相区别，诱致性制度变迁指的是对现行制度的变更或替代，或者是新制度安排的创造，它通常由个人或一群人，在响应获利机会时自发倡导、组织和实行。具体而言，诱致性制度变迁的特点可概括为：（1）赢利性。即只有当制度变迁的预期收益大于预期成本时，有关群体才会推进制度变迁。（2）自发性。诱致性制度变迁是有关群体（初级行动团体）对制度不

① 参见陈建军《中国高速增长地域的经济发展——关于江浙模式的研究》，上海三联书店2000年版，第336—337页。

② 参见盛世豪、徐明华等《浙江经济社会发展若干问题研究》，浙江人民出版社1999年版，第60页。

均衡的一种自发性反应，自发性反应的诱因就是外在利润的存在。(3) 渐进性。诱致性制度变迁是一种自下而上，从局部到整体的制度变迁过程。制度的转换、替代、扩散都需要时间。从外部利润的发现到外部利润的内在化，其间要经过许多复杂的环节。①

"民间诱致"的浙江模式，本质上是一种市场解决模式、自发自生发展模式和自组织（self-organizing）模式。政府的作用虽然重要，但仅仅是促进性、辅助性、倡导性、主持性的。卡尔·门格尔认为，在自发自生发展模式中，占据主导地位的社会制度一开始并不是由某些行为个体进行协商之后形成的带有意图性的结果，而往往是源于一大群人的非意图性行为。门格尔指出，所有个体行为的汇总会自发地形成合作性协调行为，这将有利于社会中的每一个人。而且，如果社会管理与行为规则能够保持稳定并得到每一个社会成员的遵守，那么，整个社会将形成一种普遍的秩序。

哈耶克秉承了这一思想，他认为，社会秩序在很大程度上是自然进化的结果，也就是说，是"自组织"、"自组织系统（self-organizing systems)"或者"自我生成系统（self-generating systems)"。这些概念来源于控制论，指的是系统内部的力量的互动创造出一种"自生自发的秩序(spontaneous order)"，这种自生自发秩序源于内部或者自我生成的，有别于另一种由某人通过把一系列要素各置其位并且指导和控制其运动的方式而确立起来的人造的秩序、人为的秩序、建构的秩序或者建构(construction)。最典型的自发秩序是有机体的自发秩序。哈耶克认为，自发秩序不是某个人或某些人设计的产物，但属于人类行为的产物。在他看来，人为的秩序或一种受指导的秩序可以称作一个"组织（organization)"，它来自外部，是一种"外部秩序（taxis)"，从而区别于自生自发的、源自内部整合的"内部秩序（cosmos)"。哈耶克区分了自发秩序的两种类型，一种是规则系统，如道德、法律和其他规则系统，一种是行动结构，如市场中生成的经济秩序。二者具有不同的演化方式，前

① 参见卢现祥《西方新制度经济学》（修订版），中国发展出版社 2003 年版，第 110 页。

者是在一个非规定的环境中发生的，其发生不依据任何演化规则，也是人的理性所不及的。后者是在一个规定的环境中展开的，其演化是依据某些规定和理性的。按照哈耶克的理论，可以将“民间诱致”的浙江模式视为一种“自发自生发展模式”和“自组织模式”，这种模式是在自然演化过程中逐渐形成的，很多行为个体都对这种自然秩序的形成作出了贡献。

“民间诱致模式”或“自发自生发展模式”、“自组织模式”的制度变迁的一个重要前提，就是从事制度变迁的有关群体具有强烈的自主谋生意愿和自主创新、自主创业意识，而浙江民间恰恰鲜明地呈现了这种文化精神。比如，从1979年开始到1982年春，浙江许多地方就已初步建立了联产承包责任制（而全国则完成于1984年），这是浙江民间出于强烈的自主谋生意愿而对制度不均衡作出的一种先于全国的自发性反应。改革开放以来浙江各地星罗棋布的专业市场，也不是某个人或某些人预先“设计”的结果，而是“自发自生”地兴起的，不是源于某人通过把一系列要素各置其位并且指导和控制其运动的方式而确立起来的人造的秩序、人为的秩序、建构的秩序或者建构，而是源于一大群人的非意图性行为。

义乌中国小商品城的演化过程，就是浙江专业市场“自我生成”的一个缩影。据陆立军、白小虎、王祖强的描述，在20世纪70年代末，义乌非正式小商品市场开始与定期的集市贸易市场分家。县城稠城镇虽然不是“敲糖帮”的发源地，但由于其特殊的地理位置和县域政治经济中心的地位，是小商品市场较为理想的地方，最初在县城沿街叫卖的是少数几个老汉。随后吸引了一大批具有强烈谋生意愿的人的加入，仅半年时间，稠城镇县前街的摊贩增加到了100人。这时的小商品市场已由地下转入半公开状态，有了固定的地点，聚集在县前街、北门街。摊位数直线上升，一发不可收拾，以至于严重影响了市容。工商管理部门多次奉命驱赶，但未能奏效。这些摊主的装备简单，还有一部分是提篮小卖，灵活机动，万一被抓获、没收，损失也不太大，严抓、严赶根本无法平抑摊主自主谋生的强烈冲动。在当时，有形市场只是为交易双方提供一个集中寻找伙伴的场所而已。主管部门既无法驱赶摊主，也无法进行有效管理、按照正常的市场管理办法收取市管费和税收，双方玩起了“猫捉老鼠”的游戏。但这种游戏长期玩下去也不是解决问题的办法。既然禁止的做法难以奏效，小商品市场本身也不会对社会造成危害，与其关闭，倒不如顺其自然，开放小商品市场。经过反复讨论后，义乌市政府终于在1982年8月宣布，正式开放“稠城镇小百货市场”。① 而这正是“中国小商品城”的前身。浙江多数专业市场的兴起，都经历了与此相类似的“自我生成”的过程。即一开始是在浙江的许多城镇兴起了“马路市场”，当时，这些市场是非法的，称为“黑市”，政府部门一般都会试图通过“禁、堵、赶”等办法取缔这些市场，还专门设立“打击投机倒把办公室”。但一般来说“禁、堵、赶”都会以失败而告终。这些市场无法取缔的事实教育了当地干部，于是由“禁、堵、赶”而转为“疏”和“导”，往往先是采取“不公开同意，不明文禁止”的模糊政策，而后又选择“明文允许且鼓励发展”的政策，这些原先的“黑市”，终于发展成为具有一定规模的以小商品、日用商品等为主的专业市场。这种过程无疑是“民间诱致”或“自发自生”、“自组织”的，而其精神动力，也是民间强烈的自主谋生意愿和自主创业的意识。

浙江个体私营经济的发展历程，尤其鲜明地体现为一种“自我生成”、“民间诱致”的特点。即使在计划经济严格管制尤其是“割资本主义尾巴”的时代，浙江许多地方已经自发地产生了家庭经营经济的苗头。20世纪80年代末，伴随着改革开放的浪潮，浙江温州、台州、金华等地的个体私营经济作为历史传统的翻版应运而生。这种自发形成的个体私营经济一开始也是处于“地下”的隐蔽状态。如在改革开放初期的温州和台州，绝大多数个体经济和私营经济是采取挂靠方式或“戴红帽子”的方式，即挂集体企业的牌子。尽管“姓社姓资”的争议一直没有停止过，但浙江的个体私营经济却一直在民间自发力量的推动下，不断地成长。而政府部门对待个体私营经济，也经历了从“不公开同意，不明文禁止”的模糊政策到向“明文允许且鼓励发展”的政策转

① 陆立军、白小虎、王祖强：《市场义乌——从鸡毛换糖到国际商贸》，浙江人民出版社2003年版，第37—39页。

变的过程。这种转变的过程，虽然是与国家宏观政策的松动相一致的，但不是一种人造的秩序、人为的秩序、建构的秩序或者建构。推动这种转变的最强大的动力，显然来自于浙江民间，来自于浙江民间强烈的自主谋生意愿和自主创业的精神。

浙江各地股份合作制的孕育和发展，也具有“民间诱致”的自组织特征。股份合作制脱胎于浙江温州、台州农村传统的“合伙经营”和“打硬股”。20世纪70年代末，温州、台州等地的农民在人多地少的压力下，纷纷到非农领域寻找出路，而办厂所需的资金往往不是单户农民所能承担的。随着非农产业的发展和市场竞争的加剧，温州、台州等地的农民为适应自身发展需要和克服家庭组织难以适应扩大生产规模的弱点，迫切需要一种新的产权制度安排来发展生产要素的联合和重组，协调由资产联合、重组形成的新的经济关系。在此情况下，温州、台州等地的农民表现出了强烈的自主创新的意识。他们曾尝试过合伙制即联户办企业和雇工来扩大家庭生产规模，但由于前者资产联合上松散和无限责任连带，后者的政策性制约及劳资关系难以融洽，都未能发展为家庭经济进一步成长的普遍形式。在此情形下，台州的农民亲帮亲、邻帮邻，以“平等自愿”的原则，办起了“自筹资金、合资合劳、利益共享、风险共担”的新型的股份合作制企业，实现了个人财产的私有共用，并使之演化为家庭经济尤其是在非农领域内进一步发展的主要经济形式。在这个过程中，民间自发的力量无疑起着主要的作用，政府的作用虽然重要，但这种作用是促进性的、辅助性的、倡导性的、主持性的。浙江各地的股份合作制也是一种“民间诱致”的模式，本质上是一种市场解决模式、自发自生发展模式和自组织模式。

自主谋生和自主创业的区域精神，事实上，不仅仅表现于改革开放以来的经济领域，也广泛地渗透到了浙江区域的其他社会领域。在20世纪80年代，浙江的城市化水平远远低于全国城市化的平均水平。在国家财政投入捉襟见肘的情况下，浙江各地出现了由农民自理口粮进城，自己集资建成镇的潮流。比如，乐清北白象镇就曾集资1亿元，把全镇翻新。类似的还有瓯海的永中镇、乐清的柳市镇，等等。而龙港农民城的兴建更是农民集资兴建一个城镇的典型代表。[①] 1988 年，温州市第一批民间商会——温州市三资企业联合商会、食品工商企业同业工会、百货同业商会成立。由此起步，温州民间商会已经走过了10 多年的发展历程，现在已经巍然成林。温州民间商会乃是新崛起的地方治理主体，是温州民间自主创业和自主创新精神的一种必然结果。正是民营经济自我保护和发展的需要直接催生了民间商会。民营经济的自我保护需求是内生的、本能的、自发的，其本质是需要形成一个“行业代言人”，以代表行业的整体利益，协调行业内外的各种社会关系。在温州经济社会的发展过程中，温州民间商会发挥了独特的作用。主要有：组织和服务功能，办成了许多单个企业想办而又难以办成的事；协调功能，“开展行业自律，规范同业竞争，协调内外关系，解决矛盾纠纷”，承接了一些政府做不到、做不好或不便去做的事；在中国已经加入WTO后，各种反倾销、反技术壁垒、反补贴的贸易战已经陆续打响的背景下，发挥解决贸易争端、参与和促进国际合作、开辟获取国外知识技术和资金的新渠道、以民间渠道和方式对国际经济决策施加影响、参与各种非官方的国际经济活动和事务等功能。改革开放以来浙江的许多基层民主政治新举措，如台州的基层民主恳谈活动、金华的政务公开、余杭干部报酬民主评议、镇海村务决策听证制、奉化重大事务公决制、武义村务监委会、枫桥多方参与共同维护社区和谐秩序、嘉兴预算外资金“四统一管理”、杭州市长公开电话、天台效能网，等等，既是地方政府发挥促进性、辅助性、倡导性、主持性作用的结果，也是民间“诱致”所使然，同时，也是民间自主创业和自主创新精神的鲜明呈现。

三、计划经济边缘与民间诱致的精神动力

正是诸如上述浙江民众的不断的自主创业活动，才使浙江在经济社会领域取得了显著的绩效，使浙江成为制度创新的“多发”地区，并有

① 温州学者朱康对曾经对龙港城市化个案作了深入的研究，参见朱康对《来自底层的变革——龙港城市化个案研究》，浙江人民出版社 2003 年版。

力地增强了浙江经济社会的活力。浙江民间为什么具有较强烈的自主创业意识以及制度创新和发展经济的冲动？对任何个人来说，创业是一项关系重大的决策。创业意味着创业者从此要承担财务的、精神的和社会的巨大风险，所以，它将对一个人的一生产生极其重大的影响。创业需要创业动机、创业热情，而创业动机和创业热情总是在一定的经济社会氛围中得以孕育。一个国家和地区民众创业动机、创业意愿的强弱取决于政治、经济等多种因素，但文化背景无疑是一个十分重要的因素。创业动机和创业热情是在一定的文化氛围中得以孕育和强化的。对于人类而言，文化的影响是十分巨大的。现象学者舒茨认为，社会文化、社会知识是由各种可以被形象地称之为“社会菜谱”（social recipe）的常规和惯例——即在特定条件下典型的、被大家所熟悉的做事方式——所组成的。这些常规或惯例使人们能够按照某种共同理解的逻辑来对事物进行分类、解决问题、承担社会角色、传播以及在不同的情境下采取得体的行动。谈判、结婚、宗教仪式、子女教育和买卖等各种社会行为都是按照这些社会“菜谱”来进行的。[①] 文化使社会有了系统的行为规范，给社会成员提供了判断对与错、美与丑、合理或不合理等的尺度和行动的蓝图。文化可以有效地影响个人的人格，人们总是社会按照文化规范的要求与期望来塑造自己的，文化给人们一个预测他人行动的准绳，进而可以修正自己的行动。正因为文化具有如此重要的社会功能，所以不同的文化背景尤其是人们不同的价值观，就决定了人们对于创业行为的不同态度以及对创业成功价值的不同评价，从而使得不同国家和地区的民众在创业动机强烈程度上，也会表现出显著的差异。一般来说，在一个鼓励创业、创新、冒险、竞争以及容忍失败、以成就、公正、公平为取向的社会文化氛围中，人们往往具有比较强烈的创业意愿，而在一个轻视创业的价值、贪图安逸、惧怕风险、不求进取、不敢冒尖，对创业行为采取不鼓励、不宽容，甚至创业失败就会受人耻笑的社会文化氛围中，人们的创业动机必然会很弱。因此，研究改革开放以来浙江民间为

---

① 参见〔美〕史蒂芬·李特约翰著，史安斌译《人类传播理论》，清华大学出版社 2004 年版，第219—220 页。

什么具有较强烈的自主创业意识，需要从研究浙江人得以生存的社会文化环境入手。

1. 一个需要澄清的问题

(1) 儒家文化的中心或边缘区域

无可否认，强烈的自主谋生意愿和自主创业精神，与具有浓郁浙江地域特色的古代文化传统存在着一定的联系。当然，这种联系在何种意义上发生，仍然是一个值得进一步细究的问题。近年来，在探讨浙江现象的文化因素时，一些学者认为，儒家文化是不利于经济发展的，而浙江是一个相对于中原儒家文化中心的儒家文化的边缘区域，这种边缘性的文化特点意味着浙江人较少受传统主流文化的束缚，从而有助于浙江人进行自主创新活动。但是，这个观点是大可疑问的。诚然，根据一种文化社会学的观点，边缘有助于文化创新。中心文化与边缘文化的共时存在意味着两者具有此消彼长的关系。E. 希尔斯认为："对社会中心所提供并力图推行的传统的抵制有多种形式。有时它产生于与敌视仅一步之遥的麻木不仁，主要倒不是对传统的实质内容，而是对其权威性的表现方式和来源的麻木不仁。麻木不仁可能也是不能胜任及对传统内容绝对不感兴趣的结果。"① 边缘文化的存在，意味着中心文化的淡出，证明了中心文化传播的有限性，呈现出中心文化影响的衰减状况。正因如此，在一定意义上，文化边缘地带有利于文化创新，同时，由于可以对各种文化模式进行比较，文化边缘地带能相对容易地吸收多种文化营养，因而有许多边缘地区往往会形成后发效应，出现经济社会发展快于原有文化中心地区这种现象，这可以从古今中外众多的历史事例中得以证明。

然而，尽管边缘有利于创新，但断定浙江是一个相对于中原儒家文化中心的儒家文化的边缘区域，这仍然是一个令人难以置信的结论。恰恰相反，至少自两宋以来，浙东地区就已成为全国学术文化发展的一个重要区域。如杨念群所说，"与湖湘的封闭、岭南的偏远有所不同，江

① 〔美〕E. 希尔斯著，傅铿、吕乐译：《论传统》，上海人民出版社 1991 年版，第 341 页。

浙一隅随着经济文化区域的大面积南移，已逐渐成为南宋以后历朝帝国的‘文化轴心’。尽管随着永乐皇帝朱棣迁都北京，使‘政治轴心’与‘文化轴心’聚合于南方的隆盛局面消失，江浙区域却始终没有丧失其‘文化重心’的优势地位”。[①] 两宋以来尤其是宋室南渡以来，随着全国政治文化中心的南移，浙江各地可以说学者辈出，儒学之风颇盛，其中尤以婺州、温州、明州三地最为突出。这些地区都产生了对全国有重要影响的区域性儒学流派，如金华学派、永康学派、永嘉学派以及传播陆学的“甬上四先生”。此外，朱学在浙东也传播甚广。明代时，在浙东又形成了程朱理学之后最重要的中国儒学流派，即阳明心学。黄宗羲曾说，“宋之南也，浙东儒学极盛”。[②] 全祖望也说，浙东“自宋元以来，号为邹鲁”。[③] 而东南又以浙东的宁绍地区为盛。

事实上，宋元以来，不仅浙东已成为全国学术思想的重镇，而且浙东儒学也不是儒学的旁门左道，而是与被视为儒学正宗的中原儒学具有十分密切的师承关系。何炳松指出，“所谓浙东学派实在就是程氏的嫡传”。[④] 他认为，南宋时浙东学派实际有永嘉和金华两支，而永嘉一支的起源比金华一支为早，其承继程氏的学说亦比较金华一支更为直接。孙冶让指出：“宋元丰间作新学校，吾温蒋太学元中、沈彬老躬行、刘左史安节、刘给谏安上、戴教授述、赵学正宵、张学录炜、周博士行己，及横塘许忠谏公景衡，同游太学。以经明行备知名当世。自蒋赵张三先生外皆学于程门，得其传以归，教授乡里。永嘉诸儒所谓‘九先生’者也。”[⑤] 按照孙冶让之说，永嘉诸儒所谓“九先生”中至少有六人即沈躬行、刘安节、刘安上、戴述、周行己、许景衡等，“学于程门，得其传以归”。而全祖望则认为，当时除上述六人以外，还有鲍若雨、潘闵和陈经正、经邦两兄弟都曾“从程氏游”。在永嘉的程门弟子中，许景

① 杨念群：《儒学地域化的近代形态——三大知识群体互动的比较研究》，三联书店1997年版，第269页。

② 黄宗羲、全祖望：《宋元学案》卷49《晦翁学案下》。

③ 《全祖望集汇校集注》上册，上海古籍出版社2000年版，第243页。

④ 何炳松：《浙东学派溯源》，广西师范大学出版社2004年版，第148页。

⑤ 许景衡：《横塘集》跋。

衡和周行己两人又可以被称为介绍程学入浙的始祖。正如宋末楼钥所说，“伊洛之学，东南之士自龟山杨公时、建安游公酢之外，惟永嘉许公景衡、周公行己数公亲见伊川先生，得其传以归。中兴以来言理性之学者宗永嘉。”[①] 全祖望也指出，“伊川讲学，浙东之士从之者自许景衡始”。[②] 又说，“周行己游太学时，新经之说方盛，而先生独自西京从伊川游。持身坚苦，块然一室，未尝窥牖。”[③] 可以说，自“九先生”以后，永嘉伊川之学出现了相当兴盛的景象。南宋初年，永嘉“伊洛之学几息”，“永嘉九先生之绪且将衰歇”，郑伯熊等力挽狂澜，使伊川之学统得以中兴和光大，“《浙江通志》称郑伯熊邃于经术。绍兴末伊洛之学稍息，伯熊复出而振起之。刘埙《隐居通义》亦谓伯熊明鉴天理，笃信固守，言与行应。盖永嘉之学自周行己倡于前，伯熊承于后，吕祖谦、陈傅良、叶适等皆奉以为宗。”[④]

除了永嘉之学以外，金华之学与中原儒学是否也具有师承关系呢？宋时金华有学术三巨头，即金华的吕祖谦（东莱）、唐仲友（说斋）和永康的陈亮（龙川、同甫）。如明初的杨维帧所说，“余闻婺学在宋有三氏：东莱氏以性学绍道统，说斋氏以经世立治术，龙川氏以皇帝王霸之略志事功”。[⑤] 全祖望指出：“乾淳之际，婺学最盛。东莱兄弟以性命之学起，而说斋则为经制之学。考当时之为经制者无若永嘉诸子，其于东莱同甫皆互相讨论，臭味契合。东莱尤能并包一切。而说斋独不与诸子接，孤行其教。”[⑥] 何炳松认为，上述犹可注意者，是金华三巨头和永嘉诸子“皆相互讨论，臭味契合。”所以金华一支的学说的师承虽然不是和永嘉一样都是直接上通于程氏，但是仍旧不失为程门的私淑弟子。何炳松引用了大量文献以证明这一点。比如，吕祖谦的学说渊源于程氏。王宗炳说：“婺州之学至何王金许而盛，而东莱吕成公首浚其源。

---

① 《止斋文集》卷52《陈傅良神道碑》。

② 《宋元学案》卷32《周许诸儒学案》。

③ 同上。

④ 《四库全书总目·书类·郑伯熊郑敷文书说提要》。

⑤ 《宋文宪公集序》。

⑥ 《宋元学案》卷60《说斋学案序》。

盖自其祖正献公与涑水司马公同朝，往来于河南二程间最契。荥阳公则受业二程之门。至于南渡，北方之学散而吕氏一家独得中原文献之传。"[①] 这里的正献公就是吕公著，公著生希哲就是所谓荥阳公，他们为吕祖谦的先祖。全祖望说，"正献相哲宗，先生偏交当世之学者。与伊川具事胡安定，在太学并舍，年相若也。其后心服伊川学问，首师事之。"[②] 这段话中尤可注意者，是吕希哲不但与程氏同出于胡安定，"而且同时并亦受业于程氏了。那么所谓吕氏家传的学问岂不亦就是胡程两氏的一脉么？"[③]

那么，"专言事功"的陈亮，是否也与中原儒学也具有师承关系呢？对此，全祖望予以否定的回答："永嘉以经制言事功皆推原以为得统于程氏。永康则专言事功而无所承。"[④] 黄百家亦附和全祖望说，"永嘉之学，薛郑俱出自程子。是时陈同甫亮又崛兴于永康，无所承接。然其为学俱以读书经济为事，嗤黜空疏随人牙后谈性命者以为灰埃。亦遂为世所忌，以为此近于功利，俱目之为'浙学'"。[⑤] 但是，王梓材却以为陈亮"祭郑景望（即伯熊）龙图文称之曰：'吾郑先生'，则先生亦在郑氏之门矣。"[⑥] 全祖望在《周许诸儒学案》中也把陈亮列入"景望门人"之中。何炳松据此认为，如果王氏所说的话果然不错，那么不但陈亮的学说由郑氏可以上溯于程氏，就是全祖望所说"永康无所承"的话亦不免自相矛盾了。"无论如何，金华的吕祖谦、永嘉的薛季宣和叶适都是陈亮的讲友，那却是一件无可再疑的史实。"[⑦]

研究唐仲友的师承关系比较别家更为困难，因为唐仲友的著作差不多被朱熹一派中人毁灭殆尽了。但是，黄宗羲却认为唐氏与永嘉学派的健将薛季宣、陈傅良等具有相同的源流，"唐说斋创为经制之学，茧丝牛毛，举三代已委之刍狗，以求文武周公成康之心，而欲推行之于当

① 《重刻吕东莱文集序》。
② 《宋元学案》卷23《荥阳学案本传》。
③ 何炳松：《浙东学派溯源》，广西师范大学出版社2004年版，第155—156页。
④ 《宋元学案》卷56《龙川学案序》。
⑤ 《宋元学案》卷56《龙川学案》。
⑥ 《宋元学案》卷56《龙川学案序》注。
⑦ 何炳松：《浙东学派溯源》，广西师范大学出版社2004年版，第157页。

世。薛士隆陈君举和齐斟酌之，为说不皆与唐氏合，其源流则同也。故虽以朱子之力而不能使其学不传。此尚论者所当究心者也。”① 全祖望虽然不同意黄宗羲“永嘉诸子实与先生和齐斟酌”的说法，但他也认为，“永嘉诸先生讲学时，最同调者说斋氏也”。何炳松指出，如果再结合唐氏的《九经发题》和张作楠的跋，那么唐氏显然是一个程氏的私淑弟子。“我们幸而已经证明程朱两人并不是同属一家。否则以私淑程门自命的朱氏竟会把真正私淑程氏的唐氏压迫到这样一个永不超生的地步，恐怕朱氏在夜深人静的时候亦不免要汗流浃背感到没有面目可以见程氏于地下了。”②

上述表明，宋元以来，浙东不仅已成为全国学术思想的重镇，而且浙东儒学与中原儒学也具有十分密切的师承关系。浙东儒学并非如一些当代学者所想象的那样，完全是一种别出心裁或与中原儒学大异其趣的边缘儒学。

不仅如此，从各类地方史志中，也可以看到浙江历史上各地儒学的繁华景象以及儒学对于民间的渗透程度。据《武林旧事》载，杭州是“制度礼文，仿佛东京之盛”。据《弘治嘉兴府志》载，嘉兴是“士人好文而崇学，衣冠文物焕然可观”。王十朋在《湖州谒庙文》上说，“湖学之盛，东南鲜伦。风似邹鲁，民同蜀闽”。王应麟在《鄞县学记》上说，鄞县是“诗书之乡，礼节恭谨，县之子弟，夙以衣冠鼎盛”。据《成化东阳县志》载：东阳“士爱读书，大家子弟无不从师受学，有志者习举业，迟钝者亦求通章句，知礼仪之方”。清代时，绍兴“谨祭祀，力本重农，下至蓬户，耻不以诗书训其子，自商贾鲜不通章句，舆吏亦多识字。家矜谱系，推门第，品次甲乙。妇女无交游，虽世姻竟不识面，不鬻男女于境外，大家女耻再醮。大抵于俗为美也”。“其男女屏浮靡不事，严内外以礼，贞烈之行，史不绝书”。③ 即使是偏远的温州平阳也是“礼乐文物至宋而盛。时陈经正兄弟、陈殖、林湜诸君子皆从游

① 《南雷文集》卷2《学礼质疑序》。

② 何炳松：《浙东学派溯源》，广西师范大学出版社2004年版，第159页。

③ 雍正《浙江通志》卷5，中华书局2001年版，第2298页。

程、朱之门，家朱泗而户廉洛，学有渊源，名士相继而显。至今敦尚诗书，勤于教子；义塾之设，殆遍闾里”。[①] 所以，与其说（尤其是南宋以后）浙江是儒学文化的边缘地区，倒不如说浙江是一个深受儒家思想熏陶的儒学中心地区，可能更为合适。

（2）儒家文化与当代经济社会发展的关系

既然浙江也是一个受儒家文化深厚影响的区域，那么需要进一步探究的问题就是：儒家文化是否就不利于当代经济社会发展呢？对这个问题事实上金耀基以及海克斯、雷丁、霍夫汉斯、勃格、艾勒塔斯、阿崛斯基、康恩、卢西恩·派伊、戴维·麦克莱兰等学者已经作过相当程度的探讨。在对儒家文化与当代经济社会发展关系的解释上，马克斯·韦伯是一个常被提到的名字。按照韦伯的观点，现代资本主义等同于靠持续的、理性的、资本主义方式的企业活动来追求利润并且不断再生的利润，资本主义的经济行为是依赖于利用交换机会来谋取利润的行为，也就是依赖于和平的获利机会的行为。概言之，现代资本主义，乃是一种理性的资本主义。在韦伯的理论中，新教伦理是理性资本主义或经济理性化的精神“发始机构”。但韦伯理论的引人入胜之处，不仅在于说明西方社会理性资本主义为什么而发生，而且还在于他研究另外一些社会理性资本主义为什么而不发生。韦伯的比较宗教的研究工作，包括中国的儒道、印度教以及中东的伊斯兰教，则正是试图阐述这些社会因何“不发生”合理资本主义的原因。韦伯无意去建构一套历史或社会的“发展法则”，他选择这些宗教作为文化比较的研究对象，主要是想透过它们，来加深对西方经济发展路径本身的独特所在之理解。令人感兴趣的是韦伯关于中国的分析，而他的《儒教与道教》一书的中心意旨，就在说明中国为什么“不发生”合理资本主义的问题。在这本书中，韦伯基本上是从制度和文化两个因素双管齐下地来处理上述这个复杂问题的。韦伯首先从传统中国制度的因素着力，选择了中国社会系统中五个具体的因素即货币与城市、中国封建制、宗族制度、实质性的礼法、社会阶层等，逐一作了研究。韦伯的分析结果表明，就总体而言，传统中

① 雍正《浙江通志》卷5，中华书局2001年版，第2316页。

国的制度性因素是不利于产生大规模的合理的资本主义的。

然而，韦伯的研究无疑是相当辩证的，韦伯同时也指出，中国传统社会也有许多有利于经济理性化的制度性因素。如自由迁徙、无身份继承、自由择业、自由教育以及无贸易限制等。所以，制度性因素也不是中国不发生理性资本主义的充足理由。韦伯认为，除了制度性因素以外，中国大规模资本主义的发生还缺少一个“精神上的基础”。这种精神在西方乃是源于新教伦理的资本主义精神，而传统中国占主导的价值系统——儒家伦理则无法提供相类似的精神基础，所以，即使中国传统社会具有一定的有利于经济理性化的制度条件，也难以产生近代意义上的理性经济行为。比如，儒家伦理在行为取向和方式上不是表现为对世界的“修造”，而是表现为对世界的“顺应”或“适应”。儒教的兴趣是现世的，它缺乏那种超越世俗的、否定世俗的宗教精神力量。儒教的这种天真乐观的立场，与基督教伦理中人与世界间所存在的巨大“紧张性”完全异趣。又如，在传统中国，所有的共同行为都受到纯粹个人关系尤其是亲缘关系的包围与制约，人际交往是以交往对象而不是以工作或事业为转移，缺乏像新教国家那样建立在理性基础上的“企业”和纯客观基础上的“商务关系”，这种传统主义和以对方为转移的人格主义，无疑阻碍了经济的理性化进程。所以，在中国作为一切买卖关系的信赖，大多是建立在亲缘的或类似亲缘关系的纯粹个人关系而非普遍主义的关系之上的。正是由于诸如上述之类的文化因素，韦伯指出：“在这个极为典型的求利国家里，我们正好可以看到，‘营利欲’对财富的高度推崇到独尊财富，以及功利主义的‘理性主义’等等，本身与现代资本主义丝毫没有关系。”①

韦伯世界宗教比较研究的结果表明，禁欲主义新教是一个独特的历史想象，它与早期现代的西方实业家的精神和态度是吻合的，因而它促进了现代资本主义在西方的早期阶段的发展。在世界其他地方缺乏类似的宗教价值或形式和理性，故而在那些地方没有原生的现代资本主义。

① 〔德〕马克斯·韦伯著，洪天富译：《儒教与道教》，江苏人民出版社 1993 年版，第 273 页。

韦伯明确地排除了"中国的宗教"以及其他非西方世界的传统与现代资本主义之间可能存在的"亲和性"。韦伯认为，非西方世界的"宗教"或文化是理性主义的资本主义的发展的重要障碍，即使在这种资本主义被从西方引进后也是如此。在韦伯看来，"今天，所有的非西方国家都把经济上的理性主义当作西方的最重要的成就来引进，但这些国家的资本主义发展却完全由于其严格的传统之存在而被阻止……在这些国家里，现代资本主义发展所遇到的障碍主要来自其宗教领域……"①韦伯关于儒家伦理与传统中国不发生大规模资本主义关系问题的分析，不可避免地具有片面性和错误。然而，人们尽管可以不同意韦伯的观点，但不能不承认韦伯开创了一个研究问题的崭新视角。更何况，韦伯的巨大成就是不容置疑的。韦伯对中国传统文化的分析确实不乏真知灼见，许多方面即使在今天也仍有相当的价值。当我们重新辨析儒家文化与经济发展的关系这一问题时，韦伯理论是断然不能回避的。

诚然，历史已经无法证明，如果没有现代资本主义由西方向全球的扩张，传统中国或非西方社会是否能独立地从本土原生出大规模的资本主义（尽管历史经验已经表明，鸦片战争之前中国没有原生出大规模的资本主义）。这里想说明的是，浙江这个"自宋元以来，号为邹鲁"，可以被称为儒家文化中心的区域，中共十一届三中全会以来也取得了辉煌的经济社会绩效。这本身已经在一定意义上表明，在特定的历史条件下，儒家文化至少不一定绝对地是当代经济社会发展的一种障碍，而是在相当程度上可以与经济上的理性主义并存，甚至还能促进经济社会的发展。如果在萨缪尔森和诺德豪斯意义上的"其他条件相同"的情状下，儒家文化似乎确实不乏激发人们以成就为取向的因素，日本和亚洲"四小龙"的经济成功也证明了这一点。虽然东亚或多或少在文化上是同质的，即都属于"汉文化圈"或"中国文化圈"，甚至可以说，是一个儒学化的世界或儒学世界，但从人均产值、工业化和城市化等现代性的基本指标来衡量，东亚社会已经接近或超过了西方世界的发展水平，

① 转引自夏光《现代性与文化：韦伯的理论遗产之重估》，《社会学研究》2005 年第 3 期。

甚至在政治生活上，东亚社会的不同地区或以不同方式表现出与民主过程的相容性和趋同性。正因如此，“现代东亚的发展有多方面的原因，但不难想象，其残留下来的传统文化、尤其是‘后儒学价值’构成了现代东亚发展所特有的文化背景”。①

20世纪六七十年代以来，一些学者如康恩、艾勒塔斯、阿崛斯基、德巴理、派伊、勃格等，都试图从儒家伦理中寻找有利于经济发展的新教伦理的“替代物”。有的学者（如康恩）认为，儒家文化倡导忠诚、献身精神、责任感、集体主义，这些文化价值为社会与经济的协调发展创造了有利条件；有的学者（如德巴理）认为儒家的家庭伦理辐射到不同的社会、经济、政治领域，成为社会凝聚力的基础；② 有的学者（如艾勒塔斯）认为，对财富、荣誉、健康拥有强烈的动机，对家庭与祖先有能力表达虔敬，这些毫无疑问是儒家伦理中的决定性因素，足以开出一种生猛的经济行动；有的学者（如阿崛斯基）认为，儒家学说基本上是讲实际的、理性的，它不像韦伯所说，是资本主义“不发生”的原因，等等。

尤其值得注意的是勃格和派伊的解释。勃格在《世俗性——西方与东方》一书中，将儒家思想区分为士大夫的、儒吏的与庸俗化的两个方面。勃格认为，韦伯所讲的传统士大夫和儒吏的儒家思想还是有碍现代化的。至于东亚经济发展的动力之源，则在另一种他称为“庸俗化的儒家思想”即老百姓日常生活的工作伦理之中。这是一套引发人民努力工作的信仰和价值，最主要的是一种深化的阶级意识，一种对家庭几乎没有保留的许诺（为了家庭，个人必须努力工作和储蓄），以及一种纪律和节俭的规范。正是这种“庸俗化的儒家思想”演化为高生产的工作伦理，而儒家的重和谐的规范则已成功地从传统的制度（如家庭和阶层化的帝国）转到现代的制度上（如公司或工厂）。③ 派伊也认为，儒家文

① 夏光：《现代性与文化：韦伯的理论遗产之重估》，《社会学研究》2005年第3期。

② 参见张世平《儒家文化与经济发展——国外研究述评》，《社会学研究》1994年第3期。

③ 参见金耀基《儒家伦理与经济发展：韦伯学说重探》，载张文达、高质慧编《台湾学者论中国文化》，黑龙江教育出版社1989年版，第312页。

化重视自我改善，因而尊重成就动机。“中国的这一重要的文化价值观用戴维·麦克莱兰的话说，就是‘取得成就的需要’。麦克莱兰证明，凡是有成功发展的国家，按儿童读物中教导的行为动机来衡量，在‘取得成就需要’这一点上也都是得分高。不论用什么办法衡量中国人‘取得成就需要’，都能证实一般人对中国文化的一个印象，即中国人争取有所成就的劲头是高的。中国儿童所受到的教导都强调要有成就，否则就愧对父母。”“在中国，成就会在家庭内部受到奖赏，儒家文化所规定的儿子对父亲的义务以及兄弟间彼此的义务是终身的责任。”①

与上述一些学者的观点形成鲜明的对照，杜维明不同意那种从儒家伦理中寻找有利于经济发展的新教伦理的“替代物”的做法，认为，“那些意在从‘现代化的’或‘庸俗化的’儒家伦理中找到新教伦理对等物的做法太肤浅、太简单、太机械了，这种做法并没有什么太大的意义”。但是，另一方面杜维明又承认，“不难看出，维系着日本和‘四小龙’的经济动力的社会资本和文化资本就算不是源于儒学本身，至少也是与儒学相通的。韦伯曾断言，儒学传统阻碍了现代工业资本主义在传统东亚的发展，即便这一断言是正确的，他之认为儒学伦理与资本主义不相容的观点也站不住脚。”② 史华兹的观点与杜维明的观点可以说有异曲同工之妙。按史华兹之见，“儒学在一般层面上并不提供这种对等物”，但是，“在现代化过程已然进行的情况下，某些与儒学传统相联系而又植根于社会中的态度和习惯被证明是很有利于现代化的发展的”。③也就是说，在儒学传统中并没有新教伦理的对等物，但儒学传统与现代性并不完全是不相容的。

因此，不能简单化地来看待儒家文化与当代经济社会发展的关系，简单地断言“有利”或“不利”。儒家文化在中国传统社会制度框架内

① 〔美〕卢西恩·派伊：《“亚洲价值观”：从狄纳莫到多米诺?》，载〔美〕塞缪尔·亨廷顿、劳伦斯·哈里森主编，程克雄译《文化的重要作用——价值观如何影响人类进步》，新华出版社 2002 年版。

② 转引自夏光《现代性与文化：韦伯的理论遗产之重估》，《社会学研究》2005 年第 3 期。

③ 同上。

产生不出大规模资本主义（而只有萌芽），这首先是漫长的中国封建社会历史上的一个经验事实，而非仅仅是一种纯粹理论的或逻辑的推论。造成这种事实的原因非常复杂，对此，有学者已作了多方面的探索。但是，要作出令人满意的解释，仍需要做大量细致的工作。在这里我并不欲狂妄地去企图对上述问题作一个令人满意的答案。需要指出的是，韦伯的新教伦理命题是回溯到资本主义自发形成的根源，而中国命题则旨在证明中国历史上并没有由内部本身产生资本主义发展的动力。如果忽略了韦伯中国命题的时空坐标，想用后来经由外力介入和模仿的“二次现代化经验”来驳斥这一命题，并不具有很强的说服力。而且韦伯对中国传统儒家伦理的非理性经济取向的分析不仅没有全错，在许多方面，他的洞识力是相当惊人的。但是，这并非意味着认同传统儒学在特定条件下没有转化为有利于经济发展的新教伦理替代物的可能性因子。比如儒家的“荣宗耀祖”就十分类似于基督教的“荣耀上帝”，因而不能排除其演化成类似于有利经济发展的“天职”观念的可能性。在中国封建社会，这种可能性之所以没有转变为现实性，在很大程度上是由于制度因素作用的结果。自科举制度实行以来，读书做官便成为中国古代社会“荣宗耀祖”的最有效的途径。正是在这种制度的作用之下，全社会有能力读书向学的人，无不孜孜于对儒家经义的诵习。他们从识字启蒙到完成自己的举业，往往需要数十年的时间。因此，从某种意义上说，由于科举制度的引导，在传统中国人那里，读书做官似已成为达到“荣宗耀祖”目的的神圣“天职”。

但是，这种“天职”观念与新教强调教徒努力完成自己的世俗工作，为荣耀上帝而努力致富的“天职”观念，无疑截然异趣。新教伦理与其他制度因素相配合将人的行为引入了有利于经济发展的路径。按照马克斯·韦伯的观点，新教伦理将人的职业生涯视作是“始终如一的制欲美德之实习”，是借由“有良心地”执行职业，也就是表现出“周到而有秩序”的工作方法，来证实自己的神宠状态，这使得工作的纪律性大大地增加。对于清教徒而言，在履行职业时致富，不但是道德上允许的好事，而且还是上帝的“命令”，这就等于为大规模资本主义的进展铺路。清教徒推重固定职业的制欲意义，给予“专家”一种伦理上的鼓励，同样地，视“赢利”为上帝安排的思想，也给予近代新兴的“事业家”一种伦理上的荣耀。与此形成鲜明对照，传统儒家伦理则将人的行为引入了不利于经济发展或与经济发展无关的道路。在中国历史上，科举制度与对商人歧视性政策相配合，不仅使儒生视读书做官为达到“荣宗耀祖”目的的神圣“天职”，而且使比较成功的商人也把读书入仕看得很重。卡洛·M. 奇波拉曾指出：“富裕的中国商人面对一个根深蒂固的地主士绅阶级，这些人的行为，可能像所有地位稳固的社会阶级所做的一样，但是他们那套价值和理想的准则包含在高尚的伦理价值的哲学之中，对于一个商人来说，要向学者兼官僚的儒家理想挑战是不容易的。”① 他们不仅不能向儒家理想挑战，使社会承认商业上的成功也是“荣宗耀祖”的体面途径，而且还自然而然地接受和认同唯有读书做官才是“荣宗耀祖”之“正途”的主流价值观。盐商鲍尚志自称生平有三愿：“一为二代建坊表，一认引地为配商，一子孙读书入学能成。”② 商人程镶临终嘱子孙曰：“吾少业儒，有志未就，弃而为贾，籍籍有声，汝曹当明经修行，以善继述。”③ 歙人江佩释儒为贾，事业虽很成功，而心中总不免遗憾，他劝因科试不利准备投身商业的弟弟说：“夫农之望岁，固也。奈何以岁一不登而辍耕乎，且吾业已悔之，汝复蹈吾悔耶？”④ 诸如此类的观念在中国古代商人中间，无疑是十分普遍的。这就表明，虽然传统儒学中包含着转化为有利于经济发展的作为新教伦理替代物的可能性因子，但是古代封建社会的制度安排显然阻碍了这种转化。因此，假如制度安排将人的行为导向以发财致富作为“荣宗耀祖”的路径的话，那么情况就有可能完全改观。

但是，对中国古代社会而言，这种假定是没有太多意义的。这不仅是因为传统儒家文化本身即与传统制度因素具有亲和性，而且还因为中国文化的发展和制度演进有其特殊的路径依赖。如果没有外来文化和制

---

① 〔意〕卡洛·M. 奇波拉主编，徐璇译：《欧洲经济史》第1卷，商务印书馆1988年版，第12页。

② 歙新馆《鲍氏著存堂宗谱》卷2《鲍尚志行状》。

③ 休宁《溪南江氏族谱·撰述·故处士沙南江公墓志铭》。

④ 《溪南江氏族谱·撰述·故处士沙南江公墓志铭》。

度因素的引进和冲击，无论是中国的传统儒家文化和传统制度因素，都不可能改变这种路径依赖，发生有助于产生大规模市场经济的创生性的转换。正如梁漱溟先生所说，中国未能发展出科学、民主和产业革命，并不是因为中国进步得慢，而是因为，从根本上，中国一开始就走上了与西方不同方向的道路。他说，“要知走路慢者，慢慢走，终有一天可以到达那地点；若走向别一路去，则那地点永不能达到。中国正是后一例。所以我曾说：假使西方文化不同我们接触，中国是完全闭关与外界不通风的；就是再走三百年，五百年，一千年，亦断不会有这些轮船、火车、飞行艇、科学方法和德谟克拉西产生出来。中国不是尚未进于科学，而是已不能进于科学；中国不是尚未进于资本主义，而是已不能进于资本主义；中国不是尚未进于民主，而是已不能进于民主”；“中国走上了与西洋不同底路，而在此路上，又走不出去，遂陷于盘旋不进”。[①]

上述表明，如果我们肯定儒家伦理有助于20世纪七八十年代东亚经济发展（当然亦有助于当代中国经济的发展），也不意味着儒家伦理在任何历史、文化、制度时空中都具有这种功能。杜维明指出，不受现实政治干扰的商人能够调动儒家伦理的积极性，但官督商办的儒家企业却在现代化过程中具有消极作用；儒家伦理在自由开放的环境中能发挥积极创造精神，但与某些政治文化的结合时则有消极的作用。东亚经济发展之所以获得巨大成功，是因为这些社会在西方制度化结构与文化的引进和本国本地区文化因素的吸收配合上，取得独特的效果。因此，对东亚现象进行解释时，如果单纯从文化角度出发，就必然会产生如下的疑问：为什么这种文化在传统中国却不利于经济的发展？如果单纯从制度创新的角度出发，那么令人省思的是，为什么世界上的另外一些国家同样引进西方社会经济制度没能产生显著的经济成就，而在东亚社会却带来如此巨大的经济奇迹？为什么从西方引进的社会经济制度在东亚却具有与西方不同的特色（如强人政治、职业官僚在东亚经济发展中的重要作用等）？显然，只有借助于韦伯的多因素的“弹性解释体系”，对东亚社会制度结构和文化因素作一整体性的思考，才能对上述问题作出

① 梁漱溟：《中国文化要义》，学林出版社1987年版，第41页。

回答。毫无疑问，东亚社会的现代化不是早发内源，而是后发外源的，它是西方现代性长期扩张后，东亚社会对西方制度的一种包括自愿与非自愿吸收的一种结果。从这个意义上说，东亚20世纪七八十年代的经济成长，是一种“人工的工程和艺术”，这一工程的关键，在于处理好西方制度结构与本国本地区文化的配合问题，在于再创造本国文化和国民心理。西方资本主义制度因素的引进和确立，显然在客观上割断了儒家文化与传统社会制度的亲和关系，不仅创造了一种排斥儒家伦理中的不利因素而与有利因素相亲近的势态，而且也为儒家伦理发生能够促进经济发展的创生性转换提供了契机。

然而，即使我们能够证明，儒家文化至少不一定绝对是经济社会发展的一种障碍，而是在特定条件下在相当程度上可以与经济上的理性主义并存，甚至在与其他因素相配合的情况下还能促进经济社会的发展，也不能仅仅将儒家文化当作说明当代浙江区域经济社会现象的唯一原因。这是因为，儒家文化是浙江人与中国其他省共同秉承的一种文化，其不足以用来解释改革开放以来与全国其他一些地区相比浙江“制度创新‘多发’”、浙江人特别富有自主谋生意愿和自主创业精神这种现象。否则，就难以解释为什么同是儒家文化的中心区域，为什么有的地区特别富有自主创业精神，有的地区这种精神却相对缺乏。因此，虽然儒家文化在一定程度上与当代经济社会发展具有相容性，甚至包含着利于当代经济社会发展的因素，但是，如在亚洲“四小龙”那里已经表现的那样，儒家文化还必须与其他因素结合起来，才能对经济社会发展产生积极的作用。

2. 计划经济边缘与自主创业精神

上述表明，断言浙江是儒家文化边缘的观点是难以令人置信的，儒家文化也不是一定不利于当代经济社会发展的，儒学传统与现代化并不完全是不相容的。既然如此，以浙江为儒家文化边缘来解释改革开放以来浙江人特别富于自主创业精神的原因，就不具有特殊充分的说服力。在此情形下，寻找一条新的解释路径就是必要的。根据一种文化功能论的观点，文化精神乃是人们适应环境的产物。因此，分析浙江自主创业精神的形成原因，除了分析古代文化传统的因素以外，更需要分析改革开放以来国家所提供的制度和政策背景，分析浙江人所面临的特殊的现实社会条件，尤其需要分析改革开放前后浙江制度创新和经济发展的初始自然和社会条件。

制度创新是一个演进的过程，包括制度的替代、转换过程和交易过程。制度创新是通过复杂规则、标准和实施的边际调整实现的，它一般从原存制度力量最薄弱的地方开始，特别是那些与原存制度异质性较高的制度创新，更可能从原存制度力量最薄弱的地方出现。与此相应，自主创新意识、自主创业精神，也更可能在原存制度的边缘地带形成。上述观点不仅与新制度经济学原理同条共贯，而且与文化社会学之“边缘有助于文化创新”的理论，也是若合符节的。

改革开放以前，浙江与全国各地一样，实行计划经济体制。在计划经济体制下，国家占有和控制的资源，是按照行政权力授予关系，分配到各级不同类型和级别的政府和政府部门中，然后由它们再分配到各种单位组织中。不同单位按照距离国家权力中心的远近，获取分配的资源，并承担按照国家的指令使用资源的责任。因此，不同单位按照授予的管理权限，具有了支配相应资源的合法权利地位。此时在单位之间主要是因为单位组织的所有制性质、行政管理级别等单位组织的等级制度，在资源占有或支配上具有很大差别。[①] 地区之间则主要因国家单位组织的大小和单位组织的多寡而在资源占有量上呈现出巨大的差异。在计划经济时期，国家实行“全国一盘棋”的方针政策，但由于全国各地区单位组织的多寡程度以及资源占有量上的差异（主要表现为不同地区国有企业的大小和集中程度的差异），而使全国形成了计划经济体制的中心地带和边缘区域或薄弱环节。计划经济的中心地带，是指国家投资较多或获取国家资源较多、国有企业比较集中的区域；计划经济的边缘或薄弱环节，则是指国家投资较少或国有企业不太集中的区域。由于以国有经济为主导的产权基础的不同，一般来说，计划经济中心区域的“传统制度积累”的“量”明显地要高于计划经济的边缘地区。按照上述区分标准，浙江显然属于计划经济的边缘区域或薄弱环节。新中国成

① 路风：《单位：一种特殊的社会组织形式》，《中国社会科学》1989 年第 1 期。

立以来，浙江是国防“前线”和“文化大革命”的火线，是一个国有制成分较少，历年国家投资也较少的省份。自1950—1978年，国家的投资额为全国人均600元以上，浙江省人均仅240元，不到全国平均水平的二分之一，列全国各省份最后一位。因此，改革开放以前，浙江的特点是地方企业多，小企业多。1978年，浙江工业总产值中，中央企业和大中型企业所占比重分别仅为2.6%和16%。1978年以来，浙江省投资水平低的状况并未根本改变。1978—1992年，国家在浙江的投资额是全国平均水平的四分之三，从沿海与浙江有可比性的7个省份（辽宁、河北、山东、江苏、浙江、福建、广东）1985—1997年的国家投资额比较，浙江排在第6位，仅比福建多一些。1949年以来，浙中南地区的温州、台州、丽水、金华地区国家的投资额更低。比如，自1950—1978年，国家在台州的投资额仅4.6亿元，而且还将投资额的42%投入农业基础设施建设。1978年，台州地区生产总值仅10.13亿元，工农业总产值13.43亿元，其中工业总产值6.5亿元，财政收入1亿多元，农民人均收入120元。“穷则思变”。计划经济的边缘区域或薄弱环节及其所导致的浙江相对“贫穷”的地位，正是浙江人强烈的自主谋生意愿和自主创新、自主创业意识的重要源泉，它决定了当政策开始松动后，浙江有可能成为最富有制度创新冲动的地方。

事实上，由边缘地位所决定，即使在计划经济以及意识形态领域极“左”思潮占统治地位的年代，浙江民间自主谋生和自主创业的冲动，也难以被有效地遏止。虽然自1950—1978年浙江省的国家人均投资额列全国最后一位，浙江省的国有企业数量少，规模小，但在某种程度上体现了人们强烈的自主谋生冲动和创新、创业意愿的集体工业却获得了相当程度的发展。到1978年全省集体工业产值占全省工业产值的比重达到38.75%，列全国第一。20世纪50年代初以来，尽管民间工商业普遍受到抑制和严厉打击，但谋取糊口之资的小商小贩现象，即当时所谓的“投机倒把”活动，在浙江一直相当普遍。比如，20世纪50年代中期，在国家对生产资料实施严格计划控制的背景下，台州却出现了收购废钢铁的小商贩，并在集市日到路桥下洋殿市场进行交易。据《台州地区志》载：“1957年，着重打击外地贩运商及其与当地有勾结的违法分子，天台县查处投机倒把案犯228人，仙居县51起，黄岩县44起。1959年天台县处理投机违法分子492人，其中判刑17人，逮捕2人，管制17人，缓刑15人，罚款62人。1961年温岭县打击投机惯犯，逮捕6人，判刑6人，管制1人，罚补税12.60万元。1963年，玉环县查处投机倒把案件83起。”尽管如此，台州民间贩卖布票、粮票、化肥、有色金属、中药材等活动在整个60年代和70年代仍然屡禁不止。在“文化大革命”时期，迫于生存压力而自发进入流通领域的农民越来越多，“1973年，查处贩卖票证与国家统购物资等大案100多起。1975年12月20日至23日，全区组织近3万人清查投机违法分子，取缔59个非法市场、2200多个无证商贩与手工业户。1977年，全区举办无证与违法经营人员学习班39期、7555人次。1979年，查处投机倒把案件3409起”。①

在温州，民间自主谋生、自主创业的意愿一直十分强烈。在计划经济年代，温州的小商品生产一直小打小闹地进行。金乡镇在“文化大革命”初期就曾加工语录牌、领袖像章。② 20世纪50年代以来，尽管民间工商业普遍受到抑制，但温州虹桥一带的农民仍然采取各种方式进行集市贸易，每市日仍有二三万人，上市品种达到400多种。甚至粮食的买卖在严格的控制之下仍未能根除。③永嘉桥头镇劳力不到5000人，外出弹棉花者在1962年就有200人，1968年更是高达1000人，而此时外出的劳力共达3000人，已占全部劳力的60%。虹桥仙佯陈村在20世纪60年代末走街串巷卖麦芽的占全村劳力的50%以上。由于当时实行粮油和棉布定量发票供应，在乐清与温州等地，许多人开始往返于温州和上海、杭州之间，通过倒卖粮票、油票和布票等谋取糊口的利益，也有人倒卖金银器皿等物。在“文化大革命”时期，由于党政机关受到冲击，政府对基层农村的控制能力大为减弱，迫于生存压力而自发进入流通领域的农民越来越多，致使温州在当时就被当作“走资本主义道路的

① 《台州地区志》，浙江人民出版社1995年版，第150—151页。

② 参见王晓毅、朱成堡《中国乡村的民营企业与家族经济》，山西经济出版社1996年版，第18页。

③ 乐清县虹桥镇人民政府：《虹桥镇志》，中国国际广播出版社1993年版，第104页。

典型”而加以严厉的批判。[①] 据调查，温州全市的无证摊贩在1970年时有5200人，1974年有6400人，1976年达到11115人。“地下包工队”、“地下运输队”、民间市场和“黑市”也是广泛存在。在1976年的社会商品零售额中，民间市场交易额竟然占了九成。[②]

上述现象表明，即使在计划经济时期国家对经济领域严密控制的情况下，浙江很多地方的非正式经济或“非法经济”却仍然相当活跃，并且典型地显示了经济社会学所谓“国家控制悖论”的特征。按照经济社会学理论，当国家力图通过加强法规控制以消除非正式的经济行为时，往往会进一步导致这类行为的产生。正如诺尼兹所说，规则产生不规则，正式经济产生其自身的非正式。要将所有经济活动都归入计划经济的“一盘棋”中，通常会造成相反的后果，即会导致非正式部门的扩张。问题是，在计划经济时期国家对经济领域严密控制的情况下，并不是所有的地区都会出现相对活跃的非正式经济或“非法经济”的。那么，在何种条件下，政府通过加强法规控制以消除非正式的经济行为，会造成相对活跃的非正式经济或“非法经济”呢？这意味着“国家控制悖论”现象在浙江的发生，除了“国家控制”这一因素外，还必须辅之以其他众多的因素。在众多的因素之中，处于计划经济边缘的浙江民间强烈的自主谋生意愿和自主创新、自主创业的文化精神，显然是导致“国家控制悖论”现象的一个重要因素。

浙江民间强烈的自主谋生意愿和自主创业意识，有其根植于现实生存土壤之上的深厚的社会心理基础，这一点可以通过与计划经济中心区域社会群体的比较中显现出来。有学者的研究表明，人们行为上的自由度主要是指他们在实现目标和满足需求的行为过程中能够有能力同时依赖多个不同的行为主体，在多元依赖的过程中，最大限度地保持着自身行为的独立性。与之相联系，在严格的意义上的行为依赖所强调的是资源供给的垄断性所造成的那种行为者不得不受制于某个群体或个人的行

① 周晓虹：《传统与变迁——江浙农民的社会心理及其近代以来的嬗变》，三联书店1998年版，第196—197页。

② 史晋川等：《制度变迁与经济发展：温州模式研究》（修订版），浙江人民出版社2004年第2版，第65页。

为过程和取向。[①] 在计划经济的中心区域，一方面，借助于国家强制性的命令权力、行政控制，除国家和集体财产之外，国家取消了其他一切资源占有的合法性，因而对于个人来说，基本上不存在获得独立性的其他替代性资源。另一方面，在计划经济的中心区域由于国有单位组织多尤其是国有企业相对集中，人们能够较容易并较多地享受父爱主义的好处，比如可以享受医疗、住房、招工、粮食以及副食品补贴等福利待遇，一般来说，自主谋生和创业意愿较弱，相应的，依赖性也较强。如前所述，这种依赖与其说是"依赖"，不如说是"强制"；与其说是一种"交换行为"，不如说是一种本质上对行政权力的"依附"。个人依赖或者服从单位组织，是出于对计划经济下国家强制性命令和惩罚的畏惧，是不存在任何其他选择下的"被迫"选择。华尔德指出，在计划经济时期的中国国有工厂组织中，存在着一种带有传统色彩的权威关系，即个人对单位组织的"组织性依附"和以"庇护关系系统"为核心的权威制度文化。基本的经济结构和政治结构决定了个人对单位组织具有极强的经济和政治依附性，以此获得合法的身份、特殊分配的福利，单位组织的政治特征，导致个人对单位组织的依附实际上表现为对掌握资源分配权力和政治权力的单位组织领导个人的依附。华尔德认为，这种权威依附关系的形成和维持，得益于一种特定的权威制度文化，即领导人和积极分子之间的庇护关系网络。在这个网络中，通过交换，包括物质和非物质的利益的交换，将个人的忠诚、制度性角色以及物质利益结合在一起。[②] 计划经济的中心地区，是一个国有工厂林立的区域。国有工厂越多，一方面意味着该区域获得的国家资源也越多，另一方面同时意味着该区域社会群体对单位组织的依赖性也越强。

然而，在像浙江这样的边缘区域或薄弱环节，国有企业少，绝大多数人无法通过国有单位获取资源，难以享受计划经济提供的好处，也就是说，多数人（尤其是农民）不像那些计划经济中心区域具有单向依赖

① 参见李路路、李汉林《中国的单位组织——资源、权力与交换》，浙江人民出版社2000年版，第55页。

② 同上书，第48—49页。

单位的条件，一切都得靠自己。因而，与此相应，自主谋生和自主创新的意愿便往往较为强烈。改革开放以前的计划经济实践表明，与计划经济的中心与边缘区域相一致，也会形成计划体制下文化价值观念影响的中心和边缘区域。在计划经济的中心区域，人们具有更多的“边干边学”、“干中学”的条件。有些与计划经济有关的实践型或个人型的文化价值观念，并不一定通过书面文字习得的，习得它的途径往往是个人和群体的身体力行，并在身体力行中被“潜移默化”，而计划经济实践则为个人和群体的“身体力行”和“潜移默化”创造了必要的环境。比如计划经济将人们的生老病死都包下来，会使人们逐渐形成缺乏自主性的“依赖”意识；计划经济下缺乏流动的劳动用工制度、干部人事制度会逐渐造成人们安于现状、随遇而安、不求变革的心理；计划体制下“大锅饭”的分配模式会逐渐造成人们平均主义的心态，计划体制下缺少竞争的社会环境最终导致淡化人们的创新意识、风险意识、竞争意识，等等。

上述情况从计划经济中心到边缘区域，显然呈弱化的趋势。一般而言，距中心越近，上述情况也较强，反之则越弱。由于计划经济时期国家对浙江投资比较少，而且国有企业也较少，使浙江可能成为依赖意识较弱而自主谋生和自主创新的意愿较强的地区。正如李路路和李汉林所说，当“人们在满足需求和实现目标的过程中不再依赖于或者说不再受制于某一个社会群体与个人的行为取向的时候，行为上的依赖情境就会逐渐地消失，人们因之也就会逐渐地感受到自身行为过程中的独立性和自由度”。[①] 另外，如果说在计划经济的中心区域，人们受计划体制下的文化价值观念影响较深，在由计划向市场转换过程中往往居于不利的地位，他们“转变观念”的成本也相应较大，那么处于计划经济边缘区域的浙江民众，由于受中心文化价值观念束缚较少，所以，在市场取向的改革中就有可能居于有利的地位，转变观念的成本也相应较小。比如，如果说中心区域的人们具有较强的依赖意识、安于现状、不求变革的心

① 李路路、李汉林：《中国的单位组织——资源、权力与交换》，浙江人民出版社 2000 年版，第 56 页。

理而较缺乏自主创新意识、竞争意识等，那么居于边缘区域的浙江民众由于较少受到计划体制下“父爱主义”的保护，在经济体制转换背景下，与其他因素相配合，可以较快地培育起风险意识、竞争意识尤其是自主创新意识。正因如此，当权力中枢的变动促进政策上的某些变化时，这种变化会迅速地传递到等待这种变化的计划体制的“神经末梢”，从而使缺乏“父爱主义”保护的浙江民间的“自主谋生”、“自主创新”意识和冲动释放出来。

浙江人的自主谋生和自主创新这种文化精神，尤其体现在浙江农民的身上。改革开放以来，浙江的制度创新和经济增长，无论是乡镇企业、个体私营企业，还是专业市场、股份合作制等制度以及民间金融制度的勃兴，莫不与改革开放初期占浙江总人口86%以上的农民群众的活动息息相关。近现代以来，农民一直被视为在思想观念上与现代化格格不入的保守的社会群体，一直被视为知识分子所谓“改造中国国民性”运动的主要对象。向来被视为保守的农民为何在改革开放以来的浙江的大地上呈现了强烈的自主谋生和自主创新精神？为了回答这一问题，有必要对改革开放以前、计划经济体制下的社会环境作进一步的分析。

在计划经济年代，国家通过“剪刀差”从农民那里获得了国家工业化所需要的原始资本积累，从第一个五年计划到国家工业化第一阶段（1953—1989）结束，国家共从农村吸取资金7000多亿元，约占农村新创造价值的五分之一。虽然中国农民为工业化和城市建设作出了历史性的贡献，但是，计划经济体制又为农民设置了限制。与计划经济体制相适应，国家先后出台了一系列限制农民的政策法规，使农民的地位日益边缘化。其中影响最深远的政策，就是实行严格的城乡分割的户籍管理制度，其实质就是严格限制农民进入城市。农民不仅不能享受城市居民可以享受的诸如医疗、住房、粮食和副食品补贴等方面的优惠政策，而且也被限制从事被计划经济体制下的社会给予较高社会评价的职业，比如不能进入国有企事业单位等。对农民的这种限制和歧视，即使在改革开放以后也一直未完全取消。比如，1998年北京市限制使用外地来京务工人员的行业和工种是：金融、保险与邮政行业、各类管理人员、营销员、会计、出纳、调度员、话务员、核价员、商场营业员、出租汽车驾驶员、各类售票员、检验员、保育员、电梯工、电子计算机人员、民航乘务员、星级宾馆（饭店）和旅店的服务员及办公人员。其他各大中城市也都有类似的就业限制。

为了便于分析，根据上述情况，我们可以将计划经济体制下的社会群体，大致上区分为体制内社会群体和体制外社会群体两大类型。体制内群体与体制外群体的区分标准，在于该群体是否享受计划经济下的一些特有的福利权利，诸如医疗、住房、招工、粮食以及副食品补贴，等等。显然，体制外群体是被计划经济体制限制和歧视、居于计划经济体制边缘的社会群体。由于受控制城乡人口流动的户籍政策、商品粮政策以及劳动用工制度等方面的限制，体制外群体成员（其主体是农民），除了当兵、上学等狭窄渠道之外，很难转化成为体制内社会群体成员。

计划体制下的限制性和歧视性政策，无疑是对作为体制外社会群体的农民不利的。然而，辩证地看，正是这种限制和歧视，造就了与城市居民相比较，中国农民更为强烈的自主谋生意愿和自主创业精神。关于这一点，马克斯·韦伯、布罗代尔和刘易斯的以下观点，显然可以为我们提供重要的理论参照。

马克斯·韦伯指出，“屈从于一个统治集团的少数民族或少数派宗教，由于他们自愿或不自愿地被排除在政治影响之外，一般都会以一种异乎寻常的力量介入经济行为。他们最富有才干的成员都在这一领域来寻求使自己的才干得到承认的愿望得到满足，因为他们没有机会为政府工作。俄国境内的波兰人和东普鲁士人无疑正是这样，他们的经济势力在那里发展比在他们占统治地位的加利西亚要快得多”。[①] 当然，韦伯也认为，新教徒由于具有一种特殊的精神气质，可能有所例外，因为，新教徒不管是作为统治阶级还是被统治阶级，不管是作为少数派还是作为多数派，“都表现出一种特别善于发扬经济理性主义的倾向”。[②] 尽管如此，韦伯并未否定那种由于社会的限制和歧视而使少数派“以一种异乎

① 〔德〕马克斯·韦伯著，于晓、陈维纲等译：《新教伦理与资本主义精神》，三联书店1987年版，第26页。

② 同上书，第26页。

寻常的力量介入经济行为”现象的普遍性。

布罗代尔也认为，社会在存在着对商业需要的同时，主流的社会文化价值观念又歧视、限制经商行为，主流社会群体受这种限制，不便于、也不屑于经商，这就为那些被限制从事具有较高社会声望评价职业的社会群体，提供了一种机会。布罗代尔指出，“在一个有特殊禁忌的社会里，例如把借贷和金融行业——视作违禁，难道不正是社会在强制‘非正常人’去做那些让人讨厌但对整个社会需要的事？亚历山大·格尔申克隆认为，俄国东正教出现分裂派正是这个原因。如果当时没有现成的分裂派存在，那就还得促使这一派人的出现。……在这场辩论中，与其谈到‘资本主义精神’，不如说是社会起了作用。中世纪和近代欧洲历史上的政治纠纷和宗教狂热促使许多人离乡背井，他们流亡国外，结成少数人集团。……他们被迫离乡背井，而远离家乡使他们财运亨通”。①

刘易斯与韦伯、布罗代尔的观点，无疑是同条共贯、若合符节的。刘易斯认为，在某些情况下，对一个集团的歧视，会使这个集团在统治阶级所不感兴趣的方面显示出强有力的发展。比如，如果统治阶级轻视经济活动，同时又限制其他集团在统治阶级引以为荣的活动——诸如军事职业、政府或教会——中表现自己，那么，被歧视的集团就会利用经济活动的机会，来显示自己的特色。这马上使人想起中世纪时期西欧的犹太人的地位：在当时，经商这种谋生手段被歧视，但它却成了犹太人生存的唯一机会，使他们集中在这一行业中发展。如果对犹太人的歧视取消了，他们可以不受限制地在各种职业上——科学、农业、军队和所有比较“受尊重”的生活方式上显示自己时，他们也许就并不比其他大多数集团更擅长于经商了，而且，作为一种反应，他们也会变得轻视这种谋生方式，并在这方面变得无能。②

中世纪的欧洲，经济动机被主流文化视为人们的一种强有力的欲

① 〔法〕布罗代尔著，顾良、施康强译：《15 至 18 世纪的物质文明、经济和资本主义》第 2 卷，三联书店 1993 年版，第 160 页。

② 〔美〕W. 阿瑟·刘易斯著，梁小民译：《经济增长理论》，上海三联书店 1994 年版，第 108 页。

求，它令人恐惧害怕，但绝对不值得称赞，因为经济活动与道德无关。按照中世纪主流价值观，财产是人们现世利益的化身，它使人不能关注自己的未来、拯救自己的灵魂。财产的积累导致了人们自私心理的产生，造成人们为财产而你争我夺，在此过程中，贪婪和仇恨会战胜利他主义。托马斯·阿奎那因此在《神学大全》中说，“甘愿贫穷是人们达到完美的爱的最重要和最基本的条件”。在中世纪时期，天主教会始终不承认俗人的行业在伦理上有什么可贵之处，对商业性的赚钱行径毫不留情地进行了贬抑。中古时代因此弥漫着一种视赚钱为不道德的想法，即使14世纪、15世纪的佛罗伦萨已成为金融中心，但赢利仍然被认为是伦理上可疑的，或顶多也只能加以宽恕的行为，类似于像“要让富人上天堂，比骆驼穿针还难”的说法，就形象地反映了大众在旧教熏陶下所养成的“反商情结”。然而，透过现象，对商业利益的抵制，其实也是一种利益的表达。中世纪的西欧是农业社会，主流社会之所以藐视商业甚至对商业采取压制的措施，是因为大规模的商业将会瓦解自给自足的庄园经济模式。但是，在任何一个自给自足的社会中，补充性的商业仍然是不可缺少的。那种没有任何分工、万事不求人的所谓“纯”自然经济，事实上只存在于理论模型中，并不存在于现实的世界。现实中的自给自足的自然经济，总是以一定程度的商业交换作为补充的。这种补充性的商业需要只能由补充性的边缘人来担任，而中世纪的犹太人所扮演的，正是这样一种补充性的边缘人角色。在巴比伦俘囚期以前，犹太民族也区分为各种不同的身份阶级。例如，骑士、农民、手工业者及少数的商人。预言与俘囚期的结果，使犹太人从定住民族一变而成为流徙的民族，所以从那时起，犹太人的习俗即禁止在某地固定下来，凡坚守犹太教者，就不能成为农人。因此，一方面，犹太人之所以不得不经营商业，尤其是货币商业，是有其宗教习惯的因素的，这也使得他们的交易在宗教习惯上限于部落间或习俗团体间的商业，这就使得犹太人具有边缘人的特点。

另一方面，相对于西欧而言，犹太人是外来人，相对于西欧之外的文明而言，他们又是西欧人，他们虽然身处西欧社会之中，又不能实际地获得同西欧人一样的政治地位和经济地位。他们的这种特点也正好适合西欧社会所要求的边缘人的特点。作为西欧的边缘人，犹太人没有当地人所“自然地”拥有的各种权利和保障，对此，他们需要用钱来补偿，用钱来“购买”。“犹太人只能靠钱来生活，不是按照我们当今资本主义社会有关金钱的含义来理解，而是按照更深刻的意义来理解，即购买生活的权利，因为基督教会允许犹太人在一定的间隔期间出资‘购买’作为纯粹自由农的权利。在这一种情况下，金钱对于犹太人来说，就具有了准神圣的意义。”① 因此，当伊斯兰教和基督教会都禁止自己的教徒放债取利，被歧视的“边缘人”和“异教徒”的犹太人便有了机会，如阿巴·埃班所说，“西方国家的教会日益严格地禁止基督教徒放债，于是基督教的欧洲便在这方面出现了一个真空，人们只好任由犹太人去填补。虽然许多基督教徒、基督教机构仍然放债，但是那些来自先进国家并拥有许多现金的犹太人可以公开放债，而教会则必须在某种借口下进行”。② 在这种情况下，人们把高利贷者同犹太人直接联系起来也就不足为怪了。

在其他种族或宗教群体中间，比如在“法国路易十四统治下的胡格诺教徒，英国不信国教者和辉格会教徒”③ 以及亚美尼亚人、印度的耆那教徒和东南亚的华人中间，也可以发现类似的情形。马克斯·韦伯认为，一个团体以其生产物自营商业时，可以有种种方式，“它常以农民及家庭工业经营者的副业方式开始发展的，通常为季节性的职业。从这个阶级发展出独立职业的行商与小贩；专门经营商业的部落共同体乃随之而起。不过也有些从事某种专门化工业的部落，而为其他部落所需要”。④ 韦伯发现，还有一种可能性，就是某些宗教徒因宗教的限制而成为专业的商人，其典型的形式可见之于印度。在印度，商业是掌握在某些种姓手中的。也就是说，在宗教习惯的排斥下，商业为“商贾”种姓

① 〔英〕查姆·伯曼特著，冯玮译：《犹太人》，上海三联书店 1991 年版，第 27 页。

② 〔以色列〕阿巴·埃班著，阎瑞松译：《犹太史》，中国社会科学出版社 1992 年版，第 160 页。

③ 〔德〕马克斯·韦伯著，于晓、陈维纲等译：《新教伦理与资本主义精神》，三联书店 1987 年版，第 26 页。

④ 〔德〕马克斯·韦伯著，康乐、吴乃德等译：《韦伯作品集》第 2 卷，《经济与历史支配的类型》，广西人民出版社 2004 年版，第 126 页。

阶级所独占。除了基于习俗团体基础的商业之外，还有习俗性局限于某些教派的商业，这种教派的成员由于受巫术—宗教的限制，不能从事其他任何行业。印度的耆那教就是如此。耆那教禁止杀生，尤其是弱小的生物。所以，耆那教徒不能成为战士，不能从事许多行业，例如用火的工业，因为火会杀害昆虫；不能在雨中旅行，因为会踩死水中昆虫。因此，除了经营定住的商业以外，耆那教徒别无其他职业可以选择。根据何梦笔（Carsten Herrmann-Pillath）的看法，当今海外华人的富裕，在相当程度上也是亚太地区许多国家对华人经济采取歧视政策的结果，这看上去是一种悖论。在过去，华人经济始终被限制在经济活动的缝隙内，但后来，这些缝隙却成了特别赢利的部门。长期以来，菲律宾规定华人不得插足核心工业部门，但华人在菲律宾银行业的主导地位却因此而产生了。同时，各国不允许华人在社会和政治上发展，华人只能通过经济上的成就来提高自己的社会地位。①

针对上述因宗教的限制和社会歧视而产生的有趣的悖论，刘易斯指出：在某些国家和地区，少数派可能不被允许在政治上获得成功，或不能进入某些上层社会职业（军事、行政、管理、科学等），从而他们的能力除了用在实业方面之外没有更好的出路。此外，宗教的大部分禁忌可能会禁止其大部分成员从事某些活动（贸易、放债），触摸某些东西或动物（肥料、皮革、猪），或者利用某些有利的机会，而如果这些少数派有不同的偏见，他们就可以靠那些多数派把自己排除在外的机会而兴旺。在少数派出现的时候，他们的宗教戒律并不一定比多数派的宗教戒律更有利于经济增长，时间本身会引起差别。随着少数派为了生存而进行的调整，它们的宗教戒律也将要改变。② 这种现象，可以被视为因宗教的限制和社会歧视政策而产生的一种潜功能，即这种政策的运作产生了未被人们察觉、非主观意图的、没有认识到的或预料到的结果。

韦伯、布罗代尔和刘易斯等的上述见解，对于理解改革开放以来与

---

① 〔德〕何梦笔著，朱秋霞译：《网络文化与华人社会经济行为方式》，山西经济出版社 1996 年版，第 7 页。

② 〔美〕W. 阿瑟·刘易斯著，梁小民译：《经济增长理论》，上海三联书店 1994 年版，第 123 页。

城市居民相比较，浙江农民所表现出来的更强烈的自主谋生意愿和自主创业精神，无疑具有启发意义。计划经济体制下农民的处境与刘易斯所说的“少数派”的处境，在很多方面是十分相似的，他们不能从事体制内社会群体所从事的职业，但正因为此，他们就有能靠那些体制内社会群体把自己排除在外的机会而兴旺。需要进一步探究的问题是，为什么同样属于体制外社会群体，浙江农民比其他一些地区的农民，呈现出了更显著的自主谋生意愿和自主创业精神？为什么被称为“中国犹太人”的是浙江的农民，而不是其他地区的农民？

改革开放以前，如果说浙江处于计划经济的边缘，那么浙江的农民则处于计划经济的边缘之边缘。如前所述，由于受控制城乡人口流动的户籍政策、商品粮政策以及劳动用工制度等方面的限制，体制外群体成员如农民，很难转化成为体制内群体成员。由计划经济的边缘地位所决定，在改革开放之前的浙江，这种转化显得尤其困难。与计划经济的中心地区相比较，浙江的农民无疑是一个生存压力更大的体制外社会群体。在计划经济的中心地区，不仅国家的投资多，而且城市化水平也高，这意味着有更多的人进入了体制内社会群体，接受计划经济父爱主义的保护，同时也意味着在资源一定的情况下，体制外社会群体的生存压力被得以有效的缓解。比如，在居于计划经济中心地区的辽宁省，1952年非农人口比重为23%，1957年达到36%，从1957—1960年，城市人口继续大幅增加，1962年市镇人口达42.3%，非农人口达36.5%。接着，像同时期全国多数地区一样，辽宁的城市人口机械性大量减少，1970年市镇人口所占比重为34.9%，非农人口比重为30.0%，城市个数也由12个减至10个。其后城市人口缓慢增长，虽然1970—1978年增长仅为1.7%，但1978年辽宁市镇人口比重仍高达36.6%。与辽宁形成鲜明的对照，1949年以来国家对浙江的投资很少，浙江不仅经济发展缓慢，而且城镇建设也十分落后。1949年浙江的城市人口、非农业人口占总人口的比重分别为11.81%、14.79%，此后，城市人口水平陡上陡下，但1978年城市人口、非农业人口占浙江总人口的比重仍停留在14%和12.26%。从1949—1978年，城镇人口占总人口数只提高了1.2%，而非农人口在总人口的比例下降了2.53%。由于在计划经济时期，非农业人口群体基本上是与体制内社会群体重合的，因此，改革开放之初，浙江非农业户口占总人口的比重低，意味着只有很少的人能够进入体制内社会群体，接受计划经济父爱主义的保护，同时也意味着体制外社会群体人口庞大，在资源一定的情况下，面临着更大的生存压力。

然而，历史的辩证法恰恰表现于，当政策松动之后，恰恰又是处于计划经济最边缘的浙江体制外社会群体（主要是农民），成为浙江制度创新和“体制外经济增长”的推动力量。产生这种现象的原因是多方面的，但从逆境形成的那种精神，无疑是一个不可忽视的因素。在这方面，汤因比提供了一个富有启示意义的观点。汤因比认为，如果一个生物丧失了某一器官的有生功能，同它同类的其他生物相比，成为某种机能的残疾者，那么，对于这种挑战，它很可能产生一种反应，使它的另一种器官或机能特别发达，其结果在这方面超过它的同类以弥补另一方面的不足。“在一个社会体内，一个群体或阶级如果发生了社会性的缺陷——或由于意外，或由于自己的行为，或由于他们生活在其中的社会里某些人的行为——也会产生同样的反应，在这方面受了妨碍便集中精力向别的方面发展，结果在那些方面占了优势。”①在计划经济时期，体制外社会群体也具有一种“社会性的缺陷”，即不能享受父爱主义的保护。由于特殊的历史因缘和现实的处境，及其所导致的强大的生存压力，浙江的体制外社会群体尤其是农民，必然具有较强的自主谋生冲动和自主创业精神（靠自己而不是靠国家）。这既与体制内社会群体，也与计划经济中心地区的体制外社会群体，形成了一种鲜明的对照。计划经济中心地区的体制外社会群体较轻的生存压力，也意味着群体成员较低的自主谋生意愿，而浙江体制外社会群体面临着更大的生存压力，意味着他们必须自己想出解决生存问题的方法，意味着他们必然具有较强的自主谋生冲动和自主创业精神。

另一方面，在计划经济体制下，就全国和浙江省而言，居于“中

① 〔英〕汤因比著，曹末风等译：《历史研究》（上），上海人民出版社1966年版，第155页。

心”地位的“体制内”群体的价值观显然属于社会的主导价值观。与取消市场机制的计划体制相适应，主导价值观念在很大程度上歧视甚至限制体制外的经济活动（所谓“资本主义”的经济活动）。当政策松动之后，受这种主导价值观念熏陶的体制内群体不屑于、也不便于去从事体制外的诸如补鞋、编织、理发、经商等被称为“个体户”的经济活动。而改革初期，百废待兴，急切需要“安定团结”，恢复生产，解决温饱等问题，同时国家面临财力不足，难以注入大量启动资金。在此宏观背景下，社会事实上存在对体制外经济活动的需要，需要以体制外的市场活动作为体制内的计划经济的必要“补充”。因此，社会在客观上“要求”体制外社会群体从事体制外的经济活动。在这种特殊的社会经济环境中，体制外社会群体便面临着一种难得的机遇。同时，在政策刚刚松动而计划经济体制还未完全松动的情况下，体制外群体流入体制内仍然是一件困难的事，计划体制事实上为他们设定了限制，限制他们从事体制内社会群体不屑于、也不便于从事的体制外的经济活动。正是这种辩证法，使浙江的体制外群体（即占浙江总人口约90%的农民）的自主谋生冲动和自主创业的精神得到了强化。改革开放以来，成千上万的浙江人（尤其是农民）在全国各地做小商品生意、弹棉花、承包建筑工程、理发、补鞋，还形成了塑料制品、模具、制泵、汽摩配件等生产基地，实现了股份合作制和民间金融制度等制度创新，这些正是浙江体制外社会群体（尤其是农民）自主谋生冲动和自主创业精神的集中体现。

四、人多地少与民间诱致的精神动力

对浙江民间诱致的精神动力产生原因的分析，显然应当贯彻马克斯·韦伯所谓多因素的“弹性”解释原则。计划经济的边缘地位，虽然是形成改革开放以来浙江民间诱致的经济发展和制度创新精神动力的重要原因，但显然不是唯一的原因。需要特别指出的是，除了计划经济的边缘地位、体制外社会群体庞大从而面临着更大的生存压力等因素以外，人多地少、资源匮乏的自然环境，也是使浙江民间形成强烈的自主谋生和自主创新意识这种文化精神的一个极其重要的原因。

1. 自然环境对精神的影响

关于自然环境对于人类社会和人的精神的影响，思想家已有诸多的论述。洪堡指出，“我处处力图证明，自然环境对道德结构和人类命运有经常不断的影响”。[①] 李特尔认为，人是“自然的镜子”。英国“处于被海峡环绕的中央，它自然就成为大海的统治者”。[②] 康德认为，社会与自然之间具有因果关系，各民族被自然边界（山脉、大河等）分隔开，破坏这种边界就意味着破坏了有一定规律的平衡，结果必然导致战争。康德把政治地理的研究对象确定为国家的位置、劳动产品、风俗、手工艺、商业和该地居民。将自然环境对社会的影响首先看成是能促进生产活动的自然条件对社会生活的影响。在黑格尔看来，助成民族精神的产生的那种自然的联系，就是地理的基础，“假如把自然的联系同道德‘全体’的普遍性和道德全体的个别行动的个体比较起来，那么，自然的联系似乎是一种外在的东西。但是我们不得不把它看作是‘精神’所从而表演的场地，它也就是一种主要的、而且必要的基础”。[③] 黑格尔认为，世界上有三种不同的政治制度。第一种是拥有广阔草地的高原地区，这里的居民主要以畜牧业为主，他们随季节变化逐水草而居，有时群聚起来去劫掠平原地区的居民。由于生活来源不定，所以无需法律，社会状态是严格的家长制，人的性格有好客和劫掠两个极端。第二种是大河流域的平原地区，这里的居民主要以定居农业为生，他们按季节变化有条不紊地进行生产，土地所有权和各种法律关系应运而生，从这些法律关系开始，国家的根据和基础有了成立的可能。因此便出现了中国、印度、巴比伦和埃及等伟大的王国。第三种是与海洋相连接的沿海地区，手工业、商业和航海业发达，大海邀请人类从事征服和掠夺，但同时也鼓励人类追求利润、从事商业。由于冒险求利是经常性的活动，

① 〔德〕洪堡：《我的自然观》，载〔前苏联〕阿努钦编，李德美、包森铭译《地理学的理论问题》，商务印书馆 1994 年版。

② 〔德〕李特尔：《普通地理学》，载〔前苏联〕阿努钦编，李德美、包森铭译《地理学的理论问题》，商务印书馆 1994 年版。

③ 〔德〕黑格尔著，王造时译：《历史哲学》，上海书店出版社 1999 年版，第 85 页。

所以海岸居民富有胆略和理智，海岸国家是民主政权。

黑格尔之后，关于自然环境对人类社会和人的精神的影响的研究，出现了另一种趋向。拉采尔在《人类地理学》中探讨了三个问题：地球表面的分布和群组；作为人类迁移结果的这些分布对自然环境的依赖性；自然环境对个人和社会所产生的影响，包括直接的生理影响、心理影响、对人类组织和经济发展的影响、支配人类迁移及其最后分布的影响。拉采尔的这一思想后来又延伸到了政治，产生了他的《政治地理学》。辛普尔将拉采尔的观点加以引申，在《地理环境》一书中，辛普尔把生活在同一自然条件下典型民族的各个阶段文化进行比较，认为，如果这些民族具有相似或相关的社会、经济的发展状况，那么就可以合理地说明这种相似或相关性是由于环境而不是由于人种造成的。亨廷顿在《气候与文明》一书中也发挥了拉采尔的观点。亨廷顿认为，人类的衣食住行主要依地理条件而定。地球上不同地方的人在满足他们的物质需要时，通常都选择那些由地理环境决定的最可能成功的职业。每个人的健康和精力，主要受从事的职业和物质生活条件的影响，而职业和物质生活条件主要取决于地理环境。甚至人类高层次的需要如管理、教育、宗教、艺术等也受到地理的影响，尽管这些需要主要取决于人种特征、历史发展的偶然事件和天才人物的影响，但地理环境会通过五个方面即人口密度、富裕程度、封闭程度、利益或资源的地区差异、精力程度等来影响高层次需要。亨廷顿还认为，在地理环境的位置、国土类型、水体、土壤与矿物、气候等五个要素中，气候最为重要，气候的温度、湿度和天气变化三个条件对人体的健康和精力影响最大。

上述诸家虽然观点各异，但是，都认为自然环境对于人类社会和人类精神具有重要的影响。毋庸置疑，原生自然环境对文化特征的形成起着十分重要的作用。环境除了通过获取生活资料的方式影响文化传统以外，还直接影响着人的性格。正如黑格尔所说，“我们所注重的并不是要把各民族所占据的土地当作一种外界的土地，而是要知道这地方的自然类型和生长在这土地上的人民的类型和性格有着密切的联系。这个性格正是各民族在世界历史上出现和发生的方式和形式以及采取的地位。"[①] 接受上述观点的引导，我们可以得出一个结论，作为自然环境重要因素的土地状况，无疑也会对人的精神产生难以低估的作用。

在中外历史上，因人多地少或土地贫瘠，而使当地人萌生到非农领域谋生的意愿并形成一种商业文化传统的事例中，比较典型的是欧洲中世纪的威尼斯和中国明清时期的徽州和山西。

威尼斯商人善于经商，与其说是天生的，倒不如说在很大程度上是由特殊的自然环境造就的。威尼斯远离欧洲大陆，土地贫瘠，没有像样的陆地，甚至没有像样的岛屿，土地经常移动，处于咸水沼泽之中，无土地可耕，无石可采，无铁可铸，无木材可作房舍，甚至无清水可饮。如此恶劣的自然环境，从一般的意义上而言，应该是它的不幸。但是，正是这种不幸，反而为威尼斯提供了某种机遇。一方面，土地贫瘠对威尼斯构成了一种限制，然而它在地理位置上恰恰又位于西欧大陆文明和东部拜占庭文明的中间，成为中部欧洲与地中海各国间自然的联络站。这种天赐的地理位置，正蕴含着一种巨大的商机。因此，"商业最重要的中心是在意大利：罗马时代城市传统的存留，半岛某些地区与君士坦丁堡东部帝国的持续联系，以及它在地中海东部的地理位置，使它自然成为大规模商业复兴的地点。位于亚德里亚海上的威尼斯，地理环境优越，使它可以利用商业的各种机会"。[②] 贫瘠的土地使威尼斯人面临着强大的生存压力，使他们萌生了强烈的谋生意愿和进取精神。这种强烈的谋生意愿和进取精神，使威尼斯人不仅突破了贫瘠的土地的束缚，也突破了中世纪坚固的宗教意识形态和禁令的限制，形成了自身特有的商业文化传统。只要有利可图，不管是基督教的朋友还是基督教的敌人，对威尼斯人而言，都无关紧要。威尼斯人的"进取和寻求利润的精神太强烈而且太必要了，不允许宗教上的顾忌长时间地阻止他们恢复以前与叙利亚的联系，尽管他们现在掌握在异教徒的手里"。"对意大利人而言，只要顾客付钱，他们的宗教信仰无关紧要。追求利润会遭教会的谴责，

---

① 〔德〕黑格尔著，王造时译：《历史哲学》，上海书店出版社 1999 年版，第 85 页。

② J. R. S. Philips, *The Medieval Expansion Europe*, Oxford University Press 1988, p. 26.

而且会背上贪婪的恶名，但在这里，它以最露骨的方式表现出来。”① 在强烈的自主谋生和进取精神的激发下，基督徒神圣的十字军东征，也成了威尼斯人极好的一个谋取利润的机会。热那亚人和威尼斯人把十字军穿越地中海的客船服务，“做成了一笔特别有利于可图的生意。他们索要高价，十字军骑士（大多没什么钱）支付不起，这时，这些意大利‘投机商’就仁慈地允许他们‘一路干活抵偿船钱’。要抵偿从威尼斯到阿卡的船钱，十字军骑士要为他的船主，打一定次数的战争”。② 这样，威尼斯大大拓展了自己在亚德里亚海沿岸、希腊（雅典也成了威尼斯的殖民地）、塞浦路斯岛、克里特岛、罗得岛的领土。更有甚者，威尼斯商人除了同异教世界进行正常的贸易以外，还敢于突破欧洲基督教会的禁令，贩运武器原料给回教徒，以谋取利润。

像威尼斯商人一样，明清时期的徽商和晋商到非农领域之外谋生的强烈意愿和进取精神，特殊的自然环境也是一个重要的原因。徽州下辖歙县、休宁县、婺源县、祁门县、黟县和绩溪县，郡处于安徽省南部的崇山峻岭之中。有宋代一代，徽州人地矛盾就已十分突出，有赖饶州产米补给。淳熙《新安志》有如下记载：“新安为郡在万山间，其地险狭而不夷，其土骍刚而不化，水湍悍少潴蓄。自其郡邑，固已践山为城，至于四郊都鄙，则犹可知也。大山之所落，深谷之所穷，民之田其间者，层累而上，指十数级不能为一亩，快牛剡耜不得旋其间。刀耕而火种之，十日不雨则卯（仰?）天而呼；一遇雨泽，山水暴出，则粪壤与禾荡然一空，盖地之勤民力者如此。”这状况与饶州和宣州形成了鲜明的对照，宣、饶之田，弥望数百亩，“岁才一耘，时雨既至，禾稗相依以长，而其人亦终岁饱食，不待究其力。歙之人，耘以三四，方夏五、六月，田水如汤，父子坦跣，膝行其中；掘深泥，抵隆日，蚊蝇之所扑缘，虫蛭之所攻毒，虽数苦有不得避，其生勤矣”。③ 由恶劣的自然环境

---

① Canter, Norman F. And Werthman Machaels, *Medievals Medieval Society* 400—1450, N. Y. Thomas Y. Crowell Co., 1972, p. 139.

② 〔美〕房龙著，秦彦士、冯士新译：《人类的故事》，广西师范大学出版社 2003 年版，第177页。

③ 淳熙《新安志》卷 2《叙贡赋》。

而导致的徽州人劳动密集和辛苦程度，从此文可见一斑。舒璘也说，徽州“山多田少，贫民下户，仰给于陆种者尤众”。① “新安虽号六邑，皆崇山峻岭，水东流浙，西入彭蠡，在江右若覆釜然，耕垦砂砾，不见平原。”② 由于缺乏平地，徽州的贫农和下户只能仰赖干旱作物粟麦等维生。

上述表明，徽州经济，已不能以纯农业作为生计的中心基础。因此，徽州人萌生到非农之外谋生的愿望，就是十分自然的事情。关于徽州自然环境与徽商群体兴起的关系，明清的学者有很多精辟的论述。吴日法在《徽商便览》中说，“吾徽居万山环绕中，山川崎岖，峰峦掩映，山多而地少。遇山川平衍处，人民即聚族居之。以人口孳乳故，徽地所产之食料，不足供徽地所居之人口，于是经商之事业以起。”③ 唐顺之也说，“新安土地硗狭，田蓄少，人庶仰贾而食，即阀阅家不惮为贾。”④ 魏禧指出，“徽州富甲江南，然人多地狭，故服贾四方者半。土著或初娶妇，出至十年、二十年、三十年不归，归则孙媳妇而子或不识其父。”⑤ 洪玉图也认为，“歙山多田少，况其地脊，其土骍刚，其产薄，其种不宜稷粱，是以其粟不支，而转输于他郡，则是无常业而多商贾，亦其势然也。”⑥ 据统计，明代万历年间徽州人均耕地面积仅2.2亩，清代康熙年间为1.9亩，道光年间则进一步减少到了1.5亩。按现在的标准，无论是人均耕地面积2.2亩，还是1.9亩、1.5亩，都不算太少的数目，但是按照当时的生产力水平，徽州的人地矛盾就非常突出。据乾隆年间徽州学者洪亮吉所说，当时“一岁一人之食，约得四亩，十口之家，既须四十亩矣”。⑦ 也就是说，人均4亩耕地才能解决当时人的温饱问题。按照这个标准，明清时期的徽州显然是一个严重缺粮

① 舒璘：《舒文靖集》卷下《与陈仓》。
② 舒璘：《舒文靖集》卷下《与陈英仲提举扎子》。
③ 吴日法：《徽州便览·缘起》。
④ 唐顺之：《程少君行状》，《唐荆川文集》卷15。
⑤ 魏禧：《魏叔子文集》卷17《江氏四世节妇传》。
⑥ 转引自张海鹏、王廷元编《徽商研究》，安徽人民出版社1995年版，第19页。
⑦ 洪亮吉：《卷施阁文甲集》卷1《意言·生计》。

的地区，顾炎武因此说，徽郡“大多计一岁所入，不能支什之一”。①徽州人许承尧也说，“余郡处万山中，所出粮不足一月，十九需外给，远自江广数千里，近自苏松常镇数百里而至，纳钞输牙，舟负费重，与所挟资准。以故江南米价，徽独高”。②土地难以糊口，无疑激发了徽州人到非农领域之外谋生的强烈意愿和进取精神。《歙志·货殖》认为，俗谚将“经商（贾）”称为“生意”，即源于此，“今邑之人众几于汉一大郡，所产谷粟不能提供百分之一，安得不出而糊其口于四方也。谚语以贾为生意，不贾则无望，奈何不亟亟也”。“人人皆欲有生，人人不可无贾矣。”③

像徽商一样，明清时期的晋商身上所表现出来的强烈的谋生意愿和进取精神，也与“土脊天寒，生物鲜少”的自然环境有一种内在的联系。山西地处黄土高原，海拔高，地形崎岖，岭谷相间，因太行山的阻隔而无法得到来自海洋的温湿气候滋润，却饱受西北荒漠的风沙侵蚀。山西的农业耕地以旱地为主，水地面积很少。明清时期无耕地分类记载，据1935年的调查，全省耕地中旱地占97.18%，水地仅2.82%，而旱地中有48.51%是山坡地。④平原洼地土地碱化，高阶台地水源短缺，黄土丘陵则有水土流失之虞。清人康基田因此而说，山西“无平地沃土之饶，无水泉灌溉之益，无舟车鱼米之利”，“天寒地脊，生物鲜少”，“岗陵丘埠，硗薄难耕”，实在是一个十分艰难的生活环境。⑤贫瘠的土地，恶劣的自然环境，导致明清时期山西粮食亩产量偏低。清人任启运说：“自直隶北境及山西，大抵土广而人稀，江南二百四十步为亩，山西千步为亩，而田之岁入不及江南什一。”⑥因此，山西缺粮严重，清人朱轼说：“查山、陕二省地脊民稠，即丰年亦不足本省食用，全凭东南各省米艘，由江淮溯河而北，聚集豫省之河南、怀庆二府，由

---

① 顾炎武：《天下郡国利病书·江南》。

② 许承尧：《歙事闲谈》第6册，《明季县中运米情形》。

③ 万历《歙志·货殖》。

④ 徐松荣：《近代时期的山西农业》，载《近代的山西》，山西人民出版社1988年版。

⑤ 参见葛贤慧《商路漫漫五百年——晋商与传统文化》，华中理工大学出版社1996年版，第1—2页。

⑥ 《皇朝经世文编》卷43，任启运《请安流民兴水利疏》。

怀庆之清化镇太行山运入山西，由河南府之三门砥柱运入潼关，晋省民人，籍以糊口，由来已久。”[①] 像徽州一样，山西的土地养活不了人，由此也激发了山西人强烈的谋生意愿和进取精神。正如康基田所说，“太原以南，多服贾远方，数年不归，非有余而逐什一也。盖其土之所有不能给半，岁之食不能得，不得不迁贸有无，取给他乡。”[②] 张四维也说，“吾蒲（永济）介在河曲，土陋而民伙，田不能以一援，缘而取给于商，计其挟轻资牵车走四方者，则十室九空”。[③] 据调查，清末民初山西祁县的总户数中，60% 以上的家庭有过经商史。按此推算，一个10万人的县，便有1.5万人外出经商。[④] 民国《太谷县志》亦云，“阳邑（太谷）民多而田少，竭丰年之后，不足供两月，故耕种之外，咸谋善生，跋涉数千里率不以为常。土俗殷富，实由于此。”[⑤] 山西太谷县原先地瘠民贫，但穷则思变，在强烈的谋生意愿和进取精神作用下，太谷人纷纷外出谋生，太谷县逐渐地由贫变富。道光后，太谷为山西三帮票号之一，富甲一方，已“俨然操全省金融之牛耳”。[⑥]

不仅仅威尼斯商人、徽商和晋商的兴起，而且历史上多数商帮的兴起，都与人多地少或土地贫瘠的自然环境具有一种联系。历史上多数商帮的故乡都是地狭人稠或土地贫瘠，以至民众难以单纯依靠农耕为生，不得不另谋他路。当然，需要特别强调的是，特殊的自然环境虽然是商帮兴起的必要条件之一，但却不是主要的条件。否则就不能解释，同样是地狭人稠之地，为什么有的地方形成了商帮，另外的地方却没有，有的地方的百姓萌生了到农业之外谋生的意愿和进取精神，而另外地方的百姓则仍安于现状。因此，在重视自然环境与人们自主谋生意愿和进取精神以及商帮兴起的关系的同时，一种综合的考察仍然是必要的。黑格尔十分重视自然环境的作用，但同时又指出，“我们不应该把自然界估

① 朱轼：《朱文端公文集》补编卷4《咨户兵二部河南巡抚禁遏籴》。
② 康基田：《晋乘蒐略》。
③ 张四维：《条麓堂集》卷20。
④ 张正明：《晋商兴衰史》，山西古籍出版社2001年版，第289页。
⑤ 民国《太谷县志》卷3。
⑥ 民国《太谷县志》序。

量得太高或者太低：爱奥尼亚的明媚的天空固然大大地有助于荷马诗的优美，但是这个明媚的天空决不能单独产生荷马。”[①] 黑格尔不否认地理环境对民族性格、民族精神的作用，但他认为，造成性格、精神差异的直接原因是各种民族的经济生活方式，自然条件只是间接的原因。正如普列汉诺夫所说，“关于地理环境对于人类历史发展的意义，在黑格尔之前和黑格尔之后，都有很多人谈到过，但是不论在他之前和在他之后的研究者都常常陷于错误，即仅仅局限于探究人们周围的自然界在心理方面或者生理方面对人的影响，而完全忽视了自然界对社会生产力状况，并且通过生产力状况对人类的全部社会关系以及人类的整个思想上层建筑的影响。至于黑格尔，就不仅在个别方面，并且在整个问题的整个提法上，都完全避免了这种严重的错误。”[②] 马克思指出，“一个存在物如果在自身之外没有自己的自然界，就不是自然存在物，就不能参加自然界的生活。”[③] 同时，他又指出，“被抽象地理解的、孤立的，被认为与人分离的自然界，对人说来也是无。”[④] 国内学者唐力行认为，对徽商现象的研究，我们不仅要注意到地理与民生的关系，还应深入考察地理与文化的关系。即便就地理而言，除了要注意到徽州内在的多山，还要从宏观上把握徽州在江南所处的位置。还应注意到社会的互动，徽商的勃兴，正是在特定时空条件下的社会变迁，以及由此而引起的一系列社会互动的结果。[⑤] 哈莉特·祖都佛对徽州地区的研究表明，与边境运输制度重组同时发生的，是明代政府税收政策的转变。1494 年当工部所要求征用的清漆和桐油，不再用从地税收益中扣减的方法征收，而是分开作为地税以外的独立年征，这一转变使本地税收显著地增加到了 3777 两白银。1515 年工部再进一步向徽州征收 2 万株松树；接着于 1523 年又增加了砍伐树木的征税。当以前无关紧要的杂项附加税在嘉

---

① 〔德〕黑格尔著，王造时译：《历史哲学》，上海书店出版社 1999 年版，第 82 页。

② 〔俄〕普列汉诺夫：《黑格尔逝世六十周年》，《普列汉诺夫哲学著作选集》，三联书店 1959 年版，第484—485 页。

③ 马克思：《1844 年经济学—哲学手稿》，人民出版社 1985 年版，第 125 页。

④ 同上书，第 135 页。

⑤ 唐力行：《明清以来徽州区域社会经济研究》，安徽大学出版社 1999 年版，第 72 页。

靖年间(1522—1566)剧增时，从农地赚钱的成本变得很重，以至很多人宁愿放弃占有土地而选择从事贸易。① 唐力行、哈莉特·祖都佛的上述观点，不仅对于研究徽商现象具有理论和方法论的意义，而且对于研究其他商帮现象也具有理论和方法论的价值。

2. **人地矛盾与自主创业精神**

改革开放以来，像中外历史上的威尼斯、徽州、山西一样，浙江人多地少的自然环境，也是浙江人强烈的自主谋生意愿和自主创业精神形成的一个重要条件。

浙江全省陆地面积10.18万平方公里，为全国面积的1.06%，是全国面积最小的省份之一。其中，山地和丘陵占70.4%，平原和盆地占23.2%，耕地面积161.38万公顷，河流和湖泊占6.4%，有“七山一水两分田”之说。据国务院农村发展研究中心发展研究所的研究报告，各省市的“人均资源量指数”，以全国平均数为100，浙江省的具体数值是：水资源89.6，能源0.5，矿产4.9，可利用土地40，耕地和气候117.2；各省市的“人均资源拥有量综合指数”，浙江居倒数第3位，末五位分别是：上海10.4，天津10.6，浙江11.5，江苏和广东均为26。研究报告表明，就基本自然资源的丰度而言，浙江确实是一个“资源小省”。在“人均资源量指数”中，浙江人多地少的矛盾显得尤其突出。1993年，浙江人口密度达到每平方公里423.7人，比同期全国平均123人和世界平均41人高出许多倍。1978年浙江省人均占有耕地面积0.68亩，1990年为0.615亩，到了1995年为0.57亩，现在已进一步下降到0.55亩。浙江人均耕地面积不到全国平均水平的一半，仅为世界人均水平的六分之一。在浙江的某些地区，尤其是在作为浙江模式之代表、改革开放以来最具经济活力的台州和温州地区，人均占有耕地面积水平则更低。1978年，温州地区人均耕地为0.52亩，永嘉的桥头镇，人均耕地面积则只有0.28亩。目前，温州人均耕地面积仅为0.33亩，只有全省的三分之二。而在改革开放以前的台州，人均耕地面积则不足

① 参见〔加〕卜正明著，方骏、王秀丽、罗天佑译《纵乐的困惑——明代的商业与文化》，三联书店2004年版，第137—138页。

0.5 亩，远远低于当时全国 1.6 亩和全省 0.68 亩的水平。

人多地少、土地贫瘠和地广人稀、土地肥沃，分别会对人的精神产生什么样的作用呢？孟德斯鸠指出："法律应该和国家的自然状态有关系；和寒、热、温的气候有关系；和土地的质量、形势和面积有关系；和农、猎、牧各种人民的生活方式有关系；和居民的宗教、性癖、财富、人口、贸易、风俗、习惯相适应。最后，法律和立法者的目的以及和作为法律建立的基础的事物的秩序也有关系。应该从所有这些观点去考察法律。"[①] 不仅分析法律的形成必须与分析自然状态相结合，而且分析人的精神的形成也必须与分析自然状态相结合。不同的自然状态会对人的精神产生不同的作用。按照孟德斯鸠的看法，贫瘠的土地能够孕育人的进取精神，而肥沃的土地则养成了人的惰性心理。"土地硗薄能使人勤勉持重，坚忍耐劳，勇敢善战；土地不肯给予他们的东西，他们必须自己取得。"而"土地膏腴则因安乐而使人怠惰，而且贪生畏死"。[②] "一个国度土地肥沃，就很自然地养成一种依赖性。"[③] 黑格尔指出："大海给了我们茫茫无定和渺渺无限的观念；人类在大海的无限里感到他自己底无限的时候，他们就被激起了勇气，要去超越那有限的一切。大海邀请人类从事征服，从事掠夺，但是同时也鼓励人类追求利润，从事商业。"而"平凡的土地、平凡的平原流域把人类束缚在土壤上，把他卷入无穷的依赖性里边"。[④] 马克思也认为，"过于富饶的自然'使人离不开自然的手，就象小孩子离不开引带一样'它不能使人自身的发展成为一种自然必然性。资本的祖国不是草木繁茂的热带，而是温带。不是土壤的绝对肥力，而是它的差异性和它的自然产品的多样性，形成社会分工的自然基础，并且通过人所处的自然环境的变化，促使他们自己的需要、能力、劳动资料和劳动方式趋于多样化"。[⑤]

---

① 〔法〕孟德斯鸠著，张雁深译：《论法的精神》（上册），商务印书馆 1961 年版，第 7 页。

② 北京大学哲学系外国哲学史教研室编：《十八世纪法国哲学》，商务印书馆 1979 年版，第56 页。

③ 同上书，第 54 页。

④ 〔德〕黑格尔著，王造时译：《历史哲学》，上海书店出版社 1999 年版，第96 页。

⑤ 《马克思恩格斯全集》第 23 卷，人民出版社 1972 年版，第 561 页。

毋庸置疑，地理环境虽然不是决定人的精神的唯一因素，但却是影响人的精神的重要因素。根据一种最朴素的观点，人是一个生物体。人的精神首先受制于人的身体，受制于人的“神经系统、营养和消化系统、能量”。这种观点，显然与主体论截然有别。在主体论那里，身体仅仅作为一个无关紧要的因素，主体论相信的是意识、灵魂、我思的决定功能，历史事件应该在这些方面，在主体方面寻找根源，历史的眼光总要穿透身体而抵达灵魂的深处。然而，如福柯的谱系学所表明的，身体是来源的处所，历史事件纷纷展示在身体上，历史上的冲突和对抗都铭写在身体上，可以在身体上面发现过去事件的烙印。而人的身体首先是作为一个生物体，生存于一定的自然环境之中。身体具有“神经系统”和“消化系统”，它首先需要的是营养和能量，而不是那些好高骛远的东西。因此，身体的需要是最本真、最基本的需要。萨姆纳和白拉德都是从人的身体、生理方面来理解人类需要的。他们认为，身体、生理的需要对于文明起源的意义，是不可以低估的。萨姆纳认为社会制度正是起源于人类的四种基本需要：即饥饿、爱情、虚荣和恐惧。饥饿产生社会自存制度，如工业组织等；爱情产生社会自续制度，如婚姻、家庭；虚荣产生社会自足制度，如礼仪、娱乐等；恐惧产生宗教制度。白拉德认为，社会制度的基础深深地渗透到人类的本性之中，它是由需要满足的、明确的、持久的欲望而产生的。按照白拉德的观点，家庭产生于人类繁殖和抚养孩子的需要；国家产生于生存的需要；宗教产生于对神灵的恐惧或某种好奇心；工业则产生于对商品的欲望。萨姆纳和白拉德的观点显然已经高估了身体、生理“需要”的历史地位，而忽略了满足身体、生理需要的手段和途径，即社会的生产方式，因而无法从根本上解释社会历史的变异性。但无可否认的是，从身体、生理的需要去探讨社会历史的起源问题具有相当程度的合理性。

人首先要解决吃穿住问题，才能从事其他的历史活动。人们所以进行生产，是为了生活的需要。按照马克思和恩格斯的观点，人们为了能够“创造历史”，必须能够生活。但为了生活，首先就需要衣、食、住以及其他东西。因此第一个历史活动就是生产满足这些需要的资料，即生产物质生活本身。同时这也是人们仅仅为了能够生活就必须每日每时都要进行的（现在也和几千年前一样）一种历史活动，即一切历史的基本条件。“全部人类历史的第一个前提无疑是有生命的个人的存在。因此，第一个需要确认的事实就是这些个人的肉体组织以及由此产生的个人对其他自然的关系。当然，我们在这里既不能深入研究人们自身的生理特性，也不能深入研究人们所处的各种自然条件——地质条件、山岳水文地理条件、气候条件以及其他条件。任何历史记载都应当从这些自然基础以及它们在历史进程中由于人们的活动而发生的变更出发。”① 因此，作为一个生物体生存于一定的自然环境之中的、具有“神经系统”和“消化系统”、需要营养和能量的身体的需要是最本真的需要。而人多地少、土地贫瘠或地广人稀、土地肥沃的不同的自然环境，会对身体和生理及其需要、精神状态产生不同的作用。当土地可以基本满足身体吃穿住等基本需要的时候，身体也可能会倾向于怠惰，也可能“黏着于土地上”并形成与此相应的“安土意识”。但是，当土地不能满足身体吃穿住等基本需要的时候，身体便会突破任何坚固的意识形态的束缚，萌生强烈的谋生意愿和进取精神。

改革开放以来，人多地少的自然环境，对浙江人的精神状态究竟产生了什么作用呢？一方面，在那些地广人稀或土地肥沃的地区，尽管人们可以获得一定的生活资料和生活保障，但他们同时也可能受土地的束缚。也就是说，获得生活资料的保障可能是以牺牲自由流动为代价的。人们可能终年累月地去对付土地，从而像小孩子离不开引绳一样离不开土地，土地有可能耗尽那些地区大部分精壮劳动力的时间和精力。而在像浙江尤其是浙南这样人多地少的地区，则意味着在其他条件给定的情况下，尤其是实行农村家庭联产承包责任制以后农民生产积极性以及生产效率极大提高的情况下，只要用很少的劳力，就足以对付土地了，因此土地难以束缚人。有人称，改革开放以来，在浙江的许多地区，是“七〇三八六一部队”（老人、妇女和儿童）在土地上劳作。这种说法可能有所夸张，但无可否定的是，人多地少的自然环境，也的确使浙江大批的青壮年从土地中解放了出来，可以既离土又离乡，外出从事工商

① 《马克思恩格斯选集》第1卷，人民出版社1995年版，第67页。

活动。这一点在人地矛盾严重的温州，表现得尤为突出。改革开放之初，温州市农村劳动力为180万人，其中从事农业种植的为160万人；而在1985年的210万劳动力中，务农的只有60万人，占28.8%，其余150万农民从农田上解脱了出来。因此，人多地少的自然环境，既给浙江人造成了生存的压力，同时也给了浙江人从事非农业活动的自由空间。浙江人在摆脱了土地的束缚以后获得了宝贵的东西，那就是自由，即自由流动、自由行动的自由，而这种人身的自由正是从事非农业活动尤其是商业交往所不可缺的东西。这一点也与欧洲中世纪源自于流浪人的商人群体的经历非常相似。在欧洲中世纪，土地决定着一个社会成员在社会上的生活资料分配，同时决定着一个人社会地位的稳定。在把实物的获得看得比钱币重要的时代，无论贵族、庄园主还是农奴，都紧紧维系在土地的出产物上。所以，在当时脱离土地、失去土地便意味着失去赖以谋生的依据，也失去了在社会上应有的地位。但也正是因为失去土地，使那些流浪人摆脱了以土地为基础的种种制度和规则的控制。"无论是犹太人还是威尼斯人，他们都是可以自由行动的人，都是脱离农业的人，都是基本上不与西欧的土地发生关系的人，都是到处流动进行交往，熟悉很多地方情况的人，都是善于面对种种危险而获取高额利润的人。西欧脱离农业的人同这些'前辈们'有着太多的类似之处，同是处于社会夹缝中的人，他们最终沿着这些'前辈们'的维持的道路，把他们的生活方式作为自己的生存资本，是非常自然的事情。"①

另一方面，浙江人尤其是浙江的农民，并不是天生就比其他地区的人更具有强烈的自主谋生意愿和自主创新精神的。事实上，就常态而言，直接靠农业来谋生的人是黏着在土地上的。如前所述，按照费孝通的观点，农业和游牧或工业不同，它是直接取资于土地的。游牧的人可以逐草而居，飘忽无定；从事工业的人可以择地而居，迁移无碍；而直接靠农业来谋生的"乡土社会在地方性的限制下成了生于斯，死于斯的

---

① 赵立行：《商人阶层的形成与西欧社会转型》，中国社会科学出版社2004年版，第131页。

社会。常态的生活是终老是乡”。①“我们很可以相信，以农为生的人，世代定居是常态，迁移是变态。大旱大水，连年兵乱，可以使一部分农民抛井离乡；即使像抗战这样大事件所引起基层人口的流动，我相信还是微乎其微的。”② 当然，这并不是说乡村人口是固定的。因为人口在增加，一块地上只要几代的繁殖，人口就到了饱和点；过剩的人口自得宣泄出外，负起锄头去另辟新地。可是老根是不常动的。这些宣泄出外的人，像是从老树上被风吹出去的种子，找到土地的生存了，又形成一个小小的家族殖民地，找不到土地的也就在各式各样的命运下被淘汰了，或是“发迹了”。

恰亚诺夫认为，传统农民不仅“黏着在土地上”，而且甚至在土地上也是“好逸恶劳”的。传统农民一旦生产够自己消费的粮食就会减少自身的劳动甚至停止劳动。换言之，对于传统农民来说，消费的满足并不是一个无限的过程，而是一个到了一定水准就会安于现状的过程。1924 年，恰亚诺夫在对当时俄国四个县的家计调查材料进行整理和重新编排后，得出如下的结论：“家庭农场的劳动者对劳动能力的开发的程度受到家庭消费需求的推动，当消费需求出现增长，农民劳动自我开发的程度亦随之加深。另一方面，劳动能力的耗费又受到劳动本身辛苦程度的制约。同收益相比较，劳动越艰苦，生活水平就会越低；尽管即使要达到这种低等的生活水平，农民家庭也往往必须付出巨大的努力，但低到一定程度，它就会放弃从事该种艰苦的劳作。换言之，我们能够肯定地说，农民劳动自我开发的程度靠需求满足程度和劳动艰苦程度之间的某种关系来确定。”③

当然，传统农民“黏着在土地上”，甚至表现得有些“好逸恶劳”，并不表明他们是非理性的，恰恰相反，即使在这种情况下，农民也是相当理性的。他们似乎很“保守”，甚至经常表现得“不思进取”，其实“保守”、“不思进取”也是给定约束条件下的一种理性的选择。J. 米格

① 费孝通：《乡土中国》，三联书店 1985 年版，第 4 页。

② 同上书，第 3 页。

③ 〔俄〕A. 恰亚诺夫著，萧正洪译：《农民经济组织》，中央编译出版社 1996 年版，第 53 页。

代尔指出："农民奉行的是一种'极小极大'战略，即冒最小的风险争取最大的对环境的控制。农民对变革充满怀疑，因为他们意识到那些所谓进步可能把他们带入比现在还糟糕的地步。对这些挣扎在生存边缘上的农民来讲，这是种无法承受的风险。"[①] 20 世纪 60 年代经济学家 T. 舒尔茨更从理论和经验上论证了农民像其他人一样是理性的，对价格和其他市场刺激有灵敏的"正常"反应。他以非洲为例指出：当可可、棉花、咖啡、花生或油棕果的出口价格变得有利可图时，农民的供给反应是有高度弹性的。因此，传统的小农经济并非如一些人所认为的那样不讲效率。以农民经济心理的"非理性"为由，违背其意愿而强行改变资源配置方式的企图造成了比农民经济更无效率的结果，就足以证明这一点。他认为，把农民看作"宁愿选择闲暇而不愿做额外工作以增加生产的游手好闲者"，看作不愿为增收投资而储蓄的"挥霍者"，看作无效率地使用其所支配之资源的落后与保守分子，这都是对农民的"诽谤"。[②] 孟德拉斯则在《农民的终结》中引述了M. 马利约特对恒河谷地农民的研究，马利约特发现那里的农民尽管意识到了一项完善的灌溉技术的好处，但他们却不愿用由此带来的水，原因在于"在他们看来，水渠是政府的一个阴谋，是为了从他们那里提取更多的劳动和金钱"。[③] 如果把自然灾害等不可控制因素排除在外，以自给自足为主的传统农业，一切都是确定的和透明的，或者说信息是充分的。因此，在一般情况下，农民往往宁愿过着收入较低但相对稳定的生活。农民害怕尝试新鲜事物，主要是因为这种尝试常常带有某种风险和不确定性。也就是说，在一定的生存状况下，农民的革新必须承担相应的风险，有可能失败，而失败则意味着事实上的毁灭。小农是十分脆弱的，只要死一头牛，就足以让他陷入破产的境地。因此，当生产者的产出水平只能达到家庭最

---

① 〔美〕J. 米格代尔著，李玉琪、袁宁译：《农民、政治与革命——第三世界政治与社会变革的压力》，中央编译出版社 1996 年版，第42—43 页。

② 参见秦晖《历史与现实中农业市场的价格—供给反应——关于"农民理性"的经济史考察》，《现代化进程中的中国农民》，南京大学出版社 1998 年版，第 3 页。

③ 〔法〕孟德拉斯著，李培林译：《农民的终结》中国社会科学出版社 1992 年版，第 42 页。

低限度的消费需要时，生产革新与发展的风险和不确定性，就使生存威胁成为生产者面对的最基本的问题。这时，生产活动的主要目的并非收入的最大化，而是家庭生计可能性的最大化。生产技术的低水平状态，使小农时时面临生计压力，产生了使风险最小化的内在要求，生产的常规化便成为其首要的选择。

农民的理性不仅仅表现于其经常会在投入和物质收益之间的权衡上，而且也表现于其常常在投入和精神收益之间的权衡上。农民的进取动机、致富的欲望，不仅受制于物质生产力的条件，而且也受制于文化意义与价值，受制于权利、地位、声望、信任和评价等“非经济因素”，换言之，农民的进取动机、致富的欲望，也是一种社会文化建构。在一个倡导“小富即安”、“枪打出头鸟”、“人怕出名猪怕壮”、“出头的椽子先烂”的社会文化氛围中，具有进取心、致富欲的农民，必然会被视为具有异质性的倾向而受到惩罚。在此情势下，传统农民在文化观念上不可避免地体现为沃尔夫所说的“夜郎自大”、“迷恋穷苦”、“清心寡欲”和“顺从贫困即为美德”，还有就是“集体嫉妒”、“喜传隐私”、“迷信巫术”以对付那些来自其他世界的物欲陷阱和“向上爬”的作风，保持经济平均和传统行为规范。[①] 在《农民的道义经济学：东南亚的反叛与生存》一书中，斯科特认为，这就是所谓小农经济“生存第一”的伦理原则。即限制个人对财富的无穷追求有助于群体的集体生存，由此斯科特认为，农民的经济是一种道德经济。斯科特的观点可以在中国人民公社制度中得以证明。在人民公社制度下，农民追求利润的动机也被认为是“小资产阶级意识”而不断受到打压，对那些超越其社会群体而发家致富的家庭也不断用政策实施打击。所以，尽管国家鼓励农民为集体的事业而努力生产，然而，农民却对个人致富表现得“不思进取”。其实，农民之所以“不思进取”，是因为担心越轨会受到社会“共同体”的惩罚。

但是，这并不意味着“发展缓慢”、“不发展”乃至停滞，等等，

① 〔美〕托马斯·哈定等著，韩建军、商戈令译：《文化与进化》，浙江人民出版社 1987 年版，第 52 页。

乃是小农经济或农业生产体系的固有特征，也不意味着“保守”、“不思进取”、“不愿冒风险”、“无效率”永远是农民符合理性的一种选择。米格代尔引述克鲁克斯的话说，“过去，冬小麦一直被视为是有风险的作物，因为它完全依赖天气的好坏。但当税收沉重得使人们不堪承负，租金已高达50%甚至更高时，有少数比较富裕的农民就开始冒这种风险赌上一赌了”。[①] 斯科特也认为，安全第一的行为并不排除一切革新，而是排除那些高风险革新。安全第一原则并不意味着农民屈从于习惯，即使是可以避免的风险也不敢承担。当旱季作物、新种子、种植技术以及市场生产等新事物提供了明确的、实质上的收益并且对生存安全没有风险或风险不大时，人们会看到农民们往往是冲在前面的。当“继续进行常规活动总要带来失败，这就再次使得冒险变得有意义了；这样的冒险是有利于生存的。那些其生存方案由于气候、土地短缺或地租上涨而失败了的农民，尽其所能地要保持住自己的漂浮不定的地位——这可能意味着要改种用于销售的农作物，背下新的债务和采用有风险的新稻种，甚至意味着要沦为盗匪。大量的农民革新行为都具有这种孤注一掷的特征。这就使得农民不能不为未知事物而拼搏一番的经济背景同其常见的怀疑主义谨慎态度，具有同样奇特的社会、政治含义”。[②]

当土地稀缺，尤其是像浙南一带某些地方人均只有半亩或0.3亩耕地，加之人民公社生产的低效率，因而农民难以活命时，“铤而走险”可能也是一种符合理性的选择。比如，改革开放以前，温州苍南县金乡镇就发生过群众到区机关食堂抢饭吃的事。外出逃荒的农民为数不易统计，据说，平阳县逃荒人数占人口总数的60%。[③] 在这种情形下，农民离开土地就是一种理性的选择或一种值得的冒险。因为人多地少，意味着土地难以养活人，继续依赖土地就要冒可能饿死的风险；意味着浙江人尤其是后来在改革开放中最鲜明地体现了浙江精神的浙南人（如温州

---

① 〔美〕J. 米格代尔著，李玉琪、袁宁译：《农民、政治与革命——第三世界政治与社会变革的压力》，中央编译出版社1996年版，第43页。

② 〔美〕詹姆斯·C. 斯科特著，程立显、刘建等译：《农民的道义经济学：东南亚的反叛与生存》，译林出版社2001年版，第32—33页。

③ 费孝通：《小商品大市场》，载何福清主编《纵论浙江》，浙江人民出版社2003年版。

人、台州人、义乌人、永康人）客观上必须离开土地，到非农领域谋生；意味着在最基本生存需要难以满足的情况下，为环境所迫，浙江人尤其是浙南人必然具有较强烈的自主谋生意愿和自主创新精神。在越来越多的农民离开土地到非农领域谋生的情形下，浙南农民的群体文化观念逐渐发生了改变，致富由被视为“可耻”转而被视为“光荣”。而这种新的社会文化建构，又会改变农民的主观效用函数，从而进一步鼓励、强化农民的进取动机和致富欲望。

上述情况，无疑与生活于地广人稀、土地肥沃的东北地区的人们，形成了一种鲜明的对照。东北不仅是改革开放以前中国计划经济的中心区域，而且也是一个地广人稀、土地肥沃的地区。比如，在有“黑土地之乡”称呼的黑龙江和吉林，人均耕地面积分别为6亩和2.37亩。由于拥有广阔、肥沃的黑土地，人们不用太努力，就能够吃饱、穿暖。因此，许多东北人不是迫不得已的原因，是不会轻易离开那富饶的黑土地的。几亩地，两头牛，老婆孩子热炕头的生活就很滋润了，何况有“野鸡飞到饭锅里”的良好生存环境，让一些“死逼无奈闯关东”的后人们对大自然产生了与生俱来的依赖，固守在单调重复的故土上，缺乏陌生环境的压力和刺激，逐渐形成了一种缺乏开拓创新的保守品性，形成了一种墨守成规、缺乏应变能力的相当顽强的“安土意识”。诚如吉林学者郦正所说，“和浙江地区相比，我省在创新意识、发展意识、流动意识上有很明显的差距，而这明显差距的背后就是‘安土’意识在起作用”。[①] 浙江不少民营企业家的第一桶金，就是靠在人多地少的生存压力下远走他乡，在东北靠修鞋、修伞、修眼镜、弹棉花、卖小五金等，获得的。而拥有丰富资源的东北人不屑于此。结果是修鞋、弹棉花、卖小五金者和他们的儿子成了老板，而享受者的人和他们的儿子成了人家的打工者。有学者认为，“安土”意识的形成有个过程，从历史上看，东北人的主体是关内移民，本来是有创新意识的，是流动的，是追求发展的。但东北地处内陆，资源丰富，土地肥沃，风调雨顺，自然灾害少，关内移民来到这里很容易获取生活资料，靠山吃山，久而久之就使移民

① 郦正：《走出“安土”意识推动全民创业》，《吉林日报》2004年6月4日。

失去了早期的开拓精神。换句话说，“安土”意识的形成，是与东北相对优裕的地理环境分不开的。东北是“地广人稀，空间压力小”，农民使用传统生产方式仍然能够生存下去。

但是，计划经济的边缘区域以及人多地少、资源缺乏等自然禀赋，使浙江人尤其是人地矛盾更加突出的浙南人，面临着较大的生存压力，最本真的求生欲望，迫使他们必须离开土地，使他们必须“想”出解决问题的办法，使他们具有较强烈的自主谋生意愿和自主创业精神，这些构成了浙江制度创新和经济发展的“历史传统”和“精神资源”。事实上，浙江一带早就因人多地少的生存压力而失去了那种安居乐业的条件。比如，“宁波之为郡，背山面海，地狭人稠，往往外出贸易，兼营航海之利。风帆浪舶，北之辽沈，南迄闽广，中入长江，而以上海为集市居货之地”。[①] 宁波因“生齿日盛，地之所产不给于用，四出营生，商旅遍天下”。[②]“四明襟山带海，地狭人稠，乡人耕读外，多出而营什一之利。”定海“其土地则沿海平壤类多斥卤，腹镜境处丛山中又硗瘠少水，俱不适种植，以故禾稼所出岁不足以自赡”。[③] 可以说在太平天国运动之前，浙江的人地矛盾就已非常尖锐，否则就不会有大批华侨漂洋过海去谋生计了。

需进一步说明的是，与全国其他一些地区（如东北）相比，浙南和浙北都属于人多地少的区域。在历史上，浙北也曾出现“人满为患”的现象，但两者在程度上存在着差别。尤其是太平天国运动和抗日战争以后，与浙北和浙南相比，浙南一带人地矛盾更加突出。据卓勇良的研究，浙江全省在太平天国期间，人口减少了三分之二，太平天国期间的咸丰九年（1859），浙江人口 3040 万人，战争后的同治十三年（1874），只有 1084 万人，减少了 64.3%。[④] 浙北是太平天国期间浙江人口减少最多的一个地区。比如，据临安县志载：临安县“同治初年兵

① 张让三：《上海四明公所档案》，《档案与史学》1996 年第 6 期。

② 上海通社编：《上海研究资料续集》，上海书店 1986 年重印本，第 291 页。

③ 《四明公所义冢碑》，《上海碑刻资料选集》，上海人民出版社 1980 年版，第 259 页。

④ 卓勇良：《番薯、战争与企业家精神——也谈温州模式的成因及其困境》，《浙江社会科学》2004 年第 3 期。

燹之余，招集流亡，仅存丁口八九千人，三年，劝招开垦，客民四集，自此休息生聚，二十年始有丁口土客四万余人。惟自同治以迄光绪十二之卷宗不全，无从查载”。[①] 据《湖州府志》载：菱湖镇“居民向约五千家，劫后存4000家”，双林镇也因遭毁过半，而存户不及4000。[②] 其他善连、荻岗、埭头、炼市、大钱、虹星桥、夹浦各镇均被兵火波及，战后户口丧亡不少。如善连镇劫后存约千家，荻岗镇“向约三千数百家，劫后仅存二千五百家”；埭头镇居民旧约2000家，劫后存六七百家；炼市镇原有1300家。[③] 嘉兴府所属七县（嘉兴、秀水、嘉善、海盐、平湖、石门、桐乡）的总人口，1863年仅有953053人，还不及1838年2933764人的三分之一。[④] 由于太平天国时期浙北地区人口减少多，导致这一带人均耕地也较浙南多。抗日战争时期，浙北地区人口又一次大幅减少。海宁县1946年有30.6万人，比1936年减少6.1万人。嘉善县一度是我方与日寇的拉锯区，1942年嘉善县只剩14.7万人，比民国初年减少近一半。[⑤] 战争对浙江其他地区的人口增减影响相对较少，浙西南地区的人口，则基本未受战争影响。因此，浙南人多地少的程度，要远甚于浙北。现在，浙北的嘉善是浙江人均耕地最多的县。1979年浙北的嘉兴地区人均耕地是温州地区的2.15倍，改革开放之初，嘉兴地区人均耕地为1.12亩，而浙南的温州地区则仅为0.52亩，不及嘉兴的一半。浙南人地矛盾更加突出，与浙北地区相比，生存压力更大。因此，浙南人在改革开放过程中，表现出了比浙北人更强烈的自主谋生意愿和自主创新精神。同时，浙北人地矛盾不像浙南那样突出，所以，历史传统如苏南一样，“是农工相辅、男耕女织、可以说是牛郎织女”。[⑥]

---

① 宣统《临安县志》。

② 同治《湖州府志》。

③ 参见刘石吉《明清时代江南市镇研究》，中国社会科学出版社1987年版，第79页。

④ 光绪《嘉兴府志》。

⑤ 卓勇良：《番薯、战争与企业家精神——也谈温州模式的成因及其困境》，《浙江社会科学》2004年第3期。

⑥ 费孝通：《小商品大市场》，载何福清主编《纵论浙江》，浙江人民出版社2003年版，第350页。

由于土地资源相对丰富，浙北的农业形成了较多的积累，发展了社队企业和后来的乡镇集体企业，这在某种程度上导致了浙北人像苏南人一样对乡镇集体企业的路径依赖或心理依赖。因为，在改革开放之初，与石刻、竹编、弹花、箍桶、缝纫、理发、厨师、小五金、补鞋以及挑担卖糖、卖小百货等个体经济相比较，进入集体企业，毕竟能够带来更稳定的经济收入以及更少的不确定性和风险。比如，据曹锦清等的调查，在浙北农村不是没有手工业者，“但工作辛苦一些，尤其是在家工作的竹匠，劳动时间较长。泥水匠是露天作业，且劳动强度较高。有许多拜师学泥、木、竹匠的青年，在80年代中期后，改行进入乡村企业，原因之一便是做竹匠、泥水匠、木匠太苦太累。”[①] 由于土地资源相对丰富，浙北人像苏南人一样，没有离开土地的迫切性，在改革开放之初，他们进入乡镇集体企业从事工业活动，在很大程度上是为了贴补家用，是作为农业活动的一种补充，而不是如浙南许多地方的百姓那样首先是为了解决吃饭问题。当然，后来随着乡村集体企业的迅猛发展，在浙北的一些发达地区，许多家庭经济收入的重心，逐渐地转移到了乡村集体工业和商业，原先作为主业的农业，反而变成了名副其实的“副业”。曹锦清等对浙北陈家场村及Y乡的调查材料，在一定程度上可以作为上述现象的一个例证。据1988年的统计，陈家场村共有49户，167人，其中进入乡镇二级集体企业及私人企业的人数多达58人。在58人中，有51人在Y乡内的各种企业中工作，其余7人分布在邻近的集镇，而且绝大部分都住在陈家场，种稻养蚕。在这个意义上也可以说，他们既没有离乡（行政乡），也没有离土（承包田）。就整个Y乡范围而言，情况也是这样。据1986年Y乡政府的统计，乡办集体企业共有职工2045人，村办集体企业职工2233人，共计4278人，全乡共有人口16423人，其中男女正劳动力约占人口的一半多一点，也就是说，全乡约有一半正劳动力进入各类乡村集体企业。[②] 在集体企业中就业，一般

---

① 曹锦清、张乐天、陈中亚：《当代浙北乡村的社会文化变迁》，上海远东出版社2001年版，第248页。

② 同上书，第92页。

并不意味着浙北人完全放弃农业。多数情况是，一个家庭的某些成员在农业外就业，其他家庭成员依旧务农。而且即使务工的成员，在农忙季节仍下地帮忙。这些半工半农的家庭仍住在户籍所在的村里，不同程度地仍以农为生。

这些都在相当意义上表明，与浙南农民相比，浙北农民具有相对强烈的土地依赖意识和土地安土重迁的观念。需要指出的是，这一点与苏南农民十分相似，周晓虹20世纪90年代中期对苏南周庄和北京“浙江村”的调查确证了这一点。

按照周晓虹所说，“在六七十年代的周庄甚至整个苏南，尽管恢复了农民的自留地和部分副业生产，但农民仍然被有效地控制在集体的土地上从事粮食生产（这在相当程度上归功于土地的相对充裕），并因为农业尚有一定的商品率和积累能力而使得集体经济有了某种发展（这是70年代起乡镇企业发展的基础）”。[①] 从原始调查数据看，周庄镇的农民和“浙江村人”在职业选择意愿上有所不同。“浙江村人”选择经商的高达43.6%，而选择去乡镇企业的只有8.5%，周庄人尽管选择经商的也高达27.1%，但他们选择去乡镇企业的高达19.5%，而选择继续种田的也还有14.4%。从原始调查数据看，“浙江村人”很愿意和愿意到一个条件差、风险大，但发展机会大和挣钱多的地方去发展的人分别高达16.1%和34.8%，两项相加超过半数；而周庄人选择这两项的分别只有6.2%和22.3%，只及前者的半数左右。周晓虹认为，造成这种差异的原因是多方面的，其中主要在于周庄人所处的自然和区位条件要好于“浙江村人”，这使他们对自己家乡以及土地的依恋要高于后者；此外，正是因为“浙江村人”在家乡感受到较大的生存压力而不得不奔走他乡，这种经历也同时赋予了他们比周庄人高得多的流动意识和风险意识。[②]

上述表明，与浙北和苏南形成对照，在人地矛盾更加紧张的浙南地

---

① 周晓虹：《传统与变迁——江浙农民的社会心理及其近代以来的嬗变》，三联书店1998年版，第197页。

② 同上书，第271—272页。

区，农业未形成太多的积累，集体经济十分薄弱，浙南人不可能更多地依赖于社队企业或集体企业，而只能自力更生、自主创业。也就是说，改革开放之初浙北人在总体上是依靠集体创业，而浙南人在总体上是依靠自身自主创业，与前者相比，后者的生存压力更大，自主创业的精神也表现得更为强烈。这可以从改革开放不同时期两地不同所有制企业的发展状况上，得到充分的印证。比如，在浙北的嘉兴地区，1990 年乡以上工业企业中，全民企业数占企业总数的9.44%，集体企业数占企业总数的89.37%（其中乡镇企业数占集体企业数的65.5%），而其他企业（包括合资合营、个体经营）仅占企业总数的1.19%。在同一年，城乡私营企业的产值仅占嘉兴工业总产值的4.91%。[①] 1998 年，嘉兴全市产值500 万以上的工业企业单位数为1362 家，其中私营企业 130 家，不到总数的十分之一。[②] 500 万元以上的私营企业的产值仅占全市 500 万以上企业总产值的4.43%。[③] 与此形成对照，在浙南的温州地区，20 世纪 80 年代中期已有 133000 家小型家庭企业。[④] 在 20 世纪 90 年代末期，温州的全部工业总产值中，公有制企业（国有、集体）产值比重仅占15%左右（其中国有企业产值比重不足4%），非公有制工业（私营、股份合作制等企业）比重高达 85%左右。[⑤] 黄宗智认为，一般来说，个体经济在贫困的地方容易盛行，这主要是乡政府财政拮据所致。工业较发达的乡从下属企业留利中得到大笔收入。在这样的乡，乡政府的公共服务开支只花费了总收入的一小部分，大部分可投资于其他工业，从而又创造出了更多的收入和投资。而“工业落后的贫困乡收入菲薄，有时甚至不能负担必需的公共服务支出。这些乡有的就在财政上对其下属企业实行侵食的政策，迫使一些亏损的企业借债来支付上级的榨取，结果是贫困的恶性循环。正是在这种落后地区，投资不多的私人企业才比集

---

① 《嘉兴市志》，中国书籍出版社 1997 年版，第 136 页。

② 《嘉兴统计年鉴·1999》，中国统计出版社 1999 年版，第 136 页。

③ 同上书，第 140 页。

④ 郭浴阳：《中国乡镇工业化模式比较和评价》，《浙江学刊》1987 年第 4 期。

⑤ 史晋川等：《制度变迁与经济发展：温州模式研究》（修订版），浙江大学出版社 2004 年版，第 48 页。

体企业兴旺”。[①] 应当说，黄宗智的分析有相当的合理性。但是，对个体私营经济为何在贫困的地方容易盛行这一问题的更全面的解释，还必须考虑人地关系状况及其对人的精神的影响这一重要的因素。虽然人地状况及其对人的精神的影响不是产生上述现象的唯一原因，但至少是重要原因之一。

另外，土地甚至难以解决浙南人最基本的温饱问题，因此顺理自然地浙南人必须脱离土地或离土又离乡，才能求得生存。事实上，在浙南一带因为人地关系一直高度紧张，民众长期以来就有外出谋生的习惯，外出人口在总人口中常常占有相当的比例。据康熙《永康县志》卷六《风俗》载，“若吾县之农，盖四时具劳，不遑逸乐者也。源地惬不能多得田，且壤脊不能多得谷，稍惰则无以糊口矣。虽富室鲜储蓄，尽其力于粮，输有余则以贸田，授贫人耕之，而收其租之半，以供税。贫者则赁耕富人之田，而私其租之半以供食，殆贫富皆无全力也”。紧张的人地关系，无疑是永康成为“百工之乡”的一个重要原因。自宋代始，永康的铜匠、铁匠、锡匠等就已有走南闯北的传统，以至于有“五金工匠走四方，全国县县不离康”之说。与永康县同属金华地区的东阳县，人地关系也相当紧张，1941 年人均水田不及 1 亩，旱地仅及 3 分。因此之故，各种工匠也多鬻技于他乡，1933—1934 年，外出做工者有 9 万人之多，以木匠、篾匠、缝工、泥水匠居多。外出者汇款回家乡，全县一年汇入钱达 300 万元。[②] 据万历《温州府志》载，温州“土薄难艺”、“民以力胜”、“能握微资以自营殖”。乾隆《温州府志》也说，因温州“土薄难艺”，人多兼营副业或外出经商打工。平阳一带“文风逊浙西远甚。士子得一青衿便为止境，养习商贾事”，“诵读者率皆志气卑小，甫游庠辄束书高阁，营什一之利”。[③]

上述情况与浙北以及苏南形成了鲜明的对照。费孝通 1936 年对太湖东南岸开弦弓村的调查在一定程度上有助于说明问题。开弦弓村的总

① 〔美〕黄宗智：《长江三角洲小农家庭与乡村发展》，中华书局 2000 年版，第 263 页。
② 包伟民主编：《浙江区域史研究》，杭州出版社 2003 年版，第 201 页。
③ 民国《平阳县志·风土志》。

面积为3065亩，农地占90%，如果将2758.5亩农田分配给274家农户，则意味着每户只能有一块约10.06亩大的土地。正常年景，每亩地能生产6蒲式耳稻米。一男、一女和一个儿童一年需消费33蒲式耳。换言之，为了得到足够的食物，每个家庭约需有5.5亩地。当时，即使全部土地都用于粮食生产，一家也只有大约60蒲式耳的稻米。费孝通因此而得出结论："每户以四口人计算，拥有土地的面积在满足一般家庭所需的粮食之后仅能勉强支付大约相当于粮食所值的其他生活必需品的供应。因此，我们可以看到，这个每家平均有四口人的村子，现有的土地已受到相当重的人口压力。"① 虽然开弦弓村这一苏南村庄面临着"相当重的人口压力"，但这种"压力"与同时期浙南的村庄相比较还是较轻的。因为前者的土地尚还能"满足一般家庭所需的粮食"，并可以"勉强支付大约相当于粮食所值的其他生活必需品的供应"，而后者的土地面积就连人的基本温饱需要也难以满足。因此，1912—1949年期间，开弦弓村农民也有少数离土离乡式的外出谋生现象，但不是十分显著。虽然开弦弓村农户迫于生计以家庭手工业为兼业很早就成为普遍做法，蚕桑业甚至是开弦弓村农户的第二收入来源，但开弦弓村传统的家庭手工业，是出于一种内生的需要，即这种手工业是在人多地少的情况下为了补贴农业收入的不足而产生的，它成为农户生产的一部分。所以，与浙南一般的传统手工业不同，也就是说与那种完全是为了满足自身消费需要而产生的手工业有所不同，开弦弓村的家庭手工业是为了收入而不仅仅是为了自我消费而生产的。然而，这种并非为了自身消费的家庭手工业，实际上是农户的一种兼业，是农户对剩余劳动时间的利用和开发，其意义在于提高农户的收入水平而不是改变农民的职业。

另据学者对苏南周庄和浙南虹桥的比较研究，在民国时期，"周庄因为耕作条件相对较好，外出的农民总的来说比率不大，"而人地关系紧张的"虹桥农民的离村率就要高于人地关系相对松弛的周庄，这种现

① 费孝通：《江村农民生活及其变迁》，敦煌文艺出版社1997年版，第33页。

象在遭受灾荒时尤为明显”。[1] 例如，1929 年，虹桥一带遭灾时，“一月以来，逃荒外省外县者，相属于道，一时难于调查，实不知几千万人矣。其居者食甘薯之叶，食田草俗名蟹壳、连泉等，已数见不鲜，服毒投河以求一死者，复屡有所闻”。[2] 由于土地缺乏，到 1949 年时虹桥一带就有一半以上的农民兼营小商业或小手工业。虽然其中多数商贩本小利薄，但他们的商业意识却相当浓厚。虹桥现象可以被看作浙江尤其是浙南温州、台州、金华等地的一个缩影。

1949 年以后，由于人口的急速膨胀，加之人民公社生产的低效率，浙江的人地矛盾更加突出。诺斯指出：有效率的经济组织是增长的关键因素；西方世界兴起的原因就在于发展一种有效的经济组织。“有效率的组织需要在制度上作出安排和确立所有权以便造成一种刺激，将个人的经济努力变成私人收益率接近社会收益率的活动。”[3] 私人收益率接近于社会收益率，也就是社会的财产所有权不断完善的过程。有效的所有权包括有助于确定每个人占有、使用、转让生产出来的财富的权利的一切法律、规定、惯例和条例等。一个社会的所有权体系如果明确规定每个人的专有权，为这种专有权提供有效保护，并通过降低对革新带来的额外“利益”可能性无把握的程度，促使发明者的活动得到最大的个人收益，那么，这个社会就更富于“革新精神”，并且能促进经济增长。但是，人民公社是一种对个人权利规定不明确的社会经济制度。在人民公社制度下，所有者很难“具体化”、“人格化”，或者说“具体化”、“人格化”的成本太高，或者说所有者对经营者的监督成本太高，这也容易产生产权界定不清，导致资源使用中的“搭便车”现象，表现为免费使用资源、免费使用别人生产的成果，甚至把自己经济活动中的代价、成本转嫁给产权界定不清的集体。据曹锦清等对浙北陈家场村的调查表明，人民公社时期，农民对集体土地和自留地的不同态度形成了鲜

① 周晓虹：《传统与变迁——江浙农民的社会心理及其近代以来的嬗变》，三联书店 1998 年版，第 120、121 页。

② 《灾荒最近消息》，《乐清导报》第 69 号，1929 年 10 月 29 日。

③ 〔美〕道格拉斯·诺斯、罗伯特·托马斯著，厉以平、蔡磊译：《西方世界的兴起》，华夏出版社 1999 年版，第 5 页。

明的对照。集体的土地就是大家的土地，大家的土地就不是我自己的土地，这是农民常有的一种推理方式。因此，农民在行为上典型地表现为“集体地里干活像老牛拉破车，自留地里干活像武松打虎”。按规定，化肥、猪肥归集体土地使用，自留地只可以用人粪肥，但在猪肥出栏前，村民常常先在自留地里施肥，化肥也被偷回家施到自留地里。有些自留地与集体土地只有一沟、一堤之隔，但沟堤常常会向集体土地那边移动，每次自留地因重新划分而重新丈量时，总可以发现有些人家的自留地超过了规定的面积。人民公社时期社员对集体土地和自留地的不同态度，可以从同面积土地的不同产出中看出，但要进行这方面的精确计量却连精明的农民都感到困难，不过从社员朱某1972年的家庭收入细账中可以看出一个大概。朱某全家七口人，共有自留地0.35亩，在这小块土地上栽白菜、油菜、南瓜、番薯，除部分自给外，出售收入现金共226.79元。朱家该年从集体中获得的总收入1027.66元（其中现金266.70元，其余皆实物）。由此可见，仅占人均耕地5%的自留地提供了占人均耕地95%的集体土地的22%的收入，如以现金计，自留地收入几乎与集体土地收入相近。[①] 由于20世纪六七十年代整个浙江农村都无一例外地实行人民公社制度，所以，浙北陈家场村的上述景象，就可以被看成是全浙江的一个缩影。因此之故，人口的急剧膨胀以及人民公社生产的低效率，对于浙江本已十分尖锐的人地矛盾可以说产生了一种雪上加霜的效果。在此情况下，浙江人自主谋生的意愿自然也就更加强烈。

在极“左”的政策高压下，因人地紧张而外出从事弹棉花、做木工、打金、挑糖担以及随地设摊、沿街叫卖等手工业和小商小贩活动，在浙江可以说是屡禁不绝。比如，改革开放之前，义乌面积1100余平方公里，人口63万，人均耕地面积0.56亩，再加上土地贫瘠，20世纪六七十年代，农民人均年分配收入一直徘徊在60元左右，是典型的“穷县”。20世纪70年代，义乌县农业劳动力共有20余万，而耕地只

---

① 曹锦清、张乐天、陈中亚：《当代浙北乡村的社会文化变迁》，上海远东出版社2001年版，第65—66页。

有38万亩，即使使用最落后的生产工具，也存在十几万的剩余劳动力。正因为有这样的背景，在20世纪70年代中期“政治挂帅”、“大批判开路”的宏观政治气氛下，义乌已存在混迹于定期集贸市场的地下小百货批发市场。“每逢市日，廿三里镇集贸市场上出现了众多的提篮叫卖的小商品专业商贩，紧接着，稠城的闹市处县前街也出现了几十个专卖小商品的摊贩，这些人以竹篮、箩筐、旅行袋、塑料布为工具，随地设摊，沿街叫卖。日初设摊，日中收摊。”① 在当时，专门从事小百货交易是十分危险的，因此，义乌的商贩们必须保持高度的警惕，还要装备简单，便于逃跑。这种现象不仅局限于义乌，在浙江的很多地方都存在过。更有甚者，在20世纪70年代，因农业学大寨而对外出农民加以限制的情况下，浙江许多地方的农民为了谋生，甚至私刻公章、伪造介绍信，外出从事个体经济。在温州虹桥镇的档案室里至今还藏有大批六七十年代由乐清县有关部门签发的处理决定，被处理者有倒卖粮票的、倒卖金器和银器的，从事这些活动的甚至不乏党员、基层干部和复员军人。②

正如本书前面已经阐明的，尽管在计划经济时期浙江人已经开始萌发出了强烈的自主谋生意愿和自主创业冲动，然而，这种冲动在计划经济体制的社会文化背景下，一直受到了严重的压抑。在历次思想文化运动中，像浙江人所显示出来的那种自主谋生和自主创业冲动，往往会被视为“走资本主义道路”、“个人主义”、“自私自利”、“损人利己”、“私心杂念”等的同义语。而“割资本主义尾巴”、“狠斗私字一闪念”、“破除资产阶级法权思想”的口号与对所谓“投机倒把”、“物质刺激”、“金钱挂帅”、“追逐个人利益”思想的围剿则此落彼起，成为历次思想文化运动的一大景观。在这种历史条件下，浙江人的自主谋生意愿和自主创业冲动，只可能成为一股潜伏的暗流。计划经济边缘地位和人多地少压力下形成的自主创业精神，只有在改革开放以来制度、政策和社会

① 张文学、朱恒兴：《义乌小商品市场研究——社会主义市场经济在义乌的实践》，北京群言出版社1993年版，第34页。

② 周晓虹：《传统与变迁——江浙农民的社会心理及其近代以来的嬗变》，三联书店1998年版，第196页。

文化环境下，才可能得到肯定的道德评价，从而得以充分地释放，并可能成为浙江区域经济社会发展的精神动力。

正是由于计划经济的边缘地位和人多地少，给浙江人造成了巨大的生存压力，所以当政策松动以后，浙江会是如何一番景象，人们便可以想见了。改革开放以来，浙江省“一村一品”、“一方一业”的形成，个体私营经济的迅猛发展，股份合作制企业制度的创新，各类专业市场的培育，自筹资金建设城镇（“全国农民第一城”龙港镇是典型代表）的路子，农业规模经营的实践，旧城改造资金自我平衡，通过股份制创办大学（如温州大学）的探索，“自行贷款、自行建设、自行收费、自行还贷”的“四自”办交通的路子，以及在水利建设领域推行“五自”政策（比前述“四自”多一个“自行管理”），乃至于浙江台州等地乡村自发出现的民主恳谈会，等等，都是浙江人运用自主谋生和自主创新、自主创业精神这种“历史传统”和“精神资源”的结果。浙江经济呈现区域多样化，诸如宁波服装、温州皮鞋、绍兴化纤面料、海宁皮衣、义乌小商品、永康小五金、乐清低压电器、东阳磁性材料、黄岩精细化工、庆元香菇、新昌名茶和制药、安吉竹产品等等各具特色的区域经济，可以列出很多。尤其值得一提的是，改革开放以来浙江许多地方形成了“零资源经济”现象。所谓“零资源经济”，就是区域经济的发展不以本地自然资源为依托，生产原料与销售市场两头在外的经济发展模式。比如，地处平原的嘉善县本地没有森林，也不产木材，但嘉善却是全国最大的胶合板生产基地，嘉善的胶合板占据了国内市场份额的三分之一。余姚不出产塑料的原料，却是中国南方最大的塑料原料集散地。目前，浙江没有自然资源依托的“零资源经济”特色产业群有300多个。[①] 这种各具特色的区域经济、“零资源经济”现象的形成，如果离开了计划经济边缘，以及人多地少环境下萌生的浙江各地人民群众的自主谋生意愿和自主创新、自主创业精神，便是不可想象的。

① 盛世豪、郑燕伟：《“浙江现象”——产业集群与区域经济发展》，清华大学出版社2004年版，第59页。

第三章 “讲求实效”文化传统与浙江经济社会发展

注重实际、讲求实效乃是当代浙江文化精神的鲜明特征。改革开放以来，浙江的许多实质性经济变革，都是在计划体制的正式规则、“名称”和“形式”没有改、没有变的情况下，许多人首先在事实上采取了与计划经济体制之正式规则相冲突的务实行动，从而改变了事实上的行为约束，创造了各种新的经济关系，使人们得以捕捉获利的机会。这种“讲求实效”的文化精神，无疑与浙江传统文化精神直接相接榫。在浙江历史上，讲求实效、注重功利的文化精神，不仅通过浙东事功学派得以概括和提炼，而且也广泛地浸润于浙江民间社会心理。随着岁月的流逝，讲求实效、注重功利的文化精神，延续并牢固地扎根于民间，从而构成了当代浙江人的文化心理和“遗传因子”，并对当代浙江的制度创新和经济社会发展，产生了相当程度的积极作用。浙江人在哪些方面表现了“讲求实效”的文化精神？浙江人何以具有“讲求实效”的文化精神？这都是一些十分值得探讨的问题。

一、“讲求实效”精神与当代浙江经济社会现象

1. 计划经济下的“讲求实效”精神

马克斯·韦伯在《新教伦理与资本主义精神》一书中指出，新教伦理在世俗化的过程中，既创造了资本主义的条件，即永不停息的商人和勤勉的工人；也孕育了资本主义精神，即富兰克林式的资本主义精神，这种精神的首要原则是，人被赚钱的动机所左右，虽然获利并

非享受生活的手段。按照韦伯的观点，现代经济组织的理性来自新教盘算式的理性，“谁的行为如果依据的是目的、手段及后果，而且在手段与目的、目的与后果、最终可能出现的各种不同目的之间合理思量，那么，他的行为就是目的理性行为，也就是说，他的行为既不是情感行为，也不是传统行为”。[①]韦伯认为，正是这种新教盘算式的理性，在很大程度上锻造了资本主义精神，“在任何情况下，清教的世界观都有利于一种理性的资产阶级经济生活的发展。它在这种生活的发展中是最重要的，而且首先是唯一始终一致的影响。它哺育了近代“经济人””。[②]通过精益求精地设计合适的手段，有计划、有步骤地达到某种特定的实际目的，其标志性含义就是“计划性”。清教徒和商人在这一点上可以说别无二致。

毋庸置疑，在新教伦理中，不倦的劳动，是获得上帝恩宠的唯一手段，是对上帝应尽的责任，这也增加了上帝的荣耀，冷却了肉体的贪欲，同时还表达了清教徒的重生和真诚的信念。作为天职的劳动，一旦被勤恳的教徒心甘情愿地实践着，那么，其结果必定将会积累财富，但如果新教徒不是抱有贪欲之心，不是将财富本身作为目的，不是将财富以一种享乐主义的方式消费，而仅仅是对天职的忠实履行，那么，这种财富就是正当必需的。这种财富，也是上帝赐福给他的信号。因此，新教伦理形成的初始动因，是出于宗教性的目的。但是，当纯粹的宗教热情过后，务实、冷静、理性的“经济人”取代了满腔热情的朝圣者，“这时，寻求上帝的天国的狂热开始逐渐地转变为冷静的经济德性；宗教的根慢慢地枯死，让位于世俗的功利主义”。[③] 这样“西方内在的苦行主义所特有的后果是社会关系的合理的具体化和社会化”。[④] 在韦伯那里，从新教伦理中推导出来的资本主义主义组织方式的理性化，是现代化的一个发轫点，也是西方的独特性所在。韦伯所谓作为西方现代化发

---

① ［德］马克斯·韦伯著，于晓、陈维纲等译：《新教伦理与资本主义精神》，三联书店1987年版，第163页。

② 同上书，第136页。

③ 同上书，第135页。

④ 同上书，第138页。

韧点的盘算式的理性精神，在某种意义上也可以说，就是一种从虚无缥缈的天国落实到脚踏实地的人间的效率至上的务实文化精神。换言之，在成本和收益、手段和目的之间进行盘算的理性，正是作为一种增效的手段而被运用的。

将“讲求实效”的浙江区域文化精神，与欧洲新教伦理的理性精神和务实品格作一简单的类比，显然不一定是恰当的。但可以肯定的是，大量经验事实已经表明，浙江人也具有务实、理性的群体品格。这种群体品格，也给浙江经济社会的发展打上了深刻的烙印。在计划经济时期“宁要社会主义的草，不要资本主义的苗”的极“左”社会文化氛围下，相当多的浙江人就以一种务实、理性、灵活的讲求实效态度，来对待甚至冲破极“左”路线、方针、政策的束缚，包产到户、务工经商等活动可以说一直屡禁不绝，并被不少地方的群众看成解决温饱问题乃至脱贫致富的有效途径；在计划经济的严密控制和极“左”意识形态泛滥的情况下，市场机制仍在缝隙中顽强地发挥作用，并与计划控制相抗争。①

1956 年 5 月，为了提高农业的生产效益，经过中共温州地委农工部负责人的首肯，永嘉县委根据生产力发展的现状，以一种相当务实的精神，决定在雄溪乡燎原社进行产量责任制的试验，后来定名为“包产到户”。1957 年，永嘉全县实行包产到户的合作社，已达到 255 个，温州地区则有 1000 多个，社员 17.8 万户，约占全区入社农户的 15%。此后，永嘉以至温州地区的包产到户很快受到批判并被“纠正”。但是，在极“左”政治势力高唱包产到户是农村中社会主义和资本主义两条道路斗争的问题的背景下，1961 年，包产到户却在浙江一些地区再次出现，到 6 月中旬，嵊县全县 1880 个生产大队、9498 个生产队中，包产到户的已有 357 个大队和 1468 个生产队，分别占大队、生产队总数的 19% 和 15.5%。到 11 月，新昌全县 49 个公社、832 个大队、4881 个生产队中，有 46 个公社、472 个大队、2735 个生产队进行包产到户，

① 中共浙江省委宣传部课题组：《活力的源泉——解读浙江》，载何福清主编《纵论浙江》，浙江人民出版社 2003 年版。

分别占公社、大队、生产队总数的93.8%、57%和55%。[①] 不久以后，包产到户再次得到了制止和“纠正”，但是，这种“纠正”违背了民众的愿望，降低了农业生产的效率，因而遭到了“讲求实效”的民众的抵制。有的地方则采取明是集体劳动、暗是包产到户的办法应付上级。此后，虽然包产到户被上升到了路线斗争的高度而予以抑制，但其仍在新昌、嵊县等地农村逐步扩展。到1962年5月，仅新昌一县就有67.6%的生产大队、70%的生产队实行了包产到户或分田到户。全省大部分土地或全部土地包产到户的生产队，约占生产队总数的2%—3%。[②] 1962年9月召开的中共八届十中全会，在重提阶级斗争的同时，把包产到户批判为走资本主义道路的“单干风”，严令禁止，浙江当然不能幸免。1975—1976年，极“左”政治势力大张旗鼓地宣扬：“人民公社制度有着强大的生命力，但少数地、富、反、坏、右并没有停止破坏活动，小生产的残余还存在，一部分农民还不同程度上保持着小生产的习惯，农村资本主义自发势力还经常抬头，社会主义和资本主义道路的斗争还很激烈。”[③] 然而，有意思的是，在这种恶劣的政治气氛下，浙江人“讲求实效”的文化精神却再次得以呈现。比如，1975、1976年，温州永嘉县包产到户的生产队占总数的77%。在1976年冬举行的第二次全国农业学大寨会议上，永嘉县被列为浙江省“分田单干，集体经济破坏最严重”的县，而予以猛烈地批判。[④]

2. 改革开放以来的“讲求实效”精神

改革开放以来，在国家政策逐渐松动的背景下，“讲求实效”的文化精神在浙江得到了进一步的体现，它使浙江人以一种更加大胆务实、理性和灵活的态度，来对待原有的制度安排。十一届三中全会以来，在由计划到市场的渐进式改革进程中，浙江经济社会发展鲜明地呈现出了哈耶克所谓“扩展的秩序”的特点。在“扩展的秩序”形成过程中，

---

① 中共浙江省委党史研究室、当代浙江研究所编：《当代浙江简史（1949—1998）》，当代中国出版社2000年版，第161、198页。

② 同上书，第200—201页。

③ 池恒：《认真学习无产阶级专政的理论》，载《红旗》杂志1975年第2期。

④ 《温州市志》，中华书局1998年版，第1041页。

"讲求实效"精神则产生了润滑剂的作用。按照哈耶克的观点，市场秩序是在竞争和交换过程中形成的，而且只有在市场秩序的出现过程中才能说明市场秩序。首先，市场竞争是一个发现和摸索的过程，在这个过程中，每个人所得到的报酬并不取决于他的目的的好与坏，而仅仅取决于他的行为结果对其他人的价值，所以，他在实践中学会如何与他人合作，在错误中学会如何改进自身的福利。其次，只有参与市场的交换和竞争，人们才会发现达到自身目标所需要的信息，而且价格体系将以最有效率的方式自动传递这种信息，从而大大地减少每个人所需的信息量。再次，市场竞争过程并非完全由"偶然性"所控制，而是代表着秩序和复杂性的展现，这可以被看作一种个人的学习过程。通过市场交换过程，人们不仅传递着彼此认为是"好"的想法，进而分享某种共同的道德、价值和法律。抽象的一般行为规则通过这种学习方式而得以形成、继承和演变，从而形成"扩展的秩序"。扩展的自然秩序的形成过程，是当事人不断参与的过程，这个参与的过程同时也是当事人的利益博弈过程。通过不断反复的博弈和讨价还价，最终形成的制度一般都会达到制度均衡。

实践表明，浙江渐进式改革过程，事实上也就是浙江"扩展的秩序"的形成过程。渐进式的改革过程或"扩展的秩序"的形成过程，既不是预先"理性"地设计出一种经济体制，也不是一步到位的破旧立新，而是一个自然演化的过程，先在旧体制的边缘衍生出一些新的制度安排，通过新体制的不断扩展来渐次削减旧制度的空间，促成旧体制的变迁，然后达到整个经济社会制度的创新，在经济体制改革的同时，保持政治体制的相对稳定，从而为制度的进一步调整，创造一个相对稳定的社会环境并保持一种对改革进行有力调控的政府力量。改革开放以来，浙江区域渐进式的制度创新方式之所以能够取得成功，"扩展的秩序"之所以逐渐得以形成，在很大程度上得益于"讲求实效"这种文化传统的运用。这种务实的文化传统，有利于新的规则在旧制度下面成长，而不一定非要首先打碎旧体制，才能开辟出新体制成长的道路。改革开放以来，浙江的许多实质性的经济社会变革，都是在计划体制的正式规则、"名称"和"形式"没有改、没有变的情况下得以实施的。尽管计划体制的正式规则仍然存在，但许多人首先在事实上采取了与正式的规则相冲突的行动，改变了事实上的行为约束，创造了各种新的经济关系，使人们得以捕捉获利的机会。

浙江多种所有制经济的发展历程和制度创新轨迹，就充分地显示了“讲求实效”文化精神的作用。在改革开放初期国家政策已经开始松动的背景下，虽然个体私营经济成分取得了一定程度的发展，但“左”的思想仍然具有较大的影响，从事个体经济、私营和股份经济既存在着政治风险，也常常承受着“搞私有化”的指责和“不三不四干个体”的社会歧视。比如，在20世纪80年代初期打击严重经济犯罪活动中，温州当时的“旧货大王”、“机电大王”、“目录大王”等八大王中，有8人被判刑。尽管不久以后“八大王”被平反，个体、私营和股份经济再度活跃，但全国性的“姓社姓资”的争议一直没有停止过，“左”的思想时常返潮，对“温州模式”的议论更多。在个体私营经济仍受歧视的情况下，许多地方（典型的如温州、台州、永康、义乌等地）的个体私营企业，就变通地采取了戴“红帽子”的形式；在对股份制、股份合作制以及专业市场、民间创办公共事业等制度创新的行为还存在争议的情况下，许多地方就灵活地采取“先生孩子，后起名字”的方式；许多地方在改革尝试还未得到公认时，就采取“先看一看，不下结论”的政策。在私营企业、股份制企业得不到政策承认和政策优惠的时候，“集体性质”股份合作制也成为一顶红帽子，在浙江沿海地区被私有企业和股份制企业竞相采用。

20世纪70年代末，台州地区玉环县的个体企业及个人出资的合伙企业开始出现，到20世纪80年代前半期得到迅速发展。当时的国家宏观制度背景，是允许私营经济存在，但只能在作为公有制补充的范围内发展；对私营经济的歧视性制度和政策虽有所减少，但仍然广泛存在。这段时间中，玉环县政府采取了看一看的态度，既不制止、也不特别支持。在1988年的一份政策性文件中，玉环县委规定，私人出资的股份企业如自愿申请，允许挂“集体”牌子，对内仍保持股份性质不变，任何部门和个人不得借“集体”之名平调财产。政府对股份合作制的“集体性质”的肯定，使得不到政策承认和政策优惠的私营、股份制等企业将它当作了“护身符”。同样的变通做法，也见之于玉环县的上级即当时的台州地委和行署。1987 年，国家工商行政管理局 242 号文件否定股份合作经济的公有制性质，而台州则在文件中明确股份合作制经济姓“公”，享受集体经济的优惠政策。1989 年，浙江省工商局和税务局联合下文，要摘掉挂集体企业的股份合作企业的“红帽子”，并规定“凡集体企业，其固定资产中乡村集体占有额必须在50%以上”。台州行署经过多方工作，加以变通，把集体占有额降至20%，使绝大部分股份合作企业继续戴集体“红帽子”，享受各项优惠政策。在此情形下，台州大批的私有企业和个体工商户和股份合作企业戴上了“集体”的“红帽子”。1993 年，当明晰产权成为企业继续发展中的迫切问题时，政府又出台了为戴帽子企业摘帽的文件，为 4000 多家戴帽子的个体、私营、村办、农村股份合作制企业解决了产权问题。

温州人在改革开放初期发明的“挂户经营”模式，则尤为充分地体现了一种“讲求实效”的精神。1980 年，在苍南金乡镇一个 40 余人的村办企业——金星大队文具厂，由于没有什么赢利，厂部决定采用分散生产集中管理的办法。对外在坚持集体工厂名义的前提下，实行统一厂名、统一银行账号、统一纳税、统一提成和统一上交管理费；对内则实行经济上独立核算。这种分散生产集中管理的办法成为“挂户经营”的雏形。温州成熟形态的“挂户经营”，是指在私营经济仍受歧视、国家政策对私人从事商品性经营活动的管制仍然十分严格的情况下，因各种原因没有取得独立法人地位的个人或联合经营者，挂靠在集体或国有企业之下，以挂靠单位的名义，从事生产和经营活动。其具体的做法是：需要挂户者同被挂靠单位协商，征得同意后，被挂靠单位提供服务，并收取挂户管理费。被挂单位的服务内容一般是“三代三借”，即代开统一发票，代为建账记账，代收国家税收；让挂户者借用本单位的介绍信、空白合同书、银行账户。[①] 由于挂户经营这种务实的做法，既使实际上的个体私营经济取得了合法性，也使它们能够利用集体和国有企业

① 朱康对：《家族文化与温州区域经济发展》，载史晋川等《制度变迁与经济发展：温州模式研究》（修订版），浙江大学出版社 2004 年版。

的种种优惠条件，因而被温州各地竞相仿效。据 1985 年对温州瑞安县 1750 家企业的调查，其中挂集体牌子的私人合伙、股份或私营的企业有 926 家，占总数的 52.9%。

在挂户经营活动中，温州的经济领域事实上形成了一种与公开规范相对应的隐蔽规范。这是温州人“讲求实效”精神的一种生动的体现。所谓公开规范是指群体、组织和社会公开宣布的规范，如法律法规、道德规范、技术操作规范以及其他各种明文规定的规章、规则、制度等，都属于公开规范。隐蔽规范则是指公开规范不禁止也不提倡的，被人们默默遵守着的那类规范。一般而言，隐蔽规范不违反公开规范，不是公开规范明确允许的。所以它既不是对公开规范的补充，也不是对公开规范的违反。隐蔽规范具有隐蔽性，即非公开性，这一类规范在法律、道德、规章制度等之外，没有公开宣布，没有明确成文的形式。它的一个显著特征是擦边性。它擦公开规范的边，但是又不会违背公开规范。受隐蔽规范指导的行为不会违背法律、道德、规章制度等。挂户经营的规范事实上就是一种非公开的隐蔽规范。它并不违反集体和国有企业的公开规范，是后者不提倡也不禁止的。挂户经营企业具有擦边性，它擦的是集体和国有企业公开规范的边，虽然挂的是集体的牌子，但实际上是私人合伙、股份或私营企业。同时，它又不违反集体和国有企业的公开规范，虽然实际上是私人合伙、股份或私营企业，但在名义上仍然属于集体和国有企业。

隐蔽规范在一定条件下也是可以转变为公开规范的。如果公开规范认同隐蔽规范指导下的行动并使之制度化，那么隐蔽规范就转变成了公开规范。温州民间在所有制方面的诸如“挂户经营”之类行为所体现的“讲求实效”的精神和行动，事实上得到了政府的默认、鼓励和支持。政府的这种默认、鼓励和支持，乃是隐蔽规范转变为公开规范的一个极其重要的条件。与温州民间擦集体和国有企业公开规范“边”的务实做法相一致，温州市各级政府在制定政策时，也鲜明地呈现出了一种务实的态度。比如温州市政府 1987 年颁布《关于农村股份合作企业若干问题的暂行规定》、1990 年颁布《关于农村股份合作企业若干问题若干政策规定的报告》，不仅对股份合作制企业的集体性质给予肯定，而且准予按集体性质给予税收、贷款、土地使用、生产许可等优惠。在此情形下，大批的私有企业和个体工商户就戴上了股份合作制企业的“红帽子”。在1990年政府通过规范化验收合格的435家股份合作制企业中，共有员工28563人，其中股东员工仅有5003人，占职工总数的17.5%。即使加上做员工的股东家属5357人，也只占到36.3%，而社会招收的非股东员工17858人，占63.7%。根据1993年对90家股份合作制企业的调查，全员持股的只有4家，仅占4.4%；部分人（主要是二三人）持股的86家，占95.6%。[①] 这些数字表明，尽管在政府“通过规范化验收合格”的股份合作制企业中，也包括了不少的私有企业或股份制企业。而且，据当地政府官员考察，实际数字还要大于这些比例。一些调查者在温州发现，在谈到股份合作制企业的时候，尽管“政府官员强调它的合法合理与必然性，而股份合作企业的老板在同我们讨论的时候，则往往直率地承认自己其实就是私有企业”。[②] 这说明，政府对股份合作制的“集体性质”的肯定，使得不到政策承认和政策优惠的私营、股份制等企业将它当作了“护身符”。尽管没有公开宣布，但实际上已经使隐蔽规范合法化。在国家政策调整以及制度环境宽松以后，大量戴“红帽子”的企业，又恢复原形。自《公司法》公布以来，温州市一些号称集体企业的“挂靠企业”和“股份合作企业”就直接登记为有限责任公司。到1995年底，全市组建有限责任公司1100家，股份有限公司5家，企业集团90家，中外合资嫁接改造企业63家，实行民营、租赁经营70家。[③] 从此，隐蔽规范就转变成了公开规范。

“讲求实效”的精神不仅体现在经济领域，而且也体现在社会的其他领域。改革开放以来，浙江民间办高校、民主恳谈活动、民间创办公益性社会和文化设施等现象，都体现了浙江人的注重实际、讲求实效的

① 王天义等：《中国股份合作经济——理论、实践与对策》，企业管理出版社1997年版，第166页。

② 全国工商联调查组：《中国温州私营经济考察报告》，载《中国私营经济年鉴（1979—1993）》，香港经济导报社1994年版。

③ 王天义等：《中国股份合作经济——理论、实践与对策》，企业管理出版社1997年版，第169页。

区域文化精神。

因此，从上述意义上说，“讲求实效”这种文化传统，无疑在一定程度上对改革开放以来浙江的制度创新和经济社会发展产生了十分重要的中介作用，它使浙江人以一种务实的态度，来对待旧的制度安排，并通过自身的务实行动，促使政府在正式制度安排方面作出调整，进而为人们提供了自主选择新制度安排的更广阔的空间。从这一意义上讲，“讲求实效”的文化传统的运用，乃是当代浙江制度创新和经济社会发展的精神上的润滑剂和催化剂，它对于浙江专业市场的演化、股份制的发展、私营经济的成长、民间创办社会公共事业、基层民主政治建设等制度创新活动的意义是巨大的。正是由于这种区域文化精神传统，改革开放以来浙江的制度变迁能够以新规则在旧制度下面成长的渐进式的方式进行，呈现为哈耶克所谓扩展的自然秩序的特点。

与激进的模式、人为设计和建构的模式相比，渐进的、自然演化的制度变迁模式的优点，无疑是十分明显的。人为设计的制度一般将大多数当事人排除在制度设计之外，人为设计的制度尽管也通过一定的途径征求了当事人的意见，但由于费用和成本方面的考虑，这种意见的征求是很有限的。因此，人为设计的制度很难达到帕累托最优。按照哈耶克的归纳，渐进的或自然演化的制度变迁模式的优点至少有以下几点：[①] 其一，社会经济生活的利益关系是复杂的，市场自发的秩序，是以相互性或相互受益为基础的，自然秩序是最好的秩序；其二，允许个人可以自由地将各自的知识用于各自的目的的抽象规则为基础的自发秩序，比建立在命令的组织或安排更有效率；其三，自发秩序或法治的极端重要性，是基于这样一个是事实：它扩大了人们为相互利益而和平共处的可能性，这些人不是有着共同利益的小团体，也不服从某个共同的上级，由此才使一个巨大的或开放的社会得以产生。

除上述以外，渐进的、自然演化的制度变迁模式，还有其他一些不可忽视的优点。按照“边干边学”或“干中学”的假说，人类知识可以分为两类，一类是技术型的知识，它可以用文字和语言来表达，有着

① 卢现祥：《西方新制度经济学》（修订版），中国发展出版社2003年版，第114页。

一定的规则和程序，人们可以通过接受教育或阅读书籍来掌握它；另一种类型的知识是实践型或个人型知识，它是无法言传身教的，获得它的唯一途径是每个人的身体力行。个人型的知识包括人在具体的政治、经济和文化环境中形成的对特定的人和组织的信息。一般而言，在经济体制变迁和经济主体的知识和信仰的更新过程中，原有的知识和信息存量仍会发挥很大的效用，对社会结构的迅速改革会破坏人们长期积累形成的这些知识和信息，从而妨碍社会经济体制和社会主体功能的发挥。一个典型的例子是，一个健康正常的人，他的身体各器官可以适应在几小时内温度变化 50 度左右，但如果是在短短几分钟内发生这样的变化，他的机体大多来不及反应因而会受到严重损害，甚至会大病一场。所以，避免信息和组织资源的突然破坏，就可以降低改革的组织成本与信息成本，如果采用激进式改革，则必然破坏现存的组织结构和信息存量，这样，人们便无法形成稳定的预期，从而增大改革的组织成本与信息成本。

另一方面，制度变迁只有与一定的文化价值观念相容，才能有效地运作。新制度经济学认为，制度变迁总是与文化的变迁相伴随的，制度变迁的速度也取决于文化变迁的速度。“破解”制度变迁的奥秘需要从人类学习文化知识开始，人类从野蛮、愚昧、落后走向文明、进步就是不断学习文化知识的结果。历史已经表明，制度变迁的速度是学习速度的函数，而变迁的方向则取决于获取不同知识的预期回报率。许多规则、习惯及其制度都是学习的结果。学习与制度变迁具有相互联系，相互促进的关系。制度、规则的变迁是人们不断地“试错”、学习的结果；反过来有效的制度又鼓励人们不断地学习。因此，正如诺斯所说，离开了文化价值观念，即使将西方成功的市场经济制度搬到第三世界，也将不再是取得良好经济实绩的充分条件。国外再好的制度，如果远离了土生土长的价值观念、道德伦理、习惯、生活方式，也可能是“好看而不中用”，或者在“公布”后流于形式，或者在执行中变形。这就说明，制度变迁必须与文化变迁同步进行，制度变迁需要一个过程，如果与旧的经济体制相容的文化价值观念的变迁，需要一个过程，那么与市场经济相适应的新的文化价值观念的形成，也需要一个累积的阶段。这就使得经济体制的变迁事实上不可能完全偏离原有的轨道，一夜之间来一个“激变”（这样的“激变”在人类的历史上可能曾经发生过，但绝大多数是以失败告终的）。否则，改革将遇到巨大的社会阻力，其成本甚至可能大到改革不可能进行下去。渐进式的改革则使原有的制度安排与文化价值观念不断地被校正，新的更具效率的制度安排与文化价值观念逐步取而代之，市场经济的各种制度安排也就通过“进入”与竞争而在旧制度中孕育而生。

在渐进式改革的过程中，由于新规则在旧制度下面滋生暗长，这就对现存的不合理的法律形式形成冲击，并呼唤新法律的来临；新规则的示范效应会导致更大范围、更大规模的制度创新需求；新规则的滋生暗长是正式制度安排变迁的先导，等等。因此，正是“讲求实效”这种精神传统的运用，实际上使浙江原先的限制性政策逐渐地得以放松，原有经济社会体制逐渐地得以调整，从而扩大了经济社会制度选择的集合，提供了新的获利机会，并通过体制变迁的量变积累，最终导致了新的社会经济体制框架的形成。

二、区域大传统与“讲求实效”文化精神

1. 难以自圆其说的困境

浙江人何以具有鲜明的“讲求实效”的文化精神？近年来，研究当代浙江现象的学者，一般倾向于从浙东思想文化传统即大传统的影响方面去解释，其中尤以南宋以后兴起的浙东事功学派的观点，即所谓学术的目的在“经世致用”，最受人注意。在某种意义上说，这种论断似乎有一定的依据。以陈亮等为代表的永康学派、以吕祖谦等为代表的金华学派以及以叶适等为代表的永嘉学派，确实具有“讲求实效”的鲜明的文化品格。事功学各派的学说虽有不同之处，但在学术本质上却有一个共同点，即抱着爱国之心，立足事功，主张学术与事功的统一、实事实功，学术的目的，在经世致用。

永康学派的代表人物陈亮在与朱熹长达数年的“王霸义利之辩”中，集中展现了其义利观念。陈亮不满朱熹规劝其为“醇儒”、要他

“绌去‘义利双行、王霸并用’之说”，指出：“自孟、荀论义利王霸，汉唐诸儒未能深明其说。本朝伊洛诸公，辨析天理人欲，而王霸义利之说于是大明。……故亮以为……谓之杂霸者，其道固本于王也。诸儒自处者曰义曰王，汉唐做得成者曰利曰霸。一头自如此说，一头自如彼做；说得虽甚好，做得亦不恶。如此却是义利双行，王霸并用。如亮之说，却是直上直下，只有一个头颅做得成耳。”① 陈亮认为，“王霸可以杂用，则天理人欲可以并行矣”。② 陈亮还提出“各务其实”，主张做学问要以适用为主。在《答陈同甫》中，陈傅良曾将陈亮的思想，概括为十六个字：“功到成处，便是有德；事到济处，便是有理。”

金华学派规模宏大，探性命之本，贵涵养实践，学术力主“明理躬行”、贵涵养实践，强调经世致用，反对空谈物理心性，注重治乱兴衰和典章制度。唐仲友提倡“学贵务实，经世致用”，“为学之道，在于务实而专心，务实则可用，专心则有功，此学之大要也。画地为饼，无救于饥，纻絮三千，无益于寒，学而不务实，其无用亦犹是也”。③ 吕祖谦在浙东讲学，生徒甚众，兼治经史，声名昭著，教人必以“致用”为事。他在所上札子中说：“不为俗学所汩者，必能求实学；不为腐儒所眩者，必能用真儒。”吕祖谦提倡“学者以务实躬行为本”；④ 主张“讲实理、育实才而求实用”，⑤ “学者须当为有用之学”。⑥ 在吕祖谦看来，“百工治器，必贵于有用，器而不可用，工弗为也。学而无所用，学将何为也邪？”在《文献通考·钱币二》中，吕祖谦还对货币的起源及功能、币制利弊进行了独到的分析。

“讲求实效，注重功利”，也是永嘉学派鲜明的学术个性。永嘉学派的代表人物陈傅良重视事功，“所贵于儒者，谓其能通世务，以其所学见之事功”。⑦ 叶适则主张“善为国者，务实而不务虚”的治国理念，

① 《又甲辰秋书》。
② 《丙午复朱元晦秘书书》。
③ 《唐氏遗书·续金华丛书：悦斋文钞》卷8。
④ 《与内兄曾提刑》。
⑤ 《太学策问》。
⑥ 《左氏传说》卷5。
⑦ 《止斋集》卷36《外制·大理寺主簿王宁新知信阳军》。

他反对离开功利来谈道义，明确提出“既无功利，则道义者乃无用之虚语尔”、“功利与仁义并存”的新价值观。薛季宣则主张“求经学之正，讲明时务本来利害”、“无有空言，无戾于行”，并把治学的重点放在研究“实事实理”上。因此，正如黄宗羲所说：“永嘉之学，教人就事上理会，步步着实，言之必可行，足以开物成务。”①

上述表明，注重现实与实践、讲求实效、注重功利的精神，乃是浙东事功学鲜明的文化个性。然而，需要进一步指出的是，尽管注重现实与实践、讲求实效、注重功利的精神，确实是浙东事功学鲜明的文化个性，但是，将当代浙江人“讲求实效”精神的源头活水，归结于浙东事功学派，仍然存在着难以自圆其说的困境。

首先，将当代浙江人“讲求实效”精神的源头活水，归结于浙东事功学派，自然而然地会使人联想到马克斯·韦伯将近代资本主义精神归结于革新了的基督教伦理即新教伦理的做法。然而，需要说明的是，韦伯的论断是有充分经验依据的。韦伯认为，一种异乎寻常的资本主义商业意识和一种渗透着、支配着整个生活的极其狂热的宗教虔诚天衣无缝地结合在同一批人身上，这种现象并非是孤立的，而是新教历史上许多最重要的教会和教派所共有的。在《新教伦理与资本主义精神》一书中，韦伯一开始就提醒人们注意：在任何一个宗教混杂的国家，只要稍稍看一下其职业情况的统计数字，几乎没有什么例外地可以发现，工商界领导人、资本占有者、近代企业中的高级技术工人，尤其受过高等技术培训和商业培训的管理人员，绝大多数都是新教徒。“这种状况在天主教的出版物和文献中，在德国的天主教大会上，都频频引起讨论。这不仅适用于宗教差别与民族差别相一致，从而与文化发展的差别也相一致的情况（例如东部德意志人和波兰人之间），而且在任何地方，只要资本主义在其迅猛发展的时期可以根据自己的需要，放手地改变人口中的社会分布并规定它的职业结构，那么，那里的宗教派别的统计数字也

① 《宋元学案·艮斋学案》。

几乎总是如此。资本主义愈加放手，这一状况亦愈加明显。”① 韦伯还发现，在天主教徒毕业生中，毕业于特别训练技术人才和工商业人才学校的人数比例，更低于新教徒。天主教徒乐于选择的是文科学校所提供的人文教育。此外，近代工厂在很大程度上要从青年手工业者中吸收熟练工人，但这种情况大多发生在新教徒而不是天主教徒身上。也就是说，在手工业者中，天主教徒更倾向于一直待在他们的行业中，即更多地成为本行业的师傅，而新教徒则更多地被吸引到工厂里以填充熟练技工和管理人员的位置。“对于这些情况无疑只能这样解释：由环境所得的心理和精神特征（在这里是家族共同体和父母家庭的宗教气氛所首肯的那种教育类型）决定了对职业的选择，从而也决定了一生的职业生涯。”②

上述表明，韦伯是从具有资本主义精神气质的工商界领导人、资本占有者、近代企业中的高级技术工人，尤其受过高等技术培训和商业培训的管理人员绝大多数都是新教徒的统计学事实出发，分析新教伦理与资本主义精神的关系的。“在以苦修来世、禁欲主义、宗教虔诚为一方，以身体力行资本主义的获取为另一方的所谓冲突中，最终将表明，双方实际上具有极密切的关系。”③ 新教徒无论是作为统治阶级还是作为被统治阶级，不管是作为多数派，还是作为少数派，都表现出一种特别善于发扬经济理性主义的倾向。因此，按照韦伯的研究思路，如果我们能够证明，当代浙江工商业主绝大多数也受过浙东事功学伦理的熏陶，或从小就直接生长于具有浙东事功学伦理气氛的环境之中，那么当然可以断言：当代浙江人“讲求实效”精神的源头活水，确实无疑就是浙东事功学伦理。然而，问题在于，从经验事实中，我们难以证明这一点。

改革开放以来浙江的制度创新和经济社会发展的奇迹，是由浙江的体制外社会群体创造的，最能体现“讲求实效”精神的，是改革开放之初占浙江总人口近 90% 的农民群体，以及 90% 以上出身于寒微之家并以鸡毛换糖、补鞋、弹棉花、做裁缝、做木工等开始起家的所谓“新浙

① 〔德〕马克斯·韦伯著，于晓、陈维纲等译：《新教伦理与资本主义精神》，三联书店 1987 年版，第 23 页。

② 同上书，第 25 页。

③ 同上书，第 28 页。

商”群体。这部分社会群体的多数成员，可能连陈亮、叶适、薛季宣、陈傅良、黄宗羲等浙东学事功派思想家的名字都闻所未闻，更遑论受浙东事功学思想观点的影响了。因此，将当代浙江人“讲求实效”精神的源头活水，直接归结于浙东事功学派，似乎缺乏一种充分的、有说服力的根据。以萨缪尔森和诺德豪斯的话来说，这是犯了“后此谬误”。在《经济学》中，萨缪尔森和诺德豪斯用一个巫师的糊涂想法来说明这一点。巫师认为，巫术和砒霜都是杀死敌人的必要手段。或者用一位记者的话来说明，他觉得，由于佛罗里达是死亡率最高的一个州，因此，生活在那里一定对健康极其不利。在举了这两个事例以后，萨缪尔森和诺德豪斯给“后此谬误”下了一个定义：“观察到事件A在事件B之前的事实并不证明事件A是B的原因。认为‘在此事件之后’便意味着‘因为此事件’就是犯了后此谬误。”① 萨缪尔森和诺德豪斯反问，难道我们不能通过收集更多的资料避免后此谬误吗？回答是否定的。即使我们有1000年的死亡率统计数字，我们仍然不能仅仅凭借它就作出佛罗里达的死亡率为何如此高的判断。我们必需进行仔细的分析，并且使“除了在佛罗里达居住以外的其他条件保持相同”。② 我们必须使例如每一个州的年龄分布这样的其他因素保持相同，或者经过校正。只有在根据年龄分布、性别、以前有损健康的危险以及其他这一类因素校正了死亡数字之后，我们才能看出，居住在佛罗里达州是有益于健康还是有害于健康。萨缪尔森和诺德豪斯的上述理论，对于我们研究当代浙江“讲求实效”的区域文化精神，显然具有方法论的意义。以历史上浙东事功学的“讲求实效”观点，来说明当代浙江“讲求实效”区域文化精神的形成原因，也是犯了“在此事件之后”便意味着“因为此事件”的

① 〔美〕萨缪尔森、诺德豪斯著，高鸿业等译：《经济学》上卷，中国发展出版社1992年版，第12页。

② 按照萨缪尔森和诺德豪斯的说法，经济领域是极其复杂的，其中有成百万人口和企业，千百种价格和行业。在这种环境下探索经济规律，一种可能的方式是借助于控制下的实验。控制下的实验是指除所研究的对象外所有其他事物均保持不变的实验。因此，一个试图确定糖精是否会使老鼠致癌的科学家将保持“其他条件相同”，仅仅改变糖精的数量，空气相同、光线相同、老鼠的种类相同。参见〔美〕萨缪尔森、诺德豪斯著，高鸿业等译《经济学》上卷，中国发展出版社1992年版，第11—12页。

后此谬误。因此，要探讨当代浙江“讲求实效”区域文化精神的源头活水，也需要做更加细致、复杂和全面的分析。

其次，退一步说，即使浙东事功学思想也可能影响了民间的社会心理，但陈亮、叶适、吕祖谦等浙东学者的思想要转变成浙江民间的观念，即大传统要转变成小传统，必须有一个媒介通道。而自书面媒介和印刷媒介出现以后，古代的文化传播，就一直是一种破解和使用语言文字的技术，文化传播因之而成为一种少数掌握了破解和使用语言文字符号技术的人的文化特权。在这种情况下，在古代中国大传统和小传统之间充当通道作用的，就必然是掌握了使用语言文字技巧的传统知识分子，即读书人出身的官僚士大夫阶层。也就是说，浙东事功学派的思想观念，必须先影响读书人，进而以他们为中介再影响广大民众。诚然，南宋时浙东事功学曾产生了广泛而深刻的社会影响。朱熹在给石天民的信中曾对当年浙学阻遏不住的蔓延趋势作过一个基本评价：“自到浙中，觉得朋友间却别是一种议论，与此不相似，心窃怪之。昨在丹丘（台州），见诚之直说义理与利害只是一事，不可分别。此大可骇！……熹窃以为今日之病，唯此为大，其余世俗一等近下见识，未足为吾患也”。[①] 朱熹与陈亮曾反复辩论而终不能合，长期争论更使得陈亮的思想广泛传播，以至于朱熹惊叹：“陈同甫学已到江西，浙人信响已多，家家谈王霸……可畏！可畏！”[②] 浙东事功学，在南宋中期朱陆俨然显学的形式下，而能与朱陆相抗衡，遂成“鼎足之势”，在当时的社会影响确实不可小视。然而，南宋理宗以后，对包括浙江知识分子在内的中国知识分子最有影响力的思想，却不是陈亮、叶适等的浙东事功学，而是朱熹等的程朱理学。这是因为，自南宋理宗皇帝后，朱熹的思想已经被官方承认为孔孟儒学的真传，并逐渐地在全中国享有“至尊”地位。至元而下逮明清，朱熹的学说实际上成为官方的国家学说，如康熙在《朱子大全序》中所说，朱熹“集大成而绍千百年绝传之学，……启愚蒙而定亿万世一定之规”，其地位可与孔孟相匹。在儒者中甚至出现了非孔孟

① 《朱文公文集》卷53《答石天民》。

② 《朱子语类》卷123。

犹可，非程朱而不可的风气。在元、明、清时期，朝廷规定科举考试以《四书》、《五经》命题，《四书》的理解以朱熹的注释为准。正如现代思想家冯友兰所说，在朱熹注释的《四书》变成官方的注解尤其是科举考试的必读教材后，“一般的知识分子都读儒家的经典，实际上只是读《四书》，对于《四书》的了解实际上只限于朱注。就像现在西方的君主立宪国家，君主被架空了，实权在于内阁总理。在元、明、清时代，孔丘虽然还是被尊称为‘至圣先师’，但却被架空了，朱熹是他的‘内阁总理’，一般人都尊称他为朱子”。①

因此，在儒者中出现非孔孟犹可，非程朱而不可的社会风气以及在朝廷希望天下出现“家孔孟，户程朱”的宏观社会背景下，对元、明、清时期浙江一般知识分子的思想产生重大影响的，只可能是二程、朱熹等的程朱理学思想，而不可能是陈亮、叶适等的浙东事功学思想。这种现象，即使是在陈亮、叶适等浙东事功学思想家的故乡，也无例外。比如，在陈亮的故乡永康县，虽然“宋淳熙间，先儒晦庵朱子与东莱龙川二先生，设讲席于五峰洞，天水之人士，其得沾先贤风教者，由是然矣”。但是，在“普天之下，莫非王土；率土之滨，莫非王臣”的大一统政治背景下，当朱熹的思想上升为全中国的统治思想后，自然也会成为陈亮故乡的统治思想。这一点在宋以来永康的地方风俗志上，有诸多的记载。比如，“明初，承旧俗，为士者多乐田野。及成化宏治间，文采蔚然，倍于往昔。正靖隆万之际，不惟揄科擢第，比肩林立，而议论政事，亦往往可观矣。”② 这段话中尤可注意的是，明时永康人“比肩林立”之“揄科擢第”，因为欲“揄科擢第”，就不能不读朱熹集注的《四书》、《五经》。

2. 儒家文化传统与“讲求实效”精神

在中国思想史上，浙东事功学派是被视为程朱理学的对立面出现的。如周予同在《朱熹与当代学派》中指出：“按初期浙学，如陈亮之

① 冯友兰：《中国哲学史新编》第5册，人民出版社1988年版，第159页。

② 胡卜安：《中华全国风俗志》上篇卷3《浙江·永康》，中州古籍出版社1990年版，第48页。

粗疏，陈傅良之醇恪，其功力与辩解，自非朱熹之敌。但自叶适之《习学记言》出，不仅与朱、陆二派鼎足而三，而且有将破坏朱氏全部哲学之势。"[①] 南宋时期，陈亮就曾与理学集大成者朱熹，展开了针锋相对的争论，而同时期叶适在义利观等方面对程朱理学的论辩，也可视作与朱陈之争相呼应的另一幕。浙东事功学派与程朱理学的分歧，透过朱陈"义利"、"王霸"之辩，已清晰可见。朱熹以天理、人欲对儒家尊王贱霸、贵义轻利思想作了新的阐释。朱熹认为三代之王皆是以仁义、义理之心行王道，以道心治理天下，行的是王道政治，实现了"仁"的美好世界。而汉唐之君却不能谨守三代之王相传授的"密旨"，他们心术不正，在利欲场中头出头没，借仁义之名行霸道之实，所以尽管功业宏大，但道心已不明于天下，即使有所"暗合"，而"其全体却只在利欲上"。[②] 朱熹反对以成败论英雄，以功利论是非，而主张将王道、义理作为评价历史的尺度。陈亮认为自从盘古开天地以来，王与霸、义与利、理与欲就不是截然两立的，即使在讲仁义的三代，也是王霸并用、义利双行的。王道仁义无非是"爱人利物"、"救人之心"，并需通过利民之实事实功表现出来。"禹无功，何以成六府？乾无利，何以具四德？如之何以废也！"[③] 如果"义"就在"利"中，那么"霸道"也是从"王道"中流出的。"仁义"既存在于三代帝王心中，也存在于汉唐帝王心中。

然而，这仍是一场在总体上属于儒家内部的争论。根据论辩双方在"义利"、"理欲"等问题上的不同看法，可以将程朱理学视为儒学的极端派，将以陈亮、叶适等为代表的浙东事功学派视为儒学内部的温和派。虽然从表面现象上看，程朱理学与浙东事功学派的观点存在着严重的分歧，朱学与浙学在文化精神上的基本对立，尤其"可以归结为以道德拯世与以事功用世的不同"，[④] 但是，从一种更加广阔的视角上分析，或者从归根结底的意义上看，无论是儒学的极端派和温和派，还是整个

① 《周予同经学史论著选集·朱熹》，上海人民出版1983年版，第178—179页。

② 《寄陈恭甫》之8。

③ 《龙川学案》引。

④ 束景南：《朱子大传》，福建教育出版社1992年版，第498页。

中国传统文化的主流，实际上都渗透着一种鲜明的“实用”、“功利”精神，只是温和派表现得更加“露骨”，极端派表现得更加“隐蔽”而已。

从某种意义上看，中国传统主流文化和知识精英阶层（即文人士大夫阶层)，在其“义利”、“理欲”之辩中透露出来的似乎是轻利、去利、非利的倾向。“崇利”、“为我”只是极个别学派的例外的、非主流的主张（如战国时期商业发达情况下产生的杨朱学派)，事实上，“重义轻利”确实似乎是中国传统文化中占主导的价值取向。以汉代以后的中国文化主流即儒、释、道三家为例。释道两家是主出世的，轻利、非利倾向应已昭然若揭，而儒家虽主入世，重义轻利的色彩同样十分鲜明。综观中国儒学发展史，无论是先期的“义利之辩”，还是后来的“理欲之辩”，儒学内部在“崇义”、“崇理”，主张“义”、“理”对“利”、“欲”有绝对价值和优先地位这点上，似乎是同条共贯、若合符节的。争论双方只是在肯定上述前提下，对是否可适当地将“利”考虑进去的问题上存在歧义。儒学极端派如二程、朱熹、司马光、陆王等主张去“利”存“义”，去“欲”存“理”。如“学者须是革尽人欲，复尽天理，方始是学”（朱熹)，“必欲此心纯乎天理而无一毫人欲之私”(王守仁)，均认为天理与人欲，义与利存在着相当程度的对立。依朱熹的看法，由于有了人欲，人所固有的广大高明的天理就受到了蒙蔽，一齐昏了，不能很好地发挥作用。但是，天理是“公”，人欲是“私”，天理是“是”，人欲是“非”，天理人欲的对立实际上是公与私、是与非的对立，两者无任何妥协的余地。因此，对于人欲的态度，便是“克之克之而又克之!”而温和派如王充、司马迁、王安石、陈亮、叶适、颜元、戴震等则主张在肯定予义以优先地位的前提下，给“利”、“欲”以一定的地位。如“人富而仁义附”（司马迁)，“无欲无为又焉有理”，“圣贤之道，无私而非无欲”，“人生而后有欲，有情，有知”，“三者，血气心知之自然也”（戴震)。因此，人欲本有其存在之理，人欲并不违背天理。适当的求欲、求利不仅不与“义”、“理”相冲突，反而是对德性的增进有所助益的。

然而，儒学内部无论是极端派或温和派，都似乎是将“崇义”、“崇理”看作具有绝对价值，并把“义”、“理”放在优先地位。

但是，一种辩证的分析，还需看到事物的另一面。事实上，儒学内部极端派在主张“学者须是革尽人欲，复尽天理”的同时，对人欲功利也并非采取全然否定的态度。如程颐认为，“人无利，直是成不得，安得无利?”[①]“仁义未尝不利”，“夫利，和义者善也；其害义者不善也”。[②]朱熹认为，“义利之说，乃儒者第一义”。[③]依程颐之见，“仁义根于人心之固有，天理之公也；利心生于物我之相形，人欲之私也。循天理，则不求利而自无不利；循人欲，则求利未得而害已随之”。[④]“必以仁义为先，而不以功利为急。”[⑤]同时，程颐又认为，“圣人岂不言利?”“‘罕言利’者，盖凡做事，只循这道理做去，利自在其中矣”。[⑥]义对利有优先地位，循天理就是“义”兼得“利”，“利是那义里面生出来底，凡事处制得合宜，利便随之。所以云‘利者，义之和’，盖是义便兼得利。”“只万物各得其分便是利。”[⑦]朱熹则认为，顺“正其义则利自在，明其道功自在。专去计较利害，定未必有利”。[⑧]朱熹并不否定从“义”出发的“利”，但旗帜鲜明地反对从“欲”出发的“利”。

进一步地看，即使在中国传统主流文化“轻利”、“非利”、“反利”的倾向中，仍掩盖不了其中蕴含的更强烈的“实用功利”色彩。换言之，中国主流文化尤其是儒家伦理中表现出来的“义理”对“欲利”的绝对价值和优先地位，在现实生活中往往总是反置为“欲利”对“义理”的优先地位和绝对价值。儒家内部即使如司马光、程朱陆王等极端派，在其“革尽人欲之私，复尽天理”、“天理存则人欲亡，人欲胜则天理灭”的强硬言词中，流露出来的也还是实用功利的价值取向。事实上，中国古代主流文化尤其是儒家文化在义利、理欲之辨中透露出

① 《河南程氏遗书》卷18。
② 《河南程氏遗书》卷19。
③ 《朱文公文集》卷24。
④ 《四书集注·孟子》。
⑤ 《朱文公文集》卷76。
⑥ 《朱子语类》卷36。
⑦ 《朱子语类》卷68。
⑧ 《朱子语类》卷37。

来的“轻利”、“去欲”、“非利”倾向，固然表达了文化的一定层次的价值取向，但并非绝对的、核心的、根本的价值取向，“义”与“理”在理论的一定层次上固然似乎表现为绝对的、终极的价值，但是如果深入其底蕴细究起来，却仍非绝对的、终极的价值。在实际生活中，“义”、“理”也不是核心的价值取向或文化的中心旨归，其仍要落实到“举而措之天下”的人伦日用上。另外，以儒家为代表的中国传统主流文化在义利、理欲之辩中展现的“轻利”、“去利”、“去欲”取向与实用功利的核心价值取向，其实是有不同的针对性或指向的，因而并非水火不相容，一定程度上也可以说是互相补充并相得益彰的。“轻利”、“去利”甚至“非利”主要是针对从事手工业，尤其是从事商业或从事其他一切被正统官僚士大夫贱视的获利行当而得利，而此类“轻利”、“去利”、“非利”的目的，还是为了得“大利”，即从他们认为从事“正途”如为官从政中得利。因而，以儒家为代表的中国传统主流文化中的“轻利”、“非利”、“去利”的倾向之实质，是在自然经济基础上官僚士大夫与皇权的联姻，目的是合力对商业及其他一切被他们视为不正当的赚钱行业的排斥与围剿，并最终瓜分天下利益。因而，譬如商业，虽然“以贫求富，农不如工，工不如商，刺绣不如倚市门”，商业乃农工商中最好的赚钱门径，然而，正统官僚士大夫显然是不愿看到商人“运其筹策，上争王者之利，下锢齐民之业”，甚至“因其富贵，交通王侯，力过吏势，以利相倾”的与官僚和皇权系统争利的局面的，因而采取轻利、去利、贱商策略，殴民而使之归农便难以避免。

上述这种排异己之“利”，而得天下大利的官僚士大夫的深层实用精神，在中国传统主流文化尤其是儒学及传统文人士大夫的举措中有赤裸裸的表现。

积极地看，凡为中国传统儒家士大夫提倡的一切知识有无价值，就要看其是否可以落实到经世致用，或修身、齐家、治国、平天下上，也就是所谓“如有用我者，吾其为东周乎？”“吾岂匏瓜也哉？焉能系而不食”（《论语·阳货》），“用之则行，舍之则藏”。①“诗书史传子集，

① 《论语·述而》。

垂法后世者，其文也；举而措之天下，能润泽斯民，归于皇极者，其用也”（《安定学案》，载《宋元学案》一卷）。“用”乃儒家本有的一种冲动。如陆象山说，儒者虽至于无声无臭，无方无体，皆重于经世。①在儒家文化中，“用”是正常的期待，属第一义，是终极价值，是目的，具有绝对的、优先的地位；“藏”是不得已，属第二义。正如余英时所说：“明代以来，中国专制传统发展到最高峰，儒者不能‘行’其道于外，只有‘藏’其心于内，这是一种无可奈何的遭遇。但儒家并未完全丧失其原始的‘用’的冲动，因此每当政治社会危机深化之际，‘经世’的观念便开始抬头，明末与清初都是显例。”② 这种以“用”为终极价值的致用主义，在客观上无疑导致了单元主义的价值取向。虽然从表面现象上看，儒家坚持将道德伦理作为判断世间事物的最后标准，但在实际上却把是否有用作为判断世间事物的最后标准。在儒家那里，道德伦理乃至于整个文化都是纪纲世界的工具和手段。毫无疑问，这是历史上儒家文化表现出具有相当大的对其他文化的包容度的原因之所在。只要对纪纲世界有用，儒家往往能采取拿来主义的兼收并蓄的态度。

但另一方面，“用”的标准无疑也是儒家消磨其他诸子百家独有价值取向的利器。历史上的儒佛之争，就有力地说明了这一点。佛家本有其独特的价值取向，尤其体现在其出世间上，但按照儒家文化的标准，佛家的重要缺陷，恰恰在于其“出世间”上，即不能齐家治国平天下，也就是所谓“无用”。而儒佛道之冲突和合流，以“佛可治心，道可治身，儒可治世”各自在儒家修齐治平的精神旨趣中找到方位而告终，正是体现了作为中国传统主流文化的儒家文化以“用”为标准的惊人的统合力和涵摄力。重实用的文学功用观，也显示了这一点。重文学的政治教化之用，可以说是儒家文学观念一以贯之的特征。从荀子、扬雄到刘勰，中唐以后名声大噪的“文以明道”说已略具雏形。据黄开发的分析，③ 把“文”与“道”进一步联系起来是在中唐时期。中唐时期的统

① 《象山先生全集》卷2《与王顺伯》。

② 余英时：《中国思想的现代诠释》，江苏人民出版社 1989 年版，第249—250 页。

③ 黄开发：《儒家功利主义的文学观与“文以载道”》，《江苏行政学院学报》2005 年第5期。

治者为了现实政治的需要复兴儒学，这促成了韩愈、柳宗元所倡导的古文运动，“文以明道”即是古文运动中所提出的口号。韩愈、柳宗元在不同程度上都有重道轻文的现象，而在宋代道学家那里，这种现象则已经演变为重道鄙文了，“文”与“道”之间成了主仆的关系。周敦颐关于“文以载道”的一段言论典型地体现了这一点。按周敦颐之说，“文所以载道也，轮辕饰而弗庸，徒饰也。况虚车乎？文辞，艺也；道德，实也。笃其实而艺者书之；美则爱，爱则传焉，贤者得以学而至之，是为教”。[①] 文章是用来装运道德的，是用以政治教化的，否则，就成了虚车，不能称其为“文”，只是“艺”。因此，正如陈振铎所说，“中国文学所以不能充分发达，便是吃了传袭的文学观念的亏。大部分的人，都中了儒学的毒，以‘文’为载道之具，薄辞赋之类为‘雕虫小技’而不为。其他一部分的人，则自甘于做艳词美句，以文学为一种忧时散闷、闲时消遣的东西。一直到现在，这两种观念还未完全消灭”。[②]

概言之，按照儒家之“用”的标准，不仅不同的文化及其价值取向，必然会在“致用”面前走向单一化，而且文化本身独有的终极追求和价值取向即真善美的取向，也会在“致用”面前走向消解。这显然与西欧知识分子将知识和文化作为终极价值和追求的传统形成鲜明的对照。在西欧，为真理而真理、为学术而学术、为艺术而艺术不仅不遭诟病，相反，代有佳话流传：毕达哥拉斯在盆浴时顿悟浮力定律，欣喜若狂，裸体跑出屋外宣布他的发现；维特根斯坦可以在炮击间隙，见缝插针地摘记着哲学思考的精粹；哥白尼、布拉赫、开普勒和伽利略从事科学研究的目的都不是为了“致用”的目的。如施密特所说，“有四个名字在天文学教科书中如雷贯耳：哥白尼、布拉赫、开普勒和伽利略。但是一个不可否定的事实是，这些人都是虔诚的基督徒，他们的科学工作皆受其信仰的影响，这在大多数科学教科书里都被明显地忽略了”。[③] 这种“发明一个因果律也要比做波斯王快活”的不带社会功利目的的纯粹求

① 周敦颐：《通书·文辞》。

② 西谛（郑振铎）：《整理中国文学的提议》，《文学旬刊》1922年第10期。

③ 〔美〕施密特著，汪晓丹、赵魏译：《基督教对文明的影响》，北京大学出版社2004年版，第205页。

知，足以让西方知识分子安身立命。相形之下，对经世致用的过度企求，使古代中国知识分子从来不能以纯粹求知的充足理由支撑其事业和生命。

从消极的一面看，在中国传统主流文化中，知识乃传统文人博取高官厚禄的进身之阶，是有钱有势、荣宗耀祖的有效手段。传统文人士大夫的这一实用功利的价值取向，甚至在儒学宗师那里亦有露骨的表达，荀子在《儒效篇》中就曾说，“我欲贱而贵，愚而智，贫而富可乎？曰，其唯学乎”（《荀子·儒效篇》）。因而，庄子攻击儒家“摇唇鼓舌，以迷惑天下之主，所以谋封侯富贵也”，可谓切中要害。王阳明也曾将其同时代之为举业者“譬之治家不务居积，专以假贷为功，欲请客，自应事以至百具，百物莫不遍借，客幸而来，则诸贷之物一时丰裕可观，客去，则尽以还人，一物非所有也。若请客不至，则时过气衰，借贷不备，终身疲劳”。[①] 这就意味着，所谓“圣人之学”，在一些人的心目中，也只是追求功名利禄途中的一块敲门砖。

从表面现象上看，商人重利，儒家重义，但是，作为徽商代言人的徽州理学家却一针见血地指出，“儒”和“贾”在价值取向上是相通的，其一，表面看来，“儒为名高，贾为厚利”，[②] 似乎追求的目标不一，但实质上却是一致的；商人重利，士子重义，似乎是对立的，但是在徽州理学那里，义与利却是相通的，所谓“士商异术而同志”。[③]“贾”和“儒”的区别只具有形式上的意义，并无实质性的意义，“儒者孜孜为名高，名亦利也。籍令承亲之志，无庸显亲扬名，利亦名也”。[④] 其二，为贾与为宦在事道上是相通的，习贾有利于为政，习儒也有利于为贾。如汪道昆所说，“新都三贾一儒……贾为厚利，儒为名高，夫人毕事儒不效，则驰儒而张贾，既侧身飨其利矣，及为子孙计，宁驰贾而张儒。一张一弛，迭相为用，不万钟则千驷，犹之转毂相巡，岂其

---

① 《王阳明全集》，《年谱三》。
② 汪道昆：《太函集》卷17《寿域篇为长者王封君寿》。
③ 汪道昆：《太函集》卷61《明处士休宁程张公墓表》。
④ 汪道昆：《太函集》卷54《明故处士溪阳吴长公墓志铭》。

单厚计然乎哉!”[①] 为贾与为宦不只是在事道上相通，在现实生活中也没有界限。在明清时期的徽州，往往是父兄营业于前，子弟读书以致通显于后，徽商子弟以“业儒”成名而居高位者，也漠不关心商业利益。其三，士商求取功名，与实现“大振家声”的目的是相通的，读书做官能“大我宗事”，经商也能“亢宗”，业贾与业儒都是实现“荣宗耀祖”的通道。其四，由于儒贾相通，所以两种功名也是可以互相转化的，如汪道昆所说，“大江以南，新都以文物著。其俗不儒则贾，相代若践更。要之良贾何负闳儒，其躬行彰彰矣”。[②] 李大祁则用一句话表达了其弃儒从贾的心态：“大丈夫志四方，何者非吾所当为？即不能拾朱紫以显父母，创业立家亦足以垂裕后昆。”他在致富后岌岌于课子读书，明人评其一生曰：“易儒而贾，以拓业于生前；易贾而儒，以贻谋于身后。”[③]

按照现代经济学的观点，无论是“儒为名高”或“贾为厚利”，都体现了自利理性的“经济人”的一种追求。按照格兰诺维特的观点，求职等社会行为也是理性选择行为，但是在这里，理性选择的对象和活动领域都已经开始扩大，即理性选择的目标已不仅仅是经济利益，还包括职业、社会地位和声望，等等，理性选择行为也从市场领域走向比较广阔的社会网络关系之中。贝克尔则认为，人们是在特定的文化结构中根据自己的价值判断来追求效用（即利益）最大化的。除物质产品和服务的享受之外，受人尊重、社会地位、名誉、知识等“社会价值”也可能是效用的根源，构成个人利益的有机组成部分。也就是说，个人效用函数既包括经济变量，也包括非经济变量。因此，“经济人”进行选择时，就需要在不同的商品之间，以及商品和非经济物品之间进行权衡比较。“易儒而贾”与“易贾而儒”之间的变换，正是一个典型的“经济人”在物质商品和非物质商品之间进行权衡比较以后所作出的一种选择。

上述表明，虽然就追求内容上看，市场（业贾）的利益与功名利禄（业儒）的利益显然是不同的，然而，就两者追求指向上均为功利的价

---

① 转引自唐力行《明清以来徽州区域社会经济研究》，安徽大学出版社 1999 年版，第 212 页。

② 汪道昆：《太函集》卷 72《溪南吴氏祠堂记》。

③ 婺源《三田李氏统宗谱·环田明处士松峰李公行状》。

值取向这点上却又是一致的，在将对实用功利的追求作为终极的绝对的价值取向这点上，两者无疑是殊途同归的。古人将读书人屡试不第称为“屡试不售”，已经暗含着业儒或业贾，既然都是售，那么，当社会情景改变后，由向政治售经义转而向市场售货物，也就没有那么不容易改行了。进一步看，当“业儒”和“业贾”，都是以“亢吾宗”、“大振家声”，或更通俗地说，是以“光宗耀祖”或“光大门楣”为目标时，“业儒”和“业贾”之间在“效用”方面的差异事实上也被抹平了。新古典经济学已经明确地揭示了这一点。马歇尔虽然也以““经济人”理念”作为其经济学的分析基础，但他认为，将“经济人”视为仅受自利的或其他利己动机支配，这不是一种准确的看法。马歇尔指出，“经济人”一般都主要是在为“家庭”的利益而勤奋地工作，努力积累资本。这种“给家庭提供衣食等必需品的愿望，以某种非常规则的方式在发挥作用，因而显然可以把这种愿望归结为规律：……它是可以度量的”。“经济人”实际上是“一个怀有利己利他的愿望，甘受劳苦和牺牲以赡养家庭的人”。[①] 在这里，马歇尔似乎展示了一个有趣的“经济人”形象，即“经济人”也具有伦理的禀性。如果将马歇尔语言翻译成徽州理学的语言，那么“经济人”，似乎也具有“亢吾宗”、“大振家声”或“光宗耀祖”的动机。然而，这种貌似“高尚”的动机并没有改变以利益最大化为最高追求的“经济人”的本质特征。

事实上，中国传统文化中包含的实用功利的核心价值取向，固然以儒家最为突出，而其在中国本土产生的墨、道、法诸家中也都有所体现。其中道家似乎最超脱（主出世），却仍要追求“无为而无不为”。演化成道教后，追求一己之长生久视、得道成仙，实用功利性的色彩便更浓了。如朱熹所说，“及世之衰乱，方外之士厌一世之纷乱，畏一身之祸害，耽空寂以求全身于乱世而已。及老子倡其端，而列御寇、庄周、杨朱之徒和之”。[②]

---

① 转引自杨春学《“经济人”与秩序分析》，上海三联书店、上海人民出版社 1998 年版，第138—139 页。

② 转引自秦铁基等《中国老学史》，福建人民出版社 1997 年版，第 390—391 页。

因此，无论是儒家的温和派，还是儒家的极端派，都或显或隐地包含着实用功利的价值取向。陈亮、叶适等儒家温和派和朱熹等儒家极端派的对立，只是现象层面上的一种对立，两者在实质上存在着一致性。

也正因如此，具有讽刺意味的是，在极力倡导“正义不谋利，明道不计功”的朱熹的祖籍新安（徽州），以厚利为追求目标的徽商，却以程朱理学为尊崇的对象。正如《绩溪县志续编》所说，“我新安为朱子阙里，而儒风独茂，岂非得诸私淑者深欤!”而《茗洲吴氏家典》中的一段话亦可为此作注：“我新安为朱子桑梓之邦，则宜读朱子之书，取朱子之教，秉朱子之礼，以邹鲁之风自待，而以邹鲁之风传之若孙也。”① 徽州“自朱子后，多明义理之学”。②“自宋元以来，理学阐明，道系相传，如世次可辍”。“四方谓新安为‘东南邹鲁’。”③ 清代各地徽州会馆中“崇祀朱子”，而现存徽州族谱中都收入朱子的《家礼》。这些也是徽商尊崇朱子的明证。因此，可以说，尊崇理学是宋元以来徽州社会的普遍心理特征，理学构成了徽州特殊的人文环境。如唐力行所说，“理学第一”的人文环境，“这就使徽商群体心理的整合具有不同于其他商人的准备心理状态，从而影响并决定了徽商心理的形成和趋势。徽商之所以区别于其他商帮，其源盖出于此”。④

主张“存天理，灭人欲”并且与陈亮、叶适等浙东学派观点针锋相对的程朱理学，成为徽商之故乡的意识形态，这一点尤其令人深思。这种现象表明，程朱理学并非如表面看上去的那样，与陈亮、叶适、吕祖谦等浙东学派的事功学观点水火不相容。事实上，程朱理学作为一种“上接孔孟，下轶周、程”的新儒学，无疑也具有与一般儒学共同的核心价值取向，即以“经世致用”为学问的旨归。朱熹曾自称其学说是“帝王之学”，认为自己那一套理论“于国家化成民俗之意；学者修己治人之方，则未必无小补云”。他相信，人主的心正，就能正朝廷，正

① 转引自唐力行《明清以来徽州区域社会经济研究》，安徽大学出版社 1999 年版，第 80 页。

② 乾隆《绩溪县志》卷 3《学校》。

③ 万历《休宁县志·重修休宁县志序》。

④ 唐力行：《明清以来徽州区域社会经济研究》，安徽大学出版社 1999 年版，第 115 页。

朝廷就能正百官，正百官就能正万民，正万民就能正四方。因此，作为程朱理学之集大成者的朱熹的观点，尽管不像陈亮、叶适的观点那样，属于一种赤裸裸的功利主义，但在深层的意义上，仍然是以“用”为目标的。因此之故，清代实学家章学诚也称赞朱子学是“性命、事功、学问、文章合而为一”，认为其后学“皆承朱子而务为实学”。[①] 也正因如此，以厚利为最高追求的徽州商人便有可能从朱子学中找到可资利用的精神资源。

哲学解释学的研究表明，人绝不会生活于真空中，在他有自我意识或反思意识之前，他已置身于他的世界，属于这个世界。因此，他不是从虚无开始理解和解释的。他的文化背景、社会背景、传统观念、风俗习惯，他那个时代的知识水平，精神和思想状况，物质条件，他所从属的民族的心理结构等，这一切是他一旦存在于世即已具有并注定为他所有的东西，是自始至终都在影响他、形成他的东西，这就是所谓“前有”、“成见”、“前判断体系”。不同的“视界”对应于不同的“前判断体系”。理解者和他所要理解的东西固然都有各自的视界，但理解并不是抛弃自己的视界而置身于异己的视界。理解一开始，理解者的视界就进入他要理解的那个视界，随着理解的进展不断地扩大、拓宽和丰富自己。我们的视界是同过去的视界相接触而不断地形成的，这个过程也就是我们的视界与传统的视界不断融合的过程，伽达默尔称之为“视界融合”。当代文化研究学者霍尔也认为，信息的发送并不意味着它可以以同样的方式被接收。在传播的每一个阶段，无论是编码（信息的构成），还是解码（信息被阅读和理解），都有其特殊形态和对之施以制约的特殊条件。编码和解码之间并没有给定的一致性，某一信息可以由不同的读者以不同的方式解码。霍尔的解码理论表明，由于编码者和解码者采用的符码不一样，文本的意义也会随之发生变化。读者对文本的完全认同或完全不认同都不容易发生，更多的是一种在文本和具有确定社会性的观众之间的妥协阅读。另一位当代文化研究学者约翰·费斯克则认为，意义不仅是从文本中产生的，而是在与具体社会处境下的阅读

① 《文史通义》卷3《朱陆》。

者之间的联系中产生的。不同的阅读者对一个文本的含义的阐释往往是多种多样的，文本的含义会由不同的人以不同的腔调说出来。

按埃格特森的说法，“当人们的经验与其思想不符合时，他们就会改变其意识观点”，不过“人们在改变其意识形态时，其经验与意识之间的矛盾必须有一定的积累”。[①] 程朱理学之所以能够成为追求实用功利的徽商之故乡的意识形态，不仅在于其作为一种“上接孔孟，下轶周程”的新儒学，具有可资徽商利用的、以“经世致用”为旨归的儒学共同的价值取向，而且在某种意义上，也是在徽商群体和程朱理学文本之间“视界融合”或“妥协阅读”的一种结果。通过这种“视界融合”或“妥协阅读”，程朱理学中不利于徽商群体的内容被“忽略”，而与徽商群体的生活具有相关性的或有利于徽商的内容，则被“弘扬光大”。徽商群体与程朱理学文本的这种“视界融合”不是同一或均化，而只是部分重叠，它包含着差异和交互作用。视界融合后产生的新的融合视界，显然既包括作为理解者的徽商群体的视界，也包括程朱理学文本的视界，但已难以明确地区分了。比如，余英时注意到，在朱熹那里，“人欲”这个概念就包含着两种含义：“问：‘饮食之间，孰为天理，孰为人欲?’曰：‘饮食者，天理也；要求美味，人欲也。’”[②] 朱熹将过分的欲望称作人欲，这是“人欲”的第一层含义；而认为正当的欲望则合乎天理，这是“人欲”的第二层含义。朱熹所谓的“存天理，灭人欲”，要灭的是第一层含义的“人欲”，对于第二层含义的人欲，不仅不能灭，而且还要保护，因为这是合乎天理的。元、明、清时期清的理学家从自身的阅读视界出发，显然更重视的是朱熹关于“人欲”的第一层含义，而徽商群体则从自身的另一种阅读视界出发，更重视的是朱熹关于“人欲”的第二层含义。既然“人欲中自有天理”，天理与人欲就不是绝对排斥的。在明清时期士商合流的变迁过程中，徽商把理欲相通的观念引申到士商关系的解释中，提出了“贾儒相通”的新观念，并从

---

① 〔冰岛〕埃格特森著，吴经邦等译：《新制度经济学》，商务印书馆 1996 年版，第 68—69 页。

② 《朱子语类》卷 13。

义与利、孝与悌、名与利等不同的角度论证了这一点。

所以，正如唐力行所说，“徽商整合理学是为了自己的经济利益，这从其研究理学的方法来看，是十分清楚的。他们大多数不是致力于理学的系统研究，而是从理学中撷取某些章句、格言，立竿见影地服务于商业”。“众多的徽商从不同的侧面，环绕着理欲之辩这个问题，以群体的力量改铸着理学，将其整合为为徽商的经济利益服务，并能体现其价值观及审美情趣的徽州商人文化”。[①] 唐力行还列举了许多事例，来证明这一点。如徽商章策，“虽不为帖括之学，然积书至万卷，暇辄手一编，尤喜先儒语录，取其有益身心以自励，故其识量有大过人者”。[②] 王鸿鉴“性耽书史，老而不怠，著为家训，杨郡伯跋其简，称为‘贤者格言’”。[③] 程尚隆“虽早年发箸，不废典籍，尤精左传三史，皆能贯串，为宋儒学辑《修齐格言》四卷”。[④] 这些都表现了徽商出于自身利益的对待程朱理学的实用主义态度以及对程朱理学原始文本的一种“妥协性的阅读”方式。

因此，程朱理学文本为徽商生产意义所用，尽管它并不情愿，但仍然让徽商群体看到它预设的“帝王之学”的意义的脆弱和局限，它包含着与设定声音不同的其他声音，尽管它同时又力图淹没那些声音。程朱理学文本的复杂的意义不是自身所能控制得了的，它的文本间隙，使徽商群体得以从中产生符合自身需要的新的文本，也就是说，它是一种受（徽商群体）控制的文本。徽商文化的生产和流通，既依赖于程朱理学文本提供的意义和空白，又依赖于徽商群体积极的参与和创造。就像真正的对话一样，在徽商群体和程朱理学文本之间进行的解释学谈话包含着平等和积极的相互作用。它预先设定谈话双方都考虑同一个主题、一个共同的问题，双方就这个问题进行谈话，因为对话总是有关某些事情的对话。正是在这种平等和积极的解释学谈话过程中，徽商群体成了把程朱理学的过去传递到当前的传递者，也就是说，徽商群体对程朱理学

① 唐力行：《明清以来徽州区域社会经济研究》，安徽大学出版社1999年版，第210页。
② 绩溪《西关章氏宗谱》卷26《例授儒林郎候选布政司理问绩溪章君策墓志铭》。
③ 光绪《婺源县志》卷28《人物·孝友》。
④ 同治《黟县三志》卷15《艺文志·人物类》、《程尚隆传》。

的理解在本质上是把程朱理学的意义置入当前的一种调解或翻译。这种理解是一种事件，是历史自身的运动，在这种运动中无论是程朱理学的解释者抑或程朱理学文本本身，都不能视作自主的部分。如伽达默尔所说，理解本身不能仅仅视作一种主观性的活动，而应视为进入一种转换的活动，在这种活动中过去和当前不断地交互理解。

程朱理学在明清时期徽州的遭遇表明，儒学内部的极端派与温和派一样也包含着讲求实效、注重实用功利的价值取向，只是前者以“隐蔽”的方式存在，后者以“显露”或“直白”的方式存在。而当社会提出需要的时候，前者所包含的上述价值取向也会经过与特定社会群体的“视界融合”或“妥协阅读”，不仅会由“隐”而“显”，而且还会被加以实用主义的改造和利用，从而如陈亮、叶适等浙东事功学派思想一样，成为一种有利于商人群体的意识形态。这也意味着，“讲求实效”、“注重功利”并非一定是浙东事功学所专有的一种精神遗产。事实上，无论是徽州理学，还是浙东事功学，两者都可以通过各自不同的思想发展路径，从原始儒学那里找到讲求实效、注重功利价值取向的共同的源头活水。当然，经过与原始儒学的“视界融合”或“妥协阅读”，浙东事功学“讲求实效”的精神，无疑已经具有了与原始儒学、程朱理学不同的自身的地域特色或鲜明的文化个性。

关于这一点，已有学者作过相当深刻的论述。美国学者田浩就曾在《功利主义儒家——陈亮对朱熹的挑战》一书中区分了“道德伦理”与“事功伦理”、“功利主义事功伦理学”和“个人德性与动机伦理学”。朱熹和陈亮的分歧仅仅是由同一个儒学两极化而发展出的基本政治倾向，“在此过程中，他们使绝对目标伦理与政治所得伦理、道德伦理与事功伦理之间的紧张具体化了”。[①] 虽然从现象上看，朱熹和陈亮的观点似乎是完全对立的。在朱熹的绝对伦理学中，德性或义包含着无上命令的应然性，即：人必须行善的原因是由于这样做是善的，而不是因为计较了社会政治的功利结果。仁义道德也与实用主义的“权变”相矛盾。

---

① 〔美〕田浩著，姜长苏译：《功利主义儒家——陈亮对朱熹的挑战》，江苏人民出版社1997年版，第94页。

与朱熹形成对照，陈亮将道德建立在结果之上，他的功利主义代表了传统儒家入世思想和政治主义取向的复兴。“他合王霸为一体，否定了王霸二分。通过将王与实用主义政治学联系起来，陈亮使功利关怀成为王道这个道德概念的一部分；因此，他的王霸统一弥合了手段与结果之间的鸿沟。陈亮运用这种伦理主张，能将注意力集中于政治行为的效果，而不被行为的道德问题所束缚。其王霸统一论否定了功利的否定性含义，为社会政治的主要取向提供伦理上的支持。”① 然而，同时也应看到，正如叶坦所说，心性修炼与社会实践都是理学的命题，理学与事功学派都师承原始儒家修、齐、治、平理念，涵蕴修养道德和经世致用的思想。但事功学派以实现社会功利实效为经世致用，理学家则以追求真实学问、修养德性并付诸实践为实用；事功之学以改造外部社会并取得实利功效为宗旨，理学家则以内在的学问追求、德性涵养为本功利为末；虽都讲“务实”，经世致用与躬行践履是不同的。“这种不同寓有十分深远的意义——儒学至宋而学派分化并立（这也是自宋始可建瞻博之‘学案’的缘由），经世传统向着潜沉践履和经世致用两个主要方向发展，尤其是后者对此后中国社会及思想文化的影响很大，而这种影响对整个社会形态的演进起到重要作用。”②

因此，可以说，凡是受儒学影响的区域，都存在着“讲求实效”、“注重功利”的精神资源。但是，这种精神资源是否能够得以有效的开发和利用，则取决于其他的社会历史条件。是社会存在决定社会意识，而不是社会意识决定社会存在。当社会经济的发展对这种精神资源有迫切需求的时候，这种精神资源就会通过“视界融合”或“妥协阅读”的途径而被发掘出来。从这一意义上说，不是先有徽州理学，后有徽州经济社会生活，而是先有徽州经济社会生活的一定发展，后有徽州理学；不是先有浙东事功学，后有浙江人的讲求实效精神，而是先有一定的社会历史条件，后有浙东事功学及其所表达的讲求实效的文化精神。

---

① 〔美〕田浩著，姜长苏译：《功利主义儒家——陈亮对朱熹的挑战》，江苏人民出版社1997年版，第135页。

② 叶坦：《宋代浙东实学经济思想研究——以叶适为中心》，《中国经济史研究》2000年第4期。

当然，毋庸置疑的是，“讲求实效”这种社会意识一旦被发掘并被发扬光大后，又会对社会存在产生一定程度的反作用。

需说明的是，社会意识可以区分为有明显差别的两个层次，即社会心理和社会意识形式。社会心理直接与日常生活相联系，是一种自发的、不系统的、不定型的反映形式，是对社会存在的直接的反映；社会意识形式则是对社会存在的比较间接的反映，是从社会生活中概括提炼出来的一种比较系统的、自觉的、抽象化的反映形式。社会心理是社会意识形式的思想基础，为一定的社会意识形式的形成和发展提供最初的基础。根据上述的区分方法，无论是徽州理学还是浙东事功学，都可以归入作为“社会生活中概括提炼出来的一种比较系统的、自觉的、抽象化的反映形式”的社会意识形式的范畴。尽管系统化、理论化的社会意识形式可以对社会存在、社会心理产生反作用，但是，正如民俗学家萨姆纳所说，人们在活动中不自觉地形成的民俗最后成了人们要自觉维护的范式，“所有成员都被迫遵从”，因为“民俗是一股社会力量”，这种社会力量主宰了社会生活，“人类的全部生活，包括所有时代和文化的各个阶段，主要受大量民俗的主宰”。[①] 从这一意义上说，对于古代民间经济社会生活产生更直接影响的，应当是民间的社会心理，对于当代浙江经济社会发展产生更直接影响的，也应当是民间的社会心理。

三、区域民间传统与“讲求实效”文化精神

如前所述，“讲求实效”、“注重功利”，确实是对改革开放以来浙江经济社会发展和制度创新产生了十分重要的作用的一种文化精神。前述同时也试图从多角度证明，将当代浙江人“讲求实效”精神的源头活水，直接归结于浙东事功学派，似乎缺乏一种充分的根据。事实上，一方面，浙东事功学的观点可以从原始儒学乃至于整个中国的传统主流文化找到精神资源。正如本书其他地方已经表明的，尽管浙东学术具有自身鲜明的个性，但其与中原儒学具有直接的师承关系。另一方面，更重

① 转引自高丙中《民俗文化与民俗生活》，中国社会科学出版社1994年版，第96页。

要的是，如果承认社会存在决定社会意识这一理论前提，那么据此的一个自然结论就是，浙东事功学的“讲求实效”、“注重功利”的精神，本身也是历史上浙江区域社会存在的一种反映以及民间社会心理的一种提炼和概括。换言之，浙东事功学的“讲求实效”、“注重功利”的精神本身也是流，而不是源。可以说，正是浙江区域社会存在和民间社会心理的刺激，浙东事功学才呈现出了自身鲜明的地域个性。因此，更重要的不是要证明浙东事功学派是否蕴含着“讲求实效”的文化精神，而是要证明传统浙江民间是否也一直存在着一种“讲求实效”的精神。如果这一目标实现了，那么当代浙江人务实精神的真正源流，也就可以清晰地呈现出来了。然而，这无疑是一项相当艰巨的任务。

1. 民间工商业实践与“讲求实效”精神

在对浙东事功学派“讲求实效”文化精神形成原因的解释上，以一种因素否定另一种因素，或将一种因素当作唯一的因素，显然都是片面的。在这里，继续接受马克斯·韦伯多因素的“弹性解释原则”的引导，仍应是一种正确的做法。首先，南宋时国家面临危亡的严峻形势，浙江特有的自然条件，浙江历史上相对于中原地区的政治、文化和经济地位，浙江特有的生产和生存方式等社会存在因素，都对浙江事功学派“讲求实效”文化精神的形成，产生了重要的影响。除了国家宏观政治社会情势以外，在浙江区域社会存在诸因素中，尤其值得一提的，则是浙江传统民间发达的工商业实践。

关于宋、元、明、清时期浙江工商业的发展情况，本书其他章节将专门讨论，这里不再赘述。值得注意的是，古今中外的历史经验表明，凡是工商业相对发达的地区，一般来说，人们必然是相对注重现实、讲求实效的，而这是由工商业活动特有的性质所决定的。按照现代经济学的观点，工商业活动乃是一种属于人类为了确保自己的生存和增加自己的福利而完成的行动，即一种经济活动。在古典经济学和新古典经济学那里，经济活动的参与者是理性的，以自我利益为出发点的，这典型地反映在作为传统经济学理论基石的“经济人”概念中。可以说，从严格理性出发处理各种事情的“经济人”的存在，是英国古典学派的基本心理假定。“经济人”假设的哲学基础是个人功利主义。由亚当·斯密开始，“经济人”假设就已明确确定（斯密以前，包括重商主义，其实已隐含着这一假设）。从《国民财富的性质和原因的研究》一书看，亚当·斯密关于“经济人”假设的内容和特征可以概括为以下几点：自利；理性；“经济人”努力追求自身利益最大化，最终将促进社会的利益。在新古典经济学那里，“经济人”的利益外延扩大了，而且与人的主观评价联系在一起，从而“经济人”追求的不再是单纯的“利益最大化”，而是主观效用最大化。这就使“经济人”假设对人类行为的解释范围扩大了。经济学家对“经济人”抽象的信赖，似乎是有特殊证据的。其一是达尔文式的生存机制。市场竞争只褒奖那些理性地追求利润最大化的企业家、商人，同时用破产或停滞来惩罚那些按另一种方式行事的人。这样，存在的将是遵循最大化行为的企业家或商人。因此，“经济人”的假说似乎符合“适者生存”这一论断。其二是通过多次将“经济人”假说运用于具体问题的分析和预测，其结果是一致的。①

在“经济人”诸特性中，最能体现务实或“讲求实效”精神的，是“经济人”的“理性”特征。所谓“理性”特征，是指“经济人”会在成本和收益之间进行反复的权衡、比较和计算，从而选择那种他认为可以为自身带来最大利益的行动方案。也就是说，效益最大化只有在计算中才能明确和实现，所以效益最大化原则同计算原则是分不开的。正是在这一意义上，沃斯特指出，“个体持续计算着相对于参与成本的参与回报，因此，人类行为被认为是理性的”。②

在马克斯·韦伯的思想体系中，理性和理性化是一个十分重要的概念，但韦伯从未明确地界定过“理性”这个名词。按照布鲁贝克的分析，韦伯使用理性一词，起码有16个不同的含义：“现代资本主义是如此界定的：把形式上自由的劳动力理性地（指有系统和可计算）组织起来，依理性的（指准确的、纯数量的）会计程序，在理性的（指有规可循的、可预测的）法律和政治保障下的市场理性地（指非人情和纯工

① 杨春学：《“经济人”的理论价值及其经验基础》，《经济研究》1996年第7期。

② 转引自刘少杰《理性选择研究在经济社会学中的核心地位与方法错位》，《社会学研究》2003年第6期。

具性的）交换。至于禁欲的新教伦理的特征，则是理性地（指有条不紊）自持，然后理性地（指有目标地）投入理性的（指认真的、审慎的）经济行动，以此作为理性的（指心理上有效的逻辑上可理解）的手段，去抒解由理性的（指连贯一致的）预选说给个人所带来的巨大无比的压力”。[①] 上述关于“理性”的各种不同含义，其实只是同一事物在不同的处境下所呈现的不同形态。这种“同一事物”，就是通过反省而确认的一种该当如此的合理状态，有时也指达到此种状态的能力。

将“经济人”视为理性的，这并不意味着经济主体的每一种行为，都是在经过了精密的理性计算后作出的。在现实生活中，每一个经济主体事实上都嵌于社会文化网络中，都经历了社会化的过程，因此，如韦伯所说，价值合理行动、传统行动和情感行动，一般是由非逻辑层面上的信仰、习惯、模仿、情感和本能冲动支配的，是无法用工具理性或目的理性的计算原则去分析的。事实上，人们在现实生活中追逐经济利益的行为不是单纯的，总是要受到伦理道德、风俗习惯、文化传统、社会制度和社会关系的制约，仅仅追逐经济利益而不考虑其他因素的影响，只能是在一种抽象条件中才能成立的理想状态。当然，说“经济人”具有社会文化属性和伦理属性，这并不意味着对追求利益最大化，以及理性、计算、务实这一“经济人”的最鲜明特征的否定。

既然工商业活动是一种典型的经济活动，那么，手工业者、商人便必然要理性地追求利益的最大化，也就是说，在达尔文式的生存机制作用下，以利益最大化为目标的手工业者、商人，必然是“理性”的，会分析、比较和计算的，换言之，是注重功利、讲求实效的。注重功利、讲求实效的禀性，常常会使得手工业者、商人敢于突破习俗、禁令和意识形态的束缚，而采取一种相当务实的行动。这一点可以通过中外工商史上的大量事例得以证明。

中世纪的威尼斯商人，就是很讲实际的。威尼斯人看起来像意大利人，讲着意大利语，与意大利人一样是罗马天主教徒，但在现实生活

① R. Brubaker, *The Limits of Rationality: An Essay on the Social and Moral Thought of Max Weber*. Boston: George Allen and Unwin, 1984. pp. 1—2.

中，威尼斯商人（即使他是一个天主教徒）的信仰，却属于典型的商人信仰。基督教反对借贷取利的戒律无法约束他，除了同回教世界进行正常的商品贸易之外，他们甚至敢于突破欧洲基督教意识形态的约束和禁令，贩运武器原料给回教徒，以谋取利润。尽管木材会被用来制造船只，钢铁会被用来制造武器，这些船只和武器会被用来对付基督徒，甚至对付威尼斯的海员。但是，务实的威尼斯商人同其他商人一样，根本不会顾及这些，他们所考虑的只是纯粹的商业利益，只是如何做一笔好买卖。中世纪欧洲的流浪商人，也是注重实际、讲求实效的。它们的经营不局限于地区，不局限于经营何种物品，也不局限于以何种形式。他们在利润的驱动之下，不断地变换着自己的身份。例如原本为布商的商人，到达某地，发现那里的酒很出名，便立即变成一个酒商，本来是一位在内陆上行走的商人，但如果发现海岸运输可以带来更大利润，就会毫不犹豫地成为一名船主或船员。① 这说明流浪商人是相当务实的，完全是以利为先的。

与中世纪欧洲威尼斯商人和流浪商人相类似，明清时期的晋商和徽商也是相当务实的。在明清时期，许多晋商曾教育其弟子学习"诸子百家之书"，其目的主要是希望子弟能够汲取各种传统文化典籍中的精华，最终能够达到"以心计阜通货殖而擅其赢"的目的。其中，"经世致用"的精神是一以贯之的。山西的众多学子在"士贵商贱"、以商为末业的社会，敢于施行"学而优则贾"，能够挺起胸膛，坦坦然然，堂堂正正，无遮无掩、不亢不卑地踏入商界，一个重要的原因，就在于他们的思想没有被南宋以来盛行数百年的"假道学"所禁锢，而总是以一种务实的、理性的精神来对待世界。在一些晋商那里，儒商相通，士商同道，儒学也被"务实地"改造成了有助于商业活动的伦理观念。如明代山西蒲州商人王文显所说，"夫商与士，异术而同心。故善商者，处财货之场，而修高明之行，是故虽利而不污。善士者引先王之经，而绝货

① 赵立行：《商人阶层的形成与西欧社会转型》，中国社会科学出版社 2004 年版，第 139 页。

利之途，是故必名而有成。故利以义制，名以清修，各守其业。天之鉴也”。[①]

明清时期的徽州商人，如前所述，也是很讲实际的。一方面，徽商坚决地摒弃程朱理学中的迂阔之论、不合时宜的观念；另一方面，又出于自身商业活动的需要，将程朱理学乃至于儒学的基本思想加以实用主义的改造。即使是在程朱理学中对“利”具有绝对优先地位的“义”，在徽商那里也服从于谋取长期收益的商业目的。如黟商舒遵刚说：“生财有大道，以义为利，不以利为利。”“钱，泉也，如流泉然，有源斯有流，今之以狡诈生财者，自塞其源也。今之吝惜而不肯用财者，与夫奢侈而滥于财者，皆自竭其流也……圣人言：‘以义为利’。又言‘见义不为，无勇’。则因义而用财岂徒不竭其流也，抑且有以裕其源。即所谓大道也。”[②] 在这里，对“义”的遵从，显然不是康德意义上的那种完全按照实践理性自身所规定的道德法则而行动，即服从和执行道德法则的“绝对命令”，而是由纯粹商业利益驱动的结果。在一些徽商那里，之所以要按照“义”而行动，是因为唯有如此，才能导致源源不断的“利”。因此，正如唐力行所说，“在徽州，不仅士商相通，而且在道义上正大光明地求利的商人更胜于贪墨的士人。利与儒家伦理的孝悌，价值尺度的义、名相通，可谓‘人欲中自有天理’。理学向商人文化的‘蝉蜕’是十分明显的”。[③]

浙江历史上较为发达的民间工商活动，显然也铸造了浙江民间“讲求实效”、“注重功利”的社会心理，同时，以这种社会心理土壤为中介，当然也对浙东事功学派“讲求实效”、“注重功利”文化精神的孕育产生了重要的作用。可以说，浙东事功学派的故乡，无论是永嘉学派的故乡，还是金华学派和永康学派的故乡，都曾经是传统民间工商业相对发达的区域。在永嘉学派的故乡温州，自宋代以来，因人口日益稠密造成的耕地不足无法以扩大生产规模和发展生产力得到补偿，在生存压

① 李梦阳：《空洞集》卷44《明故王文显墓志铭》。
② （清）《黟县三志》卷15《舒君遵刚传》。
③ 唐力行：《明清以来徽州区域社会经济研究》，安徽大学出版社1999年版，第212页。

力下，温州人逐渐产生了“仰贾”的思想，并在一定的机缘下付诸实施，因此，“民生多务于贸迁”，[①]当时温州人从商者“晨钟未歇，人与鸟鹊偕起”，[②]或坐地列市，谋求微利，或贩运货物，以通内（地）（海）外。在金华学派和永康学派的故乡金衢地区，宋代以来，“手工生产遍及城乡各地，手工业产品也越来越丰富多样，商品流通量不断增多，流通速度加快，城镇规模扩张，农村集市逐渐增加，商业资本在不断成长，总而言之，是商品经济越来越繁荣兴盛”。[③]因此，浙东事功学派“讲求实效”、“注重功利”的文化精神的孕育，并不是偶然的。主张实事实功、“各务其实”、“功利与仁义并存”的经世致用的价值观，在这些民间工商活动较为发达的地区而不是在其他地区得以形成的事实本身已经表明，“注重实际”的理性的区域商业活动，是不可能不反映于浙东思想家的大传统之中的。

需要说明的是，如果没有南宋以后相应社会文化、社会心理条件的延续和扩展，浙东事功学派“讲求实效”的大传统，随着岁月的流逝，便只可能成为一种尘封于文化典籍之中的凝固的传统，而不可能同时也成为一种存在于浙江民间的活生生的、绵延不绝的区域文化精神。历史事实已经充分地表明，元、明、清至民国时期，浙江的民间工商业活动一直相对活跃。关于这一点，在本书其他章节将作专门的论述。这里只想着重指出，如前所述，民间工商业的活跃，乃是民间理性和务实精神的生长和延续的最佳土壤。同时，通过人类社会所特有的社会化机制，民间理性和务实精神会逐渐地积淀为一种区域的社会心理，或一种区域的民间社会习性。布迪厄认为，习性由沉积于个人身体内的一系列历史关系所构成，是客观而共同的社会规则、团体价值的内化，它以下意识而持久的方式体现在个体行动者身上，体现为具有文化特色的思维、知觉和行动。习性具有以下一些特征：其一，就性质而言，它是一整套性情系统，也就是感知、评判和行动的区分图式的系统。其二，就存在形

① 祝穆：《方舆胜览》卷9。
② 戴栩：《浣川集》卷5《江山胜概楼记》。
③ 包伟民主编：《浙江区域史研究》，杭州出版社2003年版，第237页。

式而言，它一方面是具有稳定性的，因为它植根于我们的心智以至于身体内部，会超越我们遭遇的一些具体情境而发生惯性作用。习性作为我们的主观建构，一方面，是通过社会条件或者调节作用将外部强制性和可能性内在化，也就是说，被建构为我们的社会认知、感知和行动图式；另一方面，它作为建构性的结构，又赋予个人在社会世界各个领域的活动以一种形式和连续性，它使得行动者获得行动的意义和理由。习性是按照一定的资源条件和过去经验中的最可能成功的行为模式，驱动行动者根据预期的结果选择自己的实践活动，因此习性也就包含了何者是可能的、何者是不可能的无意识计算。[①] 在这一意义上，浙江人在计划经济时期尤其是改革开放以来表现出的“讲求实效”精神，乃是区域传统民间社会心理或民间社会习性“建构性的结构”功能的一种直接的体现。

2. 民间社会心理与“讲求实效”精神

上述表明，讲求实效、注重功利的浙东事功学文化精神，不仅根植于浙江历史上较为发达的民间工商活动等社会存在土壤之中，而且也直接地浸润于浙江民间小传统即“那些非内省的多数人的传统”之中。普列汉诺夫曾对社会结构的各个层次以及它们之间的关系作了一个简要的概括：生产力的状况；被生产力所制约的经济关系；在一定的经济基础上生长起来的社会政治制度；一部分由经济直接所决定的，一部分由生长在经济上的全部社会政治制度所决定的社会中人的心理；反映这种心理特性的各种思想体系。普列汉诺夫所作的理论概括，揭示了民间传统、民间心理在社会生活中的位置及其在经济基础、政治制度和社会意识形式之间的中介作用。民俗学家萨姆纳也指出：“可以说哲学和伦理是民俗的产物。它们是从德范中抽象出来的，而绝不是本源性的和首创性的；它们是第二位的和派生的。”[②] 因此，大传统从小传统中找到源头活水，如果没有民间注重实用和功利的社会心理基础，在浙东形成“讲

① 参见朱国华《权力的文化逻辑》，上海人民出版社2004年版，第166—167页。

② 转引自高丙中《民俗文化与民俗生活》，中国社会科学出版社1994年版，第86—87页。

求实效”和“注重功利”的事功学派的文化精神，便仍然是难以想象的。尤其值得注意的是，这种传统的民间社会心理，乃是一种贯穿于浙江不同历史时期民间社会生活的潜流，它们构成了当代浙江民间“讲求实效”精神的直接源流。

《宋史·地理志》上说，浙江“人性柔慧，尚浮屠之教，后于滋味。急进取，善图利，而奇技之巧出焉”。这表明，在宋代时，浙江民间就已呈现了“讲求实效”和“注重功利”的文化精神。在现实生活中，浙江民间这种“急进取，善图利”的注重实际和功利的精神，无疑会通过多种形式表现出来。其中尤其值得注意的是，“平时不烧香，临时抱佛脚”的传统浙江民间实用、务实的宗教态度和行为。民间宗教态度之所以值得重视，是因为它乃是民间真实世界价值观的一种投射。19世纪哲学家施莱尔马赫认为，宗教的起点是人的“一种绝对依赖的感觉(the feeling of absolute dependence)”。彼得·贝格尔认为，每一个人类社会都在进行建造世界的活动，而宗教在这种活动中占有一个特殊的位置，“因此可以说，在人类建造世界的活动中，宗教起着一种战略作用。宗教意味着最大限度地达到人的自我外在化，最大限度地达到人向实在输出他自己的意义之目的。宗教意味着把人类秩序投射进了存在之整体。换言之，宗教是把整个宇宙设想为对人来说具有意义的大胆尝试”。[①] 西美尔则指出：“社会现象和宗教现象如此相近，以至于社会结构注定具有宗教特征，宗教结构则表现为那种社会结构的象征和合法化。”[②] 罗伯特·尼利·贝拉认为，宗教为个人及团体提供了一个认同感，如自我和环境的定义，从这个意义上说宗教是一套社会共同感知，宗教提供了对现实的诠释、自我定义以及生命的指南。[③] 保罗·蒂里希认为，人的最基本的经验中可以成为神学讨论起点的是人类共同渴望的

① 〔美〕彼得·贝格尔著，高师宁译：《神圣的帷幕——宗教社会学理论之要素》，人民出版社1991年版，第36页。

② 〔德〕西美尔著，曹卫东等译：《现代人与宗教》，中国人民大学出版社2003年版，第101页。

③ Beit-Hallahwi, B, *Cnolegomena to the Psychological Study of Religion*, London, England: Associate University, 1989, p. 98.

“终极关怀（ultimateconcern）”。宗教信仰最内在的本质，就是人的灵魂状态和情绪状态。宗教假设了人的世界之外有一个世界，假设了与人相异的神圣者。这些假设不可能在人的经验范围之内得到证实，它们无论在终极方面是些什么，但在经验方面，只是人类活动的产物，是人的投射。在这一意义上完全可以说，浙江传统的民间宗教信仰，是浙江传统民间真实思想、真实心理的一种呈露（或投射）。正因如此，了解传统民间宗教态度，也就自然地成为了解浙江传统民间真实思想和心理的一把钥匙。

根据奥尔波特的宗教分类学，可以将宗教区分为内在宗教与外在宗教两种类型。所谓内在宗教，意味着信徒生活已经无保留地内藏着一个人信仰的全部信条。这类信徒更坚决地为宗教服务，而不是让宗教为自己服务。而外在宗教是为自我服务的，功利主义和自我保护式的，它以牺牲外集团的利益向教徒提供安慰与拯救。国内学者方文按照奥尔波特的逻辑，将内在宗教—外在宗教的宗教分类学拓展为宗教信徒的宗教取向分类学，即内在（宗教）信徒—外在（宗教）信徒。①

内在信徒的信仰是纯粹的。他们在宗教里发现他们最得意的动机，其他的需要不管多么强烈，都被看作是次要的，并且尽可能地把它们纳入到与宗教信念和规定相协调的范围内。内在信徒在接受了一种信条以后，往往努力使信条内在化，并将之作为行为的道德法则。按照加拿大籍华人学者许志伟的看法，对于这种内在信徒的“信仰”，新教鼻祖马丁·路德是从整个人与上帝的关系去理解的。马丁·路德认为，所谓“信”上帝，即是过一种上帝希望我们过的那种生活。因此，路德的“信”是由三部分构成的。② 首先，信仰不仅是历史性的，更是关系性的。“信”不仅是信圣经福音所记载的耶稣事迹的真实性及其历史的可靠性，“信”更是相信耶稣为每一个人的救赎而死，他的死更与个人有切身的关系。其次，“信”包括一种信任的成分。“信”不仅是相信上

① 方文：《群体符号边界如何形成？——以北京基督新教群体为例》，《社会学研究》2005 年第1 期。

② 许志伟：《基督教神学思想导论》，中国社会科学出版社 2001 年版，第8—9 页。

帝是真实的存在，更是信靠他的应许、保守、信实，可以将自身委身相托。因此，“信”的效应不在乎人的信心的强弱，而是在乎信心的对象的可信任与可依赖程度。也就是说，在这里，相信的“信”与信任的“信”，是有密切关系的，因为我们相信的事物会在很大程度上支配我们的态度与行动，即我们是否愿意在行动上表明我们依赖那事物。最后，马丁·路德认为，“信”会使信徒与基督联合为一。信心的意义不仅是灵魂领会到圣言是何等的满有恩典、自由及圣洁，信心更把人的灵魂与基督联结在一起，就如新娘与新郎联结在一起一样。在马丁·路德看来，信心使双方合而为一并相互委身，在信徒对耶稣基督全然的交托中，圣灵便住进他们心灵的殿堂里，他们因着信基督而被赦罪、称义，并得着永生的盼望。同时，圣灵更使人的信心不断增加，使人对所信的知识也不断增加。在《新教伦理与资本主义精神》一书中，韦伯提到天主教的耶稣会创导用日记形式记载罪过、争斗和信仰的进步，当然其功能大都是为了“忏悔的完整”，或为教导其他基督徒而作。基督新教则借信仰日记来“诊断”自己的“脉搏”，也就是说，随时注意自己内心的虔诚度，用日记来观察反省自己在美德上的进步，提醒自己应尽的“选民”义务。毋庸置疑，马丁·路德、加尔文等新教改革家对信仰的理解，可以被视为内在信徒对“信仰”的典型态度。

与内在（宗教）信徒形成对照，外在（宗教）信徒是功利性的。他们倾向于利用宗教来达到自己的目的。外在信徒可能发现宗教在许多方面都是有用的，如提供安全与安慰，交际与娱乐，地位与自我表白。他们很少认真地去信奉和接受信条，或者只是有选择地将某些信条改装以适应那些根本需要。根据上述分类，可以在一般性的意义上，将中国传统民间宗教归入“外在宗教”的范畴，将中国传统民间宗教信徒归入“外在信徒”的范畴。

社会学家爱德华·罗斯指出：中国民间在接受宗教之初同任何其他方面一样，追求实用……中国人将菩萨看做是世界上获取利益的源泉，他们希望从菩萨那里祈求健康、好的收成、科举考试的成功、经商获利和仕途顺利；[①] 美国宗教社会学家克里斯蒂安·乔基姆则指出：对一个精神性的观念体系的信仰绝不是普通中国人宗教行为的动力……中国人的确是不注重宗教教义的，他们很少认为信仰某种特定的宗教教义——拒斥所有其他的教义是一件生死攸关的大事……在中国，神与人之间似乎存在着某种契约性的东西，人对神的祈求通常都伴随着某种有恩必报的允诺。[②] 华裔美国人类学家许烺光认为，中国人像看待世俗事物一样看待超自然的世界，他们寻佛或其他一些能够为受难者提供及时帮助的神或神灵，而不去寻找能够指导人们以各种方式、在各个时期拯救全人类的上帝。[③] 唐君毅也认为，“在中国，没有与人隔绝的高高在上的绝对权利的神的观念。于是，把神视作人一般，因而以人与人交往之态度对神”。[④] 上述诸家都揭示出了中国民间宗教的一个重要特性，即现实性、功利性和契约性的特征。中国民间宗教的这种特性，在传统浙江民间社会中表现得尤为明显。浙江传统民间宗教信仰，鲜明地显示了一种“务实”和“功利”的文化精神。

在历史上，浙江就是一个民间宗教比较发达的区域。《史记·封禅书》上说：“越人俗鬼。”《后汉书·第五伦传》上说：“会稽俗多淫祀，好巫卜。”《晋书·地理志》在谈到台州黄岩时说：“气躁性轻，好佛信鬼。”《隋唐地理志》在谈到浙江地区时说：“江南之俗，火耕水耨，食鱼与稻，以渔猎为业，信鬼神，好淫祀。”崇祯《处州府志》上说：“其地多山少田，勤于树艺而衣食自足，安土重迁，虽贫不至鬻子女，但信鬼尚巫，虽士大夫之家亦不免。”嘉靖《浙江通志》上说：“始东瓯王信鬼，故瓯俗多敬鬼乐祠。”雍正《浙江通志》上说，分水县“崇奉像教，信鬼神”。在浙江各地的历朝地方史志中，诸如此类关于民间宗教信仰的记述，可以说是不胜枚举。

---

① 转引自沙莲香主编《外国人看中国人100年》，山西教育出版社1999年版，第272页。

② 〔美〕克里斯蒂安·乔基姆著，王平译：《中国人的宗教精神》，中国华侨出版公司1999年版，第163、185页。

③ 转引自沙莲香主编《外国人看中国人100年》，山西教育出版社1999年版，第326页。

④ 唐君毅：《中西哲学思想之比较研究集》，台湾学生书局1988年版，第235—248页。

在传统浙江民间社会，影响最大的宗教是佛和道，尽管道观少于佛教寺庙，但佛道地位相差无几。浙江民间佛道信仰，典型地体现了奥尔波特所谓“外在宗教”的特征。佛道之所以被民间供奉，主要是因为它们“管用”。浙江民间的祭祀活动，多由道士来主持，甚至还由佛道两家共同主持，“功利性”的价值取向十分显著。如舟山嵊泗的祀龙王求雨仪式由七个道士、一个和尚撞钟共同祈祷。在民众心目中，和尚、道士是同样具有神力的。因此，浙江民间的神灵世界是极其含混的，尤其是佛教传入中国以后，民间百姓甚至不区分本土神灵和外来神灵，或者说不同宗教系统的神灵之间的界限，而经常的情况是，各路神灵和平共处，利用它们为自己的目的服务。民间百姓可能到佛寺去求子嗣，可能到道观求神保佑他疾病痊愈，也可能到妈祖庙去求平安。这种民间宗教信仰观念与西方最普遍的两种宗教，即基督教和犹太教，形成了一种鲜明的对照。如许烺光所说，基督教和犹太教“基本上是个人宗教，强调一个而且只有一个神与个别的人类心灵的直接联系。崇拜者自我依恋的信念越强烈，他对只有一个无所不在、无所不能甚至无所不知（如基督教科学家信仰的原则中）的上帝的信仰就越坚定。这种情况便决定了所有其他的神都是虚假和邪恶的偶像，应不惜任何代价予以消灭”。[①] 一神教确定只有一个上帝是善者，神的追随者做好事就是与作为其他神代名词的“邪恶”作不妥协的斗争。而在传统浙江民间宗教中，不管是什么神，只要管用，便都是大家“讨好”的对象。

浙江历史上的地方民间神数量大，种类多，有神话传说之神，有历史人物之神，有行业祖师之神，有劳动者之神。这些不同的神祇，是适应于浙江民间的不同需要而被供奉的，因此对这些地方民间神的信仰，也带有极强的实用和功利的色彩。比如，浙江多水，故治水英雄大禹备受崇拜，在传统社会，禹王庙可以说遍布浙江。从杭州湾宁绍平原到太湖流域的广大区域内，曾有功于筑堰溉田，筑堤捍海、捍江，开湖浚河的地方官，也被供奉，享受神的待遇。如绍兴的马太守庙、杭州郊县的

① 〔美〕许烺光著，彭凯平、刘文静译：《美国人与中国人——两种宗教生活方式比较》，华夏出版社 1989 年版，第 240 页。

天曹庙，就是分别祭太守马臻、县令陈浑的，他们两人以筑境湖，通南湘、西溪，得以享受历代香火。天宝年间县令陆南金修东钱湖；天禧年间，郡守李夷庚再修，“民德之”，因此，在东钱湖堤旁建嘉泽庙以供奉两人。① 绍兴十六年，“邑民怀思旧德，复修祠宇、塑神像”。② 张峋兴广德湖，百姓也为之立庙，庙中所供奉者“一以祠神之主此湖者，一以祠吏之有功于此湖者”。③ 广德湖之望春山旁还立有丰惠庙，祀郡守楼异。这些祠庙设立之始是为了纪念曾为本地作出过贡献的官员，但经过一段时间后，往往转化为具有“水潦旱蝗，有祷必应”神力的现实性、功利性和契约性的地方民间保护神。不仅仅是人，有些被视为神异之物的动物，也被浙江历史上的一些地方的民间社会当作具有抵抗旱涝之灾的保护神来供奉。如台州秋后出现旱象，要实行禁屠，始则三天，继则七天，在此期间，民间禁杀猪、牛类大牲畜。④

历史上浙江是百工之乡，手工业相对发达，而祖师神是行业保护神，很管用，所以，也是浙江民间神系中的一大分支。在传统浙江，几乎每一个手工业行业都有自己的祖师爷。各业知名的祖师神有：木匠业、石匠业、砖瓦业为鲁班，竹匠业为泰山，铁匠业为李老君、尉迟恭，中医业为吕纯阳、华佗，中药业为李时珍，酿酒业为杜康，茶叶业为陆羽，染坊业为葛洪……其来源大致有三种情况：一为传说中的行业创始人，二为行业的劳动能手、能工巧匠、行业中的知名人物，三为传说中有法术的神佛。祖师神像一般设置在劳动场所，四时八节或收徒、满师、遇事，都要祀拜，请求保护。也有设立专庙或同业公所，按时按节由同业供奉香火。⑤

西方宗教社会学者认为，宗教是一种社会意识形式，也是一种支配人们日常生活的外部社会力量。它是人们对其所认为超自然的神圣的东

① 《宝庆四明志》卷13《鄞县志·神庙》。

② 《宝庆四明志》卷13《鄞县志·水》。

③ 《南丰先生元丰类稿》卷19《广德湖记》。

④ 政协台州市文史资料和学习委员会、浙江省台州市民间文艺家协会编：《台州民俗大观》，宁波出版社1998年版。

⑤ 中华孔子学会编辑委员会编：《中华地域文化集成》，群众出版社1998年版，第244—245页。

西作出解释、反应的信仰与实践体系。宗教集中表现为神圣的和超自然的观念，即宗教观念。宗教观念具有七种特征：神圣是一种权力或力量；它同时具有两种抽象的特征，如自然与道德、人生与宇宙、美与丑等；它不含功利性；它具有超经验性；不涉及知识；它可以促进与支持崇拜者；它能使信仰者增加道德需要。能够具备这七种特征的宗教观念，事实上是与奥尔波特所谓“内在宗教”的含义同条共贯的。浙江的民间宗教观念至少在两个方面与西方宗教社会学者所描绘的宗教观念的特征，即“不含功利性”、“具有超经验性”，形成了鲜明的对照。

上述表明，在浙江传统民间宗教信仰中，神和人之间的关系是一种纯粹的实用和功利交往的关系。浙江的地方神大都与民间比较接近，与民间的生产生活结合得比较密切。或者说，民间神不是“超经验”的，而是与传统浙江民间的社会生活水乳交融在一起的，神灵世界与民间世界之间没有明确的界限。民间往往如看待世俗事物一般看待超自然的世界，他们通常寻找一些能够为受难者提供及时帮助的神或神灵，而不去寻找能够指导人们以各种方式、在各个时候拯救全人类的上帝。由于民间神主要是民间自己树立的，因而似乎神都难以自立，需靠民间的供品生活。所以，在民间的文化想象中，有许多神，如水神、瘟神等，往往依靠定期给人间制造灾难来警告人们对其的不恭，而人们也可以通过给各路神灵过生日乃至娶媳妇来收买它们，依赖它们来克服水、旱、风雨、雷电、虫、疾病等灾害，以保证一年的平安。比如，宣和年间，慈溪西南的鱼潭位于松林、金溪两乡之间，溉田甚多，潭中据称有十分灵验的灵鳗，乡之父老在潭边建有祠宇，立龙王像，每逢旱季，“乡人合道释巫觋铙捶鼓以迎之”，灵鳗的传说使得鱼潭闻名当地，来自台州、明州的信徒不远数百里骈集。① 据黄岩县《昭应庙记》碑记载：“政一丙申岁（1116）年六月旱，大田龟坼，民且忧”，县令和其属下因此而到白龙岙求雨，终于“回枯槁为丰年……而龙之功利博矣”。此后，县志中还记载了康熙十六年县令张思齐“缟衣芒履，步出东门”，从九峰上白龙山“取龙”活动。据称，这一年，“三祷三得大雨”。在浙江的

① 参见包伟民主编《浙江区域史研究》杭州出版社2003年版，第119、120页。

某些区域，神甚至被胁迫以服从于人的功利性目的。比如，遇天旱时，台州民间将玉皇大帝的外甥大权爷扛来放在烈日下晒，以求得上天的怜悯而降雨，有时还将龙王爷、城隍爷也扛来一起晒。所以台州有民谚曰：“四季八节无我份，取水拜雨要我命。”①

这种民间宗教信仰观念，与宗教学上所谓“皈依”的概念无疑截然有别。宗教心理学家乔治·科认为宗教“皈依”具有四个特征：首先，皈依是自我深刻的改变。其次，皈依的改变不是简单成熟的事情；而是最典型的决定性的认同，这种认同无论是突发的还是渐进的都是对另一个即将认同的新自我观点的决定。再次，这种自我的改变构成了人的一生的完全模式的转变——新的关注、爱好和行为中心。最后，这种新的转变被看成是“最高”或是对先前的困惑和微小价值人生的解脱。② 在约翰·罗弗兰德著名的“皈依模型（Doomsday Model）”中，皈依的完成实质上蕴含了七个条件，其中前三个条件分别是“紧张经验的持续”、“浸淫在宗教倾向的问题解决观点里”、“由此而将自己界定为宗教追寻者（religious seeker）”。皈依不是某种突然的、瞬间的经历，而是一个过程，是一个包括许多阶段和从一个程度到另一个程度的前进过程。罗弗兰德的“皈依模型”尤其注重皈依过程中意义与认同的整合，即将意义的建构融入皈依过程，并凸显出生命危机对于皈依的触发，皈依者基本上都经历了精神上的紧张和焦虑。③ “皈依”在基督教文化中还有更深的含义，即是指个人重新领略到耶稣基督为救主而有“重生（born-again）”之感的情绪性体验。这种意义上的宗教皈依，无疑是灵魂深处的一种刻骨铭心的革命，甚至是生命的一种破旧立新的彻底重组。

然而，浙江民间宗教对神的信仰，并不是那种“认同、意义以及生命的彻底重组”，或者是对“最底层的实在进行改变的过程”。浙江传统民间社会不是将神作为个人孤独无依、恐惧、忧郁、痛苦等状态的精

① 政协台州市文史资料和学习委员会、浙江省台州市民间文艺家协会编：《台州民俗大观》，宁波出版社 1998 年版。

② 参见梁丽萍《中国人的宗教心理——宗教认同的理论分析和实证研究》，社会科学文献出版社 2004 年版，第18—19 页。

③ 同上书，第21—22 页。

神依托，作为个人在感到自己有罪时的忏悔的对象，也不是将对神的信仰作为对灵魂的一种查究和反省。浙江传统民间社会既不“浸淫在宗教倾向的问题解决观点里”，也不真正地皈依神、爱慕和敬仰神，“由此而将自己界定为宗教追寻者（religious seeker）”。由于民间的多神性，在诸神面前，崇拜者的宗教投入必然是分裂的，由于这种分裂，便降低了神的严肃性，民间的崇拜者也就不可能感到有对某个具体神祇的不可抗拒的依恋了。浙江民间参与宗教活动的动机，不是“不含功利性”，不是出自对崇拜对象的虔敬和对超凡力量的真挚敬仰，而更多地表现为一种世俗的要求和功利目的。“因为神并不是人的榜样或超越的境界，敬拜他们只是因为他们所拥有的‘法力’，犹如讨好官员并非因为他具有人格魅力，而仅仅是因为他们手中拥有的权力。人们平时并不关心这些神的存在，如孔子说‘敬而远之’。有时甚至会采取‘虐待’神的方式来达到目的，犹如人间的起义。”① 这种具有现实性、功利性、契约性特征的宗教观念，无疑典型地呈现了浙江区域传统民间社会“讲求实效”、“注重功利”的文化精神。

浙江传统民间“讲求实效”、“注重功利”的文化精神，作为历史的产物，作为客观结构的内在化，也具有布迪厄所说的“建构性的结构”，它们不仅是浙东事功学得以形成的重要社会心理基础，而且也通过世世代代的文化传喻，直接与当代浙江民间“讲求实效”、“注重功利”的文化精神相接榫。因此，研究当代浙江“讲求实效”精神形成的源流，不一定非得将注意力放在浙东事功学大传统之中，事实上，在传统浙江民间社会中，已经充分地累积了“务实”精神的社会心理资源。

需进一步说明的是，虽然上述对“讲求实效”、“注重功利”文化精神的源流作了一定程度的探讨，但对作为浙东事功学重要社会心理基础的浙江民间“讲求实效”、“注重功利”文化精神形成的最终原因，我们仍然还不能对其作出一种相对圆满和合理的解释。尽管如此，可以断言的是，这种原因也不是单一的而是多方面的。

---

① 沙莲香等：《中国社会文化心理》，中国社会出版社1998版，第13—14页。

首先，浙江具有培养“讲求实效”等民间文化精神的较好的气候条件。正如卓勇良认为，在浙江如果你不付出，面对着森林和沼泽，以及常年不太高的平均气温，就不可能获得食物，就难以生存；只要投入相应的劳动，由于具有足够的温度和合适的雨水，以及降雨和气温同步，就会有相应的产出，甚至可能过上比较富足的生活。浙江农民的劳动投入能在多数年份得到相应的劳动回报，合适的气候促使农民形成了“一分耕耘，一分收获”的理性预期。但另一方面，浙江优越的气候也促使人口较快增长，抵消了由脆弱的传统农业所形成的少量劳动剩余，富裕浙江成为贫困浙江。这就形成了两个基本激励：“劳动和气候的积极理性预期，形成劳动投入和土地产出之间的正反馈激励；人口压力促使农民更加精心地侍候他的小块耕地，形成了全力提高土地产出和货币收入的激励。”① 劳动和气候的理性预期，以及人口压力，相互之间构成了非常复杂的互为因果关系，孕育着浙江人“讲求实效”等社会精神气质。

其次，浙江是一个儒学的中心区域，必然广泛而深入地受儒学“经世致用”价值观的影响和浸润。如前所说，浙江历史上尤其是宋、元、明、清以来，浙江民间相对发达的工商业，也可能是一个重要的原因。工商活动的经济理性，决定了手工业者和商人必然是“讲求实效”、“注重功利”的。这种务实精神必定是先孕育于民间，此后才反映于浙东事功学大传统中的。当然，浙东事功学的大传统反过来也会对民间社会心理产生影响，在一定程度上强化民间“讲求实效、注重功利”的精神。另外，如杨念群所说，清代以来的时局变故尤其是近代以来的内忧外患，迫使江浙儒生完成了从学者型向实用型人才的心理转换。清初统治者的文化政策曾经在江浙地区造就了一个边缘性的儒士阶层。这批人凭借逸出于科举界定之外的特殊学问和技能，作为谋取生计和地位的重要资源。这群“文化边际人”除以考据训古作为基本的自娱或谋取生计的手段之外，尚有一些人精于算验制造之法。“由于清中叶以前，儒学的道德治国论盛行于天下，社会根本不会给予这种‘雕虫小技’以任何

① 卓勇良：《挑战沼泽》，载浙江省哲学社会科学规划办公室编《浙江新发展思考与对策》第1卷，浙江人民出版社2004年版。

发展的空间。所以直至中西冲突发展到迫使清廷必须正视西学中的这些‘奇技淫巧’时，这批人方才脱颖而出，成为幕府中自强运动的中坚力量。”[①] 需进一步说明的是，江浙儒生之所以较其他地区儒生更快地完成了从学者型向实用型人才的心理转换，除了清初文化政策、国家时局的变化等因素外，具有鲜明地域特色的浙江民间“讲求实效”心理的影响，可能也是一个重要的因素。同时，在中国传统社会，儒士阶层乃是社会的精英和领导阶层，对社会承担着“教化”的责任。因此，清初以来浙江儒士阶层以“实用”和“谋生”为取向的思想和行为，无疑也会对浙江民间社会心理产生一种“上行之，下效之”的导向作用。

再次，宋代以来，浙江不断增加的人口及其所导致的人地矛盾，可能也是浙江民间“讲求实效”、“注重功利”文化精神形成的一个重要原因。明代时江南地区的人均耕地面积是5.6亩，而到了雍正年间由于人口的进一步增长，浙江的人均耕地已下降到了3.3亩，乾隆时又降为2.9亩。[②] 这还是浙江地区的一般状况，有些地方人口的增长速度和人均耕地的下降速度都要超过这一平均数。比如，浙南的乐清在1731—1825年不到100年的时间内人口从7.97万增加到22.89万，猛增了近2倍，而人均耕地面积则从4.39亩下降到了1.62亩。[③] 而如本书其他地方所说明的，按照当时的生产力水平，在江南地区需4亩地，才能养活一口人。根据一个朴素的原理，人们只有在解决了吃穿住等基本问题以后，才能从事其他活动。在土地难以养活人，面临着严重的生存压力的情况下，人们必然是十分务实的。应当说，事功学“讲求实效，注重功利”精神在浙东得以形成，并不是偶然的，而是与人多地少的浙东自然环境可能具有一种必然的联系。叶坦认为，“区分两浙的东、西是区域史研究中似应注意的”。[④] 他列举了大量的史料以证明这一观点。在历

① 杨念群：《儒学地域化的近代形态——三大知识群体互动的比较研究》，三联书店1997年版，第287页。

② 段本洛、单强：《近代江南农村》，江苏人民出版社1994年版，第57—58页。

③ 周晓虹：《传统与变迁——江浙农民的社会心理及其近代以来的嬗变》，三联书店1998年版，第88页。

④ 叶坦：《宋代浙东实学经济思想研究——以叶适为中心》，《中国经济史研究》2000年第4期。

史上，浙东包括温、处、婺、衢、明、台、越七州；浙西包括杭、苏、湖、秀、常、严六州及江阴军、镇江府八地。浙东多山地，浙西多泽国。王柏说：“东浙之贫，不可与西浙并称也。”① 浙东山地贫瘠，负山近海不宜耕种，如越州“地无三尺土”；② 台州“负山濒海，沃土少而瘠地多。民生其间，转侧以谋衣食”。③ 温州平阳县“浙东之穷处也，邑于山谷间”。④ 浙东粮食不能自给“全借浙右客艘之米济焉”。⑤“永嘉不宜蚕，民岁输绢，以贸易旁郡为苦”。⑥ 在此情形下，浙东人不务实，当然就难以生存。

当然，上述诸方面可能还不足以充分地说明浙江民间“讲求实效”、“注重功利”文化精神形成的原因，好在对于我们所要讨论的问题而言，只要说明传统浙江民间确实具有深厚的“讲求实效”、“注重功利”这种文化精神底蕴，就已经足够了。当代浙江人的“讲求实效”、“注重功利”的精神，正是从这种民间的小传统中流淌而出的。当代浙江人“讲求实效”、“注重功利”的精神，与其说是来源于浙江历史上的大传统，倒不如是直接来源于浙江历史上的小传统。这不是一个从浙东事功学派到民间文化心理的过程，而是一个从民间文化心理到民间文化心理的过程。当然，这并不意味着否定浙东事功学思想也会在一定程度上对民间心理产生一定程度的影响，但这种影响不是决定性的，起决定性作用的仍然是民间文化心理本身。

① 《鲁斋集》卷7《赈济利害书》。

② 庄绰：《鸡肋编》卷上。

③ 嘉定《赤城志》卷13。

④ 许景衡：《横塘集》卷18。

⑤ 周去非：《岭外代答》卷4。

⑥ 陈傅良：《止斋文集》卷51。

第四章　工商文化传统与当代浙江经济社会发展

区域工商文化传统，是对改革开放以来浙江经济社会发展产生重要作用的一个突出的区域文化现象。如郑勇军认为，“改革开放以来浙江人不仅善于经商办厂，更重要的在于喜欢经商办厂。这种‘重商’的社会氛围的形成与区域性商业文化密切相关”。[①] 费孝通则将温州模式归纳为“小商品，大市场”，他认为，温州的这种经济模式，是与历史传统一脉相承的。“温州地区的历史传统是‘八仙过海’，是石刻、竹编、弹花、箍桶、缝纫、理发、厨师等百工手艺人和挑担卖糖、卖小百货的生意郎周游各地，挣钱回乡，养家立业。”这种工商文化传统在改革开放以来得到了延续，“50 年前的记忆，50 年后眼前的市场，其间脉脉相通，也可以说是历史的必然联系”。[②] 艾伦·刘在《“温州模式”的利弊》一文中，对温州模式成功的秘诀、启示和重要意义，作了较为全面和深入的研究。艾伦·刘认为，“温州模式”是中国区域经济社会发展中最为著名的“代表性”和“典型性”的模式，其成功的关键为“3M”和“1I”的结合，即群众的创造性（massinitiativeness）、流动性（motility）、市场（markets）与中国经济结构的空隙（interstices）的结合。艾伦·刘在研究中十分强调温州的区域经济传统对温州模式产生的重要作用，并认为这种区域传统的形成与历史上温州人对环境压力和政

---

① 郑勇军：《内源性民间力量推动型经济发展：浙江经验》，《浙江社会科学》2001 年第 2 期。

② 费孝通：《小商品大市场》，载何福清主编《纵论浙江》，浙江人民出版社 2003 年版。

治压力所作出的特有反应有关，因而可以把改革开放条件下温州经济的发展视为类似于历史上温州人通过移民和长途贸易来对当时的社会环境压力作出反应的一种延续。① 事实上，不仅在温州，在浙江的其他地区如宁波、绍兴、台州以及永康、义乌、东阳等地，都可以发现当代工商活动与历史上工商文化传统的继承关系。区域工商文化传统不仅影响着当代浙江经济发展的路径，而且也影响着当代浙江社会发展的轨迹。

一、思想家的工商文化大传统

美国人类学家罗伯特·雷德菲尔德在《农民社会与文化》一书中，首次提出关于文化传统可以区分为“大传统”和“小传统”两种类型的观点，可以作为一个有效的理论参照系。雷德菲尔德认为，所谓“大传统”是指“一个文明中，那些内省的少数人的传统”，而“小传统”则是指“那些非内省的多数人的传统”。研究区域工商文化对改革开放以来浙江经济社会发展的作用，人们自然而然地首先会想到作为“内省的少数人的传统”的大传统即思想家或文化精英的传统。应当说，浙江历史上的一些思想家或文化精英所倡导的有关工商的思想观点，与当今浙江人的精神意趣，在许多方面，确实是同条共贯、若合符节的。

1. 工商皆本

浙江具有源远流长的工商思想。春秋战国时期，经商致富的思想已经成为越国经济思想的重要组成部分。范蠡以养鱼致富的实践和“候时转物，逐什一之利”的经营理念，被后世尊称为“商圣”；计然提出由国家买卖粮食，调解粮价，主张货物流通，以物相贸，以及“旱则资舟，水则资车”、“人弃我取，人取我与”的经营思想，堪称中国最早的商品流通理论。秦汉以来，浙江的一些著名政治家和思想家，大多提出过重要的经济思想和发展经济的主张，形成了“工商皆本”的精神遗产，其中以南宋后兴起于浙东的事功学派，在这一点上表现得尤其

① 参见朱康对《来自底层的变革——龙港城市化个案研究》，浙江人民出版社 2003 年版，第 21 页。

明显。

永嘉学派的陈亮和永嘉学派的叶适都主张发展工商业。汉朝以来，“重农抑商”一直是中国传统社会占统治地位的思想。在中国传统社会，“农”、“商”的发展，往往被看成是互相排斥的，“商”之盛被认为会导致“人去本者众”。因此，“抑商”、“殴民而使之归于农”，可以说是汉以来历代王朝的一项基本国策。宋代王安石所谓“稍收轻重敛散之权，归之公上而制其有无”① 的变法主张就体现了“抑商”或干预、管制工商业者的思想。王安石认为，只要将“工商逐末者，重租税以困辱之”，那么“民见末业之无用，而又为纠罚困辱，不得不趋田亩”。② 但是，在陈亮和叶适看来，这并不是一种适宜的做法。按叶适之说，这种做法是“为市易之司以夺商贾之赢”，“其法行而天下终以大弊”。陈亮和叶适认为，农商具有相互依存的关系。诚然，农业是重要的，叶适指出，厚本是“王者之基”，“未有不先知稼穑而能君其民”，陈亮也认为，重农劝农乃是一条“治国之道”。但是，陈亮和叶适同时也都认为，厚本并不意味着抑末。依陈亮之见，农商之间并非水火不容或“求以相病”，而是“有无相通”、“求以相补”，“商藉农而立，农赖商而行”。如果“农与商不复相资以为用”，就会出现“农商眄眄相视，以虞其龙（垄）断而已”③ 的局面。发展商业不仅可以增加百姓的财富储备，提高国家财力和应变能力，又可以在丰年避免谷贱伤农现象，在灾年可以互通有无，帮助农民渡过难关。因此，陈亮所想象的“致治之极”的理想状态，乃是一种“官民农商各安其所而乐其生”的状态。

叶适则引证儒家经典作为其立论的依据。《尚书》曰：“懋（贸）迁有无而不征”，周代“讥（稽）而不征”，《春秋》则曰“通商惠工”，春秋以前之古圣贤，“皆以国家之力扶持商贾，流通货币”。④ 可见，“重农抑商”并非自古就有，而是西汉高祖、武帝以来的政策。“抑商”无疑导致了商人和商业社会功能的失灵。而叶适认为，商业具

① 《历代名臣奏议》卷266《理财》。
② 《临川文集》卷69《风俗》。
③ 《龙川文集》卷11《四弊》。
④ 《习学记言》卷19《史记》

有难以替代的社会价值，尤其体现于“日中为市，致天下之民，聚天下之货，交易而退，各得其所”。[①] 商人大贾对社会和国家也具有重要的贡献，富人乃是“州县之本”。“县官不幸而失养民之权，转归于富人，其积非一世也。小民之无田者，假田于富人；得田而无以耕，借资于富人；岁时有急，求于富人；其甚者庸作奴婢，归于富人；游手未作，俳优技艺，传食于富人。然则富人者，州县之本，上下之所赖也。富人为天子养小民，又供上用，虽厚取赢以自封殖，计其勤劳亦相当矣。乃其豪暴过甚兼取无已者，吏当教戒之；不可教诫，随事而治之，使之自改则止矣。”[②] 正因如此，叶适认为，“抑末厚本，非正论也。使其果出于厚本而抑末，虽偏尚有义。若后世但夺之以自利，则何名为抑。”[③] 理想社会不是一个“抑末厚本”的社会，而是一个“四民交致其用，而后治化兴”的社会。这种社会与陈亮所想象的“官民农商各安其所而乐其生”的状态，虽然字面上存在差别，其实两者间有异曲同工之处。

将陈亮和叶适的观点与孟德威尔和亚当·斯密的观点作一比较，就可以惊人地发现，两者有若合符节之处。孟德威尔认为，人性之中的普遍动机即自爱，也会促进公众的利益。而亚当·斯密则以更加严密的理论证明了同样的道理：人们努力追求自身利益的最大化，最终将促进社会的公共利益。他认为，自利的个人通常并没有促进社会利益的动机，然而，看不见的手引导着他去促进并非属于他原来意图的目的，他的自利的经济活动会带来整个社会的丰裕，它的效果甚至比他真正想促进社会利益时所取得的效果还要大。如前所述，陈亮认为，发展商业不仅可以增加百姓的财富储备，提高国家财力和应变能力，又可以在丰年避免谷贱伤农现象，在灾年可以互通有无，帮助农民渡过难关。叶适认为，富人“虽厚取赢以自封殖”，但这种自利的行为却又具有“为天子养小民”、“供上用”的社会功能。陈亮和叶适的上述观点，尽管还不如孟德威尔和亚当·斯密那样系统，也缺乏严密的逻辑论证，至多只能算是

① 《习学记言》卷2《易》。
② 《水心别集》卷2《民事下》。
③ 《习学记言》卷19《史记》。

一束思想火花，但似乎已经暗含了近代经济学的一个命题，即个人在追求自利的过程中往往会与社会公益的实现发生一种内在的联系。

陈亮和叶适重视工商的思想，在后人那里得到了进一步的发展。叶适的学生陈耆卿接叶适“抑末厚本非正论”以及“四民交致其用，而后治化兴”之思想余绪，正式提出了士农工商“此四者皆百姓之本业，自生民以来未有能易之者”① 的观点，视工商亦为本业。到了明末清初，黄宗羲在《明夷待访录》中又说：“世儒不察，以工商为末，妄议抑之。夫工固圣王之所欲来，商又使其愿出于途者，盖皆本也。”明白论定贱商是谬论。黄宗羲的“工商皆本”与陈耆卿的士农工商“此四者皆百姓之本业”，如出一口。但后者生活于南宋，可见这一现象在浙东起源之早及持续之久。

自汉代以来，商贾就是与被传统道德称之为邪恶的东西联系在一起的，商贾的地位也一直居于传统“四民”之末。汉初晁错有云：“商贾大者积贮倍息，小者坐列贩卖，操其奇赢，日游都市，乘上之急，所卖者必倍，故其男不耕，女不蚕织，衣必文采，食必粱肉，忘农工之苦，有阡陌之得；因其富贵，交通王侯，力过吏势，以利相倾；千里遨游，冠盖相望，乘坚策肥，履丝曳缟，此商人之所以兼并农人，农人所以流亡者也。”② 晁错的上述言论，可以说不自觉地反映了当时的社会现实以及人们对商人的极端厌恶态度。商人似乎是社会的罪魁祸首，败坏社会秩序和风气的罪人。也正是基于这样的认识，汉朝实行抑商政策，规定商人不得衣绫罗绸缎，不得出仕为官，不得自带武器，不得乘车骑马，不得享有田宅权。此后，虽然具体规定有所不同，特定时期、特定区域也有所例外（如明清时期的徽州和山西），但就全局而言，商人的地位在士农工商四民中始终处于底层。至洪武十四年，朝廷也仍然歧视性地规定：“令农衣绸、纱、绢、布，商贾止衣绢、布。农家有一人为商者，亦不得衣绸、纱。”《大清会典》亦有“崇本抑末，著为常经”之类文字，视抑末为理所当然。

① 嘉定《赤城（台州）志》。
② 《汉书·食货志》。

在中国传统社会，朝廷的抑商政策与社会的贱商观念，可以说遥相呼应。古代《家训》的主要内容是长辈对晚辈的谆谆教诲，如家庭的秩序准则、家庭的伦理关系、家庭成员的成才立世之要求。古代儒者在其他场合亦可能说一些假话、空话，但“虎毒不食子”，由于《家训》的目的是维持传统家庭的繁荣昌盛，所以言辞往往比较务实，能真切地反映社会的主流价值观念。因此之故，这里拟引几部不同时代的《家训》条文，从中应当可以见到中国传统社会对于商人的真实看法。

叶盛从宋代陆氏家谱中抄录的陆游家训有一条云：“子孙才分有限，无如之何，然不可不使读书。贫则教训童稚以给衣食，但书种不绝足矣。若能布衣草履，从事农圃，足迹不至城市，弥是佳事。……仕宦不可常，不仕则农，无可憾也。但切不可迫于食，为市井小人之事耳，戒之戒之。”① 从中不难看出，陆游是根据典型的传统四民论，来看待士农工商社会地位的。所以，他告诫子弟只能在士农二业中谋生，绝不可流为市井小人，字里行间充溢着对商人和商业的轻视。与陆游约略同时的袁采，也持有相类似的观点。袁采《袁氏世范》云：“士大夫之子弟，苟无世禄可守，无常产可依，而欲为仰事俯育之计，莫如为儒。其才质之美，能习进士业者，上可以取科第致富贵，次可以开门教授，以受束修之奉。其不能习进士业者，上可以事书札，代笺简之役；次可以习点读，为童蒙之师。如不能为儒，则巫、医、俗、道、农圃、商贾、伎术，凡可以养生而不至于辱先者，皆可为也。子弟之流荡，至于为乞丐、盗窃，此最辱先之甚。”② 与陆游相比较，袁采的标准已经稍稍放宽，但其坚持业“士”为上的意思依旧跃然纸上。而且在万不得已必须改业时，商贾的位置也差不多排在最末，不过比乞丐、盗窃略高一二级而已。延至几百年之后的清代，著名思想家王夫之对族人后代职业选择，仍然作了如下的规定：“能士则士，次则医，次则农、工、商、贾，各唯其力与其时。”“守此亦可不绝吾世矣”。③ 在这里，王夫之要求后

① 叶盛：《水东日记》卷15《陆放翁家训》。
② 袁采：《袁氏世范》卷中《子弟当习儒业》。
③ 王夫之：《传家十四戒》。

代必须根据自己的特点、能力，从事正当职业，商贾虽然也被列入正当职业之一，但在他的职业选择排序上，仍然居于最末一位。

因此，如果对中国传统社会情况以及主流意识形态略作审视，就不难发现浙东事功学思想家如此大胆地为商人和商业作辩护，乃是相当不易的。

2. 四民异业而同道

除事功学一系外，明代浙东心学大师王阳明，也在另一种意义上重新评价了商人的社会地位。余英时认为，尽管王阳明仍不能同意“治生为首务”，但是他竟然说：“果能于此处调停得心体无累，虽终日作买卖，不害其为圣为贤。”[①] 作买卖既是百姓日用中之一事，它自然也是“良知”所当“致”的领域，“我们无法想像朱子当年会说这样的话，把做买卖和圣贤联系起来”。[②] 尤其值得注意的是，王阳明还提出了“新四民论”。王阳明1525年为商人方麟（节庵）所写的一篇墓表，可以说是儒家在士、农、工、商“四民论”上的一篇划时代的文献。

王阳明《节庵方公墓表》中云：“苏之昆山有节庵方公麟者，始为士，业举子。已而弃去，从其妻家朱氏居。朱故业商，其友曰：‘子乃去士而从商乎？’翁笑曰：‘子乌知士之不为商，而商之不为士乎？’……阳明子曰：‘古者四民异业而同道，其尽心焉，一也；士以修治，农以具养，工以利器，商以通货，各就其资之所近，力之所及者而业焉，以求尽其心。其归要在于有益于生人之道，则一而已。士农以其尽心于修治具养者，而利器通货犹其士与农也。工商以其尽心于利器通货者，而修治具养，犹其工与农也。故曰：四民异业而同道。……自王道熄而学术乖，人失其心，交骛于利，以相驱轶，于是始有歆士而卑农，荣宦游而耻工贾。夷考其实，射时罔利有甚焉，特异其名耳。……吾观方翁士商从事之喻，隐然有当于古四民之义，若有激而云然者。呜呼！斯义之亡也，久矣，翁殆有所闻欤？抑其天质之美而默然有契也。

① 《传习录拾遗》第14条。

② 余英时：《中国近世宗教伦理与商人精神》，安徽教育出版社2001年版，第178页。

吾于是而重有感也。'"[①]

依余英时之见，《节庵方公墓表》（以下简称《墓表》）的历史意义表现于以下几点：第一，方麟的活动时期应该在15世纪下半叶。他弃去举业转而经商，这正是后世"弃儒就贾"的一个较早的典型。第二，由于方麟早年是"士"出身，曾充分地受到儒家思想的熏陶，他在改行之后将儒家的价值观带到"商"的阶层中去了。所以，他给两个儿子写的信中说，"皆忠孝节义之言，出于流俗，类古之知道者"。这就提供了一个具体的例证，说明儒家伦理是怎样和商人阶层发生联系的。这虽然不是两者沟通的唯一渠道，但确是最重要的渠道之一。然而，余英时认为，《墓表》最有历史意义的一点，则是王阳明对儒家四民论所提出的新观点，而且《墓表》为王阳明卒前三年所作，可以代表他的最后见解。"古者四民异业而同道"这一个命题的最为新颖之处，是在肯定士、农、工、商在"道"的面前完全处于平等的地位，更不复有高下之分。"其尽心焉，一也"一语，即以他特持的良知"心学"普遍地推广到士、农、工、商上面。商贾若尽心于其所业即同是为"圣人之学"，绝不会比"士"为低。这是"满街皆圣人"之说的理论根据。反之，如《墓表》中所指出的，当时的"士"好"利"又过于"商贾"，不过异其名而已。"因此，他要彻底打破世俗上'荣游宦而耻工贾'的虚伪的价值观念。王阳明以儒学宗师的身份对商人的社会价值给予这样明确的肯定，这真不能不说是新儒学伦理史上的一件大事了。"[②]

余英时的上述观点，大体而言是合理的。王阳明"四民异业而同道"的命题，肯定士、农、工、商在"道"的面前完全处于平等地位，更不复有高下之分，在客观上确实有助于抬高商人的地位，从而也在客观上有助于工商业的发展。但是，余英时把《墓表》所表达的含义，视为他所下的"十六世纪以后的商业发展也逼使儒家不能不重新估价商人的社会地位"[③]论断的一个例证，而且认为王阳明是"针对着士商之间

① 《阳明全书》卷25。
② 余英时：《中国近世宗教伦理与商人精神》，安徽教育出版社2001年版，第200页。
③ 同上书，第198页。

的界限已趋模糊这一社会现象而立论的”，则似乎有可探讨之处。王阳明“四民异业而同道”的命题，如果在客观上有助于抬高商人的地位，那么与其说是“十六世纪以后商业发展”逼迫所致，倒不如说是一种不期而至的结果，可能更为贴切。这一点可以通过与韦伯关于新教伦理与资本主义兴起的关系的阐述之比照予以说明。按照韦伯的观点，新教改革的主观出发点是宗教性的，当初的新教改革者，不可能去提倡所谓的“资本主义精神”。他们所关心的只有一件事：灵魂的拯救，所有他们的伦理目标和说教的实际影响都联结于一点，也就是纯粹的宗教动机。然而，正是一种以来世为目标的宗教追求却促进了一种现世的职业努力，新教伦理所表现出来的入世苦行精神，在日常生活实践中无意地促进了合理资本主义的形成以及合理经济活动的开展。事实上，王阳明的主观动机，也是伦理性的，而不是经济性的。从本意上看，“四民异业而同道”命题，不是为合理经济活动的开展作辩护，而是为“满街皆圣人”、“学以求尽其心”之说提供理论根据（其实，正如前述，余英时已经明确地指出了这一点）。在王阳明看来，“良知”是人心固有之善性，不待学而有，不待虑而得，不假外求，自古至今，无论圣、愚，是相同的，无论士、农、工、商，也是相同的。因此，王阳明的命题，并非如余英时所说的，是“商业发展”使然，或士商之间界限已趋模糊的结果，而只是其心学体系的一个自然推论。关于这一点留待后文再说。这里只想着重指出，如果王阳明“四民异业而同道”的命题，在客观上可能有助于抬高商人的地位，从而在客观上可能有助于工商业的发展，那也没有表明王阳明有意要这么做，而至多只是一种不期而至的结果或一种“副产品”。用俗谚“有心栽花花不开，无心插柳柳成荫”来比喻这种现象，无疑是很贴切的。

当然，需说明的是，新教伦理在日常生活实践中无意地促进了欧洲合理资本主义的形成以及合理经济活动的开展，已经是一项经验的和历史的事实。如前所述，韦伯在《新教伦理与资本主义精神》第一章的篇首，先以一个职业统计的例子来破题，指出，如果翻阅一下不同宗教信仰的国家所调查的职业统计表时，常会发现一项“事实”，也就是资本家、企业经营者、高级熟练劳工以及技术或商业方面的专门人员，大半是基督新教教徒。韦伯举了若干例子来说明，特别指出了资本主义精神与强烈的宗教虔诚心是有可能结合在一起，而在同一个人或一群人中并存，这种情形更不是孤立的现象，而是历史上众多新教教会和教派的显著特色。在他看来，这些例子显示了基督新教的信徒通常具有"勤劳的精神"和"进步的精神"，他们可以将坚定宗教信念和事业成就相互联系。韦伯认为，宗教改革以后，对于大部分加尔文教的信徒而言，寻找到一种"救恩的确证"，也就是让自己相信真的是在选民的"名单"上，变成一件绝对重要的事，而加尔文教为信徒寻找到一种"救恩的确证"，提供了两条途径：一是每一个人绝对有义务相信自己是上帝的选民，缺乏自信乃是信仰不足，也就是恩宠不全的结果，因此必须把一切怀疑当作魔鬼的诱惑与之作斗争。接受这种劝告的信徒，不再是马丁·路德所推崇的谦卑的罪人，而是富有自信的圣徒，韦伯在"资本主义英雄时代之刻苦的清教徒工商人士"的身上看到了此类信徒的形象。二是劝人以"紧张的职业劳动"作为得到上述自信的最适当方法，认为只有通过"紧张的职业劳动"才能解除宗教上的怀疑，给予恩宠的确证。也就是说，勤劳工作可以视作是上帝选民在认知上的根据，这就将工作的神圣性提升到一个高度，使信徒朝着一个合理的、有系统的克己，努力完成他自己"伦理上的健全人格"，缺少了这一点，西方的"理性化"过程将大为逊色。因此，韦伯认为，新教伦理和资本主义精神之间具有"选择性的亲近"。在宗教领域的"新教伦理"和在经济领域的"资本主义精神"，经过长期的酝酿，在历史的机缘下，它们"选择性"地结合在一起，共同地推动了西方文化和经济社会的演进。与此形成对照，我们还不能在经验的和历史的事实中发现王阳明思想与经济演进过程的"选择性的亲近"。上述所谓王阳明思想"不期而至的结果"的推论，则还仅仅只是一种理论上的想象，王阳明"四民异业而同道"的命题，是否真的在现实社会生活中抬高了商人的地位，是否在日常生活实践中实际地促进了工商业尤其是浙江工商业的发展，这是一个需要进一步细致探讨的问题。这种探讨显然需要以可靠的事实证明材料为依据。遗憾的是，王阳明思想与经济演进过程的"选择性的亲近"之证明材料的寻找，至今仍然是一项相当困难的工作。虽然如余英时所说，明代以来

“传统的四民观确已开始动摇了”，徽州和山西等地的一些商人亦提出了与王阳明思想若合符节的“士农工商异术而同志”的观点，但我们仍然找不到有说服力的材料，可以证明晋商和徽商的观点，是受到了王阳明思想的影响。虽然阳明的“新四民论”通过泰州学派王艮得以传递，如王栋追述他的老师王艮的讲学功绩说，“自古农工商贾虽不同，然人人皆可共学”，但是，我们还未发现明清时期浙江商人阶层乃是王阳明“四民异业而同道”思想“践履”者群体的证据。尽管如此，从可能性的角度上说，王阳明“四民异业而同道”的命题，在客观上有助于抬高商人的地位，从而在客观上、可能性上有助于工商业的发展，这个论断仍然是可以成立的。

二、民间工商文化小传统

“内省的少数人的传统”即思想家的大传统，用胡塞尔的哲学语言表述，就是“我们为生活世界（即在我们的具体的世界生活中不断作为实际的东西给予我们的世界）量体裁一件理念的衣服（Ideenkleid）”。[①]与此形成对照，“非内省的多数人的传统”即民间小传统，则构成了一个直接明证、不言而喻的世界，即生活世界本身。胡塞尔指出：“我们处处想把‘原初的直观’提到首位，也即想把本身包括一切实际生活的，和作为源泉滋养技术意义形成的、前于科学的和外于科学的生活世界提到首位。”[②] 在胡塞尔看来，非内省的生活世界总是自然而然地一般环绕在我们大家周围的世界。这个世界是现存的，而且在直接的和自由扩展的经验过程中，是可以直接了解和观察的世界。在没有思想体系阻隔的情况下，生活被作为绝对有意义的和实践验证过的东西来看待。生活世界是任何认识的基础，因为它是起点，是“先被给定的”。正因如此，研究区域工商文化对改革开放以来浙江经济社会发展的作用，除了

① 〔德〕胡塞尔著，张庆熊译：《欧洲科学危机和超验现象学》，上海译文出版社 1988 年版，第61 页。

② 同上书，第 88 页。

关注“内省的少数人的传统”的大传统以外，还必须充分地重视“那些非内省的多数人的传统”，即作为民间生活世界的浙江工商文化小传统。

1. 作为生活策略的民间文化小传统

文化唯物主义者哈里斯认为，“基础结构、结构和上层建筑构成社会文化体系。这一体系中任何一个组成部分的变化通常都会导致其他组成部分的变化”。“不否认主位的、上层建筑的和结构的组成部分有可能从客位基础结构中得以某种程度的自主”。“结构和上层建筑在负反馈过程中显然起着维系体系的至关重要的作用，这些过程造成体系得以保存的原因”。[①] 作为一种思想上层建筑，浙东事功学派“工商皆本”以及王阳明“四民异业而同道”等精神遗产，无论其原创者主观意愿如何，都可能会伴随着浙东文化精神的传播，而对历史上的浙江民间社会心理产生影响。杨太辛认为，从南宋到明清，家学、义学和私塾，遍布浙东城乡。浙东学者不少有过执教民间的经历，加上讲舍和书院的学生，除了能通过科举考试的层层梯级进入朝廷之外，多数则往往以塾师终生。这些受到浙东学术熏陶的生员童生，融入民间，除了普及儒家要义外，也把浙东学术的价值观念传递于众。浙东学者还致用于化民成俗，除了设义庄、办义学，还通过修订族谱家法，制定乡规民约、民间百业行规等，来解除民瘼，培养民德，提倡团结互助，树立良风美俗。[②] 在浙东文化精神作用于民间社会心理的过程中，浙东学者关于“工商”的精神遗产，无疑或多或少也会对民间社会产生影响。

浙东文化精神不仅通过上述诸种途径，从纵向上影响了民间社会心理，而且经年累月，也在横向上溢出了其诞生地，广泛地渗透到了浙江的其他区域。在这一点上，台州可以提供一个例证。台州既非永康学派，也非永嘉学派、金华学派的故乡。在唐朝以前，台州一直作为化外、羁縻之地而存在，文教衰微，唐中叶郑虔至台州时，文教才开始起

① 〔美〕马文·哈里斯著，张海洋等译：《文化唯物主义》，华夏出版社 1989 年版，第 76、83、85 页。

② 杨太辛：《浙东学术精神的传递途径和传承机制》，载《浙东学派与浙江精神研讨会会议论文》，2005 年 3 月16—17 日。

步，明代刘璥任台州太守时，文教之风方盛，以至有小邹鲁之称。尽管历史上台州不是浙东主流文化精神的发祥地，然而“值得指出的是，外来的贬官是台州精英文化传播的主力军”。① 虽然历史上台州缺乏土生土长的儒学宗师，但浙东文化精神仍然通过师友讲贯、口耳相传、寻师问友、书信往来、论辩等多种途径，对台州产生了影响。比如，永嘉学派的陈傅良就曾寓居天台山国情寺讲学，“士友纷然，从之者数月”。② 叶适罢职还乡后，也曾在黄岩、温岭一带讲学，临海陈耆卿、王象祖、吴子良，黄岩王汶、丁希亮、夏廷简、戴许蔡等皆从其受业，是故，清代台州学者戚学标说，“永嘉之学前梅溪（即王十朋）后水心（即叶适），皆台学渊源所自”。③ 明末清初浙东学派大师黄宗羲也曾寓居台州。在外来事功学的浸润下，台州本地以临海陈耆卿、吴子良为代表，逐渐形成了具有地域特色的台州事功学。这些都是浙东事功学渗入台州的有力证据。另一个例证，是永康学派和永嘉学派跨地域的交相传播和相互影响。永康学派的陈亮曾多次访问永嘉，陈傅良、叶适等人也几度到永康看望陈亮。陈亮密友吕祖谦说，陈亮永嘉之行，“诸公相聚，彼此相互发明”，“相聚计甚乐”。从《陈亮集》中大量写给永嘉学者的信、词、祭文和墓志铭等，亦可以见出陈亮和永嘉学者交往之频繁以及思想交流之密切。

如前所说，在浙东文化精神的横向传播过程中，浙东事功学“工商皆本”思想和王阳明“新四民论”等究竟在何种程度上对浙江其他区域产生了影响，这一方面的资料很难寻找，因此是一个难以考证的问题，本书无法充分地辨析。粗略言之，有两点特别值得注意。其一，既然在浙东事功学思想体系中，注重工商的思想具有举足轻重的地位，“四民异业而同道”则是王阳明心学体系的一个自然推论，那么，这两种重要的思想不伴随浙东文化精神的跨地域传播而对其他区域产生影响，就是难以想象的。其二，一些浙东思想家的客居地弟子继承和发展

---

① 高飞、倪侃：《“草根文化”与台州社会经济发展》，载《浙东学派与浙江精神研讨会会议论文》，2005 年 3 月16—17 日。

② 吴子良：《荆溪偶谈》。

③ 戚学标：《台州外书》。

了注重工商的思想。如前所述，叶适客居台州临海时的学生陈耆卿，就接叶适“抑末厚本非正论”以及“四民交致其用，而后治化兴”之思想余绪，正式提出了士、农、工、商“此四者皆百姓之本业，自生民以来未有能易之者”的观点。此可以看作“工商皆本”思想伴随浙东事功学跨地域传播的一个有力的例证。

但是，如前所述，分析文化传统对改革开放以来浙江经济社会发展的影响和作用，单单从大传统（文化精英传统）出发，仍然是不够的。如果单纯从大传统出发，就难以合理地解释当代浙江经济奇迹是由民间尤其是由那些出身寒微的所谓“新浙商”所创造这一事实。可以断言的是，在历经“文化大革命”尤其是“破四旧”之后，创造了改革开放以来浙江经济辉煌业绩的社会群体中的多数成员，在创业之始，不仅不可能读过陈亮、叶适、王阳明、黄宗羲等浙东思想家的著作，而且可能连这些思想家的名字都闻所未闻，更遑论受其思想的浸润了。事实上，迄今为止，我们也还未发现当代浙商直接受浙东思想家工商文化大传统影响的有力的证据。

因此，大传统固然重要，但单纯从大传统出发会遇到难以自圆其说的困境。在此情形下，引入一种小传统（即民间传统）的分析视野就是必要的。小传统或民间文化传统分析视野的重要性，尤其表现于以下几点：

其一，小传统或民间传统是所有社会成员都必须遵循的社会生活的支配力量，也就是说，人类在意识形态和法律制度形成之前就已经生活在民俗中了。正如萨姆纳所说，人类的生活不是来自任何伟大的哲学和伦理思想。恰恰相反，“世界观、生活策略、是非、权利和道德都是民俗的产物”。[①] 从根本意义上说，不是小传统来源于大传统，而是大传统来源于小传统。大传统最初体现于小传统中。在小传统中，世界观、宗教和哲学等还很粗糙、很含混，因为在主宰生活的小传统中，它们自然显得是真实和正确的，由于人们反复印证促使它们上升成作为福利范式的德范。随着文明的进步，人类思维的扩展，直至思想家的诞生，相应

① 转引自高丙中《民俗文化与民俗生活》，中国社会科学出版社 1994 年版，第 86 页。

于对它们进行反映和概括的时代方式、个人能力，从中产生出信念、观念、训诫、宗教和哲学。因此，“可以说哲学和伦理是民俗的产物，它们是从德范中抽象出来的，而绝不是本源性的和首创性的；它们是第二位的和派生的”。①

其二，文化不是单一的，而是一个庞大、复杂的综合体。按照泰勒在《原始文化》中的定义，文化或文明，就其广泛的民族学意义来讲，是一复合整体，包括知识、信仰、艺术、道德、法律、习俗以及作为一个社会成员的人所习得的其他一切能力和习惯。尹恩·罗伯逊则进一步扩大了文化的内涵。在罗伯逊那里，文化包括人类社会共享的全部产品，这些产品分为物质的和非物质的两种基本形式。物质文化包括人类创造并赋予意义的全部制品，或者说有形物品，如车轮、衣服、学校、工厂、城市、书籍、宇宙飞船、图腾柱等。非物质文化包括更为抽象的创造物，如语言、思想、信仰、规范、习俗、神话、技术、家庭模式、政治制度。文化由社会所共享的产品构成；而社会由共享某种文化的相互作用的人构成。罗伯逊的文化定义兼取文化的精神和物质形态，并且将社会制度也归为文化的重要组成部分。据此，文化不仅指人类优秀的思想和言论，而且还包括其他的知识形式、制度、风俗、习惯等；不仅包括精英的文化，而且也包括民间的文化。对文化的这种理解，显然有助于纠正文化精英主义的偏颇。正如雷蒙·威廉斯所说，只有这样，“才能从整体上更好地领会社会和文化的发展”。②

其三，思想家所创造的文化即所谓“大传统”固然重要，但对普通大众思想观念产生更直接影响的，却是他们所生活的社会文化环境即所谓“小传统”或民俗。正如萨姆纳所说，“民俗是一个具有各种不同程度的重要性的习惯组成的巨大集合，覆盖了所有的生活利益，构成了对年轻后生的一整套教育材料，体现着一套生活策略，塑造着人的性格，包含着一种还很含蓄、未被系统整理的世界观，并受到鬼灵崇拜的强

① 转引自高丙中《民俗文化与民俗生活》，中国社会科学出版社 1994 年版，第 86—87 页。

② 〔英〕雷蒙·威廉斯著，赵国新译：《文化分析》，载罗钢、刘象愚主编《文化研究读本》，中国社会科学出版社 2000 年版，第 126 页。

化，以至不可改变；民俗总是靠那种强迫性和制约性的力量支配着社会成员”。① 民俗或“小传统”之所以存在，是因为它们是“合宜”的，是过去的或长者的经验的结晶，是民间“正确的”生活策略，赋予民间生活以规律。“民俗是实现所有利益的‘正确’模式，因为它们既是传统的，也是实际存在着的。整个生活中它们无所不在。诸如捕猎、娶妻、妆扮、治病、敬鬼、待人接物、遇到生孩子时如何处事，在征途或会场应该怎样等等，都各有一种正确的模式。从否定的方面来限定这些活动的模式，即为禁忌。”② 民俗或“小传统”之所以重要，是因为每一个生活在现实中的人都必须首先通过社会化的途径接受社会文化，学习生活的技能，掌握社会生活的方式，才能适应社会并在特定的社会环境中生存。通过社会化，民俗（习俗）内化为人的习性。布迪厄认为，习性论高于理性论在于前者“拒斥了所有概念性的二元论”，兼顾了个人和社会、当下和历史。他说，“谈论习性就是宣称个体、个人、主体都是社会的、集体的。习性是一种社会化了的主体性。理性之所以受到限制，不仅因为现有的信息被衰减，更重要的是因为人类思维在社会性方面是受到限制的”。“社会行动者是历史产物。习性是用它所孕育的有关习性的整个历史来选择和扩充刺激的。”③ 民俗或社会文化环境（小传统）通过人的社会化过程，潜移默化地对每一位成员产生作用，使人们认同并接受这种文化价值所传递的规范与生活方式，通过文化固有的辐射与传播方式渗入到人们的思维结构、心理模式、道德理念、价值观念、行为方式之中。

接受上述观点和方法论的引导，研究区域工商文化对浙江经济社会发展的影响，不仅要分析浙东思想家所提出的关于工商文化的观念，而且更重要的是要研究民间工商的社会文化环境，即民间的工商文化小传统。在区域工商文化传统中，只有后者才构成了浙江民间工商活动的“生活世界”，也即胡塞尔所说的“作为唯一存在的，通过知觉实际地

---

① 转引自高丙中《民俗文化与民俗生活》，中国社会科学出版社 1994 年版，第 93 页。

② 同上。

③ ［法］布尔迪厄著，包亚明译：《文化资本与社会炼金术——布尔迪厄访谈录》，上海人民出版社 1997 年版，第173—174 页。

被给予的，被经验到并能被经验到的世界，即我们日常的生活世界（Unsere alltaglich elebenswelt）”。[①] 生活世界是人类本来的世界和人类世界的基本领域，人类的整个实践活动是在这个世界发生的，浙江民间工商实践活动也是在这个世界发生的。

2. 浙江民间“工”的文化小传统

在浙江民间工商文化小传统中，首先需要注意的是民间“手工业”的文化小传统。历史上，浙江就是一个手工业相当发达的“百工之乡”。不仅纺织业、制陶业、造纸业、酿酒业等固定的手工业作坊相当兴盛，而且木工、漆工、石刻、竹编、弹花、箍桶、缝纫、理发、厨师、打金等流动百工手艺人也层出不穷。这些百工手艺人多数挑行担，出县出省，俗称“出门”。这种手艺工匠在浙江手工业者中所占比例最大，他们特别能吃苦，上山到尖，下乡到边，上门制作、加工和修理。直到1949年之后，仍有大量的工匠挑着行担外出谋生。在浙江历史上的手工业中，著名的有东阳的泥水木匠、永康的铁匠、义乌的麦芽糖艺人、台州的绣花女、温州的皮鞋匠、永嘉的弹棉花郎，等等，这些世代相传的手工业专业技能，构成了浙江特殊的专业性人力资源优势，使浙江人能够在自然资源和产业基础并不占优势的情况下，在改革开放之初便迅速形成千家万户办企业的创业浪潮，而且使许多地区形成了富有特色的本土产业，为浙江的区域特色经济奠定了重要基础。

杭州的手工业发育较早。在新石器时代的后期，杭州人的祖先就已聚居生息于今北郊良渚一带，从事着原始的农耕、畜牧和渔猎，陶器、玉器、竹木器制作和丝麻纺织等手工艺，达到了较高水平。西晋时，余杭县拳山一带即出藤纸。到唐代造纸技术有了进一步的发展，由拳村所出藤纸质量最优。从《唐六典》、《元和郡县图志》、《新唐书·地理志》以及《太平寰宇记》等唐宋文献所载土贡资料来看，杭州自开元间至北宋一直是藤纸的贡地，是全国重要的纸业生产地。杭州临安县还出产一种价廉物美的纸。据《南部新书》载：“临安出纸，纸径短、色黄、状

① 〔德〕胡塞尔著，张庆熊译：《欧洲科学危机和超验现象学》，上海译文出版社1988年第58页。

若牙版，字误可以舌添之不污。近亦绝有，盖取多工鲜而价卑也。”① 自唐至北宋，除了造纸业以外，杭州的制陶业、纺织业、酿酒业等也有相当程度的发展。比如，唐代，在今城东菜市桥下忠清巷一带，已形成了杭州最早的发展丝绸业的街坊。吴越国定都杭州时，其官府织院有织锦工三百余人。② 杭州的陶瓷业，以量大价廉而取胜。据《太平寰宇记》载，在余杭县“余石乡亭市村人悉作大瓮，今人谓之浙瓮”。③ 南宋定都临安后，一方面，移居来了具有各种手工业技艺的专业人才；另一方面，由于城市居民的急剧增加，扩大了对手工业品的需求量，开拓了手工业产品的广阔市场，从而为杭州手工业的迅速发展创造了有利的条件。同时，直接为皇室、官府服务的规模庞大的官方手工业作坊从汴京迁入临安，大大改变了官、私手工业的结构与比重，这对临安手工业的发展产生了重大影响。从归属来看，南宋临安官府手工业作坊可分为少府监、将作监、军器监三大类。其中，少府监专管皇帝日常用品的生产，将作监掌管皇室、官府土木建筑，军器监掌管军工生产。官府手工业具有规模大、分工细、技术精的特点。每一“院、司、场、库”都相当于一个大型手工业作坊，工匠少则数百人，多则上千人。官府作坊的产品比较精细、美观。一般来说，在制作之先，“授以法式（图样）”，然后按照程序加工，产品制成后，刻上匠工姓名、制造年月、器物色号，送“作头”检验质量，合格者才送仓库。④ 在官府手工业作坊迅速增加的同时，南宋时期临安的私营手工业也有较大发展，其中尤以丝绸、印刷、瓷器、造船、制扇以及军器制造的发展最为显著，在全国均占有重要的地位。

温州的民间手工业传统，可以说源远流长。费孝通在比较了苏南和温州工商文化传统后，指出，“苏南的历史传统是农工相辅、男耕女织，可以说是‘牛郎织女’；而温州地区的历史传统却是‘八仙过海’，是石刻、竹编、弹花、箍桶、裁缝、理发、厨师等百工手艺人和挑担卖

① 钱易：《南部新书》卷9。
② 《南史》卷70《循吏传》。
③ 乐史：《太平寰宇记》卷93《江南东道五·杭州》。
④ 参见林正秋《南宋都城临安》，西泠印社1986年版，第233—235页。

糖、卖小百货的生意郎周游各地，挣钱回乡，养家立业。这些飘泊异乡的手艺人和商贩同居家耕地的农家女相结合，是艺商与农业的结合。在这两种不同的老根基上，苏南长出来的是社队工业和后来兴起的乡镇工业，浙南冒出来的是家庭工业和加工专业市场。苏南是从农副业出工业，以工补农；浙南是从商贩业出工业，以工扩商”。[①] 早在东晋南北朝时，温州城郊的桑园，一年可养8次蚕，称为“八辈蚕”。“东瓯窑”生产的缥瓷驰名全国。至隋唐时，温州织布很盛。在今苍南县一带，家家户户的妇女都参与织布，“夜浣纱而旦成布”，因而织出的布被称为“鸡鸣布”。那时温州沿海一带的盐田也已经开发，晒盐业成为一种重要的工副业。瑞安还开始了炼铜生产。宋朝时期，尤其是宋王朝南迁以来，温州的海外贸易和手工业、商业蓬勃发展，陶瓷、造船、造纸、雕刻、漆器、刺绣、纸伞、皮革以及织绫、织绢、织绸等闻名全国。温州产漆不多，但漆器工艺历史悠久，制作精美。早在北宋时期，首都开封就有专门贩卖温州漆器的铺子。南宋首都临安，卖温州漆器的铺子更多。有“彭家温州漆器铺，黄草铺温州漆器铺，平津桥沿河温州漆器铺”[②] 等。温州是宋代全国九个进贡纸张的地区之一。温州蠲纸在宋代是名产。宋人钱康公（景臻）说，“温州作蠲纸，洁白紧滑，大略类高丽纸。东南出纸处最多，此当为第一焉，由拳皆出其下”。[③]“由拳”即上述余杭县由拳村出产的著名藤纸，亦不能与蠲纸相提并论。政和年间，年贡500张。南宋时，临安有专门贩卖蠲纸的行业。南宋周晖说，“在唐凡造此纸户，与免本身力役，故以蠲名。今出于永嘉，士大夫喜其有发越翰墨之功，争捐善价取之，一幅纸能为古今好尚，殆与江南澄心堂纸等”。[④] 澄心堂纸为徽州名产，是南唐李氏所特制的纸，“肤如卵膜，坚洁如玉”，温州蠲纸能与其相媲美，可见质量之佳。宋时温州的克丝、瓯绸等亦是当时的名产。“温州克丝之名偏东南，言衣者必资

① 费孝通：《小商品大市场》，载何福清主编《纵论浙江》浙江人民出版社2003年版。

② 吴自牧：《梦粱录》卷13《都城记胜·铺席》。

③ 转引自周梦江《叶适与永嘉学派》，浙江古籍出版社1992年版，第6页。

④ 《清波别志》卷上。

焉。”①温州所产的瓯绸，则与杭纺、湖绉、璐绸、东茧、广葛等齐名。明代时，温州府设立了织染局，派官监造宫廷所用的丝织品。明末温州民间出现了工艺精巧的“十字花布”，并有民间生产的瓯绸、刺绣、皮革、酿酒等商品出口。清代温州手工业，以瓯绸、皮革、纸伞为三大代表产品。清前期，瓯绸继续享有盛名，为温州主要的特产。清中叶以后，皮革、纸伞业渐成气候。晚清时期，随着温州被辟为“五口通商”之商埠，温州手工业又有很大发展。瓯绣作为东方艺术进入了欧美和南洋市场。温州剪刀驰誉全国，并外销东南亚地区，烟花和爆竹生产也十分兴盛。这一时期的温州农村也出现了一些手工业的专业村，如苍南县的碗窑村就是颇具规模的陶瓷专业村。民国时期，纺织、化工、食品、轻工等现代工厂开始在温州陆续出现，但规模不大。这一时期，温州的皮革工业也有较大发展，市区出现了制革街、皮鞋街、皮箱皮件街。制革作坊星罗棋布，商店连片成市，并且基本上是前店后场 的布局。

据考证，在新石器时代，台州境内已有制陶业。隋唐以来，台州制陶、酿造、雕刻、制盐、造纸等手工业较为发达，生产历史十分悠久，并形成若干个“一地一品”的手工业专业村。从五代开始到北宋时，青瓷生产已经遍及台州各县。至今已在温岭等地发现了70多处五代至宋代的陶瓷窑址。北宋初年，天台等县已用青竹、桑皮、山麻皮与笋壳等制作玉版纸、花笺纸、南屏纸、小白纸与皮纸等。米芾将黄岩藤纸锤熟揭用，有“滑净软熟”之称。据南宋《嘉定赤城志》载：“今出临海者曰黄檀，曰东陈，出天台者曰大澹，出黄岩者以竹穰为之即所为玉版也。”可见，当时台州各县都生产纸张，而且品种多，质量上乘。南宋时，台州的纺织业有相当程度的发展。纺织品的品种多，绫有花绫、杜绫、锦绫，纱有绉纱、纺纱，绸有锦绸等。“台绢”是当地的名产，与玉版纸、台蕈、姜干并列为朝廷贡品。此外，南宋时，台州的酿酒业、石雕业、矿冶业等也有一定程度的发展。明代时，台州造纸业、矿冶业、水产品加工业等手工业规模进一步扩大，并开始出现雇佣工人作坊。民国时期，台州水澄、株松和楼下村是粗纸手工业生产专业村，从

① 〔明〕弘治《温州府志》卷7《物产》引旧志。

事生产的农户占全村农户的90%以上；蒋洋村有60%以上的农户专业生产篾器，主要产品有竹箩、方箩、畚箕等销往上海、宁波等地；桥伍村则几乎每家每户都在制作棒香（后发展为卫生香）。

绍兴境内手工业分布面广，行业复杂，俗有“百作”之称。春秋战国时，越国的种植业、养殖业已有相当规模，纺织、冶炼、酿酒等手工业亦兴起。至三国时期，山阴又成为全国最重要的铜镜、越布交易中心。唐代，越州的青瓷器、丝绸市场闻名海外。就纺织业来说，杭、越两州的麻纺织业发展水平基本相当，据撰于天宝年间的《唐六典》记载，当时朝廷将全国各地的纻布按照精粗分为九等，其中越州和杭州并列为第四等。陶瓷业，越州的越瓷以技术取胜，蜚声中外。南宋初年，宋高宗赵构驻跸绍兴，北方居民大量迁入，此为绍兴有史以来第二次人口激增，刺激了绍兴手工业和商业的发展。明清时期绍兴各地手工业门类进一步增多。比如，乾隆十三年（1748），慈溪人柴长浩来嵊开设采成染店，此后外地来嵊经商者和从事手工业者日众。慈溪人多经营中药业，绍兴府城人经营棉布、百货、南北货和酿酒业居多，制酱业多系上虞、余姚人，诸暨人制镬，天台人理发，义乌人卖糖，而嵊县人多从事铜、锡、铁、竹、木等手工业。宣统三年（1911），山阴、会稽两县有酿作坊325家，多数坊主自己开设酒店，前店后坊，既生产，又销售。绍兴手工业的繁荣，一直延续至新中国成立之初。据1949年统计，绍兴市手工业中，工场手工业占36.76%，个体手工业占56.81%。农村手工业有专业和兼业之分，专业工匠以设铺或流动方式生产经营；兼业工匠农忙种地，农闲外出串乡走村做工。手工业生产工具简单，技术含量不高，主要靠手工劳动，并且具有行业多、经营分散、产销结合等特点。据1952年调查登记，绍兴全地区共有手工业25074户，从业人员59681名，年产值（当年价）3364万元。其行业分布，主要有木匠、竹匠、铁匠、泥水匠、石匠、缝纫工等，绍兴市多达85个行业，上虞80个行业，新昌45个行业。1952年绍兴县手工业户中，从事金属加工业661户，建筑业588户，木材加工业2762户，纺织业1188户，缝纫业944户，皮革业22户，食品加工业1632户，文教艺术用品加工业1178户。按其生产加工内容分，城镇手工业以提供居民日用生活资料、消费品和修旧利废为主，为工农业生产服务较少；农村手工业以提供农业生产资料服务为主，兼及农民日常生活资料。如绍兴市2572家手工业户中，为工业生产资料服务72户，占总户数的2.8%；为农业生产资料服务24户，占0.93%；为居民日常生活资料服务1023户，占39.77%；从事日用消费品修理1453户，占56.5%。按手工业经营规模和方式分，城镇以工场、作坊、店铺为多，由业主、师傅带徒弟或雇佣帮工组织生产经营，其经营规模，大的雇工数十乃至数百人，小的单家独户生产经营。

金华昔称"百工之乡"。早在新石器时代，境内已有陶器生产。唐宋时期渐趋发达的陶瓷、丝织、印刷、棉纺、铁器、造纸、五金、铸造等业，至明清时期发展成为多种手工业工场。金、石、泥、木、竹、棕、织、酿，百工争巧；瓷、陶、纸、油、布、绸、糖、酒，万商云集。南北宋之交的范浚(1102—1150）曾在家乡兰溪县的香溪见到一位铁工，这位铁工开始只铸造农具如犁、铫、镈、锄之类，但因为农业萧条，"穷一日力仅得一器，辄一月、十五日不售"，以致穷困潦倒。后来天下战火烽起，人们纷纷求其打造刀、剑、镞、镝等兵器，一年之后，这位铁工就已"生生之资大裕"。[1] 又朱熹告发唐仲友"在婺州唤到刻字碑、塑佛像工匠十余人"，动用公使库钱供养他们。可见婺州（金华）当时各色工匠除了能生产一般的日用商品外，还制造兵器以及刊刻字碑、泥塑佛像这样的工艺美术制品。[2] 金华小五金以永康最为著名，从传说的轩辕黄帝在永康石城山铸鼎开始，到春秋铸剑，汉造弩机，勤劳的永康人就踏上了一条艰辛而又辉煌的五金之路。"熊熊炉火映汗水，走街串巷闯四方。"据《光绪永康县志》卷一《风俗》载，"土、石、金、银、铜、铁、锡皆有匠，然朴拙不能为精巧"。1929年永康县统计小五金工匠4827人，1938年为5931人，1948年为9295人，1949年为9606人，主要从事打铁、翻铿、打铜、打锡、打银、打秤、铸铁、铸铜、铸锡等行业。在1947年永康县内开办的五金作坊中，铁业有

① 范浚：《范香溪先生集》卷18《赠墨客吕云叔》。

② 包伟民主编：《浙江区域史研究》，杭州出版社2003年版，第196页。

1059家，铜业850家，锡业822家，银业31家。永康的五金工匠还大量在外地流动，“多鬻技于他乡”，或设作坊经营。[①] 明清时期金华的木器工匠，主要从事家具、农具和建筑中的木器制作。木器制作中经常用木雕装饰家具和建筑物，如建造祠祀和办婚事的嫁妆都非常讲究装饰，这种风气以东阳为最，而木雕也以东阳最为著名。清代中叶，东阳木雕得到全面发展和提高，至清代末期，大批东阳木雕匠流向城市，专门从事工艺品的加工，艺术风格也从古雅纯朴的“古老体”变为雅致秀丽的“新式体”。[②] 历史上，金华地区的席编、草编、蒲鞋、皮革、棕、藤等手工制品业，也有相当程度的发展。如藤和席草制品，据《康熙新修东阳县志》卷三《物产》载：“利省藤，竹器多用之，亦可作大索。又一种女藤，名熟藤，起造房屋用。”“席草，其体三棱，脆而易败，善织者价值苏席之半。”民国初年东阳又从黄岩引种龙须草，促进草席编业发展，年产草席8万张，同时还用草席作草帽等。金华浦江的草席以经久耐用而著名，浦阳镇的学前楼村，几乎家家编织草席。[③] 草编还包括草鞋，如《光绪浦江县志》卷十二《物产》：“乌芒糯，秸柔韧可织履。”金华地区一些县的蒲鞋生产规模也很可观。如《光绪兰溪县志》卷二《物产》：“农家妇女各为生计，纺织之外，兼制蒲鞋，苏杭贩卖，动以亿万计。”东阳不少地方也生产蒲鞋。此外，金华地区的棕匠也不少，如兰溪、龙游的棕匠多义乌人。

3. 民间“商”的文化小传统

历史上，浙江不仅是一个手工业相对发达的“百工之乡”，而且也是全国民间商业相对发达、民间工商文化传统较为深厚的地区之一。

历朝地方志尤其是宋、元、明、清时期的地方志，记载了浙江大量的定期市集。在《中国农村的市场和社会结构》一书中，施坚雅对集市现象的经济功能作了较为深入的分析。按照他的看法，集中在各级城市里，每天开市的市场可以被称为“中心市场”，是市集系统的最高层；

---

① 包伟民主编：《浙江区域史研究》，杭州出版社2003年版，第198页。
② 旭文：《清代的东阳木雕》，载《文物天地》1989年第3期。
③ 包伟民主编：《浙江区域史研究》，杭州出版社2003年版，第199页。

广泛分布于各个村落的零散交易市场是最基础的“初级市场”；而处于中心市场和初级市场之间的为“中介市场”，也即定期市集。施坚雅认为，要支撑一个每天开市的中心市场必须有足够的需求，即“门槛需求”。当不足门槛需求时，只能形成间歇开市的“定期市集”。在这个范围内，需求量较大，开市日就较多、较密，反之，则较少、较稀。当然，据此的一个自然推论，就是当需求量越过了“门槛”时，中介市场也就会发展成每日开市的中心市场。浙江集市的自然演化历程，无疑印证了施坚雅的观点。

最早见于文献记载的浙江集市，是秦汉时期会稽的“越大市”，位于今绍兴都亭桥南。但除此以外，也不可能无市，只是未见记载。可以推测的是，浙江现实中最早的市场，可能也肇始于村落零散交易的“初级市场”，比如，山民将山货与平原地区农民的粮食和布帛在路边、溪边交换，并相约10天内聚集几次，而后，这类“初级市场”逐渐演化为农历每旬（十日）中有规律地定期若干日的集市，即“定期市集”或“中介市场”。“定期市集”的一个有趣的现象，只要有三六九市就会有二五八市，也就是说相邻的中介市场的市日是互相错开的。这是因为每一个中介市场都有自己的覆盖区。其范围，通常为赶集的人步行或乘人畜驱动的车船早出晚归为最大半径。当市日关闭时，定期集市上的流动供应商（许多是货郎担）就有机会到相邻的其他中介市场上去做生意。所以，这种相邻市场互相错开的市日，是使供需双方都能满意的安排。[①] 集市的形成，具有极为重要的意义。集市作为一种重要的制度安排起到了提供信息的作用。正如诺斯所说，在越来越大的范围里，集市取代了那种偶尔一用、费用高昂、靠每次交易与唯一的交易伙伴讨价还价以弄清行情的做法。由于交易量的增大，集市“降低个人搜寻市场信息的成本”，并通过发展有效的信息手段在资本市场中起了先驱的作用。集市像“其它制度创新一样，是生产率增长的源泉”。[②] 随着信息在日

---

① 浙江省市场志编辑部编：《浙江省市场志》，方志出版社2000年版，第2—3页。

② 〔美〕道格拉斯·诺斯、罗伯特·托马斯著，厉以平、蔡磊译：《西方世界的兴起》，华夏出版社1999年版，第72页。

益众多的人中间传播，平均每个商人的交易成本也下降了。

会稽的越大市虽然至宋代已废，但嘉泰《会稽志》仍以“古废市”之名入载：“古废市，在都亭桥南礼逊坊，旧经云蓟子训货药于此。”东汉时期，会稽的越布、越瓷、铜镜等产品，中外闻名。在朝廷实行减赋和提倡“食货并重”的政策背景下，会稽境内商贸活动日见频繁，“贩缯（丝绸）为业”、“抱布贸丝”者遍及城乡。东晋、南朝时，绍兴市面繁荣，时有“今之会稽，昔之关中”之誉。山阴道上民物殷阜，征货贸粒，商旅往来，成为江东绢米交易中心。同一时期，温州永嘉郡内出现了定期集市。隋代时，随着京杭大运河的开通，杭州形成了“珍异所聚，商贾辐辏”的集市贸易。中唐以后杭州不仅已是“百货所殖”之地，更是“万商所聚”之所，永泰元年李华撰《杭州刺史厅壁记》说，杭州“咽喉吴越，势雄江海，骈樯二十里，开肆三万室”。[①] 至唐末，杭州“东眄巨浸，辏闽粤之舟橹，北倚郭邑，通商旅之宝货”，[②] 呈现出“灯火家家市，笙歌处处楼”、“鱼盐聚为市，烟火起为村”、“夜市桥边火，春风寺外船”的繁荣景象。五代时期，吴越国多次扩建城垣，杭州逐步形成南宫北城格局。前朝后市、临街盖店，扩大市场，境内商贸集市十分兴盛。北宋时期，浙江集市贸易的发达及商品经济的繁荣，可以用商税作为一个衡量尺度。据《宋会要辑稿》记载，熙宁十年（1077）以前，杭州商税额包括杭州城及龙山、浙江、北郭、范浦、余杭、柏坎、临安、於潜、昌化、富阳、新城、南新十三场共120303贯。同一时期，越州商税额包括越州城及上虞、新昌、渔浦、诸暨、余姚、西兴、萧山、剡县九场共27577贯。熙宁十年，杭州的商税额包括杭州城以及富阳、新城、临安、於潜、昌化、盐官6县，浙江场、龙山场、范浦镇、江涨桥镇、外县场镇、南新场、柏坎场、曹桥场，共173813贯523文。同一年，越州的商税额包括越州城以及萧山、剡、诸暨、上虞、余姚、新昌等6县，西兴镇、渔浦镇、曹娥镇、三界场，共64002

① 《全唐文》卷316。
② 罗隐：《杭州罗城记》。

贯77文。①

布罗代尔认为，有一个并不连续的接触面，位于自给自足的物质生活和互通有无的经济生活之间，它由集市、摊户、店铺等成千上万个细小的点作为物质体现；“接触面”的两边，便是“自给自足”的物质生活和“互通有无”的经济生活，“交换”是跨越“物质生活”到“经济生活”的途径。② 自南宋建都临安（杭州）以来，浙江自然经济占主导地位的格局，当然未有（也不可能有）根本的改变，但商品经济有了进一步的发展，这一点又是确凿无疑的。淳熙年间(1174—1189)，叶适指出：“夫吴越之地……以四十年都邑之盛，四方流徙尽集于千里之内，而衣冠贵人不知其几族。故以十五州之众而当今天下之半，计其地不足以居其半。而米粟布帛之值三倍于旧，鸡豚菜茹樵薪之鬻五倍于旧，其便利上腴争取而不置者数十百倍于就。”③

日本学者斯波义信曾说，“无需引用马可·波罗的证词，南宋首都临安府（治今杭州）是9—13世纪发生在中国的商业革命、城市革命的颇具代表性的一个范例”。④ 南宋定都临安后，“四方之民云集二浙，百信常时”。临安人口增长很快，据吴自牧《梦粱录》卷十八《户口》载，100多年中，临安府人口翻了一番。城区人口的急速增加，扩大了对各种消费品的需求，从而为商业的繁荣创造了有利条件。加之北方大批工商业者南下，带来了开封等地比较雄厚的商业资本与比较灵活的经营手段，对临安商业的发展，起了推动作用。据斯波义信的研究，南宋时期杭州的市场圈可分为三个层次：以杭州为中心的最大腹地构成的远距离商业运输圈，杭州是全国屈指可数的药材和香料集散市场，来自东南沿海和南海的舶来品自不待言，而且吸引了蜀地；以杭州为中心的小范围腹地构成的商圈，是为满足杭州150万人口日常生活需要的直供商

① 以上关于杭越两州商税的资料均引自《宋会要辑稿》《食货》16之7。

② 参见〔法〕布罗代尔著，顾良、施康强译：《15至18世纪的物质文明、经济和资本主义》第2卷，三联书店1993年版，第1、4页。

③ 叶适：《水心别集》卷2《民事中》。

④ 〔日〕斯波义信著，方键、何忠礼译：《宋代江南经济史研究》，江苏人民出版社2001年版，第321页。

品和储备物资而形成的中距离商业运输圈；由杭州及其直属郊区组成的通商圈，在这个小商圈区域内，“东门菜、西门水、南门柴、北门米”这种专业分工特色十分鲜明。据《梦粱录》载，“杭州行都一百余年，户口蕃盛，商贾买卖者十倍于昔，往来幅辏，非他群比”。“客贩往来，旁午于道，曾无虚日”，境内“自大街及诸坊巷，大小席铺，连门俱是，即无虚空之屋”。《梦粱录》还记述，临安“处处各有茶坊、酒肆、面店、果子、彩帛、绒线、香烛、油酱、食米、下饭、鱼肉鲞腊案”十余类店铺。临安当时“经济市井之家”，往往多于店（宅）舍。如城南的吴山一带，即是外地“江商海贾”的寄寓地。商人中还形成了一批善于钻营、谋取厚利的大商人。商业的繁荣，使府城内外形成了许多“行业街市”，就是同行业的店铺，货摊相对集中于一条街巷，简称“行”、“团”或“市”。据《咸淳临安志》、《梦粱录》等所载，当时主要有药市、花市、珠子市、米市、肉市、菜市、鲜鱼行、鱼行、南猪行、北猪行、布行、蟹行、青果团、柑子团、鲞团、书房等。万物所聚，应有尽有，诸行百市，鳞次栉比，买卖者络绎不绝。城区有早市、夜市，城郊形成了浙江市（今南星桥一带）、北郭市、江涨东市、湖州市（即湖墅）、江涨西市、半道红市、西溪市（留下镇）、赤山市等市镇。元代初，杭州为外国商人麇集之所，贸易之盛，殆过于宋。据《马可·波罗游记》载，元代时，杭州城市中有大市十所，沿街小市无数，每星期有三日为市集之日，有四五万人挈消费之百货来此贸易，种种食物甚丰。后因天灾人祸不断，市场日趋衰落。明清时期，杭州的商贸业，逐渐恢复和发展。据万历《杭州府志》载，境内有寿安坊市、众安桥市、惠济桥市、东花园市、布市、春熙桥市、庆春桥菜市（菜市桥）。这些市场聚贸蔬果鱼肉、糖果米面，南北冬夏布匹、牲口、衣服、器皿等物。清代时，杭州城内有道江市、清河坊街、司前市、塔儿头市、闹市、羊市街市、东花园市、寿安坊市、众安桥市、惠济桥市、东街市等。

不仅仅在杭州，在浙江的其他地区，历史上尤其是南宋以来也都形成了较为深厚的民间商业传统。在此，仅举几个地区为例以管中窥豹。

据斯波义信的研究，南宋时明州（宁波）的市场组织“是以这样的社会分工的发展为背景，对平衡需求、供给起调节作用而出现的”，[①] 具体表现为，对农村、山林、鱼区物资的剩余和不足进行补充性交换的组织；针对城市特别是中心市场明州的供给而建立的货物集配组织；为了扩大市场和提高地域消费，而对本地特产和由海运输入的进口商品进行交换的组织。这些组织最终支撑着作为中心市场的明州城市的繁荣。宝庆年间(1225—1227)，宁波府已有22个集市。明代宁波府著名集市有大市、中市、后市、甬东市、西郭市、西郭八市、东津四九市等。四城门外的集市一旬举行一次交易，西门外集市逢八举行，南门外集市逢七，东渡门外集市逢九，灵桥门外集市逢四举行。至乾隆年间，宁波府已增加到了113个集市，并由从前的十日一市发展为五日一市、三日一市。延至清朝末年，宁波集市形式更趋多样化，如余姚县大集市有日日市、单日市、双日市或每旬三市、四市等形式；小集市又称露天集、半天集，一般是凌晨上市、近午散市。每逢风调雨顺，丰收季节，集市内店铺摊贩林立，远近万商云集，南北百货竞销，人来人往，熙熙攘攘，交易兴旺，市声不绝于耳。

清末宁波集市贸易中的一个值得注意的现象是开市日的选择。施坚雅在对中国整体市场进行分析时说，各相邻市场间的每一开市日在选择时倒并不特别注意尽量避免重复，而是着眼于下位市场交易日尽量避免与上位市场的交易日发生冲突。据斯波义信的研究，光绪三年（1877）宁波市西部平原可以作为施坚雅上述观点的一个注解。那时，作为该地区的商品集散地有三个中心市场，其中一个是位于中塘河畔的卖面桥市，它与宁波西门有一条直路相通。另一个是位于南塘河的石碶市，它处于与宁波南门相对的靠右的位置。再一个是位于中塘和南塘中间的黄姑岭市，它起着连接上面两个集市的作用。在宁波和西部平原中间的其他所有集市，都是原基市场或是中间市场，它们在商业上都从属于上述三个中心市场中的一个或几个。斯波义信提醒大家注意，这三个中心市场所属的各个下级市场的开市日都与中心市场的开市日一一对应岔开。

---

① 〔日〕斯波义信著，方键、何忠礼译：《宋代江南经济史研究》，江苏人民出版社2001年版，第493页。

三个中心市场每旬开集时间为三天，而西部平原上每旬开集三天的下级集市就没有一个。斯波义信认为，“中心市场一旬中开市日的选择和调整，主要是商人们根据有秩序的商品交易的要求而决定的。收购商、客商到中心市场批发商那里订购商品的店主对开市日的选择都有影响，牙人、秤量人员、出租业主也有同样的作用。上述中心市场组织实际上有相互重合之处，这就是大部分中间市场都归属于一个以上的中心市场，大部分原基市场的商品也来自于两个或三个中心市场。反之，运送商品的形式也与上面一样，就连与宁波只有间接联系的中心市场，在进行商品交易时也有其选择性”。[①] 由于各市场组织在时间周期上和空间上都呈犬牙交错状而相互依存、紧密相连，所以相互之间的竞争性很强，这也促进了宁波商业圈中的统一价格的调整。

南宋时期，绍兴府城由北宋大中祥符年间的36坊，增加到南宋嘉泰年间的96坊，列首都临安之后，与金陵齐名，成为全国三大都市之一。并在96坊中设有照水坊市、清道桥市、大云桥东市、古废市（即越大市）、大云桥西市、龙兴寺前市、驿地市等八个集市，形成城市内部的商业网络。淳熙八年（1181），朱熹任浙东提举常平茶盐公事，将绍兴府乡户分为两种：一种是“产户”；一种是“白烟耕田，开店买卖”的佃户。[②] 可见当时绍兴府农村下层的四五等户已相当普遍地利用市镇市场从事小商小贩经营。明清时期，绍兴市场发育更加完善，不仅市场数量增加，而且还出现了一批颇具特色的专业市场。据乾隆《绍兴府志》载，当时府城集市有照水坊市、酒务坊市、大云桥东市、越大市、清道桥市、龙兴寺前市、大云桥西市、驿地市、江桥市等，以经营农副产品等产品为主。此外，由于府城酿酒、锡箔业发达和粮食消费量大的特点，逐步形成酒行、锡箔、茶市和米行街等专业市场。民国时期，作为消费城市的绍兴，城南靠近会稽山区，地势较高，以山货交易市场为多；城北地势较低，与平原水网相通，以水产品交易为主；城周

① 〔日〕斯波义信著，方键、何忠礼译：《宋代江南经济史研究》，江苏人民出版社2001年版，第530页。

② 《宋会要辑稿·食货》65之98；朱熹：《朱子大全》，《文集》卷99《社仓事目》。

围的偏门、西郭门、昌安门、五云门是城乡交通要道，多有集市分布；城内则按传统格局，东有长桥市，西有北海桥市，北有大江桥市，大多以销售农副产品为主。地处市中心的大善寺，因年久失修，寺舍荒废，隙地增多，许多商贩及江湖艺人，渐集于此，开设饭店、小吃店、百杂店、理发店、针线铺、烟行、茶室、书场、小戏院以及游艺杂耍等，商贾云集。绍兴酒、锡箔等地方产品，也有各自的营销方式。绍兴酒以酿坊主和零售商分散经营为主，1936 年，绍兴城区有零售和批零兼营酒店 367 家，年销量占绍兴酒总量的十分之二三。城内锡箔铺、锡箔坊所产锡箔，历来靠锡庄收购运销外埠，箔铺、箔坊与箔庄之间的买卖，多以茶店为洽谈交易场所，俗称锡箔茶市。①

在南宋初期，温州就以商业繁盛，商人众多，闻名全国了。南宋绍兴年间程俱所作《席益差知温州制》说到温州，“其货纤靡，其人多贾”。当时温州从商者“晨钟未歇，人与鸟鹊偕起”。② 因为州治商业的繁荣，北宋熙宁十年，永嘉县税场的商税就已高达 25391 贯 6 文，是全国各县平均商税的七倍。南宋永嘉县税场的商税收入当然比北宋更多，可惜缺乏这方面的正式材料，但叶适《登北务后江亭赠郭希吕》云：“何必随逐栏头奴，日招税钱三百万。”每日税钱 300 万，虽可能有所夸大，但可看出南宋永嘉县商税收入之多。不仅温州一些县的商税多，而且温州一些镇的商税也很可观。据《宋会要辑稿·食货》载，瑞安镇每年商税是 6287 贯，永安镇 4703 贯，柳市镇 2049 贯 794 文，前仓镇 1512 贯 130 文。南宋以来温州商业的内部分工日趋细密，到明末瑞安已有当行、缎行、布行、衣行、果子行、鱼伢行、酒行、纸行、米行、碗行、屠行、饼行、杉木行、时果行、鸡鹅行、打铜行等。③ 入清以来，温州“鱼盐充亶，商贾辐辏”，商业日趋繁荣，市内形成了以中药业、酱园业、南货业和绸缎业为四大台柱的商业网络。当时，温州已成为“商贾交会”之地，“温州好，贾客四方民，吴会洋船经宿到，福清土

① 浙江省市场志编辑部编：《浙江省市场志》，方志出版社 2000 年版，第 250—251 页。
② 戴栩：《浣川集》卷 5《江山胜概楼记》。
③（明）天启六年（1626）《毕侯去思碑》拓片，温州博物馆藏。

物逐时新，直北是天津”。[①] 温州地区吸引了不少外地商人来经商，常有“漳泉大贾飞墙集，粤海奇珍巨槛来”。[②] 宁波帮、福建帮都是当时温州地区商业领域有举足轻重地位的商帮。温州地区的集市贸易作为温州人“易粟与一切居处日用之资”的据点由来已久。明清时期，乐清县有“新市三八日市，湖边一六日市，芙蓉二七日市，白溪十二月二十日至二十九日市，大荆三六九日市”[③] 等。明清之际，平阳县被称为“市”和镇的有13处。民国初期，平阳城乡集镇如县城、鳌江、水头等地就有水产、柴火、仔猪、耕牛、竹木、茶叶、水果等专业性市场。民国《平阳县志》根据规模大小，将平阳的集镇、街市分为“市”和“小市”两种。其中称为“市”的有17处，因地处通衢或人烟稠密村落、设有旅栈店摊而称“小市”的有27处。

台州的商业亦有悠久的历史。临海自开皇十一年（591）起，历朝为台州郡治、州治、路治、府治所在地，商业素称发达。明代就有“府城日日市”之称。以白塔桥、十字街为城内闹市区。依托灵江水运，竹、木、柴、炭、水果及其他农产品多在江下街集散。宋时的温岭有泉溪（今城关）、郑庄（今泽国）、峤岭（今温峤）、侍郎（今大溪）等镇。至嘉靖十九年，县内已有19个集镇聚货交易。嘉庆十五年，县内主要集镇就有30余个，并形成交叉集市日制度。据1935年的《温岭县政概况》载，民国前期“本县各重要市镇商业之繁盛，以泽国为最，县城及新河、松门、温岭街次之。箬横、大溪、潘郎、岙环、大闾、桥下、长屿、塘下等处又次之，其他较少之乡村市镇亦均有市日。商贾经营以棉布绸缎、京广洋货、酱油烟杂、南北货、国药、土杂产品、干鲜水产、猪肉禽蛋、粮食油料及茶馆茶食、客栈等为主”。温岭泽国的集市贸易始于五代，形成于宋。元、明、清时渐具规模，交易品种为日常生活用品。光绪六年至宣统二年，玉环县有黄旗、西青、后湾等13处街市，民国时期形成的有下岸宫、老傲前等9处街市。这些街市除少数

① 《光绪永嘉县志》卷6《风土》引录（清）孙圹《温州好》。

② 方鼎锐：《温州竹枝词》。

③ 《光绪乐清县志》卷3《规制·街市》。

不复存在外，其余均相沿至今。在宋代，今章安镇为临海县三大集镇之一，设有官酤酒库及税场征管货税，为椒江境内最早的饮料酒及调味品专业市场。乾隆和嘉庆年间，界牌、水陡、下陈、横塘、沙殿、三甲、横河陈、黄礁、蹈感塘等地市集已具规模。至清末，椒江两岸已形成逐日参差有市的集市网络。明代，黄岩县城有大井头市、天长市，乡村有县桥（院桥）、路桥等10市。清代，有大井头、石塘岗等39市，民国时，有64个市场，各市场沿街门前设摊，人称“买鱼买肉大井头，买鸡买鸭草巷口，买米买柴桥亭头”。

三、工商文化传统与当代浙江经济社会发展路径

按照新制度经济学，路径依赖是指在制度变迁中存在着报酬递增和自我强化的机制。一旦一种独特的发展轨迹建立以后，一系列的外在性、组织学习过程、主观模型都会加强这一轨迹。也就是说，初始制度选择会强化现存制度的刺激和惯性，因为沿着原有制度变迁的路径和既定方向前进，总比另辟蹊径要来得方便一些。路径依赖形成的深层次原因，一方面是利益因素。一种制度形成之后，会形成某种与现存体制共存共荣的组织和利益集团，或者说，它们对这种制度（或路径）有着强烈的需求。另一方面，价值信念、伦理道德、习惯以及意识形态等统称为文化的东西即非正式制度安排，也是影响制度创新和经济社会变迁路径的重要因素。诚然，经济活动、经济过程、经济体制有其自然秩序，但是这种自然秩序无疑是物质因素和精神文化因素所决定的各种约束条件共同起作用的结果。正是在这一意义上，文化乃是一个国家、一个民族，一个利益共同体共享的公共物品，是能产生极大外部效果的人力资本。人类的社会生活和交易活动之所以不同于动物的活动，是因为前者总是在特定的社会环境中的特定的约束条件下进行的。这种约束条件就是人类在长期的历史演进中所形成的非正式制度安排和正式制度安排。文化的功能就在于通过它本身特有的“遗传”机制，去影响和形成这些约束条件。公共选择理论的创始人、经济学家布坎南指出：“文化进化

已经形成或产生了非本能行为的抽象规则，我们一直依靠这些抽象规则生活，但并不理解这些规则。”文化进化形成的规则“是我们不能理解和不能（在结构上）明确加以构造的、始终作为对我们的行为能力的约束条件的各种规则”。[①] 诺斯也认为，价值信念、伦理道德、习惯以及意识形态等统称为文化的东西即非正式制度安排，是影响经济社会演进轨迹的重要因素。“非正规约束在制度的渐进的演进方式中起重要作用，因此是路线依赖性的来源。我们仍然有一个关于文化演进模式的长期方式。但是我们确实了解，文化信念具有极大的生存能力，而且大多数文化变迁是渐进式的。”[②] 在北京大学的演讲中，诺斯又进一步指出，我们的社会演化到今天，我们的文化传统，我们的信仰体系，这一切都是根本性的制约因素。我们必须仍然考虑这些制约因素。即我们必须非常敏感地注意到这一点：你过去是怎么走过来的，你的过渡是怎么进行的。这样，才能很清楚未来面对的制约因素，选择我们有哪些机会。在经济社会生活中，人们总是有意无意地按照一定的惯例、习俗而行动，在一定的社会、制度以及文化框架中谋求自身的利益。因此，文化传统对经济社会活动、经济社会过程便具有不容忽视的重要作用。

1. 区域工商文化传统与当代浙江经济演化

浙江各地历史上较为发达的民间工商业，是浙江民间工商文化传统比较深厚的真实写照。深厚的民间工商文化传统底蕴，在漫长的岁月中构成了浙江人的“遗传因子”，并对改革开放以来浙江经济演进轨迹产生了深刻的作用。改革开放以来，浙江各地尤其是温州和台州地区所采取的一些制度创新模式，如前店后厂、沿街成市的专业市场、以商业促工业并形成专业市场与块状经济的互动、以工业兴市场以及股份合作制、集资创办社会公益事业、民间金融、成立互助会、实行利率浮动，等等，其实并非完全是新近的发明，在浙江工商发展史上都曾或多或少地存在，在一定程度上可以看作是浙江历史上较发达的工商制度和传统

① 〔美〕布坎南著，平新乔、莫扶民译：《自由、市场与国家》，上海三联书店1989年版，第115、116页。

② 〔美〕道格拉斯·C.诺斯著，刘守英译：《制度、制度变迁与经济绩效》，上海三联书店1994年版，第133页，第61页。

在沉寂30年以后的后续效应，是浙江民间对历史上的工商制度和传统的因袭、变异、创新与发展。当代温州和台州发达的水产加工业、水果加工业，各类草编、服装、皮鞋、塑料以及小机电、小化工等行业，都与传统存在着某种程度的联系。

温州、台州是一个民间金融、股份所有制比较发达的地区，在台州路桥区民间金融机构的存贷款余额所占比例甚至已高达40%左右；温州市企业内部集资始于1980年。据1985年6月统计，全市城乡进行集资的企业有2887家，集资金额15970万元，约占集资企业同期周转资金和流动资金总额的30%左右。1990年，全市企业内部集资规模约在3亿元。因此，依靠民间集资而不是靠政府投资来创办各种事业，乃是温州和台州经济社会发展模式的一个重要特点。而平会、抬会、摇会和排会等"呈会"民间传统，则是台州、温州民间金融制度、股份所有制的原初形式之一。1949年以前，温州的私人钱庄等金融机构有38家，民间信用更有历史传统。在清初，钱铺、典当、民间借贷已很活跃。清代和民国时期，温州和台州两地平会、抬会、摇会和排会等"呈会"现象十分普遍，这种现象即使在计划经济年代也没有完全绝迹，并在改革开放以后演化为一种当代的经济模式。叶大兵通过对温州"呈会"演化历程的研究，充分地证明了这一点。他认为，数百年来温州民间"呈会"习俗正是当代温州依靠民间集资创办各种事业这种做法的初始形态，"后来在经济大潮中发展起来的股份合作制，也包含着'呈会'习俗的延伸、变异、改革和发展。特别是明显的反映在经济转型中有效地发挥了它在聚集资金作用"。① 叶大兵将温州从民间"呈会"习俗到群众集资、股份所有制的经济社会发展模式之形成和发展分为三个阶段。② 第一阶段：纯属民间互助型，其主要形式有轮会、摇会两种。轮会是指按预先排定的次序轮流收取会金，所以也称为"坐会"。摇会是指按摇骰子方式确定收取会金次序。其具体名称有"月月红"、"父母会"、"干

① 叶大兵：《民间"呈会"习俗与现代股份所有制——论浙江经济发展与浙江民俗文化的关系》，《浙东学派与浙江精神研讨会会议论文》，2005年3月16—17日。

② 同上书，第348—351页。

会”等。第二阶段：从单纯互助型过渡，成为一种新的互助和计息相结合的借贷型。其形式除原有轮会、摇会外，又增加了“玉成会”、“人情会”、“标会”等形式。第三阶段：在经济转型过程中，向社会集资型转化。主要为企业筹集资金，最终为股份所有制所用。

萨姆纳认为，民俗建构的动力是需求。人是从“行动”而不是从思索开始自己的历程的。需求是人的第一体验，时间不停地带来各种迫切的需求，人们必须毫不犹豫地去满足它们，而需求构成利益问题，“生活就是由满足利益要求的活动所组成，因为在一个社会中，‘生活’就是既扩展到物质领域，又扩展到社会范围的行动和努力的一个历程”。[①]既然生活是由需求（利益）推动的，那么构成生活的活动就是由需求来推动的，而作为生活的标准活动的民俗，自然也是由需求推动的。从民间“呈会”习俗到群众集资、股份所有制的演化过程，生动地反映了温州经济发展和民间需求的规律。“呈会”的经济民俗最初是应小农经济社会生活的需要而诞生的，因而呈现为单纯的民间互助特性。伴随着家庭手工业和小商品经济的发展，“呈会”不仅保持了原有的互助功能，而且，逐渐发展成为聚集社会生产资金的一种补充形式，因此，从互助型发展为计息型。“民俗是为一时一地的所有生活需求而设。”[②]民俗的传承并非是一成不变的，当客观情况发生变化时，民俗也会发生变异，“呈会”也是如此。改革开放以来，随着社会经济环境的变迁，温州民间运用“呈会”形式，将原来互助型的民间借贷形式，转化为发展社会生产筹集和积累资金的新型手段。“并经改革、完善、提高，最后融入为现代经济发展需要的股份所有制这一现代集资和经营方式中去，成为创造‘温州模式’中的一种新型的经济行为和形式。”[③]

绍兴县有着深厚的纺织文化传统积淀，“丝绸之乡”华舍镇，历史上就有“日出华舍万丈绸”之盛誉。改革开放以来这种深厚的纺织文化传统在新的政策背景下得到了延续，并经过20世纪90年代的纺机革

① 转引自高丙中《民俗文化与民俗生活》，中国社会科学出版社1994年版，第83页。

② 同上书，第83页。

③ 叶大兵：《民间“呈会”习俗与现代股份所有制——论浙江经济发展与浙江民俗文化的关系》，《浙东学派与浙江精神研讨会会议论文》，2005年3月16—17日。

命，逐步形成了由化纤、纺织、印染、服装行业组成的完整的纺织产业群。经过20多年的发展，绍兴轻纺城已成为中国规模最大、设备齐全、经营品种最多的纺织品集散中心，也是亚洲最大的轻纺专业市场、布匹集散中心。自唐宋以来，嘉兴即为全国丝绸生产发达的地区之一，明代被称为“丝绸之府”，有“衣披天下”之称号。改革开放以来，随着乡镇企业的异军突起，“丝绸之府”的文化基因被重新激活，嘉兴秀州区几乎乡乡村村都办过化纤织造厂。1983年，农村实行家庭联产承包责任制以后，秀州区北片农民以此作为致富产业，开始了以个体私营为主的化纤织物产业的发展。在此后的20多年中，秀州区形成了规模宏大的化纤织物产业集群。随着产业集群的发展及群内企业在空间上的进一步集聚（向工业园区集中），也进一步推动了秀州城镇化的进程。当代温州拥有发达的制鞋业，而温州制鞋业的发展，也与悠久而深厚的历史和文化底蕴具有一种内在的联系。据研究，制鞋技艺传统最早可追溯至南宋时期。到明朝成化年间，温州鞋就已列为贡鞋。此后，经过温州人的世代相传和发扬光大，温州制鞋工艺日趋完善。至民国时期，温州出现了制革街、皮革街，各种牌号的作坊鳞次栉比。

上述现象无疑印证了经济学家的一个观点：在某种意义上可以说，创新是一种破旧立新的活动，或创造性的破坏，即在所处的环境中大胆废弃不起作用的要素，果断选择对成功起作用的要素。然而，传统和惯例行为与创新之间除了有对立之处以外，还存在着相容和继承的联系。一个组织或个人的惯例发挥功能能够有助于创新的出现，因为创新所解决的问题往往与现行惯例有关。现行惯例的问题往往引起对问题的反映，进而导致重大问题的发生。纳尔逊和温特甚至把创新活动看成是惯例，这与熊彼特的观点显然是同条共贯的。熊彼特把“创新”看作“实现新的组合”，即经济体系中的创新在很大程度上是由原已存在的概念和物质的材料所构成的。相似的，组织惯例的创新有很大一部分是现有惯例的新组合。当然，传统和惯例是否被继承以及在多大的程度上被继承，还取决于它们可以在多大的程度上有助于人们对新环境的适应。如果现有惯例是成功的，人们就可能希望复制那种成功。如果现有惯例是失败的，即无利可图，那么该惯例就可能要收缩。一般复制，是对成功的一种可选择的响应，而收缩则是对失败的一种命令性的响应。

台州专业市场的兴起过程，无疑是创新与惯例以及传统关系的最有说服力的事实和证据。经过改革开放以来20多年的发展，2002年，台州拥有各类商品交易市场585个，其中成交额超亿元的市场67个，超10亿元的市场4个。路桥中国日用商品城、路桥小商品批发市场、浙江松门水产品批发市场等专业市场，商品辐射全国20多个省市和部分国家。其中路桥中国日用商品城自1994年开业后商品成交额连续多年超100亿元。目前台州有20万人之众的专业运输队伍和上百个一村一品、一地一品的专业生产基地与这些市场相衔接。台州农村工业所需的原材料和机电设备近半数以上通过这些市场销售。台州专业市场的迅速崛起，原因无疑是多方面的，而其中一个重要的原因，则是台州民间工商文化传统的作用。在历史上，台州就是一个专业市场相对发达的区域。比如，在温岭的泽国镇，经宋建市，至明清时逐步集中交易。据《泽国镇志》载，民国时期，泽国有米行、小猪行、糠行、树场、布行、柴行、鱼行、鸡子行、小菜场、草帽行等专业市场。正是由于这样的历史禀赋，改革开放以来，泽国自然而然地就兴起了浙江泽国鞋革商城、浙江泽国电器交易中心、泽国五金轴承电器市场、摩托车销售市场、竹器市场、木材市场、水果市场、毛竹市场等25个不同类型、不同规模的专业市场。另据《黄岩市志》载，在明代，黄岩的专业市场即已相当发达。如头陀、院桥为柴、山货集中市场，横山头为兰草、草席市场，洋屿殿为丝绢市场，下梁为土纱布市场，乌岩、三甲、洋府庙、石曲等以售日用品为主。在清末和民国时期，黄岩境内则有橘行、鱼行、丝绢市场、烟叶市场、草席市场、旧钢铁市场、竹木市场、小商品市场、牛市场、鹭鸶市场。这些专业市场形式除丝绢市场、烟草市场等少数专业市场消失外，其他多数在改革开放后得以恢复并逐渐兴旺。如旧钢铁市场，在清至民国期间，路桥田洋王村以打铁为副业，供应渔业需用船钉、鱼钩等，卖芝桥因此开设专卖店。1951年和1960年，市场两度兴旺，“大跃进”与“文化大革命”时被取缔，转移至偏僻地经营。1980年，下洋殿办旧钢铁专业市场，占地2000平方米，有100多个固定摊位，上市量约500多吨。经过几年的发展，到1987年，旧钢铁市场的成交量已达133779吨、交易额2871万元，1988年成交额则达到了1.6万吨。

因此，正如诺斯所说，人们过去作出的选择决定了他们现在可能的选择。从某种程度上可以说，浙江专业市场的兴起，正是浙江历史上的工商传统的思想和实践尤其是专业市场传统的一种必然的结果。如果说人们总是难以跳出传统掌心的话，那么浙江其他的经济发展的举措，也或多或少地与历史和文化传统存在着延续的关系。改革开放以来，国家和浙江省的每一个市场化政策，都会在浙江得到最先响应，并很快产生明显的成效。而在这之前，浙江民间可能早已在实践中探索出大量成功的经验了。

2. 区域工商文化传统与当代浙江社会发展

区域工商文化传统不仅影响了当代浙江经济发展的路径，而且也给当代浙江的社会发展也打上了深刻的烙印。改革开放以来，浙江许多地区的城镇化、城市化过程，就与区域工商文化传统之间具有一种内在的关联，或者说，乃是从区域工商文化传统到当代浙江经济演进过程中的一种必然的伴随物。

按照一种城市社会学的观点，城市的重要特点或者本质特点是集聚。城市不仅是人口密集的场所，而且也是产业、资金、技术和建筑物密集的场所。高密度的人口、建筑、财富和信息是城市的普遍特征。马克思恩格斯曾指出，“城市本身表明了人口、生产工具、资本、享乐和需求的集中，而在乡村里所看到的却是完全相反的情况，孤立和分散”。[①] 英国学者K. J. 巴顿也是从集聚的角度来定义城市的。在巴顿看来，“所有的城市都存在着基本的特征，即人口和经济活动在空间的集中。用经济学的术语来说，城市是一个坐落在有限空间地区内的各种经济市场——住房、劳动力、土地、运输等等——相互交织在一起的网状系统。……城市经济学是把各种活动因素在地理上的大规模集中称为城

① 《马克思恩格斯全集》第3卷，人民出版社1995年版，第57页。

市”。[①] 在巴顿的城市定义中，尤可注意的是：作为城市重要特点或者本质特点的集聚，是通过“一个坐落在有限空间地区内的各种经济市场——住房、劳动力、土地、运输等等——相互交织在一起的网状系统”得以实现的，也就是说区域市场或商品经济的发展是作为城市本质特征的“集聚”的中介和桥梁。麦肯齐强调商业发展对于“集聚”趋势的影响。在麦肯齐看来，商业对人口“集中”的趋势在早期城市中就已存在。城市的分布实际上是由商业模式决定的，村、镇、城市、都会首先是商品集散过程的空间形式。另外，由于生产率的提高和人口生活质量标准的提高，极大地扩大了商业活动量和商业活动类型，而交通和沟通工具的改良加速了大规模组织的增长，从而导致了许多商业功能在地域上的集中。[②]

哈威的观点与巴顿和麦肯齐的观点有异曲同工之妙。哈威认为，城市这个人造环境的生产和创建本身负载了市场经济、商品经济的逻辑。人造环境（builtenvironment）这个概念是哈威城市理论的最重要的概念之一。在哈威那里，人造环境是一种包含许多不同元素的复合混杂商品，是一系列的物质结构，它包括道路、码头、沟渠、港口、工厂、货栈、仓库、下水道、住房、学校教育机构、文化娱乐机构、办公楼、商店、污水处理系统、公园、停车场等。哈威认为，“人造环境”只是一种极其简化的概念，使用这一概念的目的，只是为了尽可能深入地探讨生产和使用的过程，城市就是由各种各样的人造环境要素混合构成的一种人文物质景观，是人为建构的“第二自然”。城市化和城市过程，就是各种人造环境的生产和创建过程。而城市这个人造环境的生产和创建过程是在资本控制和作用下的结果，是资本本身发展需要创建一种适应其生产目的的人文物质景观的后果。也就是说，商品经济是按照自身的逻辑，创建了城市的道路、住房、工厂、学校、商店等人文物质景观的。[③]

① 〔英〕K. J. 巴顿著，上海社会科学院部门经济研究所城市经济研究室译：《城市经济学》，商务印书馆 1984 年版，第 14 页。

② 蔡禾主编：《城市社会学：理论与视野》，中山大学出版社 2003 年版，第 10 页。

③ 同上书，第 176 页。

巴顿、麦肯齐和哈威等学者的观点，无疑在当代浙江城市化过程中得到了充分的验证。如前所述，当代浙江经济在一定程度上，乃是区域工商文化传统自然演化的结果。这种结果对于浙江的城镇化、城市化具有难以低估的作用。改革开放以来浙江城镇化、城市化的一个鲜明特点，就是以商兴（城）镇、以商兴（城）市。改革开放以来的经验表明，浙江各地城市化的一个普遍规律，就是随着区域工商业的发展，作为商品流通基地的各类市场必然会成为该区域的经济活动中心；商品经济或市场的发展又会极大地促进当地各类产业的发展，因此，在浙江，纯粹的商业城镇并不多，大多是在商业兴旺的基础上又发展了工业，从而成为工贸结合型的城镇；市场的发展往往导致南来北往客人和流通货物的增多，从而带动城镇旅馆业、餐饮业以及运输业、仓储业、金融业、旅游业、娱乐业等第三产业的发展，刺激了交通、邮电、通信等城镇基础设施的发展和完善。

浙江当代这种"以商兴镇"、"以商兴市"的城市化现象，与欧洲城市化过程十分类似。正如P. 布瓦松纳所说，中世纪"工商业活动恢复所造成的第一个结果，是都市生活的部分复兴。在从前的罗马土地上，许多城市在它们的废墟上又重新建立起来了"。"主要是工业和商业，才使得——特别是在西欧平原，或者在公路与河流的两旁——工业市邑、转运口岸、市场、停留地点（portus）得以产生，它们吸引了人口，因而造成了比较重要的一些市群。"① 就中世纪早期而言，历经蛮族的大劫难，西罗马帝国时期的城市大都被焚毁或废弃了，但也有一些城市顽强地留存下来。而且，在西欧的不同地区，城市衰退的程度也有所不同。在地中海区域，城市生活虽然有所衰减，但并没有中断。在西班牙和高卢的大部分地区，整个英国以及莱因兰等地，有些城市被遗弃了，但有些仍然有居民，但在大多数城镇中，源自罗马的政府体制已经荡然无存，在多数情况下，由教堂维持着城市的运转。这时的城镇不再是生产的中心，而是消费的中心，不再是财富的源泉，而是贫困的源

① 〔法〕P. 布瓦松纳著，潘源来译：《中世纪欧洲生活和劳动（五至十五世纪）》，商务印书馆1985年版，第113页。

地。城镇靠农村来支撑，土地所有者退回到他们的领地上去，加上自足经济的出现，威胁着城镇作为经济实体的目标。这时存在的城市，只具有城市的外形，或者说，只具有城市的外壳。但正是作为外壳而存在的城市，为商人阶层提供了最初发展和确立自己的基地。“实际情形也确实如此，中世纪的商人阶层并不是在一方新土地上建立新的城市来发展自己的，而是利用了原存的城市，用自己的商业意识和商业行动来改造城市，使其具有了商业的氛围。商人和城市的结合，导致了城市的复兴，而同时复兴的城市为商人阶层的存在和发展提供了保障。”① 虽然商人和欧洲中世纪城市的最初结合纯粹带有收容和被收容的性质，双方的特征并未作出改变，商人选择了城市，城市接纳了他们，虽然商人入住的城市具有各种不同的起源和职能，“但与商人阶层结合后便呈现出一种显而易见的共同特征，那就是所有的城市，不管是什么样的起源和结构，都渐渐被一种商业氛围所浸染和笼罩，商人的到来改变了城市的人员构成，改变了城市原有的生活本身，以至于这些复兴的城市均可被统称为商业城市，商人也渐渐成为城市人口的主体”。②

改革开放以来，商业在城镇的复兴，也导致了计划经济体制下暮气沉沉的浙江城镇的复兴。湖州织里镇的变迁过程，可以视为当代浙江“以商兴镇”、“以商兴市”现象的一个缩影。织里原先是个贫穷的小镇，仅有一条狭窄的小街。改革开放以来，织里将历史上纺织绣花的文化传统得以因袭并发扬光大，演化为颇具规模的绣品市场，小城镇因此也发生了巨大的变化。现在的织里镇新街宽阔，两旁高楼林立，还新建了自来水厂、变电所、煤气站等，成为新兴的商业集镇。最为典型的是义乌稠城镇的发展。义乌的小商品市场渊源于“鸡毛换糖”的工商文化传统，改革开放以来，随着义乌小商品交易的迅猛发展，稠城镇逐次扩充摊位，扩建专业街，兴建新市场。在义乌小商品市场这个全国最大的小商品市场的带动下，稠城镇的城市化进程迅猛推进。如果将义乌城区

---

① 赵立行：《商人阶层的形成与西欧社会转型》，中国社会科学出版社 2004 年版，第 163 页。

② 同上书，第 165 页。

的面积与小商品市场扩张的历史阶段作一对照，就可以发现，城区面积的一次次拓展，总是由小商品市场的一次次扩张所引起的，小商品市场的扩张，成了义乌城市发展的主要动力。稠城在20多年的时间中，已从一个普通的小县城很快地发展成了一个生机勃勃的城市。自1998年以来，义乌市城区面积每年以4—5平方公里递增，城市化率每年提高3个百分点以上。2002年底，全市建城区面积达38平方公里，城区人口达43万之多，城市化率达55%以上，初步奠定了2005年成为城区面积50平方公里、城市人口50万以上的城市框架。

在改革开放以来的浙江，类似于织里和稠城镇这样的“以商兴镇”、“以商兴市”的事例，可以说是不胜枚举。绍兴的中国轻纺城是全国最大的轻纺品专业批发市场之一，诸暨的大唐轻纺市场是全国最大的轻纺原料集散市场，永康的中国科技五金城是全国五金集散中心，路桥的中国日用商品市场是全国最大的日用品专业市场之一。这些专业市场的演化进程，都在不同程度上与历史上的区域工商文化传统具有因袭的关系。同时，这些专业市场的兴起，又伴随着当地资金、技术、信息、人口等城市化要素的集聚，加速了当地城镇化的进程。

四、传统浙商徽商晋商与当代经济社会发展关系的比较

上述表明，改革开放以来浙江之所以取得了经济社会的高速发展，一个重要的原因，就在于浙江具有深厚的工商文化传统的底蕴。大量的史料可以证明，这种论断是具有坚强依据的。然而，需进一步探究的问题是，为什么浙江的工商文化传统与当代浙江经济社会发展具有一种继承的关系？在历史上，中国其他区域也曾形成了深厚的商业文化传统，为什么这些区域的商业文化传统就不能演变成当代经济，进而影响当代社会的发展？对这一问题的回答，无疑必须运用一种比较和分析的方法。

1. 传统浙商、晋商和徽商文化传统比较

从历史和现实看，工商业较为发达、工商业活动活跃的地区一般商业文化底蕴也较为浓厚，工商活动往往与地域文化结合在一起，从而形

成一种独特的区域工商文化传统。在这些区域中形成的商业群体，工商活动方式十分相似，呈现出了鲜明的地方特色，即使这种工商活动向区域外拓展，也保持一定的地域特征。有研究者认为，在明代以前，中国商人的经商活动，多是单个的、分散的，是“人自为战”，没有出现具有特色的商人群体，也即是有“商”无“帮”。而自明代以来中国形成了许多以地域为中心，以血缘、乡谊为纽带，以“相亲相助”为宗旨，以会馆、公所为其在异乡的联络、计议之所的一种既“亲密”又松散的自发形成的商人群体，也即具有鲜明地域文化特色的“商帮”。[①] 这些商帮所从事的贸易首先是一种大规模的区际远程贸易，是一种不同于社区内初级市场交易的“高级市场交易”，并形成了不同于传统商人的大商人集团。在明清时期众多商帮中，最有代表性的，是徽州的徽商和山西的晋商。

与浙江区域相比较，明清时期的徽州和山西无疑具有更深厚的商业文化底蕴。如前所述，自宋以来，浙江思想家在“重农抑商”的宏观社会背景下提出了“工商皆本”、“士农工商四民异业而同道”等有利于区域工商业发展的观点，也在一定程度上和一定的区域内形成了重视商业的社会风气。但是，在明清时期的徽州和山西，不仅思想家对商业的认识上要比浙东的思想家更为深刻，而且在现实生活中，这些区域的民间社会也具有一种比浙江更浓郁的重商社会风气；在徽州和山西，商的职业不止在理论上具有与士、农、工职业相同的地位，而且在实际生活中商的职业地位某种意义上已经超出了士、农、工职业之上。

如前所说，在历史上，浙东学派的思想家提出了许多有利于工商业发展的观点。然而，在为商人、商业的辩护上，徽州思想家比浙东思想家显然更加彻底。为了说明这一点，有必要将徽州思想家汪道昆与浙东思想家叶适和王阳明的相关观点，作一初步的比较。

如前所述，叶适提出了“夫四民交致其用而后治化兴，抑末厚本非正论也”的观点。在同一问题上，嘉靖时期出身于徽商之家的汪道昆的观点，比叶适又进了一步。叶适只是认识到“抑本厚末”的片面性，而

---

① 张海鹏、张海瀛:《中国十大商帮》，黄山书社 1993 年版，第 2 页。

汪道昆则直截了当地否定了农为“本”、商为“末”的传统观念，认为商与农不存在“轻”、“重”之分，而应当“交相重”。在《虞部陈使君榷政碑》中，汪道昆云：“窃闻先王重本抑末，故薄农税而重征商，余则以为不然，直壹视而平施之耳。日中为市肇自神农，盖与耒耜并兴，交相重矣。耕者十一，文王不以农故而毕蠲；乃若讥而不征，曾不失为单厚。及夫垄断作俑，则以其贱丈夫也者而征之。然而关市之征，不逾什一，要之各得其所，贾何负于农？”① 与叶适“抑末厚本非正论”以及农本乃“王业之基”相比较，汪道昆“贾何负于农”的说法，可以说无遮无掩地抬高了传统四民排序中居末位的商人的地位，是徽州商人的一种声音。叶适“抑末厚本非正论”主观上是站在国家和朝廷的立场立论的（富人既“为天子养小民”又向政府纳税以“供上用”），亦接续了传统儒学外王（经世致用）尤其是荀子富民思想的余绪，虽然客观上也有利于商人的利益，但出发点上不是为专门从事商品生产和流通的工商阶层说话的。因此，叶适的观点尽管在浙东事功学圈内产生了共鸣，但未见其在浙江区域商人群体中间引起声势浩大的响应。与此形成对照，汪道昆“贾何负于农”的出发点，就是为商人说话的，在徽州商人群体以及出身于徽商家庭的官宦子弟中产生了强烈的共鸣。弘治、正德间歙商许大兴就说过，“予闻本富为上，末富次之，谓贾不耕若也。吾郡保界山谷间，即富者无可耕之田，不贾何待？且耕者什一，贾之廉者亦什一，贾何负于耕？古人非病贾也，病不廉也”。② 歙商子弟许承宣，官任工科给事，针对农商赋税繁重的情况，在一则奏疏中云：“请禁赋外之赋，差外之差，关外之关，税外之税，以苏农困，以拯商病。”他认为，天下之大无逾四民，“士仅处十之一耳，而农与贾则大半天下”。③ 在此犹可注意的是，许承宣将“苏农困”与“拯商病”相提并论，表明他把商与农放在等量齐观的地位。咸丰间，另一位出身于歙商世家的王茂荫，官任户部右侍郎，也旗帜鲜明地为商人利益呐喊。他在

① 汪道昆：《太函集》卷65《虞部陈使君榷政碑》。

② 《新安歙北许氏东支世谱》。

③ 许承宣：《赋差关税四弊疏》，《清经世文编》卷28。

一则奏议中云："查现在典铺取赎者用钞不敢不收，而当物者给钞率多不要，使典铺之钞有入无出，将来资本罄而钞仅存，不能周转，必至歇业，贫人亦无变动之方。"[①] 这一意见竟惹怒了咸丰皇帝，咸丰皇帝斥责王茂荫是"专为商人指使"。[②] 汪道昆与许大兴、许承宣和王茂荫等人的言论，在为商人利益辩护这一点上，无疑是同条共贯、若合符节的。

不仅"贾"不负于传统四民排序中居于第二的"农"，汪道昆甚至还认为，贾亦不负于传统四民排序中居于第一的"士"。汪道昆《诰赠奉直大夫户部员外郎程公暨赠宜人闵氏合葬墓志铭》云："大江以南，新都以文物著。其俗不儒则贾，相代若践更。要之，良贾何负闳儒。"[③] 明刊本《汪氏统宗谱》卷一六八也说："古者四民不分，故傅岩鱼盐中，良弼、师保寓焉。贾何后于士哉！后世制殊，不特士贾分也，然士而贾其行，士哉而修好其行，安知贾之不为士也。故业儒服贾，各随其矩，而事道亦相为通，人之自律其身亦何限于业哉？"余英时认为，"'良贾何负于闳儒'、'贾何后于士'这样傲慢的话是以前的商人连想都不敢想的。这些话充分地流露出商和士相竞争的强烈心理"。[④] 这一判断，无疑是合理的。

明代浙东的王阳明曾提出过"四民异业而同道"的观点，似乎与汪道昆"良贾何负于闳儒"、"贾何后于士"的说法，在字面上十分相似。但仔细观察，两者之间仍然存在着立场上或出发点上的差异。汪道昆出身于新安商人家庭，祖父以盐业起家，汪家又与新安名商吴氏、黄氏、程氏、方氏诸家有姻亲关系。所以，他可以说是新安商人的一个有利的代言人。所以，虽然汪道昆也说过"业儒服贾，各随其矩，而事道亦相为通"这样与阳明差不多的话，但其出发点却是为商人辩护，在主观上也如"贾何后于士"、"贾何负于农"一样，是为了抬高商人的社会地位。与此形成对照，王阳明是一位心学家，主张体用一如，心具众理，心外无理、无物、无事，所以圣人之道，吾性自足，不假外求，反求诸

① 王茂荫：《王侍郎奏议》卷6《再议钞法折》。
② 《东华续录》（咸丰）卷26。
③ 汪道昆：《太函集》卷55《诰赠奉直大夫户部员外郎程公暨赠宜人闵氏合葬墓志铭》。
④ 余英时：《中国近世宗教伦理与商人精神》，安徽教育出版社2001年版，第204页。

内心而已。“良知”是凡夫愚妇与圣贤、士、农、工、商所本然共同具有。所以，王阳明主张“四民异业而同道”，虽然客观上也可能抬高了商人的社会地位，与商人、商业活动具有亲和性，但其出发点却不是如汪道昆那样为商人辩护，而是为“人人皆可为尧舜”的心学思想做论证。汪道昆对于“贾为厚利”这种现象，予以充分的肯定，认为道义上正大光明地求利的商人更胜于贪墨之人，而王阳明虽然也不否定买卖的行为，却认为，“虽治生亦是讲学中事，但不可以之为首务，徒启营利之心”。[①] 也就是说，王阳明对“汲汲营利”的行为持否定的态度。王阳明理想中的商人，事实上仍然是一个其行为由内心道德自觉或儒家所谓“内圣”导出的道德人的形象，而不是一个其行为是由利益所驱动的“经济人”的形象。虽然王阳明认为，“果能于此处调停得心体无累，虽终日作买卖，不害其为圣为贤”，[②] 但“心体无累”就是无一毫人欲之私的“良知”做主之意。

上述表明，王阳明虽然提出了四民虽然职业不同，而“其尽心焉，一也”的观点，但是他的本意并非为商人行为辩护，而是要按照“满街都是圣人”的理想将商人变成圣人。正因如此，王阳明未进一步提出提高商人地位和发展商业的特殊建议。而汪道昆的目的，却是为商人辩护，所以他从商人的利益出发，要求朝廷不仅不能“抑商”，而且还应“从商之便”。汪道昆说：“且也盐之急，不急于粟，粟价不在官而在民；盐之急不急于钱，钱法不在上而在下，何以故？从其便故也。从民之便则乐其食而安其居，从商之便则愿出其涂而藏其市，此不易之道也。”[③] 徽州的富商巨贾，盐商居多。汪道昆希望朝廷“从商之便”，无异于代盐商向政府进言。因此，王阳明说的是儒家圣人的话，而汪道昆说的是商人群体的话。

诚然，在历史上的一定时期，浙江少数地区也曾形成了重商甚于重士、重农的社会风气。如温州平阳一带一度“文风逊浙西远甚。士子得

① 《传习录拾遗》第14条。
② 同上。
③ 汪道昆：《太函集》卷64《督课王明府政绩碑》。

一青衿便为止境，养习商贾事”，“诵读者率皆志气卑小，甫游庠辄束书高阁，营什一之利”。[1] 然而，在明清时期，就浙江区域而言，尽管对商业的注重已经在一定程度上和一定区域成为一种社会风气，但可以断定的是，重商风气在总体上并未成为压倒重儒的社会风气。浙江远高于其他地区的科举人才录取率，便可以在相当程度上证明这一点。据张耀翔《清代进士之地理的分布》一文所作的统计，清代一甲、榜眼、探花共计342人。其中江苏即有119人，占总数的34.8%，浙江81人，占23.7%，安徽18人，占总数的5.2%。这是仅就狭义科举人才范围所作的统计。朱君毅曾根据李桓编写的《国朝耆献类徵初编》制成《朱氏清代人物之地理与分布表》，按此表分类，清代共有19类人物。其中宰辅、卿贰、词臣、谏臣、郎署、疆臣、监司、孝友、儒行、经学、文化、隐逸12类中，江苏、浙江的人才数目均名列前三名之内。其他如守令、僚佐、材武、方技四类中，江浙人才也名列前三名之内。只有在忠义、将帅两类中江浙区域人才没有跻身于前三名之内。[2] 由此可见浙江区域科举人才的分布密度要远远高于除江苏之外的其他地区。如果没有浓郁的崇儒社会风气，浙江这种远高于其他地区的科举人才录取率便是不可想象的。这也与“宋之南也，浙东儒学极盛”、浙东“自宋元以来，号为邹鲁”的说法相互印证。

但是，在明清时期的徽州和山西，儒贾并重或重商甚于重士、重农，乃蔚然成为一种普遍的区域社会风气。

诚然，明清时期徽州儒风极盛。据朱彭寿《旧典备征》统计，有清一代（自顺治至光绪）各省状元人数，安徽居第三位，计有9人。安徽8府5州，其中仅徽州1府便占4人。徽州状元人数与广西、直隶相同，多于江西、福建、湖北、湖南、河南、陕西、四川、广东、贵州、山西、甘肃、云南等省。这从一个侧面反映了徽州人好儒，也与“新安为朱子阙里，而儒风独茂”的说法互为印证。然而，需要进一步说明的

---

① 民国《平阳县志·风土志》。

② 杨念群：《儒学地域化的近代形态——三大知识群体互动的比较研究》，三联书店1997年版，第270页。

是，徽州人不单止于好儒，而是右贾左儒，贾而好儒。如汪道昆所说："古者右儒而左古，吾郡或右贾而左儒。盖诎者力不足以贾，去而为儒；羸者才不足于儒，则反而归贾。"[①]又云"休、歙右贾左儒，直以九章当六籍"。[②]新都（徽州）三贾一儒，"夫人毕事儒不效，则驰儒张贾；既侧身飨其利矣，及为子孙计，宁驰贾张儒。一弛一张，迭相为用，不千钟则万驷"。[③]《歙风俗礼教考》亦云："商居四民之末，徽俗殊不然。歙之业鹾于淮南北者，多缙绅巨族。其以急公议叙入市者固多；读书登第，入词垣、跻乎仕者，更未易仆数。且名贤才士，往往出于其间，则固商而兼士矣。"徽州既是商贾之乡，又为东南邹鲁。商贾往往同时又是儒士。上述议论似乎已充分地表明，在明清时期的徽州，儒贾至少在大致上具有相同的社会地位。然而，在徽州实际生活中，徽州人则是"以商贾为第一等生业"，[④]"业贾者什七八"，[⑤]"虽士大夫之家，皆以蓄贾游于四方"，[⑥]也就是说，徽州人重商远甚于重士。据重田德的研究，仅以安徽婺源一县而言，清代"弃儒就贾"的实例便不下四五十个。[⑦]不仅"士"阶层对士与商的看法已不同于过去，一般人的看法也发生了深刻而微妙的变化。万历《歙志·风土》云：商业"昔为末富，今为本富"。明人蔡羽则在《辽阳海神传》中，描绘当时徽州社会风气道："徽俗，商者数岁一归，其妻孥宗党全视所获多少为贤不肖而爱憎焉。"

明清时期山西重商的社会风气，要更甚于徽州。据清《雍正朱批谕旨》载，雍正二年（1724）五月九日，大臣刘于义奏疏中云："山右积习，'重利之念，甚于重名'。子弟之俊秀者，多入贸易一途，其次宁为胥吏。至于中材以下，方使之读书应试。"三天后，雍正以朱批回复云："山右大约商贾居首，其次者犹肯力农，再次者谋入营伍，最下者方令

① 汪道昆：《太函集》卷54《明故处士溪阳吴长公墓志铭》。
② 汪道昆：《太函集》卷77《荆园记》。
③ 汪道昆：《太函集》卷52《海阳处士仲翁配戴氏合葬墓志铭》。
④ 凌梦初：《二刻拍案惊奇》。
⑤ 汪道昆：《太函集》卷16《阜成篇》。
⑥ 王世贞：《弇州山人四部稿》卷61《赠程君五十序》。
⑦ 重田德：《清代社会经济史研究》，岩波书店1975年版，第294—349页。

读书，朕所悉知。”另雍正八年二月十二日，大臣石麟的奏折也说：“晋省民人，经营于四方者居多。”[①] 这种将商业排于各业之首的社会观念和风气一直延续至清末。清末人刘大鹏说：“近来吾乡（太谷县）风气大坏，视读书甚轻，视商业为甚重，才华秀美之子弟，率皆出门为商，而读书者寥寥无几，甚且有既游庠序竟弃儒就商者，亦谓读书之士，多受饥寒，曷若为商之多得银钱，俾家道之丰裕也。”[②] 在这种情况下，曾经出现应考之童不敷额数的现象，“当此之时，凡有子弟者，不令读书，往往俾学商贾，谓读书而多困穷，不若商贾之能致富也。是以应考之童不敷额数之县，晋省居多，它省不知也”。[③] 有一些民谣也反映了当时山西重商的社会风气：“有儿开商店，强如坐知县”；“良田万顷，不如日进分文”；“要想富，庄稼带店铺”；“买卖兴隆把钱赚，给个县官也不换”。

明清时期的山西也有大量因举业不成或家贫不能继续读书而转入商业的例子。[④] 山西平阳席铭幼时学举子业不成，又不喜农耕，曰：“‘丈夫苟不能立功名于世，抑岂为汗粒之偶不能树基业于家哉？’于是历吴越、游楚魏、泛江湖、贸迁居积，起家巨万金。而蒲称大家，必曰南席。”[⑤] 晋商杨继美，少时举业不成，认为“四民之业，各有所托已成名”，乃挟数千金游贾江淮。虽然明清时期山西人也有重学一面，但他们是以学保商，“学而优则贾”。比如，在榆次车辋常家经商、兴学交融史上，取得秀才、举人、进士等学位的就有170多人，但登入仕途做官者却仅有1人，而且非常短暂，可以说常氏学子全部步入经商之途。常家之常立训考中秀才又被选为拔贡后，仍承父业经商。他说，“子曰：‘不患无位，患无所以立’。吾家世资商业为生计，人处其逸，我任其

① 资料来自赵荣达《从历史广角析晋商》，载穆雯瑛主编《晋商史料研究》，山西人民出版社2001年版。

② 刘大鹏：《退想斋日记》。

③ 同上。

④ 参见余英时《中国近世宗教伦理与商人精神》，安徽教育出版社2001年版，第213页。

⑤ 资料来自葛贤惠《中国近世商人伦理及其现代价值》，载穆雯瑛主编《晋商史料研究》，山西人民出版社2001年版。

劳，为有立也”。经商是辛苦的，但经商可以立身，符合孔子的教诲。常家之常麒麟，也出身于拔贡，精通儒学，从商之后，同辈劝其弃商业而登仕途，他说，“子贡亦贤人也，吾从子贡”。常麒麟之子常维丰在国子监学毕，由于“辞章俱美”仕途似锦，常麒麟却对他说，“‘邦有道，穷且贱，耻也。’汝应承祖业”。①

上述表明，在明清时期，徽州和山西具有远比浙江浓郁的重商文化氛围和社会风气。明清时期重商的社会风气，“尤以徽州和山西两处最值得注意，因为这正是明清两大商人集团的产生地。这两地的人甚至把商业放在科举之上，这话虽然可能有夸张，但至少使我们不能不承认传统四民观确已开始动摇了”。②

不仅如此，在明清时期，就影响力而言，浙商与徽商、晋商显然也不可同日而语。据斯波义信的研究，所谓新安商人这一同乡商人集团的实体在宋代是否存在，现在还不太清楚。但像在“三吴百粤商旅之所必经”（《剡源戴先生文集》卷六《婺源羊斗岭泗水庵记》）的婺源，从每年4月8日举办五通神（五显神）法事，天下商贾云集这一事实，似可推测宋代的徽商已在商业界占有一定地位。③至明代，徽商已相当活跃。对此，万历《歙志》曾作过描画：“其货无所不居，其地无所不至，其时无所不骛，其算无所不精，其利无所不专，其权无所不握，而特举其大，则莫如以盐荚之业贾淮扬之间而已。”万历《休宁县志·风俗》则云：徽商“藉怀轻资遍游都会，因地有无以通贸易，视时丰歉以计屈伸。诡而海岛，罕而沙漠，足迹几半宇内”。康熙《徽州府志·风俗》亦云：“徽之富民尽家于义扬、苏松、淮安、芜湖、杭湖诸郡，以及江西之南昌，湖广之汉口，远如北京，亦复挈其家属而去。甚至舆其祖父骸骨葬于他乡，不稍顾惜。”据民国《歙县志·风土》载，徽商“虽滇、黔、闽、粤、秦、燕、晋、豫，贸迁无不至焉。淮、浙、楚、汉又

① 资料来自杨红、林娃《榆次车辋常家儒商融合现象简析》，载穆雯瑛主编《晋商史料研究》，山西人民出版社2001年版。

② 余英时：《中国近世宗教伦理与商人精神》，安徽教育出版社2001年版，第210页。

③〔日〕斯波义信著，方键、何忠礼译：《宋代江南经济史研究》，江苏人民出版社2001年版，第414页。

其迩焉者矣”。正因徽州人四出行贾，所以沿江区域向有“无徽不成镇”之谚。徽商所拥有的资本也是相当惊人的，所谓“下贾”二三十万，“中贾”四五十万，“上贾”百万、千万者，不仅同时期的浙商难以与其匹敌，即使是同时期的西欧商人也难以望其项背。

山西富室甚于新安。山西商人的活跃，古代文献多有记载，到明代，晋商已在全国享有声誉。清代，山西商人的货币资本逐步形成，不仅垄断了整个北方贸易和资金调度，而且插足于整个亚洲地区，甚至把触角伸到了欧洲。与“无徽不成镇”的说法相类似，关于晋商，也有“先有曹家号，后有朝阳县”、“先有复盛西，后有包头城”、“先有晋益老，后有西宁城”、“凡是有鸡鸣狗叫的地方，都有山西商人”之类的说法。顺治《云中郡志》云：“商贾俱出山右人，而汾介居多，踵世边居，婚嫁随之。”康熙皇帝曾说：“朕比年巡行七省，惟秦晋两地，民稍有充裕。”① 这其中，对晋商的辉煌已开始有所感触。宁武府，“数十年前，虽富家，妻衣不过布素。自雍正中西北用兵，百姓贸迁货物与挟一技以往者，多饱囊归，争以其资悦妇人，比户相耀，于是披绮罗者几十五六矣”。② 道光二年，龚自珍在《西域置行省议》中断言：“山西号称海内最富。”咸丰时，惠亲王绵瑜称：“伏思天下之广，不乏富庶之人，而富庶之省，莫过广东、山西为最。夙闻近数月以来，在京贸易之山西商民，报官歇业回家者，已携资数千万出京，则山西之富庶可见矣。”③ 咸丰年间《军录》载，咸丰三年十月十三日，广西道监察御史章嗣衡在奏折中介绍晋中一带富庶之况，举例说，“山西太谷县之孙姓富约二千万，曹姓、贾姓富各四五百万。平遥之侯姓，介休之张姓，富各三四百万。榆次之许姓、王姓聚族而居，计阖族家资各千万。介休县百万之家以十计，祁县百万之家以数十计”。在山西，乔家、曹家、渠家、王家、常家，这些家族鼎盛时期家资都在千万两白银之上。而鸦片战争前后，清政府的全年财政收入也不过7000万两白银，即使在甲午战争时期，

① 严慎修：《晋商盛衰记》。

② 乾隆《宁武府志》卷9《风俗》。

③ 张正明、薛慧林：《明清晋商资料选编》，山西人民出版社1989年版，第29页。

清政府税收总额也仅有9000万两白银。正因晋商有如此辉煌的成就，所以梁启超说："鄙人在海外十余年，对于外人批评吾国商业能力，常无辞以对，独至此有历史、有基础，能继续发达之山西商业，鄙人常夸于世界人之前。"①

无可否认，像徽州和山西一样，浙江历史上也是一个工商活动相对发达的区域，从而形成了悠久的民间工商文化传统，产生了主张发展工商的浙东事功学派。正如前述，在明清时期，浙江的杭州、宁波、绍兴、台州、温州、湖州、嘉兴、金华、衢州等地，都不同程度地存在相对发达的集市贸易和手工业活动。然而，在明清时期中国商业舞台上唱主角的，却不是浙商，而是晋商和徽商。如明代人所说，"商贾之称雄者，江南则称徽州，江北则称山右"。浙商无论在规模上，还是在影响力上，都无法与徽商和晋商相提并论。即使是传统浙商的故乡，明清时期成大气候者也是晋商和徽商。据《清圣祖实录》载，康熙二十八年（1689）二月上谕中言："夙闻之，东南巨商大贾，号称辐辏。今朕行历吴越州郡，察其市肆贸迁，多系晋省之人，土著者盖寡，良由晋风多俭，积累易饶。"而徽商在浙江的影响要远甚于晋商。《见只编》记载了明代日本所需的中国商品，指出："饶之瓷器、湖之丝绵、漳之纱绢，松之棉布，尤为彼国所重。"② 饶州、湖州和松江等中国手工业品的重要产地正是徽商最为集中的区域。徽商在苏、松、杭、嘉、湖等地区的活动，早在宋代已见记载，但徽商在这些地区的重要地位却是在嘉靖、万历年间随着江南市镇的兴起而得以确立的。比如，太湖流域盛产湖丝的市镇，这些市镇均为徽商辐辏之地。据《嘉善县志》载："昔之商贾，重去其乡，今亦间有远出者……然负重资牟重利者率多徽商，本土之人弗与焉。"③《杭州府志》说："湖州货物所萃处，其市以湖州名。犹今钱塘江滨徽商登岸之所即谓之徽州塘也。"④《塘栖志》引明末胡元敬《塘栖风土记》云："镇去武林关四十五里，长江之水一环汇焉。东至

① 梁启超：《饮冰室文集》卷29《莅山西票商欢迎演说辞》。
② 姚士麟：《见只编》卷上。
③ 嘉庆《嘉善县志》卷6《风俗》。
④ 乾隆《杭州府志》卷上。

崇德五十四里，俱一水直达，而镇居其中，官肪运艘商旅之泊，日夜联络不绝，矻然巨镇也。材货聚集，徽、杭大贾视为利之渊薮，开典顿米，贸丝开车者，骈臻辐辏。”①

正所谓“三十年河东，三十年河西”，如今晋商和徽商的辉煌不再，而当代浙商则已经有“无浙不成商”的盛誉。在上海，在沪新浙商达50多万人，浙籍企业在沪投资总额、企业总数和资产总额，均居全国各省市之首。不仅仅在北京、上海等大城市，从通都大邑到穷乡僻壤，甚至在欧美各国城市，到处都有操浙江口音的投资者和生意人。仅在中国西部省份，就有300万浙商。《新财富》杂志2003年4月号公布的首份有关中国财富排行榜400名富人中，有63位是浙江人，占了上榜人数的15.75%。全国工商联公布的2004年中国民营企业综合实力500强中，浙江占了183家，几近于全国总数的五分之二，总量位居全国第一，在营业收入总额前20强中，浙江占了半壁江山。据2004年《中国民营企业蓝皮书》公布的“最具竞争力中国民营企业”名单中，浙江企业占据了50强中的26席。据《2005中国制造业民营企业竞争力50强蓝皮书》，浙江台州的飞跃集团以92.917的品牌竞争力指数高居榜首，23家浙江企业进入50强。数据显示，中国民营企业的平均寿命为2.7年，而浙江民企的平均寿命是7年，全国存在10年以上的民企只占民企总数的10%，而浙江，生存15年以上的民营企业占总数的45%。据第三届中国民营企业峰会公布的“2005年浙江市场十大消费品消费者公认品牌调查名单”和“中国商品专业市场竞争力50强”排行榜，有18家浙江市场入选，并全部集中在前20位。浙江义乌中国小商品城名列榜首，紧随其后的是杭州四季青服装市场、海宁皮革城、中国茧丝绸交易市场（嘉兴）、浙江颐高数码、浙江宝马汽配等。2003、2004、2005年全国百强县中，浙江分别有30个县榜上有名。近年来，浙江省个体私营经济总产值、销售总额、社会消费品零售额、出口创汇额、全国民营企业500强企业户数等多项指标均居全国第一。2006年，浙江有58家企业入围中国服务业500强，仅次于北京市的86家，居全国第

① 光绪《塘栖志》卷6《风俗》。

2位，分别比居第3位和第4位的广东、上海多11家和13家。

在某种意义上也可以说，自清末民初徽商和晋商衰落以后，其大传统（如徽商和晋商的商业精神、经营理念、组织管理、心智素养等）已经被载入典籍并被学者作为研究的对象，但其作为特定群体的生存和生活方式的小传统（民间商业文化传统）则已逐步趋于消失。尤其是经过30年计划经济的实践，徽州和山西的民间商业文化传统，可以说几乎已经荡然无存了。如一位山西学者所言："晋商那种勇于开拓、敢闯世界的进取精神消磨殆尽，继之而来的是'好出门不如歹在家'、'金窝银窝不如自己的土窝'的思想广为流布。"[①] 当代的安徽经济和山西经济与徽商文化传统或晋商文化传统之间，已基本没多少关联，不是传统徽商经济和晋商经济的延续和发展。与此形成鲜明对照，浙江的工商文化传统虽然也在30年计划经济实践过程中受到了急剧的冲击，但如上述，今天的浙江经济发展与历史上的民间工商文化传统之间，却具有一种清晰的传承关系。在某种意义上也可以说，当代浙江经济乃是传统工商经济自然演化的一种结果。

2. 浙商、晋商、徽商文化传统与当代政策制度环境

要探讨改革开放以来浙商、晋商、徽商的文化传统延续或不延续的原因，首先有必要对于改革开放初期的国家宏观社会经济环境以及传统晋商、传统徽商和传统浙商的不同特点等因素，作一种综合的、比较的分析。

如前所述，在制度变迁中存在着报酬递增和自我强化的机制。一旦一种独特的发展轨迹建立以后，一系列的外在性、组织学习过程、主观模型都会加强这一轨迹。也就是说，初始制度选择会强化现存制度的刺激和惯性。这就是所谓的路径依赖。在传统社会，晋商、徽商、浙商在经营内容上存在着显著的区域特色，具有各自区域的经济活动路径或职业与技能的因袭性。在改革开放之初的政策环境下，这种区域特色、经济活动路径或职业与技能的因袭性，无疑对各自的经济社会发展产生了

① 赵荣达：《从历史广角析晋商》，载穆雯瑛主编《晋商史料研究》，山西人民出版社2001年版，第22页。

不同的作用。在明清时期，徽商所经营的行业是多方面的，所谓“其货无所不居”。但其中以“盐、典、茶、木为最著”。[①] 近人陈去病也说，“徽郡商业，盐、茶、木、质铺四者为大宗”。[②] 而在这四大宗中，盐业居首。如万历《歙志》所云，徽商“举其大者，莫如以盐策之业贾淮扬之者而已”。徽人所谓“吾乡贾者，首者鱼盐，次布帛，贩缯则中贾耳”，也表明了盐业在徽商经营活动中的地位。明清时期的徽商典当以其规模大、分布广、获利多最为著名，当时民间有“无徽不典”之说。据《明神宗实录》载：“今徽商开当，遍于江北，资数千金，课无十两，见在河南者，计汪充等二百三十年。”乾隆六十年（1795）山西学政幕僚李燧的《晋游日记》卷三云：全国所设典当行，“江以南皆徽人”。就连典当行掌柜“朝奉”一词也源自徽商俗语。明清时期徽州茶商的活动地区及其商业网络，则几乎覆盖了大半个中国，直至海外。[③] 至于徽商木业的经营，南宋时已现盛况，据南宋《新安志》载，休宁“山出美材，岁联为桴，下浙河，往着多取富”。[④] 明清时期，“婺源服贾者，率贩木”。[⑤] 徽州木商已不限于经营徽木，其足迹已经遍及木材的各个重要产区，并东走淳、遂、衢、处，南下闽、广，北上河套，还溯长江西行，远涉江西、湖广、四川、贵州。与徽商相类似，晋商所经营的行业也是多方面的，不仅有盐、铁、麦、棉、皮、毛、木材、旱烟等特产，也有江南的丝、绸、茶、米。如《五杂俎》所说：“富室之称雄者，江南则推新安，江北则推山右……山右或盐、或丝、或转贩、或窖粟，其富甚于新安。”但是，清代以来，晋商以经营金融业汇兑业务为最著，咸丰和同治时期山西票号几乎独占全国的汇兑业务，成为执全国金融牛耳的强大商帮，并有“汇通天下”的盛誉。

无可否认，在历史上，浙江商人与晋商、徽商的商业经营内容，在许多方面是重合的。比如，明清时期宁波商帮的经营内容中，也有绸布

---

① 民国《歙县志》卷1《风土》云：“邑中商业盐典茶木为最著，在昔盐业尤兴盛焉。”

② 陈去病：《五石脂》。

③ 唐力行：《明清以来徽州区域社会经济研究》，安徽大学出版社1999年版，第160页。

④ 南宋《新安志》卷1《州郡·风俗》。

⑤ 康熙《婺源志》卷2《风俗篇》。

业、烟业、粮食业等，龙游商帮的经营内容中，则有木材、烟叶、竹笋纸、甘蔗、茶叶等。但是，在传统浙商的经营内容中，最能体现浙江特色，并且与改革开放以来浙江经济具有因袭关系的，却不是与徽商、晋商相同的盐、典、木材、茶叶以及票号等东西，而是如费孝通所说的，“是‘八仙过海’，是石刻、竹编、弹花、箍桶、缝纫、理发、厨师等百工手艺人和挑担卖糖、卖小百货的生意郎周游各地，挣钱回乡，养家立业”。[①] 盐、典、木材、茶叶以及票号等，在明清时期的山西和徽州所造就的，是拥有几十万两、几百万两，甚至上千万两白银资产的大商人，是“富室之称雄者”，是“汇通天下”、执全国金融牛耳的强大商帮。但是，石刻、竹编、弹花、箍桶、缝纫、理发、厨师等百工技艺以及挑担卖糖、卖小百货等小商小贩，在明清时期的浙江，则至多只是成就了一批谋取糊口之资的小生意郎、百工手艺人或所谓的“艺商”。

因此，对上述问题，即“为什么改革开放以来浙商的文化传统得到了延续并逐渐得以发扬光大，而徽商和晋商的文化传统却没有”的解答，就必须转化为对以下问题的解答：改革开放以来，为什么以盐、典、木材、茶叶以及票号等为经营内容，并且成就了大商帮的徽商和晋商传统，没有在安徽和山西得以延续，而以石刻、竹编、弹花、箍桶、缝纫、理发、厨师等以及挑担卖糖、卖小百货为经营内容，以小商小贩和百工技艺为特色的浙江工商文化传统，却得到了延续并不断地发扬光大，发展成了当代浙江经济？显然，回答了后一个问题，前一个问题也就迎刃而解了。

上述问题，初看起来似乎无很大意义，因为晋商和徽商早在清末和民国初年就已衰落，更遑论其延续和发展了。然而，从更广阔的历史背景考察，事实上在长达30年的计划经济体制下，中国历史上的所有区域商业文化传统，都在“工商业改造”和“割资本主义尾巴”的宏观社会环境中，不同程度地衰落了。由此看，上述问题，仍然具有意义。问题不在于“衰落”，而在于为什么有些区域商业文化传统“衰落”后不再“兴盛”，而有的却又衰而复兴？为了便于对这一问题的认识，这

① 费孝通：《小商品大市场》，载何福清主编《纵论浙江》，浙江人民出版社2003年版。

里将改革开放以前浙商、晋商、徽商已经衰落，作为一个必要的前提接受下来，但假定浙商、晋商、徽商文化传统，仍然存在于相应区域人们的文化记忆或“惯例”之中。尽管如上所述，经过30年的计划经济实践，徽州和山西的民间商业文化传统，可以说几乎已经荡然无存了，但上述假定对于认识浙江现象，仍然是必要的。在这里，假定就是提供一个模拟的环境、一个理论模型，虽然它可能并不与现实相对应，但它有助于说明要研究的问题。

现代演化经济理论大量借喻了生物进化论中的一些概念和思想，认为“日常惯例”就是经济变迁中的基因，起到了与基因在生物演化中同样的作用，这是一种重复的行为方式、一种由文化过程和个人在某时刻以前所积累的经验所决定的标准行为，它们控制、复制和模仿着经济演化的路径和范围。熊彼特认为，若没有习惯的帮助，无人能生存，哪怕是一天。在演化经济学中，和生物系统一样，演化主要是两种机制推动的，一个是创新机制，通过系统的创新产生多样化；一个是选择机制，即在这些多样化中进行系统筛选。创新体现在惯例中，并与激发惯例的机制相关联。选择机制是指，经济系统的制度背景（更一般的基本运行环境）会有利于某些惯例，而不利于另一些惯例，因此选择将改变习惯的扩散以及个人和组织的行为方式。

按照演化经济理论，可以将徽商和晋商的盐、典、木材、茶叶以及票号经营活动，看作是徽州人和山西人的文化记忆或“惯例”，而将石刻、竹编、弹花、箍桶、缝纫、理发、厨师等以及挑担卖糖、卖小百货等经营活动，看作是浙江人的文化记忆或“惯例”。尽管在明清时期，徽州人和山西人都可能从事过石刻、竹编、弹花、箍桶、缝纫、理发、厨师等以及挑担卖糖、卖小百货等经营活动，浙江人也可能从事过盐、典、木材、茶叶以及票号等经营活动，但这些活动在当时相应区域的商业文化传统中，都没有“代表性”和“典型性”的意义，所以，上述观点仍然可以成立。如迪尔凯姆所说：“一切社会过程的最初起源都必须从社会内部环境构成中去寻找。”[①] 任何事物都必须在一定的场中才能

① 〔法〕迪尔凯姆著，胡伟译：《社会学研究方法论》，华夏出版社1988年版，第90页。

表现出来，社会现象的“场”就是社会环境，其构成因素有两方面，一方面是人，一方面是事物。事物包括物质和法律、风俗习惯、建筑、艺术等。属于人的环境方面，如社会容量、社会动态密度，二者的变化将深刻地改变社会存在的基本条件。“社会环境是社会进化的确定因素”，① 尤其是人的环境。“历史发展的主要原因不是在社会环境的外部，而是在社会环境的内部，各种社会现象也都同样。”② 因此，任何社会现象都必须从社会内部寻找发生的原因。无论是徽州人和山西人的文化记忆或“惯例”，还是浙江人的文化记忆或“惯例”都与一定的激发机制相关联，即与迪尔凯姆所谓的“社会内部环境”，或更确切地说，与演化经济理论所谓的“经济系统的制度背景（更一般的基本运行环境）”相关联。而这种经济系统的制度背景，就是改革开放之初的政策和其他制度环境。显而易见，改革开放的政策是普照全中国的阳光，改革开放之初的国家政策和其他制度环境，并非是为浙江人专门设计和安排的。然而，耐人寻味的是，改革开放的实践已经充分地表明，与安徽的经济和山西的经济形成一种鲜明的对照，浙江似乎“偏得”了改革开放政策的“阳光雨露”，浙江的经济是“一有阳光就灿烂，一有雨露就发芽”。也就是说，改革开放以来的政策，是有利于激发石刻、竹编、弹花、箍桶、缝纫、理发、厨师等以及挑担卖糖、卖小百货等当代浙江人的文化记忆或“惯例”。

为了充分说明上述观点，有必要将不同区域的文化记忆或“惯例”，与改革开放初期大体相同的政策和其他制度环境联系起来，作一综合的考察。改革开放之初，在对待个体经济的政策上，中国共产党肯定了个体经济是社会主义公有制经济的补充，并从解决就业、满足社会多样化需要和为国家提供资金等方面，肯定了其积极的作用。正如中共十三大报告所说，“实践证明，私营经济一定程度的发展，有利于促进生产，活跃市场，扩大就业，更好地满足人民多方面的生活需求，是公有制经

① 〔法〕迪尔凯姆著，胡伟译：《社会学研究方法论》，华夏出版社 1988 年版，第 92 页。

② 同上书，第 93 页。

济必要的和有益的补充”。这表明，在改革开放之初的前10年，我国的政策，是将个体私营经济作为“公有制经济必要的和有益的补充”，以及对国民经济产生“拾遗补缺”作用来定位的。而石刻、竹编、弹花、箍桶、缝纫、理发、厨师、小五金、补鞋以及挑担卖糖、卖小百货等浙江人所从事的传统工商活动，正可以作为公有制经济必要的和有益的补充，在外部经济环境存在着短缺经济以及计划经济和商品经济并存的局面下，“艺商”的活动能够弥补体制的落差，对国民经济产生“拾遗补缺”的作用，所以是国家政策所允许和鼓励的。因此，改革开放之初的国家政策，虽然是一种普照之光，浙江并无享受特殊的政策优惠，但在实际上，是特别有利于激发浙江人的文化记忆或“惯例”的。尤其是在长期计划经济造成日用品严重短缺的情况下，浙江人的文化记忆或“惯例”，不仅似乎与改革开放之初国家“经济系统的制度背景（更一般的基本运行环境）”具有一种天然的亲和性，而且因石刻、竹编、弹花、箍桶、缝纫、理发、厨师、小五金、补鞋以及挑担卖糖、卖小百货等经营活动，可以满足国有经济难以满足的百姓生活需要，而具有一种特殊的优势。

与此形成鲜明对照，盐、典、木材、茶叶以及票号的经营等属于徽州人和山西人的文化记忆或“惯例”，与改革开放之初的国家政策，却不是完全吻合的。晋商的“票号”，在某种意义上，就是现代社会的“银行”。而开办私有银行，不仅在改革开放之初，国家将个体经济定位于“公有制经济必要的和有益的补充”和“拾遗补缺”的时期，是政策所不允许的，而且即使在提倡“以公有制经济为主体，多种经济共同发展”的今天，也是政策所不允许的。因此，山西人开票号的文化记忆或“惯例”，即使仍然得以绵延，也会因遇到政策方面的障碍而难以被有效地激发。而徽商和晋商的其他经营内容，在当代社会或者其重要性下降了，或者也或多或少地在改革开放之初就遇到了政策的限制。

以盐、茶、木的经营为例。明代食盐由官府控制生产和运销，由商人承办边镇需求的粮食等物资，并由官府出让盐的专卖权，即官府出榜招商，商人应招，输纳粮食等物资于边镇，换取盐引，凭引到指定盐场支盐，然后到指定地区销盐。如明人章懋所说：“我圣祖以边城险远，兵饷不足，而粮运劳苦，乃命商人输粟边仓，而给盐引以偿费，商人喜得厚利，乐输边饷，公私两便，最为良法。”① 由于国家垄断了盐的专卖权，所以，商人取得了盐的专卖权，便意味着他们取得了获取厚利的机会。正因如此，有学者认为，“中国商业的起源也同盐有关系，最初的重要商品恐怕就是盐”。② 像盐一样，明清时期，茶叶的专卖权也由国家垄断，商人只有得到朝廷的许可，纳银取得茶引才能从事茶叶的贸易，所以，茶叶的买卖也是一个能够产生厚利的行业，如张瀚所说：“盐、茶叶之利尤巨，非巨商贾不能任。”③ 但是，在当代社会，盐和茶叶都已经不是由国家垄断专卖权的商品，因此它们在商业中的重要性，已大大地下降，甚至变成了普通商人都可以经营的东西，故此，盐和茶的经营已不像过去那样存在获得暴利的机会。而木材的贩运，明清时期除了苛捐杂税以外，几乎无政策方面的限制，所以，《歙事闲谭》说：“徽多木商，贩自川广，集于江宁之上河，资本非巨万不可。”④ 在明清时期，贩木也是一个既存在巨大风险，又可以带来巨额利润的行业。但是，早在改革开放之前，国家就已明令要封山育林，禁止对森林的乱砍滥伐了，在倡导可持续发展的今天，这种禁令更不可能被取消。所以，像明清时期这样的“采伐、运输和销售”的木商经营方式，改革开放以来事实上是受政策限制的。

因此，从经营内容上看，浙商的文化记忆或“惯例”，与改革开放以来的政策具有一种亲和性，能够被演化经济理论之所谓“经济系统的制度背景（更一般的基本运行环境）”所有效地激活，而晋商和徽商的文化记忆和“惯例”，却与改革开放以来的政策不存在这种亲和性，因此未被政策环境所激活。这正是改革开放以来浙商的文化传统得到延续，而徽商和晋商的文化传统却没有成为当代经济的渊源的一个极其重要的原因。

---

① 张萱：《西园闻见录》卷35。

② 〔日〕宫崎市定著，中国科学院历史研究所翻译组编主译：《宫崎市定论文选集》，商务印书馆1965年版。

③ 张瀚：《松窗梦语》卷4。

④ 许承尧：《歙事闲谭》第18册《歙风俗礼教考》。

3. 浙商、徽商、晋商文化传统的特点及其后续效应

徽商和晋商的文化传统，是一种纯粹的商业文化传统，而浙商文化传统的鲜明特色，则是"工"与"商"的结合，是费孝通所说的兼营手工业和商业、集手工艺人和商人角色于一身的"艺商"。浙商与晋商、徽商的这种不同特点，无疑也在相应区域产生了不同的后续效应。

前面的分析表明，改革开放以前浙商、晋商、徽商都已经衰落，但假定浙商、晋商、徽商文化传统，仍然存在于相应区域人们的文化记忆或"惯例"之中。然而，经过30年的计划经济实践，徽州和山西的民间商业文化传统，可以说几乎荡然无存了。但如上所述，有大量的材料可以证明，浙江"艺商"的民间商业传统却一脉贯注、不绝如线，即使在严厉地打击"投机倒把"活动、割资本主义尾巴的"文化大革命"时期，浙商的文化记忆或"惯例"也未完全中断。

接受马克斯·韦伯"弹性解释体系"的引导，对传统浙商、晋商和徽商与当代经济发展关系问题的分析，显然必须采取一种多方位的视角。布罗代尔认为，手工业、工业的发展确实需要有多种因素的敦促，贫困往往是前工业的先导。他列举了众多的事例以证明这一观点。奥当西欧·兰第在其《悖论篇》中声称，早在13世纪，丝城卢卡由于土地（指属于该城附近的乡村）不足专事发展工业，以至被称作蚂蚁共和国。"有人认为，正是科尔贝尔说服了倔强和不守纪律的法国人努力工作，其实，当时的经济萧条和税收的加重足以迫使法国投入工业活动。尽管工业往往收益不大，它毕竟是一个'二等救世主'，是一条摆脱困境的出路。萨瓦里·台布吕斯龙（1760）用格言的口吻声称：'工业奇迹（请注意，他毫不犹豫地用了这个词）总是诞生于困境'。'困境'这个词值得我们记住。在俄罗斯，自由农民的份地是坏地，他们为了活命有时不得不购买小麦，但手工业也往往首先在他们中间发展起来。同样，从十五世纪起，康斯坦茨湖附近、丝瓦本汝拉地区或西里西亚的山民从事纺麻，也是为了弥补土地的贫瘠。苏格兰高地的英国农民由于收成微薄，不足以维持生计，便充当矿工，借以摆脱困境。英格兰北部和西部的农民把带着油脂的家织呢绒送往集市，相当一部分产品由伦敦商人收

购，经加工后，再在呢绒商场出售。”[①] 毋庸置疑，计划经济的边缘地位、人多地少的自然环境，使浙江人面临着较大的生存压力，因而更具有向非农业领域转化的愿望、更富有自主谋生和自主创新的冲动。这一点本书其他地方，已作过比较充分的阐述。计划经济时期国家的低投资率以及单纯的农业不足以维持生计，使浙江人需要到农业之外寻找出路。此外，地处当代中国最富经济活力地区之一的长江三角洲，也为浙江人提供了特殊的地理上的机遇。这些都是浙江人所从事的传统工商活动、文化记忆或惯例，得以绵延不绝的刺激性的因素。

然而，导致浙商、晋商、徽商文化记忆或“惯例”存续或不存续的一个更重要的秘密，还在于传统浙商、晋商和徽商各自的特殊性，即浙商“工”与“商”相结合的性质和徽商、晋商的“纯粹商业”的性质。如前所述，传统浙商的鲜明特色，是石刻、竹编、弹花、箍桶、缝纫、理发、厨师、小五金、补鞋以及挑担卖糖、卖小百货，而这些商业活动或多或少都是与一定的手工技艺联系在一起的。而晋商、徽商的传统则是“纯粹商业”的传统，不仅商人本身不是手艺人，而且他们的经营活动也基本上局限于商品的流通领域。正如有学者所言，“山西商人虽然富有，但其资本投向产业却是个别现象，而且多在清末民初，并未出现商业资本向产业资本转化的大趋势，商业资本仍然停留在流通领域”。[②] 像晋商一样，徽商的资本也基本上停留在商业流通领域。这一点秦佩珩说得很明白：“徽商的活动，是一种商业劳动。这是一种在商品流通领域中对生产和消费之间的联系起中介作用的劳动。”[③]

应当说，经过几百年的历史，晋商和徽商这种“停留在流通领域”的“纯粹商业”的文化传统，是相当成熟的。晋商和徽商各自都形成了一套非常完整的商业经营理念和组织管理制度。这套商业经营理念和组织管理制度，不仅在当时的中国，即使在当时的世界上，也是相当先进的。然而，从中国现代史来看，与浙商的“工”与“商”相结合的文

① 〔法〕布罗代尔著，顾良、施康强译：《15至18世纪的物质文明、经济和资本主义》第2卷，三联书店1993年版，第322页。

② 张正明：《晋商兴衰史》，山西古籍出版社2001年版，第270页。

③ 秦佩珩：《明清社会经济史稿》，中州古籍出版社1984年版，第173页。

化传统相比，晋商和徽商的“纯粹商业”的文化传统，在中国现当代社会环境中，却是一种更容易中断的传统或一种更容易丧失的文化记忆。毋庸置疑，在长达30年的计划经济年代，经过对农业、手工业和工商业社会主义改造、人民公社化运动，尤其是经过“文化大革命”运动，中国有利于工商业活动的社会环境，已经受到破坏。而一种商业文化传统要得以延续，必须有一种学习的环境。而商业知识属于一种实践型的知识，其中相当一部分属于“默示知识（tacitknowledge）”，即构成一件有技巧地完成的事情的基础知识，在很大程度上是说不出来的知识，这意味着，完成者并不完全知道完成的事情的细节，而且发现很难或不可能清楚地充分说明这些细节。迈克尔·波拉尼认为，默示知识在人类知识总汇中占据着中心位置。能够做某件事，同时却不能解释它是怎样做的，不只是一种逻辑上的可能性，还是一种平常的情况。纳尔逊和温特指出，语言对于传递信息来说，是不完善的工具，不完善的程度与人们达到目标的过程中经历的困难成正比。语言可以传达一个框架，但在语言资源枯竭之后，还有许多填充进去的事；填充进去的事中有许多涉及费力的、错了再试的搜寻。“总之，许多操作性的知识仍旧说不出来，因为不能足够快地清楚说明它，因为不可能清楚说明一件成功地完成的事所必需的一切，还因为语言不能同时既描述各种关系，又说明有关事物的特点。”① 因此，要习得实践型的商业知识，研究前人的间接经验、阅读书本，固然是一条重要的途径，但重要的是，实践型的知识必须在实践中学习，在很大程度上它属于难以“言传”的“默示知识”，获得它的关键途径，是个人投身于商品经济的实践，也就是说，必须在游泳中才能学会游泳。

余英时指出，“商人是在士以下教育水平最高的一个社会阶层，明清以来‘弃儒就贾’的普遍趋势造就了大批士人沉滞在商人阶层的现象，而且，更重要的是商业本身必须要求一定程度的知识水平。商业经

① 〔美〕理查德·R. 纳尔逊、悉尼·G. 温特著，胡世凯译：《经济变迁的演化理论》，商务印书馆1997年版，第90、93页。

营的规模愈大则知识水平的要求也愈高”。[1] 掌握、提高商业知识水平，阅读书本固然是一条途径，但更重要的则是通过实践学习。既然晋商和徽商的文化传统，是一种“停留于流通领域”的传统，那么学习这种传统（尤其是其中难以“言传”的“默示知识”），存续这种传统，无疑主要必须在实际的商品流通领域。也就是说，只有在经营票号的过程中，才能学会经营票号，只有在贩盐、贩茶、贩木的过程中，才能学会贩盐、贩茶、贩木。书本的知识如果不与商业实践结合，便很可能是一种无用的屠龙术。这是因为，徽商和晋商的经营内容复杂程度高。比如，盐业自实行总纲制后，支盐和运销都是以“纲”为单位进行的，“纲”有总商和散商。总商上交运司，下统散商，散商根据自愿附某总商名下，纬纲营运，食盐运销过程中要经过多次的盘诘、检查、抽税，还要办名目繁多的手续，甚至还要打通关节以减少刁难。贩木、贩茶等都涉及木材、茶叶等的采购、运输、销售等多个环节。而票号的经营则不仅涉及一套待客客规与方法等，而且也涉及一套诸如经理负责制、学徒制、股份制、联号制、账簿制、号规等组织管理制度。正因如此，徽商和晋商的经营内容可以说关涉社会的方方面面，作为晋商和徽商“纯粹商业”文化传统得以延续的前提条件的学习环境，也就必然是社会商品经济的大课堂。然而，如上所述，在长达30年的计划经济年代，中国有利于工商活动的社会环境，实际上已经不复存在，这意味着晋商和徽商的文化传统得以学习和存续的社会商品经济环境，也已不复存在了。记忆需要通过学习被不断地回忆，才不至于被遗忘，在无学习环境的情况下，徽商和晋商民间文化传统的中断，文化记忆的丧失，便似乎成为一种历史的宿命。

与晋商和徽商“纯粹商业”文化传统之命运形成鲜明的对照，即使在计划经济年代中国有利于工商活动的社会环境已经不复存在的情况下，浙江“艺商”的文化记忆或“惯例”仍存在得以学习和延续的环境。如果说徽商和晋商“纯粹商业”的文化传统得以学习和存续的环境，必须是社会商品经济的大课堂，那么浙商“工”与“商”相结合

---

① 余英时：《中国近世宗教伦理与商人精神》，安徽教育出版社2001年版，第217页。

的文化传统，则不仅可以在社会中学习，而且也可以在家庭中学习。P. 布瓦松纳曾经描述过欧洲中世纪“工匠”的特征，他说，这些人有技术知识，并以他们技艺的产品为生，这种技艺在中世纪被称为“手艺”（art）工人或者工匠（artisan），有时单独工作，有时在他们的作坊内集合少数的助手，他们是营业的首脑，他们根据自己的才能而自由地选择职业。他们的职业技巧表现在许多方面。有时工匠在家庭中从事某些不需要高度专门化的工作，或者个人单独干，或者得到他们的亲属的帮助。“工匠为订货而工作，计件或者计日，在他自己的房间内，或者在别人家中，由别人供给原料，但使用他自己的工具，既不需要资本，也不需要中间人。”① “工匠”的技艺和经营的知识显然可以通过家庭得以学习和传递。“艺商”的特征与布瓦松纳所描述的欧洲中世纪“工匠”的特征具有相类似之处，也可以通过家庭得以学习和传递。从“商”的方面来看，石刻、竹编、弹花、箍桶、缝纫、理发、厨师、小五金、补鞋以及挑担卖糖、卖小百货等，具有个体的特征，在经营上要比票号、盐、典、木、茶等简单得多，既无经理，也无伙计，或者说一个经营者既是经理又是伙计，只需与顾客打交道，无需在如何管理伙计上，乃至于如何在建立健全组织管理制度上用心思，因此具有易学的特征；从“工”的方面来看，石刻、竹编、弹花、箍桶、缝纫、理发、厨师、小五金、补鞋等，都是可以通过父传子、子传孙的言传身教而在家庭环境中得以学习和传递的。因此，即使有利于工商活动的社会环境已经不复存在，浙商“工”与“商”相结合的文化传统，仍然可以通过家庭而得以延续。

4. 浙商文化传统在当代的演化和扩展

晋商和徽商的文化传统，是一个产生大商人的传统，而浙商的文化传统，则是一个产生百工手艺人、小商小贩或生意郎的传统。具有讽刺意味的是，产生大商人的传统，在当代中国中断了，而产生百工手艺人、小商小贩或生意郎的传统，却得以延续下来，并不断地发扬光大。

① 〔法〕P. 布瓦松纳著，潘源来译：《中世纪欧洲生活和劳动（五至十五世纪）》，商务印书馆 1985 年版，第184 页。

更耐人寻味的是，这种百工手艺人、小商小贩或生意郎的文化传统，在经过改革开放洗礼以后，在当代社会也成为一个产生大商人的传统。当代浙江富豪榜上的人物，有90%出身贫寒，被称为“草根浙商”，其中相当一部分，就是从改革开放之初的“工”与“商”相结合的手艺人、小商小贩开始发家的。在当代浙江，这种例子可以说是不胜枚举，比如，鲁冠球以前是打铁匠，邱继宝和南存辉以前是补鞋匠，胡成中以前是裁缝，郑坚江以前是汽车修理工，等等。

“工”与“商”结合的百工手艺人、小商小贩或生意郎成长为大商人这种现象，只有在当代中国特殊的社会经济环境中，才能予以比较充分的理解。毋庸置疑，大批当代浙江大商人的形成，并不是一种孤立的社会现象，而是改革开放以来浙江大批农业劳动力向工商业领域迁移过程中的一个必然的伴随物。舒尔茨认为，劳动力从一个部门迁移到另一个部门的发生，是因为个体期望从迁移中得到大于迁移成本的收益。托达罗的人口迁移模型则表明，人们作出迁移决策的依据是“预期”的（而不是现实的）城市—农村的实际工资差额和在城市取得就业的可能性，并认为城市失业率可能对人口迁移具有制约作用。刘易斯二元经济条件下劳动力无限供给模型，将传统部门（维持生计部门）看作是现代部门劳动力的“蓄水池”，对处于经济低收入部门的人来说，当高工资部门已经确定了所需的资本和技术水平后，其他所有的人必然会尽最大的努力挤入高工资部门中去。但是，所有这些理论都必须以劳动力的自由流动为基本前提，而这既为改革开放以前的中国社会所不具备，也为改革开放之初的中国社会所不具备。正如刘精明等学者所指出的，自20世纪50年代以来，国家为了使重工业的资本、资源得到保证，也为了降低重工业发展的成本，在国家具有绝对权威的条件下，一方面，全部社会资源集中于国家控制的计划经济体制开始形成，另一方面也确立了农业服从工业、农村服从城市的社会资源划分界限。通过一系列的制度安排，这种界限最终将农民群体与城市人严格区隔开来。最主要的城乡分割制度是“身份制”。“身份制”虽然建立于一定的经济发展时期，但是沿着自身“权益化”的逻辑发展，并具有相对独立性。这样，在现代化过程中，工业化扩大的劳动力需求就不是按照部门之间的比较利益而自由招募，因为在身份制下，中国就业制度以及与之相应的户籍制度和福利保障构成了三位一体的体系，在具体的操作上，“户口登记、口粮定量以及安排临时工需要与所在公社商办等措施，卡住了向城市的迁移”。① 在此情形下，农村大量剩余劳动力实际上已经无法自由流动，他们丧失了按照“比较利益”自由选择职业的权利。②

这同时也意味着，在改革开放之前和改革开放初期，不仅农民群体难以自由地向城市流动，一个没有手艺的人，事实上也很难离开自己的故土在异乡得以生存。计划经济实行一种特殊的用工制度，只有拥有当地城镇户口这种“社会身份”的人，才可能成为当地企事业单位的职工。对于一个没有手艺的外地人来说，在异乡唯一可能的谋生途径，就是成为企事业单位的临时工。毋庸置疑，在当时的情况下，成为一个临时工，也不是一件很容易的事情。这不仅因为安排临时工需要与所在公社商办，而且也因为临时工的数额少，成为临时工的门槛高，必须通过走后门、托关系的途径。所以，改革开放初期，尽管国家政策已经将个体经济作为“公有制经济必要的和有益的补充”，而予以提倡，改革开放的过程也是一个放松管制的过程，或者更直接地说是一个还权于民的过程，但包括户籍制度和用工制度在内的长期计划经济的制度安排，事实上又对异乡人的谋生活动或经济活动构成了一种限制和歧视。然而，“工”与“商”结合的百工手艺人、小商小贩，却可能独辟蹊径，冲破计划经济的这种限制，一个手艺人，可以通过弹棉花、修鞋、打金、裁缝等手艺而融入异乡的城市分工体系，并在国家正式体制外得以生存。

事实上，在改革开放初期，掌握一门手艺已不单纯是浙江人在异乡的一种谋生工具，而且也是他们进入外地市场的重要手段。北京“浙江村”的形成就说明了这一点。用社会学者的话说，“浙江村”所以能够在改革开放初期就挤上北京“牌桌”的原因就在于，它是以与后来的其他民工明显有别的方式进入北京的。“‘浙江村’人既不同于安徽人，

---

① 〔美〕吉尔伯特·罗兹曼著，国家社会科学基金“比较现代化”课题组译：《中国的现代化》，江苏人民出版社 1995 年，第 470 页。

② 刘精明：《向非农职业流动：农民生活史的一项研究》，《社会学研究》2001 年第 6 期。

他们不用在城里人的家庭中帮佣；‘浙江村’人也不同于江苏南通人，他们没有组成自己的建筑‘铁军’进城承包各种工程；‘浙江村’人还不像各省各地的多数民工那样进入或国营、或集体、或三资、再或个体的企业去‘打工’。‘浙江村’人是以自我雇佣的独特方式进入城市的，这里的‘村民’不是单纯的打工仔，而是拥有一定的技术、资金、有关市场的商品信息、上层同乡关系及劳动力的经营者。”[①] 20 世纪 80 年代以后，北京居民对社会服务的需求日益增长。为了解决“吃饭难”、“穿衣难”、“服务难”问题以及城市青年的就业问题，北京市放宽了对个体经济的限制，一批个体工商户因而发展起来。然而，北京本市的个体户主要集中在流通领域及饮食行业，“穿衣难”的问题仍然突出。因此，北京市存在着对服装加工业的需求。这就为具有服装加工传统技能的浙江手工艺人提供了机会。在当时北京市虽然允许个体经济的存在，但给外来工商户设置的障碍仍未拆除。北京扶持的是有本地户口的经商者，他们被称为“个体户”，而外来的经商者则被称为“外省来经商的农民”，不拥有和当地人完全的市场进入权。而难以被北京本地人替代的服装加工技艺，此时成了浙江人进入北京市场的一个重要手段。因此，人多地少的生存压力，使浙江人在自主谋生意愿的驱动下，必须离开自己的故土，而具有一定的手工技艺，则使他们在离开自己的故土后，拥有重要的谋生手段，从而有可能生存下来。

在改革开放之初，浙江的百工手艺人、小商小贩或生意郎，有可能在异乡生存下来，这一点对于以后新浙商的形成，无疑是非常重要的。中外商业史表明，许多人都是在离开自己的故乡，在与风俗、生活方式不同的异乡人发生关系后，才走向成功之路的。欧洲早期的商人，几乎都是一些异乡人。在 10 世纪中期到 14 世纪中期，除了某些地区，如意大利、法兰西南部和北部、法兰德斯、莱茵兰和多瑙河地带的少数地方以外，西方还没有一个在生产者和消费者之间充当中间人阶级的本地商人阶级。开始时，商人阶级几乎完全是由冒险家和外来人，甚至非基督

---

① 周晓虹：《传统与变迁——江浙农民的社会心理及其近代以来的嬗变》，三联书店 1998 年版，第 258 页。

徒，处在封建社会边缘的犹太人组成的，从事于奢侈品和贵金属的贸易，或从事货币放贷，以满足贵族的需要。这些商人通常不是固定住在一处的，他们作为行商，大规模地沿途叫卖，或者作为结队商贩，由一国走到另一国去进行贸易。“但是尽管这些商业集会被给予各种特权，商人如同所有异乡人一样，仍被看作是闯入者，是‘外国人’。”①

马克斯·韦伯指出：“最初，商业是异俗集团间的一种事务，在同一个部落或同一团体成员之间是不存在的，它是最古老的社会共同体的一种，只以异俗团体为目标的对外现象。不过商业也可以是异俗团体之间生产专门化的结果。在此情形下，或者是异俗团体间生产者的通商，或者是贩卖他族的生产物。然而，无论如何，最古老的商业通常只是异族部落间的交换关系。”② 与西欧相类似，明清时期的中国商帮，大都也是在外地开展经营活动的，在各地经营的成功商人主要是异乡人的徽商、晋商、陕商等，由本地的农村商人上升为成功商人的现象即使有，也是极为罕见的。因此需要进一步回答的问题是：离乡背井，为什么能够使人财运亨通？

殷海光认为，传统人际关系具有将经济交易限制在传统关系范围之内的作用。当人们相互进行经济交易时，“满脑子盘算的都是人情方面的亲疏厚薄，满身缠绕的都是人事牵连，一天到晚小心留意的是人际的得失利弊”。③ 这便使交易者们陷入了一种“两难境地”，时刻面临着对家族、邻里、朋友、亲戚等的道德责任与赢利目标的冲突。所以，大规模的经济交易活动，需要一种非常重要的社会距离。正如王询所说，“传统社会中的交易要求商人与顾客保持一定的社会距离，而主流社会的成员却陷入相互之间密切的人际关系之中，无法放手按商业原则经营。因此，只能是社区内的人们认可的‘特殊身份者’或‘外来者’

① 〔法〕P. 布瓦松纳著，潘源来译：《中世纪欧洲生活和劳动（五至十五世纪）》，商务印书馆1985年版，第163页。

② 〔德〕马克斯·韦伯著，康乐、吴乃德等译：《韦伯作品集》第2卷《经济与历史支配的类型》，广西人民出版社2004年版，第126页。

③ 殷海光：《中国文化的展望》，中国和平出版社1988年版，第136页。

才能追求利润最大化，才能成为专业的商人”。[①] 费孝通也认为，在拥有亲密关系的血缘社会中商业是难以存在的。这并不是说这种社会不发生交易，而是说人们的交易是以人情来维系的，是相互馈赠的方式。社会关系越亲密，对等的交换也越少，普通的情形人们往往是在血缘关系之外去建立商业基础。“寄籍在血缘性社区边缘上的外边人成了商业活动的媒介。村子里的人对他可以讲价钱，可以当场算清，不必讲人情，没有什么不好意思。所以依我所知道的村子里开店面的，除了穷苦的老年人摆个摊子，等于是乞丐性质外，大多是外边来的‘新客’。商业是在血缘之外发展的。”[②]“外来者”、“异乡人”能够突破传统人际关系的束缚，从亲缘、亲缘式关系的枷锁中摆脱出来，这是他们能够成为专业商人的一个极其重要的原因。

另一方面，地球上的各个区域气候、地貌诸自然条件差异巨大，各地经济发展不平衡，形成了不同的物产以及相同物产之间的价格差异。按照萨缪尔森经济学的原理，“职能的专业化使得每个人和每一个地区都能最有效地使用其特殊的技能和资源的有利之处”。[③] 因此，“两个距离相当远的市场可能具有不同的价格”。[④] 当经济的交换者进行交换时，一般是以相对优势资源生产的产品交换相对劣势资源生产的产品，这种交换给他带来了“比较成本”的概念。交换使他发现，一些产品和另一些产品的单位生产费用有着明显的差距，用单位生产费用低（即有相对资源优势）的产品交换单位生产费用高的产品是有利的。因此，不同地区在物产方面互通有无，用一个地区相对优势资源生产的产品交换另一个地区相对劣势资源生产的产品，便形成了一种商业机会。而这种幸运的商业机会，在现代传媒手段尚未充分发展的情况下，只有离乡背井的异乡人才能发现，而绝不可能降临于一个终身固守于故土的人。因为只

---

① 王询：《文化传统与经济组织》，东北财经大学出版社 1999 年版，第 175 页。

② 费孝通：《乡土中国》，三联书店 1985 年版，第 76—77 页。

③〔美〕萨缪尔森、诺德豪斯著，高鸿业等译：《经济学》上卷，中国发展出版社 1992 年版，第 92 页。

④〔美〕萨缪尔森、诺德豪斯著，高鸿业等译：《经济学》下卷，中国发展出版社 1992 年版，第 816 页。

有异乡人才能知道“故乡”和“异乡”在物产及价格方面存在哪些差异，而一个终身固守于故土、“生于斯，终老于斯”的人，是无法将“故乡”和“异乡”进行比较的。布罗代尔因此认为：“远程贸易肯定创造超额利润：这是利用两个市场相隔很远，供求双方互不见面，全靠中间人从中撮合而进行的价格投机。……远程贸易固然要冒风险，但往往能获得超额利润，就像开奖中彩一样。”①

因此，石刻、竹编、弹花、箍桶、缝纫、理发、厨师、小五金、补鞋以及挑担卖糖、卖小百货等的意义，远远超出了手工艺和小商小贩活动本身。如果浙江人永远停留于手工艺和小商小贩活动本身之中，那么今天就不可能有辉煌的浙江民营经济了。手工艺和小商小贩活动在中国工商史上的重大意义，就在于这些活动能使浙江人在改革开放之初的艰难环境中，作为“异乡人”在外地生存下来，从而能够发现各区域的不同物产和相同物产之间的价格差异以及其中所蕴含的巨大商机。在此情形下，浙江的工商文化传统会自然而然地发生裂变和创新。在追求利润最大化动机的驱使下，弹花者、箍桶者、缝纫者、理发者、打金者、补鞋者以及挑担卖糖者、卖小百货者，在掘了第一桶金、积累了一定的原始资本以后，可能选择回家兴办与原来工商活动有关的家庭工厂，如补鞋者办起了皮鞋厂、打金者办起了五金厂等，也可能选择不再弹花、箍桶、缝纫、理发、打金、补鞋和挑担卖糖、卖小百货，而是去从事在异地发现的能够带来更大利润的新的行业。

在这方面，北京“浙江村”的兴起过程，便具有很强的说服力。北京“浙江村”的创始人据说是原在内蒙古包头从事服装生意的乐清虹桥镇附近雁芙乡的农民卢碧泽、卢碧良两兄弟和原虹桥区南阳乡（现属虹桥镇）的钱某。1983年，因经营蚀本被迫返回浙江的卢氏兄弟在途径北京换车时改变了主意，他们租下了地处海户屯的一间当地农民的房子，摆下缝纫机、搭起裁剪台，在北京重操旧业，并很快立足了脚。而几乎与此同时，原先在天桥商场门口设摊补鞋的钱某，也因发现商场里

① 〔法〕布罗代尔著，顾良、施康强译：《15至18世纪的物质文明、经济和资本主义》第2卷，三联书店1993年版，第437页。

的一种人造棉总是供不应求而决然改营布摊。这以后，卢氏兄弟和钱某依仗“宝地”发了财的消息不断刺激着对市场有着“天生”敏感的虹桥人及温州人，他们开始以一带一、以一带十的“连锁迁移”的滚雪球形式奔赴北京城。① 永嘉桥头纽扣市场的兴盛，同样具有说服力。1979年，据说是一位王姓的弹棉花郎在江西弹棉花的过程中发现了一个商机：一批处理纽扣。从此，他不再弹棉花，而是将处理纽扣带回桥头摆起了纽扣摊，这一摆竟然形成了一种大气候。一年以后，镇上的纽扣摊子发展到了100多家。1983年初，县政府批准桥头镇为纽扣专业市场。1986年，全镇有700多个纽扣店、摊，全国300多家纽扣厂生产的1300个品种的纽扣在这里都有销售。1985年，桥头镇人不再满足于单纯做买卖，他们开始用经营积累的资金办厂生产纽扣。1986年，全区有430家纽扣厂，其中300家是家庭工厂。② 桥头纽扣市场的兴起过程，可以看作当代浙江工商演进路径的一个缩影。在改革开放以来的浙江，一家企业的兴起、一个专业市场的崛起，都可能与手工艺和小商小贩活动存在着某种程度的关联。义乌中国小商品城、永康中国科技五金城的崛起，如果离开了义乌人鸡毛换糖的经历和永康人打金的历史，便会变得难以理解。

哈耶克认为，一些创新性的惯例一开始被采纳，是为了其他的原因，甚至完全是出于偶然，尔后这些惯例之所以得到延续，是因为它们使产生于其间的群体能够胜过其他群体。也就是说，当事人在应对特定的环境时，偶然地或出于其他原因采纳了某个规则，导致他在后来的竞争中获得优势，那么该规则作为优胜劣汰的结果被延续下来；同时，其他当事人会通过模仿该规则以增加自身竞争力，使该规则得以广泛传播。演化经济学也认为，在创新阶段，如果大数定律发挥作用，创新很可能被扼杀；但如果系统是开放和远离均衡的，由于自增强（正反馈）的作用，创新就会通过系统的涨落被放大，从而使之越过某个不稳定的

① 周晓虹：《传统与变迁——江浙农民的社会心理及其近代以来的嬗变》，三联书店1998年版，第260—261页。

② 参见费孝通《小商品大市场》，载何福清主编《纵论浙江》，浙江人民出版社2003年版，第348页。

阈值而进入一个新的组织结构，在这个突变过程中，大数定律失效了。但当新结构形成后，自增强又会启动大数定律，新思想和新的做事方式进入扩散阶段，逐渐成为社会流行的状态。

哈耶克以及演化经济学的上述理论，可以用来解释当代浙江现象。在改革开放之初，大多数浙江的手艺人、小商小贩流动到异乡，并非志在成为大商人，他们的动机其实十分简单，即如他们的祖先一样迫于生存压力而去谋取糊口之资。但是，一个可能是非常偶然的因素，改变了他们的传统路径。当在外地谋生的手工艺人和生意郎发现了新的商机，不再弹花、箍桶、缝纫、理发、打金、补鞋和挑担卖糖、卖小百货，而是去从事能够带来更大利润的行当时，事实上的创新活动便已经悄然发生，新的惯例也开始形成了。毋庸置疑，在当代浙商中，并不是每一位都具有手工艺和小商小贩活动的直接经历的。同时，由于人的理性是有限的，人面临有限理性的约束和知识分散化的环境，个体的异质性和知识分布的差异性，导致获利机会的发现和获取的不同，其中一些人获得成功。但是，在外地谋生的手工艺人和生意郎的创新性惯例，在赚钱效应的作用下，会急速地向其他人群扩散。由于自增强（正反馈）的作用，在外地谋生的手工艺人和生意郎的创新，就会通过系统的涨落被放大，从而使之越过某个不稳定的阈值而进入一个新的组织结构。也就是说，当那些闯荡异乡的人财运亨通时，当地的其他人会通过对他们的模仿，以谋求利益的最大化，增加自身竞争力。闯荡异乡的人的新思想和新的做事方式从而进入扩散阶段，逐渐成为社会流行的状态。这不仅可以在一定程度上解释浙江一乡一品、一村一品的专业化特色产业区的形成原因，也可以在一定程度上解释浙江专业市场的形成原因。正如一位浙江学者所说，源自邻里效应、一村一品的浙江特色产业区，天然就是众多参与者信息共享、互教互学、提高整体竞争技能的“学习型社区”和“创新型组织”，“浙江的特色产业区表面看是从小产品、简单产品起步，而其实质则是从土地中转移出来的一批批农民只能从这类产品生产开始，借助邻里效应，逐步扩散，形成星罗棋布的一村一品圈"。[①] 很明显，今天在义乌中国日用商品城以及永康中国科技五金城中的经商者，并非每一位都是具有"鸡毛换糖"或"打金"经历的，但是，"鸡毛换糖者"或"打金者"的新思想和新的做事方式，无疑对他们产生了一种"示范"效应，从而使"新思想和新的做事方式"进入了迅猛扩散的阶段，因此，星星之火可以燎原，不起眼的"鸡毛换糖"会演变成波澜壮阔的"国际商贸城"，涓涓细流的"小五金"会演变成波涛汹涌的"中国科技五金城"。

事实上，"艺商"的影响还不单单表现于其巨大的示范效应及其所引起的广泛学习效应上，更具意义的是，走南闯北的"艺商"还对于拓展浙江市场空间从而促进分工和专业化，具有难以低估的作用。在某种程度上也可以说，在改革开放初期，"艺商"是联系浙江市场和全国市场的桥梁和纽带，"艺商"的活动对于浙江市场的孕育以及市场范围的拓展具有极其重要的意义。而按照经济学理论，市场范围的拓展和分工的发展具有密切的关系。关于这一点，亚当·斯密在《国富论》第三章的标题中已作了明确的表达："分工受市场范围的限制。"斯密指出，"市场要是过小，那就不能鼓励人们终身专务一业。因为在这种状态下，他们不能用自己消费不了的自己劳动生产物的剩余部分，随意换得自己需要的别人劳动生产物的剩余部分"。[②] 反之，只有当对某一产品或服务的需求随市场范围的扩大增长到一定程度时，专业化的生产者才能实际出现和存在，随着市场范围的扩大，分工和专业化的程度才会不断地提高。因此，市场范围的扩展是分工发展的必要条件。斯密的观点表明，市场扩张于前，分工发展于后；也就是说，可以用市场扩张说明分工发展，但不能用分工发展说明市场扩张。如盛洪所说："尽管分工发展带来的生产费用的下降会进一步促进市场的扩张，但既然市场范围的扩展

① 颜春友：《浙江民营经济发展与特色产业区》，载何福清《纵论浙江》，浙江人民出版社2003年版，第239页。

② 〔英〕亚当·斯密著，郭大力、王亚南译：《国民财富的性质和原因的研究》上卷，商务印书馆1981年版，第16页。

是分工发展的必要条件，很显然，分工发展起码不能说明市场的最初扩展。”① 在这个意义上也可以说，浙江各地“一乡一品，一村一品”分工和专业化现象的形成，不仅源于“邻里效应”、“学习效应”，走南闯北的“艺商”活动对市场空间的拓展，无疑也起到了至关重要的作用。

① 盛洪：《分工与交易——一个一般理论及其对中国非专业化问题的应用分析》，上海三联书店、上海人民出版社 1995 年版，第 150 页。

第五章　信任、社会网络与浙江经济社会发展

信任、社会网络包括隐含的知识、网络的集合、声誉的累积以及组织资本。在组织理论语境下，信任、社会网络可以被看做是处理道德陷阱和动机问题的方法。J. 斯蒂格利茨指出："一个社会发展其经济时，它的社会资本同样也必须调适，让人际关系网络部分地被基于市场的经济的正式制度所代替，比如，由统治的代表形式所强加的结构化的法律体系。这一过程开始可能伴随着社会资本整体水平上的损耗，但最终会造就一种不同类型的社会资本，在这种社会资本中，社会关系植根于经济体系之中，而不是相反。"① 在合作的经济交换中，包括公司内部与公司外部之间关系在内的正式与非正式关系都决定着经济过程。如果说公司和契约可以被当作是减少经济事务不稳定的正式机制，那么，信任、社会网络等则提供了分析非正式路径的范畴，即信任、社会网络是通过非正式关系与规则的方式来化解经济风险的。在历史上，浙江是一个受亲戚关系或亲戚式的纯粹个人关系主导的家族文化影响较深的区域。在此基础上，浙江形成了富有鲜明地域特色的信任、网络和社会资本模式。近现代以来尤其是改革开放以来，随着经济政治社会的急速变迁，浙江富有鲜明地域文化特色的信任、社会网络和社会资本模式，也经历了深刻的嬗变，并对改革开放以来浙江的经济社会发展产生了十分重要的作用。

---

① 〔美〕J. 斯蒂格利茨著，武锡申译：《正式和非正式制度》，载曹荣湘选编《走出囚徒的困境——社会资本与制度分析》，上海三联书店 2003 年版，第 113 页。

一、特殊的信任与浙江区域的家族文化

按照通常的意思，所谓信任，是指对信誉和良好意愿的期望。霍斯莫尔认为，“信任是个体面临一个预期的损失大于预期的得益之不可预料事件时，所做的一个非理性选择行为”。[①] 按照甘比塔的定义，信任“是一个特定的主观概率水平，一个行为人以此概率判断另一个行为人或行为人群体将采取某个特定行动……但我们说我们信任某人或某人值得信任时，我们隐含意思就是，他采取一种对我们有利或至少对我们无害的行动的概率很高，足以使我们考虑与他们进行某种形式的合作”。[②] 信任既然作为一种在后天社会交往活动中所习得的对周围其他人行为表现的预期，或人的一种主观概率预期，其本身当然摆脱不了特定社会的文化传统和社会构成的制约与影响。信任的建立机制、保证手段、运作方式是深深嵌于具体社会运作和文化背景中的。信任问题，一方面弥散于社会生活的各个角落，时刻触及着行动者个体，有着极强的个人性；另一方面又作为一种社会关系，浸淫着价值观念、制度、结构等社会性和文化性的因素。不同的社会运作模式和文化模式必然会演变出不同的信任生成机制。包括浙江人在内的中国人的信任，是建立在亲戚关系或亲戚式的纯粹个人关系上面的，是一种凭借血缘共同体的家族优势和宗族纽带而形成和维续的特殊信任。而这一点，显然是由“家庭”和“家族”在中国社会和文化中的特殊地位所决定的。

1. 家族文化、特殊信任与差序格局

按照马斯洛的看法，人类具有生理、安全、归属及爱、尊重、自我实现等五种基本需求。许烺光认为，人类的这些需求首先在初始集团（primary）即家庭中得到满足，当初始集团无法全部满足时，便在二次集团（secondary group）中得到满足。满足人的需求的方式不同，就构

① 转引自杨中芳、彭泗清《中国人人际信任的概念化：一个人际关系的观点》，《社会学研究》1999 年第 2 期。

② 转引自储小平、李怀祖《信任与家族企业的成长》，《管理世界》2003 年第 6 期。

成了不同的文化。所谓二次集团，又称“社团”，包括处于亲属集团与国家集团之间的、为了某种目的而人为缔结起来的所有集团，如军队、政党、学校、工厂、公司以及各种业余爱好者团体。任何社会都有许多二次集团，但其中必有一个是占主要地位的。根据许烺光的解释，在传统社会，中国人最主要的二次集团是家族。缔结家族集团遵循“亲属原则”（kinship principle）。在这一原则下，人与人之间关系的远近倾向于以父系血缘的远近来测量。“个人受制于寻求相互依赖。就是说，它之依赖于别人正如别人依赖于他，并且他完全明白报答自己恩人的义务，无论这一还报在时间上要耽延多久。”①

在中国传统社会，家庭和家族是一个最重要的社会机构，浙江区域当然也不例外。卢作孚在《中国的建设与人的训练》一文中指出，“家庭生活是中国人第一重的社会生活；亲戚邻里朋友等关系是中国人第二重的社会生活。这两重社会生活，集中了中国人的要求，范围了中国人的活动，规定了其社会的道德条件和政治上的法律制度。”② 李亦园认为，中国文化是“家的文化”。③ 杨国枢认为：“家族不但成为中国人之社会生活、经济生活以及文化生活的核心，甚至也成为政治生活的主导因素。”④ 汪丁丁也认为：“从那个最深厚的文化层次中流传下来，至今仍是中国人行为核心的，是‘家’的概念。”⑤ 费孝通主张要重视家庭的作用，“这个细胞有很强的生命力”。⑥ 这种家庭宗族制度下的文化，首先表现为对血缘关系的高度注重。传统中国的人际关系是以血缘为序列，以父子为经、以兄弟为纬的立体关系网，几乎所有相识的人都可以纳入这架网中，但不同人之间的关系却是不同的，这架立体网上不同的网结间有着远近亲疏的差别。它实际上是“以‘己’为中心，像石子

① 〔美〕许烺光著，薛刚译：《宗族、种性、俱乐部》，华夏出版社 1990 年版，第 2 页。
② 转引自梁漱溟《中国文化要义》，学林出版社 1987 年版，第 12 页。
③ 李亦园：《中国人的家庭与家的文化》，载文崇一、萧新煌主编《中国人：观念与行为》，巨流图书公司 1988 年版。
④ 杨国枢：《家族化历程、泛家族主义及组织管理》，载黄国隆等主编《海峡两岸的组织与管理》，远流出版公司 1998 年版。
⑤ 汪丁丁：《经济发展与制度创新》，上海人民出版社 1995 年版，第 21 页。
⑥《费孝通、李亦园对话录》，《北京大学学报》（哲学社会科学版）1998 年第 6 期。

一般投入水中，和别人所联系成的社会关系……像水的波纹一般，一圈圈推出去，愈推愈远，也愈推愈薄”。① 这就是费孝通所说的作为中国社会结构基本特征的“差序格局”。费孝通认为，在这个富有伸缩性的差序格局里，随时随地是有一个“己”作为中心的，这并不是个人主义，而是自我主义。

“差序格局”决定了一个人在不同场合对待同一个人，或同一场合对待不同人的关系、态度和信任程度。因此，“差序格局”是以特殊主义为价值取向的，即根据行为者与对象的特殊关系而认定对象及其行为的价值高低，这显然与对象及其行为的价值认定独立于行为者与对象在身份上的特殊关系之普遍主义价值观，形成了一种鲜明的对照。按照费孝通所说，《礼记》祭统里所讲的十伦：鬼神、君臣、父子、贵贱、亲疏、爵赏、夫妇、政事、长幼、上下，都是指差等。“不失其伦”是在别父子、远近、亲疏。伦是有差等的秩序。从己到家，由家到国，由国到天下，是一条通路。《中庸》把五伦作为天下之达道。因为在这种社会结构里，从己到天下是一圈一圈推出去的。在特殊主义取向的“差序格局”中，“己”是中心，家庭只是社会圈子中最小的一轮。离开“家庭圈”、“亲属圈”或“亲缘网络”之后，重要的社会圈子是“邻居圈”或“私人交往圈”。也就是说，中国人虽然重视先赋的血缘家庭关系，但这种关系并不仅仅局限于人与人先赋的血缘家庭关系，而是能够人为地运作和建构的，“即便是先赋的血缘家族关系，也可以通过各种‘关系运作’的手法和方式，扩展到没有血缘联系的其他人群中去，因此，在这种可以伸缩收放的关系基础上所建立起的信任，不仅会指向自己的家庭、亲属和家族成员，也会指向与自己有着密切交往关系的其他社会成员”。②

在这些或亲缘或亲缘式“圈子”基础上形成的特殊主义的交换和组织中，产生了“人情信用卡”。在既定（亲缘和亲缘式的）群体内产生

① 费孝通：《乡土中国》，三联书店1985年版，第25页。

② 李伟民、梁玉成：《特殊信任与普遍信任：中国人信任的结构与特征》，载《中国社会中的信任》，中国城市出版社2003年版。

的这种全面而强烈的信任关系，减少了群体成员之间讨价还价的成本，自觉地为家族工作的伦理信念，大大降低了内部管理的交易费用。如彼得·布劳所说，"一个明显不太和睦的家庭，一旦与'外人'发生冲突，特别是处于危险之中时，就会有一种兄弟阋于墙而外御于侮的心理状态"，[①] 并一致行动。然而，特殊主义的差序格局总是局限于一定的圈子里，人们在与"圈外人"交换时，不信任感较强，达成某种交换需要更多的讨价还价，所以交易成本较高。差序格局下的我他边界是在包括"个人自己"的"自我"与被视为"外人"的他人之间。差序格局下的自我边界不是用来区分自我与他人及社会的，从而不可能成为"个体我"和"群体我"或"社会我"之间的边界。[②] 事实上，它是一条信任边界。正因如此，亲密与疏远、信任与不信任，就成为差序格局下人际关系之不可分割的两个特征。用梁漱溟的话说，"缺乏集团生活与倚重家族生活，正是事物之两面，而非两事。……何为中国人的家庭特见重要？家庭诚非中国人所特有，而以缺乏集团生活，团体与个人的关系轻松若无物，家庭关系就自然特别显著出了——抑且亦不得不着重而紧密起来。……松于此者，紧于彼；此处显，则彼处隐"。[③]

随着中国社会的变迁，尤其是从共同社会向利益社会，从农业社会到工业社会，从封闭半封闭社会、从乡村社会到城市社会的转变，基于亲缘和亲缘式关系的特殊主义的差序格局之内涵、范围、特点，都已发生了变化。有社会学者认为，这种变化主要表现在以下几个方面：[④] 差序格局的中心点发生了变化，随着工业化和人口流动的加速、家庭的变迁，大多数社会成员被整合到职业网络体系之中，并从中获得地位、权力、利益及个人身份和合法性，但中国人的"家"意识仍然是根深蒂固的，因此，许多中国人有了职业网络体系和"家庭"的双重依靠；利益

① 〔美〕彼得·布劳著，孙非、张黎勤译：《社会生活中的交换与权力》，华夏出版社1987年版，第308页。

② 杨宜音：《试析人际关系及其分类——兼与黄光国先生商榷》，《社会学研究》1995年第5期。

③ 梁漱溟：《中国文化要义》，学林出版社1987年版，第75页。

④ 卜长莉：《"差序格局"的理论诠释及现代内涵》，《社会学研究》2003年第1期。

成为差序格局中影响人际关系亲疏的重要因素；差序格局中所包括的人际关系范围扩大，姻亲关系与拟亲缘关系渗入差序格局；差序格局所构成的人际关系网络具有固定和流动的双重特点，当个体在社会生活中遇到特别事情时，固守于他的内群体，会使他的特别需要无法得到满足，因为关系和资源无论如何是十分有限的，因此，他会以内群体（亲缘或“圈子”）为基础来临时构成他的关系网络，也就是说，他会力图在人际交往中以固定的关系来寻求流动的关系。尽管差序格局的内涵、范围、特点都已发生了变化，但差序格局滋生的社会条件仍然存在，因此将“差序格局”的解释模式应用于当代中国社会，就仍然是合适的。

2. 浙江区域的家族文化和特殊信任模式及其复活

在历史上，浙江是一个受血缘家族文化及其扩展形式影响较深的区域。正如钱杭、承载在《十七世纪江南社会生活》中所说，历史上的浙东是强宗林立之地，“宗族之‘强’不仅表现在它外有雄踞乡里的经济实力和来自朝廷奥援的政治实力，还表现在它对本宗族内部秩序有效的管理。这两者在大部分场合下可能是统一的，尤其是浙东，这种统一在17世纪就已实现，并且程度也要较其他地区为高”。[①]周晓虹的研究表明，近代以来因诸种因素的影响，宗族血缘关系弱化从苏南到浙北、再到浙南呈递减状态。换言之，一直到1949年为止，温州一带对宗族血缘关系的重视，仍要强于浙北，尤其要强于苏南。[②]虽然，江苏与浙江农村中血缘关系的弱化在1840年西方列强打入中国之后已有相当的表现，但宗族血缘共同体的松懈程度以苏南为最，浙北次之，浙南再次之。比如，在苏南的昆山周庄农村，基本上一无公田，二无祠堂，而这种现象早在19世纪中叶就已十分普遍，所以陶煦在光绪六年（1880）撰写《周庄镇志》时就说：“宗祠为近地所鲜。”[③]在周庄，起码自19世纪中叶起就已经不存在同族共聚祠堂祭祀祖先的现象，而家祭虽然供奉着“自始祖以下之主”的牌位，但大多数只涉及

① 钱杭、承载：《十七世纪江南社会生活》，浙江人民出版社1996年版，第118页。

② 周晓虹：《传统与变迁——江浙农民的社会心理及其近代以来的嬗变》，三联书店1998年版，第290页。

③ 光绪《周庄镇志》。

父母和祖父母两代。周庄所在的苏南一带的大多数地区很早就没有族长了，而浙南有些地方虽至20世纪三四十年代仍设有族长，尽管除了调解家庭内部或家庭之间的矛盾外，族长对族内成员的约束力已大为降低。①

浙北杭嘉湖平原一带可以看作苏南和浙南之间的一种过渡状态。与苏南类似，近现代以来浙北宗族血缘关系虽然仍然存在，但也有逐步趋于松懈的迹象，只是在松懈程度上较苏南弱，较浙南强。据曹锦清、张乐天、陈中亚的研究，在20世纪三四十年代的浙北乡村到处散布着"家庭组合"式村落。这种村落内部的宗族组织已经解体，宗族血缘纽带已大大松弛，宗族意识已相当淡漠，家庭个体化、独立化已近完成，村落成为各独立家庭的集居地，村落的地缘关系高于血缘关系。宗族活动大多限于婚丧大事，家庭生产和生活的互助大多限于直系亲属和姻亲属及邻里的小范围之内。据当地老人回忆，在20世纪三四十年代，多数宗族并无族谱，少数保留族谱的"大宗富族"，其最晚的延修时间是清末民国初年。而在浙中的嵊县，1949年前，一些宗族，一般相隔30年修一次宗谱。家谱修成后要造祭谱酒，有的村还演谢谱戏。虽然在"文化大革命"中嵊县所存历代宗谱，大多因破"四旧"而毁，但1985年，经初步查访，发现县内尚存王、张等96姓的家谱520部，其中明代1部，清代142部，民国197部，年代未详180部。此外，在20世纪三四十年代的浙北乡村，"绝大多数宗族并无族产，即令少数拥有族产的宗族，其数量也微不足道，其祠田收益或仅够每年一度的共同祭祀，或需各户分摊祭祀费用，或由经商致富者资助"。② 与浙北宗族文化的外在组织形貌的松懈形成鲜明对照，在浙南温州的虹桥，一直到1949年土改前夕，全镇仍然有宗族公田1078.41亩，占镇内8044.51亩土地

① 周晓虹：《传统与变迁——江浙农民的社会心理及其近代以来的嬗变》，三联书店1998年版，第130页。

② 曹锦清、张乐天、陈中亚：《当代浙北乡村的社会文化变迁》，上海远东出版社2001年版，第500页。

的13.4%，并且宗祠也随处可见。[①] 而在浙东南台州的天台县，一直到1949年以前乃至于改革开放以前，全县乡镇多同姓聚族而居，连县城内也分族姓各居一处，如东门陈姓、溪头姜姓、桥上王姓、后司街曹姓。乡间则由几户、几十户，乃至几百户、上千户组成自然村落。绝大部分村庄是同一个宗族，也有大的宗族分居两个以上村庄，或一个村庄居住两个以上宗族的。聚族而居的村镇必有祠堂。祠又分大宗、小宗。全县最古老的祠堂是县城东门哲山的陈氏祠堂；最宏敞的祠堂是县城袁氏祠堂。民国《天台县志稿》称："天台人，多聚族而居，重宗谊，善团结"，有"好勇斗狠之风，往往因雀角细故，而约期械斗"。若宗族中人有为外姓（族）所侮，则合族群起与外姓（族）争。或争执公山公地而族斗，或因几个人的事闹成斗殴；或因大族欺小族，小族起而反抗；或大族与大族之间各逞其雄而械斗。宗族械斗大多是由一些小问题引起的。

1949年以后，像全国其他地区一样，浙江经济社会经历了千古未有的社会大变局。社会大变革对家族制度、家族文化形成了冲击。由于社会、经济、政治以及生育制度的变革，不仅在浙北，而且在浙中和浙南，宋以来形成的以族谱、族田、族规和族长为标志的传统家族的生存空间遭到了挤压，从而丧失了外在的组织形貌。土地改革没收作为族产的族田，重新分给农民，血缘群体无法再以经济力量控制其同族亲属。斗倒属于地主阶级的族中领袖（如族长），同时剥夺了原先家族（宗族）所具有的一些行政和司法权力。合作化及随后的公社化解决了土地公有问题，宗祠成为公有财产，可以由不以血缘为原则的集体处置。人民公社制度试图取消传统的社区、家族认同；大队和生产小队制度的实施使原来的家族和聚落改造为国家统一管理的生产和工作单位。小队的划分，打破了聚落内部一体化与互助原则。对传统社会关系互助的排挤，创造了新的社会关系。[②] 改革开放以来，体制转换和社会转型背景

① 周晓虹：《传统与变迁——江浙农民的社会心理及其近代以来的嬗变》，三联书店1998年版，第129页。

② 王铭铭、王斯福主编：《乡土社会的秩序、公正与权威》，中国政法大学出版社1997年版，第71页。

下的城市化、全球化以及现代生育制度建立、人口的垂直流动和横向流动等，对包括家族文化在内的传统文化形成了新的冲击。

需进一步说明的是，尽管在近代以来的不同历史时期，以族谱、族田、族规和族长为标志的传统家族制度，已经逐步地丧失了外在的形貌，但是，像全国许多地区一样，无论是浙北、浙中还是浙南，构成家族文化存在的先决条件的亲缘（血缘和姻缘的复合）连带体自始至终没有受到根本的动摇，作为维系家族延续客观条件的亲族聚居，也没有遭到彻底的破坏，作为一个社会群体的家族也就从来未被消灭过，家族观念和家族意识的遗存，因而具备了在现实生活中复活的可能。在20世纪三四十年代，不用说在宗族文化的外在形貌仍然得以保存的浙中和浙南，即使在族谱、族田、族规和族长等宗族文化的外在形貌已趋于松懈的浙北，亲缘关系和地缘关系也依然是村民所熟悉并加以利用的关系。由婚姻、生育和共居而自然建立起来的原始的人际关系，依然是村民社会关系的基础，各种非单独家庭所能满足的家庭需要，只能通过亲缘或亲缘式关系网络加以满足。所有村民都生活在由亲缘和地缘关系交织而成的关系网中。除此以外，朋友关系在20世纪三四十年代的浙北也显示出了其重要性。①

1949年以后，尤其是"文化大革命"时期，在强大的意识形态攻势和新的政治背景下，无论是浙北、浙中，还是浙南，不仅家族文化的组织外貌，而且家族观念和家族意识，都在不同程度上被当作封建主义的东西而受到了批判和抑制。然而，有意义的问题在于，在改革开放之后，人们观察到，像全国许多其他一些地区一样，虽然家族文化的一些外在组织形貌（如族田）在浙江已不再重新生长，但家族观念和家族意识却在较大范围内得以复活。

据徐家良20世纪80年代末在浙江慈溪市三灶街南村的调查表明，虽然近现代以来，慈溪三灶街南村传统的家族结构一定程度上受到破坏和分化，也一定程度上削弱了它在乡村社会的权威性，但是关系网仍笼

① 曹锦清、张乐天、陈中亚：《当代浙北乡村的社会文化变迁》，上海远东出版社2001年版，第508页。

罩着乡村社会。关系网指家族关系、连襟关系、表亲关系和继拜亲关系（继亲关系：一个家庭子女与另一家庭父母结成名义上的父母关系，作为亲戚来交往）。关系网形成乡村社会的连环套，无法解开，也无法解脱，使家族结构以及家族权威发展为与其他关系并存的局面。尽管村党支部、村民委员会等组织已经成为名副其实的权威中心，处理着村社会的一切公共事务，但它仍受到关系网连环套的重重束缚和牵制。[①] 另据任晓 20 世纪 80 年代末对浙江象山县晓一村的调查，晓一村的家族观念在旧社会时较强，新中国成立后逐渐淡薄，但仍保留着家族文化的习俗。凡有联姻关系或继拜关系的，往来十分密切，不仅婚嫁、丧葬、建房这些大事有往来，就是平时"时交月节"也都相互串门，"亲帮亲"、"邻帮邻"已成为情理中事。附近的亲戚越多，势力越旺，办事就越容易，因此近年有就近联姻的趋势，以防止别人的侵害，甚至增强宗族的势力。[②] 从三灶街南村和晓一村我们可以透视到浙东、浙北的村社会，或者也可以说，三灶街南村和晓一村一定程度上是浙北、浙东农村社会的一个小小缩影，具有一定的代表性。

在浙南的温州，宗族文化意识的复活，甚至影响到了社会生活的方方面面。在乡镇换届选举中，包括乐清在内的温州一些地方都出现过宗族势力以拉选票、撕票等方式破坏正常选举的事。随着宗族意识的复活，乐清、永嘉等地重修庙宇、宗祠、坟墓、重撰族谱以及看风水、祭祖奉神等风盛一时。在虹桥，不仅新中国成立初期或"文化大革命"时期被捣毁的庙宇大部修复，而且许多村还建起了新庙宇，甚至还有几座基督教堂，虹桥全镇重建的祠堂也有好几座。而在此风更盛的永嘉，一个黄田乡在 1989 年时就已重建祠堂 33 座。苍南县江南地区现存祠堂 1000 多处；其中 3 个乡 8 个行政村的 25 姓，有祠堂的占 68%，至于族谱的重新编撰在台州、金华、温州、绍兴乃至整个浙江也已成气候。在永嘉桥头镇，在1980—1983 年的四年间，叶氏等 17 个大姓就重撰族谱

① 王沪宁：《当代中国村落家族文化》（附录：案例 3 浙江三灶街南村），上海人民出版社 1991 年版，第 354 页。

② 王沪宁：《当代中国村落家族文化》（附录：案例 4 浙江晓一村），上海人民出版社 1991 年版，第 354 页。

53册。[①] 在温州瑞安的韩田村，1978年以后韩姓、陈姓、曹姓等家族都先后恢复了修宗谱活动，其他33个姓或以本村的家族为单位，或到原迁出村落认祖归宗，也普遍开展了重修宗谱活动。[②] 此外，1978年以后，浙江许多地方的祭祀祖宗、拜祖坟的活动也由地下转为公开，而且随着家户经济实力的增加，祭祀活动的单位开始由家庭向家族扩大，开支和场面也越来越大。

在浙江尤其是南部的台州和温州，家族文化的复活还再次助长了宗族群体的冲突和对抗。比如，在历史上，温州苍南县江南片就有宗族械斗的风气。据民国《平阳县志·风土志》载："江南俗喜械斗，往往因薄物细故两地起争，即各持刀械出斗，其被戕者报官请验，必罗积其地之富民无辜者，控为凶手，主唆兵差下乡，屋庐财物举为荡焉，而凶手早为兔脱，缠讼数年，案无归结，乃起而讲之，按户贫富科钱出和，以寝其事。而官亦含糊为之了结。每械斗一次，地方元气大伤，正教不善，莫此甚也。"1949年以来，江南片的宗族械斗在一定程度上得以扼制，但"文化大革命"以来，宗族械斗风再次复活。1967—1991年间江南片共发生大小宗族械斗1000多起，其中发生在1979年以前的约700—800起。1966年以来的一段时期宗族械斗的泛滥，显然有特殊的原因。因为1966—1967年以来，正是"文化大革命"爆发，中国处于社会大动乱阶段，武斗风极其盛行，宗族械斗披着"革命"的外衣，借着这一机会而大为肆虐。比如，江南片的宗族以陈、杨两姓为最大集团，势力最强，其他许多姓攀附他们成为其相好姓。"文化大革命"时期，两姓与派性相结合，陈姓成立了"江南地区和平防守联合会"，杨姓成立了"自卫同盟联合会"，各自建立指挥部，展开大规模的武斗。1978—1979年以来，随着思想、组织、政治路线的全面拨乱反正，不仅武斗风受到了有效的遏止，而且宗族械斗也受到了政府尤其是公检法部门的极为严厉的打击，宗族械斗骨干分子往往被判以重刑。1983年3

① 周晓虹：《传统与变迁——江浙农民的社会心理及其近代以来的嬗变》，三联书店1998年版，第291页。

② 周祝伟、林顺道、陈东升：《浙江宗族村落社会研究》，方志出版社2001年版，第266页。

月，中央有关部门根据对湖南、湖北部分农村的调查情况，提出了处置“封建宗族势力活动”，如宗族械斗、建立封建宗族组织、私立族规禁约、联宗祭祖、重建旧坟等问题的有关政策建议。在这种情况下，宗族械斗这种恶习本应就此绝迹，但尽管如此，在1980—1983年，温州苍南县的江南片仍发生65起宗族械斗，1990年发生的各类宗族械斗22起，1991年发生的和被制止的宗族械斗事件50多起。[1] 1990年2月13—18日，台州地区天台县苍山区两个宗族因山林水利纠纷，迅速发展成7个乡43个村“王、汤、戴、奚”与“许、鲍、周、余”两类宗族同盟5000余群众卷入的大规模械斗。[2] 在浙江全省，单1990年第一季度，因个人或家庭纠纷引发的群体性宗族械斗事件就多达26起，其中百人以上的15起，千人以上的2起。[3] 家族文化意识的复活，无疑是浙江农村中发生宗族群体冲突和对抗的重要原因，同时宗族群体的冲突和对抗，又进一步强化了宗族文化意识并明确了农村宗族或家族的边界。

家族文化在改革开放以来的浙江得以复活的原因是多方面的，其中重要的是以下几点：

首先，虽然1949年以来像全国各地一样，浙江农村一次次急风暴雨式的社会运动，强制性地斩断和淡化了农村中同宗族同姓氏人们间基于血缘关系的认同意识，并且使现实的人际关系结构发生了一系列实际的改变；但是，这种强制性的行为又没有能真正取消农村文化传统中那种对于自身和自己所属血缘群体的历史的深沉关怀。[4] 事实上，1949年之后政府采取的措施只是“在一定时期内压制了农村宗族活动的发展”，但对“宗法制度在社会结构与社会意识中的深厚基础却触动不够，因此，尽管宗族与宗法关系的影响在将近三十年时间中似已近于消失，而实际上，他们在农村中的根基却依然存在，并以隐蔽的形式长期发挥着

① 参见王晓毅、朱成堡《中国乡村的民营企业与家族经济》，山西经济出版社1996年版，第156—157页。

② 余红等：《当代农村五大社会问题》，江西人民出版社1995年版，第118页。

③ 毛少君：《农村宗族势力蔓延的现状与原因分析》，《浙江社会科学》1991年第2期。

④ 钱杭：《中国当代宗族的重建与重建环境》，《中国社会科学季刊》（香港）1994年第1卷。

作用”。[1] 这是因为，“宗族生存依据与人们的居住条件、日常生活过程中的亲属联系、由传统造成的心理习惯以及宗教需要有关”。[2] 农村的宗族组织、家族意识和家族活动，固然会体现在如祭祖、族谱、祠堂、族规等家族仪式、家族象征符号及制度规范等方面，但更重要的是，它们是活生生的东西，流淌、浮现、浸润于农民的日常生活实践，从而给自身带来长久的文化意义上的生命。正因如此，改革开放以来，当国家放松了外在的强制，家族意识较为深厚的浙江尤其是浙南农民，立刻就以各种方式开始了对血缘共同体的重建过程。

其次，除了外在强制放松以外，改革开放以来的家庭联产承包责任制，显然也对家族制度和家族文化的再生产，产生了极为重要的刺激作用。在某种程度上说，家庭联产承包责任制所借重的是家庭血缘关系的力量，它恢复甚至强化了家族尤其是家庭作为基本的生产和消费单位的意义，而这正是特殊主义的家族文化得以恢复的重要的经济基础。同时，在从人民公社时期的以大队、小队为生产单位到人民公社解体后的以家庭为生产单位的转变，也在某种程度上导致了乡村基层政权的弱化。乡镇、行政村、自然村与村民小组这一套新的行政制度实际上并没有很强的社会—经济作用。“它们不是一种生产联合的制度，而仅起社会控制与国家权力象征的作用。真正在起经济过程社会化作用的，是民间传统的家族制度与社区认同。换句话说，现代化并没有带来传统的家族房支、姻亲与邻里关系网络的破坏，而是促进了这一系列非正式的地方性制度（local institutions）进入功能再现的过程。”[3] 在此情况下，传统的家庭血缘关系网络，便开始凸现出来，并在一定意义上取代了以前乡村基层政权承担的部分职能。

再次，在浙江尤其是浙南，高度紧张的人地矛盾，以及1978年以后发展起来的个体私营经济的高风险性和不确定性，无疑对农民产生了

① 钱杭、谢维杨：《宗族问题：当代农村研究的一个视角》，《社会科学》1990年第5期。

② 钱杭：《关于当代中国农村宗教研究的几个问题》，《学术月刊》1993年第3期。

③ 王铭铭：《中国民间传统与现代化——福建塘东村的个案研究》，贾德裕等主编，周晓虹执行主编《现代化进程中的农民》，南京大学出版社1998年版。

极大的生存压力，这种压力既培育了他们自主创新的精神和自主谋生的意愿，也使他们产生了孤立无助、无从把握的不安和焦虑心态，从而“常常要借助于对传统智慧的创造性应用、对幸存的关系网络的强化利用”，[①] 希望依赖他们所熟悉的旧传统去抵御社会生活的新冲击。在浙江尤其是浙南地区，改革开放以后出现了大量以分散经营为特点的非农业经济活动（如个体运输业、商业、加工业和副业），加之当地的集体经济的薄弱，不仅使得个体经营者需要寻找像宗族这样的血缘群体作为依托，解决生产和经营中的各种难题，而且使得农村社区的公益救助事业也常常不能不以宗族血缘群体为后盾。[②]

当然，改革开放以来，家族文化虽然在一定程度上复活，但它们作为一种具体的文化形态也会随着改革开放以来浙江经济和社会的变化而发生变化。一方面，在当代社会，和家族文化的某些方面有所弱化，其影响减少；另一方面，家族的关系和家族文化在新的方向上又有所发展。王晓毅、朱成堡在温州苍南县的调查表明，当代家族文化的变化大约有两种方向，第一，家族的团体感降低，随着血缘集体内部的利益分化，家庭利益得到更多的重视。第二，家族之间的相互交往增加，社会互动频繁。当代的家族文化表现得更为复杂和多样。[③]

家族文化心理的复活，意味着当代相当数量的浙江人的信任模式是特殊主义的。这也同时意味着，在人际交往中，一般是越靠近家族血缘关系——“己”的中心就越容易被当代相当数量的浙江人信任和接纳，也就越容易形成合作、亲密的人际关系，越是远离“己”的中心，就越容易被他们排斥、越容易使他们产生不信任的心理倾向。改革开放以来，随着经济体制转换和社会转型，基于“契约原则”的普遍主义信任模式的影响无疑在日益增大，但对于相当数量的浙江人来说，基于“血

① 赵力涛：《家族和村庄政治》，北京大学社会学系研究生硕士学位论文，转引自杨善华《家族政治与农村基层政治精英的选拔、角色定位和精英更替》，《社会学研究》2000 年第 3 期。

② 周晓虹：《传统与变迁——江浙农民的社会心理及其近代以来的嬗变》，三联书店 1998 年版，第 322 页。

③ 王晓毅、朱成堡：《中国乡村的民营企业与家族经济》，山西经济出版社 1996 年版，第156 页。

缘原则”的特殊主义依然是占主导的信任模式。比如，陈东升在温州瑞安韩田村的一次问卷调查显示，在回答“亲情与契约，你更相信哪种关系?”这道题目时，114个样本户中，选择“亲情”的占61%，选择“契约”的占39%。这表明，在大多数韩田村村民的观念里，特殊主义的亲缘和亲缘式信任是高于契约信任的。韩田村的经济较为发达，村民们在改革开放之初的1982年，便已较普遍地从事汽摩配生产，较早地涉足商品经济活动，具有较强的市场经济意识和现代意识。因此，可以说，韩田村村民的回答，在温州乃至于浙江，比较具有代表性。

二、信任模式、关系网络与当代浙江经济社会行为

普特南认为，一个依赖于普遍性互惠的社会比一个没有信任的社会更有效率，正像货币交换比以物易物更有效率一样，因为信任为社会生活增添了润滑剂。他还认为，像信任、惯例以及网络这样的社会资本存量有自我强化和积累的倾向。公民参与的网络孕育了一般性交流的牢固准则，促进了社会信任的产生，这种网络有利于协调和交流、提高声誉，因而也有利于解决集体行动的困境。因为当社会和经济谈判在社会互动的密集网络中进行时，就会减少机会主义行为。一次成功的合作会建立起联系和信任，这种社会资本的形成有利于未来的继续合作。[①]齐美尔则认为，信任产生于知识和无知的结合。信任通过在心理上夸大过去的信息，完成了一种超越，由此去定义未来，去推动选择和行动。在卢曼看来，信任靠着超越可以得到的信息，概括出一种行为期待，以内心保证的安全感代替信息匮乏。信任并未消除风险，只是使之少些。它只是起了跳板的作用，帮助跳进不确定性。信任强化现有的认识和简化复杂的能力，强化与复杂的未来相对应的现在的状态。信任增加了对不确定性的宽容，从而增加了行动的勇气和可能性。所以，信任是建立社会秩序的主要工具之一。“信任之所以能发挥这一功能，是因为信任可

① 张文宏：《社会资本：理论争辩与经验研究》，《社会学研究》2003年第4期。

以使一个人的行为具备更大的确定性。增加行为的确定性又是通过信任在习俗与互惠性合作中扮演的角色来完成的。”① 正因如此，信任、规范和网络普遍地被看成是社会资本的关键要素，支撑着广泛的经济关系和社会过程。从根本上说，信任是人们对交换规则的共同理解，即允许行为者对他人行为有预期，并且在缺少完全信息或合法保证的情况下遵循“信任”原则。信任的这种经济视角有赖于规范的假设，并且是通过习惯化交换形成的。

如前所述，包括浙江人在内的中国人的传统信任，是“建立在亲戚关系或亲戚式的纯粹个人关系上面”的，是一种凭借血缘共同体的家族优势和宗族纽带而形成和维续的特殊信任。但是，这种特殊主义的信任模式也像普遍主义的信任模式一样，具有一种重要的社会功能，可以使一个人的行为具备更大的确定性，并在社会互动网络中减少机会主义行为。张其仔认为，亲缘关系及其扩展形式如朋友、师生、邻里、熟人等关系，“不同于一般的社会关系，它是社会资本的表现形式之一，是一种多线的、具有持久特征的社会关系。相互之间的权利、责任和义务确定，主要不是通过法律或明确的规章制度建立的，相互之间的信任也主要不是通过法律来保证，而是通过习惯或传统得以确定和保证的”。② 这种通过习惯或传统得以确定和保证的、“建立在亲戚关系或亲戚式的纯粹个人关系上面”的特殊主义的信任模式，无疑具有一种特殊的经济社会功能，它给改革开放以来浙江的经济活动和社会行为方式打上了深刻的烙印。

1. 特殊信任、关系网络与区域农业责任制的绩效

像全国一样，1978年以来的浙江改革，是从农村实行家庭联产承包责任制开始的，改革开放以来浙江经济的发展也是从农业领域起步的。在全国农村改革全面铺开的宏观背景下，1983年春，浙江全省实行家庭联产承包责任制的生产队占到了总队数的94.7%。由不联产到联产，由联产到组到联产到户，无疑极大地提高了浙江农民的积极性，有力地

① 张其仔：《社会资本论：社会资本与经济增长》，社会科学出版社1997年版，第73页。

② 中共浙江省委党史研究室、当代浙江研究所编：《当代浙江简史》，当代中国出版社2000年版，第326页。

促进了全省农业生产的全面快速发展。1984年与改革前的1978年相比，全省农业总产值从85.84亿元增加到125.22亿元，增长了45.9%（按1980年不变价计算）；粮食生产取得了突破性的增长，总产量从1467.20万吨增加到1817.15万吨，增长了23.9%，创历史最高水平；农民家庭平均收入从165元提高到446.37元，增长了1.71倍。[①]

实行家庭联产承包责任制，何以能迅速地提高浙江农业生产的效率？拉迪认为，始于"大跃进"时期的粮食自给政策（命令），使地方政府别无选择，只有迫使各生产集体在气候、土壤状况更适合栽种其他农作物的地区栽种粮食。直到农村改革开始之前，这项政策一直没有放宽，这些政策的实施和随后的放松，直接对应于利用地区比较优势的可能性的下降和增加。基于上述分析，拉迪提出了一个假设：正是这一政策的变化导致了农业生产力的显著变化。其他一些学者也持有与拉迪相类似的观点。[②] 林毅夫则从另一角度进行解释，他认为，在人民公社以及生产队制度下，农业生产率之所以显著下降，主要是因为努力和报酬之间联系不紧密造成的。在生产队劳动中，每个成员的预期收入既取决于其自身的努力程度，也取决于整个生产队的净产出。由于农业劳动中对每个成员的劳动实施监督的成本和对其劳动投入及其产出进行计量的成本都是相当高的，因此无法保证劳动者的努力与应得报酬取得一致。在无法实施有效激励和监督的情况下，具有经济理性的生产队成员，必然具有强烈的"搭便车"倾向，这决定了生产队的制度安排必然是低效率的。然而，"在家庭责任制下，监督的困难总的来讲得到了克服。根据定义，家庭制下的监督是完全的，因为一个劳动者能够确切地知道他付出了多少劳动，且监督费用为零，因为它已不需要使用为执行劳动计量所花费的资源。其结果，一个在家庭责任制下的劳动者劳动的激励最高，这不仅是因为他获取了他努力的边际报酬的全部份额，而且还因为他节约了监督费用"。[③] 拉迪和林毅夫等人的解释，无疑是持之有据、言

---

① 郑也夫：《信任论》，中国广播电视出版社2001年版，第113页。

② 林毅夫：《再论制度、技术与中国农业发展》，北京大学出版社2000年版，第235页。

③ 林毅夫：《制度、技术与中国农业发展》，上海三联书店1994年版，第55页。

之成理的。他们的分析主要借助的是一种政策学和经济学的视角，但是，对上述问题的更全面的解答，还需进一步诉诸于文化社会学和“经济人”类学的视角。

改革开放以后，浙江农业生产效率之所以迅速提高，一个重要的原因在于联产承包责任制是以家庭为单位的，这隐含着承包责任制可以以经济利益为目标而有力地借助于传统家庭亲缘关系的力量，从而有效地利用传统的信任资源。如前所述，按照费孝通的“差序格局”理论，传统人际关系是以血缘为序列，以父子为经、以兄弟为纬的立体关系网，几乎所有相识的人都可以纳入这架网中，但不同人之间的关系却是不同的。这架立体网上不同的网结间，既具有远近亲疏的差别，也具有程度不同的信任关系。在人民公社化时期，像全国一样，浙江各地的传统社区、家族认同被取消，原来的家族和聚落被改造为以“大队”和“生产小队”的形式而存在的统一管理的生产和工作单位，从而在很大程度上打破了以血缘为原则的聚落内部一体化与互助原则，创造了一种新的人际关系格局。在“大队”和“生产小队”制度下，农民之间更多的是以邻里、朋友、生产合作伙伴等关系而进行交往的，家庭血缘关系则在相当程度上受到了抑制。但是，正如卢作孚所说，“家庭生活是中国人第一重的社会生活；亲戚邻里朋友等关系是中国人第二重的社会生活”。[①] 按照费孝通的“差序格局”理论，在特殊主义文化的信任背景下，邻里、朋友、生产合作伙伴等关系与血缘关系在立体关系网上的远近亲疏和信任程度是不一样的。王飞雪和山岸通过使用针对特殊信任问题的问卷进行调查，[②] 对于“下列几种人，你认为在多大程度上值得信任？”这一问题的回答所得的结果表明，在特殊主义文化背景下，人们所信任的其他人仍以与自己具有血缘家族关系的家庭成员和各类亲属为主，其中家庭成员得到的信任程度最大。虽然在“可以较多信任的一类”中，包括有不具有血缘家族关系的亲密朋友在内，但仅是一般性社

① 转引自梁漱溟《中国文化要义》，学林出版社 1987 年版，第 12 页。

② 参见李伟民、梁玉成《特殊信任与普遍信任：中国人信任的结构与特征》，载《中国社会中的信任》，中国城市出版社 2003 年版。

会交往和社会关系的其他人如同事、邻居、熟人等得到的信任，则介于“说不准”和“可以信任”之间。信任程度最低的则是不具有稳定社会关系的其他人。据此，按照信任程度的高低大小，可以将各类信任对象较清晰地区分为三种类型，即可以较多信任的一类、难以确定信任与否的一类和不可以过于信任的一类。

在人民公社以及“大队”、“生产小队”制度下，既然农民之间更多的是以邻里、朋友、生产合作伙伴等关系而进行交往的，因此，与家庭血缘关系相比，显然存在“信任不足”的问题。而如果人们在交易活动中缺乏信任，他们就必须花费大量资源在度量和监督方面，以防自己受骗上当。但是，农业生产的特点决定了有效监督的费用必然是非常昂贵的，或者甚至也可以说，有效监督几乎是不可能的。因此，“信任不足”问题，显然是人民公社制度下农业生产低效率的一个极其重要原因。

与此形成对照，家庭联产承包责任制所借重的是家庭血缘关系的力量，而在特殊主义的信任序列中，或者说在“差序格局”中，家庭处于“由己到家，由家到国，由国到天下”的通路上离“己”最近的位置，毋庸置疑，基于家庭血缘关系的信任程度是最高的。“‘己’实体不是独立的个体、个人或自己，而是被‘家族和血缘’裹着，是从属于家庭的社会个体。”“这样的‘己’，不同于西方的‘自己’，可以描述为‘家我’（familyorientedself），它的内外群体界限是相对的。”[①] 因此，“以己为中心”的差序格局，实际上是以家族血缘关系为中心，在此基础上形成的人际关系，具有排他性。在人际交往中，一般是关系越靠近家族血缘关系“己”的中心，就越容易被人接纳，也就越容易形成合作、亲密、信任的人际关系。

正因如此，1982 年上半年，在浙江，凡是实行家庭联产承包责任制的地方，春粮、早稻都获得了普遍的增产，农村干部、群众普遍反映“联产比不联产好，包产到户比包产到组好”。[②] 这无疑是一种较为客观

---

① 卜长莉：《“差序格局”的理论诠释及现代内涵》，《社会学研究》2003 年第 1 期。

② 中共浙江省委党史研究室、当代浙江研究所编：《当代浙江简史》，当代中国出版社 2000 年版，第 325 页。

的判断。

彼得·布劳认为，特殊主义是区别集体的特殊属性，同时也把每个集体的成员们联合起来，还在不具有特殊主义关系的人群之间起到分割的作用。“特殊主义的价值在副结构中创造社会团结的整合纽带，但同时也在更大的社会结构中的副结构之间创造隔离性的界线”。① 所谓“副结构”，其实就是前述的“圈子”，特殊主义在一个社会中划分出了许多“副结构”或“圈子”。“这就提出了特殊主义标准的适用范围的问题——它们的联合性力量的范围有多广。作为一个事实，一个社会结构中的特殊主义的标准经常在它的副结构中变成普遍主义的标准。……与此相反，某种社会结构中的普遍主义价值可能在它的副结构中变成特殊主义取向的基础。”② 也就是说，“副结构”或“圈子”有大有小，相互套结。根据彼得·布劳的分析框架，与以“生产队”为单位的生产交往活动相比，“生产组”显然是一个“副结构”或“圈子”，农民在以“生产组”为单位的生产交往活动中，比“生产队”更易于建立亲密的或拟亲缘的关系，所以，人和人之间也便具有更大程度的信任。但是，与以组为单位的生产交往活动相比，家庭又是一个“副结构”或“圈子”，人们在以血缘为基础的家庭经营活动中，相互之间无疑又具有比“生产组”更高程度的信任。由“亲”而信的人际关系模式即亲缘关系，实际上起到了一种信任的担保作用。家庭经济中存在着科尔内所说的保护性“父爱主义”。在家庭资源配置中，主要不是依靠供求关系、法律制度或行政命令，而是依靠血缘关系、婚姻关系、伦理规范等非经济因素的作用，其中家庭伦理、亲情人情等规则起着决定性的作用。在家庭生活中，每一个人都被固定在由家庭和亲属联结的关系网络上，“人们基本的行为模式是相互依赖，即在亲属关系网络中，别人依赖他，他也同样依赖别人。每个人都十分明确对被赋予的东西要回报（尽管回

---

① 〔美〕彼得·布劳著，孙非、张黎勤译：《社会生活中的交换与权力》，华夏出版社1987年版，第308页。

② 同上。

报的时间或许很迟)”。[①] 从这个意义上说，“互惠互利”在家庭经济中对资源的配置作用，正像“追求利润”在市场上对资源的配置作用那样重要。[②] 在市场上，不同的利益主体都在进行竞争，追求自身利益，而在家庭经济中，家庭成员对外竞争，对内采取互惠互利的利他主义原则，追求共同的利益。因此，在家庭成员之间，甚至在其他的亲属之间，不可避免地会形成一个相互信任的、互惠互利的“保护性”网络。[③] 在家庭这一基于血缘的特殊关系的交换和组织中，成员之间具有全面而强烈的信任关系，有了这种信任关系，就可以有效地减少经济运行的交易成本，减少组织内部的“搭便车”行为，花费在度量和监督方面的资源就可以大大节省，讨价还价和扯皮的成本就可以大大地降低。这虽然不是家庭联产承包责任制产生较高生产效率的唯一原因，但无疑是重要原因之一。

2. 特殊信任、关系网络与区域社会和经济活动

改革开放以来，浙江经济模式的具体内容可以被概括为：市场化+投资主体多元化（民营经济为主体）+专业化特色产业区。[④] 这一模式之所以得以进行和维持的一个重要原因，也在于其借重了亲缘和亲缘式的人际关系，而特殊主义的信任观念则在其中起了润滑剂的作用。

改革开放以来，浙江的资源配置的范围逐步地从依靠省内区域市场，发展到依靠全国大市场，再发展到面向国际大市场。也就是说，浙江模式中的“大市场”，不仅仅意味着在浙江区域内涌现的众多的专业市场，而且也意味着撒向全国乃至全世界的经济交往网络。社会上流传着这样一句话：“哪里有浙江人，哪里就有市场；哪里有市场，哪里就有浙江人。”大市场究竟怎样与浙江人紧密联系在一起？

社会网络的研究近年来开始受到中国学者的重视。作为一种微观研

① 〔美〕许烺光著，薛刚译：《宗族、种性、俱乐部》，华夏出版社1990年版，第277页。

② 李培林：《中国社会结构转型——经济体制改革的社会学分析》，黑龙江人民出版社1995年版，第90页。

③ 张继焦：《市场化中的非正式制度》，文物出版社1999年版，第79页。

④ 颜春友：《浙江民营经济发展与特色产业区》，载何福清主编《纵论浙江》，浙江人民出版社2003年版。

究，社会网络分析框架倾向于分析将成员连接在一起的关系模式。网络分析探究深层的结构——隐藏在社会系统的复杂表面之下的固定网络模式，并运用这种描述去了解网络结构如何限制社会行为和社会变迁。从这一分析框架出发，我们会发现浙江人外出经商的方式和方向上存在着一种重要的现象，即在某一大中城市、某一社区或行业中，往往集中了浙江或浙江某一地区的人群，从而在全国乃至于世界形成众多的"浙江村"、"浙江街"。"浙江村"既不是一个自然村落，也不是行政编制单位，而是一个处在行政之外、跨村落、约定俗成的称呼。"浙江村"、"浙江街"的得名是因为那里聚集了一大批以"离土离乡"的方式进京经商务工的浙江人。全国各地的"浙江村"犹如一个由亲缘、地缘网络和生产、市场网络混合成的特殊的松散集团公司，又像是一个初具规模的"农民城"。

北京的"浙江村"是近十年以来一些社会学者重点关注的经济社会现象。北京的朝阳、海淀、丰台等区都形成了"浙江村"、"浙江街"，其中最大的一个浙江人"社区"在丰台区的南苑乡。虽然当地政府几度以"打击非法经营"、"整顿市容"等名义，对南苑乡"浙江村"里的经商务工者进行过大规模的遣返，但"浙江村"里的经商务工者反而越来越多。据周晓虹等的调查，到1995年时，丰台区一带"浙江村"的面积已经扩展到了大红门和南苑等5个乡24个自然村，连沙窝、西局、大郊亭、劲松东口等地也都像满天星一样撒上了一片片新的"浙江村"。居住在"浙江村"的经商务工者人数在10万以上，其中约75%是乐清人（其中又有40%—50%的人来自原虹桥区），另有永嘉、瑞安和温岭等地的温州人和台州人，也有少量的湖北、四川、安徽和江苏人。在20世纪90年代中国的大中城市里尽管都有各地人聚集而成的"××村"，比如，在南京就形成了以收购、捡拾、加工和专卖废旧塑料为生、以河南固始农民为主要成员的"河南村"，以及政府出面兴建的"小手刀公寓"，"但像'浙江村'这样历时较长、规模庞大、内部自成系统的民工聚居地还十分鲜见”。[①] 这种有自己地理边界、明确的生活和生产区域的浙江人“准社区现象”，不仅见之于浙江省外，而且也见之于浙江省内。“就这一点而言且不说目前遍布全国的‘浙江村’、‘温州村’，就是在浙江全省范围内，比如杭州，就有城北商贸城，原来不过是温州人做皮革生意的居所，温州人还在杭州办了四季青服装批发中心；在茶叶市场，新昌人显然多过其他地区的人。而珍珠及珍珠制品的市场，诸暨口音就成了最主流的乡音了。”[②] 这表明，全国各地的“浙江村”、“温州村”、“台州村”村民不是以分散的方式存在于城市的不同角落，他们集中在一起，形成了一个个既与当地人相往来又与当地人在生产和生活方式相区别的“准社区”。在这个“准社区”中，“浙江村”村民之间具有相当程度的共存感、从属感和认同感。

对于这一现象，一些学者作过调查和分析。在社会学界较早由宋民、项飚对“浙江村”进行过数度全景式的报道，而后又由王汉生、项飚等学者尤其是王春光对“浙江村”进行了极其深入的调查，并在这些方面留下了大量具有理论价值与现实意义的著述和资料。此后，周晓虹等也对“浙江村”进行了入户调查，同样收集了大量的感性材料，并在《传统与变迁——江浙农民的社会心理及其近代以来的嬗变》一书中进行了富有新意的社会学阐释。“浙江村”、“浙江街”现象形成的原因，显然是多方面的，其中的一个重要原因，就是浙江人外出经商的信息往往来源于他们的亲缘及准亲缘群体。也就是说，外出经商者具体的流向和具体的分布地是受关系网络限定的。面对众多的商业机会，外出经商者个人有多种选择：他（她）应该去哪个地方呢？促成他（她）选择某一个具体地方的，往往是与他（她）有社会关系的并且已经在某地经商的人，这些人将会提供他（她）有关该地的信息，并尽力提供各种帮

① 周晓虹：《传统与变迁——江浙农民的社会心理及其近代以来的嬗变》，三联书店1998年版，第261页。

② 郑勇军、袁亚春、林承亮：《解读“市场大省”——浙江专业市场现象研究》，浙江大学出版社2003年版，第98页。

助。比如，一项对北京“浙江村”和巴黎“温州城”的比较和调查显示，[①] 两地经商者的外出信息，往往是由他们的亲属、同乡和朋友等提供的。温州人（也是其他浙江人）务工经商，有这样一个特点：刚开始，先是少数人，也没有明确的务工经商目的地，一旦发现一个地方有钱可赚，就写信（后来是打电话）或派人回家，把亲戚朋友、左邻右舍带出来，或者自己赚了一些钱寄回家，让周围的人知道了，从而也引来了一批熟人。北京的“浙江村”和巴黎的“温州城”基本上就是这样聚集起来的，其他地方的浙江人经商聚落也往往是通过这种方式聚集起来的。这个聚集过程，具有“帮带”的特点，即一个人在一个地方发现了市场机会，就会有三亲六眷、朋友老乡尾随而来，规模越做越大。在这个聚集过程中，社会网络或特殊主义的信任关系，既是他们传递流动信息的媒介，又是他们流动得以进行的机制。

格拉诺维特指出，经济行为的根基在社会关系中，而各个社会的社会关系却是不一样的。不同的社会关系模式，将导致不同的经济社会行为模式。在一个具有特殊主义取向的社会中，人们更重视已经存在的各种关系，他们倾向于与自己有某种特殊关系的人们进行交往，而这种交往又会使他们原有的关系得到加强。因此，特殊主义的取向具有固化既存关系的作用，具有增强关系网成员信任程度的功能。按照彼得·布劳的说法，特殊主义取向是“团结和整合的媒介”，但这种媒介的作用范围只局限于具有特殊关系的人们之间。这种处理人际关系的过程必然产生的后果是：他们把所接触的人分为两类，一类是与自己有某种特殊关系的、可以信任的自己人；另一类是在此之前没有特殊关系的人，特殊主义的行动者常常认为这后一类人是难以信任的。

浙江人外出经商的信息之所以来源于他们的亲缘、地缘及亲缘式关系（即作为亲缘关系复制或延伸出来的其他关系，如邻里、朋友、同学、战友等），很大程度上是由于这些关系意味着较高的信任程度。翟

① 王春光：《流动中的社会网络：温州人在巴黎和北京的行动方式》，《社会学研究》2000年第3期。

学伟关于关系强度与农民外出求职策略的研究表明,[①] 在特殊主义或“差序格局”的文化背景下，所谓信任度，不是指信息传递本身的真假及其程度，而是指接受信息的人根据什么因素来判断这个信息为真或者为假。现实生活中完全可能发生这样的事，在信息的传递过程中，有亲缘关系和亲缘式关系的人的信息可能是假的，但因为是亲缘关系或亲缘式关系，接受信息的人也会把它当成是真的；无亲无故的人的信任可能是真的，但接受该信息的人却可能会把它当成是假的。原因是，前者是强信任关系，后者是弱信任关系。上述观点，显然可以应用于对遍布全国乃至于全球的“浙江村”、“浙江街”聚集过程的分析。

亲缘及准亲缘（邻居、同学、朋友等）社会网络不仅为浙江人外出经商务工提供了信息，而且也构筑了人员的流动链。王春光对巴黎温州人的研究表明，社会网络在沟通和传递着温州与法国之间信息的同时，也构筑了人员流动链。“每年都有一些温州人借助这样的流动链，进入法国，来到了巴黎。当然社会网络作为流动链，不是现在的现象，早已有之了，只要有移民的地方，就有社会网络在起支撑作用。这种现象在早期来巴黎的温州人当中是早已存在了的。”[②] 据王春光的研究，目前在巴黎的温州人大多数是20世纪80年代以来进入法国的，他们中只有少数人是通过申请家庭团聚而进入法国，大多数人达不到法国的合法移民要求，就转向偷渡。而社会关系网络则在偷渡上起到了如下几方面的作用：首先，在中国国内，一个地方的居民在海外的社会关系越多，就越有可能产生移民国外的愿望，在无法通过合法渠道移民国外的情况下，他们便会想到偷渡。因为他们感觉到，偷渡成功的话，在目的地就能依靠社会网络得以生存下去。在温州，并不是所有地方的人都参与偷渡，主要还是集中在像瑞安的丽岙镇、永嘉县的七都镇、青田的山口乡等侨乡及附近地方。其次，社会网络也决定了偷渡的目的地。一个人在哪个国家的社会关系越多，而且越可靠、亲近，他就越有可能往这个国家偷

---

① 翟学伟:《社会流动与关系信任——也论关系强度与农民工的求职策略》,《社会学研究》2003年第1期。

② 王春光:《巴黎的温州人——一个移民群体的社会建构》，江西人民出版社2000年版，第63页。

渡。比如，温州瑞安市的丽岙镇的主要侨民在法国和意大利等国，所以那里的人主要偷渡目的地就是这两个国家；而永嘉县七都镇的大部分侨民在美国，所以那里的人更多地往美国偷渡。最后，社会关系网络还是偷渡者和蛇头取得联系的唯一渠道。没有社会关系，很难知道蛇头在哪里，怎样与蛇头谈好偷渡的条件，甚至达成一定的口头协议，并保证偷渡成功后履行这些协议中提出的要求和承诺。“当然，除非亲戚朋友不愿意帮助国内的人偷渡，否则的话，亲戚朋友这样的关系确实是偷渡者的主要依靠。”①

在浙江本省与全国各地“浙江村”、“浙江街”之间，也可以见到类似于温州和法国之间的由亲缘、准亲缘社会网络构筑而成的人员流动链。据王汉生、刘世定等的看法，“浙江农村工商业者以经营为目的的流动，通常都依托于传统的人际网络结成小群体，这种小群体发挥着保障安全、降低流动中的心理成本、在生活上互助的功能；同时结成小群体也是生产经营上协作、分工的需要。这种情况在早期的小规模流动中就已出现了”。② 王汉生、刘世定等在北京“浙江村”的调查表明，社会关系网络不仅构成浙江和北京之间共同流动的基础，而且也充当接续式流动的路径网络。共同流动是同时而且协同流向一个目的地，接续流动则是先后流向同一目的地。在两者都依托于人际关系网络的前提下，它们可以被视为浙京两地关系网络型流动的两种形式。王汉生、刘世定等认为，“依托乡土人际关系的接续流动之所以产生，首先是由于先进入北京的经营者为扩大自身生产规模需要更多的劳动力，而利用关系网络物色的劳动力便于管理，组织成本较低。被引带入京的劳动力有的逐渐摸得经营门道，于是就从老板那里独立出来，把自己的家人带到北京，组成新的工商户，在‘浙江村’这是相当普遍的现象”。③

---

① 王春光：《巴黎的温州人——一个移民群体的社会建构》，江西人民出版社 2000 年版，第 66—67 页。

② 王汉生、刘世定、项飚、孙立平：《北京“浙江村”：中国农民进入城市的一种独特方式》，贾德裕等主编，周晓虹执行主编《现代化进程中的农民》，南京大学出版社 1998 年版，第 313 页。

③ 同上书，第 314 页。

不仅如此，改革开放以来浙江人在异乡的生存、发展和融入当地社会，在相当大的程度上，也依赖于亲缘和亲缘式的社会关系网络以及建立在这一基础上的信任关系。格雷佛斯认为，移民在“适应周围环境时个人会有不同的资源可供使用，其中有他们自身的资源，核心家庭的资源、扩大家庭的资源甚至邻居朋友的资源，或更广的社会资源。……在依赖族人的策略（kin-reliances trategy）中移民是利用核心家庭以外的亲戚资源以适应环境；依赖同辈的策略（peer-reliancestra tegy）则运用同辈及相同社会背景的人的资源进行调适；依赖自己的策略（self-reliancestra tegy）则依靠自己及核心家庭或外界非人情关系（impersonal）的组织资源”。[①] 对于外出经商的浙江人来说，告别熟悉的乡土社会，来到陌生的城市社会，这一生活事件无疑意味着要疏远生于斯、长于斯的或漫长岁月中所构建的乡土社会关系网络。但是，在一个新的环境中，个人自身的力量资源显然是十分有限的，不足以支撑他们的生存和发展，这就在客观上要求他们重新构建社会支持网络，以便从网络成员那里获取资源，来解决日常生活和经营中的困难。一些学者甚至认为，社会网络对移民的重要性无论怎么估计都不过分。

一项来自北京“浙江村”的研究表明，社会支持网络对于外出经商的浙江人而言，确实是非常重要的。[②] 比如，北京市不允许外地人开办诊所，但是在北京的“浙江村”，一些温州农村医生在那里开办了一些私人诊所，尽管经常受到清剿，然而总是清剿不绝，只要其中的一个诊所受到清剿，这个消息马上就会通过温州人自己的社会网络传到其他诊所，其他诊所的老板很快将仪器和药物转移到他们在“浙江村”的亲戚朋友那里，暂时关闭避风，以对付清剿。另外，由于北京管理部门按人头收取各种费用，为了躲避这一点，许多温州人不去登记，只要亲戚朋友中有一人办理暂住手续，其他人就可以利用这一点避开各种检查，这同样是他们的社会网络帮助了他们。社会网络不仅为外出经商的浙江人

① 转引自王春光《流动中的社会网络：温州人在巴黎和北京的行动方式》，《社会学研究》2000 年第 3 期。

② 同上。

提供各种经济资源，而且也提供了各种各样其他的社会支持。北京“浙江村”鞋厂经理的一席话，也表明了这一点。张经理说：“一方面我们重视老乡、亲戚、朋友，不但做生意愿意找他们，即使在北京有难办的事也愿意找在政府中做事的浙江籍人；但另一方面我对亲戚朋友的态度非常简单，你找我，我可以给你领条道，但路怎么走是你自己的事。”①

巴里·韦尔曼和斯科特·沃特莱在研究东约克的城市社会网络时发现了五种社会支持类型：② 其一，情感支持。61% 的网络成员可以以某种形式提供情感支持，形式包括较少的情感支持（minoremotionalaid），关于家庭问题的忠告（advice），主要的情感支持（majoremotionalaid）和主要服务（majorservices）。其二，服务（services）。61% 的网络成员可以提供这种服务包括小服务（minorservices），借款或给家庭用品（household items），小的家庭援助（minor household aid），主要的家庭援助（major household aid），组织援助（organizational aid）。其三，伙伴关系（companionship）。58% 的网络成员可以提供此种关系，包括讨论思想、一起干事、作为伙伴（fellow）加入一个组织。其四，财政支持。16% 的网络成员可以提供这种支持，包括小额贷款或送礼、大额贷款和送礼、提供住房（housing）贷款或赠礼（gift）。其五，工作或住房信息。10% 的网络成员可以提供此种支持，包括工作信息、工作合约（job contact）和找住房等。

社会网络是行动者之间通过社会互动而形成的一种相对稳定的体系即社会结构。社会网络研究特别关注人与人、人与群体、群体与群体之间的关系，不专注于对个人和群体属性和品质的研究和考察；它强调的是行动者对社会资源的获取能力，而不是对某种资源的占有状况。巴里·韦尔曼和斯科特·沃特莱的上述研究表明，城市社会网络对于城市的土著居民具有极为重要的社会功能，而事实上，社会网络对于在城市中经商的异乡人尤其具有重要的意义。但是，像浙江外出经商者这样的

① 周晓虹：《传统与变迁——江浙农民的社会心理及其近代以来的嬗变》，三联书店 1998 年版，第 273 页。

② 张其仔：《社会资本论：社会资本与经济增长》，社会科学出版社 1997 年版，第 64 页。

“异乡人”，要从社会网络中得到支持，还是必须以血缘、地缘这些原有的社会关系为纽带。这是因为对外出经商的浙江人（绝大部分出身于农民）来说，原有社会体制尤其是户口制度遗产所形成的城市管理部门和城市居民的态度充其量也不过是“冷漠”或“漠视”，再加上分割式的劳动力市场、僵化的户籍制度、居住格局等，要融入客居城市的原有社会网络，并不是一件十分容易的事情。在这种情况下，浙江外出经商者不可能马上从当地社会网络中寻找到社会支持的资源。对他们来说，唯一现实的途径，就是利用他们原有的亲缘和准亲缘的社会关系网络，沿着原有的关系建构原则（血缘、姻缘、地缘等）来拓展其社会关系。这种熟悉的关系建构原则和社会关系网络，既能够给他们带来方便，从而节省交易成本，也能够给他们带来较高的安全感或信任度。

当然，原有的（或老家的）社会关系网络不可能被原封不动地搬用，而是必须适应客居地社会环境的变化而有所变化。王春光的研究表明，[①] 在北京的“浙江村”和巴黎的“温州城”，这种变化确实已经发生了。首先，本来在浙江老家几乎没有来往的许多亲戚在异国他乡得到重新的认可和建立，亲戚关系的范围因而有所拓宽。其次，在未外出之前，由于在家乡居住的地理距离比较远，因此许多人之间可能基本上没有什么交往，但到了外地以后，聚居在一起，自然有重复交往的机会，但是在选择交往对象上，浙江人还是以家乡的居住地点为中心逐渐向周围延伸、扩展。如果在浙江老家，他们中的一些人可能不会成为交往的选择对象，甚至也可能互不相识，从这一意义上也可以说，浙江外出经商者社会网络的地域覆盖范围超出了原来在老家触及的地理范围。再次，城乡关系对社会网络的影响比在浙江老家有了很大的减弱，在异乡，老乡的身份被大大地突出出来了，原先的城乡居民变得密切起来，而身份差异则变得越来越不重要了。此外，如一起偷渡出国、一起经商、一起当工人、一起当兵等重要的共同经历在构建社会网络的过程中变得越来越重要。

---

① 王春光：《流动中的社会网络：温州人在巴黎和北京的行动方式》，《社会学研究》2000 年第 3 期。

关系网络对改革开放以来浙江社会经济活动的影响，不仅体现于外出经商者从特殊主义的社会关系网络中获取信息和社会支持上，而且也体现于浙江本土“一村一品”、“一乡一品”的专业化特色产业群上。浙江产业群的一个重要特色，就是成千上万的家庭工场，及在此基础上形成的同类产业的地域聚集，如宁波服装、温州皮鞋、绍兴化纤面料、海宁皮衣、义乌小商品、永康小五金、嵊州领带、黄岩精细化工、枫桥衬衫、慈溪小家电等。在浙江同类产业的地域聚集过程中，基于亲缘和地缘的特殊主义文化和关系网络，无疑产生了中介的作用。比如，在温州农村不仅有许多从事第二、第三产业的专业户，而且有许多专门从事同一行业的专业家族。尤其是在改革开放初期，这种以家庭为中心，以血缘和亲缘关系为纽带的经济扩散现象更是屡见不鲜。由于农村社会同宗聚族而居的居住格局的影响，因此产业按血缘、亲缘关系关系扩散，同时也表现为同类产业的地域聚集，从而产业分布上出现了波特所谓“簇群（cluster）现象”。[①] 比较典型的事例是，当1982年国家政策开始允许农民成为当时意义上的专业户、重点户时，原温州瑞安韩田学校五七厂的四五十名工人随即自动离厂，回家办起了家庭工场，韩田村的汽摩配业因而开始以家庭为单位向四邻扩散。[②] 这些家庭工场依靠家族、邻里、朋友等多种社会关系联结成一个个企业网络，网络内部存在着密切的专业化分工与协作，不同的企业网络之间又存在着众多的或强或弱的联系，使产业群成为一个无形的大工厂。[③]

上述表明，浙江区域的特色产业群是以亲戚朋友、邻里同学等关系为纽带，以成千上万的家庭工场为基础，在“一人带一户，一户带一村，一村带一乡（镇）”的模式下起步并迅速发展起来的。在这个过程中，特殊主义的社会关系网络无疑也提供了信息、知识和社会支持。在起始阶段，一个村庄中一旦有人从事某种产业并产生了赚钱的效应，这

① 参见朱康对《家族文化与温州区域经济发展》，载史晋川等《制度变迁与经济发展：温州模式研究》（修订版），浙江大学出版社2004年版。

② 陈东升：《村落家族文化对韩田村汽摩配业的影响》，《温州论坛》2000年第4期。

③ 朱华晟：《浙江产业群——产业网络、成长轨迹与发展动力》，浙江大学出版社2003年版，第76页。

一信息就会向这些人的社会关系网络中的其他成员传播、扩散，从而带动其他成员也来从事相同产业，而其他成员又依次把与自己有关系的人带进这一产业，从事同一产业的人越来越多，规模像滚雪球一样扩大。

三、特殊信任、关系网络与浙江企业组织

纳尔逊和温特基于有限理性和知识的分散性提出了“惯例”（routine）概念，企业是以日常惯例为基础的，因而，诸如生产计划、价格确定、研究与开发资金的分配等都遵循以惯例为基础的行为方式，而不是随时计算最优的解决方案。每个企业的惯例，不仅可以被看成是企业知识和经验的载体，而且也可以被看成是企业成长于其中的特定社会文化环境的产物。在浙江企业惯例的形成过程中特殊主义的信任文化、家族文化传统等显然都产生了作用。有学者曾提出泛家族化历程的概念，认为家族中的伦理或角色关系，会类化到家族以外的团体组织。根据此种理论，透过泛家族化的历程，企业组织中的人际关系表现出类似家庭中的角色关系，并不令人感到意外。[①] 郑伯埙则认为，在台湾地区的许多私营企业会以家庭（family）作为企业的隐喻（metaphor），而展现出类似家庭内的人际关系。[②] 改革开放以来，建立在亲戚关系或亲戚式的纯粹个人关系上的、凭借血缘共同体的家族优势和宗族纽带而形成和维续的社会关系网络和特殊信任模式，无疑也给浙江企业组织打上了深刻的烙印。大量事例表明，改革开放以来的浙江企业组织，不是外在于社会关系的，而是嵌入于特殊主义的社会关系网络之中的。不管是类化效果还是隐喻作用，在当代浙江区域企业组织中都有明显的表现。

1. 特殊信任、关系网络与乡镇集体企业组织

改革开放初期，像苏南一样，人们完全没有预料到的最大收获，就

---

① 杨国枢：《家族化历程、泛家族主义及组织管理》，载《海峡两岸组织文化暨人力资源研讨会宣读论文》，信义文化基金会1995年版。

② 郑伯埙：《家族主义与领导行为》，载杨中芳、高尚仁编《中国人、中国心：人格与社会篇》，远流出版公司1988年版。

是在农村改革中浙江尤其是浙北涌现出了大批的乡镇集体企业（这些企业后来已大部分被改制）。乡镇集体企业的前身是社队企业。十一届三中全会以后，中共中央提出了“社队企业要有一个大发展”的方针。在这一方针政策的背景下，浙江从省到地市县和公社各级领导不断清“左”破旧，逐级建立专门机构，加强对社队企业的培植和指导。在政策上适当减轻社队企业的税收负担，允许其产品价格有一定的浮动幅度，在银行贷款、支农资金上给予照顾，等等。浙江的社队企业（1984年改名为乡镇企业）在改革春风的吹拂下，一度显示出勃勃的生机。乡镇集体企业的发展既导致了全省农村经济体制的重要创新——一种可以与农业中的家庭联产承包责任制相提并论的制度创新。

乡镇集体企业是在集体主义的文化背景下成长的，也曾被看成是最符合“社会主义性质”和“社会主义方向”的，乡镇集体企业的集体性质似乎决定了其不是严格意义上的家族企业。原先的社队企业由集体所有，集体统一经营。几乎是在家庭联产承包责任制刚全面实施后，社队企业也开始实行承包制，即由公社、大队包给一些“能人”。这些“能人”基本上都是农民，其中多数是农民中的基层干部或原来就是社队企业中的经营者。他们成了乡镇集体企业第一步制度创新的主角。能人成为制度创新的主角，显然是与乡镇集体企业初创阶段意识形态、价值信念、道德理想等非正式制度安排或文化氛围相协调的。因为当时的能人并非只是懂经营者的人的代名词，他同时在思想上也必须“过硬”，即做到“又红又专”，而这正体现了被农民普遍接受的主流意识形态对能人的期望和要求。“农村要进步，关键在支部”、“村看村，户看户，社员看干部”。选好支书，配好班子，是农村基层组织建设的关键。这个问题解决好了，发展经济就有了火车头，农民致富就有了带头人。在浙江乡镇集体企业的早期发展阶段，起关键作用的往往是一两个人，他们不仅有杰出的才能（专），而且还实际运用这些能力为集体的目标和成员的目标作出了贡献（红）。显而易见，对于浙江乡镇集体企业的发展尤其是初期发展而言，“红”与“专”两者乃是能人不可或缺的必要素质。因为，企业家的首要任务是设计和发现市场、评价产品和产品技术以及积极管理雇员的劳动，而这是由经济环境的不确定性所决定的。

所谓不确定性即完全不可预见的事变，它不同于风险，因为风险是可以由保险机制加以平抑的。当不确定性发生的时候，创新就成为必要的了。企业家实现上述任务需要有关的特殊知识，也就是要“专”。

另一方面，由乡镇集体企业的集体性质所决定，“红”在乡镇企业初创阶段也显得非常重要，因为“红”表明能人具有“较大的以集体目标为取向的意识形态拥有量”。而根据新制度经济学的观点，较大的意识形态拥有量能够减少消费虔诚的影子价格，因此个人“搭便车”或违反规则的可能性较少，而他对周围的制度安排及制度结构应合乎道德的意识形态信念较强；对现行制度安排的合乎义理性的意识形态信念，能有效地淡化机会主义倾向和行为。个人意识形态的信念强，说明他的意识形态资本大，因而生产虔诚的影子价格低。配置到虔诚上的时间边际效用高，为此他会配置较多的时间来消费虔诚。事实上，在浙江乡镇集体企业发展的早期阶段，能人的“红”或“较大的意识形态的拥有量”，乃是他们进行制度创新和经营的最主要的精神动力源泉。因为如果真的如韦茨曼和许成钢所说，“既然没有明晰的产权和出于最大盈利动机经营企业的所有者，乡镇企业应该是偷懒成风的，其结果乡镇企业势必经营不善”。[①] 但是，乡镇企业的效率在相当长的时期内实际上相当可观。比如，1983 年，浙江省已有 26 个县（区）社队企业总收入超亿元，其中最高的绍兴县达到 9.58 亿元。在 1984 年到 1991 年的 7 年间，浙江乡镇企业总产值由 121.07 亿元增加到了 928.57 亿元（不变价），增长了 6.67 倍。1991 年浙江乡镇企业占全省工业产值的 51.38%，支撑起全省工业的半壁江山。对于理论和现实的这一反差，如果遗漏了社会和文化的或精神的因素，显然难以作出令人信服的解释。

然而，在一个特殊主义的社会关系网络仍然在发生作用的环境下，集体主义的价值取向也不可能是纯粹的，后者必然会在相当程度上受到前者的浸染。如果仔细观察浙江乡镇集体企业发展和组织结构、管理，则不难发现，它们仍然在相当程度上都烙上了特殊主义的家族文化的印

---

① 转引自张其仔《社会资本论：社会资本与经济增长》，中国社会科学出版社 1997 年版，第 172 页。

记。事实上，在浙江乡镇集体企业发展的初始阶段，那些又红又专的“能人”，就已在一定程度上具有了家族文化背景下“家长”的特征。而且，这种“家长”的特征随着乡镇集体企业的发展以及社会大环境的变化而日益得以强化，与此相应的集体主义的价值取向则逐渐地趋弱。在乡镇集体企业的早期发展阶段，由于能人实际运用其杰出的能力为集体目标和成员的目标作出了贡献，从而赢得了乡镇企业组织成员和其他村民的赞同和尊敬。毋庸置疑，在有着几千年家族文化传统的乡村社会里，乡镇企业组织成员和其他村民的赞同和尊敬，或多或少地会带着家族文化的色彩，也就是说，在很大程度上是对家族共同体的“天然首长”——“家长”的赞同和尊敬。这种具有家族文化色彩的“赞同”和“尊敬”，又会进一步地强化能人的“家长”意识。按照彼得·布劳的社会交换理论，“集体赞同某种权力可使该权力合法化。如果人们认为，在一位上级行使权力时，他们从中得到的好处在价值上超过了他们因服从他的要求而给他们带来的困苦，那么他们就会相互交流看法便形成了一致意见。这种一致意见表现成群体的压力，又促使人们服从统治者的指令，从而加强了他的控制权力，使他的权威合法化”。[①] 乡镇集体企业能人的贡献最终换取了成员家族式的服从，成员因为承认能人对集体目标作出了贡献，所以必须承担相应的义务以作为报答。而成员唯一能做的事情，就是服膺于能人的家长式权威，一切听从他的安排。然而，这将导致一些“能人”或村干部走向家长式的独断专横，不仅乡镇企业的成员和其他村民对其行为难以制约，有时甚至国家也越来越难以对他们进行控制。

浙江不少乡镇集体企业在20世纪90年代尤其是90年代中后期以来相对优势有所减弱，在某种程度上存在向“二国有”转变、机制退化等问题，经济效率也有所退化，这从乡镇集体企业相对集中的浙东北与乡镇集体企业较少的温台地区同一时期发展势头上的差异上可以比较出来。浙江乡镇集体企业在20世纪90年代中期以后面临的问题的原因是

---

① 〔美〕彼得·布劳著，孙非、张黎勤译：《社会生活中的交换与权力》，华夏出版社1987年版，第26页。

多方面的，比如产品结构不适应市场新变化，“小而散”的工业生产力格局严重影响竞争力，技术和人员不适应竞争要求，产权组织、经营机制不适应新形势要求，等等。除了这些物质性的原因以外，精神性的因素也不可忽视。在乡镇企业发展的初始阶段，尽管集体主义的价值取向已经在一定程度上受到了家族文化的浸染，但当时的社会主导价值观以及能人的价值信念与乡镇集体企业的性质在大体上是兼容的。这就不仅为能人制度创新的动机提供了充分的精神动力机制，而且促进了乡镇集体企业的迅猛发展。随后，社会大环境显然发生了变化，其最显著的特点是像全国其他地区一样，浙江也经历了经济体制由计划到市场的转换以及社会全面转型的过程。而市场经济的利益驱动机制必然会强化人们追求个人利益的动机和欲望，它不能不对经常与市场打交道的能人的心理产生作用和影响，对自身利益的高度敏感和极度关心，无疑降低了集体利益和他人目标在一些能人的目标函数之中的权重。随着一些能人追求个人利益动机以及家长式权威的强化，乡镇企业的集体产权性质便与能人的个人价值目标发生了错位。换言之，尽管乡镇集体企业的经营者已经由具有集体主义价值取向的“又红又专”的能人向具有私有观念和以自身利益为取向的家长式能人转变，但乡镇集体企业的初始制度安排（正式的和非正式的）决定了其仍需按照集体的目标而发展，或者说它的发展已经具有了路径依赖性质。在这种情况下，如何保证能人仍然具有不竭的创新动机？如何保证浙江乡镇集体企业在激烈的市场竞争中继续具有良好的经济绩效？正是由于难以有效地解决诸如此类的问题，所以，20世纪90年代中后期乡镇集体企业的纷纷转制就难以避免了。

当然，辩证地看，特殊主义的家族文化对浙江乡镇集体企业发展的影响，也并非完全是消极的，其积极的一面也是显而易见的。比较典型的是浙江乡镇集体企业在发展过程中对特殊主义人际关系网络的利用。与西方发达国家原始的工业化不同，与20世纪90年代以后大批外来农民工进入浙江的情况也截然有别，在浙江乡镇集体企业发展的早期阶段，企业员工往往不是由来自四面八方的移民构成的，而是由具有各种先赋性关系的人群在自己原先生活的区域中建立起来的。在“离土不离乡”的政策背景下，新建的乡镇集体企业要想突破自我发展的障碍，最好或者说最为经济的方法，便是借助血缘或地缘关系（乡亲），以及同学、朋友等关系。比如，在历史上，宁波与上海便在血缘和地缘（老乡）等方面具有一种天然的联系。在宁波乡镇集体企业发展过程中，就充分地利用了这种社会网络关系。在宁波服装业的初创时期，一方面，宁波当地人通过血缘、亲缘和地缘等关系不断地涌进上海服装企业，学习现代裁缝技术，学有所成后回乡创办现代服装厂；另一方面，与宁波具有血缘、亲缘和地缘关系的上海技术人员则经常被邀请到宁波作技术指导，这些上海技术人员不仅给宁波乡镇服装企业带来了技术和信息，而且也与宁波建立了密切的业务往来关系。

有学者对浙北乡村的研究，[①] 则进一步证明了亲缘和亲缘式的人际关系网络对浙江乡镇集体企业生存和发展的重要性。从产权性质上看，乡镇集体企业无疑是“集体”的，但是，从更广阔的范围上看，浙北乡村的各集体企业又可以被看成是特殊主义的人际关系网络上的中心纽结。各农户家庭内的剩余劳力正是通过“关系网”而进入乡镇集体企业，乡村集体企业厂长经理们则往往通过“关系网”而与乡政府、信用社、税务所、工商所等保持密切联系，以求得他们的支持和庇护。乡村集体企业必须把“关系网”伸展到在城市国有企业和商业部门任职的亲友那里，通过他们获得原材料、技术或推销产品。把乡镇集体企业生存攸关的供销渠道建立在“关系网”和“人情”之上，既可以避免所谓“公事公办”中的各种无谓的搪塞、推诿和拖拉，从而提高效率，又可以得到远低于市场价格或在市场上根本得不到的原材料，从而使少量的“人情投资”降低了生产成本。因此，在乡镇集体企业与内部职工，与上级职能部门和外部企业、单位的正式往来中，“都可以发现其中错综复杂的‘关系网络’及微妙的人情往来，或者说在通过正式合同、契约建立的‘公共关系’中，可以发现起着决定作用的‘私人关系’”。[②]

按彼得·布劳的解释，区分特殊主义与普遍主义的标准是：“支配

① 曹锦清、张乐天、陈中亚：《当代浙北乡村的社会文化变迁》，上海远东出版社 2001 年版，第521—525 页。

② 同上书，第 521 页。

人们彼此取向的标准依赖还是不依赖存在于他们之间的特殊关系。……因此，特殊的区分标准是，支配人们之间的取向和交往的价值标准是独立于还是不独立于他们的地位属性之间的关系。”① 从理论上讲，乡镇集体企业的集体产权性质，决定了其应当是以集体主义为价值取向的，而主张打破血缘、地缘基础，建立“同志式”关系的集体主义，在价值取向上与普遍主义，即对象及其行为的价值认定独立于行为者与对象在身份上的特殊关系，有若合符节之处。但是，事实上，浙北乡镇集体企业所表现出来的，却既有集体主义价值取向的成分（尤其是在早期发展阶段），也有特殊主义的价值取向的成分，即有根据行为者与对象的特殊关系而认定对象及其行为的价值高低的价值取向的成分。在经济体制转换、市场体制尚未完全确立时期，城乡隔离、条块分割使得乡镇集体企业很难通过正式的制度安排获得发展的信息、资金、原材料和销售渠道等，乡镇企业通过自身特殊主义的社会关系网络与其他社会经济机构和政治机构建立必要的信任，这种信任网络有利于他们对信息进行鉴别、选择、使用并取得其他必要的社会支持。将日常交往中的特殊主义人际关系网络，移植于非日常交往的经济活动中，有助于节省新人际关系网络构建的成本。因此，特殊主义人际关系网络对改革开放初期浙江乡镇集体企业的迅速成长，显然起着十分重要的作用。但是，另一方面也应看到，掺杂着个人利益、家族文化等因素的所谓“集体主义”，难免会与乡镇集体企业的集体产权性质产生不可调和的矛盾。

2. 特殊信任、关系网络与私营企业组织

特殊主义的社会关系网络和信任关系，是浙江私营企业重要的，有时甚至是关键的资源。浙江私营企业组织的成长轨迹，尤其明白地显示出了建立在亲缘和亲缘式关系基础上的特殊主义文化的印记。1985 年，对温州 31 家雇工大户的一项调查显示，私营企业主主要来自购销员、社队企业的技术人员、管理人员，或者原生产队、生产大队的队长、会计，以及上山下乡的知识青年、支边回乡青年。他们不仅是当地农村社

① 〔美〕彼得·布劳著，孙非、张黎勤译：《社会生活中的交换与权力》，华夏出版社 1987 年版，第305—306 页。

会中的精英人物，还在多年来与本社区及外界的相对频繁的社会互动过程中，建立起了广泛的社会网络基础。[①] 改革开放以来，浙江的大多数私营企业正是通过诸如此类的社会网络而获得了支配如权利、地位、资金、财富、学识、机会和信息等社会稀缺资源的能力。

在浙江私营企业中，以亲缘或准亲缘网络为基础的企业比例非常高。从某种程度上可以说，浙江尤其是温州、台州、金华等地的多数私营企业，是在以亲缘为原则的家庭工业、家庭商业基础上发展起来的。比如在私营企业比较发达的温州，80 年代初期，伴随改革开放的浪潮，温州家庭手工业作为历史传统的翻版应运而生，其形式是前店后厂式的家庭手工业作坊。在"顶天立地"式的城镇街道两旁的民房内，一间房住一户，一户就是一个家庭生产单位。在底层的铺面房，临街的一半是店，后面一半为厂（作坊），产品就摆放在店内。据统计，早在 1985 年，温州家庭工业就已发展到 13.3 万户，产值 11.3 亿元，占农村工业总产值的 61%。[②] 此后家庭工业不断发展壮大，有的已经成长为比较大的私营企业。这充分显示了亲缘网络在温州乃至整个浙江私营企业创建中的作用。据王晓毅、朱成堡的归纳，在浙江私营企业中，亲缘或准亲缘网络型企业又可以大致分为四类：一是家庭网络型。这种企业属于家庭成员共同所有，为家庭成员共同管理；二是家族网络型。它是由同一宗族不同家庭合作构成的企业。构成企业基础的家庭通常由一人在企业中作代表，参与对企业的管理和控制；三是姻亲型。这种企业建立在姻亲的基础上，由具有姻亲关系的家庭共同出资组成；四是准亲缘网络型。这种企业是由不具有亲缘关系的家庭共同出资构成，它或者是建立在业缘基础上，或者是建立在朋友的感情基础上。在浙江真正脱离亲缘和准亲缘社会网络建立起来的私营企业几乎没有。即使企业最初是由纯经济联系组成，企业要获得发展，也要逐渐发展出一组社会网络。更经常的现象，是先发展一种社会关系，然后在此基础上建立经济联系，或

① 朱华晟：《浙江产业群——产业网络、成长轨迹与发展动力》，浙江大学出版社 2003 年版，第77—78 页。

② 参见王晓毅、朱成堡《中国乡村的民营企业与家族经济》，山西经济出版社 1996 年版，第12—13 页。

者两者同时进行。

在浙江私营企业的成长过程中，由家庭往外推的亲缘和准亲缘关系或费孝通所谓的中国传统家族文化的“差序格局”确实起了十分重要的作用。科尔曼认为，任何人际关系和组织关系都以一定的信任关系为基础。最简单的信任关系包括两个行动者：委托人和受委托人。超越个人之间的交换是复杂的社会交往和组织关系。布劳认为，不管是在微观领域中，还是在宏观领域里，交换都需要有一种“共同价值观”作为媒介。这种价值观在社会活动过程中逐步产生，在组织中逐渐形成，并通过社会化过程在社会各成员中逐渐地内在化。① 简·弗泰恩和罗伯特·阿特金森指出：“当科研合作机构与联营企业获得成功，将它们维系在一起的那种‘胶合剂’不仅是就这种复杂而富有活力的关系做出详尽规定的合同（当然合同也很重要），也不仅是将各个机构连接起来的信息系统（当然这些网络促进了信息共享）。在新经济中，促成这种合作的因素主要由网络内部决策者之间的相互信任、互惠准则或开明的自我利益组成。”② 布劳认为，不管是在微观领域中，还是在宏观领域里，交换都需要有一种“共同价值观”作为媒介。这种价值观在社会活动过程中逐步产生，在组织中逐渐形成，并通过社会化过程在社会各成员中逐渐地内在化。③ 布劳所谓的“共同价值观”，是包含在非正式制度安排之中的。因此，如果一个社会没有建立起普遍主义的人际关系，而特殊主义人际关系又大行其道，那么，特殊主义就有可能成为布劳所谓的“共同价值观”的重要内容，并为社会成员的交换和组织提供一种基本准则。在浙江私营企业发展过程中，达成交换和组织信任关系的“共同价值观”，无疑既包括了人们对亲缘和地缘关系的认同，也包括了费孝通所说的对“圈内人”的认同。这两种认同显然都是特殊主义取向的，而

---

① 张继焦：《市场化中的非正式制度》，载沙莲香等《中国社会文化心理》，中国社会科学出版社 1998 年版。

② 〔美〕简·弗泰恩、罗伯特·阿特金森：《创新、社会资本与新经济》，载李惠斌、杨雪冬主编《社会资本与社会发展》，社会科学文献出版社 2000 年版。

③ 张继焦：《市场化中的非正式制度》，载沙莲香等《中国社会文化心理》，中国社会科学出版社 1998 年版。

它们对浙江私营企业成长的意义却十分突出。

在以自我为中心，由“己”到“家”、由“家”到“国家”、由“国家”到“天下”的特殊主义关系网中，对私营企业成功具有重要作用的，是与业主本人来往最密切的父母、兄弟姐妹、亲戚、朋友、同乡，等等。王晓毅、朱成堡在温州苍南项东村的调查表明，在问及村民建立企业时会与什么样的人合伙时，19人中10人（占50%以上）以上回答要与兄弟姐妹合作，6人回答要与朋友合作，3人回答要与亲戚合作。在回答“谁是你最信任的人”这一问题时，15人中有8人（占50%以上）认为是兄弟姐妹，有3人认为是家族成员，有4人认为是朋友和亲戚。在问及“如需要钱会向什么人去借”这一问题时，26人中有5人回答会向兄弟姐妹借，有13人回答会向亲戚借，有8人回答会向朋友借。[①] 特殊主义的人际关系网络，往往是改革开放以来浙江私营企业筹集资金最有效的渠道。在这方面，最为典型的是流行于全省各地的“呈会”这种民间企业筹集资金的形式。所谓“呈会”，在杭州、温州、金华等地称作“摇会”，在绍兴、舟山称为“纠会”，有的地方称为“兜会”、“助会”、“合会”、“拼会”，等等。它们虽然名异实同，但都是浙江传统民间经济互助民俗。而“呈会”这种民间资金筹集形式的运作，往往需要借助于一种特殊主义的人际关系网络，以特殊主义的信任作为润滑剂。叶大兵在对温州从“呈会”到民间筹资、股份所有制的演化历程进行分析后，认为从“呈会”习俗的诞生到初期的股份所有制，其中最重要的一点，是融入了社会伦理这条无形的民俗潜流，是它自始至终支撑着这一民俗的形成和发展。“在它的初期，‘呈会’是在小农经济社会中，人们基于传统伦理观念（包括道德、亲缘、地缘关系等）和人情关系支配下的一种互助借贷行为。当计划经济向市场经济转变时，在市场机制下，一方面人们更加积极的运用伦理观念，对生产资金进行补充。通过伦理+利息这一公式，调动了参与的积极性。”[②] 实践

① 参见王晓毅、朱成堡《中国乡村的民营企业与家族经济》，山西经济出版社1996年版，第83—83页。

② 叶大兵：《民间“呈会”习俗与现代股份所有制——论浙江经济发展与浙江民俗文化的关系》，《浙东学派与浙江精神研讨会会议论文》，2005年3月16—17日。

证明，浙江人利用和继承“呈会”习俗，实际上就是将特殊主义的社会关系网络作为资金筹集的方式。比如，温州的一种“呈会”形式，称为“玉成会”，也叫“人情会”。这是一种既体现团结互助，又平等拿取低利的经济互助形式。如每份50元的称“50会”、每份100元的称“单百会”。“玉成会”或“人情会”发起人大都因生活所迫或为解决生产资金周转困难，所以邀集左邻右舍和亲朋好友而设“会”。改革开放以来，以社会关系为中介，“呈会”从过去少量的互助借贷，逐步发展为生产中缓解融资困难，提供社会企业经营的资本，成为浙江经济社会发展的润滑剂和一种新的资金积累与经营方式。

在经济体制转换和社会转型时期，如果将双轨制以及社会对私营企业的“歧视”还未完全消除等因素考虑进去，那么其中对于私营企业成功相对更具重要性的关系对象，则是作为国家干部的朋友、亲戚、同乡、同学等。比如，由温州进京农民组成的“浙江村”的“村民”在北京遇到棘手的事找的还是温州籍或浙江籍的京官。因此，企业及其经营者非经济的社会交往和联系，往往是企业与外界沟通信息的桥梁和与其他企业建立信任的通道，是企业赖以生存和发展的社会资本，是获取稀缺资源和争取经营项目的非正式机制。就像浙江的一些私营企业主所说，企业经营者不但要头脑灵、点子多，而且要路子广、朋友多。

李路路在20世纪90年代中晚期的一项研究，显然是在更广阔的背景下进行的，但它对于我们理解亲缘和亲缘式社会关系网络以及家族文化对浙江私营企业的意义，无疑具有重要的参考价值。第一，对那些曾从银行、信用社等机构获得贷款的业主的社会关系进行分析，那么就可以清楚地看出，这些人来往最密切的朋友中，50%以上是城镇国有和集体单位的干部；来往最密切的亲戚中也有40%以上是城镇干部。虽然统计数据并没有直接揭示出这些业主的贷款是通过他们的亲戚、朋友，特别是那些当干部的亲戚、朋友获得的（也许永远无法搞清楚），但网络如此集中在特定人群上，而这一人群又具有特殊的社会权力已在一定程度上说明了问题。第二，私营企业主建立或维持特殊人际关系网的意义在于，通过朋友或亲戚关系可能将计划经济和私营经济部门联系起来，进而借助这一渠道，使体制内资源和权力对私营企业的成功发生影响。

第三，在私营企业成功的诸变量中，“关系”的意义超过本人原有社会地位的意义，这在一定程度上意味着，体制内经济的结构性优势在私营经济部门中并不表现为直接的继承，其优势亦不为某一特殊的社会群体所专有。因为体制内经济对私营部门的影响已逐渐市场化，因此，那些在传统计划经济体制中不占优势地位的社会群体，在私营经济领域中也有了利用这种优势的可能性。此外，这种非正式关系不仅仅是作为替代物来弥补正式制度的不足，因为正式制度安排可能永远无法满足丰富多彩的社会经济生活的需要，而那些已积累起更多社会资本的私营企业主，则可能通过亲戚和朋友等，获得更多的正式制度安排所无法提供的资源，或者在竞争中居于有利地位。[①] 上述的分析清楚地表明，私营企业主的那种扎根于传统文化的与外部社会的特殊主义关系取向，在特殊体制背景下对于私营企业成功，具有难以低估的意义。

除此以外，亲缘和亲缘式社会网络对于私营企业的创新活动也有重要的社会功能。企业之间的联系往往伴随着信息和知识的传递，而信息和知识的传递通常是以人际关系为渠道而得以实现的。私营企业彼此之间的特殊主义的联系，可以使企业比较及时和准确地了解相关产业的潜在需求和其他信息，从而产生创新的灵感。比如，温州一家公司原来生产电缆料，但经营效益一直较差，为此，公司决定向相关产业转移。在产品转型初期，公司董事长在与制鞋老板的聊天中得知温州鞋业对鞋底耐磨性和弹性优良的材料有需求，于是公司开发生产了各类符合鞋厂需要的产品，不仅因此使公司起死回生，还促进了温州鞋业的生产技术升级。[②] 利用亲缘和亲缘式社会网络，浙江的诸多私营企业不仅得到了信息和创新的灵感，而且也得到了一些重要的技术。又如，温州一位私营企业主在办汽摩配厂发财以后，许多亲戚找上门来要求挈带一下，其余两个股东也遇到类似的情况。于是，三个股东之间达成默契，凡股东的亲戚到厂里学技术，都安排其在关键岗位，让老师傅悉心指导；而一般

① 李路路：《私营企业主的个人背景与企业“成功”》，《中国社会科学》1997 年第 2 期。

② 张晓平、刘卫东、金凤君：《入世与地方传统产业的发展——从温州民营小企业的一个成功范例说起》，《中国经济报》2002 年 1 月 1 日。

工人则严禁其直接接触技术秘密。凡股东的亲戚到厂里进货开店，第一趟都赊货给他作本钱；而对一般客户，则要求货款两讫。几年间，这位私营企业主通过这样的办法，帮助了他的三个妻舅、两个外甥、一个外甥女办起了生产、经销汽摩配产品的企业，现在这些人大都事业有成。其中，二外甥林某某1987年还在他的厂里学技术、学管理。而到了1999年，林某某在长春的汽摩配企业，年产值已超过5000万元。[①] 可见，通过亲缘和亲缘式社会网络，浙江私营企业主学习市场知识、管理经验和企业生产技术的时间大大缩短，市场进入的成本也大大降低。

浙江私营企业的特殊主义的取向，不仅仅反映在与外部社会的关系方面，也表现在私营企业内管理组织的家族化倾向上。黄光国以社会交易理论（social exchange theory）为基础，发展出一套“人情与面子：中国人的权利游戏”的理论模式。[②] 他的模式假设是：在儒家伦理影响之下，个人在作关系判断时，会将自己与对方之间的关系大致上分为三类，并依不同的社会交易法则与对方交往。这三种关系分别是情感性的关系（遵循需求法则）、混合性的关系（人情法则）及工具性的关系（公平法则）。所谓情感性的关系指的是家庭成员的关系；混合性的关系是指个人在家庭之外所建立的各种关系，包括亲戚、朋友、邻居、同学及同乡等；工具性的关系是指个人可能为了达成某些目的，而和他人进行交往，其中只含有少许情感的成分，交往双方并不预期将来会建立起长期性的情感关系。在家族企业里，企业家以“需求法则”和在组织中工作的家族成员交往，以“人情法则”和其雇佣的员工交往，和组织外的其他人一般则是建立短暂的“工具性关系”。

浙江许多私营企业的内部管理制度和用人制度，便是建立在黄光国所说的这种“内外有别”的特殊主义的“社会交易法则”基础上的。浙江省工商联分别于1995年和1999年对浙江私营企业作的两次抽样调查表明，私营企业主和董事会在重大问题上作出的决策，分别占了

① 陈东升：《村落家族文化对韩田村汽摩配业的影响》，《温州论坛》2000年第4期。

② 黄光国：《人情与面子：中国人的权利游戏》，载黄光国主编《中国人的权利游戏》，巨流图书公司1988年版。

80.9%和78.0%。在浙江许多私营企业的用工制度中，可以明显地看到家族文化的影响。在浙江省工商联1995年对私营企业的抽样调查中，关于企业管理人员的来源与要求问卷的结果是，约有63.9%的企业管理人员是关系密切、信得过的人。[①] 这表明浙江私营企业的管理组织制度很大程度上还是建立在亲缘或准亲缘关系基础上的。在浙江省工商联1999年对浙江私营企业的调查中，情况虽然有了初步的改变，但是关于企业管理人员、技术人员的来源与要求上，仍有约61.3%的企业管理人员是关系密切或企业主信得过的人，而技术人员来源与要求中18.8%为上类人员，79.2%是具有较适应的专业技术人员。[②] 据浙江省工商局1999年对全省个体私营企业的问卷调查显示，在浙江私营企业领导层构成中，家族成员居多的占41.30%，管理人员居多的占28.64%，技术人员居多的占21.49%。[③] 另据2002年8月对温州乐清88个样本企业调查显示，在管理人员中，有59.31%的人员与业主具有亲属、邻居或朋友关系。其中，财务部门的家族成员比例最高为98.43%；其次为高层管理部门，所任职务为总经理、副总经理、外贸经理等，为95.65%。这两个部门之所以家族成员的比例高，是因为这两个部门都是企业的核心部门。[④] 王晓毅、朱成堡在温州苍南的调查表明，许多私营企业主在创办企业之初，往往不仅仅把它作为一个投资项目，而且同时也是为了解决自己家庭人员的就业问题。所以，他们一般会把子女和亲戚作为招工的首选对象。其他职工往往也不是通过劳务市场，而是通过关系尤其是通过熟人的介绍而进入企业的。在所调查的企业职工名单中，几乎所有的企业都把企业主以及职工的子女、亲戚作为招工的首选人员。在龙港建立企业的人虽然已经离开了他们的家乡。但是，在所调查的3家企业中，共有在册职工79人，其中只有18人与企业的所有者

① 浙江省工商联：《浙江省1995年私营企业抽样调查数据及分析》，载《实践与求是》，浙江人民出版社1999年版，第128页。

② 浙江省工商联：《浙江省1999年私营企业抽样调查数据及分析》，《浙江学刊》2000年第5期。

③ 浙江省工商行政管理局：《浙江个体私营经济调研报告》，中国工人出版社2000年版，第59页。

④ 应焕红：《家族企业制度创新》，中国社会科学出版社2005年版，第239、265页。

没有直接的亲戚关系。超过75%的企业职工都是企业所有者的亲戚。在这种企业中，职工是靠人情联系在一起的。在私营企业中，人情常常是维系人际关系的重要纽带。管理人员以及一些工人与业主之间在一定程度上有特殊主义的关系，那些特殊的管理人员则主要分布在对企业来说至关重要的岗位上，如会计、供销、人事等部门。浙江私营企业的这种"内外有别"的内部管理制度和用人制度，在一定程度上反映了浙江私营企业主的家长制、人情至上和防御性（由于不安全感）等特征，显示了他们对外人的"排斥"或者说"不信任"倾向。

这种对外人的"排斥"或者说"不信任"的心理倾向，在某种意义上看，是在亲缘、亲缘式网络或特殊主义的文化背景下成长的浙江私营企业主所天然具有的。在雷丁的整个分析框架内，华人企业家对外界的不信任贯穿始终。对政府的不信任，对外人的不信任，家族企业对和自己（或企业）没有关系企业的不信任。不信任而导致的不安全感，使防御性成为华人资本主义精神的一个重要组成部分。在回答"为什么华人家族企业在企业内要重用亲戚或者搞裙带关系"时，雷丁的回答十分干脆，因为不信任外人。由于对外人缺乏足够的信任度，所以浙江的私营企业主就要在企业中营造一个围绕自己的核心家庭的家族网络或者帮派势力。另外，浙江私营企业主之所以显示了他们对外人的"排斥"的或者说"不信任"倾向，也是出于信任关系的建立需要一段相当长的时间和成本的考虑。这时，家族成员或同乡、朋友等信任关系即作为一种节约交易成本的资源进入。特殊主义的家族文化约束，无疑有助于简化企业的监督和激励机制，降低企业的交易成本。

3. 特殊信任、关系网络与国有企业组织

由于特殊地位以及历史渊源，与乡镇集体企业和私营企业相比，浙江的国有企业显然较少带有家族文化的印记。但是，在任何社会中，无论何种交往，都会受到各种人际关系或大或小的影响，而日常交往中的人际关系则会影响到非日常交往中的人际关系模式。因此，在一个家庭、宗族文化观念仍然十分深厚的区域，国有企业组织的构成方式以及人际关系的模式，仍然难以摆脱特殊主义价值取向的羁绊，便是一件相当自然而然的事情。尤其是新中国成立以来在相当一个时期内，像全国各地一样，浙江国有企业实行内部招工和退休补员的就业方式，子女可以接替父母职业，使一些企业中人际关系在一定程度上发生了“亲缘化”的倾向。在多种所有制格局并存以及整个社会背景产生巨大变化的情况下，以特殊主义为取向的家族文化心理，显然在浙江国有企业演进轨迹中，进一步地得以复活和呈现。市场化取向的改革，也使浙江国有企业面临着与其他所有制企业同样的难题，因此，寻求和维持特殊主义的人际关系以增进国有企业的机会和效率，应当也在情理之中。

仔细观察就可以发现，在计划经济时代，中国的国有企业就一直像一个“大家族”，浙江当然也不例外。华尔德认为，在国有企业中，领导者（如车间主任）与工人中的积极分子之间的庇护性关系，是“镶嵌于”正式组织之中的一种“非正式关系”，是公共因素与私人因素相结合的产物，是正式组织结构的一个重要组成部分。或者说，它是附属于正式组织中，以一套不同于正式组织原则——“同志加人情的交换规则”为基础，而形成的“小圈子”关系。[①] 在计划经济时期，国有企业对于职工来说，是介于国家和家庭之间的至关重要的桥梁。它为个人的社会经济活动提供了一个必不可少的空间，是个人生活定位、身份定位和政治定位的外在标志，同时又是国家调控体系的承载者与实现者。国有企业从外表上看通常具有这样的特征：一堵高大的围墙把单位内部与外部分割开来，门口设立门卫和传达室，盘查“外单位”的来者。不管是灯泡厂还是水泥厂、炼油厂，里面都必不可少地有自己的幼儿园、医务室、游泳池、电影院、小卖部、澡堂等。一些大型国有企业，除了监狱，什么都具备。甚至包括法庭、派出所和一座颇具规模的火葬场。这样的单位类似一个小国家，一个庄园，一个“都市里的大家族”。

按照科尔内的观点，国有企业常常与主管部门处于不断谈判的过程中。为了争取到投资项目、得到优惠的信贷和拨款，为了减免税收，或为了得到国家的财政补贴，就必须与主管部门建立和维持良好的上下级人际关系，甚至取悦于他们。所以，国有企业预算约束的软化程度取决

① Andrew G. Walder, *Communist Neo—traditionalism*: *Work and Authority in Chinese Industry*, The University of California Press, 1986.

于企业与主管部门之间的讨价还价的结果。科尔内认为，软预算约束综合征的一个非常重要的因素是，外部援助是为了更多的补贴、免税、为了得到所允许的行政价格等而进行的讨价还价的问题。一切都可谈判的——不是在市场上，而是在父爱主义的官僚制度内。科尔内的分析表明，国有企业在父爱主义的体制环境里，趋于把“走上层路线”或进行疏通当作一种“生产活动”，但这个生产活动不是发生的“生产领域”，而是发生在“控制领域”。因此，国有企业寻求和维持特殊主义的人际关系网（尤其是上下级之间），首先是体制因素造成的。浙江的国有企业，当然也存在着上述的现象。其次，需要特别予以说明的是，以特殊主义为取向的社会文化背景，无疑强化了国有企业的“关系投资”行为。在这种意义上说，改革开放以来浙江许多地方一直存在的国有企业与上级主管部门之间的联络“感情”，给上级主管人员送礼、拜年等风气，乃是体制因素与文化因素合力作用的结果。同时，以特殊主义取向为特征的家族文化对浙江国有企业的影响，不仅仅表现在国有企业与外部社会的关系上，而且也体现在它的内部关系上。浙江的许多国有企业在内部管理尤其是用工、赏罚方面，在一定程度上无疑也存在着诸如裙带风、任人唯亲等“特殊主义”现象。

4. 特殊信任、关系网络与企业组织绩效

上述表明，基于亲缘和亲缘式关系的特殊主义信任模式以及家族文化这种非正式的制度安排，给改革开放以来浙江企业组织的内外关系模式打上了深深的烙印，这是问题的一个方面。另一方面，基于亲缘和亲缘式关系的特殊主义信任模式以及家族文化这种非正式的制度安排，也对浙江企业制度创新和企业发展的绩效产生了极其重要的影响。

爱德华·霍尔将文化分成“高本位文化（highcontext culture）”和“低本位文化（low context culture）”。所谓“高本位文化”，就是类似美国社会那种信息是清晰和非人格化的文化，人们通过各种契约规范各自的行为，而在“低本位文化”中，人们更喜欢作含糊和间接的交流，而且信息交流较多依靠事前人们在共同的文化背景下形成的共识，经常是三言两语就能使对方明白，但是同样的这些信息交流对于一位局外人来说是非常含糊和不充分的。与霍尔的区分相类似，福山根据不同的文化将社会区分为“低信任度社会”和“高信任度社会”。福山认为一个社会拥有“社会资本”的多寡程度，决定了社会交往的成本，从而影响到社会组织和经济组织的形式和规模。所谓“社会资本”是指既定社会成员在形成新集体和新社团时相互支持、相互信任、相互合作的人文资源总成。这种“人文资源”不仅仅限于制度层面的法、契约、权利这类东西，而且还在很大程度上和作为社会“非理性习惯”的“道德共同体意识”或“不成文的伦理原则”等密切相关。在低信任度社会中，由于“社会资本”的相对缺乏，人们之间进行社会交往的成本很高，相互间在培养信任关系方面有较大的难度和风险。作为一种补偿，这类社会往往利用家庭血缘关系这种自发形式的社会资本，作为加固信任关系的基础。这就逐步形成一种家庭、家族本位主义的文化，并使社会组织活动也带上了某种家庭、家族的色彩。而但凡拥有丰厚“社会资本”的社会便是高信任社会。这类社会往往具有很强烈的社会合作意识和公益精神，拥有较高密度的互助性社会团体，较早地发展出一套团体内部沟通的社交艺术。在低信任度社会中，信任主要存在于血缘关系上，而高信任度社会的信任则超越了血缘关系。

福山的看法与希尔斯、帕森斯将人际关系分为特殊主义和普遍主义两种类型显然是一致的。按照福山的观点，建立在血亲关系之上的低信任社会难以造就非血亲的私营企业组织，而血亲的家族企业又难以避免“三代消亡律”（一代创业，二代守业，三代衰亡），因此在低信任社会普遍地以中小型企业主导市场。福山以中国的台湾和香港为例，与日本、韩国的发展进行比较，从而又进一步将亚洲存在的家族式企业分为“家族式”和“准家族式”，中国企业是传统家族式的，而日本企业则是“准家族式”的，根据是日本的家族在历史上就已扩展到血亲关系之外。① 据此引申，日本社会无疑是介于如中国这样的“低信任度社会”和如欧美社会这样的“高信任度社会”，以及“特殊主义”社会和“普遍主义”社会之间的社会。日本的家元化企业，显然已经在相当程度上

---

①　李新春：《中国的家族企业与企业组织》，《中国社会科学季刊》（香港）1998 年秋季卷。

淡化了其中的血缘关系，从而使传统家族造就非血亲私营企业组织的困难得以部分克服。① 据日本学者滋贺秀山的看法，对于日本的家来说，由血缘或配偶关系结成的、人的群体的存在仅只是家的质料，在其之上，还有家业、家名等固有的目的，即与人的生死无关的、要求人们为之奋斗献身同时又使人们享受其恩的永存的目的。正因为家的概念中，包含了这种家自身的价值、目的等因素，当时就产生了作为其体现者的家的"当主"概念。当然也出现了"家的继承"这样的用语，并以此来表示当主的交替。这些意识的表现形态，虽因时代而变迁，但是基本上从氏族时代的往昔直至战前的民法，都不曾从我们的头脑中失掉。如果把这种不太强调血缘关系的"家元"概念转化于社会组织和生产企业中，一种归属于某种名下而非血缘继承制的财富积累方式就成为可能。家元化的企业在发展过程中，需要不断地充实人力和技术来保证在人、财、技术以及社会职业上的世代继承，所以它不可能仅靠自己的血缘关系的父母子女来维持，而必须将那些非血缘地、世代与他共事的人也完全纳入到自己的系统中，并完全当作自己的人，和他们组成生活共同体。这种由血缘和非血缘构成的生活共同体或"家业"，进一步强化了日本人的集团主义意识，这时集团主义的观念就应运而生。由于没有血缘观念的干扰，人们可以直接把自己归属于它的工作群体。这显然是现代日本企业迅速向全球扩张的一个极其重要的内在机制。

然而，以血缘为纽带的家族化企业，无疑是由一种典型的特殊主义人际关系构成的。按照这一分类，家族化企业是由特殊主义人际关系构成的。在特殊主义人际关系模式下，"圈内"与"圈外"的经济交易成本大不相同。在"圈内"，家族企业可能保持内部成员的一致信仰和价值观，减少甚至消除成员之间的不信任和可能的机会主义倾向。圈内全

---

① 之所以说是"部分克服"，是因为缔结家元的"缘约原则"，既有别于缔结家族的"亲属原则"，也有别于缔结俱乐部的"契约原则"，日本的社会仍然介于"高信任度社会"和"低信任度社会"之间，家元化的企业是由介于特殊主义和普遍主义之间的"准特殊主义"或"准普遍主义"人际关系构成的。因此，日本的企业可能既具有由"普遍主义"人际关系构成的企业的优点，同时可能也具有"特殊主义"人际关系构成的企业的缺点，亚洲金融危机波及日本似乎已经在很大程度上说明了问题。

面而强烈的人际关系，可以降低已存在特殊关系的主体间的交易成本，使之低于普遍主义人际关系模式下的交易成本。比如在温州以及浙江其他一些地区存在的家庭工业基础上的社会化协作分工的生产方式有许多优点，如管理费用低、无需专门的管理人员、户主就是厂长，也不必设专门的财务人员和详细的生产和财务制度，一切均依靠亲缘关系来维持和进行，这种组织方式的效率较高，自家人为自家赚钱，完全是多劳多得。在生产任务紧张时加班加点也不会带来劳资矛盾，固定资产投资少，利用率高。利用自家的住房作为营业场所，从而使生产成本大大降低，可以以价格优势在市场竞争中取胜。[①] 乡镇企业在运作中移植亲缘关系和家庭伦理规则作为自己的组织规范，如李培林所说，无须使刚刚进厂成为工人的农民经历适应现代科层制度的过程，并因此能大大降低在企业管理方面付出的代价。[②] 浙江各类企业虽受家族文化的影响，但又表现出了骄人的业绩（尤其是在改革开放初期），便在很大程度上表明了这一点。在浙江当代私营企业成长过程中，敢于不计较任何风险，给予白手起家者伸出援助之手的，大多是具有血亲或姻亲关系的亲戚，有时是有多年交情的好友。在特殊主义的人际关系网里，人们可以随时获得资金、人力等方面的支持。亲友们也会有意无意地经营同一行业或相关行业，以便互相关照。比如，在北京“浙江村”的经营者内部，存在着依托乡土人际关系的资金市场。借贷通常有两个途径。一是向亲戚借，这时市场规则依然通行，借入方必须向借出方支付利息，甚至在直系亲属间利息也是必须要付的，不过利率可能会低一些。二是依靠“乡村金融家”的帮助。[③] 在浙江村形成后，资金、人力等资源也沿着乡土人际网络在北京和浙江之间流动。在生意规模扩大时，人们往往会回到本地动员资源；不但资金和技术有相当一部分来源于原来的社区，而且生产所使用的布料，有很大一部分也是从浙江的市场转销过来的；辐射

---

① 参见王晓毅、朱成堡《中国乡村的民营企业与家族经济》，山西经济出版社 1996 年版，第 13 页。

② 李培林：《中国乡村里的都市工业》，《社会学研究》1995 年第 1 期。

③ 参见王汉生等《北京“浙江村”：中国农民进入城市的一种独特方式》，载贾德裕等主编，周晓虹执行主编《现代化进程中的中国农民》，南京大学出版社 1998 年版。

全国的销售网也依靠着传统的血缘、地缘的关系。另据陈东升2000年对温州瑞安韩田村的调查，在1982年韩田村汽车摩托车配件生产企业初创时期，银行对此类计划外企业基本上不发放贷款，而当时企业主个人的积蓄又非常有限。在这种背景下，靠家族成员、亲戚的支持就成为韩田村企业主获得资金的唯一来源。对韩田村114户家庭的抽样调查表明，在20世纪80年代初，为办家庭汽车摩托车配件企业，92%的家庭向亲戚、房族、朋友借过钱；84%的家庭被别人借过钱。浙江瑞明汽车配件公司的董事长回忆起1984年的情景时还以感激之情说："我是靠丈母娘家借的5000元，开汽车摩托车配件店起家的。"① 因此，从某种程度上也可以说，建立在血缘关系之上的经济联系具有广泛性和有效性，以特殊主义为取向的关系网节约了组织成本和交易成本，在面对激烈的市场竞争带来的高风险时，可以形成一种可靠的相互支持、互相保护的战略网络组织。同时，在家族式企业中，以特殊主义为取向的家族文化、对血缘和亲缘关系的认同，成为凝聚企业成员重要的精神力量，自觉地为家族工作的伦理信念，大大降低了内部管理的交易费用。浙江当代家族企业制度在一定时期的成功在很大程度上是家族文化的血缘和亲缘关系、信任资源以及内向的凝聚力作用的结果。

但同时，家族式企业也面临着难以逾越的成长障碍。基于"血缘原则"和特殊主义信任的家族制企业，一直面临着继承人的困境。一方面，一个成功的企业家除了自身的努力以外，天赋和素质也是很重要的，而上一代企业家的天赋和某些关键的素质却不是都可以通过生物基因遗传给下一代的。另一方面，环境对于造就一个企业家也是很重要的。但是，上一代企业家的成长环境与其下一代的成长环境是不一样的。上一代企业家需要在逆境中奋斗，当他们成功以后，他们的子女往往就可以坐享其成了。在逆境中奋斗，无疑可以养成人的奋发向上的品格和坚强的意志，而坐享其成，则会养成人的惰性。但基于"血缘原则"的家族式企业的接班人选择机制，却难以淘汰无能的亲生儿子。这一点显然与基于"缘约原则"的日本企业形成了一种对照。虽然将一些

① 陈东升：《村落家族文化对韩田村汽摩配业的影响》，《温州论坛》2000年第4期。

长期的可靠、有能力的学徒、仆人视作家属或选择为过继者，在准家族组织上同样是成本高昂的交易，但正如陈其南所说，日本人对继承关系和婿养子的看法，“无意中却为他们提供了一套关键性的优选制度：私人产业可以用才干作为标准来选择继承人（即婿养子或养子）。亲生儿子无从选择，但即使在我们的社会，女婿也是可以精挑细选的。可惜的是，我们精挑细选出来的女婿绝对无法取代亲生儿子以继承如日中天的事业。‘富不过三代’乃成为自古以来中国各种大小企业发展的铁律。即使在优秀的家族，不过三五代总会出现不肖子孙。先前几代累积的财富和事业大多因而趋于衰败”。[①] 此外，如李新春所指出的，在一定的制度文化形成的价值体系下，只有家族化的信任才能形成最优的合作（忠诚），但这种合作却不是最有效率的，因为最具代理能力的人才往往不能或难以家族化。家族企业能比较有效地解决降低代理成本问题，但却难以有效的激发代理能力。[②]

不仅如此，基于血缘原则和特殊主义信任的家族式企业，也面临着另外一些成长的障碍。其中比较突出的问题是，浙江企业尤其是私营企业具有低、小、散的特点。浙江企业总体规模偏小、水平较低，产业层次不高，组织结构松散，只有凤毛麟角的几个企业发展成大中型企业，一部分私营企业通过联合经营，而大多数企业则仍处于“千家万户”的经营状态。目前，浙江企业的平均规模要比全国水平小四分之一，一直到2002年底浙江才有一家年销售额超百亿的企业。虽然现在更具家族制色彩的浙江民营企业在全国500强中占三分之一以上，但至今在浙江省内的机械、化工、医药、电子、冶金、食品、建材行业及商贸企业中，经营规模最大的均为国有企业。浙江企业的规模与国际上大企业的规模，更不可同日而语。“一村一品，一乡一品”的发展特色，反映了浙江小规模产业集聚的实际。虽然如有的学者所指出的，“小”不一定弱（正像“大”不一定强一样），特别是当众多的小企业以产业集群方式出现后，本身就是一种具有显著效率优势的产业组织方式。但是，从

① 陈其南：《文化的轨迹》，春风文艺出版社1987年版，第139—140页。
② 李新春：《信任、忠诚与家族主义困境》，《管理世界》2002年第6期。

当前参与国内和国际竞争角度看，以中小企业为特色的浙江经济的竞争能力就成问题了。

企业规模小会产生许多的问题，其中比较突出的，是它会制约企业技术创新能力的提高，进而会影响到企业产品的国内和国际竞争力。虽然近年来浙江企业通过“模仿”这一低成本、高效益的方式，其产品的技术含量和质量已大大提高，但以国内和国际的高标准衡量，多数产品加工精度和深度不高，以名牌产品为龙头的企业集团很少。“千家万户”产品仍占多数，依靠“质低价廉量大”占领市场。2003 年，浙江高新技术制造业总产值为 1079 亿元，销售收入为 1044.3 亿元，占规模以上工业企业总产值、工业销售收入的比例分别为 8.3% 和 8.2%，发达国家一般达到 30% 以上；同时，高新技术产业在经济增长中的贡献份额也较低，发达国家高新技术产业在经济增长中的贡献份额约在 70% 以上。目前，浙江制造业的劳动生产率为 6568 美元，还不到美国、日本和德国 20 世纪 90 年代中期水平的十分之一，也低于东南亚金融危机以前的马来西亚和印度尼西亚。与发达国家相比，浙江产品出口规模小、技术含量低、高新技术产品在国际市场上占有的份额很小。2003 年，浙江出口的高技术产品占全省出口额的比重仅为 5.03%，而发达国家一般在 40% 以上。[①] 浙江企业从事的多数行业技术含量不高，意味着难以形成技术垄断，市场进入较为容易，单个企业主的创新活动所产生的获利机会可能会吸引大量的效仿者进入该市场，从而形成一定的产业规模或地方特色产业集群，但是由于产品雷同性强，差异性小，缺少品牌优势，在过度涌入市场后可能会导致产业市场供过于求，在国内和国际市场引发恶性竞争尤其是压价竞争，企业赢利将逐渐减少。

造成浙江经济和企业“低小散”特点的原因是多方面的。比如，浙江原来的产业基础差、资源匮乏；企业的成长需要一个漫长的历程，而浙江的私营企业大多还只有 20 年左右或甚至更短的历史。另一方面，如福山所说，一个区域信任度的高低，直接影响这一区域企业的规模、

---

① 郑瑜：《关于高新技术产业发展对策研究》，载中共浙江省委党校中青年干部培训班编：《全面、协调、可持续》，当代中国出版社 2004 年版。

组织方式、交易范围和交易形式，以及社会中非直接生产性寻利活动的规模和强度。基于血缘原则和特殊主义信任的家族文化的影响，无疑也是形成浙江企业“低小散”特点的一个十分重要的原因。许多学者认为，家族式企业内外有别的用人制度、裙带关系、非制度化管理，都严重影响了企业的规模扩张和长期生存。马克斯·韦伯就曾把中国的家庭定性为“经济的血缘枷锁”，认为它削弱“工作纪律”，妨碍“以自由市场方式选择劳动力”，并且阻碍超脱亲缘关系的“普遍商业信用之产生”。“作为一切买卖关系之基础的信赖，在中国大多是建立在亲缘或类似亲缘的纯个人关系的基础之上的。伦理的宗教——尤其是新教伦理的、禁欲的各教派——之伟大成就，就在于冲破了氏族的纽带，建立起信仰共同体与一种共同的生活伦理，它优越于血缘共同体，甚至在很大程度上与家庭相对立。”① 福山认为，“因为华人文化对外人的极端不信任，通常阻碍了公司的制度化，华人家族企业的业主不让专业经理人担任管理重任，宁愿勉强让公司分裂成几个新公司，甚至完全瓦解”。②“在中国和意大利中南部地区那样的社会里，家族观念非常深厚，所以往往缺乏家族以外的、范围更广的一般性社会信任。这状况会阻止群体接受外部环境的有益影响，而且更糟糕的是，它会极大地引发对非群体成员的不信任、褊狭甚至仇恨和暴力。”马里恩·利维也认为，传统的中国家庭是“高度本位式的结构”，是工业化的主要障碍，“它从两方面使华人现代企业的经营大为复杂化了，一是就业方面，它被本位主义广泛地注入了裙带关系成分，二是在维持企业外部关系方面，它涉及购销及服务之类”。③ 应该承认这些批评具有相当程度的合理性。

在帕瑟·达斯古柏塔看来，社会资本是一种私人物品，不过充满着积极的和消极的外部性。积极外部性的一个例子，是马克斯·韦伯所描

① 〔德〕马克斯·韦伯著，王容芬译：《儒教与道教》，江苏人民出版社 1993 年版，第 266 页。

② 〔美〕弗兰西斯·福山著，李宛蓉译：《信任——社会道德与繁荣的创造》，远方出版社 1998 年版，第 296 页。

③ 陈艳云、刘林平：《论家族主义对东南亚华人的影响》，载《中山大学学报》（哲学社会科学版）1998 年第 5 期。

述的清教主义规范，这种规范要求合乎道德地对待所有的人，而不仅仅是亲族和家庭成员。因此，合作的潜力超过了由共同拥有清教规范的人们所组成的直接群体。与此同时，消极外部性同样也大量存在着。许多内部聚合的实现是以非群体（“圈外”）的损失为基础的。在亲缘、亲缘式关系基础上形成的家族企业社会资本，无疑具有消极的外部性。虽然由于家族式企业是按亲缘、亲缘式这一特殊主义关系组成的网络，圈内关系过密，内部的交易成本很低，乃至得到“圈内”成员的无偿帮助，但对外部或“圈外”则有“排他性”，或者缺乏关系或者关系过疏。也就是说，在亲缘、亲缘式关系基础上形成的信任，是一种原始的自然信任，它作为一种社会资本，只有在特定的小群体内发挥“俱乐部产品”的作用。对外部人的歧视原则与对内部的“盲目的”忠诚有可能是以牺牲一般性的市场公平原则为代价的。即可能以牺牲外部人利益而满足自己人的利益。在某些情况下，甚至可能危害大多数“外人”的利益，这实际上有可能导致违法或钻社会空子的行为。[①] 在“内外有别”原则的作用下，任何“圈外”的人要进入某个“圈子”，并进行交易，显然需要突破“关系壁垒”，泛家族信任扩展中对交往对象的亲属关系识别、信任度的鉴别、交往类型的差序弹性互动，都需要付出额外的成本，其交易成本高于普遍主义人际关系模式下的交易成本。换言之，人际关系对于超出关系网或小群体之外的经济交易具有不利的影响，这些人际关系在节约关系网内部交易成本的同时，增加着关系网外部的交易成本。在这种情况下，人际关系在关系网内部节约的交易成本，不一定能够抵消在关系网之外增大的交易成本，两者的数量关系显然是由关系网内外交易相对地位以及节约与增大交易成本的程度决定的。一般而言，在经济交易主要发生于熟人之间的经济中，特殊主义人际关系节约的交易成本较多；而在经济交易主要发生于关系网之外的经济中，特殊主义关系增大的交易成本较多。[②] 就一个社会而言，一个群

① 李新春、张书军主编：《家族企业：组织、行为与中国经济》，上海三联书店、上海人民出版社 2005 年版，第506—507 页。

② 王询：《人际关系与经济交易》，《求是学刊》1997 年第 5 期。

体内部的强大伦理纽带，实际上会降低群体成员对非群体成员的信任程度和与他们合作的效率。一个纪律严明、组织良好同时成员价值观高度一致的群体能够采取协调有序的集体行动，但是，它也可能会成为社会的障碍。

正是在上述意义上，内森·罗森堡和L. E. 小伯泽尔指出："当贸易所要求的规模超出了家庭企业和特定合营企业所能承担时，私人企业只有建立在血缘关系之外的相互信任的基础之上才有可能进行贸易和投资。如果不创造这样一种——它能产生与家庭纽带相似的必要人际关系，就根本不会有16世纪之后非政府的和非宗教性质的贸易和投资的发展。"① 但是，建立在亲缘和亲缘式基础上的家族式企业，却难以突破血缘和血缘式的"关系壁垒"造就非血亲的企业组织，这必然会使其在成长过程中遇到难以逾越的障碍，尤其是面临全球市场竞争压力时，更难以表现出较佳的经济绩效。在营销上，它们往往受原子式竞争的影响，而很少能做成国际性的品牌。尽管它们可能面对一个巨大市场，但这个市场经常是被分割得十分零散化。因此，以特殊主义为取向的企业很可能造成"军阀割据"的局面，最终无助于培育出一个符合国际标准的大市场。改革开放以来的实践表明，浙江人注重亲缘或亲缘式关系网的特殊主义的家族文化及其心理取向，有利于一定时期浙江经济社会的发展，它是与浙江"低小散"、"轻小集加"、"家庭工厂"、"前店后厂"等经济社会特点相适应的，但它不利于浙江经济上规模、上档次，即从"低小散"走向"高大外"，不利于浙江形成拳头产品、航空母舰企业，不利于浙江经济社会的进一步国际化和全球化。

① 〔美〕内森·罗森堡、L. E. 小伯泽尔著，刘赛力等译：《西方致富之路》，香港三联书店有限公司1989年版，第132页。

第六章　浙江经济社会发展与区域文化的提升

前几章的分析表明，正是在改革开放以来波澜壮阔的经济体制转换、社会转型、全球化等历史场景中，浙江区域文化精神也发生了一系列深刻的变化。当代浙江区域文化精神的嬗变，乃是改革开放以来浙江区域经济社会历史足迹的记录。与几千年乡村社会所形成的传统相比较，当代浙江区域文化精神的变化称得上是惊心动魄的。另外，浙江区域文化精神也对当代浙江经济社会的演化和发展方向产生了难以低估的影响，使之呈现出了鲜明的区域特征。诸如自主创业精神、讲求实效精神以及富有地域特色的工商文化传统、注重亲缘关系的家族文化等，都对浙江当代的经济社会发展产生了重要的作用。目前，浙江经济发展已经从单纯追求经济增长进入到了以促进区域社会全面协调发展的历史阶段。内外条件的大变化和发展阶段的大转变，客观上要求浙江区域文化与时俱进，要求浙江在经济社会发展的过程中，按照面临的新环境、新形势，不断地扬弃不适应性文化，创造适应性文化，进一步培育和提升浙江区域文化精神。这就需要对浙江区域文化现状作一客观的辩证的分析。而这种分析必须以社会全面进步为衡量准绳，并以对文化经济社会功能的全面认识为基础。

一、文化经济社会功能的理论视野

文化具有重要的社会功能。文化对于经济的发展具有精神动力和智力支持的功能，文化发展是社会全面协调发展的题中应有之义，在社会全面进步和人的全面发展中具有不可替代的作用和地位。

1. 文化的经济功能

文化对于经济具有型塑的作用，经济活动本身不可能产生出对于经济活动的价值肯定。在文化价值体系赋予经济活动以意义、为个人提供劳动动机之前，是不会有任何有意义的市场行为的。正如马克斯·韦伯所说："我们承认经济因素具有根本的重要性。但与此同时，与此相反的关联作用也不可不加考虑。因为，虽然经济理性主义的发展部分地依赖理性的技术和理性的法律，但与此同时，采取某些类型的实际的理性行为却要取决于人的能力和气质。如果这些理性行为的类型受到精神障碍的妨碍，那么，理性的经济行为的发展势必会遭到严重的、内在的阻滞。各种神秘的和宗教的力量，以及以它们为基础的关于责任的伦理观念，在以往一直都对行为发生着至关重要的和决定性的影响。"①

(1) 经济活动的社会文化约束

经济活动是一种与配置稀缺资源相关、人类为了确保自己的生存和增加自己的福利的行动。古典经济学和新古典经济学都假定，经济活动的主体即"经济人"是自利理性的。所不同的是，亚当·斯密等的古典"经济人"之利益最大化唯一地表现为"利润最大化"。虽然利润作为单一的指标，具有可计量性，但古典经济学并没有以此为基础建立严格的计量模型。而新古典经济学则将"经济人"的利益外延扩大了，"经济人"所追求的不再是单纯的"利润最大化"，而是主观效用最大化。同时，为了适应数学逻辑，"经济人"的效用"被加以货币计量"，从而"经济人"也就变成了符合数学规则的计算机器。②

虽然古典经济学家特别重视"无形之手"引导的互利的经济秩序，但并未完全忽视非经济因素对"经济人"行为的广泛影响，所以，在斯密那里仍然可以看到对经济秩序、法律秩序和道德秩序等各种相关因素的分析。在《道德情操论》中，斯密论述了支配人类行为的七种动机，

---

① 〔德〕马克斯·韦伯著，于晓、陈维纲等译：《新教伦理与资本主义精神》，三联书店1987年版，第15—16页。

② 参见黄少安《产权经济学导论》，山东人民出版社1995年版，第40页。

即自爱、同情心、正义感、责任感、劳动习惯、追求自由的欲望和相互交换的倾向等。他认为这些道德情操与市场秩序之间具有一种内在的联系。然而，新古典经济学则专注于市场的自发经济秩序，而往往忽视了法律、制度、文化等因素与交换关系之间的联系。这样，新古典经济学就把“经济人”假设为原子式的独立的、彼此无差别的匀质的、只知道追求自身利益的、对市场价格能够灵敏地作出直接反映的机器人。诚如凡勃伦所说，这种“经济人”是一个“对苦乐作出闪电般权衡的计算者。他，就像对幸福充满渴望的一粒同质球体一样，俯仰浮沉于刺激力的推动之下。他只剩下本能，既无过去，也无将来。他在稳定的均衡中不过是一个孤立的、确定的人性已知数……”[①] 和凡勃伦一样，马丁·霍利斯与爱德华·内尔对“经济人”教条作了同样的讽刺与嘲弄：“几乎所有的教科书都没有直接阐释理性‘经济人’。理性‘经济人’的潜在假定存在于投入和产出、刺激和反应之间。他不高不矮、不肥不瘦、不曾结婚也不是单身汉。我们不知道他是否爱狗、爱他的妻子或喜欢儿童游戏胜于喜欢诗。我们不知道他要干什么。但我们知道，无论他要什么他会不顾一切地以最大化的方式得到它。”[②] 在新古典经济学那里，不仅“经济人”被视为一个超越社会文化环境和时间概念的机器人，而且经济体系、经济活动也被理解为抽象的、纯粹的，没有来自现实的“杂质”影响的运行过程。按照这种理论，市场各单位之间的关系是一种纯粹的完全竞争的关系；市场的调节机制是资本、工资、价格、利率、供给需求之间的一种自发形成的均衡关系；经济增长或发展过程则被理解为是一种脱离了社会、文化、历史的纯粹而又孤立的经济现象。

然而，如果要对经济行为、经济活动作一个更全面的理解，新古典经济学的观点就显示出了相当程度的局限。经济从来就不是一个纯粹独立的领域，它受社会的包围和约束，只是社会的一个“次集合体”。正如熊彼特所说，“把一个事实称为经济的事实，这已经包含了一种抽象，

---

① 转引自杨春学《“经济人”与社会秩序分析》，上海三联书店 1998 年版，第 184 页。

② 转引自〔英〕霍奇逊著，向以斌等译《现代制度主义经济学宣言》，北京大学出版社 1993 年版，第 88 页。

这是从内心上模拟现实的技术条件迫使我们不得不作出的许多抽象中的头一个。一个事实决不完全是或纯粹是经济的；总是存在着其他的——并且常常是重要的——方面。”① 如果使用网络理论来审视经济生活以及与之相关的社会结构，就会发现，经济行动往往是被社会性、文化性的因素所限定的，它不能仅通过个人动机得到解释，而是嵌入于现存的个人关系网络中。“网络”一词意味着在个人或群体间一套固定的联系或类似的社会组合。无论在传统社会，还是在现代社会，经济生活嵌入于社会网络的现象始终存在，只不过在各个社会中嵌入程度有所不同而已。

经济活动之所以摆脱不了社会的包围和约束，首先是由于人存在着非经济的动机。按照格兰诺维特的解释，社会性、赞同、地位和权力是人类的中心动机。所有这些动机的实现都离不开社会关系网络。经济行动是行动者行动集合中的组成单元，很难设想它能在独立的空间中运作。人类的经济活动不仅仅是为了获得报酬，满足物质的需要，而且也同时把个人从私人生活中拉出来，使一个人与一个更大的社会世界发生联系。也就是说，经济活动不仅是满足个人自然物质需要的工具，而且是自我实现的工具，工作、金钱是地位、权力、身份等的重要来源。比如，在现实生活中，单个厂商就具有非利润目标，除利润以外，权力、威望、胜任职业、薪金、安全和地位中的一个或几个都适合成为经理人的主要目标。而所有这一切，只有在一定的社会文化背景下才能实现。

除此以外，还有一个更重要的原因，那就是每一个“嵌入”于社会结构之中的人，都必然要经历一个社会化的过程。而所谓社会化，就是个体接受社会习俗、惯例的培育和熏陶并习得一定文化价值规范的过程。按照米德的看法，在社会化过程中，个体把自身作为一个客体来体验；而要使这种体验成为可能，就必须能够采取他人的态度，就是站在他人的立场上，从外部观察自己。要做到这一点，必须积累与他人接触的社会经验。这就是自我形成的过程。米德将这一过程分成两个阶段：

① 〔奥地利〕约瑟夫·熊彼特著，牛张力译：《经济发展理论》，中国社会出版社 1999 年版，第11页。

在第一阶段，精神的发展程度还很幼稚，只能对特定个人的特定行动的经验进行个别的组织化。在这个阶段，自我的社会化还是不充分的。进入第二阶段后，精神的发展更趋成熟，可以作为自己所属共同体整体的即“被一般化的他人”的态度组织化而形成社会化的自我。这个因一般化的他人态度的组织化而形成的自我有一部分是“客我”。换言之，米德所谓的“客我”，是一般化的他人的内化。当某一行动主体所属的共同体具有一定的业已确定的习惯、制度、规范时，他的“客我”便由此决定，共同体的约束力越强，自我内部的“客我”便越占优势地位。[①]事实上，米德所说的“一般化的他人”，更通俗的表达应当是“社会公认的文化价值规范和观念”，而所谓的“客我”则是通过社会化机制对“社会公认的文化价值规范和观念”等的内化。社会化理论充分表明，我们每个人都生活于某种文化体系处于主导地位的社会中，它将对我们每个人的一生产生巨大的影响。即使没有受过正规教育，但社会风气和风俗以及家庭环境，自小至大的耳濡目染，也往往使人被社会文化环境所同化。正因如此，文化因素必然会通过已经社会化的经济行为主体，对经济活动、经济过程产生重要作用。诚然，经济活动、经济过程有其自然秩序，但是这种自然秩序无疑是物质因素和社会文化因素所决定的各种约束条件共同起作用的结果。正是在这一意义上，布坎南指出：“文化进化已经形成或产生了非本能行为的抽象规则，我们一直依靠这些抽象规则生活，但并不理解这些规则”。文化进化形成的规则，“是指我们不能理解和不能（在结构上）明确加以构造的、始终作为对我们的行为能力的约束条件的各种规则”。[②]在经济活动过程中，人们总是有意无意地按照一定的社会和文化规范而行动，在一定的社会、制度以及文化框架中谋求自身的经济利益。由此，社会文化因素对经济活动、经济过程的作用就是不可忽视的。

---

① 参见〔日〕富永健一著，严立贤等译《社会学原理》，社会科学文献出版社 1992 年版，第83 页。米德同时还认为，客我不是自我的全部，自我的另一半是主我。主我是不受外部的他人约束的、革新的、具有创造性的、能够进行主体性再组织化的自我部分。

② 〔美〕布坎南著，平新乔、莫扶民译：《自由、市场与国家》，上海三联书店 1989 年版，第 115、116 页。

（2）文化对于经济发展具有精神动力的功能

熊彼特曾经将经济发展归因于企业家的创业、创新行为。而企业家的创业、创新行为需要以一定的动机、热情和意志为精神动力。熊彼特认为，那些成为企业家的人必然是意志坚强、果敢的人。企业家首先要“存有一种梦想和意志，要去找到一个私人王国，常常也是（虽然不一定是）一个王朝”。其次要“存有征服的意志，战斗的冲动，证明自己比别人优越的冲动，求得成功不是为了成功的果实，而是为了成功的本身”。最后，“要存有创造的快乐，把事情办成的快乐，或者只是施展个人能力与智谋的欢乐”。① 而企业家的这种创业、创新动机、热情和意志，是在一定的社会文化氛围中得以孕育的。

一个国家和地区民众创新、创业的动机、热情和意志的强弱，取决于政治、经济等多种因素，但文化背景无疑是一个十分重要的因素。诺斯曾明确地将意识形态作为其制度变迁理论的三根支柱之一，并强调了其与制度变迁之间存在的互动关系。在一个崇尚安平乐道、平均主义以及如鲁迅先生所说的那种不但“不为戎首”、“不为祸始”，甚至于“不为富先”的传统乡村社会文化环境中，不可能酿造出强烈的创新、创业的动机、热情和意志并形成良好的经济绩效。在传统社会，一个人或贫或富往往被看成是神意或天意安排的结果。在中世纪的欧洲，虽然也会有种种生产性的劳动，但是这在宗教上既没有特殊的价值，如西方“经院哲学”代表阿奎那诠释过保罗“不工作者，不得食”的戒律，不过他却认为劳动只是为了维系人类生活所必需的自然事物，并没有赋予劳动特别的伦理意义，也和个人的“成就”没有一定的关联，个人的荣华富贵只是由“命运”决定的。在中国，所谓“生死由命，富贵在天”，也反映了传统乡村社会的普遍观念。在这种文化环境中发财、成功自然会受到嫉妒和敌视。如布鲁姆夫妇所描述的希腊农民那样，当某个村民碰上好运时，其他人便会通过闲言碎语、评头论足、中伤诽谤表达自己的嫉妒。村民们自称村里的生活没有一刻的平静，每个家庭对其他有可

① 〔奥地利〕约瑟夫·熊彼特著，牛张力译：《经济发展理论》，中国社会出版社 1999 年版，第103—104 页。

能获得成功和幸福的家庭都充满了妒意和竞争心理。诚然，即使在传统的乡村社会，还是会有少数突破陈规陋习的新事物的大胆尝试者，但这些尝试者常常不是为传统价值观念所束缚的道地的农民，而往往是处在某种边缘状态的人。

现代市场秩序的扩展和经济的发展，无疑是与从传统社会到现代社会的文化精神大变革相伴随的。按照桑巴特的观点，现代资本主义精神来自于犹太教“数量计算”（quantitative calculation）的理念。犹太人被逐出西班牙后，在16世纪初来到尼德兰，并且通过安特卫普将这种精神带到了英国。这种精神理念鼓励个人倾注所有精力，用于如何通过暴力、诈骗、计谋、革新和金钱等各种手段获取财物。而在马克斯·韦伯看来，对财富的贪欲，根本就不等同于资本主义，更不是资本主义的精神。倒不如说，资本主义更多的是对这种非理性欲望的一种抑制或至少是一种理性的缓解。马克斯·韦伯毕生致力于考察“世界诸宗教的经济伦理观”，亦即试图从比较的角度，去探讨世界主要民族的精神文化气质（ethos）与该民族的社会经济发展之间的内在联系，从发生学上解释西方理性主义独特性的起源。在韦伯看来，近代西方资本主义的兴起与宗教革命过程中形成的新教伦理具有密切的关系。由于加尔文教的“预定论”彻底地否定了通过教会和圣事获得拯救的可能性，所以，个人要获得救赎，就必须竭尽全力地履行“天职”以求荣耀上帝。能否成为上帝选民的不确定性使世俗化的赢利活动变成一种“天职”，从而激发了人们勤勉敬业的精神。

正是那种视履行职业责任为神圣的“天职”、寓拯救于勤勉敬业之中的新教伦理精神，激发了欧洲、北美无数人的创业、创新之动机、热情和意志。200多年的美国历史，可以说就是一部创业、创新的历史。在美国，有许多家喻户晓“白手起家”的创业英雄的“成功故事”，它们都表现了一个共同主题：一个家境贫寒、衣衫褴褛的男孩，依靠自己诚实、勤奋和俭朴的创业，终于摆脱了贫困，走上了富裕的和成功的道路，赢得了社会的尊敬。这就是一篇篇辉煌灿烂的“美国梦”。强烈的创业和成就的动机、热情和意志，是导致美国成为世界上经济最富裕国家的一种决定性心理因素。美国人常说，“没有做不出来的东西，只有想不出来的东西"。当今世界上60%以上的重大科技发明产生在美国，美国城市的摩天大楼、别出心裁的街头雕塑、宽广整洁的马路、高速铁路以至用高科技装备的市民娱乐设施、宇航技术等，都是美国人创业、创新动机、热情和意志等心理因素的形象写照。美国人的这些心理因素，无疑浸润于美国崇尚创新、冒险和竞争的社会文化土壤尤其是新教文化精神之中。可以说，正是那种谁养的牛多、谁种的玉米多、谁盖的房子多，谁就可能成为"上帝的选民"的新教伦理氛围，孕育了美国人强烈的成就欲望和创业激情。亚洲"四小龙"的崛起，也与当地人强烈的创业动机、热情和意志具有密切的关系，而这种创业动机、热情和意志也是在特定的文化氛围即经过创生性转换以后的儒家文化氛围中形成的。正如艾勒塔斯、勃格等社会学者所说，对财富、荣誉、健康的渴望以及光宗耀祖的强烈愿望，一种对家庭几乎没有保留的许诺（为了家庭，个人必须努力工作和储蓄），以及一种纪律和节俭的规范，这些毫无疑问是儒家伦理中的重要文化因素，足以衍化为强烈的成就欲望和创业动机并成为经济发展的精神动力。

改革开放以来，中国经济的迅猛增长也与精神文化领域的大变革具有密切的联系。十一届三中全会以来，中国共产党在思想路线上进行拨乱反正、正本清源的工作，形成了"以经济建设为中心，坚持四项基本原则，坚持改革开放"的基本路线。在这一场以真理标准问题大讨论为起点的意识形态领域大变革过程中，中国人的心理态度、价值观念和行为逐渐地朝着有助于国家现代化的方向改变，从而为改革、发展、稳定营造了良好的社会文化大环境，并持久地支持着国家朝现代化方面转变。以经济建设为中心，不仅仅意味着国家工作中心的转变，而且也意味着国家意识形态的转变，意味着计划经济体制下的价值观念向市场经济下的价值观念的转变。改革开放路线方针政策的实施，尤其是"三个有利于标准"的提出，将人们求利的动机和行为纳入到了合理合法的轨道，人们通过诚实劳动和合法经营获得经济利益的追求得到了肯定和鼓励。这就逐渐地改变了诸如"不患寡而患不均"的平均主义观念、知足乐世、轻商惧富以及将追求个人利益等同于走资本主义道路的传统价值观，从而在相当程度上清除了市场秩序自然演化的思想观念羁绊，为广大民众提供了进行制度创新的广阔空间，大大地提高了社会经济绩效。另外，“四项基本原则”使中国在总体上保持着国家意识形态的一贯性和连续性，增加了民众对中央决策的认同感，减少了改革的摩擦和阻力以及社会的矛盾和冲突，从而大大地降低了改革的方针政策的执行成本。同时，意识形态的一贯性与连续性，也是经济体制变迁、社会经济发展和现代化所需的社会稳定的必要前提和基础，而以“四项基本原则”、“改革开放”为核心的意识形态的一贯性，营造了一个相对稳定的社会环境，从而在相当程度上避免了现代化进程中容易出现的社会动荡局面。它不仅使渐进性的经济体制改革可以从容推进，而且减少了经济活动中的风险性和不确定性。

(3) 文化对经济活动的技能、策略和制度功能

经济活动要求一套行之有效的技能、策略和制度，而这些都是与习俗、惯例等文化因素分不开的。按照凡勃伦的看法，市场制度本身就是由“为大多数人普遍接受的固定的思维习惯”所组成的。[①] 这种“固定的思维习惯”无非是在人们交易活动中呈现出来的一种常规性，它一旦成为大家都遵守的习俗、惯例，就对市场的运行有一种规范和约束作用，即习俗、惯例成了在市场中不断进行着重复交易活动的参与者的“共识”。因为大家都这样做，我也应当这样做。熊彼特认为，若没有习惯的帮助，无人能应付得了每日必须干的工作，无人能生存，哪怕是一天。尼尔森和温特尔则认为，一种行为若能成功地应付反复出现的某种环境，就可能被人类理性（工具理性）固定下来成为习惯。[②] 在市场活动中，大多数人之所以普遍接受“固定的思维习惯”，一个重要的原因，即在于它是一种节约机制，通过它，人们认识了所处的环境，并被一种“世界观”所导引，从而使决策过程简单明了。诚然，经济行为选择不仅建立在一个包括成本与收益的全面综合的计算的基础之上，而且人们在收到社会信息时，往往要进行一次复杂的计算，只有在此基础上，人们才能采取合理性的行动。但是，这需要以完全理性作为前提条件。而

① 〔美〕凡勃伦著，蔡受百译：《有闲阶级论》，商务印书馆1964年版，第111页。

② 参见卢现祥《西方新制度经济学》（修订版），中国发展出版社2003年版，第40页。

完全理性的假设是对人类理性能力的“乐观主义”的看法。按照这一假定，决策者总是有敏锐的眼光，对面前的一切都深思熟虑。他不仅明白自己当时面临的选择范围，而且对未来的选择余地了如指掌。他知道可能选择的策略所导致的后果，起码也能给未来的可能状态确定一个联合概率分布。他协调了或者说权衡了一切互有冲突的局部价值，并把它们综合到单一的效用函数之中，按照对它们的偏好来排列所有未来可能状态的优劣次序。① 然而，在现实中人的理性是有限的。西蒙认为，人的理性要受三种限制：“每一备选方案所导致的后果的不确定性；不完全了解备选方案，以及必要计算无法进行的复杂性。”② 由于要求的信息及计算的容量大大超出了人们的能力，要对经济行为的所有方面进行完全有意识的理性计算是不可能的。因此，寻求最优的途径变成了近似的优化途径——大刀阔斧地简化真实世界的情景，使之达到决策者能够处理的地步。“寻求满意”的途径，则是在不同方面上简化真实图景，它保留了较多的真实情景的细节，但试图作出满意的决策，而不是最优的决策。这样，在通常情况下，经济行为的发生便往往会同时发源于深思熟虑与不那么仔细的考虑，后者往往表现为受“固定的思维习惯”的支配。在市场行为领域，人们想把事情做得最好，追求成本最小收益最大，但人的智力是一种稀缺性的资源。市场经济主体可以把顾客当上帝，但自己却不是全智全能的上帝。当个人面对错综复杂的、信息超载的市场行为领域而无法迅速准确和费用很低地作出理性判断，以及市场行为领域的复杂程度超出理性边界时，他们便会借助于遵从市场行为的习俗、惯例来走捷径。这样做可以减少市场行为选择的“成本”，简化计算过程，是运作市场行为领域繁杂事务最方便、也最轻松的方法。当然，对“固定的思维习惯”的强调，并不是降低成本收益的理性核算在市场行为中的作用。更完整的表述应当是，对习俗、惯例等文化因素的遵循适合于市场环境里的补充因素或者一般性交易，而理性的决策行为

① 参见刘世锦《经济体制效率分析导论》，上海三联书店1996年版，第34页。

②〔美〕赫伯特·西蒙著，杨砾、徐立译：《现代决策理论的基石》，北京经济管理学院出版社1989年版。

则大多适合于限制性或者关键性交易。如果各项市场因素不断地变动，那么理性就必须予以灵活的关注，并控制关键性因素；如果市场各项因素的动态正常，那么习俗判断就可以解决补充性的或一般性交易所构成的问题。[①]

在市场交换中，人们所共同持有的观念，认识模式、相互关系等为市场创造了一个可靠的框架。公认的习俗、惯例等，通过建立或多或少的固定化的人类行为的范式，或者设定人类行为的界限，或者订立人类行为的规则，或者约束人类行为，实际上都提供给当事者和其他当事者以信息，使人们对于彼此的行动可以作出合理的预期。正如弗兰克·奈特和桑顿·梅里安所说："一个人仅当所有其他人的行为是可预测的并且能够正确地预测的时候，才能在任何规模的群体中理智地选择或计划。这意味着，很显然地，其他人不是理性地选择而是机械地根据一种固定的认知方式来选择，或者第一方有某种强制性力量，这种力量是靠使用强力或者欺骗而获得。""假如没有一些协调过程，一个人的任何实际行为，如果稍稍背离其过去的惯例，都会使那些从他的过去行为臆测其行为并据此而行动的其他人的预期落空并打乱其计划。"[②] 这里重要的一点是，公认的习俗和惯例，给人们提供了一种参考构架或取向，借助这些参考构架或取向，他们可以把握住自己在周围世界中的行动。习俗和惯例等在一定情景下给行动者一种世界对所有人都是一样的感觉或假设。把市场经济行为主体聚合在一起的，往往正是这种关于共同世界的假设。由于公认的习俗和惯例蕴含着社会共识和一致性，它能帮助个体估计其他人的经济行为，告诉每个人其他经济当事人可能的行为，因此他就可以在一个复杂的、不确定的以及信息超载的市场领域里，相应地采取明智的行为，从而减少因风险性和不确定性所带来的成本，并可以在对经济活动进行长期预测的情况下获得长期的收益。

(4) 文化对经济活动的秩序功能

市场秩序虽然不是市场效率的充要的条件，但却是必要的前提条

① 参见张雄《市场中的非理性世界》，立信会计出版社 1995 年版，第 126 页。

② 转引自〔英〕霍奇逊著，向以斌等译《现代制度主义经济学宣言》，北京大学出版社 1993 年版，第 158 页。

件，而伦理道德等文化因素对于形成市场秩序则具有难以替代的功能。一定的市场秩序，不仅是社会整体利益所需要的，而且也是每个市场主体的长远利益所需要的。市场的基本功能是对经济资源的优化配置，然而，在市场体系处于无秩序的状态之下，它的这种基本功能就会失效。因此，市场的效率必须以市场秩序作为保证。但是，经济行为者只要进入市场，就会被“利己的磁场”所磁化，他既不能指望其交易伙伴是利他主义者，也不能以利他主义者的行为方式对待其交易伙伴。也就是说，在市场中活动的经济主体必然会按照自利理性的“经济人”的原则行事，而“自利理性”的假设同时又包含着对经济行为主体借助于不正当手段谋取自身利益的“机会主义倾向”的假设，而这可能会对市场秩序的有效运作构成危害。“机会主义”行为显然与人类的“有限理性”息息相关。如果人具有完全理性，能够对现在和未来洞若观火，说谎、欺骗以及毁约等不择手段谋取私利的行为便难以得逞。然而，由于人的理性有限，他不可能对复杂的和不确定的环境一览无余，不可能获得关于环境之现在和未来变化的所有信息。在此情况下，以不正当手段谋取私利的机会主义行为就有可能出现。

机会主义行为之所以有碍市场秩序的高效率运作，是因为这种行为属于“分配性努力”，而不是“生产性努力”，即行为的结果不是增加而仅仅是分割社会财富。机会主义行为对经济活动通常会造成双重的损害：一是引导部分资源流向谋求非生产性收益的活动；二是这种活动对直接生产者收益的侵占，抑制了他们从事生产性努力的积极性。这样，市场对经济资源优化配置的功能就会因此而失效。但是，近现代经济史的经验表明，通过欺骗而致富的毕竟是少数。这并非因为“经济人”已经没有损人利己、投机取巧的意向，而是因为与市场经济“扩展的秩序”相生相长的正式制度安排以及非正式制度安排约束功能对“经济人”机会主义意向作用的结果。在正式制度安排中，法律制度安排对维护市场秩序的作用尤其突出。然而，问题在于，仅有相应的法律制度，还不足于完全保证市场经济秩序高效率地运转。在复杂的市场交换过程中，存在着潜在的大量机会主义行为的余地，这是即使非常完善的法律制度也无法触及的死角。在法律制度无法行使的死角，文化的约束功能显然就有显示身手的场地。这是因为，在市场中活动的经济主体，都必然生活于特定的社会文化结构之中，从而其行为也必然要受特定的意识形态、道德伦理、习俗等所制约。由文化环境而造就的经济主体，既是市场得以建立的前提，又是“市场秩序”存在和有效运作的根本原因所在。在文化诸因素中，伦理道德的市场秩序功能尤其突出，正如诺斯所说，在法律制度克服“经济人”的机会主义行为之社会成本大于社会收益的情况下，“社会强有力的道德和伦理法则是使经济体制可行的社会稳定的要素”。① 另外，法律制度不是中性词汇，法、法治、合法性、法律秩序等词汇本身包含着某种最低限度的道德意义。法律制度只有与伦理道德结合起来，才能充分发挥效力。因此，一个健全的市场经济体制在法律制度完备的同时，需要以伦理道德来约束“经济人”不择手段地从事任何一种个人边际收入大于边际成本的谋利活动或投机倾向，从而使市场秩序得到有效的维持。正是在这种意义上，哈耶克指出：“如果没有根深蒂固的道德信念，自由绝不可能发挥任何作用，而且只有当个人通常都能被期望自愿遵奉某些原则时，强制才可能被减至最小限度。”② 当然，伦理道德不可能生实效于一切人和一切事，否则就可以不要法律制度。然而，如果大多数市场行为主体都成为蔑视伦理道德的“草莽英雄”，那么，即使是再好的法律制度，也只能是一纸空文。法律制度之所以能够有效实施，不仅仅是由于其绝对权威的性质，还因为伦理道德信念给这种强制性的实施提供了社会心理学的基础。此外，如果伦理道德能够很好地发挥作用，法律制度管辖的范围就可以缩小，由此而来的法律实施费用也可以进一步降低，从而市场秩序的效率将会进一步提高。

（5）文化对消费活动的影响

文化因素也对人们的消费行为产生影响。经济学家往往侧重于从收入水平和价格水平等经济因素来研究人们的消费需求。比如，把价格上

① 〔美〕道格拉斯·C. 诺斯著，陈郁等译：《经济史中的结构与变迁》，上海三联书店1994年版，第51页。

② 〔英〕弗里德里希·冯·哈耶克著，邓正来译：《自由秩序原理》，三联书店1997年版，第72页。

升对消费需求的影响，分为它的替代效应部分和它的收入效应部分。当一种物品的价格上升时，人们趋向于用其他物品来代替价格上升的物品，以便保持原有的福利水平。除了由于替代而导致的物品数量减少以外，还有收入效应：由于家庭收入降低时，人们会购买较少数量的某一物品，所以该物品的价格上升——价格上升造成人们实际收入或实际购买力的下降——会导致该物品的消费量的进一步减少，因为人们的实际收入已经降低。[①] 经济学家无疑在相当程度上揭示出了人们选择某种消费品而不选择其他消费品的消费需求或消费选择的经济规律，但他们的研究中往往忽视了消费选择背后的社会文化因素。而在事实上，任何一种消费行为都具有一定的符号象征意义。在人们的消费决策过程中，成本与收益的核算当然占据着重要的地位。然而，购买者对消费品的选择，并不每次都是经过理性边际成本运算的结果。比如，广告与营销策略本来的用意，就是塑造个人偏好，把消费者的需要引向某些企业的产品。特别是劝说性广告，容许卖者试图扭曲消费者的嗜好和偏好，以利于其产品的销售。同时，更重要的还在于，在许多时候，消费者可以撇开某种理性计算，而听从文化价值规范尤其是习俗的引导。大量事实表明，习俗对市场的消费行为起着潜移默化的作用，消费行为在一定程度上反映着市场行为者的风俗习惯要求。这首先是由于消费者搜寻更精确的信息存在一个成本问题。比较产品的各种类型和特点，为实现最佳购买而漫步于各个商店，等等，都涉及时间和费用。因此，依靠过去的经验和群体较一致的意见和看法，可能更加明智和经济。习俗作为群体的非正式规范，对消费性行为具有评价判断的功能。风俗习惯在一定程度上乃是人们行为的准则和尺度，因此人们往往通过它，对各种消费行为作出肯定或否定的判断。习俗就如一把尺子，摆在每个消费者面前，对他们的消费选择构成约束。显而易见，由于各个民族有不同于其他民族的风俗习惯，所以对同一种消费行为，不同的民族可能会作出不同的评价。在一个国家、民族、乃至社会群体内部，倘若人们的某种消费行为

---

① 参见〔美〕萨缪尔森、诺德豪斯著，高鸿业等译《经济学》下卷，中国发展出版社1992年版，第692页。

严重违反了为大家所公认的风俗习惯，就要受到冷遇或严厉的斥责，或引起众人的强烈反应如愤怒、耻笑，甚至激发宗教情绪的对抗。

文化因素对消费需求的影响，还表现在拥有不同的“文化资本”的不同阶级集团的不同的消费偏好上。凡勃伦对此作了深刻的揭示。他认为，有闲阶级用有意识地脱离生产活动来表现自己拥有的财富和权力。这些有闲阶级把炫耀性消费视为一种具有强烈象征意义的文化过程。他们把对金钱的占有、把富有作为一种显示地位和势力的东西，贵妇人的服装和奢侈是对丈夫的经济实力和社会地位的夸耀，是对消费和闲暇的卖弄。而服饰在人际交往中最具强烈的文化象征意义、最外在因而最容易显示一个人的地位，所以，“要证明一个人的金钱地位，别的方式也可以有效地达到目的，而且别的方式也是到处在使用，到处在流行的；但服装上的消费优于多数其他方式，因为我们穿的衣服是随时随地显豁呈露的，一切旁观者看到它所提供的标志，对于我们的金钱地位就可以胸中了然。”① 韦伯曾对集体行动者注重象征性商品的使用这一现象作了研究。他认为，参与竞争的各方是具有某种社会地位的集团，他们所为之展开竞争的对象是地位文化、风格、特性、技巧等文化性事物。成功的竞争使得某个地位集团垄断了各类文化资源，并由此提高集团的内部团结与外部声望。这又反过来提高了集团获得良好的工作、贸易权利、住房及配偶等物质报酬的能力。由于地位文化应该能够使集团成员得以分辨同伴与外人，它就必须是稳定而公开的。这样，通过集团内的社会化、集体礼仪等就逐渐使成员产生了特定的消费偏好。② 布迪厄也持有类似看法，他认为，不同阶级集团的成员具有不同的美学偏好以及不同的文化资本，这就决定了他们不同的消费选择。③

在现代社会，文化的经济功能还表现于经济与文化的相互交融上。在当代社会，经济发展中的文化含量、文化附加值将越来越高，不仅

---

① 〔美〕凡勃伦著，蔡受百译：《有闲阶级论》，商务印书馆 1964 年版，第 122—123 页。

② 参见朱国宏主编《社会学视野里的经济现象》，四川人民出版社 1998 年版，第 261 页。

③ 同上。

知识生产力将愈来愈成为生产力、竞争力的关键因素，而且文化素养、文化个性、价值观念、审美情趣等也日益地渗透到物质产品之中，企业之间的竞争也由过去的产品质量竞争，演变为企业形象、企业文化、企业品牌的竞争。另外，文化领域的相当一部分产品即文化产业所提供的经营性文化产品，可以产生可观的经济效益。在现代社会，文化产业作为知识经济全球化的新兴产业，成为文化产品生产、流通、消费的规模化、市场化、现代化的重要手段和载体，不仅在满足居民消费新的文化需求方面具有不可忽视的、不可替代的作用，而且也是现代经济的重要支柱之一，是物质财富创造的重要源泉。它不仅对于满足人们的知识、娱乐、休闲需求具有重要的作用，而且对于提高国民经济整体素质、积累社会财富、增加就业、刺激消费、涵养税源等也具有重要的作用。

2. 文化的社会功能

上述表明，文化具有重要的经济功能。但是，从更广泛的范围上看，文化的经济功能并不是文化社会功能的全部，而只是后者的一个方面。文化的经济功能仍然从属于经济的目标、经济的价值和经济的功能，并未体现文化自身的相对独立的目标、价值和功能。如果人们承认经济的目标仅仅是健全社会众多目标之中的一个目标（尽管可能是一个较重要的目标），经济领域只是健全社会众多领域中的一个领域（尽管可能是一个较重要的领域），那么文化的社会功能便不仅仅局限于其服务经济方面的功能，而是必然还应具有更重要的内容。

为了便于说明问题，在这里有必要首先对经济与社会作一明确的区分。按照帕森斯的观点，所谓社会或社会体系可从三个特征予以界说：（1）两个以上行为单位之间的相互作用，各单位的行动之间存在一种有意义的相互依存；（2）在他们的行动中，他们会考虑他方可能如何行动；（3）有时，他们为追求共同目标而协同行动。因此，社会是一个宽泛的概念，社会体系是一种范围很广的体系。根据帕森斯的习惯用法，经济体系是社会体系的一个部分、一个方面，或一个次体系。“即使每一个具体的社会系统都有经济方面，但我们所想象的经济也不是一个集体。在其‘延伸’的意义上，经济是完整社会的一个子系统。”① 社会体系还包括其他部分、方面或次体系。因此，一个社会可定义为一个社会体系，它不仅具有经济（次）体系或领域，而且还有与经济直接地或间接地发生相互作用的（次）体系或领域，其中最重要的是政治（次）体系或领域与文化（次）体系或领域。在一个健全的社会中，经济、政治、文化三个领域虽然互相贯通，但各自又有不同的特点、活动规律、价值取向或目标和功能。在此意义上也可以说，只有促进经济、政治、文化的全面协调发展，使三个领域各自按其目标发挥功能，乃是一个健全的社会得以有效运转的必要前提。也正因如此，只有对社会的诸次体系的各自特点、活动规律、价值取向或目标和功能作一清楚的辨析，我们才有可能更全面地理解文化除了经济功能之外的其他社会功能，除了服务于经济目标之外的其他社会目标。

帕森斯和斯梅尔瑟指出，争取最大效用或为满足愿望而使用全部手段以争取最大经济价值就规定了经济系统的目标。经济活动的最高目的是“生产”，“生产的概念限定了作为社会子系统的经济的目标定向。就其满足需要而言，生产是生产效用的，或者生产商品和服务。财富被定为这种商品和服务在一定时间内累加的经济价值。收入的定义则是单位时间内对这些价值的支配情况”。② 市场经济作为一种特殊的经济系统，当然也以争取最大经济效用或经济价值为目标。市场是一种物品的买主和卖主相互作用以决定其价格和数量的过程，市场经济的核心目标是经济效率或利润。正如骑驴的人用胡萝卜和大棒来驱使驴子前进一样，市场经济用利润和亏损来解决经济（次）系统的三个基本问题，即解决生产什么、如何生产和为谁生产等问题。

与社会体系中的经济（次）体系不同，政治领域的核心概念是“权力”。自亚里士多德以来，许多政治学家就已持有这样一种观念：政治体系总是以某种方式涉及权威、统治和权力。亚里士多德认为，

① 〔美〕帕森斯、斯梅尔瑟著，刘进等译：《经济与社会》，华夏出版社 1989 年版，第 14 页。

② 同上书，第 19—20 页。

毫无疑问，权威和统治的存在至少是政治社团的一个方面；伊斯顿谈到了政治体系的“价值的权威性分配”；拉斯韦尔和卡普兰谈到了“严酷的剥夺”，达尔则把政治体系定义为“任何在重大程度上涉及控制、影响力、权力或权威的人类关系的持续模式”；马克斯·韦伯认为合法的强制力量是贯穿政治体系活动的主线；列宁则认为政治就是各阶级之间的斗争。[①] 所有这些看法都包含了政治体系存在一种实行惩罚、强迫和强制的合法权利的意思。一个政治体系是与合法的强制相关联的，然而，这并不意味着政治体系仅仅同强制力量、暴力或强迫联系在一起。事实上，从亚里士多德到当代的许多政治学家，都把某种意义上的公共活动归结为政治的一个特性。政治体系的强制性的特征与为社会公众利益服务的职责之间，虽然互相区别，但又是互相联系的，即合法的强制力量乃是政治体系有能力履行“公共”职责的重要前提条件。尽管政治体系可能偏离社会公共利益，然而其普遍性、强制性的特点又有可能使得它能够在一定程度上超越各种具体的社会利益，为公共利益着想。在市场经济条件下，政治体系作为一种公共机构“组织和执行公共物品的供给”之职能显得更加突出。这是因为市场机制有其自身无法克服的缺陷，诸如无法有效地提供公共物品，无法使经济生活中普遍存在的外部性内在化，自身似乎有一种无法自制的日趋垄断的趋向，无法有效地解决宏观经济的波动问题，等等。

社会体系中的文化（次）体系也有其自身独特的目标和功能，诚然，文化（次）体系具有服务于经济（次）体系和政治（次）体系的功能，并与后两个（次）体系具有相互作用的关系。文化是人与动物区分的标志，动物的行为受遗传和本能的支配，通过本能的行为来满足需要，不受规范的制约，而人类需要的满足则主要通过文化的方式来实现。与动物相比，人能够学习社会规范、价值标准、知识技能，塑造鲜明的个性，形成独特的人格。文化也是社会或民族区别的标志。不同的人类群体在其自然、社会环境中形成了不同的行为方

① 参见《列宁选集》第 4 卷，人民出版社 1960 年版，第 370 页。

式、生活技巧，创造了不同的物质和精神产品。文化使我们能区别不同的民族和社会。人们在语言、价值观念、宗教信仰等文化特征所表现的区别，要比皮肤颜色或其他生理特征所表现的区别，更有意义。地域或政治疆界只能反映出两个国家、民族形式上的区别，只有文化才能呈现出国家和民族的内在本质。不同的文化对神与人、个体与群体、公民与国家、父母与子女、丈夫与妻子的种种关系有不同的观点，而对权利和责任、自由和权威、平等与阶级的相对重要性也有迥异的看法。这些文化差异在历史上产生，不可能会立即消失。如亨廷顿所说，与政治和经济方面的特质的差异相比较，文化的特质和差异更难改变，文化方面的冲突也更不易妥协和解决。贫富可以易位，可是由于文化上的不同，一个俄罗斯人却难以变成一个爱沙尼亚人，一个阿塞拜疆人也很难变成一个亚美尼亚人。

文化也具有认识、教育、伦理道德、审美等特性和功能。文化能够帮助人们了解和掌握自然和社会历史发展规律，不断地获得真理，并在真理的指导下去改造世界；能够使人们从中获得知识、技能、生产经验和社会生活经验、思想道德和行为规范；能够使人们愉悦性情，获得美的享受。尤其是在经济社会迅猛发展的背景下，人们在客观上需要身心的松弛，而文化领域所提供的开心的、消遣的、娱乐的文化产品恰恰可以满足人的这种需求。

文化还有助于塑造与特定社会制度相一致的人，从而维护社会的同一性和稳定。文化使社会有了系统的行为规范，为社会的成员提供了行动的蓝图。文化使一个社会的规范、观念更为系统化。有了文化，人们便有了行为的标准。文化提供给人们判断对与错、美与丑、合理或不合理等的尺度和规范，使人们的行为有了可以遵循的依据。社会化对于个人和社会都是十分重要的，一方面，社会化是个人在社会中生存和发展的必要准备；另一方面，对于社会来说，作为人类生活共同体，必须培养出合格的社会成员。文化包含的风俗、道德、法律、价值观念、宗教以及物质产品等诸要素，可以有效地影响社会中个人的人格，从而为社会化提供了物质基础和精神养料。可以说，个人社会化的过程是通过学习生活技能和价值规范等得以实现的。人是在按照文化的要求与期望来塑造自己的过程中完成社会化的。正是由于文化的作用，才使一个生物人演变成社会人。通过文化，人们不仅学会了人际互动的知识，在什么时间、地点和时机，做某种行为和动作，才是正当适宜，否则就是失礼不当的，而且人们也会发现社会与个人生活的意义和目的。通过文化，人们可以预测社会中他人对我们行动的反应。文化给我们一个预测他人行动的准绳，进而可以修改自己的行动。文化提供生存必需的知识和技能，教育制度使我们掌握专业技能，在社会生活中可以有一技之长，有赖以生存的手段。

此外，文化的另一个独特的社会功能，就是通过传递而发挥社会进步之基础的作用。文化的传递有两个方面，一是代际传承，即人类将文化一代一代地传下去。子代通过学习生活技能、谋生技巧、价值观念、行为规范，将社会的文化内化于己。二是横向传递，即在不同地域、民族、国家之间的相互学习。文化的代际传承和横向传递，对于人类来讲都是必不可少的。如果没有文化的代际传承，不仅很多文化会流失不存，而且，人们在面对自然环境、社会环境时，不得不重新创造出应对的方法和手段、事物和规则，这样社会就无法表现出一种积累性的进步，文化在传递过程中不免有一些东西被丢失、被删汰、被加入，但是只要存在着传承过程，文化就会发生累积效应，每代人和每个人学习这些东西，得以避免从头做起，可以集中力量发明新办法，对付新问题，文明因此而形成，社会因此而进步。如果没有文化的横向传递，人们就不能享有其他地域、民族、国家所创造的文化成果。从人类历史上看，正是不同民族之间的交流极大地促进了各民族文化的发展。

上述表明，文化具有诸多的社会功能。但是，文化（次）体系的核心目标和功能，无疑在于培养塑造全面发展的人，为整个社会创造意义的世界。丹尼尔·贝尔指出，“每个社会都设法建立一个意义系统，人们通过它们来显示自己与世界的联系。这些意义规定了一套目的，它们或像神话和仪式那样，解释了共同经验的特点，或通过人的魔法和技术力量来改造自然。这些意义体现在宗教、文化和工作中。在这些领域里丧失意义就造成一种茫然困惑的局面。这种局面令人无法忍受，因而也就迫使人们尽快地去追求新的意义，以免剩下的一切都变成一种虚无主义或空虚感”。[①] 尽管在现代社会，人类对理想信念等超越世界的关怀、对人生意义的寻求，受到了来自市场、社会理性化和世俗化等的消解，但这并不意味着人类已经不需要这种关怀和寻求了。在现代社会无根基的状态中漂浮了许久的人，总是希望能踏在一块坚实的地基上，动荡的社会和文化，非但没有取消关于存在的形而上学问题，反而使这些问题变得异常尖锐了。诚如德国哲学家施泰格缪勒所说，“相反，导致产生世界和人类存在意义的问题，现在这些问题或者被明白提出来，或者更经常的是作为一种伴随日常生活过程的负担而被感受到的‘形而上学欲望’，在今天却是非常强烈的”。[②] 对于现代人而言，不仅形而上学和信仰不再是不言自明的性质，对世界的神秘和可能性的意识，在历史上从来没有像现在这样强烈。知识和信仰已不再能满足生存的需要，形而上学的欲望和怀疑的基本态度之间的对立，生活不安定和不知道生活的最终意义与必须作出明确的实际决定之间的矛盾，是今天人类生活中的一大难题。解决这一难题，无疑仍然需要借助于文化体系的力量。文化体系由某种价值准则出发，从意义上支持某些活动、否定某些活动，给人类活动以规范，这是文化体系的功能。文化体系不仅是人们应付环境的产物，而且也包含着人们摆脱肉体和自然限制的超越价值。文化体系将至真、至善、至美作为最高追求；将人类基本生存状态作为自身的最高关注对象并建构人类的基本价值；把提升人类精神境界、润泽人的心灵作为其最终目的；克服社会活动的自发性、盲目性，限制社会出于狭隘功利目的对人的损害，从而维护人的基本权利；培养个体对人类存在和发展所应负的义务和责任感，超越于单纯的、具体的、分散的功利追求之上。在市场经济社会中，文化（次）体系在呼唤人文精神、自由和美的同时，努力发出根植于人生信念和价值的呐喊，从而使自身名副其实地成为一股批判性的力量。正因如此，文化领域所创造的精神、意义世界与现实世界不存在直接的同一性，前者所展示的东西必定具有超越

① 〔美〕丹尼尔·贝尔著，赵一凡、蒲隆、任晓晋译：《资本主义文化矛盾》，三联书店1989年版，第197页。

② 〔德〕施泰格缪勒著，王炳文等译：《当代哲学主流》上卷，商务印书馆1986年版，第25页。

性，文化领域只有在其超越性中才会获得它自身的规定。

在一个政治经济文化协调发展或全面进步的社会中，换言之，在一个较健全的社会中，经济、政治、文化三个（次）体系虽然互相贯通，但又有不同的目标和功能，不能互相取代。由于提供“公共”服务、为社会公众谋求利益乃是政治体系的重要目标和特征，所以市场经济的利益驱动机制也应在此失效。一方面，政治体系只有从全社会公众利益出发，免受市场机制的支配，才能真正起到主持和维护社会公平和正义的作用，才能保持自身的独立、尊严和权威。否则，如果权力进入市场，或者金钱侵蚀了权力，或者政治受到了市场规律的支配，那么这就不仅意味着政治体系尊严和权威的丧失，而且也意味着政治体系因腐败而难以继续良性运转。另一方面，政治同样不能代替经济。这不仅意味着如历史已经表明的那样“空头政治”只会导致社会的灾难，而且也意味着政治体系的行政规律不能替代市场的经济规律。诚然，政治具有为经济服务的功能，由于市场不能解决外部性、公共产品等问题，政府对市场机制的补充是必要的。但是，政府像市场一样也不是万能的。政治体系中的行政规律在经济领域的全面扩张，不仅不能纠正市场的失误，反而会破坏市场的正常运行。

至于文化和经济、政治的关系，问题可能更复杂一些。毫无疑问，文化作为社会体系中的一个（次）体系，就它内部的各种协调关系来说，它是个自我调整系统；就它必须与经济（次）系统、政治（次）系统的相互作用关系来说，它又是一个开放的系统。就此而言，文化领域不能不受政治领域和经济领域的影响和制约，文化也具有为政治和经济服务的功能，正如政治和经济具有为文化服务一样。然而，政治体系和经济体系的目标和规律不能替代文化体系的目标和规律。以政治活动取代文化活动只会导致文化领域的萎缩，“文化大革命”的历史教训已经充分地表明了这一点。在市场经济社会，文化领域与经济领域的区分也是十分明显的。如果说市场经济的最高原则是利润最大化，那么文化则关注于人类的普遍的价值以及人的完整意义和价值；如果说一般商品的价值可以按照“等价交换”的原则加以计量和确定，那么精神产品的创造不能用一般的市场和金钱来配置，它需要特殊的思维能力、特殊的文化艺术才能、特殊的高峰情感体验和灵感以及长期的生活和文化艺术积累；如果说由市场运作逻辑所产生的规则、制度、法律设施只在最低限度地保证每个人面对市场所划定的空间界限时不犯规、不逾矩，带有功利性、工具性的特征，那么文化领域的核心目标和根本任务则是“培养社会的人的一切属性，并且把他作为具有尽可能丰富的属性和联系的人，因而具有尽可能广泛需要的人生产出来——把他作为尽可能完整的和全面的社会产品生产出来（因为要多方面享受，他就必须有享受的能力，因此他必须是具有高度文明的人）”。[①] 文化的主导价值正在于提升人的精神境界，使人不仅在物质文明而且在精神文明方面得到全面的发展。

上述表明，文化领域具有不同于政治和经济领域的独特的目标，能够发挥其他两个领域难以替代的社会作用和功能。但是，这里需要进一步说明的是，文化领域独特的社会作用和功能的发挥，显然需要市场经济的发育作为其前提条件。

在市场没发育的社会中，政治不可避免地在社会生活中占据中心地位，并使得经济与文化活动服从于自身，从而使得三者以政治为中心统合为一个整体。比如，在中国传统社会，自然经济以及文化（尤其是“道统”）均依附于皇权政治体系。在计划经济体制模式的社会里，经济、政治、文化三者之间亦呈现一种高度同质的整合关系。如果不作价值评价，那么计划经济、以阶级斗争为纲的政治、一元主义的文化，三者之间的关系无疑是高度协调的，可以相互支持、相互解释，非常“配套”,[②] 市场化的进程必然导致社会体系的根本性变化。这种变化的最基本之点，是社会体系之中的经济、政治、文化三大活动领域从统合为一到相对分离的转变。

在中国，这种转变首先始于改革初期对“文化大革命”的拨乱反正，以及改革开放政策的实施。在这一过程中，政治（次）体系与社会体系中的其他（次）体系关系的调整具体包括如下三个方面：第一，控

① 《马克思恩格斯全集》第46卷（上），人民出版社1979年版，第392页。

② 参见陶东风《文化批判的批判》，载《天津社会科学》1997年第3期。

制范围的缩小，这明显地表现在人们的日常生活、文学艺术和科学研究等领域中，自主性明显增强，生活方式的变换则更多地与市场或自发的时尚相联系，而不是由于政治体系的推动。第二，在仍然保持控制的领域中，控制的力度在减弱，控制的方式在变化，即由一种比较“实在的”对实际过程的控制，转变为一种比较“虚的”原则性控制。第三，控制手段的规范化在加强。改革之前，国家对社会生活的控制具有相当任意的特点，“文化大革命”则将这种任意性推到了极端。改革以来，由于法治建设的加强以及政府行为逐步走向规范化，这种任意的控制开始向一种较有规则的控制转变。①

这些变化造成了自主创新空间的出现和不断扩大，这种自主创新空间的形成是导致社会体系中的政治（次）体系与经济（次）体系、文化（次）体系相对分离的重要前提之一。在经济体制由计划到市场的转变过程中，一方面，随着市场力量的壮大，分工与交换日趋发达，人们之间由此而建立起一种相互依赖的经济纽带关系，经济活动本身直接构成了保障社会秩序的整合力量。另一方面，市场经济是民间社会经济生活的适当模式。经过20多年市场化取向的改革，市场已逐步成为一个相对独立的提供资源和机会的源泉。个人对单位和国家的依附性明显降低，较为独立的社会群体如民营企业家群体、个体户群体以及知识群体等都有了明显的发展。这部分人对经济社会生活的参与在明显增加。在此前提下，民间社会逐步发育并生长。它要求限定国家（或政府）的行为范围，要求国家受法律的约束，但同时又要求国家能够有效地实施保障民间社会多元性及其必要自由的法律。由此导出的结果是，社会体系之各个领域间将不再存在一种直接的从属关系，原先高度同质整合的关系逐渐呈现出了相对分离的状态。这种趋势乃是从计划体制向市场体制转变过程中社会关系所发生的最为根本性的变化。伴随着这些变化，在中国社会体系诸领域中，不仅政治（次）体系、经济（次）体系的独特目标和功能更加昭彰，而且文化（次）体系的独特目标和功能也更加凸显。同时，社会体系诸领域的相对分离状态，也为经济（次）体系、

① 参见孙立平等《改革以来中国社会结构的变迁》，《中国社会科学》1994年第2期。

政治（次）体系和文化（次）体系各自发挥特有的社会作用创造了必要的条件。

正是在这一背景下，中国共产党提出要一手抓物质文明，一手抓精神文明，“两手抓，两手都要硬”；提出要促进经济、政治、文化的全面协调发展；提出要始终代表中国先进文化的前进方向，这些都表明了中共对文化社会功能认识的深化。毋庸置疑，在一个健全的社会体系中，经济、政治、文化三个领域分别满足人类的物质资料、社会秩序与公共职能以及生活意义与真善美三个方面的基本要求。唯有如此，社会体系的运转才不至于偏离人类追求社会全面进步和人的全面发展的宏大目标。

二、区域文化经济社会功能的现实审视

改革开放以来，浙江区域文化对于浙江区域经济社会的发展，产生了不可低估的作用，发挥了难以替代的功能。在长期的社会实践中，尤其是在改革开放和经受市场经济大潮锤炼的过程中，浙江区域社会继承传统，博采众长，兼容并蓄，开拓创新，铸就了特有的诸如“自强不息、坚韧不拔、勇于创新、讲求实效”等文化精神。这种区域文化精神不仅充当了改革开放以来浙江经济体制创新、经济社会发展的强大的精神动力之源，而且作为一种非正式的制度安排也对当代浙江经济社会变迁的路径、绩效等产生了重要的积极的影响。这种区域文化精神传统的合理成分，不仅将是浙江区域文化进一步发展的坚实根基和宝贵的精神资源，而且也将是浙江未来经济社会发展薪火相传的精神动力。

然而，需要进一步指出的是，尊重区域文化传统，并不意味着对区域文化传统的全盘肯定。这不仅因为在区域文化这个博大而混杂的系统中既包含着精华，也包含着糟粕，而且也因为区域文化乃是适应区域环境的产物，随着区域环境的变化，区域文化也需要不断地更新。按照文化社会学理论，文化变迁的原因包括两方面：主动原因和被动原因。文化变迁的主动原因，是社会集团内部或外部的新的发明和发现以及文化扩散。第一，是发明，它是一个创造新的、前所未有的文化要素的过

程。第二，是发现，它是对以前不了解但已经存在的情形加以感知与认识的过程。第三，是扩散，一种文化发现、发明后，不可能只为创造者独有，必然向周围扩散，成为人们共同享有的东西。从本质上说，发现和发明及其扩散是文化变迁的根本性原因。因为文化的最早产生来自于发现和发明，文化的适应性调整也有赖于采纳、接受发现和发明。在一定意义上，文化的变迁过程就是文化的发现、发明以及扩散和传播的过程，文化主要是在发现、发明以及扩散和传播过程中发生变迁的。当社会接受了发现和发明并有规律地加以利用时就将引起文化变迁，比如欧洲工业革命、当代科技革命等，都对欧洲近代以来的文化变迁产生了极其重要的刺激作用。社会集团对发现和发明的接纳程度反映了社会集团的应变能力，拒绝发现和发明的社会集团是僵化的、没有出路的。被动原因是文化的适应性出现了问题。一种文化要保持生命力，就需要不断地调整自己的内容和结构以提高适应性；一个社会集团要保持社会成员的向心力，也需要在发展过程中不断地扬弃不适应性文化，创造适应性文化，抱着不适应性文化不放的社会集团只能走向解体。自然环境和社会环境都处在不断变化之中，因此也在不断地提出文化的适应性问题，这就客观上要求社会集团必须不断变革文化以适应环境的变化。

在人类进入21世纪之际，浙江所面对的国际国内的经济形势和发展环境正在发生深刻的变化，以民为本的浙江经济也已经走过了以数量扩张为主要特征的工业化初期阶段，进入了以结构调整、增长转型为主要特征的新阶段，面临着促进经济发展从量的扩张到质的提高的转变，面临着全面建设小康社会、提前基本实现现代化、构建和谐社会、促进社会全面协调和可持续发展的历史任务。内外条件的大变化和发展阶段的大转变，客观上要求浙江区域文化与时俱进，要求浙江在经济社会发展的过程中，按照面临的新环境、新形势，不断地扬弃不适应性文化，创造适应性文化，进一步培育和提升浙江区域文化精神。简言之，浙江正面临着从追求经济增长为主要特征的阶段向追求社会全面发展为主要特征的阶段转变。这就不仅需要从经济进一步发展的角度重新审视区域文化的功能，而且也需要从社会全面进步的角度、从文化满足人类生活意义和真善美诉求的角度，重新审视区域文化的功能。只有在此基础上，才能不断地扬弃区域文化中不适应性的一面，创造适应性文化，从而进一步发挥文化对于经济发展的功能，促进浙江区域经济、政治、文化协调发展，推动浙江区域社会的全面进步。

由于本书前面部分已经用了很多篇幅多角度地探讨了浙江区域文化对当代浙江区域经济社会发展的积极影响，因此，这里将着重对浙江区域文化中的局限进行审视。需说明的是，它并不意味着对浙江区域文化合理性精华的否定。由于这种审视是站在浙江区域经济社会更高发展阶段以及对文化经济和社会功能的更全面的认识的基础上进行的，所以它有助于对浙江区域文化的积极面和消极面有一个更辩证的和更全面的理解。

1. 讲求实效精神与恪守规章精神

讲求实效是浙江区域文化精神中可宝贵的一面，但相当一些人处事过于灵活，而这有可能与市场经济体制和现代化社会的理性化与规范化要求相冲突。

如前所述，“讲求实效”的精神传统的运用，乃是当代浙江区域制度创新的精神上的润滑剂和催化剂。正是这种精神传统的运用，实际上使原来的限制性政策有所放松，原有经济体制有所调整，从而扩大了制度选择的集合，提供了新的获利机会，并通过经济体制变迁的量变积累，最终导致了以民营经济为主体的区域经济特色的形成。但是，另一方面也应看到，一种实用主义、灵活变通的态度，对于当代浙江区域经济社会的发展，也有相当程度的负面作用。市场经济和现代化需要人们以一种严格恪守规则（或规范）的精神与之相适应，用马克斯·韦伯的话来说，市场经济和现代化包含着对“严谨形式的法律”、对“可预测的法定程序”的追求。而处事过于灵活，则会导致市场经济和现代化规则和规范的失灵，从而破坏正常有序的经济生活和社会生活。

实用主义、灵活变通态度在浙江区域的表现主要有以下几方面：一些人恪守法律规章观念淡薄，往往希望钻法律规章的空子甚至知法犯法，并以此谋求自己的收益最大化；喜欢法律规章能约束别人，而自己是例外；对自己有利时遵守规章，对自己不利时就不遵守规章。浙江一些城市交通秩序的混乱是有目共睹的。在一些城市的街道上，一个屡见不鲜的现象，就是明明有红灯高悬，但只要交警不在旁，有人便会一个箭步冲上去。街道上的斑马线往往成为摆设，很少司机会让行人优先通过，从而难以起到保护行人的作用。一些地方不按法律规则程序办事的现象也十分突出。以权压法、以政策代法、以言代法、不重视司法程序，司法程序因人因事而灵活变通等现象时有发生。根据法律，烟草广告和变相的烟草广告都是禁止的，体育比赛也不得接受烟草公司赞助；然而，一些地方不仅有变相的烟草广告，而且还非常引人注目，甚至做到了体育比赛场地。又如，长期以来，人们一直把“伯乐相马”作为美谈，或者是要当伯乐，或者是感叹自己遇不到伯乐，而忽视了建立规范的干部选拔程序。再如，一些领导干部动不动就来个“现场办公”、“当场拍板”，也不去深究这种做法有没有违背规定的决策程序。

现代化无疑需要人们具有恪守与现代化相一致的法律规章制度的精神。正如英格尔斯所指出的：“一个国家可以从国外引进作为现代化最显著标志的科学技术，移植先进国家卓有成效的工业管理方式、政府机构形式、教育制度以至全部课程内容。在今天的发展中国家里，这是屡见不鲜的。进行这种移植现代化尝试的国家，本来怀着极大的希望和信心，以为把外来的先进技术播种在自己的国土上，丰硕的成果就足以使它跻身于先进的发达国家行列之中。结果它们收获的是失败和沮丧。最先拟想的完美蓝图不是被歪曲成奇形怪状的讽刺画，就是为本国的资源和财力掘下了坟墓。痛切的教训使一些人开始体会和领悟到，那些完善的现代制度以及伴随而来的指导大纲、管理原则，本身是一些躯壳。如果一个国家的人民缺乏一种能赋予这些制度以真实生命力的广泛的现代心理基础，如果没有执行和运用这些现代制度的人，他们自身还没有从心理、思想、态度和行为方式上都经历一个向现代化的转变，失败和畸形发展的悲剧结局是不可避免的。再完美的现代制度和管理方式，最先进的技术工艺也会在一群传统人的手中变成废纸一堆。”“一个国家，只有当它的人民是现代人，它的国民从心理和行为上都转变为现代的人格，它的现代政治、经济和文化管理机构中的工作人员都获得了某种与现代化发展相应的现代性，这样的国家才可以真正称之为现代化的国家。否则，高速稳定的经济发展和有效的管理，都不会得以实现。即使经济已经开始起飞，也不会持续长久。”① 因此，如果人们的遵纪守法意识淡薄，对于与现代化相适应的法律规章制度、公共准则也采取一种像过去对待计划体制规则的灵活变通的实用主义的方式，抱一种对自己有利就遵守，不利就违反而越界逾规的所谓“灵活”态度，那么这些规章制度和公共准则就会成为“好看”的摆设，这样，就可能会使与现代化相适应的正式制度安排在实施中被软化、扭曲、变形，从而大大地削减正式制度安排的功能和效率，或如诺斯所说，会使社会变迁顺着原来的错误路径往下滑，甚至被锁定在低效状态不能自拔，或者将制度创新牵引到旧的轨道上来，使新制度掺杂大量旧制度的因素，甚至成为旧制度的变种。

像全国各地一样，浙江区域社会正处于从计划体制到市场体制的转变过程中。市场经济是一种理性化、规范化的经济。市场经济部分地包括构造、组织交换活动并使其合法化的机制。简言之，市场就是组织化、制度化的交换。如果大家都自律地遵守市场规则，就可以大大降低市场的交易成本。相反，如果人们对市场经济规则采取一种灵活变通的实用主义的方式，抱一种对自己有利就遵守，不利就违反而越界逾规的所谓“灵活”态度，那么就会干扰市场组织、制度按其内有逻辑的自然运作，使市场交换双方的共同规范形同虚设，从而使市场因价格决定机制、竞争机制等失灵而不可能实现最佳资源配置，甚至造成资源的严重浪费，阻碍市场经济进一步的发育。

2. 特殊主义信任与普遍主义信任

改革开放以来浙江人的诚信意识逐渐地得以培育和增强。然而，另一方面也应看到，无信现象仍然在相当范围和程度上存在，特殊主义的信任模式仍未完成向普遍主义信任模式转变。

如本书第一章所表明的，改革开放以来浙江人诚信观念的形成与市场秩序的自然演化是相辅相成的。浙江的市场经济演化，既是一个从无序到有序的过程，也是一个从假冒伪劣泛滥到人们注重品牌、企业形象

---

① 〔美〕阿历克斯·英格尔斯原著，殷陆君编译：《人的现代化》，四川人民出版社 1985 年版，第4、8页。

和声誉的过程。我们和其他研究者的在20世纪90年代末20世纪初的多次问卷调查也都显示，“诚实守信”已经逐渐地成为浙江省大多数市场经营者的共识，并被认为应当在经营中恪守的职业道德规范。相当多的经营者甚至把“诚实守信”与自己的职业生命联系起来，认为“只有诚实守信才能赚到更多的钱”。但是，毋庸讳言，信用不足以及与违约相关的欺诈和犯罪问题仍然在浙江区域内不同程度地存在。有学者在2002年6—9月对杭州、温州、湖州、金华、台州、绍兴等地417名私营企业主的问卷调查结果显示，虽然对于“诚实守信在企业经营活动中的作用”分别有42.4%和53.2%的人认为“重要”和“非常重要”。然而，当问及“现在社会上是否存在‘为富不仁’的老板时”，有60.4%的人认为“有一些”，15.2%的人认为“较少”，17.0%的人认为“较多”，有7.4%的人认为“很普遍”。对于“现在条件下，企业如果奉公守法、讲究道德，就根本没法经营赚钱”这一条，有7.0%的人认为“很对”，有36.7%的人认为“有一定道理”，有17.4%的人认为“是现实的”。[①] 这表明，相当一部分市场经营者仍然未遵守诚实守信的道德规范。虽然从趋势上看，随着人们诚信意识的逐渐增强，与过去（如20世纪80年代浙江曾一度假冒伪劣产品泛滥）相比，浙江区域的信用不足问题在某些方面有所缓解，但在另外一些方面仍然相当严重。比如，企业间相互拖欠的三角债问题，涉及信用的经济纠纷、违约案件以及各种诈骗案件，拖欠银行贷款，抢注别人的商标，假冒别人的产品，以次充好，诸如此类现象仍然经常在浙江各地出现。信用销售迟迟不能在企业经济交易中广泛实现，大量企业不相信对方能够讲信誉、按时回款，在“欠债的是爷爷，要债的是孙子”的交易环境中，许多经营者不得不选择非现金交易不做。浙江一些地区的民间资本市场曾起到了很好的资金调节和融通作用，但是，在这一新事物的孕育和发展过程中，民间资本市场被一些不法投机分子所利用，波涛迭起，险象环生，信用危机遍布浙江一些地区的城乡，民间借贷活动活跃的温州、台州等

① 何建华：《浙江私营企业主思想道德状况及其对策研究》，载浙江省哲学社会科学规划办公室编《浙江新发展：思考和对策》，浙江人民出版社2004年版。

地尤其严重。虽然从2001年开始，浙江省产品国家监督抽查合格率在全国的位次已上升到第20位以内，基本摆脱了“九五”时期以来一直处于全国倒数第四、第五位的落后局面。但与此同时下列数据也反映了信用不足问题仍然严重。据统计，1998年以来，浙江全省系统在打假治劣中共出动执法人员65万余次，立案查处质量违法案件总数6万多件，端掉制售假冒伪劣窝点6500多个。

如果不从根本上解决浙江区域相当程度上存在的信用不足问题，不讲信用的现象就会通过“市场放大”，使市场化改革先发优势给浙江带来的好处大打折扣。将信任与交易成本联系起来，强调信任关系在节约交易成本方面的功能，是包括许多主流经济学家在内的学者的共识。新制度经济学家认为，由于欺诈和由此引起的交易双方之间的不信任，以及防范欺诈行为所采取的措施，会形成巨大的交易成本，这种交易成本会阻滞交易的进行，造成市场混乱。阿罗相信，信任既是经济交易的润滑剂，也是非常有效的规则机制，任何交易得以实现都必须赋予对方信任，信任是不容易买到的独特的商品。不讲信用的一个更可怕的后果是，它有一种扩散效用，人不骗我，我不骗人容易，人若骗我，我不骗人就比较困难了。在现实生活中，一些不讲信用的人，也是被别人拖进去的，他也曾是受害者。因此，信任关系的有无，程度高低，直接影响和型塑着企业经营发展以至经济社会生活的基本面貌。

另外，浙江区域还面临着如何从特殊主义的信任模式向普遍主义的信任模式转变的问题。毋庸置疑，随着市场经济的逐步完善，普遍主义的信任模式也逐渐地在浙江区域内滋生暗长。但是，浙江目前仍处于特殊主义向普遍主义信任模式的转换时期。如前文已经表明的，在浙江经济社会生活中，特殊主义的信任模式仍然大行其道。按照特殊主义的典型逻辑，“一切普遍的标准并不发生作用，一定要问清了，对象是谁，和自己是什么关系后，才能拿出什么标准来”。[①]“说白了，特殊主义是看‘人’的关系亲疏远近说话，而普遍主义则是看货币多少、分数高

① 费孝通：《乡土中国》，三联书店1985年版，第35页。

低、业绩大小、智商强弱说话。”[1] 关于特殊主义信任模式在当代浙江经济社会生活中的作用，本书在第五章已有专门论述，这里不再赘述。特殊主义的信任模式无疑既有积极面，也有不容忽视的消极面。如前文所说，特殊主义的信任模式，虽然在一定意义上有助于节约交易费用，但无法将信任扩大到陌生人身上，从而不利于浙江企业走向“高”“大”“外”。又如，据卢现祥的调查，在中国不少地方批发市场由于收不到货款，处于不断萎缩的状况，而浙江人的批发市场办得却越来越红火。关键的原因是以浙江同乡为纽带的信用机制起到了保障作用。“这种机制下每个人都知道，如果一次不守信用，下次就没有人（老乡）与你做生意了，历史上我国经营得风风火火的山西票号也是以这种机制维持其信用的。问题是，这种建立在同乡基础上的信用机制怎么样扩展到非同乡的范围内，这是我国社会信用体系建立中的一个难点。”[2] 这种信任机制不能扩展到陌生人身上的现象，不仅表现于经济领域，而且也表现于其他的社会领域。比如，在浙江一些地区，即使有人做了见义勇为的好事，也被怀疑为居心不良、想捞好处；在一些城镇，居民住所的防盗门窗越做越结实，一些小区加强了保安，遇到陌生人便会像审问犯罪嫌疑人那样反复地盘问。

特殊主义信任模式在市场经济背景下面临的困境，还远不止于此。在从传统社会到现代社会转变的过程中，传统的特殊主义信任模式的“纯粹性”逐渐地趋于消解，正在由自然经济下的“情感型”，向市场经济下的“工具型”或“功利型”方向转变。正如张缨所说，当代特殊主义的工具性“关系”模式，“它是特殊主义的，它利用人情、血缘亲缘和地缘，但不完全是传统的。在经济生活中，它更多具有工具性实用性特征，具有向‘独立于行为者与对象在身份上的特殊关系的’普遍主义过渡的色彩。尽管它在‘身份’方面还是特殊主义特征，但并不是真正特殊主义的，它对人情、血缘、亲缘和地缘是利用，而不是认

① 周晓虹：《传统与变迁——江浙农民的社会心理及其近代以来的嬗变》，三联书店1998年版，第76页。

② 卢现祥：《西方新制度经济学》（修订版），中国发展出版社2003年版，第263页。

可”。[①] 也就是说，传统的特殊主义是奠基于对对象的纯真的温情和爱等感情基础上的，而当代的特殊主义则已经掺杂着功利性的因素，温情和爱这些过去被认为高尚和神圣的东西，在相当程度上已经被一些人用以作为谋利的工具，温情脉脉的面纱下面其实已经掩盖着一种强烈的利益动机。更为严重的是，随着经济体制的转换和社会结构的变迁，浙江区域“熟人”之间的关系运作在一定程度上也出现了失范状态。改革开放以来尤其是20世纪90年代以来，一度在浙江某些地区城乡非常“红火”的传销、“老鼠会”以及以各种名目出现的标会，其开始都是借助于熟人之间的信任关系，在熟人网络展开，其结果却很多是以“杀熟”而告终。在日常生活中，我们也经常会耳闻目睹甚至会遭遇一些“杀熟”现象。

上述现象的出现与市场经济有一定的联系。毋庸讳言，追求利益的最大化乃是市场经济的立命根基。但是，个人利益欲望的过度膨胀，则可能会导致市场经济价值准则逾越市场活动领域，无限制地扩张到社会生活的各个方面，成为认识、评价和指导社会生活的通用原则，从而把社会生活的各种要素改造成“一个普遍有用的体系”，这就会“遮蔽”人与人之间的真实的社会关系，导致人际关系的物化、非人性化。但是，从社会全面进步的角度来衡量，这并非是一件令人快慰的事情。毋庸置疑，在一个健全的社会中，亲情、友情、爱情等情感领域，乃是一块市场法则应当失效的领域，是难以用市场经济活动的尺度或“等价交换”原则加以计量和确定的圣洁的非功利之地。诚然，从特殊主义信任模式向普遍主义信任模式的过渡，是社会从传统向现代转变的必然现象。但是，普遍主义信任模式仅仅意味着在一种责任意识的感召下在做事上“独立于行为者与对象在身份上的特殊关系”，意味着将信任关系扩展到所有人的身上，而并不意味着可以将亲情、友情、爱情等作为谋利的一种工具。一个全面进步的社会，必然是一个功利领域（市场领域）和非功利领域（非市场领域）并存的社会。在功利领域（市场领域），社会应当允许人们以合道德、合法律的途径追求自己的利益，允

① 张缨：《信任、契约及其规制》，经济管理出版社2004年版，第145页。

许人们以讨价还价、等价交换的方式实现相互间的合作。但是，在社会的非功利领域，则应当奉行非功利的准则，在这一领域，亲情、友情、爱情等仍然应当保持其纯真性。

3. 身份等级观念与公平正义观念

如前所述，在从计划经济体制到市场经济体制转变的过程中，浙江人的公平正义观念逐渐地得以强化，但身份等级观念、不公平的现象仍然在相当程度上存在。

在传统社会中，就总体而言，人的身份和社会地位，不是由其自致性的努力而决定的，而是常靠关系（如承袭等先赋性因素）而来。人之对待他人亦视其与自己之关系而定，人们具有较强的身份、等级观念。整个社会呈现出一种严格的等级制状态。在这样一种等级制社会中，社会成员明显地被区分为“特权”阶级和“普通”民众阶级。较高等级的社会成员与较低等级的社会成员之间，有着一道不可逾越的界限。20世纪50年代以来，随着一系列的社会改造运动，旧的社会等级制度被打破，社会渐趋平等。户籍制度、单位制度、区分干部工人的档案制度、干部级别制度等构成的身份制度逐步形成。这种制度将户口、家庭出身、参加工作时间、级别、工作单位所有制等作为区分社会身份的基本标准，并以此为基础形成了社会分层的基本结构。在各种身份中，政治身份占有重要位置，区分身份地位的指标往往与一些变相了的“先赋性因素”有关。在这一社会背景下，不仅垂直流动很难发生，而且水平流动也相当困难。同时，代际之间的社会流动十分稀少，“工之子恒为工”，“农之子恒为农”。对于农村居民来说，只有通过接受高等教育和参军提干（以及机会极少的招工）才有可能改变自己的社会身份。在当时的各种社会身份群体内部，如工人农民内部，存在着“均质化”的特征。这与人们通常所说的平均主义现象相一致。在当时的城乡之间则存在着巨大的经济和社会差别，在不同的政治身份群体（即当时所说的阶级）之间也存在明显的政治不平等。

改革开放以来，随着市场化、工业化和城市化的迅猛进程，像全国其他地区一样，浙江区域的“自由活动空间”出现了，计划经济下的身份等级体系逐渐地趋于瓦解。由于市场化、工业化、城市化的迅速发展以及产业结构不断地更新换代，新的职业类型大量涌现，这就使得浙江区域社会的水平流动和垂直流动与以往任何时期相比在广度和深度上都大大地拓展了。就一般意义而言，社会流动可以为社会成员提供更多的机会和希望，尤其是可以为社会位置较低的弱势群体成员处境的改善提供平等的机会。在此情形下，社会阶层之间一种相互开放和平等进入的状态在浙江区域社会渐露端倪，社会更趋平等，人们的平等意识逐渐地增强。但是，也应看到，身份等级观念、特权思想以及不公平的现象仍然在相当程度上存在。下面仅举几例予以说明。

一是官本位意识仍然根深蒂固。从计划经济到市场经济的转换，在相当程度上改变了社会资源和权力的来源。由于新的机会的出现，一些农民、城市中没有固定职业等原先处于弱势地位的群体，其经济地位迅速地获得了改善，在原来的平民群体中形成了一批新的精英。在引入市场机制以后，像全国其他地区一样，浙江区域社会的产权结构、利益分配方式有了很大的变化，在此情形下，市场适应力强的职业越来越被人们所看重，传统"体制外"的职业如民营企业家、工商业个体户的社会声望迅速升高。所有这一切，都对传统的官本位意识形成了强烈的冲击。但是也应看到，官本位意识在浙江区域范围内并未绝迹。"做官"依然是相当多人的一种人生追求，一些干部也热衷于跑官要官，对官级看得很重；有的违反制度规定搞特权，甚至滥用权力谋取私利，搞权钱交易；有的作风专制，唯我独尊，信奉"官大一级压死人"，压制民主，甚至以权代法，等等。官本位意识无疑是传统身份等级观念、特权思想的重要表现。这种意识之所以仍然有一定的市场，既是传统文化消极因素作用的结果，也是现实因素所使然。在传统社会，人们对权力（政治职业）的热衷以及对商业以至科学等所谓"旁门左道"的贱视，显然是与古代社会皇权一统天下、商品经济不发达、自然经济占主导地位互相对应的。质言之，在古代获得最大利益的所在，是政治领域而非其他领域，所谓"权之所在，利亦随之也"。著名人类学者许烺光在对中美进行比较后指出，在中国传统社会，"做官可以带来巨大的经济利益，这确实是一项最赚钱的事业；但在美国，做官所得的收入比其它职业低得多，以致政府发现用官职很难吸引有才之士。在中国，政府在社会和经济上的重要性与从皇帝到地方官吏在传统上所享有的威信有关；对美国原任或现任政府官员的尊重程度则更多地依赖于他们个人的成就，对于数以千计的普通官员来说，仅仅是政府官员这个职务很少带来或基本不带来任何威信。中国的这种情况，不仅诱使雄心勃勃的人步入政界——事实上也是你争我夺，人满为患——也助长了中国人作为一个整体服从于他们的统治者这样一种趋势，以至于他们在行动上和思想上的驯服都是自觉自愿的”。① 在由计划经济体制到市场经济体制的转换过程中，由于传统观念的影响以及权力约束机制的软化，致使权力之手继续对社会资源的分配产生作用，一些权力精英在经济体制转换和社会转型过程中依然是重要的受益者。

二是身份歧视现象仍然存在。改革开放以来，浙江区域社会的水平流动和垂直流动与以往任何时期相比在广度和深度上都大大地拓展了，社会阶层之间一种相互开放和平等进入的状态渐露端倪，但以户籍身份为标志的先赋性因素仍对个人社会地位的获得具有重要影响。没有城市和本地户籍的人在就业、住房、子女就学、社会保障等方面往往会受到一系列歧视性的待遇，这就在一定程度上限制了社会流动，并制约了浙江经济社会的发展。

改革开放以来，大批农村劳动力进入了浙江各地的城镇，并对城镇发展产生了重要作用。这些被称为“农民工”的人以自己的辛勤劳动赢得了多数城市居民的尊敬。然而，毋庸讳言的是，浙江各地城镇也在一定程度上存在着对“农民工”的歧视现象。2005 年 3 月，浙江大学学生三农协会组织了“您眼中的农民工”大型社会调查活动。② 这次调查以杭州市民为对象，共发放问卷 450 份，回收有效问卷 362 份，约占总数的 80.44%。问卷内容涉及城市居民对“农民工”的关注程度，对农民工是否存在歧视，对“农民工”问题中个别现象的看法等。调查结果显示，64.31% 的城市居民认为农民工对城市的贡献远远高于城市给农

① 〔美〕许烺烺光著，彭凯平、刘文静等译：《美国人与中国人——两种宗教生活方式比较》，华夏出版社 1989 年版，第181 页。

② 张栋梁：《协调城市居民、农民工、媒体关系构建城市和谐社会》，“构建和谐社会，建设平安浙江”理论研讨会论文。

民工的回报，66.33%的城市居民认为不能限制农民工进城，农民工对城市建设与发展极其重要。但调查结果同时也显示，有45.87%的城市居民认同“存在对农民工的歧视”。为了检验问卷调查结论的可靠性，调查组又设计了相关的调查方法。调查结果显示，当在火车站或公交车上看到背着大包小包的“农民工”，身边的乘客中城市居民有人会警觉地保管好自己的行李，有人会紧盯着“农民工”看，还有大部分人（54.38%）则没有异常表现。当在住宅小区发现有“农民工”打扮的人，城市居民一般（63.61%）没有什么反应，但也有人怀疑是小偷而叫来保安，也有人躲着走以避免正面接触。当城市居民和农民工吵架时，城市居民大部分（66.67%）认为应该就事论事、用事实说话；但也有20.4%的城市居民认为是农民工不对，会支持城市居民；也有12.93%的城市居民认为是城市居民仗势欺人，因而同情农民工。当问及对民工子女和城市居民子女在一起上学的看法时，近一半（49.71%）的城市居民认为孩子应该受到同样好的教育；也有23.85%的城市居民认为民工会带坏自己的孩子；有12.07%的城市居民认为这将会挤占城市孩子的教育资源。另据杭州师范学院“杭州市外来民工子女受教育现状”的调查，有40.29%的外来工子女表示曾被人看不起。其中，有59.50%的学生认为仅仅被同学看不起，13.47%的学生认为仅仅被老师看不起，27.03%的学生认为被老师和同学都曾看不起。对外来工子女“另眼相待”的情况也在对本地儿童的调查中得到了印证。调查结果显示，有10%的本地儿童明确表示不愿意与农村来的同学交朋友。因此，在杭就读特别是在公办学校就读的外来务工人员子女，往往不想让同学知道自己是外地人。[①] 上述表明，一些城市居民存在着对于农民工的歧视心理。对农民工的歧视现象不仅见之于杭州，而且也见之于浙江的其他城市。毋庸置疑，对农民工的歧视，乃是传统身份等级观念在当代的一种翻版，它与倡导每个人生来都具有不可剥夺的平等权利的现代社会的平等理念，显然是格格不入的。身份等级观念、身份歧视

① 杭州师范学院“杭州市外来民工子女受教育现状”课题组，转引自记者劳国强：《同学的另类眼神让我烦恼》，《都市快报》2005年11月11日。

现象，不仅会导致社会各阶层之间的摩擦和冲突，而且也是形成一个能上能下、不断进步、人力资源得到最优配置、社会潜能得到充分释放的社会的重大障碍。因此，身份等级观念、身份歧视现象，是影响浙江经济社会进一步发展的一种阻力。

三是分配上的不公平现象仍然严重。一方面改革开放以来，随着浙江区域市场化改革的深入，平均主义、大锅饭分配模式及其所掩盖的不公平现象逐渐地被打破。但另一方面，浙江区域不同社会群体收入差距呈扩大的趋势。浙江区域反映收入差距的基尼系数已从 1997 年的 0.26 上升到 2003 年的 0.3046。1999 年浙江省城镇居民人均可支配收入是农村居民人均纯收入的 2.13 倍，到 2003 年差距已扩大为 2.42 倍。如果考虑城镇居民从单位得到的各种实物收入，享受的住房公积金，城乡居民间的收入差距更大，据初步测算，城乡居民的收入差距已超过了 2.6 倍。2003 年浙江城镇最高收入家庭与最低收入家庭的收入差距为 4.7 倍；收入最高的 20% 的农村家庭人均纯收入 11460 元，收入最低的 20% 的农村家庭人均纯收入仅 1750 元，贫富的收入之比为 6.55：1。需要说明的是，由于各个行业领域、各种职业分工的差别，对从业人员的劳动复杂程度、具体的工作技能以及工作的难度具有不同的要求，不同行业领域的从业人员也就对社会具有不同的贡献。按照贡献进行分配能够充分激发社会各成员的潜能。因此，适度的收入差距乃是对于阶层之间、行业之间正当的、合理的差异性的承认。然而，问题在于，目前浙江区域收入差距的扩大在很大程度上是由不公平的体制性和政策性因素导致的。比如，政府还在一定程度上主导市场，政企不分、政事不分、企事不分的局面还没有从根本上得到改变。省市县政府仍直接管理一些企业，一些政府部门利用其所掌握的行政权力继续投资新办公司，产生了新的政企不分问题，造成了浙江区域市场内部的不公平竞争；尽管就全国而言，浙江市场经济具有先发优势，但浙江省的公共财政支出仍有很大一部分是投入到竞争性行业中，从而损害了市场公平原则。政府还没有退出一些垄断性行业、暴利行业，民资进入这些行业还存在各种准入障碍，审批经济现象依然存在。政府“越位”在一定程度上扭曲了市场信号，造成企业之间、个人之间的不公平竞争。在不公平的体制性和政策性因素的作用下，一些人就有可能通过种种“寻租”方式，通过非市场化的、非公平竞争的方式迅速地积累自身的财富，这就偏离了按照贡献而不是按照身份和特权进行初次分配的公平原则，加重了以不公正甚至是非法手段获取利益的情形。

毋庸置疑，浙江经济社会的发展，需要区域社会各阶层之间保持一种合作的、良性互动的、共赢的状态。而保持这种合作的、良性互动的、共赢的状态的一个重要前提条件，就是社会各个阶层是否具有公正观念以及在现实生活中资源占有结构是否公正，即社会各个阶层在资源占有方面的差距是否保持在一个合理的限度之内。这就需要在分配领域贯彻公正的原则，而分配领域的公正原则，不仅仅意味着初次分配领域的公正，而且也意味着再次分配领域的公正。也就是说，一方面，一个公正的社会必然是一个以能力为衡量标准的社会，不以先赋性因素而是以自致性因素来最终决定个人的社会地位。这就要求保证起点的公正，即贯彻按照贡献而不是按照身份和特权进行分配的原则；也应保证竞争过程的公正性，即每个人都有实现自己潜力，获得自己利益的平等权利，而这个权利就是政府向每一个成员所提供的共同拥有的制度约束。另一方面，一个公正的社会有责任、有义务、有效地援助贫困阶层，这就要求通过完善的税收政策等手段，进行必要的社会调剂亦即社会的再分配，以防止收入差距的过度扩大，从而在增进社会富裕阶层利益的同时，使社会弱势阶层的处境也能随之得以改善。显而易见，分配领域公正原则的有效实施，不仅仅需要以相应的制度为保障，而且也需要以相应的公平观念作为社会心理基础。

4. 功利意识与生态意识

在经济社会发展过程中，浙江人的生态观念逐渐强化，但仍未广泛地深入人心，成为浙江区域社会的一种普遍共识。

改革开放以来，浙江区域经济的迅猛发展为浙江人带来了丰富的物质产品，但生态环境问题也日益严峻，经济发展过程中某些内在性的因素，诸如市场失效、非确定性、不可逆转性、人口增长及许多情况下存在的环境与经济发展的取舍关系等，有碍于环境的保护和资源的可持续利用。日益严峻的生态问题，无疑对浙江区域的生存和发展形成了挑战。面对环境恶化的形势，浙江人的生态意识逐渐地强化。越来越多的浙江人开始对单纯追求经济增长的发展模式进行反思，开始重新审视人与自然的关系。越来越多的浙江人逐渐地认识到自然是人类生存与发展的基础，可持续发展才是浙江区域社会唯一正确的选择。近年来，在全面自我诊断的基础上，浙江生态省建设的工作机制初步形成；制定了生态省建设规划纲要，基本完成市、县生态建设规划编制，组织实施一批生态建设重大项目；建立健全生态补偿机制，实施森林生态效益补偿基金制度，提高生态公益林补偿标准。这些都是浙江人的生态意识逐步觉醒的重要标志。根据中国科学院公布的2002—2004年年度中国可持续发展战略报告，浙江省环境支持能力连续三年排在西藏、海南之后，居全国第三位；浙江森林覆盖率已达59.4%，居全国前列；2004年省级财政预算安排生态环保建设专项资金6.6亿元，比上年增长22%；八大水系、内陆河流和湖库有52.1%的断面水质达到或优于地表水环境质量Ⅲ类标准，84.4%的省控城市空气质量年均值达到国家二级标准，杭、甬、温3个城市达到二级标准以上的天数分别占到全年的80.2%、91.9%和96.9%。

但是也应看到，生态意识仍未广泛地深入人心，成为浙江区域社会的一种普遍共识。首先，在市场经济条件下，人们往往会注重于具有市场价值、能够给自身带来可观利润的东西，而忽视那些无市场价值或缺乏赚钱效应的东西。在“经济人”自利动机的驱使之下，人们会对成本和收益进行权衡和比较，当眼前的经济效益与环境保护难以兼顾时，往往会舍弃后者而追逐前者。同时，在现行市场框架和政府政策下，无论中外，许多资源没有被市场所涵盖，这些资源没有所有权，也没有价格，在生态意识仍未广泛地深入人心的情况下，人们对这些资源的价值往往漠不关心。其次，改革开放以来浙江区域经济发展，是在计划经济体制的边缘以及人多地少的条件下起步的，巨大的生存压力使众多的浙江人将注意力的焦点集中于经济条件的改善，而不是环境的保护。其结果是，人们不是通过更有效地利用资源，通过技术革新来增加赢利，而是通过过度使用不属于自己的资源，将本应由自己支付的成本转嫁到包括邻居和子孙后代在内的别人身上来增加赢利。

生态意识未成为社会共识的必然结果，就是在经济发展过程中，浙江区域生态环境恶化的趋势仍在继续。一方面，水资源污染的现象仍在加剧。浙江区域江河干流的部分支流和流经城镇的河段污染仍有所发展。全省江河钱塘江等八大水系是浙江人的"母亲河"，但目前八大水系和平原河网总体水质堪忧，有些区域环境污染整治工作出现反复甚至倒退局面。在钱塘江中上游流域，由于污染工业的存在，使大部分江段支流水质处于Ⅴ类或劣Ⅴ类状态。据浙江省环境监测中心报告，2004年浙江八大水系、运河和湖库按年均值统计，水质类别为Ⅰ-劣Ⅴ类，其中Ⅰ-Ⅲ水断面类占52.1%，Ⅳ类占16.6%，Ⅴ-劣Ⅴ类占31.3%；仅46.7%的断面满足水域功能要求。同时，近岸海域无机氮、无机磷超标严重，全省近岸海域超Ⅳ类海水比例过半，富营养化程度严重，赤潮频发。农业和农村的水污染成了浙江水环境污染的主要源头；工业污染和生活污染也各占两成多；农村大量的生产、生活废物，直接排放，污染土壤，污染河道；濒海地区、杭嘉湖地区地下水超采严重，使这些地区产生区域性地面沉降。另一方面，城市和工业污染程度仍然较高。随着城市人口的增加，城市生活污水、生活垃圾产生量大幅上升。虽然浙江城市空气环境质量总体较好，但在部分地区污染仍有所加重，城市空气污染正由单一的煤烟型向煤烟型和汽车尾气混合型发展。浙江区域的酸雨问题突出，酸雨覆盖全省的频率仍在上升，2004年达到89.5%。城市各功能区的噪声的超标率较高已成为城市的主要环境问题。城市化水平的迅速提高对城市环境基础设施的需求急剧上升，但浙江城市基础设施如城市污水处理能力、城市绿化面积滞后，还远不能满足城市生产和生活的需要。在城市和城郊结合部，由于缺少森林，空气中的粉尘、二氧化碳不能被吸收，大大影响了空气环境质量。浙江区域工业污染控制的任务仍十分艰巨。随着"十五"期间浙江国民经济的快速发展，工业化进程的加快，工业"三废"产生量仍有较大幅度地增加。2003年浙江废水排放总量、工业废气排放总量、工业固体废物产生量分别比1990年增长了84.8%、3.0倍和1.3倍。

5. 理性化与理想信念、生存意义

在经济社会发展过程中，浙江区域社会渐趋理性化与世俗化，但社会公众对于精神领域的关注尤其是对于理想信念、生存意义等的关注则有所弱化。

改革开放以来，像全国其他地区一样，浙江区域社会经历了经济体制转换和社会转型的过程。市场化、现代化必然伴随着世俗化，即所谓人们的思想和行为建立于理性的基础上，以一种实效的观点作为评价事物的尺度。而世俗化又必然伴随着社会的文化和价值观念的改变。诚如彼得·贝格尔所说，“当我们谈及文化和各种象征时，我们暗示了世俗化不止是一个社会结构的过程。它影响着全部文化生活和整个观念化过程，并且可以从艺术、哲学、文学中宗教内容之衰落，特别是从作为自主的、彻底世俗的世界观的科学之兴起看到它。不仅如此，在此还意味着，世俗化过程还具有主观的方面。正如存在着社会和文化的世俗化一样，也存在着意识的世俗化”。[①] 社会世俗化不仅仅意味着对宗教等神圣社会东西的解构和颠覆，意味着人们看待世界和自己的生活时根本不要宗教解释的帮助，而且也意味着对诸如“个人崇拜”、“个人迷信”这些准神圣社会东西的解构和颠覆，意味着“左”的意识形态地盘的缩小。在此情形下，浙江人变得更加注重实惠、务实、理性。但是，与此同时，物质主义、世俗主义、感觉主义，也成了相当多浙江人的新的意识形态，而人们对于精神领域尤其是对于理想信念、生存意义等的关注则有弱化的趋势。

一个地区公众人文社会科学素养状况，无疑是衡量该地区公众对于精神领域关注程度的一个重要指标。其中，一个地区公众人文素养状况，尤其在相当程度上反映了该地区公众对于理想信念、生存意义等的关注程度。因为，人文文化由作为社会群体的世界观、信仰、伦理道德、审美意识、历史记忆等构成。人文文化最重要的特征是其评价性。与客观陈述“是什么”的事实判断的科学侧重不同，人文文化包含有“应当是什么”的价值指向，任何时代的人文文化都已设定了作为理想人格典范的理想人性，不管各个时代的人文理想特定内涵有多少社会历

① 〔美〕彼得·贝格尔著，高师宁译：《神圣的帷幕——宗教社会学理论之要素》，上海人民出版社1991年版，第128页。

史差异，但在以人自身趋向于完美化的人文目的上，都为人们提供了安身立命的终极目的意义与价值观。为了了解浙江公众人文社会科学素养状况，2003 年初，浙江大学人文学院科技与文化研究所受浙江省社会科学界联合会委托，组织开展了“浙江省公众人文科学素养及需求”问卷调查。调查结果显示，2003 年浙江公众人文社会科学素养水平指数为 7.5。也就是说，2003 年浙江省公众具备基本人文社会科学素养的比例为 7.5%（每千人中有 75 人具备了基本人文社会科学素养，即人文社会科学素养达到基本标准）。调查结果同时显示，浙江省社会公众对人文社会科学学科的兴趣程度依次是：经济学（33.5%）、文学（33.5%）、教育学（33.4%）、管理学（32.5%）、法学（31.8%）、历史学（29.4%）、哲学（8.7%）。这就表明，公众在对传统人文社会科学保持一定关注的基础上，对于社会科学实用性、应用性知识具有更浓厚的兴趣。为了比较公众对于自然科学和人文社会科学兴趣的差异，在问卷中课题组请公众回答子女报考大学选择的专业方向，结果按选择率高低排列的专业方向分别是：医学（36.0%）、理学（31.0%）、工学（26.0%）、法学（24.8%）、管理学（23.0%）、军事学（22.0%）、经济学（19.5%）、教育学（17.7%）、新兴交叉学科（14.8%）、农学（8.8%）、文学（6.9%）、历史学（3.6%）、哲学（2.9%）。由上述可见，浙江公众对学科专业偏好特点，一是重视理工科甚于人文社会科学，二是重视应用性学科甚于基础学科，三是重视社会科学甚于人文学科，以文学、历史、哲学为代表并负载世界观、信仰、伦理道德、审美意识、历史记忆的人文学科和专业被置于公众兴趣点的底层。这意味着浙江公众在学科选择上凸显出了比较鲜明的实用化倾向，也在一定程度上反映了浙江公众对于理想信念、生存意义等人文关怀的淡化。

浙江当代的经济社会发展历程表明，市场经济乃是实现经济腾飞的最妥帖的方案，但是市场在浙江区域的急速扩张，也给社会公众的生活造成了猛烈的冲击。毋庸置疑，伴随着市场化、现代化而来的世俗化、理性化对浙江经济社会的进步具有重要的促进作用。然而，世俗化和理性化对人类精神世界的负面影响也是不容忽视的。对生存意义的追问，是人文精神的精髓所在，也是人区别于动物的主要标志。理想信念、生存意义、终极关怀等问题，都是个人直接面对并希望有所解答的。然而事实上，这些问题的认真解答，总是在以形而上学的沉思所支撑的生命体验与不断探索之中。这种体验与探索显然需要以相对充分的闲暇以及聚精会神的心理状态作为前提条件。但是，这一要求与由激烈的市场竞争所决定的满负荷、快节奏、高运转的生活方式相冲突。在市场利益的驱动之下，当人们对实利的追求与形而上学的沉思不可兼顾时，被舍弃的往往是后者。但是，理想信念、生存意义、终极关怀等问题并未因人们的延搁而消失。相反，市场经济所创造的万花筒式的世界，人们无力加以消化，新产品、新关系、新环境、新的消费品位给人们带来了不定感和迷失感，与传统社会相比，人们更难确定自己的生活方式、更难寻找心灵停泊的精神家园、更难有自己的安身立命之所。对此，马克斯·韦伯有相当深刻的揭示。在韦伯看来，现代社会的市场化、理性化把人们从传统宗教世界观的“绝对价值”和“最崇高价值”的巫魅中解放出来。随着宗教世界观的崩毁，神话和宗教对自然和社会解释的失灵，理性的诸价值领域不断分化、独立。这个过程一方面使各门科学取得长足的进步，另一方面也破坏了宗教世界观形成的意义统一性，由此出现各独立的诸价值领域之间的无休止的矛盾、冲突。因为，当人们在现实生活中从真理、财富、权力、法律、虔诚等组成的价值圈中选出适合自己的一些价值，然后把它们当做“上帝”，作为目的合理性行为的出发点时，人们实际上是将自己置于不可消解的冲突之中。韦伯据此得出结论：随着社会的合理化，世界由“一神论”变成了“新的多神论”，理性本身分裂成一个价值多元的状态，并破坏其自身的普遍性，理性化的世界变得没有意义。而这种状态必然造成现代人精神上的彷徨、苦闷和迷失。

三、经济社会发展与区域文化的提升

上述表明，从浙江区域经济社会更高发展阶段以及对文化社会功能更全面认识的视野审视，浙江区域文化精神存在着相当程度的局限性。

2005年，浙江省人均GDP已经超过了3400美元，这意味着浙江区域已经进入到了现代化发展的十分重要的历史阶段。按照中共浙江省委《关于制定浙江省国民经济和社会发展第十一个五年规划的建议》的表述，这是浙江省“国民经济和社会发展的关键时期，是全面建设小康社会的攻坚阶段”。在这一阶段，浙江省面临着推进经济结构调整和增长方式转变、破解资源环境的制约，破除束缚经济社会发展的体制性障碍、化解社会矛盾、促进社会和谐和人的全面发展等繁重的任务。

完成新的任务，必然要求浙江区域实现从单纯追求经济增长的传统发展模式向全面协调和可持续发展的新的发展模式转变。按照新的发展模式，衡量发展还是不发展，不是依据某种单一的经济指标，而应依据经济的、社会的、人的、环境的一系列指标。新发展观不追求局部的暂时的效益，而是追求系统的、整体的、全局的、长远的效益。新的发展模式是一种系统的、综合的、整体的发展模式。其一，在发展目标上，从以物为本到以人为本。新发展模式意味着发展就是改善人的生活质量，就是提高他们构建自己未来的能力。这通常需要提高人均收入，但还涉及更多的内容，这包括：更平等地享有受教育和工作的机会，更高水平的性别平等，更好的健康和营养状况，更清洁和可持续程度更高的自然环境，更公正的司法体系，更广泛的公民和政治自由，以及更丰富的文化生活。其二，在发展内容上，从关注人造资本到关注综合资本。为了提高增长率，长期以来人们大多关注的是有形资本的累积，而按照新的发展模式，其他关键的资产包括人力资本、社会资本和自然资本等也应当受到关注。这些资本对穷人来说也是至关重要的。人力资本、社会资本和自然资本等的累积，技术进步和劳动生产力，加上传统的有形资本，对解决贫困问题具有决定性和长期性的影响。其三，在发展分布上，从关注总量发展到注意分配问题。新的发展模式重视发展的质量带来的增长进程中分配问题的重要性。更平等地分配人力资本、土地和其他生产性资本，意味着更平等地分配收入机会，意味着强化人民利用技术优势和创造收入的能力。其四，在发展动力上，从政府推动到社会治理。治理有方的机构性结构是为促进经济增长所做的一切工作的基础。政府机构的有效运转、法规框架、公民自由以及确保法律规章和民众参与的制度的透明度、责任感，对于经济增长和发展而言都是重要的。①

从单纯追求经济增长的传统发展模式向全面、协调和可持续的新的发展模式转变，意味着必须进一步推进浙江区域文化发展，提升浙江区域文化精神。这不仅因为区域文化的发展能够为区域经济社会的发展提供精神动力和智力支持，如英格尔斯所说，只有当人们从心理和行为上都转变为现代的人格，只有当政治、经济和文化管理机构中的工作人员都获得了某种与现代化发展相应的现代性，现代化才是可能的；而且也因为文化的发展乃是社会全面发展的题中应有之义，物质上、经济上的富裕不可能解决所有的社会问题，任何一个社会的经济制度、政治制度都深深地打上了文化的烙印，或者说它们本身就意味着某种文化。因此，没有文化上的觉醒与进步，就不可能实现浙江区域社会的全面进步。也正是基于这种认识，1999 年，中共浙江省委省政府提出要在建设经济强省的同时，建设文化大省。2000 年，中共浙江省委制定了《浙江文化大省建设纲要》。2005 年，中共浙江省委十一届八次全会通过了《关于加快建设文化大省建设的决定》，指出，“加快建设文化大省，是深入实施‘八八战略’的重要内容，是全面建设‘平安浙江’的重要保证，是推进党的执政能力建设的重要方面，对浙江在全面落实科学发展观、构建社会主义和谐社会、加强党的先进性建设等方面走在前列，推动浙江经济、政治、文化、社会的协调发展，人的全面发展和社会的全面进步，具有重大战略意义。”建设文化大省的根本目标，就是促进浙江区域文化的发展，提升浙江区域文化精神。毋庸置疑，促进浙江区域文化发展，提升浙江区域文化精神，是一项综合的系统工程，需要多方面的努力。

1. 家庭组织与区域文化的提升

在现代社会，家庭依然是使人们获得个性并学习其所在社会的生活方式也即人的社会化的重要场所。因此，提升浙江公民素质，促进浙江区域文化发展，首先必须重视家庭这个社会细胞的作用。

---

① 参见陈立旭主编，王立军、冯婷副主编《社会学概论》，中共中央党校出版社 2005 年版，第428—429 页。

像全国乃至全球其他地区一样，浙江区域家庭组织的演变，在很大程度上反映了社会从传统到现代的变迁轨迹。在传统乡村社会，家庭具有相当“普化”的社会功能：生育子女功能；作为自给自足的生产和消费单位的经济功能；给其成员以威望和地位的功能；教育功能；社会化功能；为成员提供保护性功能；宗教或祭祀祖先功能；娱乐功能；情感功能。随着社会从传统到现代的转变，家庭的功能也逐渐地转移到了其他相应的社会领域，如经济的功能被公司等专门的经济组织取代，教育的功能由专门的教育机构即学校承担，家庭的功能因而逐渐减少，并且更为专门化了。在浙江的城镇地区，这一趋势已十分显著。在浙江农村地区，由于计划生育制度的实施，工业化、市场化、城镇化的渗透以及大众传媒等的发展，家庭的功能也呈现出了逐渐减少并且更为专门化的现象。

在现代社会，尽管家庭的功能逐渐减少，家庭的许多社会化功能已被学校、同辈群体和大众传播媒介等家庭以外的社会化机构和制度接替，但家庭组织以其启蒙性、个别性和终身性的特点，依然是人们获得个性并学习社会规范、生活技能的重要场所。在任何社会中，人们都是首先在家庭中学会认识自己是谁，能够和应该期望在生活中得到什么，应该怎样对待别人等。在家庭里，成员享有很多面对面的接触机会，家长通常把孩子看作是自身生物体和社会体的延伸，因而具有教育后代的强大精神动力，在培养孩子上也会投入很多的感情，会特别专注于指导孩子的行为，并将语言、价值标准、规范和文化信仰传递给下一代。在乔治·米德那里，家庭在人的社会化中扮演着重要的角色，正是在家庭中人们开始将社会的文化规范和价值标准内化。米德将自我或人格区分为两个部分：“主我（I）”和“客我（me）”。“主我”是一个未经社会化的自我，代表着每个人本能的、独特的“自然”特性。而“客我”则是社会的自我，依赖于角色扮演，反映的是社会经验，是自我或人格中更为稳定的方面。客我是内在化了的社会环境要求以及个人对这种要求的领悟。人的社会化，正是主我和客我之间一系列连续交流、相互反应的结果。“客我”在社会化过程要经历三个阶段：即模仿阶段、游戏阶段和博弈阶段。“模仿阶段”发生在一岁以内。这一阶段的主要特征，是模仿性行为，儿童经常扮演“重要他人”即那些与他经常来往并对他的自我发展影响最大的人（如父母、兄弟姐妹）的角色。“游戏阶段”一般是在2岁到4岁之间。孩子们做扮演他人角色的游戏，并通过游戏来实验重要他人所期待的态度和动作。虽然“客我”在这个阶段已开始产生，但孩子们并未把游戏中的角色看作是真的，他们仅仅是做社会生活角色的游戏。“博弈阶段”发生在4岁以后。孩子们开始与家庭以外的许多人和团体发生联系，而且开始从外部把家庭看作一个自己生活于其中的群体。他们开始关心自己在非家庭群体中扮演的角色。在孩子们的头脑中开始形成社会要求和期待的概念，也就是米德所谓的“概念化他人”。当他们能够做到这一步时，“社会”已经被内在化，“客我”也就完全形成了。

在乔治·米德之“客我”社会化经历的三阶段中，除了“博弈阶段”以外，另外两个阶段都是在家庭中得以完成的。因此，家庭是重要的社会化机构。提升浙江区域文化精神，首先必须从浙江的千千万万个家庭入手。不同的家庭教育方式，无疑会给孩子的精神文化品格打上不同的烙印。据美国学者的研究，[1] 美国中产阶级和工人阶级在对孩子培养方式上的社会阶级差别很大程度上可能是由于父母在工作中担当的角色不同。中产阶级父母所强调的个性特征，如灵活性、首创精神、自我控制，以及个人成就等，都是大多数中产阶级工作所需要的个性特征。同样，工人阶级父母强调的纪律性和一致性也正反映了他们的职业经历。正因不同的家庭教养方式会给孩子的思想观念打上不同的烙印，所以对于浙江区域的众多家庭而言，向孩子灌输与浙江经济社会发展和社会全面进步的现代性价值观念、生活技能，就成为家庭教育的关键因素。也就是说，要从婴幼儿开始，通过父母对于孩子的新的教养方式和态度，逐渐地消除身份等级观念、特殊主义的信任观念等传统价值观念，潜移默化地培育与浙江经济社会发展相一致的区域社会心理，培育守时惜时、公正平等、诚实守信、自强自立、奋发进取、注重生态环境

---

① 〔美〕戴维·波普诺著，刘云德、王戈译：《社会学》（上），辽宁人民出版社1987年版，第251页。

等区域文化精神。但是，要培育孩子的现代价值观念，作为培育者的浙江千千万万个家长的观念，必须有一个大转变，也就是说，孩子的父母首先必须经历一个再社会化的过程。

2. 学校教育与区域文化的提升

在现代社会中，学校是将儿童从家庭引向社会的第一架桥梁。当儿童进入学龄期以后，学校的影响便取代家庭上升到首要地位，成为最重要的社会化因素。因此，提升浙江公民素质，促进浙江区域文化发展，尤其应该重视学校教育的作用。

学校教育乃是专门组织把知识、技能和价值观念有意识地、系统地、正规地传授给某一个人或某一群人的过程，其目的主要是使人类长期积累的思想道德和科学文化代代相传并发扬光大，通过人的素质培养，促进社会进步。学校教育在整个教育中占据主导地位，发挥着极其重要的作用。学校教育有专门性、相对独立性和稳定性的特点。作为一种重要的教育制度，学校的功能主要表现在：一是社会化功能。每一个社会都使用各种方法使其生活的知识一代一代地向下传递。在现代社会，规模化与批量化地培养社会新一代成员的具体单位，就是各级和各类学校。现代工业社会中，科学技术与知识与日俱增，由家庭承担或私人传授已经不能胜任。教育制度通过学校受过专门训练的教师，分门别类地教授各种知识及技能。学校还是传播社会主文化的渠道，传授着占主导地位的阶级的主文化的核心价值观念及相应的规范，并使学生与之相认同。二是适应社会文化环境功能。学校在教育学生认同与接受主文化的价值观念的同时，还训练并鼓励学生按照这些观念与规范去行动，形成一种行为模式，以适应社会文化环境。学校不仅要求学生提高学习成绩，还要求学生提高道德品质，学校对少年儿童在遵守纪律、人际关系协调、讲究卫生等的非智力要求是十分严格的。通过要求，学校培养学生遵守纪律、服从权威、认可管理机构权威的习惯。在家庭中，主要是因为爱和依赖，学龄前儿童学会了服从父母并认识到他们是一个权威形象，他们服从的是个人而不是规则。在学校中，孩子知道了要服从别人，主要不是因为这些人给了他们爱和保护，而是由于社会制度要求大家共同遵守规定。在这里，他们开始学会用普遍主义的方式而不是特殊主义的方式与人交往，而参与学校的生活也减少了儿童对家庭的依赖，这些都为他们将来步入成人社会奠定了良好的基础。三是社会定位功能。学校教育为学生提供了一条改变天赋地位的渠道。学校教育的过程是一种选拔人才的过程，这个过程鉴别和发展一个人的各种态度和能力。学校选拔人才的标准不是基于学生的社会背景而是基于学生本人的成就。学校鼓励具有天赋和刻苦勤奋的学生进入更高的教育机构，因此，学校教育提供"英才教育"，把社会地位与个人的才能联系在一起，是现代社会培养与筛选人才的一种重要的机制。四是科学研究功能。现代社会的大学，除了具有传授知识的功能外，还具有科学研究与创造的功能。学校教育激励学生对知识的探求，以产生新的思想。高校聚集了大批的专门教学和人才研究人员，从事社会科学和自然科学基础理论方面的创造性的研究，发现社会和自然发展的基本规律，并将有些研究成果转化为生产力。现代社会中的高等学校，是物质文明与精神文明新产品的创造基地之一。社会科学和自然科学方面的研究正在改变整个世界。正因如此，学校教育在提升浙江公民素质、促进浙江区域文化发展中，便具有不可替代的功能。

3. 大众传媒与区域文化的提升

在现代社会，大众传播媒介对于社会心理影响的重要性日益凸显。提升浙江公民素质，促进浙江区域文化发展，应当充分地运用大众传播媒介的这一现代化工具。

改革开放以来，浙江大众传播媒介的规模迅速扩大。目前，浙江已形成了以报纸、杂志、广播、电视、互联网为主体，技术比较先进，多层次、多渠道、多手段，基本覆盖全省城乡并面向全国和世界的、拥有众多的观众、听众和读者的传播网络。这意味着像全国乃至于全球其他地区一样，浙江区域终于也跨入了"大众传播时代"。以报纸、杂志、广播、电视、互联网空间等为代表的当代大众传播媒介的发展，已经并将进一步给浙江区域文化精神的嬗变带来革命性的影响。它不仅已经大规模地侵入浙江区域的政治生活、经济生活，而且正在用一种可以称之为"润物细无声"的方式改变着浙江区域社会的日常生活和习惯。其中尤其典型的是电视。2004 年，浙江的电视人口覆盖率已经达到

98.25%，电视已成为当代浙江区域社会的中心媒体。电视的普及，意味着电视注定要成为大众观察世界的一扇窗口，这扇窗口向人们展示了无边无际的经验，从遥远的星空到数千公尺之下的深海，从他人卧室中的隐私到另一个国家的总统竞选，从街头发生的谋杀案到遥远城市举办的歌星演唱会，电视将人们所能想到的种种景象尽收眼底。电视因此似乎具有了难以动摇的权力，电视的世界仿佛就是真实的世界，甚至在"真实性"上似乎比真实世界还要"真"。如汤林森所说，"凡是没有进入电视的真实世界、方式，没有经由电视处理的现象与认识，在当代文化的主流趋势里都成了边缘，电视是'绝对卓越'的权力关系的科技器物。在后现代的文化里，电视并不是社会的反映，恰恰相反，'社会是电视的反映'"。[①] 布尔迪厄也曾以不无夸张的口吻说，50 位机灵的游行者在电视上成功地露面 5 分钟，其政治效果不亚于一场 50 万人的大游行。[②] 电视在浙江城乡的普及，无疑已经迅速地改变了人们观察世界、接受文化的方式，也改变了浙江区域文化本身的固有风格。

马尔科姆·麦库姆斯和唐纳德·肖的研究表明，"受众通过媒体不仅了解公众问题及其它事情，而且根据大众媒介对一个问题或论题的强调，学会应该对它予以怎样的重视。例如，反映候选人在一次竞选运动中讲了些什么内容时，大众媒介显然决定了哪些是重要的问题。换句话说，大众媒介决定了竞选运动的议题，这种影响个人中间认知变化的能力是大众传播的效力最重要的方面之一"。[③] 正因为大众传播媒介具有影响社会心理的巨大功能，所以，在提升浙江公民素质，促进浙江区域文化发展过程中，必须充分运用大众传播媒介这一现代化的工具。大众传媒应当将抨击浙江区域落后的价值观念、弘扬现代文化精神作为自身不可推卸的责任；应当以浙江区域经济社会发展和社会全面进步为衡量尺

---

① 〔英〕汤林森著，冯建三译：《文化帝国主义》，上海人民出版社 1999 年版，第 116 页。

② 〔法〕皮埃尔·布尔迪厄、汉斯·哈克著，桂裕芳译：《自由交流》，三联书店 1996 年版，第 22 页。

③ 转引自〔英〕丹尼斯·麦奎尔、〔瑞典〕斯文·温德尔著，祝建华、武伟译《大众传播模式论》，上海译文出版社 1997 年版，第84—85 页。

度，提出一种什么是正常的、什么是赞许的或什么是不赞许的看法。也就是说大众传播媒介必须以符合社会进步方向的理念来引导大众的心理。要做到这一点，大众传播媒介引导者如节目主持人、编辑、导演等，自身首先必须具有现代的理念，必须提升自己的素质。其次，大众传播媒介应当成为“社会良心的代言人”。“社会良心的代言人”这一角色定位要求其看待世界、批判现实应当更多地不是从传播媒介之一己私利或小团体的局部利益出发，而是从社会“良知”或“良心”出发。虽然传播活动像其他文化活动一样不可能完全彻底清除主体的利益诉求，后者常常以或隐或显的方式蕴含在前者之中，这是文化社会学的一个基本的假设。但是，大众传播媒介既然以对现代性基本价值的维护、以对真善美的弘扬作为神圣而崇高的职责，那么就不能不对自身的利益诉求有所约束，不能不保持应有的自省精神、距离意识和超越能力。否则，如果任由一己私欲膨胀而没有应有的自觉与制约，便将遮蔽自己的“眼睛”与“良心”，从而难以准确地把握批判对象，更无法建构可以安顿人心的理念或文化的符号。结果，便会对建立健全健康的、透明的公共领域毫无裨益。因此，唯有从良心或良知和公共立场出发而不是从一己之私利出发，才能产生激情、正义感、责任感和使命感以及敢于说真话的勇气，才能比较准确而公正地对浙江区域的经济社会文化状况及发展方向作出理性的分析、评判和把握。

4. 制度建设与区域文化的提升

具体的社会制度，一般通过相应的价值原则，引导社会成员调适社会地位与角色的关系，从而作出符合社会目标的行为选择。制度对于人的思想和行为具有激励和约束作用。因此，提升浙江公民素质，促进浙江区域文化发展，必须重视制度建设的作用。

制度对人的价值观念和行为方式具有导向作用。这首先是因为价值系统不仅仅是人格和文化中的核心要素，而且也是制度的灵魂。价值系统通过对社会地位、角色及利益关系的评判，体现社会的普遍价值。制度的价值系统通常体现在一系列的社会学说、理论或思想上，尤其是体现在社会的主导意识形态上。价值系统的主要作用是向社会成员表明自身存在的意义，使他们在充分理解制度目标的基础上遵从制度规范。具体的制度，一般通过相应的价值原则，引导社会成员调适社会地位与角色的关系，从而作出符合社会目标的行为选择。其次，制度之所以对人的价值观念和行为方式具有导向作用，还由于制度所具有的激励和约束功能。制度明确规定了人们在社会生活中的权利、责任与义务关系，确立了相应的社会地位结构及其资源分配关系，制度安排着一种有序的社会状态，调解着人们在不同社会活动领域的矛盾、冲突，使仲裁纠纷、惩罚违规行为、奖励普遍性社会价值观的实现者等，都有了明确的依据。因而，制度内涵着激励和约束的机制，这种激励和约束机制对于人们行为的方向会产生重大的影响。它鼓励人们可以做什么，也约束人们不可以做什么。比如，历史上，为了鼓励数学家、发明家努力工作而提供的奖金和奖品往往都是随意决定的，但是，只有那种法律明文规定的、对新的设想、发明、创新等知识的专属所有权，才是一种持续的、制度化的激励机制，才能对人的行为提供更为普遍的刺激因素。如经济学家诺斯所说，没有这种所有权，就不会有人为了社会的利益（或社会效益）拿个人的财产去冒险。有效率的经济组织是经济增长的关键因素；西方世界兴起的原因就在于发展一种有效率的经济组织。有效率的组织需要建立制度化的设施，并确立财产权，把个人的经济能力不断地引向一种社会性活动，使个人的收益率不断接近社会收益率。①

正因为制度内涵着价值系统并具有激励和约束功能，所以提升浙江公民素质，促进浙江区域文化发展，应当重视制度建设的作用。首先，必须以现代性的价值系统作为浙江区域制度建设的内在要素。要将公平正义、普遍主义以及重视成就、注重生态、注重社会公德等组成的现代性价值系统外化为作为标准、规则和模式的规范。规范系统是一系列关于人们特定社会行为模式的规定，社会规范系统通常包括各种准则、条例、章程、纪律、法律、程序等，这些规范的综合就构成了制度。规范系统的作用，就在于它有助于使社会成员明确自己在社会生活中的角色和身份，从而确定自己的行为模式。只有通过规范系统才能规定一定社

① 参见〔美〕道格拉斯·C. 诺斯、罗伯斯·托马斯著，厉以平、蔡磊译《西方世界的兴起》，学苑出版社 1988 年版，第5—6 页。

会关系主体的行为，使现代性的价值系统规范化、制度化，明确哪些行为是被社会所倡导和容忍的，哪些行为是被社会所禁止和反对的，从而使行为者明确哪些事情可以做，哪些事情不可以做。同时，更重要的是只有将现代性价值系统外化为作为标准、规则和模式的规范，并通过规范的综合，构成制度，才能完善制度并使制度具有先进性的特征。其次，要通过制度的激励和约束功能，在浙江区域激励与现代化相适应的行为，弘扬与社会全面进步相适应的思想观念，约束与现代化相违背的行为，改变与社会全面进步不相适应的价值观念。这就要求提高浙江区域制度的实施和功能发挥的效率。一方面，必须提高浙江区域社会公众认可制度规范的程度以及实践制度规范的能力。另一方面，必须完善制度的设施系统。人们的任何社会活动都以一定的物质手段为依托，设施系统是人们社会活动的场所和载体，也是人们的社会活动意义的体现者和相互传递意义的工具。设施系统对于社会制度的有效运转是必不可少的，只有完善制度的设施系统，制度的存在和运行才能具有客观的现实性。

主要参考文献

1. 〔美〕内森·罗森堡、小伯泽尔著，刘赛力等译：《西方致富之路》，三联书店（香港）有限公司1989年版。

2. 〔美〕艾恺著，唐长庚译：《世界范围内的反现代化思潮》，贵州人民出版社1991年版。

3. 何福清主编：《纵论浙江》，浙江人民出版社2003年版。

4. 万斌主编，葛立成执行主编：《浙江蓝皮书：2005年浙江发展报告》（经济卷），杭州出版社2005年版。

5. 周晓虹：《传统与变迁——江浙农民的社会心理及其近代以来的嬗变》，三联书店1998年版。

6. 项飚：《跨越边界的社区——北京"浙江村"的生活史》，三联书店2000年版。

7. 史晋川等：《制度变迁与经济发展：温州模式研究》（修订版），浙江人民出版社2004年版。

8. 陈立旭：《市场逻辑与文化发展》，浙江人民出版社1999年版。

9. 〔美〕道格拉斯·C. 诺斯著，陈郁等译：《经济史中的结构与变迁》，上海三联书店1994年版。

10. 〔美〕萨缪尔森、诺德豪斯著，高鸿业等译：《经济学》，中国发展出版社1992年版。

11. 浙江省市场经营者和管理者思想道德建设现状和对策课题组：《浙江省市场经营者和管理者思想道德建设现状和对策》（上、下），《中共浙江省委党校学报》1998年第6期、1999年第1期。

12. 〔德〕马克斯·韦伯著，于晓、陈维纲等译：《新教伦理与资本主义精神》，三联书店 1987 年版。

13. 秦晖、苏文：《田园诗与狂想曲》，中央编译出版社 1996 年版。

14. 〔美〕彼得·布劳著，孙非、张黎勤译：《社会生活中的交换与权力》，华夏出版社 1987 年版。

15. 李路路、李汉林：《中国的单位组织——资源、权力与交换》，浙江人民出版社 2000 年版。

16. 〔美〕奥斯特罗姆等著，王诚等译：《制度分析与发展的反思》，商务印书馆 1992 年版。

17. 曹锦清、张乐天、陈中亚：《当代浙北乡村的社会文化变迁》，上海远东出版社 2001 年版。

18. 程学童、王祖强、李涛：《集群式民营企业成长模式分析》，中国经济出版社 2004 年版。

19. 〔日〕富永健一著，严立贤等译：《社会学原理》，社会科学文献出版社 1992 年版。

20. 〔德〕马克斯·韦伯著，林荣远译：《经济与社会》，商务印书馆 1997 年版。

21. 〔德〕哈贝马斯著，曹卫东译：《交往行为理论》，三联书店 2004 年版。

22. 〔美〕本迪可斯著，刘北成等译：《马克斯·韦伯：思想肖像》上海人民出版社 2002 年版。

23. 史晋川、罗卫东主编：《浙江现代化道路研究》，浙江人民出版社 2000 年版。

24. 费孝通：《乡土中国》，三联书店 1985 年版。

25. 〔美〕A. 英格尔斯等著，顾昕译：《从传统人到现代人》，中国人民大学出版社 1992 年版。

26. 〔美〕M. 罗杰斯著，辛欣译：《创新的扩散》，中央编译出版社 2002 年版。

27. 〔英〕阿雷恩·鲍尔德温等著，陶东风等译：《文化研究导论》(修订版)，高等教育出版社 2004 年版。

28. 〔德〕齐奥尔格·西美尔著，费勇等译：《时尚的哲学》，文化艺术出版社 2001 年版。

29. 金耀基:《从传统到现代》, 中国人民大学出版社 1999 年版。

30. 朱康对:《来自底层的变革——龙港城市化个案研究》, 浙江人民出版社 2003 年版。

31. 〔德〕菲迪南·滕尼斯著, 林荣远译:《共同体与社会》, 商务印书馆 1999 年版。

32. 〔美〕E. 希尔斯著, 傅铿、吕乐译:《论传统》, 上海人民出版社 1991 年版。

33. 王列、杨雪冬编译:《全球化与世界》, 中央编译出版社 1998 年版。

34. 钱明:《"浙学"的内涵与两浙的并进》,《浙东学派与浙江精神研讨会会议论文》(未刊稿)。

35. 〔加〕埃里克·麦克卢汉著, 弗兰克·秦格龙编, 何道宽译:《麦克卢汉精粹》, 南京大学出版社 2000 年版。

36. 金耀基:《儒家伦理与经济发展: 韦伯学说重探》, 载张文达、高质慧编《台湾学者论中国文化》, 黑龙江教育出版社 1989 年版。

37. 陈建军:《中国高速增长地域的经济发展——关于江浙模式的研究》, 上海三联书店 2000 年版。

38. 盛世豪、徐明华等:《浙江经济社会发展若干问题研究》, 浙江人民出版社 1999 年版。

39. 卢现祥:《西方新制度经济学》(修订版), 中国发展出版社 2003 年版。

40. 陆立军、白小虎、王祖强:《市场义乌——从鸡毛换糖到国际商贸》, 浙江人民出版社 2003 年版。

41. 〔美〕史蒂芬·李特约翰著, 史安斌译:《人类传播理论》, 清华大学出版社 2004 年版。

42. 杨念群:《儒学地域化的近代形态——三大知识群体互动的比较研究》, 三联书店 1997 年版。

43. 何炳松:《浙东学派溯源》广西师范大学出版社 2004 年版。

44. 雍正《浙江通志》, 中华书局 2001 年版。

45.〔德〕马克斯·韦伯著，洪天富译：《儒教与道教》江苏人民出版社1993年版。

46.〔美〕塞缪尔·亨廷顿、劳伦斯·哈里森主编，程克雄译：《文化的重要作用——价值观如何影响人类进步》，新华出版社2002年版。

47.〔意〕卡洛·M. 奇波拉主编，徐璇译：《欧洲经济史》第1卷，商务印书馆1988年版。

48. 梁漱溟：《中国文化要义》，学林出版社1987年版。

49. 路风：《单位：一种特殊的社会组织形式》，《中国社会科学》1989年第1期。

50. 王晓毅、朱成堡：《中国乡村的民营企业与家族经济》，山西经济出版社1996年版。

51.〔法〕布罗代尔著，顾良、施康强译：《15至18世纪的物质文明、经济和资本主义》，三联书店1993年版。

52.〔美〕W. 阿瑟·刘易斯著，梁小民译：《经济增长理论》，上海三联书店1994年版。

53.〔以色列〕阿巴·埃班著，阎瑞松译：《犹太史》，中国社会科学出版社1992年版。

54.〔德〕马克斯·韦伯著，康乐、吴乃德等译：《韦伯作品集》，广西人民出版社2004年版。

55.〔德〕何梦笔著，朱秋霞译：《网络文化与华人社会经济行为方式》，山西经济出版社1996年版。

56.〔英〕汤因比著，曹未风等译：《历史研究》，上海人民出版社1966年版。

57.〔苏〕阿努钦编，李德美、包森铭译：《地理学的理论问题》，商务印书馆1994年版。

58.〔德〕黑格尔著，王造时译：《历史哲学》，上海书店出版社1999年版。

59.〔美〕房龙著，秦彦士、冯士新译：《人类的故事》，广西师范大学出版社2003年版。

60. 张正明：《晋商兴衰史》，山西古籍出版社2001年版。

61. 唐力行：《明清以来徽州区域社会经济研究》，安徽大学出版社1999年版。

62. 〔加〕卜正明著，方骏、王秀丽、罗天佑译：《纵乐的困惑——明代的商业与文化》，三联书店2004年版。

63. 〔法〕孟德斯鸠著，张雁深译：《论法的精神》（上册），商务印书馆1961年版。

64. 赵立行：《商人阶层的形成与西欧社会转型》，中国社会科学出版社2004年版。

65. 〔俄〕A. 恰亚诺夫著，萧正洪译：《农民经济组织》，中央编译出版社1996年版。

66. 〔美〕J. 米格代尔著，李玉琪、袁宁译：《农民、政治与革命——第三世界政治与社会变革的压力》，中央编译出版社1996年版。

67. 〔法〕孟德拉斯著，李培林译：《农民的终结》，中国社会科学出版社1992年版。

68. 〔美〕托马斯·哈定等著，韩建军、商戈令译：《文化与进化》，浙江人民出版社1987年版。

69. 〔美〕詹姆斯·C. 斯科特著，程立显、刘建等译：《农民的道义经济学：东南亚的反叛与生存》，译林出版社2001年版。

70. 卓勇良：《番薯、战争与企业家精神——也谈温州模式的成因及其困境》，《浙江社会科学》2004年第3期。

71. 刘石吉：《明清时代江南市镇研究》，中国社会科学出版社1987年版。

72. 〔美〕黄宗智：《长江三角洲小农家庭与乡村发展》，中华书局2000年版。

73. 包伟民主编：《浙江区域史研究》，杭州出版社2003年版。

74. 费孝通：《江村农民生活及其变迁》，敦煌文艺出版社1997年版。

75. 盛世豪、郑燕伟：《“浙江现象”——产业集群与区域经济发展》，清华大学出版社2004年版。

76. 中共浙江省委党史研究室、当代浙江研究所编：《当代浙江简史（1949—1998）》，当代中国出版社 2000 年版。

77. 余英时：《中国思想的现代诠释》，江苏人民出版社 1989 年版。

78.〔美〕施密特著，汪晓丹、赵魏译：《基督教对文明的影响》，北京大学出版社 2004 年版。

79. 杨春学：《“经济人”与秩序分析》，上海三联书店、上海人民出版社 1998 年版。

80.〔冰岛〕埃格特森著，吴经邦等译：《新制度经济学》，商务印书馆 1996 年版。

81.〔美〕田浩著，姜长苏译：《功利主义儒家——陈亮对朱熹的挑战》，江苏人民出版社 1997 年版。

82. 叶坦：《宋代浙东实学经济思想研究——以叶适为中心》，《中国经济史研究》2000 年第 4 期。

83. 朱国华：《权力的文化逻辑》，上海人民出版社 2004 年版。

84.〔美〕彼得·贝格尔著，高师宁译：《神圣的帷幕——宗教社会学理论之要素》，上海人民出版社 1991 年版。

85.〔德〕西美尔著，曹卫东等译：《现代人与宗教》，中国人民大学出版社 2003 年版。

86. 方文：《群体符号边界如何形成？——以北京基督新教群体为例》，《社会学研究》2005 年第 1 期。

87. 许志伟：《基督教神学思想导论》，中国社会科学出版社 2001 年版。

88.〔美〕克里斯蒂安·乔基姆著，王平译：《中国人的宗教精神》，中国华侨出版公司 1999 年版。

89. 唐君毅：《中西哲学思想之比较研究集》，台湾学生书局 1988 年版。

90.〔美〕许烺光著，彭凯平、刘文静译：《美国人与中国人——两种宗教生活方式比较》，华夏出版社 1989 年版。

91. 政协台州市文史资料和学习委员会、浙江省台州市民间文艺家协会编：《台州民俗大观》，宁波出版社 1998 年版。

92. 梁丽萍：《中国人的宗教心理——宗教认同的理论分析和实证研

究》，社会科学文献出版社 2004 年版。

93. 段本洛、单强：《近代江南农村》，江苏人民出版社 1994 年版。

94. 郑勇军：《内源性民间力量推动型经济发展：浙江经验》《浙江社会科学》2001 年第 2 期。

95. 余英时：《中国近世宗教伦理与商人精神》，安徽教育出版社 2001 年版。

96. 杨太辛：《浙东学术精神的传递途径和传承机制》，载《浙东学派与浙江精神研讨会会议论文》，2005 年 3 月 16—17 日。

97. 高飞、倪侃：《"草根文化"与台州社会经济发展》，载《浙东学派与浙江精神研讨会会议论文》，2005 年 3 月 16—17 日。

98. 〔英〕罗钢、刘象愚主编：《文化研究读本》，中国社会科学出版社 2000 年版。第 126 页。

99. 高丙中：《民俗文化与民俗生活》，中国社会科学出版社 1994 年版。

100. 周梦江：《叶适与永嘉学派》，浙江古籍出版社 1992 年版。

101. 浙江省市场志编辑部编：《浙江省市场志》，方志出版社 2000 年版。

102. 〔美〕道格拉斯·诺斯、罗伯特·托马斯著，厉以平、蔡磊译：《西方世界的兴起》，华夏出版社 1999 年版。

103. 〔日〕斯波义信著，方键、何忠礼译：《宋代江南经济史研究》，江苏人民出版社 2001 年版。

104. 〔美〕布坎南著，平新乔、莫扶民译：《自由、市场与国家》，上海三联书店 1989 年版。

105. 〔美〕道格拉斯·C. 诺斯著，刘守英译：《制度、制度变迁与经济绩效》，上海三联书店 1994 年版。

106. 叶大兵：《民间"呈会"习俗与现代股份所有制——论浙江经济发展与浙江民俗文化的关系》，载《浙东学派与浙江精神研讨会会议论文》，2005 年 3 月 16—17 日。

107. 蔡禾主编：《城市社会学：理论与视野》，中山大学出版社 2003 年版。

108. 张海鹏、张海瀛:《中国十大商帮》,黄山书社1993年版。

109. 汪道昆:《太函集》。

110. 重田德:《清代社会经济史研究》,岩波书店(东京)1975年版。

111. 穆雯瑛主编:《晋商史料研究》,山西人民出版社2001年版。

112. 张正明、薛慧林:《明清晋商资料选编》,山西人民出版社1989年版。

113. 〔法〕迪尔凯姆著,胡伟译:《社会学研究方法论》,华夏出版社1988年版。

114. 〔日〕宫崎市定著,中国科学院历史研究所翻译组编主译:《宫崎市定论文选集》,商务印书馆1965年版。

115. 秦佩珩:《明清社会经济史稿》,中州古籍出版社1984年版。

116. 〔美〕理查德·R. 纳尔逊、悉尼·G. 温特著,胡世凯译:《经济变迁的演化理论》,商务印书馆1997年版。

117. 〔美〕吉尔伯特·罗兹曼著,国家社会科学基金“比较现代化”课题组译:《中国的现代化》,江苏人民出版社1995年版。

118. 刘精明:《向非农职业流动:农民生活史的一项研究》,《社会学研究》2001年第6期。

119. 〔法〕P. 布瓦松纳著,潘源来译:《中世纪欧洲生活和劳动(五至十五世纪)》,商务印书馆1985年版。

120. 殷海光:《中国文化的展望》,中国和平出版社1988年版。

121. 王询:《文化传统与经济组织》,东北财经大学出版社1999年版。

122. 〔英〕亚当·斯密著,郭大力、王亚南译:《国民财富的性质和原因的研究》,商务印书馆1981年版。

123. 盛洪:《分工与交易——一个一般理论及其对中国非专业化问题的应用分析》,上海三联书店、上海人民出版社1995年版。

124. 曹荣湘选编:《走出囚徒的困境——社会资本与制度分析》,上海三联书店2003年版。

125. 杨中芳、彭泗清:《中国人人际信任的概念化:一个人际关系的观点》，《社会学研究》1999 年第 2 期。

126. 储小平、李怀祖：《信任与家族企业的成长》，《管理世界》2003 年第 6 期。

127. 〔美〕许烺光著，薛刚译：《宗族、种性、俱乐部》，华夏出版社 1990 年版。

128. 文崇一、萧新煌主编：《中国人：观念与行为》，台湾巨流图书公司 1988 年版。

129. 李伟民、梁玉成：《特殊信任与普遍信任：中国人信任的结构与特征》，载《中国社会中的信任》，中国城市出版社 2003 年版。

130. 杨宜音：《试析人际关系及其分类——兼与黄光国先生商榷》，《社会学研究》1995 年第 5 期。

131. 卜长莉：《"差序格局"的理论诠释及现代内涵》，《社会学研究》2003 年第 1 期。

132. 钱杭、承载：《十七世纪江南社会生活》，浙江人民出版社 1996 年版。

133. 王铭铭、王斯福主编：《乡土社会的秩序、公正与权威》，中国政法大学出版社 1997 年版。

134. 周祝伟、林顺道、陈东升：《浙江宗族村落社会研究》，方志出版社 2001 年版。

136. 钱杭：《中国当代宗族的重建与重建环境》，《中国社会科学季刊》（香港）1994 年第 1 卷。

136. 钱杭、谢维杨：《宗族问题：当代农村研究的一个视角》，《社会科学》1990 年第 5 期。

137. 钱杭：《关于当代中国农村宗教研究的几个问题》，《学术月刊》1993 年第 3 期。

138. 周晓虹执行主编：《现代化进程中的农民》，南京大学出版社 1998 年版。

139. 张文宏：《社会资本：理论争辩与经验研究》，《社会学研究》2003 年第 4 期。

140. 郑也夫：《信任论》，中国广播电视出版社 2001 年版。

141. 张其仔：《社会资本论：社会资本与经济增长》，社会科学出版社 1997 年版。

142. 林毅夫：《再论制度、技术与中国农业发展》，北京大学出版社 2000 年版。

143. 林毅夫：《制度、技术与中国农业发展》，上海三联书店 1994 年版。

144. 李培林：《中国社会结构转型——经济体制改革的社会学分析》，黑龙江人民出版社 1995 年版。

145. 张继焦：《市场化中的非正式制度》，文物出版社 1999 年版。

146. 郑勇军、袁亚春、林承亮：《解读"市场大省"——浙江专业市场现象研究》，浙江大学出版社 2003 年版。

147. 王春光：《流动中的社会网络：温州人在巴黎和北京的行动方式》，《社会学研究》2000 年第 3 期。

148. 翟学伟：《社会流动与关系信任——也论关系强度与农民工的求职策略》，《社会学研究》2003 年第 1 期。

149. 王春光：《巴黎的温州人——一个移民群体的社会建构》，江西人民出版社 2000 年版。

150. 朱华晟：《浙江产业群——产业网络、成长轨迹与发展动力》，浙江大学出版社 2003 年版。

151. 郑伯埙：《家族主义与领导行为》，杨中芳、高尚仁编：《中国人、中国心：人格与社会篇》，远流出版公司 1988 年版。

152. 李惠斌、杨雪冬主编：《社会资本与社会发展》，社会科学文献出版社 2000 年版。

153. 沙莲香等：《中国社会文化心理》，中国社会科学出版社 1998 年版。

154. 黄光国：《人情与面子：中国人的权利游戏》，载黄光国主编《中国人的权利游戏》，巨流图书公司 1988 年版。

155. 浙江省工商行政管理局：《浙江个体私营经济调研报告》，中国工人出版社 2000 年版。

156. 李新春：《中国的家族企业与企业组织》，《中国社会科学季刊》(香港)1998年秋季卷。

157. 李培林:《中国乡村里的都市工业》,《社会学研究》1995年第1期。

158. 李新春:《信任、忠诚与家族主义困境》,《管理世界》2002年第6期。

159. 〔美〕弗兰西斯·福山著,李宛蓉译:《信任——社会道德与繁荣的创造》,远方出版社1998年版。

160. 李新春、张书军主编:《家族企业:组织、行为与中国经济》,上海三联书店、上海人民出版社2005年版。

161. 黄少安:《产权经济学导论》,山东人民出版社1995年版。

162. 〔英〕霍奇逊著,向以斌等译:《现代制度主义经济学宣言》,北京大学出版社1993年版。

163. 〔奥地利〕约瑟夫·熊彼特著,牛张力译:《经济发展理论》,中国社会出版社1999年版。

164. 陈立旭:《都市文化与都市精神》,东南大学出版社2002年版。

165. 〔美〕凡勃伦著,蔡受百译:《有闲阶级论》,商务印书馆1964年版。

166. 刘世锦:《经济体制效率分析导论》,上海三联书店1996年版。

167. 〔美〕赫伯特·西蒙著,杨砾、徐立译:《现代决策理论的基石》,北京经济管理学院出版社1989年版。

168. 张雄:《市场中的非理性世界》,立信会计出版社1995年版。

169.〔英〕弗里德里希·冯·哈耶克著,邓正来译:《自由秩序原理》,三联书店1997年版。

170. 朱国宏主编:《社会学视野里的经济现象》,四川人民出版社1998年版。

171.〔美〕帕森斯、斯梅尔瑟著,刘进等译:《经济与社会》,华夏出版社1989年版。

172. 〔美〕丹尼尔·贝尔著,赵一凡、蒲隆、任晓晋译:《资本主义文化矛盾》，三联书店 1989 年版。

173. 张缨：《信任、契约及其规制》，经济管理出版社 2004 年版。

174. 〔美〕戴维·波普诺著，刘云德、王戈译：《社会学》，辽宁人民出版社 1987 年版。

175. 〔英〕汤林森著，冯建三译：《文化帝国主义》，上海人民出版社 1999 年版。

176. 〔法〕皮埃尔·布尔迪厄、汉斯·哈克著，桂裕芳译：《自由交流》，三联书店 1996 年版。

177. 张军主编：《转型与增长》，上海远东出版社 2002 年版。

178. 陈立旭：《区域工商文化传统与当代经济发展——对浙商晋商徽商的一种比较分析》，《浙江社会科学》2005 年第 3 期。